莫泊桑短篇小说选

Contes et nouvelles de Guy de Maupassant

〔法〕莫泊桑 / 著
张英伦 / 译

名著名译丛书

人民文学出版社

Guy de Maupassant
CONTES ET NOUVELLES DE GUY DE MAUPASSANT

图书在版编目（CIP）数据

莫泊桑短篇小说选/（法）莫泊桑著；张英伦译．—北京：人民文学出版社，2014（2025.9重印）
（名著名译丛书）
ISBN 978-7-02-010433-8

Ⅰ.①莫… Ⅱ.①莫…②张… Ⅲ.①短篇小说—小说集—法国—近代 Ⅳ.①I565.44

中国版本图书馆 CIP 数据核字（2014）第 108272 号

责任编辑　黄凌霞
装帧设计　刘　静　陶　雷
责任印制　王重艺

出版发行　人民文学出版社
社　　址　北京市朝内大街166号
邮政编码　100705

印　　刷　三河市中晟雅豪印务有限公司
经　　销　全国新华书店等

字　　数　517千字
开　　本　890毫米×1290毫米　1/32
印　　张　18.25　插页3
印　　数　220001—223000
版　　次　2010年1月北京第1版
印　　次　2025年9月第32次印刷

书　　号　978-7-02-010433-8
定　　价　45.00元

如有印装质量问题，请与本社图书销售中心调换。电话：010-59905336

莫泊桑

莫泊桑(1850—1893)

十九世纪后半叶法国优秀的批判现实主义作家和短篇小说家、自然主义文学流派的杰出代表，曾师从法国著名作家福楼拜。一生创作了六部长篇小说、三百五十多篇中短篇小说和三部游记。文学成就以短篇小说最为突出，被誉为"短篇小说之王"，与契诃夫和欧·亨利并称世界三大短篇小说大师。

本书精选了莫泊桑最有代表性的中短篇小说，既有《羊脂球》《项链》《我的叔叔于勒》等脍炙人口的佳作，又有曲折离奇的《怪胎之母》《催眠椅》等。莫泊桑擅长从平凡琐屑的事物中截取富有典型意义的片断，以小见大地概括出生活的真实。他的小说构思别具匠心，情节跌宕起伏，描写生动细致，刻画人物惟妙惟肖，令人读后回味无穷。

译 者

张英伦(1938—   )，安徽蚌埠人。曾任中国外国文学函授中心校长、中国法国文学研究会常务副会长、法国国家科学研究中心协作主任研究员，参与撰写《法国文学史》(三卷本)，主编《外国名作家传》《外国名作家大辞典》《外国中篇小说丛刊》《外国小说大观》，著有《大仲马》《莫泊桑传》《雨果传》。主要译著有《被诅咒的孩子》《玛尔戈王后》《茶花女》《陪衬人》等。

出 版 说 明

人民文学出版社从上世纪五十年代建社之初即致力于外国文学名著出版，延请国内一流学者研究论证选题，翻译更是优选专长译者担纲，先后出版了"外国文学名著丛书""世界文学名著文库""二十世纪外国文学丛书""名著名译插图本"等大型丛书和外国著名作家的文集、选集等，这些作品得到了几代读者的喜爱。

为满足读者的阅读与收藏需求，我们优中选精，推出精装本"名著名译丛书"，收入脍炙人口的外国文学杰作。丰子恺、朱生豪、冰心、杨绛等翻译家优美传神的译文，更为这些不朽之作增添了色彩。多数作品配有精美原版插图。希望这套书能成为中国家庭的必备藏书。

为方便广大读者，出版社还为本丛书精心录制了朗读版。本丛书将分辑陆续出版。

人民文学出版社
2015年1月

前言

一

在辉煌灿烂的19世纪法国文坛,莫泊桑是一颗闪耀着异彩的明星。他的《一生》、《漂亮朋友》跻身世界长篇名著之林而无愧,而他的短篇小说创作尤其独树一帜,名篇佳作不胜枚举。法国文学家法朗士在19世纪末论及莫泊桑的短篇小说时写道:"在同时代的作家中,他创造的典型比任何人都种类齐全,他描写的题材比任何人都丰富多彩。"这一评语无疑是公正的。法朗士给予莫泊桑的"短篇小说之王"①的称誉,早已举世公认。

一八五〇年八月五日,吉·德·莫泊桑生于法国西北部的诺曼底省。他是一个破落贵族家庭的长子。父亲常年在巴黎当银行职员;母亲文学修养很深,尤其喜爱诗歌。父母协议分居后,他主要受母亲的教育和熏陶,少年时代便憧憬做一名诗人,十三岁就开始写诗。一八六八年,他去省会鲁昂读中学,又受到在该市图书馆工作的巴那斯派诗人路易·布耶②的指导。所以他早期的习作多为诗歌和韵文体戏剧。若不是布耶在第二年猝然去世,莫泊桑后来的文学道路很可能是另一番景象了。

一八六九年七月,莫泊桑通过了中学毕业会考,获得文学业士学衔;同年十月,到巴黎大学法学院学习法律。一八七〇年七月,普法战争刚爆发,他应征入伍,在不久后的大溃退中险些做了俘虏;同年九月

---

① 阿纳托尔·法朗士:《文学生活》第三卷。
② 路易·布耶(1822—1869):法国诗人和剧作家。

调返巴黎；次年四月离开军队。一八七二年三月，他在海军部谋到一个编外人员的差事，工作之余，依然从事文学习作。

从一八七三年九月起，莫泊桑有幸得到母亲的好友、小说大师福楼拜的悉心指导。那是一段颇为感人的文坛佳话。莫泊桑初见福楼拜，后者语重心长地对他说："你是否有天才，我还不能断定。你拿给我读的东西表明你是聪明的。但是，年轻人，不要忘记，照布封①的说法，才能就是长期的坚持不懈。努力吧！"从此每逢星期日，莫泊桑就带着新的习作，从巴黎长途奔波到鲁昂近郊的福楼拜住所，聆听福楼拜对他前一周交上的习作的点评。福楼拜对他的训练非常严格，不但要求他学会观察事物，"发现别人没有发现和没有写出的特征"，表达所观察到的事物的特征，例如"只用一句话就让我知道马车站里有一匹马和它前前后后五十来匹马有什么不同"；而且要求他努力找到最适于表达事物特征的"那个名词、那个动词和那个形容词"②。正是福楼拜的循循善诱，把一直向往做诗人的莫泊桑引上了小说创作的道路，并使他的小说功底有了长足的进步。一八七九年二月，莫泊桑转入公共教育部工作，仍坚持写作，但是遵照严师的意见，极少发表。

左拉于一八七七年发表长篇小说《小酒店》，大振了自然主义的声威；以左拉为首、包括莫泊桑在内的六个志趣相投者便经常在他位于巴黎西郊的梅塘别墅聚会。一八七九年夏天，他们相约以一八七〇年普法战争为背景各写一个中篇小说，后来结集为《梅塘晚会》，于次年四月发表。《梅塘晚会》无情地再现了普法战争的惨剧，引起强烈的反响，短短几周就印行了八版。尤其出人意料的是，其中最出色的一篇《羊脂球》，竟出自籍籍无名的莫泊桑之手。莫泊桑以其对生活的透彻观察、对题材的精确把握和炉火纯青的文学技巧，一鸣惊人。

《羊脂球》轰动文坛以后，莫泊桑实际上就摆脱公职，专事写作，主要写小说，兼为报刊撰写评论。从青年时代起就被多种疾病所苦的莫泊桑，是在同病魔的搏斗中坚持写作的。他于一八九三年七月六日逝

---

① 布封（1707—1788）：法国博物学家和作家。
② 莫泊桑：《小说》（1888）。

世,年仅四十三岁。

莫泊桑经常自喻:"我像流星一样进入文坛。"从一八八〇年发表《羊脂球》到一八九一年因病笃而基本搁笔,莫泊桑的作家生涯只有十年多的时间,可谓短暂。然而他却写下了三百余篇中短篇小说、六部长篇小说①、一部诗集、三部游记以及为数可观的各类文章,留下一份丰厚的文学遗产。

二

莫泊桑的人生不长,他的社会思想和立场却比较复杂。

一八七〇年爆发的普法战争导致法兰西第二帝国垮台,也使莫泊桑中断学业、提前踏入社会。法国大资产阶级攫取了一八七〇年九月成立的第三共和国的权力,又于次年五月镇压了巴黎公社起义,便做起"长治久安"的美梦来。19世纪七八十年代,以金融资产阶级为核心的统治集团,对内强化对劳动民众的压榨,对外加紧殖民主义扩张。不过巴黎公社失败时遭到严重摧残的社会主义运动,从19世纪70年代后半期起就开始复苏;一八八〇年法国工人党建立,更把无产阶级对资产阶级的斗争推向新的高潮。

莫泊桑生活在这社会和阶级矛盾尖锐的年代,却像他的老师福楼拜一样,试图超脱于政治之外。除了在普法战争中短暂从军,他没有介入过重大的社会事件。他拒绝加入温和的秘密组织共济会,因为"我永远也不愿把自己同任何政党、宗教、宗派和流派拴在一起,永远也不愿加入宣扬某种教义的组织,向任何教条、奖赏和主义低头,以便保留说它们坏话的权利"②。有人建议他竞选法兰西学院院士,他也敬谢不敏,因为"我希望自由"③。

也许正因为保留了这些"权利"和"自由",他对第三共和国的统治

---

① 莫泊桑的六部长篇小说是:《一生》(1883)、《漂亮朋友》(1885)、《温泉》(1887)、《皮埃尔和让》(1888)、《像死一样坚强》(1889)和《我们的心》(1890)。
② 莫泊桑:《给卡图尔·蒙泰斯的信》(1876)。
③ 隆勃洛索:《莫泊桑回忆录》。

阶级频加谴责。他指出"当代商业的原则实为有组织的盗窃"①。他揭露"庞大的金融企业的领导人,在全法国众目睽睽之下做尽伤天害理的勾当"②。他认为若将所有贪赃枉法的权贵都绳之以法,"得把预算全部用来修建监狱才行"③。他甚至疾呼:"一七九三年实在太温和……既然今天的领导阶级和当年的一样愚蠢,那就应该像当年那样把他们统统消灭。"④

他对下层民众也存有成见,经常提到他们的"粗俗"和"愚昧"。他把自己归于一个自定义的"贵族":"国家之强盛仅仅有赖于它的贵族,那些高级的人",即"有文化者的阶级"。从这一观念出发,他甚至设想出一幅"演变"的图景:下层民众中逐渐有人获得文化,变得聪明,上升到"贵族"行列;同样,"贵族"也会因"脑力衰萎"而下降为下层民众⑤。

尽管莫泊桑经常提到下层民众的"愚昧"、"粗俗",却对他们的苦难表示同情,认为他们应该得到怜悯和帮助。为了给报刊撰写时政文章,他曾深入矿井,访问炼铁厂,见证劳动人民的苦难。基于自身小公务员的生活体验,他对小职员的命运坎坷感触尤深,称这些"满腹希腊拉丁文却死于饥饿"的人是人世间最可怜的人,甚至把办公室直呼作"地狱"⑥。

莫泊桑自身染有资产阶级社会的一些陋习,特别是声名大噪以后私生活近乎糜烂。可是,他又痛感资产阶级文明的卑劣和世风的败坏。他哀叹:"五十年前,人们称为'正派人'的人相当多见。而今天,这种人很难找到"⑦;"巨大的金融灾难表明,诚信正在消失"⑧;"英雄辈出的时代已经过去,现在是律师爷和金融家们的世纪"⑨。难能可贵的

---

① 莫泊桑:《当代人》(1884)。
② 莫泊桑:《荣誉和金钱》(1882)。
③ 同注①。
④ 莫泊桑:《给居斯塔夫·福楼拜的信》(1877)。
⑤ 莫泊桑:《贵族》(1884)。
⑥ 莫泊桑:《给居斯塔夫·福楼拜的信》(1878)。
⑦ 莫泊桑:《当代人》(1884)。
⑧ 莫泊桑:《荣誉和金钱》(1882)。
⑨ 莫泊桑:《现代英雄》(1882)。

是,他却能克服偏见,在普通大众中看到真正的英雄:"他们还是存在的,而且真正配得起这光荣的称号,只不过他们默默无闻。"①

就这样,莫泊桑跻身于上流社会,他对"领导阶级"却只有憎恶;他自外于人民大众,对他们的亲近和怜悯却往往超过对他们的轻蔑。

三

《梅塘晚会》一问世,批评家们就忙不迭地宣布自然主义文学集团的诞生,并把莫泊桑视为它的一员。本着不加盟结派的一贯立场,他当即表示:"我们并不想成为一个流派。……只不过,我们身上表现出对浪漫主义精神的一种无意识的反动,这正是文学得以世代相传而又互不雷同的唯一道理。"②

被称作自然主义者的一些重要作家,在理论和实践上特点迥异;把这个笼统的概念加之于莫泊桑,难免牵强附会。还是看看莫泊桑的具体主张。

与企求长治久安的保守派批评家们针锋相对,莫泊桑反对文学的功利主义的说教倾向。他鲜明地指出:"道德,荣誉,信条,都是维持既定社会秩序必不可少的东西。可社会秩序和文学毫无共同之处。作家的主要动机是观察和描写人类的激情,不管是好的还是坏的。它没有道德说教的任务,也没有痛斥和训诲的任务。一本书有了倾向性就不再是艺术作品。"③

其实,他并不否认文学的教育功能,只是认为这种功能不应是倾向性的产物,而应是客观描写的作用:"如果一本书具有某种教益,那应该是非作者所加,而是他巧妙地叙述的事实使然。"④

莫泊桑强调写真实,特别是自然常态的真实。今昔对比,他指出:"昨日的小说家"选择和描述生活的巨变、灵魂和感情的激烈状态,不

---

① 莫泊桑:《现代英雄》(1882)。
② 莫泊桑:《关于梅塘晚会》(1880)。
③ 莫泊桑:《勇敢的人》(1883)。
④ 同上。

太考虑逼真的问题,喜爱创造特殊而动人的奇遇,随心所欲地处理事件;他们的作品旨在讲故事,满足读者的好奇心。而"今天的作家"则"表现当代人的真实情况",描写"处于常态的感情、灵魂和理智的发展","把生活的准确形象描绘给我们","以单纯的真实来感动人";他们的作品旨在"强迫我们思考"①。

但是莫泊桑并不同意某些"只讲真实,只讲全部真实"的自然主义者。他认为:"他们的意图既然是要表现某些永久和日常的事件的哲理,他们就该常常修改事实;这样做,一方面固然有损于真实,但另一方面却有利于逼真,因为真实有时可能并不逼真。"②

莫泊桑所说的对事实的修改,或曰选择,并不是猎奇,而是要选取最具有普遍意义的事物:"在今天人们理解的小说中,要尽量排除例外。换句话说,人们要对人类活动做个平均,从中引申出普遍的哲理,从事实、习惯、习俗和最经常发生的奇事中提取出普遍的意念。观察时必须不偏不倚和保持独立,就是这个道理。"③

既强调写真实,莫泊桑自然赋予观察以至关重要的地位,这种观察没有成见而又由表及里:"作家审视,尽力渗透心灵,洞悉它们的内幕,它们可耻或者高尚的癖好,以及人类动机的各种复杂的运转。"④"他们审视、观察、记录、研究各种状态下的人。他们是人类现实、情欲和秉性的虔敬的奴隶。生活的法则是他们唯一的法则。"⑤

从崇尚由表及里的观察,莫泊桑进而否定不真实的直接的心理描写,否定用解释性的长篇大论去展示人物的心理,而主张通过他们的行动予以表露,无需任何心理的论证。他形象地写道:"小说的心理部分诚然是最重要的,但是它只能通过描写部分才能有力地显现出来。一颗灵魂的内在悲剧,只有当我清晰地看到隐藏着灵魂的那张面孔时,才

---

① 莫泊桑:《小说》(1888)。
② 同上。
③ 莫泊桑:《给阿尔贝·沃尔夫的信》(1882)。
④ 同注①。
⑤ 莫泊桑:《小说》(1882)。

能令我回肠九转。"①

在描写中,莫泊桑又把细节描写放在特别重要的位置,认为精彩的细节描写不但具有"亲和价值",而且具有"美学价值"。他写道:"一个艺术家的独特性首先表现在细小而非重大的事物里。一些杰作就是由微不足道的细节、在庸俗普通的东西上造就的。应该为事物找到一种尚未被发现的含义并尽量以个人的方式把它表现出来。""那能够跟我讲起一颗石子、一根树干、一只老鼠、一把旧椅子而令我惊讶的人,肯定是走在艺术之路上,继而可以胜任重大的题材。"②

真正的文学不仅要说出它要说的事物,而且要通过思想和文辞的精妙配合给读者一种特殊的感受,即艺术享受。莫泊桑十分重视语言的艺术和美学功能:"一个事物已经表达得很清楚、很好了,不过,稍稍改变一下说出它的那个句子,仅仅移动一个词的位置,立刻就能产生出一种强烈的富有美感和生命力的效果,从而让这个事物生动、清晰,变得鲜明、感人、令人赞赏……它给思想之歌添上表现方式的微妙乐曲。"③

但是莫泊桑认为语言艺术并非卖弄辞藻、游戏文字。他力主使用淳朴的语言:"要表现思想的每一个细微差别,根本用不着今天人们假艺术家文笔之名强加给我们的古怪、复杂、大量、难解的词汇。与其做个妙语好词的收罗者,还是让我们成为文笔纯正的作家吧……法兰西语言是一潭纯清的水,矫揉造作的作家们不能而且永远不能把它搅浑。"④

总而观之,莫泊桑的文学主张带有自然主义的某些成分,但其本质和精髓明显属于现实主义的庞大家族。

---

① 莫泊桑:《小说》(1888)。
② 莫泊桑:《给莫里斯·沃凯尔的信》(1885)。
③ 莫泊桑:《女作家》(1884)。
④ 莫泊桑:《给龚古尔的信》(1887)。

四

莫泊桑这位现实主义的文学巨匠,牢牢立足于现实生活的大地上;他的力量首先就来自他同现实生活的密不可分的联系。他是个见多识广的旅游者,但他极少把走马观花的印象和道听途说的故事写入自己的小说。他的小说创作和他的人生经历紧密相连,写的几乎都是他生活过的环境、熟悉的人。

莫泊桑亲历了一八七〇年爆发的普法战争。这场以法国惨败而告结束的战争,给他留下不可磨灭的印象。他以这场战争为背景写过一系列小说。《羊脂球》通过不同阶层的人结伴旅行的前前后后,以一个耻于委身敌寇的妓女作对照,刻画了法国贵族、资产阶级和教会只顾私利、丧失民族气节的丑陋嘴脸,也表现了只会唱高调而毫无实际作为的资产阶级民主党人,形象地概括了法国社会各阶层在普法战争中的不同态度,以其完美的艺术性成为这类小说的极品。《两个朋友》中两个与世无争的钓鱼者竟也横遭普鲁士军队杀害,这简朴无华的故事把侵略者永远钉在耻辱柱上。《索瓦热老婆婆》、《米隆老爹》、《菲菲小姐》、《一场决斗》等短篇小说的主人公们,就是莫泊桑所说的那些"默默无闻的英雄"。他们不懂什么大道理,但是侵略者残害了他们的亲人,玷污了他们的自尊,他们便义无反顾,创下可歌可泣的传奇。

法国文学中以这场普法战争为题材的小说不胜枚举,其中不乏鸿篇巨制。莫泊桑虽然没有正面描写战事,但他的这一系列小说,凭其成就之高、数量之多(远不止本选集中的几篇)、影响之广阔和持久,为这场历史惨剧竖起了一座最深入人心的醒世丰碑。

莫泊桑一八七五年构思自己第一批短篇小说时拟了一个总标题:《小人物的大苦难》。虽然他后来弃置了这个标题,但他毕生的许多中短篇小说作品都在阐发这个主题。本选集中就有不少催人泪下的被侮辱与被损害者的悲惨写照:生前备受捉弄和欺凌、死无葬身之地的残疾人(《瞎子》、《乞丐》),为生计所迫而堕身娼门的无辜少女和母亲(《港口》、《衣橱》),走投无路而偷盗犯罪的失业工匠(《流浪汉》)……莫泊桑描写小人物苦难的这些作品不但有着令人信服的客观真实性，而且可以明显地感觉到作家激动的战栗。当莫泊桑写到惨死荒野的瞎子的尸体被乌鸦啄食、母亲卖淫时把孩子藏进衣橱、归来的水手在妓院和亲妹妹相认、饥肠辘辘的失业者耐不住美食的诱惑这样一些情节时，读者仿佛置身于一个以短篇小说形式揭示的《悲惨世界》。

莫泊桑生长和学习在诺曼底，工作和创作在巴黎，他最擅长描写的是他最熟悉的诺曼底乡民和巴黎市民的生活和风尚，有一大批脍炙人口的杰作。

他的诺曼底农村题材作品洋溢着该地区的浓郁风情，生动地刻画了该地区农民的性格特征。他们欢快而又喜爱戏谑：像《图瓦》主人公那样，被迫用身体孵小鸡，还整天乐呵呵的；在别人看来十分荒诞的事，诺曼底老乡想得出、干得出。他们狡黠而又残忍：《小酒桶》里的客栈老板不强买农家大妈的宝地，他用免费的酒把她灌成酒鬼，让她早日归天；《魔鬼》里的看护妇因为是包工，就装神弄鬼把病人活活吓死，以缩短工时。他们习惯了刁滑，视诚信为无稽：《细绳》里冤屈的老农苦口自辩，敌不过世人的恶意猜疑。他们愚昧而又算计：《老人》里那对夫妻，怕误农事，提前了老人的丧事，差点儿偷鸡不成蚀把米……

莫泊桑笔下巴黎市民的生活风尚又是另一番景象。主人公多是下层小职员和他们的家人。有心人甚至推敲出莫泊桑在海军部和教育部当差时的哪些老同事是他们的原型。《我的叔叔于勒》这篇杰作通过一个小职员之家迎接远行亲人的前后变化，把金钱主宰下的世态炎凉表现得淋漓尽致。《一家人》中那个小职员家庭，围绕老母猝死，为抢占区区遗产，上演了一出喜剧，让人哭笑不得。短篇名著《伞》里那个主任科员的太太，千方百计让保险公司赔偿她烧了一个洞眼的雨伞的"损失"，其状可笑，其情可怜。另一名篇《项链》里的小科员妻子，追求虚荣浮华，借项链、失项链、赔项链，付出十年辛酸。《骑马》的主人公为了领略一下上流人的风光，骑马撞伤老人，背上卸不掉的包袱。《一百万》里的那对小职员夫妻，为得到一笔遗产而出乖露丑。《保护人》里的参事为了显示身份，结果被坏人利用，闯下大祸……

在爱情和婚姻问题上，莫泊桑是卢梭的信徒，崇尚纯真的感情和自然的情欲。他诚挚地认为一切幸福、全部生活的意义都在于女人、在于爱情,热情地多角度地描写情爱和性爱,可谓多姿多彩。他不怕触犯资产阶级的道学家们,经常勇敢地为男女之间的热烈的情欲辩护。在短篇小说《爱情》里,他通过一对在猎人枪口下的鸟儿视死如归的恋情,以富有诗意的笔调讴歌了纯真的爱。在《花房》里,他指出和美的性爱在夫妻生活中的重要。

可是,在他所生活的社会里,纯真的爱情少而又少,这位尊重现实的作家唱不出几首甜蜜的罗曼史。尽管他在劳动人民的爱情生活中,还能发现一些朴素而又高尚的事例:《西蒙的爸爸》中的铁匠,冲破世俗偏见,向失过身的姑娘求爱;《马丹姑娘》里的那个农民,隐忍着失恋之苦,为别嫁他人的姑娘接生;《归来》里那对劳苦的夫妻和前夫,平静大度地面对命运拨弄导致的复杂关系。但当他放眼周围的世界,他更多反映的是爱情和婚姻的畸形现象。《珍珠小姐》中的那个原是弃婴的女子,因为门第悬殊,只能默默品尝暗恋的苦味;《修软垫椅的女人》中的女匠人出身微贱,那富家子就享受她的资助和遗产而心安理得;《遗嘱》里的那个妻子,死后还要在遗嘱里报复无情无义的丈夫。在这形形色色爱情和婚姻的悲剧、丑剧之外,中篇小说《泰利埃公馆》展示出统治阶级讳莫如深的人肉夜市,那里麇集着白天还是道貌岸然的上流社会人士。《隐士》和《衣橱》的两位主人公,嫖妓遇上了亲骨肉。可以说,很难找得到一个作家,像莫泊桑这样鲜明而又准确地表现出资本主义制度下爱情和婚姻的一切丑恶——不但表现了它的光怪陆离的现象,而且揭示出它的骇人听闻的后果。值得称道的是,莫泊桑写男女情事性事虽然百无禁忌,他的笔墨却从来不涉色情。

生活在奇幻小说风行欧洲的世纪,莫泊桑的这类小说也占了一定的分量。随着他的精神疾病恶化,他的奇幻小说也更加奇幻,以中篇小说《奥尔拉》达到极点。通过本选集中的《剥皮刑犯的手》、《米斯蒂》等篇,可略见一斑。

莫泊桑说:"法兰西性格的主要特点是:风趣,多变,无忧无虑;某种程度的狂热,杂以怀疑主义,被喜爱嘲弄削弱了的热血心肠;勇敢和风流多情。"①这个概括虽不完全,但大体真实。这些特点生动地再现于这位小说家的笔端,细心的读者不难去体味和认证。

莫泊桑认为:"每个世纪都有它的性格。但从风俗的观点书写的法国史,要比单从重大事件的角度根据需要而写的更加有趣。"②他倾心于而且极其擅长于描写他那时代的风俗,堪称杰出的社会风俗画家。他不仅描绘形态,更由此烛照人的心灵,直至涉及人性中的一些根本的东西,这就使他笔下的这部风俗史在许多地方超出了法兰西和他那个世纪的局限。

一些评论家指出莫泊桑的悲观主义倾向。是的,他看到和写出的缺点多于优点,而且他从不给出药方、指点迷津。对于社会和人的诟病,他止于"嬉笑",很少"怒骂",一些可悲的事也经常用笑剧的形式来表达,到头来才让读者领味到苦涩。

左拉在《在莫泊桑葬礼上的演说》中说:"他的作品,可以令人笑,可以令人哭,但永远发人深思。"③

莫泊桑的小说之所以能够广泛流传和深受喜爱,正因为他获得了千千万万读者的理解和共鸣。

五

莫泊桑小说创作的非凡成就,除了归功于他对反映真实的执着、他观察事物的非凡禀赋以及他的小说与其生活经历的紧密联系,而且归功于他独特的艺术魅力。

莫泊桑总是致力于从日常生活提供的素材里选择他认为最具有特征的人和事,把比现实本身更完全、更动人、更确切的图景表现给读者。他的中短篇小说创作的首要"秘诀",就在于从平凡的生活中择取富有典型性的个别人物、事件或生活断面,以小见大地反映出普遍的生活真实。以《羊脂球》为例:在同车旅行的一群人中,作家匠心独运地为当

---

① 莫泊桑:《风流》(1884)。
② 莫泊桑:《当代人》(1884)。
③ 左拉:《在莫泊桑葬礼上的演说》(1893)。

时法国社会的每一个主要阶级、集团和党派都安排了一两个人物;他们个个堪称典型,既有各自鲜明的个性特征,又体现出各自所属阶级、集团、党派的特性;所以这部作品以一个不大的中篇小说的篇幅就准确地概括了战时法国的社会画面。再看短篇杰作《细绳》:人物可谓平凡,弯腰捡细绳的动作可谓微小,竟铸成致死冤屈,更让人痛感"以小人之心度君子之腹"的人类的劣根性。《伞》的主人公则是贪小便宜者的典型代表……

　　莫泊桑的每个中短篇小说都只有一个情节,沿着一条故事线索展开,从不旁生枝节,分散读者的注意;不必要的铺陈尽量删减,以免减弱读者的兴趣。《羊脂球》围绕着旅伴们如何在普鲁士军官的淫威之下费尽心机让羊脂球就范;《小酒桶》紧扣着客栈老板和农家大妈的斗智;《一百万》随着主人公夫妇为获得遗产的周折和努力展开。单一的故事情节以外,又加上精彩的结尾。这结尾往往是一个意外,但这意外总在情理之中,是故事线索发展的逻辑延伸。例如《港口》中的水手最后发现那妓女是自己的亲妹妹,这符合苦难人家女子每每被迫为娼的残酷现实;《一家人》里的老母亲死而复生,其实作者在读者不经意中早埋下"她常常昏厥,好久才能醒过来"的伏笔;《骑马》撞了老妇人,因为主人公本来就是个生手,难免乐极生悲。作家有时也给读者留个悬念:《奥托父子》中的小奥托和父亲那个温柔体贴的年轻情人的关系将如何发展?《归来》里的二夫一妻虽能冷静处理,但结局究竟如何?都让读者去想象。

　　尽管偏爱单一的情节和线索,艺术手法的多样性却是莫泊桑中短篇小说的最大特点。他总是在内容与形式相统一的原则下,根据主题、题材和素材的不同,采用不同的表现形式:或悲剧,或喜剧,或闹剧,或悲喜剧交替;或疾速,或徐缓,或徐疾相间……而最值得称道的是他在构思布局上的千变万化。《项链》前半部采用矛盾的层递法,先让女主人公一次次得计,买到裙衣,借到项链,出尽风头;兴头上突失项链,引出十年悲苦;发现项链乃赝品时戛然收尾。《我的叔叔于勒》先多方渲染家人对于勒叔叔的重视和期盼,待于勒意外出现,却又唯恐避之不及,世态炎凉对照鲜明。《绳子》则充分发挥了反衬的作用:事实越证明主人公清白,世人越认定他有罪,也就越显出人心之卑劣。《米隆老爹》从生者的回忆切入正题,先提出普军屡遭夜袭的奇案,后倒叙米隆老爹的神奇事迹;倒叙又先由米隆老爹自述,再以第三人称描述,一个简短的故事写得回环多姿。

令人叫绝的细节描写,是莫泊桑小说技巧的重要组成部分。他的精彩的细节描写,极大地加强了故事的真实感,也给人充分的艺术享受。首先是通过细节描写来刻画人物。以《羊脂球》为例。作家这样描绘羊脂球的容貌和形体:

> 她身材矮小,浑身都是圆滚滚的,肥得要流油;手指也肉鼓鼓的,关节像用绳子勒了一圈,活像一串串短香肠;紧绷的皮肤很光亮,硕大的胸脯隔着衣服高高隆起……她的脸蛋像鲜红的苹果,又像含苞欲放的芍药。面庞的上部睁着两只顾盼有神的乌黑的眼睛,围着长而密的睫毛,眸子里映着睫毛的倒影;面庞的下部是一张迷人的小嘴,滋润得正适合亲吻,生着两排精致晶莹的牙齿。

再看当矛盾出现时,作家又是如何描写毫无作为而又自命激进的民主党人高尼岱的:

> 他叫人把一张小咖啡桌挪过来,要了一小瓶啤酒,便掏出烟斗抽起来……他坐在那里一动不动,时而凝视炉中的火苗,时而凝视杯中浮着的酒沫;他每喝完一口,总要一边吮着沾在胡子上的泡沫,一边心满意足地用又长又瘦的手指掠一下又长又油腻的头发。

莫泊桑的短篇小说极少关于人物心理和动机的议论,而是把这一切隐寓在对他们的形体、动作和行为的描绘中。《米隆老爹》这样叙述老汉从容就义的场面:

> 老人挺直他僵硬的腰杆,像一位谦逊的英雄那样交叉起双臂。
>
> 普鲁士人低声交谈了很久。有一个也在上个月失去儿子的上尉,为这个行为高尚的穷苦人辩护。
>
> 辩护完毕,上校站起来,走到米隆老爹跟前,压低嗓音说:
>
> "听着,老头儿,也许还有一个办法可以救你,只要……"
>
> 可是老汉根本不听,只是对这位战胜国的军官怒目而视。风吹动他脑袋上绒毛般的细发,他突然把带刀伤的瘦脸紧绷起来,露出一个可怕的表情,鼓

足一口气,使出全身的力量,朝普鲁士人脸上猛啐了一口。

上校气得七窍生烟,刚举起手来,老人又啐了一口。

军官们不约而同地站了起来,不约而同地号叫着,发布着命令。

不到一分钟的工夫,这个始终镇静自若的老人就被推到墙根枪决了。临死前,他还向惊慌失措地望着他的大儿子让、儿媳妇和两个孙子送去几个微笑。

《米隆老爹》对米隆的心理活动和思想境界都没有直接的解说,对他也未置一句赞词,但通过对他的动作的描述,一切尽在不言中。同样,作家对《项链》、《保护人》等篇的主人公也未加一句非议,只是通过他们的行为揭示他们自作自受的可悲。高度的造型性和丰富的形象性,成为莫泊桑小说的主要艺术表征。

莫泊桑也是通过细节来描绘环境和烘托气氛的高手。同样在《羊脂球》里,当矛盾"解决"以后,一行人重登旅程的那个早晨,作家是这样来表现那恬静的气氛的:

第二天,冬日明亮的阳光把白雪映照得晶莹夺目。公共马车终于套好了,等候在门前;一大群白鸽,粉红的眼珠黑瞳孔,脖子缩在厚厚的羽毛里,正大模大样地在六匹马的腿底下踱来踱去;为了寻找它们的食物,把还冒着热气的马粪啄得满地都是。

再看看《泰利埃公馆》中的一个片段。"太太"带着姑娘们,乘坐马车穿过田野,心情轻松地去参加初领圣体的仪式;一幅富有色彩、芳香、动感的画面跃然纸上:

绿油油的田野从大路向远方铺展。盛开的油菜花像散落在田野的一块块大幅金色桌布,随风起伏,向远方送来阵阵强烈而又宜人的气息,一种柔和而又沁人肺腑的气息。在已经长得很高的黑麦中间,矢车菊露出天蓝色的小脑袋。……有时,眼前又是一片犹如鲜血淹没了的田地,原来那块地饱受丽春花的侵袭。在野花点缀得五彩缤纷的原野上,这辆车仿佛载着一个色彩更加鲜艳的花束,由小白马一路小跑地拉着驶过;它一会儿消失在一座农庄的高大的树木后面,一会儿又在树丛的另一头出现,拉着一车在阳光下光彩夺目的女人,重又在点缀着红花或蓝花的黄色和绿色的庄稼中间奔驰。

慧眼独具、妙笔生花的细节描写,写人,令读者如睹其面,如闻其声;状景,令读者如临其境,感同身受,大大增加了作品的逼真性和艺术感染力。高度的造型性和丰富的形象性,成为莫泊桑小说的主要艺术表征。

莫泊桑的小说语言是最规范的法语。托尔斯泰说:"还没有一个法国散文作家达到这样的高度。"①法朗士赞叹:"他的遒劲、朴实、自然的语言散发着乡土的气息,让我们由衷地喜爱。"②

莫泊桑的独特成就,即在于他用最单纯的材料和最单纯的手段,冶炼出稀世的短篇小说的艺术瑰宝。

六

以上对莫泊桑的生平、社会观、文学主张、创作实践和艺术成就等方面作了介绍,限于篇幅,只能是提纲挈领。

莫泊桑被介绍到中国,已有一个世纪的历史了。译者少年时代即通过老一代翻译家读了不少莫泊桑的小说,受益匪浅。我对他们的历史贡献感念至今。

我开始了解莫泊桑小说原著,是20世纪50年代,在北京大学西语系法国语言文学专业读书的时候。几乎每个学年的法语精读和泛读课本中都选有莫泊桑的短篇小说。教我们班法语的先后主要有齐香教授和郭麟阁教授。这两位教授风格迥异,前者感觉细腻,后者感情奔放。学习莫泊桑法文原著,老师们都是带着我们一段段、一句句地解析,越到细处越觉精彩。我还记得齐教授津津有味地向我们讲解《细绳》中的描写艺术;郭教授用他那洪钟般的声音重复法朗士对莫泊桑的赞词:"他具有法兰西语言的三大优点:第一是明晰,第二是明晰,第三还是明晰。"北大西语系教学是名副其实的语言与文学并重。而我个人有个习惯,每天清晨都要反复诵读所学的法语课文,直到烂熟于心。我们学的法文课文都是名篇杰作,精彩纷呈;以我的感受,最朗朗上口的当

---

① 列夫·托尔斯泰:《莫泊桑文集》序言。
② 阿纳托尔·法朗士:《书与人》。

属莫泊桑的短篇小说。

从北大毕业,我直接被录取为中国科学院文学研究所研究生,师从罗大冈教授。在三年半进修期间,在罗先生悉心指导下,我对法国文学史及其主要作家作了系统的研究,其中自然少不了短篇小说大师莫泊桑。

"文革"以后,我通过文章、序文以及讲座的形式,向文学爱好者推介莫泊桑的小说。20世纪70年代末,我为三卷本《外国名作家传》撰写了《莫泊桑》一文。一九八二年赴法国学术考察,我有计划地踏访莫泊桑生活和创作过的地方,广搜素材,归国后写了专著《莫泊桑传》①。我和莫泊桑,可谓缘分不浅。

我主要从事法国文学研究,偶有译作,也都是自己着重研究过的作家的作品:《绝对之探求》是出于对巴尔扎克及其《人间喜剧》的熟悉;《鲍狄埃诗选》是在我参加写作《鲍狄埃评传》之后;《玛尔戈王后》之前我已发表了传记《大仲马》;《茶花女》是乘我参加不同观点讨论的余兴……我对文学翻译怀着敬畏之情。作家作品的时代不同,风格各异,且不说每一个杰出作家都有其语言特色。贸然翻译一个自己知之不多的作家的作品,对我来说是难以想象的。

文学翻译是一门艺术,一门无止境的艺术,其中有不尽的"绝对之探求"。关于翻译的标准,世人提出过很多见解。依我看,重要的是两个:形似和神似。把外文原作的意思翻译通顺了,算是形似;忠实地传达出原作的风格和神韵,为神似。越过形似,向神似进发,才是进入翻译艺术之境。而攀登翻译艺术高峰,需要崇高的目标和巨大的努力。在我个人的翻译实践中,为了揣摩一部作品的语言色彩和节奏,每每如醉如痴;寻觅一个贴切传神的词句,往往绞尽脑汁。左拉的《陪衬人》,经表演艺术家孙道临朗诵,得到广大群众喜爱。岂知,为这数千字的译文,我曾五易其稿,并且默诵了何止十遍!真是苦在其中,乐也在其中。

20世纪80年代末至今,我有机会更多地了解法国。莫泊桑成长

---

① 《莫泊桑传》连载于一九八三年第1期至第6期的《名作欣赏》杂志,单行本由山西人民出版社出版,后又由湖南人民出版社等数家出版社再版。

和经常描写的诺曼底乡间是我常去的地区,更不消说他度过大半生和整个创作生涯的巴黎。社会有了长足的发展,但一个民族的性格变化有限,正如今日诺曼底民众还基本保持着莫泊桑时代的俚语乡音。我经常在熟悉的诺曼底乡民和巴黎市民身上发现莫泊桑小说中人物的身影,不禁抚今追昔。

  这部《莫泊桑短篇小说选》的翻译,续了我和莫泊桑的不解之缘。但愿半个多世纪中我与这位小说奇才不断增进的神交,能让这部译作多一些神似。

张英伦
二〇〇九年三月二十日于北京

目　录

剥皮刑犯的手 …………………………………… 001
在河上 …………………………………………… 007
供圣水的人 ……………………………………… 013
拉莱中尉的婚事 ………………………………… 018
"甘草露，甘草露，清凉的甘草露！" ………… 023
西蒙的爸爸 ……………………………………… 028
羊脂球 …………………………………………… 038
一家人 …………………………………………… 078
一个女佣工的故事 ……………………………… 104
泰利埃公馆 ……………………………………… 125
蛋糕 ……………………………………………… 153
菲菲小姐 ………………………………………… 158
瞎子 ……………………………………………… 171
我的舅舅索斯泰纳 ……………………………… 175
修软垫椅的女人 ………………………………… 182
一百万 …………………………………………… 189
遗嘱 ……………………………………………… 194
小步舞 …………………………………………… 200
骗局 ……………………………………………… 205
骑马 ……………………………………………… 212
两个朋友 ………………………………………… 220
在海上 …………………………………………… 228
珂珂特小姐 ……………………………………… 234

米隆老爹	240
怪胎之母	248
花房	255
我的叔叔于勒	261
一场决斗	270
马丹姑娘	276
不足为奇的悲剧	283
泰奥迪尔·萨博的忏悔	289
获得勋章啦!	299
父亲	306
细绳	316
老人	324
米斯蒂	
——一个单身汉的回忆	332
保护人	338
伞	344
项链	354
索瓦热大妈	363
乞丐	371
小酒桶	376
归来	382
衣橱	390
图瓦	397
珍珠小姐	407
隐士	423
魔鬼	430
坑	438
爱情	
——三页猎人笔记	446

克洛榭特	452
流浪汉	457
离婚	469
奥托父子	478
布瓦泰尔	492
港口	500
催眠椅	510
橄榄园	521
墓园野妓	547

剥皮刑犯的手*

大约八个月以前,一天晚上,我的朋友路易·R……约了几个初中时代的同学小聚;我们一边饮着潘趣酒①,抽着烟,一边谈论文学、绘画,并且不时地讲些笑话,就像年轻人聚会时常见的那样。忽然,房门大开,我的一个儿时好友像一阵旋风似地冲了进来。他一进门就大声叫嚷:"你们猜我是从哪儿来。"一个人应声道:"我敢打赌,你从玛毕耶②来。"又一个人接着说:"不,你这么高兴,肯定是刚借到钱,或是刚埋葬了你叔叔,要不就是刚把手表抵押给了你婶娘③。"第三个人力排众议:"你刚才喝得晕晕乎乎,闻到路易这儿有潘趣酒香,就上楼来想接茬儿喝。"——"你们都没有猜对,我是从诺曼底④的P……村回来,我在那儿待了一个星期,还从那儿带来一位了不起的罪犯朋友,请各位允许我向你们引见一下吧。"说到这里,他从衣袋里掏出一只剥皮刑犯的手;那只手很可怕,黢黑,干瘪,长长的,似乎已经僵硬;肌肉特别强劲,里外都被一条羊皮纸般的皮肤拉扯住;指甲黄黄的,窄窄的,仍然留在手指尖上;这一切让人隔着一法里⑤就能闻到恶人的气味。"你们可知道,"我的朋友说,"有一天赶巧拍卖当地一位非常著名的老巫师的遗物。那巫师每个星期六都骑着扫帚柄去参加巫魔夜会;他既善神术也会妖法,能让母牛流出蓝色的乳汁,还能让它们长出圣安东尼的伙伴⑥

---

* 本篇首次发表于一八七五年《洛林季风桥年鉴》,作者署名"约瑟夫·普吕尼埃"。
① 潘趣酒:一种用朗姆酒加甘蔗汁、果汁等调制的饮料。
② 玛毕耶:此处指由舞蹈家玛毕耶于一八四〇年创立的著名舞厅。
③ 婶娘:此处是巴黎市典当当局的俗称。
④ 诺曼底:法国西北部的一个地区,作家莫泊桑就出生于此里,他的许多作品都描写或涉及该地区。
⑤ 法里:法国古里,一法里约合四公里。
⑥ 圣安东尼的伙伴:指猪。传说中基督教圣徒安东尼在尼罗河附近德巴意旷野隐修时以猪为伴。莫泊桑使用这个隐语显然是因为他的恩师福楼拜在一八七四年发表了长篇小说《圣安东尼的诱惑》。

那样的尾巴。不过那老恶棍却对这只手情有独钟。据他说,这是一个在一七三六年被判处酷刑的有名的犯人的手;那家伙把自己的合法妻子头朝下扔到井里,从而犯下重罪。他这样做我倒觉得没有什么错,可是后来他又把曾为他主持婚礼的本堂神父吊死在教堂的钟楼上。干了这两件壮举以后,他就去闯荡江湖。在他短暂却充实的生涯里,他抢劫过十二个行路人,在一座修道院用烟熏死二十来名修道士,并且把一座女隐修所变成了后宫。"——"不过你拿这可恶的东西做什么用呢?"我们诧异道。——"自然有用啰,我要拿它做门铃的拉手,好吓跑我的债主们。"——"朋友,"性格沉稳的高个儿英国人亨利·史密斯说,"依我看,这只手不过是用新方法保存的印第安人的肉,我建议你还是拿它熬一锅肉汤吧。"——"别开玩笑了,先生们,"一个已经喝得七八分醉的医科大学生竭力用最冷静的语气说,"至于你,皮埃尔,要是让我给你出个主意的话,快把这段人的残骸按照基督教礼仪埋葬起来,免得它的主人来向你讨还;再说,这只手也许已经染上了恶习,因为你也知道这句谚语:杀过人的还会再杀人。"——"是呀,喝过酒的还会再喝酒。"晚会东道主紧接着说。他一边说,一边给这个大学生斟满一大杯潘趣酒;对方一饮而尽,烂醉如泥地倒在桌子底下。这个下场引起哄堂大笑,而皮埃尔则举起酒杯,向那只手致敬,并且说:"我为你主人的即将光临而干杯。"接着大家又聊了些别的话题,然后便各自归去。

　　第二天,我路过皮埃尔家门前,就走了进去。那是约莫两点钟的光景,我见他正一面读书一面抽烟,便问:"喂,你好吗?"他回答:"很好。"——"你那只手呢?"——"我那只手?你应该看到它就系在我的门铃上,我昨天晚上回家以后就拴上了。不过,说到这件事,你可知道,不知哪个白痴,大概是跟我恶作剧,半夜里来拉响我的门铃;我问谁在那儿,没有人回答,我就重新睡下,又睡着了。"

　　就在这时,有人拉响门铃,是房东,一个鲁莽无礼的家伙。他进来也不跟人打招呼,就对我朋友说:"先生,我请您立刻把拴在门铃绳上的那块死尸取下来,不然我就不得不叫您搬走了。"皮埃尔非常严肃地回答:"先生,您是在侮辱一只不该受到侮辱的手;您要知道它属于一个非常有教养的大人物哩。"房东一转身,就像他进来时那样,招呼也不打就走了出去。皮埃尔紧跟着他走出去，把那只手取下来，系在卧室床边的铃绳上。"这样更好，"他说，"这只手，就像特拉伯苦修会①会士的'兄弟，该死了'一样，每晚都能让我在入睡以前进行一些严肃的思考。"聊了一个小时，我就离开，返回自己的住所。

这天夜里我睡得很不好，辗转反侧，心神不安；有好几次猛地惊醒，甚至有一会儿以为有个

人溜进了我的家，于是起身向衣橱里和床底下察看。早晨六点钟光景，当我终于开始昏昏入睡的时候，房门被人猛敲了一下，震得我一骨碌跳下床来。原来是我朋友的仆人，几乎一丝不挂，脸色煞白，浑身哆嗦着。"先生呀！"他一面呜咽一面大声疾呼，"我可怜的主人让人杀害了。"我急忙穿上衣服，跑到皮埃尔的住处。那里已经挤满了人，人们探讨着，争辩着，就像是一场无休止的运动，每个人都在侃侃而谈，以各自不同的方式叙述和评论着这个意外事件。我好不容易才挤到卧室前，门口有人把守，我报了姓名，才让我进去。四名警员站在卧室中央，人手一个记事本，他们在进行调查，不时地低声交谈，并且做着笔记。两位医生在床前讨论着，皮埃尔毫无知觉地躺在床上。他没有死，但他那样子十分吓人。眼睛瞪得老大，已经扩大的瞳孔像在凝视一件可怕而又从

---

① 特拉伯苦修会：又称缄口苦修会，一一四〇年创立于法国索利尼市的特拉伯圣母院，修士们严守苦行，只作祈祷、礼拜和体力劳动。

未见过的东西，流露出莫名的恐惧，手指紧攥着，身体从下巴起盖着一条被单。我揭开被单，只见他脖颈上有五个深深嵌进肉里的手指印，几滴血染污了他的衬衫。这时，一件东西让我吃了一惊，我无意中看到他卧室床头的铃铛，但那只剥皮刑犯的手却不见踪影。大概是医生们把它取了下来，免得刺激进入伤者卧室的人吧，因为那只手实在可怕。我没有打听它的下落。

现在我剪下某报第二天关于这一罪案的报道，警方所能获得的细节已经悉数披露于其中。该报道是这么写的：

"昨日发生一桩骇人听闻的凶案，受害者是一年轻人，皮埃尔·B……先生，法科大学生，出身于诺曼底名门世家。该年轻人于晚十时左右返回住处，声称身体疲倦，行将就寝，打发仆人布万先生退去。午夜时分，后者突被主人发疯般拉响的铃声唤醒。他亦恐惧，点亮一盏灯，等着。铃声沉默大约一分钟，继而又激烈地震响起来，吓得那仆人失魂落魄，连忙冲出其卧室，去唤醒看门人；后者即跑去报警。约一刻钟后，两名警员破门而入。一幕可怕景象呈现在他们眼前：家具东歪西倒，一切迹象显示受害人曾与凶犯进行一场恶斗。卧室中央，年轻的皮埃尔·B……一动不动地仰面躺在地上，四肢僵硬，面无血色，两眼恐怖地大睁着，颈部有五个深深的手指印。立即应招赶来的布尔窦医生报告称，袭击者想必具有非凡体力，而且他的手异常瘦削和刚劲，因为在颈部留下五个弹洞般窟窿的手指，掐入肌肉以后又几乎碰在一起。目前尚无任何凭据猜想犯罪动机，也无法推测罪犯为何人。司法当局正在侦讯。"

第二天人们在同一家报纸上又读道：

"昨日本报叙述之凶案的受害人皮埃尔·B……先生，经布尔窦医生两小时精心治疗已经恢复知觉。其生命已脱离危险，唯神志尚十分堪虑。仍然没有罪犯的任何线索。"

的确，我可怜的朋友疯了；我们把他送进了医院。七个月的时间里，我每天都去看望他，但他没有一丝恢复神志的迹象。疯狂发作时，他偶尔冒出几句古怪的话，而且像所有的疯子一样，他有一个执拗的想法，总以为有个幽灵在追逐他。一天，有人急匆匆地跑来找我，告诉我

他的情况更糟了。我果然发现他已经气息奄奄。头两个小时里,他都非常平静,可是突然,他从床上坐了起来,我们苦口安抚也无济于事,他就像遭遇到什么极度恐怖的事情似的,一边挥动双臂一边叫嚷:"抓住它!抓住它!它要掐死我啦,救命呀,救命呀!"他号叫着在房间里跑了两圈,接着便倒下死了,脸朝着地面。

他是孤儿,我就承担起把他的尸体运往诺曼底的小村庄P……的责任,他的父母都埋葬在那里。他发现我们在路易·R……家饮潘趣酒,把那只剥皮刑犯的手拿给我们看的那个晚上,就是刚从这个村子回来。他的尸体封闭在一口铅制的棺材里。四天以后,我和给他上过启蒙课的老本堂神父在小墓园里凄然地漫步,有人正在那里为他挖掘墓穴。天气好极了,湛蓝的天空阳光四溢,鸟儿在斜坡的树莓丛中放歌。我俩都是孩子的时候,曾多少次来这里采树莓吃。我仿佛又看见他沿着树篱溜过来,然后从那边,埋葬穷苦人的那块地尽头,我十分熟悉的一个小洞钻进去;等我们回到家时,脸和嘴唇都让莓汁染黑了。我向树莓丛看去,正是果实满枝,便不由自主地摘下一粒放进口中。本堂神父已经打开他那本日课经,正低声念着祈祷文,不过我还听得见小径那一头挖墓穴人的锹声。忽然,听到他们呼叫我们,本堂神父合上经书,我们赶过去看发生了什么事。原来他们发现了一口棺材。他们一锹挖崩了棺材盖,我们看到一具奇长的尸骸仰面躺在棺底,他那凹陷的眼睛似乎还在看着我们,向我们挑战。我顿时有一种不舒服的感觉;不知为什么,我几乎有些恐惧。"哎呀!"这时一个掘墓人嚷道,"瞧呀!这家伙有一只手腕砍断了,砍下的手就在这里。"说着,他从尸体旁拣起一只已经干枯的手,给我们看。"嘿,"另一个笑着说,"他好像在看着你,就要跳起来掐你的脖子,要你把手还给他似的。"本堂神父说:"好啦,朋友们,让死者安宁些吧,快把棺材盖好,咱们到别处去给可怜的皮埃尔先生挖墓穴吧。"

第二天我把一切料理完毕,就动身返回巴黎。行前我给老本堂神父留下五十法郎,请他做几遍弥撒,让被我们惊扰了尸骨的那个人的灵魂得以安息。

在 河 上*

去年夏天,我在离巴黎几法里的地方租了一个濒临塞纳河的小小的乡间住宅,每晚都去那里睡觉。几天以后,我就结识了一个邻居,一个三四十岁的男子,此人确实是我所见过的最奇特的人物。他岂止是个划船老手,简直就是个划船狂,一年到头都在河边,一年到头都在河上,一年到头都在河里。他想必是在船上出生,而且肯定会在最后一次划船的时候死去。

一天晚上我们在塞纳河边散步,我要他讲几段他水上生活的轶闻趣事。这个老好人顿时兴奋起来,神采焕发,变得能说会道,几乎成了诗人。因为他心怀一股强烈的激情,一股令他如醉如痴的不可抗拒的激情,那就是:河。

* * *

"啊!"他说,"提起您此刻看着的在我们身边流过的这条河,我不知有多少回忆啊!你们这些住在街市里的人,你们不知道河是什么。那就去听听一个渔夫是怎么说道这个词吧。在他看来,河是神秘、深邃、未知的事物,充满幻象奇境的世界;在那里,夜晚可以看到并不存在的事物,听到从未听过的声响,会像穿过一片墓地一样莫名其妙地战栗:实际上河就是最阴森的墓地,只不过这墓地里没有坟而已。

"在渔夫看来陆地有边有沿,而在黑暗中,没有月亮的时候,河是无限的。一个海员对海的感受就完全不是一码事了。不错,海经常是无情的、凶恶的,但是,大海啊,它呐喊,它呼啸,它光明正大;而河却是

---

* 本篇首次发表于一八七六年三月十日的《法兰西公报》,题为《荡舟》,作者署名"吉·德·瓦尔蒙";一八八一年收入中短篇小说集《泰利埃公馆》。

静悄悄的,十分阴险。它从不隆隆作响,它永远无声地流淌。可在我看来,河水这一成不变的运动比大西洋上的惊涛骇浪更可怕。

"一些善于幻想的人声称:大海的怀抱里隐藏着许多近乎蓝色的广袤无垠的境界,在那里,淹死的人和大鱼一起在奇异的森林和水晶般的洞穴里翻滚;而河底只有漆黑的深渊,他们只能在淤泥里腐烂。不过当朝阳映照,波光闪耀,河水轻拍着瑟瑟芦苇覆盖的河岸时,河是很美的。

"谈起大西洋,曾有诗人①写道:

波涛啊,你们知道的悲惨故事真多!
跪着的慈母们畏惧的深深的波涛,
涨潮时你们把那些故事互相转告,
正因此,傍晚当你们向我们涌来时,
那阵阵涛声就像充满绝望的哀号。

"不过,我却认为纤细的芦苇用它们的轻声慢语娓娓叙说的故事,要比咆哮的浪涛所讲述的悲剧更加凄惨。

"既然您要我讲几段往事,我就给您说说大约十年前我的一段奇

---

① 指法国作家维克多·雨果(1802—1885),此处所引诗句出自他的诗作《黑暗的海洋》。

怪的遭遇吧,那件事就发生在这里。

"那时我就像今天一样住在拉封大妈的房子里。路易·贝尔奈,我的一个最要好的伙伴——此人现在已经放弃划船运动,也改变了夸夸其谈、不修边幅的习惯,进最高行政法院做事了——住在下游两法里远的C……村。我们每天都在一起吃晚饭,不是在他那儿,就是在我这儿。

"一天晚上,我独自回家,比较累了,吃力地划着我的大船,慢腾腾地前行。那是一条十二法尺①长的帆船,我夜晚总是使用那条船。我划到一个生满芦苇的滩角附近停下来,想歇一会儿,就是那边,铁路桥前面二百米的地方。天气好极了,明月高照,河水粼粼,空气宁静而又温和。这样祥和的气氛引发了我的兴致,我想:在这个地方抽一斗烟想必很惬意。想到就做;我拎起铁锚抛到河里。

"船顺流往下漂,直到锚链放完才停住。我在船后身的一张羊皮垫子上尽可能舒坦地坐下来。没有一点儿声响;只是偶尔听到河水拍岸发出的汩汩声,轻微得几乎觉察不到;看见那一簇簇高些的芦苇露出吓人的形状,似乎还不时地躁动。

"河面非常平静,但是周围异乎寻常的死寂让我感到心慌。小动物们,就连青蛙和蟾蜍这些泥塘里的夜间歌手,全都哑然无声。突然,在我右边,紧挨着我,一只青蛙呱呱叫起来。我打了个哆嗦,它静下来,又听不到任何声响了,于是我决定抽几口烟让自己分一分心。可是,尽管我的烟瘾是出了名的,我却抽不下去。刚抽第二口,我就恶心,只好作罢。我哼起曲子来,可我嗓子里发出的声音让我受不了。无奈,我在船底板上躺下,仰望天空。过了一会儿,倒也平静无事。可不久,船身轻轻晃动起来,引起我的不安。我进而感到它急剧地左右偏转,轮番地碰撞着河岸。接着,我觉得仿佛有一个人或者一种看不见的力量把船缓缓地向河底拽,然后又将它举起,让它重新跌落。我就像在风暴里一样颠簸,四周声音嘈杂。我猛地站起来,只见河水闪烁,一切静悄悄。

"我意识到是自己有点儿神经过敏了,便决定离开。我拉锚链,船

---

① 法尺:法国古长度单位,一法尺相当于325毫米。

却动起来,这时我才感到有一股抗力。我使劲拉,锚仍不上来,它钩住河底的什么东西了,我才拉不动。我再拉,还是不行。于是,我挥起双桨,转动船身,把它划到上游,让锚变个位置。没用,锚坚持如初。我恼火了,疯狂地摇晃锚链。锚就是纹丝不动。我泄气了,坐下来,开始考虑自己的处境。弄断锚链或者把它和船体分开,我想也甭想,因为锚链粗得很,而且固定在船头一个比我的胳膊还粗的木桩上。不过,天气依然非常好,我想大概不久就会遇到一个渔夫,他会来援助我的。遇上这倒霉事我反倒平静了。我坐下来,终于可以抽一斗烟啦。我带着一瓶朗姆酒①,两三杯下肚,对自己的处境居然觉得好笑了。天气很热,大不了我在露天过一夜。

"忽然,什么东西碰在船帮上轻轻响了一下。我吓了一跳,从头到脚出了一身冷汗。这声响大概是一块顺流而下的木头发出的,但这已经够呛,我又感到莫名其妙的心慌意乱了。我抓起锚链,肌肉紧绷,拼命使劲。锚还是那么牢固。我精疲力竭,又坐下来。

"这时,河正逐渐被一层紧贴水面漫延开的浓浓白雾覆盖,我站在那里已看不到河,看不到我的脚,也看不到我的船,只能隐约看到芦苇梢,再远嘛,就是被月光照得煞白的平原,以及耸入天空的一些巨大的黑斑,想必是几簇意大利白杨。我就像齐腰陷在一片白得异样的棉毯里,古怪离奇的想像联翩而至。我仿佛看到有人企图爬上我已经看不清的船;浓雾笼罩下的河里满是怪物,在我周围游动。我紧张得要命,太阳穴胀痛,心跳得让我窒息。我失去了理智,竟想到游水逃命,不过这念头立刻让我恐惧得发抖。我想像自己迷失了方向,在浓雾中盲目地跋涉,在无法躲避的水草和苇丛里挣扎,吓得气喘吁吁,看不见河岸,也找不到自己的船。我还感到被什么抓住双脚,向黑洞洞的水底拽。

"事实上,至少要逆水游五百米才能找到一个没有草和芦苇的立脚点,我十之八九无法在这大雾中辨明方向,以致淹死,尽管我水性很好。

"我试图让自己保持冷静。我自觉有无所畏惧的坚强意志,但是

---

① 朗姆酒:一种原产于英国的烧酒。

在我身上除了意志还有别的东西,这别的东西却畏惧。我自问有什么可怕呢;我身上勇敢的'我'嘲笑怯懦的'我'。我从来没有像那天那样洞悉我们身上两个存在的对立:一个愿意,另一个抵制,二者轮流占据上风。

"这无法解释的愚蠢的畏惧有增无减,正在变成恐怖。我一动不动,大睁两眼,竖起耳朵等着。等什么呢?我也不知道,但一定很可怕。我相信,那时如果一条鱼斗胆跳出水面,就像经常发生的那样,也会把我吓倒在地上,身体僵直,不省人事。

"不过,经过艰苦的努力,我终于多少恢复了失去的理智。我又拿起那瓶朗姆酒,大口喝起来。

"这时我来了个主意,我连续转身朝四个方向使足力气呼喊。嗓子喊哑了,我就听。——很远处,一条狗在叫。

"我又喝了几口,就在船底板上伸直了躺下。这样待了也许一小时,也许两小时,睁大两眼,全无睡意,想像中周围尽是噩梦般的景象。我不敢站起来,虽然我很想。我一分钟又一分钟地拖延。我反复对自己说:'喂,起来!'我却连动一动都害怕。终于,就像弄出一点声响都会危及我的生命似的,我千小心万小心地抬起身,向船外张望。

"我被世上能看到的最美妙最惊人的场面弄得眼花缭乱。那是仙女国的奇异的境界,远方回来的游子讲过而我们听了不相信会有的景象。

"两小时以前还漂浮在水面的雾逐渐后退,堆积在两岸。河面完全露了出来,河两岸各形成一道绵延无尽的丘陵,有六七米高,在月光映照下发出白雪般晶莹的光彩。其他的东西都仿佛不见了,只看到这条金光闪亮的河在两排白色山丘之间流淌。而在上方,在我头顶上,又圆又大的月亮在淡蓝和乳白的天空中闪耀。

"水中的小动物全都醒了:青蛙撒欢地呱呱叫着,声如铜钟的蟾蜍忽而在我左边,忽而在我右边,时不时地朝着星星发出一个短促、单调而又凄惨的低音。真是怪了,我不再害怕,在这样匪夷所思的景色里,再离奇古怪的事也不会让我吃惊了。

"这种情景持续了多长时间,我不知道,因为我终于睡着了。等我睁开眼睛,月亮已经落了,满天乌云。河水凄凉地哗哗流着,风呼呼吹,天很冷,一片漆黑。

"我喝完剩下的朗姆酒,然后就打着哆嗦听沙沙的芦苇声和凄惨的流水声。我瞪大眼睛看,但我看不清自己的船,甚至看不清举到眼面前的手。

"不过,浓厚的夜色渐渐消退。忽然,我似乎感到有个黑影儿在离我很近的地方移动,我呼喊一声,有个声音回答,是一个渔夫。我叫他,他靠过来,我就告诉他自己的倒霉遭遇。他于是把他的船和我的并拢,我俩一起拉锚链。锚还是不动。白昼正在到来,阴沉沉,灰蒙蒙,雨绵绵,天寒地冻,一个通常会给你带来忧伤和不幸的白昼。我又瞧见另外一只船,我们向它呼叫。那划船的男子赶来和我们一起用力;于是,锚渐渐松动了。它在升起来,但是很慢很慢,好像拖着一个很沉的东西。我们终于看见一个黑乎乎的物体,便把它拉到我的船上。

"原来是一个老妇人的尸体,脖子上还坠着一块大石头。"

供圣水的人 *

　　他从前住在一个村庄的入口，大路边的一座小屋里。娶了本地一个农庄主的女儿以后，他自立门户成了大车匠。两口子辛勤劳动，积攒下一笔小小的钱财。不过他们没有孩子，这让他们非常苦恼。他们终于盼来了一个儿子，给他起名叫让。他们争着抚弄他，对他疼爱备至，简直到了一个钟头不见就受不了的地步。

　　让五岁那年，一帮跑江湖搞杂耍的路过此地，在村公所前的广场搭棚卖艺。

---

* 本篇首次发表于一八七七年十一月十日的《马赛克》周刊，作者署名"吉·德·瓦尔蒙"。

让看到这帮人,就溜出家门,父亲找了好久,才在几只会识字的山羊和会耍把戏的狗中间,看见他坐在一个上了年纪的小丑腿上放声大笑哩。

三天以后,晚饭时刻,该上桌吃饭了,大车匠和他的妻子发现儿子不在屋里。他们在园子里找,没找到,于是父亲就到大路边,使出全身的力气叫喊:"让!"——夜晚来临,天边布满褐色的雾霭,景物都退入阴暗可怕的远方。离他很近的三棵大枞树,仿佛在哭泣。没有人回答他;但空气中似乎传来隐隐约约的呻吟声。父亲听了好久,总像是听见了什么,有时在左边,有时在右边;他已头脑发昏,一面不停地叫喊着:"是让吗?是让吗?"一面向黑夜深处奔去。

他就这样一直跑到天亮,夜色中回响着他的喊声,游荡的野兽也被他吓跑。他焦虑已极,有时甚至觉得自己疯了。他妻子坐在家门口的石条上,一直哭到早晨。

他们没找到儿子。

在无法安慰的悲伤中,他们迅速衰老。

最后,他们卖掉房子,动身去亲自寻找。

他们向山坡上的牧羊人、过路的商人、乡村的农民和市镇当局打听。但他们的儿子已经失踪很久,没有任何人知情;儿子本人大概也已忘记自己的名字和家乡的名字了。他们只有痛哭,再也不抱希望。

很快,钱花光了,他们就去农庄和客栈打短工,干最低下的活儿,吃别人的残羹剩饭,睡地铺,挨冻。可是,由于过度劳累,他们身体虚弱了,再也没有人找他们干活,他们不得不在大路边乞讨。他们带着凄苦的表情,用恳求的语调,上前和过路人搭话;在田野里,向中午在大树下吃饭的收割庄稼的人讨一块面包,然后坐在沟边一声不吭地吃。

一天,他们向一位客栈老板倾诉自己的不幸,这客栈老板对他们说:

"我也认识一个丢失女儿的人,他后来在巴黎找到了。"

他们马上动身去巴黎。

当他们走进这座大城市,见它那么大,来来往往的人那么多,简直惊呆了。然而他们相信儿子一定就在这些人中间,不过他们不知道怎

样去找。再说,他们还担心认不出他来,因为他们已经十五年没见过他了。

他们走遍所有的广场、所有的街道,在所有人群聚集的地方流连,希望天意能够安排一次巧遇,碰上什么奇迹般的好运,或者命运发一次善心。

他们经常盲目地往前走,互相依靠着,样子那么悲惨,那么可怜,即使他们并没有乞讨,也会有人给他们施舍。

每个星期日他们都整天守候在教堂门口,观察进进出出的人群,在一张张脸上寻找一星半点和遥远记忆中的儿子相像的地方。有好几次他们以为认出了他,可是每次都认错了。

在他们最经常去的那座教堂的门口,有个供圣水的老人,成了他们的朋友。这老人也是历经劫难,他们很同情他,就这样彼此间产生了深厚的友谊。后来他们仨索性一起住进一座楼房顶层的一间陋室,那住处偏远,已经靠近田野。有时,老人病了,大车匠就代替朋友去教堂供圣水。一个冬季来了,这年冬季特别寒冷。捧圣水盆的孤苦老人死了,教区本堂神父已经了解大车匠的种种不幸,就指定他来接替。

从此,他每天一清早就来,坐在同一个地方,同一张椅子上,脊背频繁地磨蹭着他依靠的那根古老的石柱,把石头都磨出痕迹来。他目不转睛地打量每一个进来的男人,他像小学生一样焦急地盼望着星期日,因为那一天教堂总是川流不息地挤满了人。

他变得很苍老,教堂穹顶下的潮气损坏着他的身体。他的希望也一天天在磨灭。

他已经认识所有来礼拜的人,知道他们的钟点、他们的习惯,能分辨出他们走在石板地上的脚步声。

他的存在变得那么狭隘,一个陌生人走进教堂对他来说都成了一桩大事。有一天来了两个妇人,一个年老的,一个年轻的,大概是母女俩。她们身后跟着一个男子。出去时,他向他们行礼,递过圣水以后,他又去搀扶那老妇人。

"那男子想必是姑娘的未婚夫吧。"大车匠想。

他一直到晚上都在苦苦寻思:从前可能在哪儿见过一个人长得像这个男子。不过他回忆起的那个人如今也该是老人了,因为自己好像是在家乡那边认识他的,那时自己还年轻。

那男子此后经常陪两个妇人来教堂。那隐隐约约的相像,既遥远又熟悉,可就是记不清了,这让供圣水的老人伤透了脑筋。他把妻子叫来,帮记忆力衰退的他一起回忆。

一天傍晚,快天黑的时候,那三个外地人又一起进来。等他们走过去,丈夫问:

"喂!你认出是他吗?"

妻子心情紧张,也在努力回忆。突然,她小声地说:

"是……是……只不过他头发比较黑,个子比较高,身子比较壮,而且穿得像个绅士。但是,他爸,你看见吗,他的相貌跟你年轻的时候一样。"

老人兴奋得跳了起来。

真的,这年轻人像他,而且也像他死去的弟弟,像他小时候见过的父亲。他们激动得说不出话来。那三个人从大堂下来,要出去。就在那年轻人手伸进圣水盆的时候,老人的手剧烈地颤抖起来,圣水像雨点般洒了一地。他大喊一声:"是让吗?"

那男子停下来,看着他。

老人又低声喊了一声:

"是让吗?"

两个女人大惑不解地打量着他。

于是他第三次呜咽着说:

"是让吗?"

年轻人低低地俯下身子,端详他的面孔,一道童年记忆的闪光照亮他的心头,他回答:

"皮埃尔爸爸,雅娜妈妈!"

父亲的姓和家乡的名字,他全忘了;但他还记得这两个重复过无数次的称呼:皮埃尔爸爸,雅娜妈妈!

他跪下来,依偎着父亲的腿。他哭着,轮番拥吻着父亲和母亲。二老也喜极而泣。

两个妇女也在哭泣,她们明白发生了一件大喜事。

于是他们全体前往年轻男子的住处。他对他们讲了自己的遭遇。

那帮流浪艺人把他拐走。在头三年里他跟随他们辗转了很多地方。后来班子散伙了,有一天,在一座古堡里,一位老妇人觉得他很可爱,便出钱把他留下。他很聪明,送他上了小学,又上了中学。老妇人没有孩子,把家产传给了他。他也寻找过自己的父母,但他只记得两个名字:"皮埃尔爸爸,雅娜妈妈",所以始终没能找到。现在,他就要成婚了。他把未婚妻介绍给自己的父母,那姑娘又美丽又善良。

两位老人也讲述了他们的痛苦和磨难,然后又一次拥吻他。那天晚上他们挨到很晚,不敢睡,生怕失去了那么久的幸福在他们睡着的时候又离开他们。

但是顽固的厄运再也没有力量和他们纠缠,他们一直到死都活得很幸福。

拉莱中尉的婚事*

战役一开始,拉莱中尉就从普鲁士人手中缴获了两门大炮。将军对他说:"谢谢,中尉。"还授予他荣誉勋章。

他既谨慎又骁勇,灵巧、机敏,足智多谋。上级派给他一百来号人,他组织了一支侦察队,曾经多次拯救撤退中的大军。

但是,入侵者就像漫溢的大海,从边界全线涌入。那就像一个接一个扑来的人的巨浪,在他们周围撒下泡沫般的流动部队。卡莱尔将军的这个旅,脱离了师主力,不停地后撤,每天都要作战,但是靠着拉莱中尉的警惕和敏捷,几乎保持完好无损。这位中尉好像有分身术似的无所不在,挫败了敌人的所有诡计,令他们的预测屡屡失误,弄得他们的枪骑兵①晕头转向,将他们的先头部队尽数歼灭。

一天早晨,将军把他招来。

"中尉,"将军说,"这是拉塞尔将军来的一封急电,如果我们不能在明天日出以前赶到援助他,他就完了。他在布兰维尔,离这里八法里。你天黑时带三百人出发,一路上每隔一段布下一名标兵。我两小时以后就跟去。你要仔细探明沿路的情况,我怕会遭遇敌军一个师的兵力。"

天寒地冻已经足有一个星期。两点钟,开始下起雪来;傍晚时,大地已经被大雪覆盖,浓密、纷飞的白雪像幕布把近在咫尺的东西都掩没了。

六点钟,小分队上路了。

两名士兵在前面探路,只有他们俩,领先三百米。接着是中尉亲自

---

* 本篇首次发表于一八七八年五月二十五日的《马赛克》周刊,作者署名"吉·德·瓦尔蒙"。

① 枪骑兵:普鲁士军队的枪骑兵属于轻骑兵部队,通常充当执行侦察任务的尖兵。

率领的一个十人小组。其余人排成长长的两列尾随前进。在小部队左右两侧各三百米的距离,一些士兵两个两个地行进。

雪,下个不停,给黑暗中的他们扑上一层白粉;它落在衣服上并不融化,加上夜色阴沉,所以他们在清一色白茫茫的田野上几乎不露一丝痕迹。

他们不时地停下来。这时就只听得见那无以名之的落雪的沙沙声,因为与其说是声响,不如说是感觉,像是凶险而又难以捉摸的低语。一道口令轻声传递着;每当队伍重新启动时,就留下一个白色的幽灵站在雪地里。幽灵变得越来越模糊,直到无影无踪。那是些活人扮的路标,用来为大部队指引方向的。

侦察兵们放慢了行进的脚步。有什么东西兀立在他们前方。

"向右转!"中尉说道,"这是隆菲树林,树林左边就是城堡。"

不久,一道命令传来:"停止前进!"小分队停下来,就地等候中尉。中尉仅带着十个人一路侦察往城堡方向推进。

他们在树丛下匍匐前行。突然,大家都静止不动了。一片可怕的寂静笼罩在他们上空。接着,在很近的地方,一个清脆、悦耳的年轻人的声音,刺破林中的静谧,轻轻地说:

"父亲,我们要在雪地里迷路了。我们永远也到不了布兰维尔啦。"

一个洪亮一些的声音回答:

"完全不用担心,女儿,我对这一带了如指掌。"

中尉说了几句话,四个战士,就像几个影子一样,悄无声息地离去。

突然，黑夜中响起一个女子的尖叫声。两个俘虏被带过来：一个老人和一个女孩。中尉始终低声地询问他们。

"您叫什么名字？"

"皮埃尔·贝尔纳。"

"您是做什么职业的？"

"隆菲伯爵的膳食总管。"

"这是您的女儿吗？"

"是的。"

"她是做什么的？"

"她是伯爵府洗衣服的。"

"你们去哪儿？"

"我们在逃难。"

"为什么？"

"今晚来过十二个鬼子枪骑兵。他们枪杀了三名守卫，吊死了园丁。我呢，真为女儿担心。"

"你们去哪儿呢？"

"去布兰维尔。"

"为什么？"

"因为那里有一支法国军队。"

"您认识路吗？"

"非常熟悉。"

"很好，那就跟我们走吧。"

他们回到纵队，重又开始在田野中前进。老人沉默不语，和中尉并肩而行。女儿走在他的旁边。她突然停下来。

"爸爸，"她说，"我太累了，实在走不动了。"

说着她就坐了下来。她冻得发抖，好像就准备死在这里似的。父亲要抱她走，可是他年纪太大，身体也太弱了。

"中尉，"他啜泣着说，"我们要耽误你们行军了。法兰西高于一切。别管我们啦。"

军官下了一道命令。几个人出发了。他们抱着一些砍下的树枝回来。于是，片刻间，做成了一副担架。整个小分队都向他们汇拢过来。

"这儿有一位女士快要冻死了，"中尉说，"谁愿意用自己的大衣给她盖上？"

两百件大衣脱了下来。

"现在，谁愿意抬她走？"

所有的手臂都伸了出来。年轻女子裹在温暖的军大衣里，舒适地躺在担架上，四个壮实的肩膀把她抬起来；她就像一位由奴隶们抬着的东方女王，被安置在小分队中央。队伍又继续前进。一个妇女，像那激励法兰西的古老热血完成了无数奇迹的女王，亲临沙场，使它深受鼓舞，步伐更有力，更坚定，更轻快。

走了一个小时，队伍又停下来，所有人都卧倒在雪地里。那边，平原中央，一个巨大的黑影在奔跑，就像是一个令人不可思议的鬼怪，先是像蛇一样伸得老长，接着突然缩成一团；时而横冲直撞，时而静止不动，然后又继续狂奔，反复不停。一道道命令在战士中间小声传递着，不时地发出一声轻微的金属磕碰的清脆声响。那游荡的怪物猛然向这边移近，原来是十二个枪骑兵，在黑夜中迷失了方向，一个尾随一个，疾驰过来。在阴森的微光中，二百个卧倒的人突然呈现在他们眼前。一阵急速的枪声在寂静的雪原回响，那十二个枪骑兵，连同他们的十二匹坐骑，全部倒下。

小分队等待了好一会儿，然后又继续前进。他们遇到的那位老人为他们做向导。

终于，从很远处有一个声音吆喝："口令！"

另一个比较近的声音回答了口令。

他们又开始等待，双方正在接洽。雪已经停止飘落。寒风扫荡着乌云，而在他们身后，云层上方，无数星星在闪烁。星光逐渐暗淡下来，东方的天空已露出红润。

一位参谋部军官前来迎接小分队。当他问到担架上抬着什么人，女孩动了动，两只小手拨开那些大号的蓝色军大衣，露出一副娇美的面庞，泛着曙光般的玫瑰色，眸子比隐去的星星还要晶莹，笑容比初升的太阳还有神采，她回答：

"是我,先生。"

战士们欣喜若狂,鼓着掌,把年轻的姑娘高高举起以示胜利,一直把她抬到营地中心;营地的官兵都举枪致敬。不久,卡莱尔将军到了。九点钟,普鲁士人发起进攻。他们中午就被击退。

当晚,拉莱中尉精疲力竭,倒在一捆麦秸上正要入睡,将军派人来找他。他来到将军的营帐,只见将军正在和他夜间遇到的那个老人谈话。他刚走进去,将军就拉过他的手,对这个他还不知道真实身份的人说:

"亲爱的伯爵,这就是您刚才和我谈到的那个年轻人,我手下的一名优秀军官。"

他微笑着,压低了声音,接着说:

"最优秀的军官。"

然后,他又转身朝着大吃一惊的中尉,介绍"隆菲-奎迪萨克伯爵"。

老人双手紧握着中尉的手,说:

"亲爱的中尉,您救了我女儿的命,我只有一个办法可以感谢您……请您几个月以后来告诉我……如果您喜欢她……"

一天不多一天不少,一年以后,在圣多玛·德·阿昆教堂①,拉莱中尉娶了路易丝·奥斯坦丝-热奈维叶芙·德·隆菲-奎迪萨克小姐。

她带来六十万法郎的陪嫁,而且,人们都这么说,她还是那一年人们见到的最美的新娘。

---

① 圣多玛·德·阿昆教堂:旧时一座贵族社会的教堂,在今巴黎第七区,巴克街和圣日耳曼林阴大道之间。

"甘草露,甘草露,清凉的甘草露!"*

我听人说过我叔叔奥利维埃临死时的情形。

我知道,那是在七月,骄阳似火,百叶窗紧闭的大卧室里一片昏暗。当他慢慢地、静静地咽气时,在那炎热的夏日午后令人窒息的宁静中,忽然街上传来清脆的铃声,一个响亮的声音划破闷人的溽暑,喊道:"清凉的甘草露!太太们,快来解热消暑呀!甘草露,甘草露,谁要甘草露?"叔叔身子动弹了一下,某种类似微笑的东西让他的嘴唇嚅动了一下,一缕最后的喜悦在他眼里闪亮了一下,紧接着就闭目长辞了。

---

* 本篇首次发表于一八七八年九月十四日的《马赛克》周刊,作者署名"吉·德·瓦尔蒙"。甘草露是将甘草浸泡在柠檬水中制成的清凉饮料,18 世纪末至 19 世纪末盛行一时。

我参加了遗嘱启封的仪式。堂兄雅克理所当然地继承了他父亲的财产。作为纪念,赠给我父亲几件家具。最后一个条文是关于我的,内容如下:"我给侄子皮埃尔留下几页手稿,该手稿可在我写字桌左边的抽屉里找到;另有五百法郎给他买一支猎枪,还有一百法郎请他替我交给他遇见的第一个卖甘草露的小贩!……"

这最后一条让满座的人大感不解。不过交给我的那份手稿对这项令人惊讶的遗赠做出了解释。

我就原原本本把它抄录如下:

"人类总是生活在迷信的桎梏之下。他们过去认为世间出生一个孩子,天上就会有一颗星星点亮;这颗星将追随他一生的祸福荣辱,它明亮表示他幸福,它暗淡表示他受苦。他们现在则相信彗星、闰年、星期五以及'十三'这个数字的影响。他们认为某些人会施魔法,抛毒眼①。有人说:'每次遇到他总给我带来不幸。'这一切千真万确。我对此深信不疑。——我要说明的是:我不相信有什么生物或无生物的神秘影响力,但我相信有鬼使神差般的巧合。可以肯定,正是巧合让一些重大事件在彗星造访我们天空时,或者在闰年里发生;某些天灾人祸要么落在星期五,要么和'十三'这个数字碰在一起;同某些人相遇往往同某些现象的反复出现不谋而合。诸多迷信就是由此产生。迷信所以形成,就因为人们看事情片面而又肤浅,把巧合本身当成了原因,而不作深入的探究。

"至于我,我的星宿,我的彗星,我的星期五,我的'十三',我的巫师,却千真万确是一个卖甘草露的小贩。

"听说我出生的那一天,有个卖甘草露的,在我家窗前叫卖了一整天。

"八岁时,有一天我跟保姆去香榭丽舍林阴道散步,当我们横穿大街时,有个干这一行的人突然在我背后摇响铃铛。保姆正在看远处走过的一队士兵;我回过头去看那卖甘草露的小贩。就在这时,一辆闪电般耀眼和迅疾的两驾马车,向我们冲过来。车夫叫喊了一声,保姆没有

---

① 抛毒眼:用目光给别人带来厄运。

听见,我也没有。我觉得自己被撞倒,翻了几个滚儿,伤得不轻……但是,我至今也不明白是怎么回事,我竟然到了那卖甘草露小贩的怀里;而他为了安抚我,还把我的嘴对准龙头,灌了我几口甘草露……这样一来我就完全好了。

"我的保姆却撞断了鼻梁骨。即使她继续看那些士兵,那些士兵也不会再看她了。

"十六岁那年,我刚刚买了我的第一支猎枪;开猎的前夕,我挽着老母亲去公共马车站。她患风湿病,走得很慢。忽然,我听见我们身后有人叫喊:'甘草露,甘草露,清凉的甘草露!'喊声越来越近,像在跟着我们,追赶我们!我感到它似乎是冲我来的,是对我的一种人身攻击,一种侮辱。我相信人们正在看着我,笑话我呢。而那小贩仍然连声叫喊着:'清凉的甘草露!'分明在嘲笑我的锃亮的猎枪、新的猎物袋和崭新的栗色丝绒猎装①。

"坐进马车,我还听见他在吆喝。

"第二天,我一只猎物也没打到,倒把一条奔跑的猎狗错当成野兔

---

① 此句中的"清凉",法语为 frais,也可作"崭新"解,因此被理解为影射。

击毙,把一只小母鸡误以为山鹑打死。有一只小鸟落在树篱上,我立马开了一枪,它飞了;不过一声凄厉的哞叫吓得我呆若木鸡,这叫声一直持续到深夜……唉!我父亲不得不赔一个穷苦农夫一头母牛。

"二十五岁那年,一天早上,我看见一个卖甘草露的老人,满脸皱纹,腰弯背曲,步履维艰,拄着一根木杖,仿佛快被水罐压垮了似的。在我看来,他就像一个神灵,世上所有甘草露小贩的族长、始祖、大首领。我喝了一杯甘草露,付给他二十苏①。一个深沉的声音,就好像从老人背着的马口铁水罐里发出来似的,呻吟着说:'这会给您带来好运,亲爱的先生。'

"就在那一天,我认识了我妻子,她让我生活得总是那么幸福。

"最后说说一个甘草露小贩如何妨碍我成为省长的。

"一场革命刚刚过去。我忽然萌生出做公众人物的欲望。我家道富足,颇有人望,又认识一位部长;于是我请求他惠予接见,并说明拜访所为何事。部长十分爽快地允诺。

"到了约定的日子(那是夏天,酷热难当),我穿着一条浅色长裤,戴着一副浅色手套,脚上是一双漆皮包头、浅色呢高帮的皮鞋。路面晒得发烫。人行道都融化了,脚踩在上面就往下陷。笨重的洒水车把马路变成了污水坑。清洁夫每隔一段把这人造热泥浆堆成一堆儿,然后推到阴沟里。我心里只想着接见的事,走得很快,遇到一条夹带着垃圾滚动的污流,我使足劲,一……二……突然一声尖叫,吓人的尖叫,刺进我的耳膜:'甘草露,甘草露,甘草露,谁要甘草露?'像所有受了意外惊吓的人一样,我不由自主地晃动了一下,滑倒了……这真是件可悲而又难堪极了的事……我一屁股坐在稀泥浆里……裤子变成了深色,白衬衫溅满泥浆,帽子在我身边漂浮。那撒疯般的、嘶哑的声音依然在喊叫:'甘草露,甘草露!'而在我面前有二十来人,笑得前仰后合,还冲我做出各种可怕的鬼脸。

"我连忙跑回家,换了衣裳,但接见的时间已经过了。"

手稿结尾这样写道:

---

① 苏:旧时法郎硬币,一个苏相当于1/20法郎。

"我的小皮埃尔,交一个卖甘草露的朋友吧。至于我,只要在临死那一刻听到一个甘草露小贩吆喝,就可以心满意足地离开这个世界了。"

第二天我在香榭丽舍林阴道遇到一个苍老的背着罐儿叫卖甘草露的小贩,看上去十分可怜。我把叔叔那一百法郎给了他。他惊讶得打了个哆嗦,然后对我说:"非常感谢您,少爷,这会给您带来好运的。"

西蒙的爸爸*

中午十二点的铃声刚刚敲响,小学校的大门就打开了,孩子们你推我搡、争先恐后地涌出来。但是,他们并不像平日那样迅速散去,各自回家吃饭,而是在不远的地方停下,扎成堆儿说起悄悄话来。

原来今天上午,布朗绍大姐的儿子西蒙第一次来上课。

他们在家里全都听人谈起过布朗绍大姐。尽管人们在公开场合对她以礼相待,可是母亲们私下谈到她却是同情心里含着点儿轻蔑。这种情绪也感染了孩子们,虽然他们根本不知道为什么。

西蒙呢,他们并不了解他,因为他从来不出家门,也不跟他们在村里的街道上或者河边嬉闹。他们不大喜欢他,所以听一个十四五岁的伙伴说:"你们知道吗……西蒙……嘿,他没有爸爸。"他们都有些幸灾乐祸,同时十分惊奇;听完了又互相转告。那男孩子一边说着一边神兜兜地挤眉弄眼,似乎他知道的还多着哩。

布朗绍大姐的儿子这时也走出校门。

他七八岁。脸色有点苍白,很干净,样子很腼腆,甚至有些手足无措。

他正要回母亲家。这时,成群结伙的同学,一面小声议论着,一面用孩子们策划坏招儿时常有的机灵而又残忍的眼神盯着他,逐渐从四面八方走过来,最后把他团团围住。他停下脚步,呆呆地站在他们中间,既感到惊讶又觉得尴尬,不明白他们要对他做什么。这时,那个因为披露新闻获得成功而深感自豪的男孩问他:

"喂,你叫什么名字?"

---

* 本篇首次发表于一八七九年十二月一日的《政治、文学、哲学、科学和经济改革》;后编入一八八一年出版的中短篇小说集《泰利埃公馆》。

"西蒙。"

"西蒙什么?"那男孩追问。

西蒙完全被弄糊涂了,他重复说:"西蒙。"

那男孩对他嚷道:"人家都是叫西蒙再加上点什么。西蒙……这,可不是一个姓呀。"

他,几乎要哭出来了,第三次回答:"我叫西蒙。"

小淘气们哄然大笑。得胜的那个男孩提高嗓门:"你们看到了吧,他果真没有爸爸。"

顿时鸦雀无声。孩子们被这件异乎寻常、无法想象、骇人听闻的事惊呆了。一个男孩居然没有爸爸!——他们像看一个怪物、一个违反自然的东西一样看着他,感到母亲们一直没有挑明的对布朗绍大姐的轻蔑,在自己身上突然增强了。

西蒙呢,他连忙靠在一棵树上,才没有栽倒。他试图辩解。但他不知道该说什么来回答他们,否认他没有爸爸这件可怕的事。他面无血色,只能随口对他们大喊:"我有,我有爸爸。"

"他在哪儿?"还是那个男孩问。

西蒙哑口无言;他确实不知道。孩子们都很兴奋,笑个不停。这些乡下孩子经常接近小动物。鸡栏里的母鸡见一个同类受伤，就马上把它咬死。他们竟也觉得有这种残酷的需要。这时，西蒙忽然发现一个邻居家的小孩，是一个寡妇的儿子，他总看见他跟自己一样，孤单一人和妈妈在一起。

"你也一样呀，"他说，"你也没有爸爸。"

"我有，"那孩子回答，"我有爸爸。"

"他在哪儿？"西蒙反击道。

"他死啦，"那孩子趾高气扬地说，"我爸爸，他躺在坟地里。"

淘气鬼们发出一片低低的赞许声，好像有个死去的父亲躺在坟地里，这一事实已经把他们的伙伴变得伟大，足以压扁那个根本没有父亲的孩子。这些捣蛋虫，他们的父亲大都是些恶棍、酒鬼、小偷，并且惯于虐待老婆的。他们有样学样，互相推挤着，把包围圈缩得越来越严实，就好像他们这些合法的儿子要施放出一种压力，把那个不合法的儿子闷死似的。

突然，站在西蒙对面的一个孩子，带着嘲弄的神情冲他伸伸舌头，对他高喊：

"没有爸爸！没有爸爸！"

西蒙揪住他的头发，使劲踢他的腿，同时狠狠咬他的脸。场面乱作一团。等两个打架的被拉开，西蒙已经被打得不轻，衣服撕破了，身上青一块紫一块，在拍手称快的小淘气们的包围中，蜷缩在地上。当他站起来，下意识地用手拂拭沾满灰尘的白罩衫时，有个孩子冲他大喊一声：

"去告诉你爸爸好了。"

这一下他心里感到全垮了。他们比他强大，打败了他。而他无法反击他们，因为他意识到自己真的没有爸爸。他自尊心很强，试图强忍住难受的眼泪；可是没有几秒钟，就憋得透不过气，虽然没有哭出声，却剧烈地抽搐起来，身子急促地颤抖。

敌人们发出一阵残忍的哄笑。就像欣喜若狂的野人一样，他们本能地牵起手，环绕着他一边跳舞，一边像唱叠句般地反复叫喊着："没有爸爸哟！没有爸爸哟！"

可是西蒙突然停止抽泣。他勃然大怒。脚边有几块石头;他捡起来,使劲向那些虐待他的人扔去。两三个孩子被石块击中,号叫着抱头逃窜。他那么气势汹汹,其余的孩子也都大为惶恐。人多也怕红脸汉;他们胆怯了,顿时散伙,逃之夭夭。

只剩下他一个人了,这没有父亲的小男孩撒开腿向野外跑去,因为他想起一件事,让他在头脑里做出一个重大决定:他要投河自尽。

原来他想起一个星期以前,一个靠乞讨为生的穷汉,因为已经身无分文,跳了河。把他的尸体捞起来的时候,西蒙正好在那里。这个不幸的人,平时西蒙觉得他很可怜,又肮脏又丑陋;但这时他脸变得白皙了,长长的胡须湿润了,睁开的两眼宁宁静静的,那副安详的神情给他留下深刻的印象。周围有人说:"他死了。"又一个人补了一句:"他现在倒像很幸福呢。"西蒙也想跳河,因为他没有父亲,就像那个不幸的人没有钱一样。

他来到河边,看着流水。几条鱼在清澈的流水中疾速地窜游嬉戏,不时地轻盈一跃,衔住水面上飞舞的小虫。他不再哭,而去看那些鱼,它们的表演引起他强烈的兴趣。不过,正像暴风雨平息的过程中偶尔会突然掠起几阵狂风,吹得树木咔吱作响,然后才消逝在天边。"我要跳河,因为我没有爸爸"这个念头伴着一股剧烈的悲痛,又涌上他的心头。

天气和暖宜人。温柔的阳光照晒着青草。河水像明镜似地闪着光。有那么几分钟的时间,西蒙觉得舒服极了,也感到痛哭之后常有的困倦;他恨不得就在那里,在那草地上,在温暖的阳光下,睡上一会儿。一个绿色小青蛙跳到他的脚边,他试图捉住它,青蛙逃开了。他接连抓了三次都失败。最后他总算抓住它的两条后腿。看着这小动物竭力挣扎想要逃脱的样子,他笑出声来。那青蛙先是蜷拢两条大腿,然后用力一弹,两腿猛然一伸,像两根棍子一样挺直;与此同时,它那带一道金箍的眼睛瞪得圆圆的,两只像手一样舞动的前爪向空中扑打着。这让他联想到一种用窄窄的小木片彼此交叉钉成的玩具,就是通过同样的运动,牵动着插在上面的小兵操练的。这时,他想到了家,想到了妈妈,一阵心酸,又哭起来。他浑身颤抖着,跪下,像临睡前那样念起祈祷文。

但是他没法念完，因为他抽泣得那么急促，那么厉害，他已经神昏意乱。他什么都不再去想，周围的一切也都视而不见了，只顾着哭。

突然，一只壮实的手搁在他的肩头，一个洪亮的声音问他："什么事让你这么伤心呀，小家伙？"

西蒙回过头去。一个长着黑胡须和黑色卷曲头发的高个儿工人和善地看着他。他眼泪汪汪、喉咙哽噎地回答：

"他们打我……因为……我……我……没有爸爸……没有爸爸。"

"怎么会，"那人微笑着说，"每个人都有爸爸呀。"

孩子强忍悲伤，语不成声地接着说："我……我……我……没有。"

这时那工人变得严肃起来。他认出这是布朗绍大姐的孩子，虽然他刚到此地不久，也隐约耳闻些她过去的事。

"好啦，"他说，"别难过啦，孩子，跟我回去找妈妈吧。你会有……一个的。"

他们上路了，大汉挽着小孩的手。那汉子又露出了微笑。去见见据说是当地数得着的漂亮妹子布朗绍大姐，他不会不开心；也许他心里还在对自己说：失过足的妞儿很可能重蹈覆辙呢。

他们来到一个干干净净的白色小房子前面。

"就这里，"孩子说，然后叫了声："妈妈！"

一个女子走出来。她神情严肃地停在门口，仿佛在防止一个男人跨进门槛，因为她已经在那房子里遭到另一个男人背弃。工人顿时敛起他的笑容，他立刻明白，跟这个脸色苍白的大姑娘是开不得玩笑的。他有些不知所措，手捏着鸭舌帽，结结巴巴地说：

"瞧，太太，我把您的孩子送回来了，他在河边迷路了。"

可是西蒙扑进母亲的怀里，一边又哭起来一边说：

"不是的，妈妈，我是想跳河，因为别人打了我……打了我……因为我没有爸爸。"

年轻女子脸红得发烫，心如刀割；她紧紧搂住孩子，眼泪刷刷流到面颊。工人深受感动，站在那里，不知怎样走开才好。这时，西蒙突然跑过来，对他说：

"您愿意做我的爸爸吗？"

一阵沉默。哑口无言、脸羞得通红的布朗绍大姐,身子倚着墙,两手按着胸口。孩子见人家不回答,追问道:

"您要是不愿意,我就回去跳河。"

工人只当是说着玩,笑着回答:

"我当然愿意喽。"

"您叫什么?"孩子于是问,"别人再问起您的名字,我好回答他们呀。"

"菲力普。"男子汉回答。

西蒙沉默片刻,好把这名字牢牢记在心里,然后张开双臂,十分欣慰地说:

"好啦!菲力普,您是我的爸爸啦。"

工人把他抱起来,猛地在他双颊上吻了两下,就大步流星地离去。

第二天,西蒙走进学校,迎接他的是一片恶意的笑声;放学时,那个大孩子正想故伎重演,西蒙像扔石块似的,劈头带脸扔过去这句话:

"我爸爸叫菲力普。"

周围响起一片开心的号叫。

"菲力普谁?……菲力普什么?……菲力普是个啥呀?……你这个菲力普是从哪儿搞来的?"

西蒙根本不屑于回答;他怀着坚定不移的信念,用挑战的眼光望着他们。他已经做好了准备,宁愿拼死一战,也不愿在他们面前逃跑。老师替他解围,他才回到母亲家。

在此后的三个月里,高个儿工人菲力普经常在布朗绍大姐家附近走过,有时见她在窗边做针线,就鼓起勇气上前去和她搭话。她礼貌地回答他,不过总是很庄重,从来不跟他说笑,不让他进她家门。然而,像所有的男人一样,他也有点儿自命不凡,总觉得她跟他说话的时候,脸儿比平时红一些。

可是,名声一旦坏了是很难恢复的,即使恢复了也依旧十分脆弱。尽管布朗绍大姐谨言慎行,当地已经有人在说长道短了。

西蒙呢,他非常爱他的新爸爸,几乎每天晚上都要在他下工后和他一起散步。他天天按时上学,从同学们中间走过时态度非常尊严,不去理睬他们。

然而,有一天,曾经带头攻击他的那个大孩子对他说:

"你撒谎,你并没有一个叫菲力普的爸爸。"

"为什么没有?"西蒙气呼呼地问。

大孩子搓着手,接着说:

"因为你要是真有这样一个爸爸,他就应该是你妈妈的丈夫。"

面对这个正确的推理,西蒙心慌了,不过他还是回答:"反正他是我的爸爸。"

"也许吧,"大孩子嘲笑着说,"不过,他不完全是你的爸爸。"

布朗绍大姐的孩子低下头,若有所思地向卢瓦宗老爹的铁匠铺走去。菲力普就在那里干活。

那铁匠铺就好像掩藏在树丛里。铺子里很暗,只有一个大炉的红红火光强烈地映照着五个赤着臂膀的铁匠,在铁砧上击打着,发出震耳的丁当声。他们站在那里,仿佛一群燃烧的精灵,注视着他们正任意改变形状的铁块;他们沉重的思想也随着铁锤一起一落。

西蒙进去的时候谁也没看见他,他悄悄走过去拉了拉他朋友的衣服。后者回过头来。工作戛然而止,大家都关心地看着。就在这不寻常的寂静中,响起西蒙细弱稚嫩的声音:

"喂,菲力普,米绍大婶的儿子刚才对我说,你不完全是我的爸爸。"

"为什么?"那工人问。

孩子十分天真地回答:

"因为你不是我妈妈的丈夫。"

谁也没有笑。菲力普伫立着,两只硕大的手挂着立在铁砧上的锤柄,脑门贴在手背上。他在沉思。四个伙伴看着他。在这些巨人中间显得很渺小的西蒙,焦虑地等待着。突然,一个铁匠发出了所有人的心声,对菲力普说:

"尽管遇到过不幸,布朗绍大姐的确是个善良、勤劳的姑娘;一个正直的人娶了她,倒是个挺体面的媳妇呢。"

"这是实在话。"另外三个人说。

那工人继续说:

"如果说这姑娘失过足,难道是她的过错吗?人家原来口口声声要娶她的。我就认识不止一个女人,从前有过类似经历,如今很受人敬重哩。"

"这是实在话。"那三个人齐声回应。

那人又接着说:"这可怜的姑娘一个人拉扯孩子,受了多少苦;她除了上教堂,从不出家门,又流过多少泪,这就只有天主知道了。"

"这也是实在话。"另外几个人说。

这以后,除了风箱扇动炉火的呼哧声,就什么也听不见了。突然,菲力普弯下腰,对西蒙说:

"去告诉你妈妈,我今晚要去跟她谈谈。"

说罢他就推着孩子的肩膀送他出去。

他又走回来干活。不约而同地,五把铁锤一起落在铁砧上。他们就这样锤打,直到天黑,个个都像那些得心应手的铁锤,坚强,有力,而又欢快。不过,就像在节日里,主教座堂大钟的鸣响总要胜过其它的教

堂；菲力普的铁锤有节奏地击打，发出震耳的铿锵，盖过其它的锤声。而铁匠本人呢，站在飞溅的火花里，热情洋溢地锻造着，两眼耀动着光芒。

　　他来叩响布朗绍大姐的家门时，已经是满天星斗。他身着节日才穿的那件罩衫和一件鲜亮的衬衣，胡须刚刚修剪过。年轻女子出现在门口，带着为难的表情对他说："菲力普先生，天都黑了到这里来，可不好呀。"

　　他想回答，可是他结结巴巴不知道怎么说才好，尴尬地面对着她。

　　她接着说："再说，您一定明白，再也不能让人说我的闲话了。"

　　这时，他毅然地说：

　　"那又有什么关系，如果您愿意做我的妻子！"

　　没有半个字的回答，不过他听到在昏暗的屋里有个人倒下去的声音。他连忙走进去。已经睡在床上的西蒙听到接吻声和母亲的几句轻声细语。接着，他突然被他朋友的双手抱了起来，后者用他大力士的臂膀举着他，大声对他说：

　　"你告诉他们，你的同学们，你的爸爸是铁匠菲力普·雷米；谁要是欺负你，他就揪谁的耳朵。"

　　第二天，同学们都到齐了，就要开始上课，小西蒙站了起来；他脸色苍白，嘴唇颤抖着，用响亮的声音说："我的爸爸是铁匠菲力普·雷米，他说谁要是再敢欺负我，他就揪谁的耳朵。"

　　这一次，再也没有人笑，因为大家都认识这个铁匠菲力普·雷米；有他这样一个爸爸，人人都会感到骄傲的。

羊 脂 球[*]

溃退中的残军一连好几天穿城而过。那已经算不得什么军队,倒像是一些散乱的游牧部落。那些人胡子又脏又长,军装破破烂烂,无精打采地向前走着,既不打军旗,也不分团队。看上去所有的人都神情沮丧,疲惫已极,连想一个念头,拿一个主意的力气都没有了,仅仅依着惯性向前移动,一站住就会累得倒下来。人们看到的大多是战时被动员入伍的人;这些与世无争的人,安分守己的年金收入者,现在被枪支压得腰弯背驼。还有一些是年轻机灵的国民别动队,他们既容易惊恐失措,也容易热情冲动;时刻准备冲锋陷阵,也时刻准备逃之夭夭。其次是夹杂在他们中间的几个穿红色军裤的正规步兵,在一场大战役里伤亡惨重的某支部队的残余。再就是夹杂在这五花八门的步兵中的穿深色军装的炮兵。偶尔还可以看到个把头戴闪亮钢盔的龙骑兵,拖着沉重的脚步,吃力地跟着走路反倒略显轻松的前线步兵。

接着过去的是一队队义勇军,各有其壮烈的称号:"战败复仇队"、"墓穴公民队"、"出生入死队"等等;他们的神情却更像土匪。

他们的长官有的是昔日的呢绒商或粮食商,有的是从前的油脂商或肥皂商,只因形势的要求才成了军人。他们所以被任命为军官,不是由于金币多,就是由于胡子长。他们浑身佩挂着武器,法兰绒的军装密布着金边和绶带;说起话来声高震耳,总在探讨作战方案,并且自诩岌岌可危的法国全靠他们这些大吹大擂的人的肩膀支撑。不过他们有时却害怕自己手下的士兵,因为这些人原是些打家劫舍之徒,虽然往往出奇地勇猛,但毕竟偷盗成性、放纵不羁。

---

[*] 本篇首次发表于一八八〇年出版的中短篇小说集《梅塘晚会》;除莫泊桑以外,该集还收有左拉等人的作品。

听说普鲁士人就要进占鲁昂①了。

两个月来一直在近郊森林里小心翼翼地侦察敌情,有时开枪射杀己方的哨兵,连一只小兔在荆棘丛中动弹一下便立刻准备战斗的国民自卫军,如今都已逃回各自的家中。他们的武器,他们的制服,不久前还用来吓唬三法里内公路里程碑的所有杀人凶器,也都突然不翼而飞。

最后一批法国士兵终于渡过塞纳河,取道圣瑟威镇和阿沙镇,往奥德麦桥退去。走在末尾的将军已经灰心绝望;他带着一盘散沙似的败兵残卒,也实在难有作为。一个惯于克敌制胜的民族,素有传奇般的勇武,竟然被打得一败涂地。在这样的大溃逃中,将军本人也狼狈不堪;他由两个副官左右陪伴,徒步撤退。

此后,城市便笼罩在深深的宁静和惊慌而又默默等待的气氛里。许多被生意磨尽男子气概的大腹便便的有产者,忧心忡忡地等候着战胜者,一想到敌人会把他们的烤肉钎和切菜刀认作私藏武器就不寒而栗。

生活好像停止了,店铺全都关门停业,街上鸦雀无声。偶尔出现一个居民,也被这沉寂吓坏了,急匆匆贴着墙根溜过。

等待期间的焦虑甚至让人希望敌人索性早点来。

法国军队撤出的第二天下午,不知从哪里钻出的几个枪骑兵,快马流星地穿城驰过。接着,过了不大工夫,就从圣卡特琳山坡上冲下来黑压压一大群人马。与此同时,另外两股入侵者也出现在达内塔尔公路和布瓦吉约姆公路上。这三支队伍的先遣队恰好同时会合于市政厅广场;而从附近的各条大街小巷,德国军队还在源源到来,一支队伍接着一支队伍,沉重而整齐的步伐踏得路石笃笃作响。

用喉音很重的陌生语言②喊出的号令声,在一排排看似无人居住的死气沉沉的房屋前回荡。在紧闭的百叶窗后面,无数只眼睛正窥视着这些战胜者。他们现在成了这座城市的主人,依据《战时法》,他们

---

① 鲁昂,法国西北的一个重要城市,原为诺曼底省省会。普法战争中被普鲁士军团占领。

② 指喉音较重的德语。

不仅有权支配他们的财产，而且有权主宰他们的生命。居民们躲在遮挡得漆黑的屋子里，惊惶万状，仿佛遇到了大洪水和毁灭性的大地震，纵然你有再大的智慧、再大的力气也无可奈何。每当事物的既定秩序被推翻，安全不复存在，受人类法则和自然法则保护的一切都任随凶残无情的暴力所左右的时候，人们就会有这样的感觉。地震把一个民族全部砸死在倒塌的房屋下；江河泛滥卷走淹死的农民以及牛的尸体和脱落的房梁；或者获胜的军队屠杀自卫者，带走俘虏，以战刀的名义抢掠，用大炮的吼声感谢某个神祇，所有这一切都可谓令人恐怖的大灾大难。它们完全动摇了我们对永恒正义的信仰，也无法让我们如人们说教的那样去信赖上天的保佑和人类的理性。

　　三五成群的敌军敲开各家的门，然后进去住下。这就是入侵以后接踵而来的占领。战败者开始履行义务了；他们必须对战胜者百依百顺。

　　过了一段时间，最初的恐怖感消失了，新的平静气氛形成了。在许多家里，普鲁士军官和房东一家同桌吃饭。若碰上个有教养的军官，他还会出于礼貌为法国鸣冤叫屈，表白他对参加这场战争心里是如何反感。仅仅由于他怀有这种感情，就值得人们向他表示感激了，更何况有朝一日还可能需要他的保护。把他笼络好，也许就能少供养几个士兵呢。再说，既然自己完全捏在此人的手心里，跟他伤了和气又有什么好处？真要那么干的话，与其说是勇敢，倒不如说是鲁莽。而鲁莽这种毛病，鲁昂的有产者们再也不会有了，因为现在已经不是这座城市引为骄傲的英勇保卫战的时代了①。最后他们还从法国人的礼俗中找出一条至高无上的理由，说什么对外国军人只要不在公共场合表示亲热，在家里尽可以以礼相待。于是，彼此在外面都装作互不相识，一到家里就兴高采烈地促膝而谈；那位客居的德国人呢，每晚和房东一家围坐在炉边烤火的时间也就越来越长了。

甚至市面上也逐渐恢复了平日的气象。法国人依然不大出门，不过普鲁士军人却满街里熙来攘往。此外，那些蓝衣骠骑兵军官，别看他们神气活现地挎着杀人刀在街上大摇大摆，他们对普通市民的轻蔑，也并不比去年在同几家咖啡馆喝酒的法国步兵军官更加厉害。

然而空气里却多了点东西。一种难以捉摸的陌生的东西，一种难以忍受的异邦气氛，就像气味一样弥漫开来，那就是侵略的气味。这种气味充斥了住家和公共场所，改变了人们的饮食口味，让人们觉得仿佛旅居于遥远而又可怕的野蛮部落。

战胜者经常要钱，而且要得很多。居民们总是照付不误，反正他们有的是钱。不过一个诺曼底商人越是有钱，当他做出任何一点牺牲、看到自己任何一点财产落到别人手里时，也就越是心痛。

不过，沿着克鲁瓦塞、第埃普和比埃萨尔方向顺流而下，在离鲁昂市二三法里的河段，船夫和渔民们经常从水底捞出德国人的尸体来。这些德国人都身穿军装，已经泡得膨胀，有一刀捅死的，有一脚踢死的，有被石头砸破头的，有被从桥上推到河里淹死的。河底的淤泥里，还不知埋没着多少暗中进行的、野蛮但却正义的复仇业绩呢。那些不为人知的壮举，无声无息的袭击，比光天化日下的战斗更加危险，却享受不到轰轰烈烈的荣耀。

因为对外敌的仇恨总能激起一些准备为理想而牺牲的大无畏的勇士。

侵略者虽然把城市置于他们严格的纪律管制之下，但是盛传他们

---

① 指15世纪初鲁昂人民英勇抗击英国人侵的光荣时代。

在整个征途中所犯下的种种暴行,他们在这里却一件也没有干过,因此人们的胆子壮了起来,做生意的需要又在本地商人们的心里活动起来。有几个商人在法军仍然据守着的勒阿弗尔①有大笔的投资,他们很想试一试,先由公路到第埃普,再从那里搭船去那个港口。

他们通过几个相识的德国军官的关系,从总司令那里弄到了一张出城许可证。

于是有十个人在车行里登了记,为这次旅行订了一辆四匹马拉的大驿车。他们决定在一个星期二的早晨,天不亮就发车,以免招摇。

近一段时间,地面一直冻得硬邦邦的;谁知星期一下午三点钟光景,从北方吹来一大片乌云,下起雪来,片刻不停地下了一个后半晌和一个通宵。

清晨四点半钟,旅客们在诺曼底旅馆的院子里聚齐了,他们就要在这里上车。

他们都还睡眼惺忪,尽管裹得严严实实,还是冻得直打哆嗦。在黑暗中他们谁也看不清谁。一层又一层厚重的冬衣,让他们看上去都像是身着长袍的肥胖教士。不过有两个男子还是彼此认了出来,第三个也凑上去,他们就交谈起来。一个说:"我带着妻子一起去。"另一个说:"我跟你一样。"第三个说:"我也是。"接着第一个又说:"我们不回鲁昂了。要是普鲁士人打到勒阿弗尔,我们就去美国。"由于性格相似,他们的计划竟不谋而合。

不过还没有人来套车。一个车夫提着一盏小灯不时地从一个黑洞洞的门里出来,立刻又钻进另一个门。听得见马蹄踏地声;地上垫着草,又有马粪,声音不大。马厩深处传来一个男子骂骂咧咧跟牲口说话的声音。一阵轻微的铜铃声说明有人在搬弄马具;这轻微的铃声很快就变成清脆、持续的颤响,并且随着牲口的动作节奏不断变化,时而静止,接着骤然一个动作又响起来,还伴着一只钉了铁掌的蹄子跺地的沉浊响声。

门突然关上。各种声响也都戛然而止。那几位有产者冻得够呛,

---

① 勒阿弗尔:法国西北部城市。地处塞纳河出海口,濒临拉芒什海峡。

闷声不吭了；他们僵立在那里，一动不动。

白色的雪絮织成一幅绵延不绝的帷幕，晶莹闪亮，直垂大地；万物都蒙上了一层冰苔，消失了原形。在这严冬笼罩下的宁静城市的沉寂中，只能听到雪片纷落时那隐隐约约、无以名之、飘忽不定的窸窣声，与其说是声响，不如说是感觉，因为那不过是充满空间、覆盖世界的轻盈原子的骚动。

那汉子又出现了，提着那盏灯，拉着一匹不情愿跟着来的垂头丧气的马。他把马牵到车辕旁，系好所有绳套，又围着马转悠了好久，才把马具安扎牢靠；因为他一只手得提灯照亮，只能用一只手干活。他正要去拉第二匹牲口时，发现旅客们全都一动不动地待在那里，像一个个雪人儿，便对他们说："各位干吗不上车？至少能躲躲雪呀。"

在这以前他们大概并没想到上车，一经提醒便都连忙向马车涌去。那三位男士先把各自的妻子安顿在车厢尽里头，随后自己也上了车；接着，几个模糊的身影和戴面纱的人，也在剩下的位子上就座，彼此间一句话也没说。

车厢底板上铺着麦秸，大家都把脚插在麦秸里。坐在尽里头的几位太太随身带着装有化学炭的小铜脚炉，这时便都点燃起来，并且低声列举着这种设备的优点，说了好一会儿，无非是互相重复一些她们早就知道的事。

驿车终于套好了，因为路滑难行，原来是四驾的马车，现在套了六匹马。车厢外面有人问："全上车了吗？"车里有个人回答："全上啦。"驿车便启动。

驿车慢慢、慢慢地前行，真个是寸步难移。车轮深陷在雪里；整个车身都在呻吟，发出低沉的咯吱声。六匹马一趔一滑，气喘吁吁，汗气腾腾。车夫那条长鞭子不停地劈啪作响，前后左右地飞舞，忽而卷起，忽而展开，犹如一条细蛇；有时照一匹马滚圆的屁股狠抽一鞭，那马就猛地加一把劲。

不知不觉，天已经渐渐亮起来。被一位爱好旅游的土生土长的鲁昂人比作天降的棉雨的轻柔雪花，也不再落了。一道暗淡的微光透过的大片浓重乌黑的云层，把白茫茫的大地反衬得分外明亮。田野上一

会儿出现一排披着雪衣的大树，一会儿出现一座戴着雪帽的茅屋。

借着黎明时惨淡的亮光，车里的人开始好奇地彼此打量。

在车的尽里头，最舒适的位置上，大桥街的葡萄酒批发商鸟先生和他的太太正面对面地在那里打盹儿。

鸟先生原来是个店伙计，老板的生意破了产，他就买下那铺子，并且发了家。他用低廉的价格把很次的葡萄酒卖给乡下的小贩；认识他的人，直至他的亲朋好友，公认他是个狡猾的奸商，鬼点子多而又喜欢逗乐的地道的诺曼底人。

他的奸商的恶名是那么昭著，以至于在省长官邸的一个晚会上，本地的一个名人，尖刻而又风趣的寓言和歌谣高手图尔奈先生，见女宾们有些困倦，便提议她们玩一局"鸟飞"①。这个双关语顿时飞遍省长的所有客厅，继而又飞遍全城的所有客厅；全省人咧嘴讪笑了足有一个月。

此外鸟先生还有一个出名的地方，就是善于搞各种各样的恶作剧，开一些善意或者恶意的玩笑；所以无论谁谈到他，都不免立刻加上这样一句："这个鸟，真是个花钱也买不到的活宝。"

---

① 法文的"voler"一词具有"偷"和"飞"两种意义。这里表面上说"鸟儿飞"，实际上说"鸟儿偷"。

他个头矮小,挺着大球似的肚子,上面安着一张红通通的脸,夹在两绺鬓须之间。

他太太却是个高大、强壮、果断的人,说话嗓门高,主意来得快。在店里她是秩序和算术的化身,而他总以乐陶陶的举动来活跃气氛。

坐在他俩旁边的是卡雷-拉马东夫妇。神态尊贵些的卡雷-拉马东先生属于一个更高的阶层,是位炙手可热的人物,在棉纺织业里举足轻重,拥有三家纺织厂,得过四级国家荣誉勋章,现任省参议院议员。在整个帝政时期①,他一直是温和反对派的领袖,而他所以要扮演这个角色,只因先用"彬彬有礼的武器"(这是他自己的说法)抨击政府的某项提案,再投票赞成该提案,要价可以更高。卡雷-拉马东夫人比丈夫年轻许多;派驻鲁昂的好人家出身的军官们可以经常获得她的慰藉。

她此刻蜷缩在毛皮大衣里,坐在丈夫对面,相形之下愈显玲珑、娇憨、美丽。她正用凄苦的目光看着车厢里的凄苦情景。

与她相邻的是于贝尔·德·勃雷维尔伯爵夫妇。这姓氏堪称诺曼底最古老、最高贵的姓氏之一。伯爵是个气度轩昂的老绅士。为突出和国王亨利第四②天生的相像,他在衣着修饰上煞费苦心;因为根据一个令他的家族引以为荣的传说,亨利第四曾使德·勃雷维尔家的一位夫人怀上身孕,这女子的丈夫还因此被晋封伯爵,荣膺省长。

于贝尔伯爵是卡雷-拉马东先生在省参议院的同僚,不过他代表的是本省的奥尔良派③。他同南特一个小造船厂主女儿结婚的内情,至今神秘莫测。不过,伯爵夫人雍容大气,待人接物无人可比,据说还博得过路易-菲利普④一个公子的垂爱,以至贵族们都对她热情有加。她的客厅在本地首屈一指,只有在那里还保留着对贵妇人殷勤献媚的古老骑士遗风,要想成为其座上宾简直是难之又难。

德·勃雷维尔夫妇的财产全是不动产,据说每年有多达五十万法郎的进项。

---

① 指拿破仑三世统治下的第二帝国(1852—1870)。
② 亨利第四(1553—1610):法国国王。
③ 奥尔良派:主张君主立宪制度的政治派别。
④ 路易-菲利普(1773—1850):法国最后一位国王,一八三〇年至一八四八年在位。

这六个人构成车上的基本阵容,是社会上有可靠收入、生活安逸、实力雄厚的一方,信奉宗教和原则的有权势的正人君子。

真是巧得出奇,几位太太都坐在一边的长凳上。伯爵夫人旁边是两位慈善修女,手拨长串念珠,喃喃有词地念着《天父颂》和《圣母颂》。其中年老的那一个脸上满是小小的麻痕,好像迎面中了几发霰弹。另一个身材瘦小,一张好看但露着病态的脸长在被酷烈信仰吞噬的害了痨病似的胸腔上方。这信仰造就出殉教者,也产生出异端派。

两位修女对面,一男一女吸引了所有人的目光。

那男的,大家都认识,是"民主党"科纽岱,有身份的人见了他无不惧怕三分。二十年来,他经常在民主党人经常出入的咖啡馆的啤酒杯里滋润他那把红棕色的大胡子。他和哥们朋友吃掉了做糖果商的父亲留下的一笔相当可观的家产,急不可待地巴望着共和国出世,以便获得他为革命喝下那么多啤酒以后理所应得的职位。九月四日事变①时,大概有人作弄他,他自以为已被任命为省长;可是当他去上任时,省政府留下的勤杂人员已成为那里的唯一主人,拒绝承认他,他只好打道回府。不过他倒确实是个好样的男子汉,无害人之心而且乐于效劳,他以无比的热忱挑起组织本城防务的重担。他指挥人们在平原上挖了许多坑,砍倒了附近树林里的所有小树,在公路上布下道道陷阱;当敌军逼近时,他觉得自己的战备工作已经尽善尽美,便迅速撤回城里。他现在要去勒阿弗尔发挥更大的作用,在那里构筑新的防御工事势在必行。

那女的是个人们俗称的窑姐,因为年纪轻轻就发福而出了名,得了个绰号叫"羊脂球"。她身材矮小,浑身都是圆滚滚的,肥得要流油;手指也肉鼓鼓的,关节像用绳子勒了一圈,活像一串串短香肠;紧绷的皮肤很光亮,硕大的胸脯隔着衣服高高隆起。不过她还是令不少人垂涎欲滴,争相追逐,因为她那鲜艳的气色着实叫人看了喜欢。她的脸蛋像鲜红的苹果,又像含苞欲放的芍药。面庞的上部睁着两只顾盼有神的乌黑的眼睛,围着长而密的睫毛,眸子里映着睫毛的倒影;面庞的下部

---

① 九月四日事变:一八七〇年九月一日拿破仑第三在色当投降后,九月四日,法国人民起来推翻了第二帝国,成立第三共和国。

是一张迷人的小嘴，滋润得正适合亲吻，生着两排精致晶莹的牙齿。

据说，她还有许多难以估价的长处。

一认出是她，那几位正派女人之间便传开了耳语；虽是耳语，但说到"婊子"、"社会耻辱"之类的字眼时，声音却特别响，让她不禁抬起头来。她扫视着全车人，目光是那么大胆而又富有挑战意味，顿时又鸦雀无声。大家都低下头，只有鸟先生斜眼瞅着她，似乎有些兴奋。

不过那三位太太很快又谈起话来。这个妓女的存在，让她们突然成了朋友，甚至是知己了。在她们看来，面对这个不知廉耻的娼妇，她们必须把自己为人妻的尊严联合起来，因为合法的爱情总是傲视自由行事的同行。

同样，在科纽岱面前，另外那三个男的也出于保守派本能而彼此更加接近；他们正用鄙夷穷人的口吻谈论着金钱。于贝尔伯爵列数普鲁士人给他造成的损害，以及丢失牲畜、遗弃庄稼将会造成的损失，摆出一副身价千万的大领主满不在乎的神情，似乎这种种灾难大不了给他带来一年的不便。在棉纺织业历经风雨的卡雷-拉马东先生多了个心眼，已经汇了六十万法郎存在英国，那是他以备不时之需的止渴的梨。至于鸟先生，他已谈妥一笔交易，把他酒窖里剩下的普通葡萄酒全部卖给法军后勤部，因此国家欠着他一笔巨款，他满心指望能在勒阿弗尔拿到这笔钱。

这三个人一边谈着一边频频交换友好的目光。虽然他们身份不同，但是"有钱"使他们感到亲如兄弟；他们也的确是拥有财富、手插进裤兜金币丁当响的人的伟大共济会中的兄弟。

车走得那么慢，到上午十点钟，走了还不到四法里。男乘客们曾经三次下车，徒步爬过上坡的路。人们开始焦虑起来，因为原定在托特镇吃午饭，现在连天黑前到达那里的希望也没有了。每个人都暗自观察着，但愿能在公路边发现一个小酒馆；偏偏驿车又陷进一个大雪堆，花了两个钟头才拖出来。

与时俱增的食欲，弄得人心里发慌。但偏偏看不到一个小饭馆，看不到一个小酒店。因为迅速逼近的普鲁士军队和饥肠辘辘的路过的法国部队，早就把所有商家吓跑了。

每经过一个靠近大路的农庄，男人们就跑去找吃的，但是他们连一块面包也没有弄到，因为深怀疑惧的农民怕挨军人抢，把储备的食品都藏了起来。那些兵士没有吃的，是见什么食物都硬拿强夺的。

下午一点钟光景，鸟先生公开承认他已经确定无疑地感到胃里空得难受。大家也像他一样早就在忍受着饥饿的折磨。有增无减的吃东西的需要，已经扼杀了谈话的兴致。

不时地有人打个哈欠，几乎立刻就有另一个人跟着打，于是人人都轮流打起来。因性格、教养和社会地位不同，打法也各异。有的张开大嘴发出一阵巨响；有的则自爱地连忙用手捂住张开的嘴，只见冒出一股热气。

羊脂球好几次弯下腰去，像是在衬裙底下找什么东西。但她每次都迟疑片刻，看看周围的人，又默默地直起身来。人们都脸色苍白，眉头紧锁。鸟先生声称他不惜出一千法郎买一只肘子。他妻子做了个动作似乎要抗议，不过忍住了。每当她听说要破费金钱，总是心如刀割；在这种事上，即使是开玩笑，她也会当真。"的确，我也觉得不大舒服，"伯爵说，"我怎么就没想到带点吃的来呢？"其实每个人都在这样责怪自己。

科纽岱却带着满满一壶朗姆酒；他请大家喝一点，人们冷冰冰地谢绝了。只有鸟先生领情，抿了两口。他递还酒壶时感激地说："喝一点确实有好处，能暖身子，也能忘了饿。"酒一下肚，他又有了好心情，提议仿效歌谣中小船上的做法：吃那个最胖的旅客。这话分明是影射羊脂球，让几位有教养的人颇为反感。谁都不理他，只有科纽岱微微一笑。两个修女已经不再喃喃祈祷；她们把手缩进宽大的袖笼里，纹丝不动地坐着，死命低着头，大概正在领味上天赐给她们的痛苦，作为对上天的奉献。

三点钟时，他们来到一片一望无际的平原，连个村落也看不见了。羊脂球终于果断地弯下腰，从长凳底下拉出一个白色餐巾盖着的大篮子。

她先从篮子里取出一个小瓷碟、一只小银杯，接着又取出一个大罐子，里面盛着两只切成块的子鸡，浸在凝冻的酱汁下面；篮子里大包小包的还有不少别的好东西：肉酱啦、水果啦、糖果啦，总之准备的食品足够三天旅程吃的，根本不用沾旅店厨房做的饭菜。四瓶葡萄酒从这些食品包中探出头来。她拿起一个鸡翅膀，就着一块在诺曼底省人称"摄政"的小面包，细嚼慢咽地吃起来。

众人的目光都向她射去。香味很快就扩散开来，刺激得他们张大了鼻孔，馋涎源源涌到嘴边，耳根下面的颚骨也绷得酸痛。几位太太对这妓女的轻蔑简直到了残暴的程度，真恨不得杀了她，或者把她扔下车，扔到雪地里；不光她，还有她的金属酒杯、篮子和那些食品。

可是鸟先生却用他那双馋眼狠命地盯着盛鸡的罐子，说："这多好啊，这位太太比我们有远见。世上有些人，总是事事都想得很周到。"羊脂球抬起头望着他，问："您愿意吃点吗，先生？从清早饿到现在，怪难受的。"他点了点头，说："敢情！说良心话，我还真不能拒绝，我实在顶不住了。打仗的年头就得按打仗的年头办。太太，您说是不是？"他朝周围的人瞟一眼，接着说："在这样的关头，遇到乐于帮你的人，真让人高兴。"他带着一张报纸，就铺开来，免得裤子沾上一丁点油污；然后掏出总放在衣袋里的刀子，用刀尖挑起一只裹着冻汁的鸡腿，用牙撕成小块，就大嚼起来，吃得那么明显地津津有味，在车里引起一片痛苦的长叹声。

不过羊脂球又用谦逊而温和的声音邀请修女们分享她的便餐。她们俩立刻接受，眼皮也不抬，只含含糊糊地说了两声谢谢，便忙不迭地吃起来。科纽岱也没有拒绝这位邻座女子的好意。加上两位修女，大家把报纸摊在膝盖上，就这样拼成了一张餐桌。

几张嘴不停地张开又闭拢，闭拢又张开，啃啊、嚼啊、吞啊，犹如饿虎扑食。鸟先生在他那边埋头苦干地吃着，并且低声劝他的妻子也照他的样子做。她坚拒了好一会儿，后来五脏六腑都抽搐得痛苦难当，这才让步。于是她丈夫用委婉圆通的语气问他们"可爱的旅伴"，是否允许他献一小块鸡肉给鸟太太。羊脂球说："可以，当然可以，先生。"便笑容可掬地把罐子递过去。

第一瓶波尔多葡萄酒打开时，发生了一件让人为难的事：这么多人只有一个酒杯。于是只好一个人喝过以后，把杯边擦一下再传给下一

个人。只有科纽岱,大概是为了献媚吧,偏偏把嘴唇对准羊脂球唇迹未干的地方喝。

此刻,在进餐者包围中的德·勃雷维尔伯爵夫妇和卡雷-拉马东夫妇,被阵阵食物香味逼得喘不过气来,正受着以"坦塔罗斯"①命名的那种苦难的折磨。突然,棉纺织厂主的年轻妻子发出一声悲吟,大家都向她转过头去,只见她脸色像车外的积雪一样惨白,眼一闭,头一耷拉,已经失去知觉。她丈夫惊慌失措,求大家帮忙。在座的人都束手无策;这时那个年长些的修女托起病人的头,把羊脂球的酒杯轻轻放在她唇边,让她吞下几滴葡萄酒。那美丽的妇人蠕动了一下,眼睛睁开了,浮起一丝笑容,有气无力地说她现在感觉好多了。不过,为了避免再发生这种情况,老修女又硬要她喝了一满杯酒,然后说:"是饿坏了,没有别

---

① 坦塔罗斯,传说中的吕狄亚国王,因触犯诸神,被罚永受饥渴之苦,他置身于上有果树的河中,河水深及下巴,低头喝水时水即减退,抬头想吃果子时,树枝即提高。

的原因。"

这时,羊脂球脸涨得通红,显得进退两难,望着那四位依然饿着肚子的旅伴,吞吞吐吐地说:"天啊,我能不能冒昧地请这几位先生和太太……"她欲言又止,生怕被对方视为一种冒犯。鸟先生却接过来说:"嗨!在这种情况下,大家都是兄弟,理当互相帮助。来吧,太太们,别客气,接受吧,何必呢!咱们能不能找个住处过夜都还不知道呢!照现在这个走法,明天中晌以前肯定到不了托特镇。"那四个人还犹犹豫豫的,谁都不敢承担责任说一声"好吧"。最后还是伯爵解决了问题。他转身面向怯生生的胖姑娘,摆着他那副高贵的绅士派头,说:"我们就感激地领情了,太太。"

万事开头难。一旦跨过鲁毕功河①,大家就长驱直入了。篮子一扫而空。篮子里原来装着一份鹅肝酱、一份云雀酱、一块熏口条、几个克拉桑梨、一大块主教桥特产甜面包、一些小点心和满满一瓶醋泡的小黄瓜和葱头。羊脂球也和一般妇女一样,特别喜欢吃生腌蔬菜。

既吃了这胖姑娘的东西,就不能不跟她说话了。于是大家聊起天来。起初人们还有几分拘谨,后来见她言谈举止很得体,也就放松多了。德·勃雷维尔太太和卡雷-拉马东太太都很善于交际,对羊脂球亲切而又不失身份。尤其伯爵夫人,无愧为不怕接触任何污秽的高洁贵妇,表现得特别地屈尊俯就、和蔼可亲,简直可爱极了。不过壮实的鸟太太却抱着宪兵心理不放,始终倨头倨脑,说得少,吃得多。

大家自然而然谈到战争。他们讲了许多普鲁士人的恐怖行径和法国人的英雄事迹。别看这些人自己正忙于逃命,他们对别人的勇敢却都极表敬佩。接着,他们又开始讲起各自亲身经历的故事。羊脂球怀着真挚的感情,用妓女们表达由衷愤怒时惯常的激动语调,叙述了自己被迫离开鲁昂的经过。"我原以为能在鲁昂待下去,"她说,"我家里存的食物多得很,宁愿管几个士兵的饭也不愿背井离乡又不知道该去哪儿。可是,这些普鲁士人,等我真的见到了他们,我就控制不住自己了;

---

① 鲁毕功河,意大利北部一条河流,古代为罗马与高卢的界河。为保障罗马的安全,罗马议院曾宣布任何人率一兵一卒越河驱向罗马即为罪过。后恺撒不顾禁令,率军越河,推翻了罗马政权。

他们简直把我的肺都气炸了。我羞愧得整整哭了一天。啊!倘若我是个男人,那就简单了!我从窗子里看着他们,这些头戴尖顶钢盔的大肥猪;我的女佣抓住我的手,我才没把家具扔出去砸断他们的脊梁骨。后来他们竟上门来要住在我家里。第一个刚进门,我就扑上去掐住他的喉咙。原来掐死他们并不比掐死别人费劲!那个家伙,要不是有人抓住我的头发往后拉我,我早把他干掉了。可是这一来,我不得不躲起来。最后,我找到一个机会逃了出来,才乘上这辆车。"

  人们把她大大夸奖了一番。在旅伴们心目中,她顿时变得高大了,因为他们都不如她表现得勇敢。科纽岱一直边听边露出使徒般善意和嘉许的微笑,就像一位神父听一个虔诚信徒赞美上帝。因为留大胡子的民主党人拥有爱国主义专利,正如穿袈裟的人拥有宗教的专利。轮到他说话了,他用的是说教的口吻和从每天张贴在墙上的各种宣言里学来的夸张的言辞;临了还作了一通雄辩的讲演,严厉谴责了那个"恶棍巴丹盖"①。

  不料羊脂球闻言立刻火冒三丈,因为她是拿破仑第三的崇拜者。她脸涨得比野樱桃还红,气得说话也口吃了:"我倒想看看你们,你们这些人,处在他的地位会是个什么样子。那才好看哩,一准!这个人,分明是叫你们给出卖了!要是让你们这些捣蛋鬼来统治,大家只好离开法国了!"科纽岱并不动气,只露出一丝轻蔑、傲慢的微笑;不过可以感觉到,粗话就要来了。多亏伯爵出面调和,以权威的口气宣称一切真诚的见解都应当受到尊重,才好不容易让那义愤填膺的姑娘消了气。然而伯爵夫人和棉纺织厂主太太却怀着有身份人对共和国的无端仇恨,以及一般妇女对讲究浮华的专制政府的本能好感,都不由自主地倾向于这个充满尊严、又与她们情感如此相近的妓女。

  篮子已经空了。十个人毫不费力就把满篮食物吃个精光,只嫌那篮子还不够大。谈话又继续了一会儿;不过自从东西吃光以后,气氛冷淡了一点。

---

 ① 恶棍巴丹盖:拿破仑第三的绰号。他于 1840 年起事失败后被囚于阿姆堡,1846 年借砖石匠巴丹盖的衣裳得以脱逃。

夜晚降临，天色逐渐黑下来。食物不断消化，人们对寒气也更加敏感。尽管羊脂球身体肥硕，也不免直打哆嗦。德·勃雷维尔太太表示愿把自己的脚炉借给她烤一会儿；从清早起那炉子已经换过好多次炭了。羊脂球立刻接受，因为她两脚早就冻得冰冷。卡雷-拉马东太太和鸟太太也把各自的脚炉递给两个修女。

车夫已经点起马灯。借着强烈灯光，只见驾辕马汗淋淋的屁股上腾起一片热气，大道两侧的积雪在摇曳的光影里仿佛向后滚滚疾驰。

车里黑得伸手不见五指；但是突然在羊脂球和科纽岱之间发生了某种动作；两眼一直在黑暗中搜索的鸟先生，自信看见那留着大胡子的人急忙躲闪了一下，似乎挨了不声不响但却结结实实打过来的一拳。

大路前方出现点点微弱的灯火。那就是托特镇。车足足走了十二个小时，加上四次间歇让马吃燕麦喘口气的两个小时，总共是十四个小时。大车开进镇子，在通商旅店门前停下。

车门开了！一阵很耳熟的声音让所有旅客打了个寒战；那是刀鞘触地发出的响声。紧接着就听到一个德国人叫嚷着什么。

驿车虽已站稳，但是谁也不愿意下车，就好像人们料定一出车门就有杀身之祸。这时车夫提着一盏马灯出现了；灯光一直射到车厢的深处，照出两排惶恐不安的脸，全都惊吓得张大了嘴，瞪大了眼睛。

在车夫旁边，明亮的灯光里站着一个德国军官，是个高个子年轻人，身材特别瘦，头发金黄；上身紧裹在军装里，就像个穿着紧身胸衣的姑娘。歪戴平顶漆布鸭舌军帽，又像一个英国旅馆的侍役。他那硕大的髭须，长长的须毛直挺挺的，向两边没完没了地延伸，越来越稀，最后只剩一根金黄色的细须，细到看不清末梢。这两撇髭须挂在嘴角看来颇有些分量，坠得脸蛋往下沉，把嘴唇也拉成向下的弧线。

他操着阿尔萨斯口音的法语，用生硬的语调请旅客下车："先生们和代代(太太)们，请泥(你)们虾(下)车好吗？"

两位修女首先乖乖地从命，因为圣门女子惯于对一切都逆来顺受。接着走出来的是伯爵和伯爵夫人，然后是棉纺织厂主和他的妻子，再后面是鸟先生推着他的大块头的婆娘。鸟先生脚刚落地，就对那军官说了声："您好，先生。"他这样做，与其说是出于礼貌，不如说是出于谨慎。可是世上的强权者全都傲慢无礼,那军官只看了他一眼,根本没搭理他。

羊脂球和科纽岱虽然坐在车门口,却最后下车;在敌人面前,他们神情庄重,昂首挺胸。胖姑娘竭力控制住自己,尽量表现得镇定自若。那民主党人则用一只手抚弄着红棕色的长胡子,这只手还微微颤抖,很有点壮烈意味。他们要保持自己的尊严,因为他们明白在这种场合每个人都多少代表着自己的国家;他们对旅伴们的软弱都同样感到气愤。她,竭力表现得比邻座的几位正派妇女更勇敢;而他,深感自己应该做出表率,一举一动都在继续公路上刨坑时就开始的抗敌使命。

他们走进旅店的宽敞的厨房。德国军官让他们出示总司令签发的离境许可证,那上面记载着每位旅客的姓名、相貌特征和职业。他一面看本人,一面对照书面材料,把这群人一一审视了好久。

然后他突然说了声:"耗(好)了。"就扬长而去。

大家这才透了一口气。他们肚子又饿了,便叫准备晚饭。晚饭至少也得半小时才能准备好,趁两个女侍忙碌的时候,他们先去参观一下各自的房间。客房全都在一条长长的走廊里,走廊尽头是一扇玻璃门,门上标着一个不言自明的号码①。

终于到了要坐下吃饭的时候,旅店老板露面了。此人马贩子出身,是个害哮喘病的胖子,喉咙里不停地发出哨声、嘶声和痰声。父亲给他传下的姓是弗朗维。

他问道:

"哪一位是伊丽莎白·鲁塞小姐?"

羊脂球吃了一惊,转过身去回答:

"我就是。"

"小姐,普鲁士军官要立刻跟您谈话。"

"跟我?"

"是的,如果您就是伊丽莎白·鲁塞小姐。"

她先是不知所措,但思考了片刻,随即断然声明:

---

① 指厕所,法国人习惯以"一百号"为厕所的隐语。

"也许是找我吧,不过我不去。"

她周围一阵骚动;大家议论纷纷,每个人都在揣摩这道命令的缘由。伯爵走到她身边说:

"夫人,您这样做不大妥当;如果您拒绝,可能惹来很大的麻烦,不仅对您自己不利,而且会连累您的所有旅伴。这些强有势的人是无论如何违抗不得的。他这个举动肯定不会包含什么危险;大概是忘了办某一项手续吧。"

大家都赞同伯爵的看法,一齐央求她,催促她,用大道理压她,因为所有人都怕由于她一时任性会惹来麻烦。她终于被说服了,说:

"好吧,我去,这可是全为了你们呀!"

伯爵夫人握住她的手:

"那么,我们就都谢谢您了。"

她走了出去。大家等她回来再开饭。每个人都在惋惜,怎么不召见自己,而偏偏召见这个脾气暴躁、容易发火的姑娘;并且在心里琢磨着叫到自己时该说的套话。

可是过了十分钟,她回来了,喘吁吁的,脸憋得通红,怒气冲天。还反复嘟囔着:"啊,恶棍!真是个恶棍!"

所有的人都急于知道是怎么回事,但她就是一句也不说;伯爵一再追问,她才十分郑重地回答:"不,这事与你们无关系,我不能说。"

大家这才围着一个散发出白菜香味的大汤盆坐下。尽管刚受了一场惊吓,这顿晚饭吃得还挺愉快。苹果酒不错,鸟夫妇和两个修女为了省钱就喝苹果酒。其他几位要的是葡萄酒,只有科纽岱要了啤酒。他喝酒有自己一套独特的方式:启开瓶塞,让啤酒溢出白沫,歪着酒杯端详一会儿,把杯子举到灯和眼睛之间鉴赏一番酒的颜色。喝酒时,他那把同他偏爱的饮料色泽相近的大胡子也仿佛激动得颤抖;他瞟着大酒杯,绝不让它片刻脱离他的视野;他那副神气,就好像在完成他降生人世的唯一使命。简直可以说,在他的头脑里,啤酒和革命这占据他整个生命的两大爱好,已经密不可分,甚至融为一体,他绝不会品尝着此物而不联想到彼物。

弗朗维夫妇在饭桌的一头吃饭。男的像破火车头似的呼哧哮喘着,因为胸腔呼扇太频繁,顾得吃就顾不得说话;女的话匣子却一刻也没有停。她讲了普鲁士人来到后给她的种种印象,他们干了些什么,说了些什么;她恨透了普鲁士人,首先因为他们害得她损失了不少钱,其次因为她有两个儿子在军队里。她特别爱跟伯爵夫人聊天;能同一位贵妇人说上话,她心里美滋滋的。

她接着又压低嗓门说了些敏感的事。她丈夫不时地拦住她:"你最好别说了,弗朗维太太。"可是她根本不理会,仍旧说下去:

"唉呀,夫人,那些人呀,吃东西专认一门,不是土豆烧猪肉,就是猪肉烧土豆。别以为他们多么爱干净。才不呐!恕我在您面前说话失礼,他们到处拉屎撒尿。您要是看看他们一连几小时甚至几天地操练,那才逗乐呢!他们挤在一块空地上,向前走,又向后走;往这边转,又往那边转。他们哪怕在自己国家里种种田、修修路也好呀!不,他们偏偏当了兵,夫人,这可对任何人都没有好处!可怜的老百姓养活他们,难道就是为了让他们什么也不学,只学杀人吗?不错,我只是个没受过教育的老婆子,可是看到他们从早到晚地踏过来踏过去,累得筋疲力尽,我就想：有些人为了对人有益,发明了那么多东西,而另一些人却为了损害人,给自己找那么多苦头吃,何必呢？干吗要这样呢？真的,杀人——不管杀的是普鲁士人、英国人、波兰人还是法国人——不都是很可恶的事吗？要是某个人损害了你,你就报复他,这不对,会判你罪；可是,有人开枪杀我们的子弟,就像打野物似的,难道就对吗？要不,为什么给杀人最多的人授勋呢？不,您瞧吧,这种事我永远也想不通！"

科纽岱提高了嗓门说：

"进攻一个爱好和平的邻国,那种战争是野蛮行为；为了保卫祖国而战,那可是神圣的义务啊。"

那老婆子点头认同,说：

"当然,要是自卫,那又是另一回事了；不过即使自卫,不也是更应该去杀光那些帝王吗？是他们拿打仗来取乐的呀。"

科纽岱的眼睛闪出了火花：

"说的好,女公民！"

卡雷-拉马东先生在做着深刻的思考。他狂热地崇拜声名显赫的战将,但这个乡下女人表达的常情却让他浮想联翩：如今有那么多人不务正业而尽搞破坏,养活着那么多人却不从事生产；如果把他们用在几百年才能完成的大规模实业建设上,能给一个国家带来多少财富啊。

鸟先生却离开自己的座位,去同旅店老板低声聊天。那胖子笑着,咳嗽着,不停地吐着痰；对方的戏谑逗得他纵声大笑,硕大的肚子不住地欢跳；他向鸟先生订了六桶波尔多葡萄酒,明年春天,等普鲁士人走了就交货。

大家都已疲惫不堪,所以吃完晚饭就去睡了。

唯独鸟先生,已经把一些事看在眼里,服侍老婆睡下以后,便时而把耳朵贴在锁孔上倾听,时而把眼睛贴在锁孔上细瞧,试图发现他所谓的"走廊秘事"。

约莫过了一个钟头,他听到一阵窸窣声,连忙定睛细瞧,只见羊脂球走过来,身穿一件镶白色花边的蓝呢浴衣,显得更加丰腴。她手端一支蜡烛,向走廊尽头那扇大号码的门走去。就在这时,旁边的一扇门拉

开了一条缝。过了几分钟羊脂球走回来,科纽岱跟在她后面,上身只穿着衬衫。他们低声说着话,然后站住了。羊脂球似乎坚决不让科纽岱进她的房间。不幸的是鸟先生听不清他们说些什么;不过后来他们抬高了嗓门,他终于抓住了几句。科纽岱急切地恳求,说:

"嗨,您真是够傻的,对您来说这算得了什么?"

她好像很生气,回答:

"不行,亲爱的,有些时候,那种事是做不得的;尤其在这儿,那简直是可耻的事。"

科纽岱看来大惑不解,就问为什么。这一下她火了,嗓门也提得更高:

"为什么?您还不懂为什么?您不知道普鲁士人就在这所房子里,也许就在旁边这个房间里吗?"

他哑口无言了。一个妓女,因为敌人在附近,就拒绝男人的温存。想必是这种爱国主义的廉耻心唤醒了他灵魂中那摇摇欲坠的尊严,他只拥吻了她一下,就蹑手蹑脚地走回自己的房间。

鸟先生却兴奋起来,离开锁孔,在房间里来了个击脚跳;戴上睡帽,掀开盖着他老婆那邦硬身躯的被子,一个亲吻弄醒了她,轻声问道:"宝贝儿,你爱我吗?"

整个旅店这才寂静下来。但是过了不久,不知什么地方,也说不清什么方向,可能是地窖里,也可能是阁楼里,响起强劲、单调、有规律的鼾声,沉闷而又绵长,还像锅炉受到蒸汽压力一样颤抖着。弗朗维先生在酣睡。

原定第二天早上八点钟动身,所以到了时候大家都在厨房里聚齐了。但是那辆马车篷布上覆盖着一层积雪,依旧孤零零地停在院子中间,既没有套马,也不见车夫。人们把马厩、饲料房、车棚找了个遍,也不见他的踪影。全体男乘客决定去外面打探情况,便走出旅店。他们来到市镇广场,尽头是一座教堂,两侧是一些低矮的房屋,里面都有普鲁士军人。他们先看到一个在削土豆;走了几步,又看到一个在理发铺里帮着打扫;还有一个胡子一直长到眼圈的,正亲吻一个啼哭的娃娃,在膝上颠晃着他,想方设法哄他别哭。丈夫都已去了"作战部队"的肥胖的乡妇们,正打着手势向俯首听命的战胜者们分派他们该干的活:劈木柴,做浓汤,或者磨咖啡。有个士兵甚至在给手脚不灵便的房东老太婆洗衣裳。

伯爵大为惊讶,见一个教堂职员从神父住所走出来,便上前打听。那虔诚的老信徒回答他:"噢!这些人可不是坏人;据说,他们不是普鲁士人。他们住的地方更远,我也说不清是什么地方;他们全都把老婆孩子撇在家乡。您想呀,战争,对他们来说也不是开心的事!我敢肯定,那边的家人也在为这些男人伤心流泪呢。战争到头来只会让他们穷得丁当响,就跟咱们这儿一样!这里,眼下还不算太糟,因为他们不但不干坏事,而且还像在自己家里一样干活。您瞧,先生,穷苦人之间就应该互相帮助……要打仗的是那些大人物。"

科纽岱见战胜者和战败者竟如此亲密和睦,气不打一处来,扭头便往回走:他宁愿自己闷在旅店里。鸟先生说了句逗乐的话:"他们在填补人口。"倒是卡雷-拉马东先生语重心长:"他们在弥补过错。"不过他们仍然没找到那个车夫。最后发现他在镇上的咖啡馆里,正跟那个普鲁士军官的传令兵像哥俩似的同桌共饮呢。伯爵质问他:

"不是吩咐过你八点钟套车吗?"

"是啊,吩咐过;不过后来我又接到另外一个命令。"

"什么命令?"

"不准套车的命令。"

"谁给你下的这个命令?"

"还用问!普鲁士军官呗。"

"为什么?"

"我可不知道。您去问他吧。人家不让我套车,我就不套。——就是这么回事。"

"是他亲自对你说的吗?"

"不,先生,是旅店老板替他向我传的命令。"

"什么时候传的?"

"昨儿晚上,我正要去睡觉的时候。"

三个男子忐忑不安地返回旅店。

他们要见弗朗维先生,可是女侍回答说,因为害哮喘病,弗朗维先生不到十点钟是从来不起床的。他甚至明确禁止提前叫醒他,除非失了大火。

他们想见普鲁士军官,不过那也绝不可能,尽管他就住在这旅店里。凡是有关老百姓的事,他只允许弗朗维先生一个人同他谈。那就只有等待了。女士们又都上楼,回各自的房间去料理些无关紧要的事。

科纽岱在厨房的高大壁炉旁坐了下来。炉火燃得正旺。他叫人把一张小咖啡桌挪过来,要了一小瓶啤酒,便掏出烟斗抽起来。他那支烟斗在民主党人中间受到的敬重,几乎和他本人不相上下,仿佛它为科纽岱效劳,也就等于为祖国服务了似的。那是一只非常精致的海泡石烟斗,令人惊叹地结了老厚的烟垢,和主人的牙齿一般黑,但是它香喷喷的、弯弯的、亮锃锃的,和主人的手亲密难分,为他的仪表增色不少。他坐在那里一动不动,时而凝视炉中的火苗,时而凝视杯中浮着的酒沫;他每喝完一口,总要一边吮着沾在胡子上的泡沫,一边心满意足地用又长又瘦的手指掠一下又长又油腻的头发。

鸟先生推说要活动活动腿脚,向本地的零售商们推销他的葡萄酒去了。伯爵和棉纺织厂主谈论起政治来。他们预测着法兰西的未来。一个对奥尔良党人抱有信心,另一个寄希望于横空出世的救星,大势已去的关头摇身而至的英雄豪杰:一个杜·盖克兰①,一个贞德,或者另一个拿破仑第一? 啊! 说不定是皇太子②呢,如果他不是这么年幼! 科纽岱听着他们的谈话,频频微笑,俨然一个参透了命运奥秘的人。厨房里弥漫着他的烟斗散发出的浓香。

　　钟敲十点的时候,弗朗维先生露面了。大家连忙向他打听,无奈他也只能把这样几句话照本宣科地重复两三遍:"长官这样对我说:'弗朗维先生,你去通知车夫,明天不要给这批旅客套车。没有我的命令,不准他们动身。你听清楚了吗? 别再啰唆了。'"

　　他们于是要求见那军官。伯爵给他递去自己的名片,卡雷-拉马东先生也在上面附上自己的姓名和全部头衔。普鲁士军官派人传来他的答复:他同意这两个人去和他谈话,不过要等他吃了午饭,也就是下午一点钟左右。

　　女士们又都下楼来,虽然惶惶不安,大家还是多少吃了一点。羊脂球好像病了似的,而且神情异常慌乱。

　　刚喝完咖啡,传令兵就来找两位先生。

　　鸟先生自告奋勇跟他俩去。他们试图拉科纽岱也一块儿去,好让这次斡旋活动显得更隆重些。但他高傲地宣称,他不屑于同德国人有任何交往;说罢回到壁炉边坐下,又要了一瓶啤酒。

　　三位先生走上楼,被领进这旅店最漂亮的一个房间,普鲁士军官就在这里接见他们。他倒在一张安乐椅里,两只脚跷在壁炉上,叼着一根长长的瓷烟斗,身穿一件绚丽夺目的睡袍,想必是从某个趣味低俗的小财主弃置的空宅里偷来的。他既不起身,也不跟他们打招呼,甚至连看也不看他们一眼。他为打胜仗的军人那本能的傲慢无礼提供了一个绝好的样板。

　　过了好一会儿,他才终于开口:

　　"你们由(有)什么事?"

　　伯爵说:"我们想动身,先生。"

---

① 杜·盖克兰,十四世纪法国民族英雄,曾多次击退英军入侵。
② 皇太子:指拿破仑第三的儿子。

"不行。"

"我可以请问一下不准我们走的原因吗?"

"因为沃(我)不远(愿)意。"

"我怀着极大的敬意提请您注意,先生,您的总司令已经发给我们去第埃普的许可证;而且我想我们也没有做什么错事,值得您这样严厉的惩罚。"

"沃(我)不远(愿)意……这就是劝(全)部理由……你们克(可)以下漏(楼)了。"

三个人只得鞠个躬,退出来。

午后的时光很难挨。不明白这德国人为什么这样任性;他们心里做着种种离奇古怪的猜想。大家待在厨房里,设想出许多似是而非的情况来,没完没了地讨论着。也许要把他们扣作人质?——可是目的何在呢?——也许要把他们当俘虏带走?也许是为了向他们勒索一大笔赎金?想到这里,他们害怕死了。最害怕的是最有钱的几位,他们仿佛已经看到自己为了赎命被迫把满袋满袋的金钱倒在这蛮横无理的军官手里。他们挖空心思地编造着种种可以让人相信的谎言,隐瞒财富,假充穷人,很穷很穷的穷人。鸟先生甚至把怀表的金链子摘下来藏在衣袋里。黑夜的降临更增加了他们的恐惧。灯已经点亮,可是离吃晚饭还有两个小时，鸟太太就提议打一场"三十一分"。这倒可以解解心中的郁闷。大家都赞同。连科纽岱也出于礼貌，熄灭烟斗，凑上一手。

伯爵洗牌，分牌；羊脂球一上手就得了个三十一分；打牌的兴致很快就平息了萦绕在人们心头的恐惧。不过科纽岱发现鸟先生两口子串通作弊。

他们正要坐下吃饭的时候，弗朗维先生又来了；他用夹带着痰响的嗓音说："普鲁士军官让问问伊丽莎白·鲁塞小姐，她是不是还没有改变主意？"

羊脂球呆呆地站着，脸色煞白；接着刷地变得满脸通红，气愤得连话也说不出来。过了半晌她才大声吼道："您告诉他，这个恶棍，这个坏蛋，这个普鲁士死狗，我永远不会答应；听清了没有？永远，永远，永远不会！"

肥胖的店主走了。大家把羊脂球包围起来，刨根问底，要她说出和普鲁士军官见面的内情。她起初坚持不说；可是，她愤慨得实在忍不住了，嚷道："他要干什么？……他要干什么？……他要跟我睡觉！"大家都愤怒到极点，谁也没有觉得这句话刺耳。科纽岱把酒杯往桌面上使劲一杵，酒杯碎了。责骂那下流兵痞的声浪此起彼伏，义愤之情一发而不可遏止，所有人都发誓进行抵抗，仿佛在敌人要羊脂球做出的牺牲里，他们也都被要求承担一份似的。伯爵厌恶地指出，这些人的行为简直和古代野人一般。几位夫人对羊脂球的同情变得更加热烈而又亲切。两个不到开饭不露面的修女低下头，一言不发。

最初的狂怒平息以后，他们还是吃起晚饭来，不过很少说话，因为都在想心事。

女士们很早就各自回房；男人们一边抽烟一边组织起一桌牌局，并且邀请弗朗维先生入伙，打算借此机会巧妙地探探他的口风，看有什么办法可以排除那军官的阻挠。无奈他一心想着打牌，什么也听不进，什么也不回答；他只不断地重复着："打牌，先生们，打牌。"他那么专心致志，连吐痰都忘了，这就给他的胸腔增添了几个延长音。他呼哨的肺叶发出的喘声样样俱全，从低沉、浑厚的低音到小公鸡初试打鸣的尖声。

他老婆困得要命，来找他，他竟然拒绝上楼。太太只好独自先走，因为她"赶早市",总是天一亮就起床,而她丈夫"值夜班",随时都准备和朋友们熬个通宵。他对妻子喊了句:"你把我的蛋黄甜奶煨在火边上!"就又打起牌来。大家见从他嘴里什么也套不出来,就说该回去了,各自去睡觉。

　　第二天他们仍然一大早就起床,抱着一线模糊的希望和更强烈的动身的渴望,同时又生怕要在这令人厌恶的小旅店再挨一天。

　　唉!几匹马还在马厩里,车夫依然不见踪影。大家没事可做,就走去围着马车转悠来转悠去。

　　早饭也是食不甘味。对羊脂球的态度变得冷淡了,因为夜晚常给人带来好主意,一夜过去,人们的见解已经有了变化。现在,他们几乎要埋怨这个妓女,昨夜何不悄悄去同那普鲁士人私会,让旅伴们醒来时得到一个意外的惊喜。还有比这更简单的事吗?再说,谁会知道呢?她只要告诉那军官她是可怜旅伴们的苦境,就足可保全面子了。对她来说这实在是区区小事!

　　不过谁也没有把这些想法直截了当地说出来。

　　到了下午,大家都烦闷死了,伯爵提议到镇子外边去散散步。各人严严实实地穿戴停当,这一小帮人就出发了;除了科纽岱,他宁愿留下来烤火;还有两个修女,她们白天不是在教堂里就是在神父的住处打发光阴。

　　气候一天比一天寒冷,冻得人鼻子耳朵就像针扎一般;脚也痛得厉害,每走一步都是一次磨难。等到田野出现时,无边无沿白雪覆盖的原野在他们看来是那么凄凉,让大家触目伤情,心灰意懒,马上就往回走。

　　四个妇女走在前头,三个男人隔不多远跟在后面。

　　鸟先生深知情况之严重,他突然发问:这"婊子"是不是还要害他们在这鬼地方永远待下去。伯爵总是那么温文尔雅,他说不能强求一个女人做出这样痛苦的牺牲,这种事只能出于她的自愿。卡雷-拉马东先生提醒:要是像人们风传的那样,法国军队正从第埃普方面反攻过来,会战的地点只可能就在托特镇。这个想法顿时让另外两个人发起愁来。鸟先生说:"那我们就徒步逃走吧。"伯爵耸耸肩膀,说:"您想过没有,冰天雪地,又带着我们的夫人,怎么逃?再说他们立刻就会去追我们,只要十分钟就能把我们抓住,当俘虏押回来,任凭大兵们处置。"这话是真的;他们都沉默不语了。

女士们在谈论衣着打扮,不过她们都有些强打精神,显得心不在焉。

走到一个路口,忽见那普鲁士军官迎面走来。一望无尽的雪地映衬出他穿着军装、腰细得像胡蜂一样的长长身影。他走起路来两个膝盖拉得老开;这是军人特有的动作,他们总是尽量避免弄脏自己擦得锃亮的皮靴。

他经过女士们身边时点了点头,而对男人们只轻蔑地瞟了一眼。不过这几个男人还算有些自尊心,并没有脱帽,尽管鸟先生曾有个要摘帽子的动作。

羊脂球的脸一直红到耳根;三个有夫之妇感到受了奇耻大辱,因为被那大兵撞见自己同一个妓女在一起,而这妓女又受到他那么放肆的轻贱。

于是她们又谈起这军官来,对他的长相和风度大加品评。卡雷-拉马东太太结交过许多军官,十分擅长鉴别他们的优点,觉得此公很不赖;她甚至惋惜他不是法国人,否则会是个很英俊的轻骑兵,定能叫所有的女人为之疯狂。

回到旅店,他们再也不知做什么好。有时为芝麻大的小事也彼此说些尖酸刻薄的话。晚饭时都一声不吭,不大工夫就吃完了,各自上楼睡觉,希望睡着了好把时间混过去。

第二天大家下楼时都是一脸倦容,憋着满肚子气。女士们几乎连话也不跟羊脂球说。

钟声响了。是要举行一次洗礼。胖姑娘有一个儿子寄养在伊弗托的一个农民家。她一年也不去看他一趟,而且从来不想念他;但是想到这个马上就要受洗的小孩,她心里对自己的儿子也突然萌生了强烈的亲情,所以她无论如何要去参加这个仪式。

她刚走,大家就你看我我看你,然后把椅子搬拢来,因为他们都感到是决定做点什么事的时候了。鸟先生灵机一动,主张向那军官建议只扣下羊脂球,给其他人放行。

仍然由弗朗维先生担当传话的使命，不过他几乎立刻就回到楼下。那德国人参透了人的本性，把他赶出门来。德国人坚称：只要他的愿望得不到满足，就把所有人扣住不放。

这一下鸟太太市井无赖的脾气可发作了："我们总不能老死在这里呀。既然这贱货的本行就是跟所有的男人干那种事，我看她就没有权利挑三拣四。你们可知道，她在鲁昂什么人都接，哪怕是赶马车的！是的，太太，她就跟省政府的马车夫干过！这件事我知道得一清二楚；那马车夫常到我店里买酒。可今天，用得着她帮咱们解围啦，这烂菜花倒摆起谱了！……我呢，我可是觉得那军官行为挺正派。他也许是旷的时间长了。他更喜欢的当然是我们三个人。可是不，他只要把这个跟谁都能干的女人弄到手就满足了。他是尊重有夫之妇啊。你们想呀，他是这里的主人。只要他说一声：'我要'，有他手下的士兵帮忙，他本可以强奸我们的。"

另外两个女人打了个小小的寒战。漂亮的卡雷-拉马东夫人眼睛闪着光，脸色有点苍白，仿佛感觉到自己已经被那军官强奸了似的。

原来在一旁计议的男人们这时也走了过来。鸟先生气急败坏，要把这个"贱货"连手带脚捆起来交给敌人。但是出身于三代大使世家、并且本人也颇有外交家风度的伯爵，却主张运用灵活的手腕，说："最好还是说服她。"

于是他们就秘密策划起来。

几个妇女靠得更紧些，声调也压低了；每个人都畅抒己见，讨论离题越来越远。不过言谈还是十分得体的。尤其是那几位夫人，说的虽是再猥亵不过的事，却能寻出些婉转曲折的说法和高雅美妙的字眼。话说得那么精审含蓄，局外人很难悟得其中奥秘。不过一切上流社会妇女披挂的那层薄薄的廉耻心，只能遮盖表面；其实，她们几位遇上这桩淫秽的事，已经心花怒放，欣喜若狂，感到有了用武之地；她们是怀着满腔欲火在为别人拉纤，就像馋嘴厨子在为别人烹饪一顿夜宵。

到后来，这件事在他们看来显得挺滑稽的，欢快的心情也就不知不觉又恢复了。伯爵说了些近乎猥亵的笑话，不过说得精彩，人们甚至还报以微笑。轮到鸟先生，他讲了几个更下流的荤段子，人们也一点不觉得刺耳。鸟太太用露骨的方式表达的这个见解,更是令所有人折服:"既然这姑娘的本行就是干这种事的,凭什么不拒绝别人,偏偏拒绝这军官?"善解人意的卡雷-拉马东夫人看来甚至有这种想法:如果她处在羊脂球的位置,她宁愿拒绝别人,也不拒绝这个军官。

他们就像要占领一座被围困的堡垒似的,花了很长时间策划了一场攻坚战。每个人都商定了所要扮演的角色、引用的论据和采取的手段。他们还制订了作战方案,包括轮番进攻、种种的妙计和几次出其不意的袭击,以便迫使这座活城堡在自己的营帐里款待敌人。

不过科纽岱始终离他们远远的,全然不参与其事。

他们是那样全神贯注,竟一点也没有听见羊脂球回来了。伯爵轻轻"嘘"了一声,大家抬起头。她已经站在眼前。他们突然住口,尴尬得不知该怎么跟她搭话。幸亏伯爵夫人在交际场中养成了心口不一的习惯,忙问她:"有趣吗,这场洗礼?"

胖姑娘仍然激动不已;她把刚才的一切:见到些什么样的人,人们的表情举止,乃至教堂内部的建筑特点,都详述了一番。临了,她还补充了一句:"偶尔去祈祷一次,真好。"

直到吃午饭,这几位太太都一个劲地对她表示友好,以便增进她的信任,更容易听从她们的劝告。

一上饭桌,逼近行动就开始了。众人首先围绕慷慨献身的话题,含沙射影地大谈一番。他们列举出许多古代的事例,举完朱迪特和霍洛芳①,又毫无缘由地扯出吕克莱斯和塞克斯图斯②,还有那把敌军将领悉数召上自己的牙床、把他们变得像奴隶般驯顺的克莱奥帕特拉③。接着是一个惟有无知的百万富翁们的想像里才能孵出来的匪夷所思的故事,说的是罗马的女公民们前往加布勾引汉尼拔④和他的将领以及

---

① 传说朱迪特是公元前七世纪犹太某城的一个寡妇,凭自己的姿色深入敌营,灌醉率军围攻该城的敌将霍洛芳,砍下他的头颅,从而使敌军惊溃。
② 吕克莱斯是古罗马一名将的妻子,被本族人塞克斯图斯奸污,把实情告诉丈夫后,含愤自杀。
③ 克莱奥帕特拉,古埃及皇后,姿色美丽而性淫荡,曾凭自己的美貌征服恺撒等名将。
④ 汉尼拔:古代迦太基名将,攻罗马不克,屯兵罗马附近的加布等待援军,但某些历史家说他是沉迷于女色。

许多方阵的雇佣兵,让他们全都沉入柔情的梦乡。总之,凡是抵御过征服者,把自己肉体当作战场、统治工具和武器,用壮烈的温存制服丑类和歹徒,为复仇和尽忠而献出贞操的女人,都被一一举出来加以赞扬。

他们甚至话中有话地谈到一个英国名门望族的女子,为了把一种极其可怕的传染病过给拿破仑,竟然自己先去染上此病;而拿破仑只因在那致命的幽会时刻突然精力不济,才奇迹般地逃过一劫。

这形形色色的故事讲述得既得体又很有分寸;不过他们也偶尔故作热情冲动之状,以便激励羊脂球竞相效尤。

讲到最后,简直会叫你以为:女人来到尘世的唯一任务,永远是牺牲自己的肉体,没完没了地任大兵们为所欲为。

两个修女好像什么也没听见,完全沉醉在遐思冥想当中。羊脂球则始终一言不发。

整个下午大家都让她去思考。不过他们不再像以前那样称呼她"夫人",而只是叫她"小姐"了。谁也不清楚这是为什么,也许是故意要把她从已经攀上的受尊重的地位降下一级来,让她意识到自己的出身本来就不光彩吧。

浓汤刚端上来,弗朗维先生又出现了,他还是重复前一天那句话:"普鲁士军官叫我问伊丽莎白·鲁塞小姐,她是不是还没有改变主意?"

羊脂球生硬地回答:"没有,先生。"

不过晚饭中间,同盟军的火力减弱了。鸟先生说了三句话,效果都很糟。每个人都搜索枯肠发掘新的事例,怎奈毫无所得。正在这时,伯爵夫人也许不是成心的,而只是隐约感到需要表达一下自己对宗教的敬意,向那年长的修女打听圣人们都有些什么崇高事迹。哪知许多圣人都有过在我们看来堪称罪恶的行为;不过这些罪孽都是为上帝争光或者为众人造福而犯下的,教会便毫不费力地概予宽恕。这倒是一个有力的论据,伯爵夫人马上加以利用。就这样,若不是由于双方的默契或者一方的暗中讨好(身披教袍的人无不精通此道),就是仅仅由于碰巧缺心眼或者有助人为乐的傻劲,总之这位老修女给他们的阴谋帮了一个大忙。他们原以为她很腼腆,却不料她很大胆,很健谈,而且很激烈。决疑论者们的反复求索对她毫无影响；她笃信的教义像铁棍一样坚硬，她的信仰没有片刻动摇，她的良心也从不知不安为何物。她认为亚伯拉罕①杀子祭天的牺牲根本算不了什么，因为只要上天发个命令叫她杀掉自己的亲娘老子，她也会照办不误。依她之见，只要意图良好，做什么都不会触恼天主。伯爵夫人要充分利用这个不期而至的同谋者的神圣权威，便诱导她为那句"但问目的，莫管手段"的道德格言作一番富有教化力的诠释。

她继续问这位修女：

"这么说，嬷嬷，您是认为：只要目的正确，走哪条路天主都允许；只要动机纯洁，怎么做都能得到天主谅解喽？"

"谁能怀疑这一点呢，夫人？一个仅就事实来看是大逆不道的行为，往往只因出发点是好的，就变成可歌可颂的事哩。"

她们如此这般谈下去，不但解析天主的意愿，而且预测天主的决定，硬让天主去操心一些实在与他不大相干的事。

这一切都讲得既含蓄，又巧妙，又委婉。但是头戴元宝帽的圣洁修女的话却句句都在那妓女的愤然抵抗的心头撕开一个缺口。接着谈话稍稍离开主题，这位挂念珠的女人谈到她那个教派的一些寺院、她所属的修道院的院长、她本人，也谈到她那身材娇小的同伴，她亲爱的圣尼赛弗尔修女。她们是应召去勒阿弗尔护理各医院收留的几百名染了天花的兵士的。她们描绘了这些可怜人的惨状，详细介绍了他们的病情。由于普鲁士军官无理取闹，她俩在半路上耽搁了，一大批她们或许可以救活的法国人可能正在丧命啊！她的专长就是护理军人。她到过克里米亚、意大利和奥地利。一谈起她参加过的战役，她顿时显出一个听惯战鼓和军号声的修女的本色。她好像天生就是专门随军转战、从战斗漩涡中抢救伤员的。她比长官还有权威，一句话就能制服不守纪律的大兵。她可真是个名副其实的随军修女；她那张布满无数麻瘢的憔悴的面孔，就是战争蹂躏的缩影。

---

① 亚伯拉罕：据《圣经》传说，神要考验希伯来人的祖先亚伯拉罕的忠诚，要他杀子祭天。亚伯拉罕遵命，正要动手，耶和华让天使下令加以阻止。

她的话看来效果好极了,她说完之后,也就没有人再说什么。

饭一吃完,大家就回房休息,第二天早上很晚才下楼。

午饭平静无事。他们得给昨天播下的种子一点时间,让它发芽、结果。

午后,伯爵夫人提议去散步;于是伯爵按照商定的计划,挽起羊脂球的胳膊,和她走在众人的后面。

他称呼她"我亲爱的孩子",对她说话的语气很亲切,像个父辈,但又略带庄重的男人对烟花女子的轻蔑,始终是居高临下地看待她,不辱其社会地位和无可争议的名声。他单刀直入就触及问题的要害:

"这么说,您宁愿让我们在这里待下去,等普鲁士军队吃了败仗,跟您一样任凭他们宰割,也不肯将就一下,做一次您生活里经常做的事喽?"

羊脂球一言不答。

他对她态度温和,晓之以理,动之以情。他始终是"伯爵先生",但必要时也能献献殷勤,说几句恭维话,总之十分可爱。他极口称赞说如果她肯帮他们这个忙该是何等功德无量,他们一定会对她感激涕零;接着他又突然用"你"字称呼她,嬉皮笑脸地说:"你要知道,我亲爱的,他还会自夸尝过一个在他们国内不可多得的美女的滋味呢。"

羊脂球没有理会,而且追上去和大伙儿一起走。

一回到旅店,她就上楼去自己的房间,没再露面。大家的忧虑达到了顶点。她会怎么办?倘若她继续抗拒,那该多么糟糕!

到开晚饭的时间了,大伙儿都等着她,可就是不见她下来。这时弗朗维先生却走进来宣布:鲁塞小姐身体不舒服,各位可以先吃了。大家都竖起耳朵。伯爵走到旅店老板跟前,低声问:"成了?"——"成了。"即便这时,伯爵也不失体统,他对同伴们什么也没说,只是向他们微微点了点头。所有人都立刻舒了一口长气,面露喜悦之情。鸟先生嚷道:"他妈的!如果这旅店里买得到香槟酒,我请客。"旅店老板拿着四瓶葡萄酒回来的时候,鸟太太还真的吃了一惊。每个人都突然变得能说爱笑,会嚷善闹,因为每个人的心里都充满淫荡的快意。伯爵好像突然发现卡雷-拉马东夫人千娇百媚;棉纺织厂主则向伯爵夫人大献殷勤。谈话既热烈、欢快,猥辞戏言层出不穷。

突然,鸟先生神色紧张,高举双臂,大喊:"安静!"大家吃了一惊,甚至吓了一跳,马上肃静下来。只见鸟先生两手拢着嘴"嘘"着,竖起耳朵听着,然后抬头望着天花板倾听;过了一会儿,才用他本来的声调宣布:"放心吧,一切顺利。"

大家没有立刻领悟,不过很快就露出了微笑。

过了一刻钟,他又把这出滑稽剧演了一遍,而且一晚上重复了多次。他还装作同楼上某个人对话,给那人提些只有他市侩的脑袋里才挖得出的语意双关的建议。他一会儿满脸悲伤地哀叹一声:"可怜的姑娘啊!"一会儿怒目切齿地嘟哝一句:"普鲁士恶棍,滚!"有时,大家已经不再想那回事了,他却震耳欲聋地连呼:"够啦! 够啦!"然后好像自言自语似地补充一句:"但愿我们还能看到她;那坏蛋可别把她折腾死了!"

这些玩笑虽然低俗不堪,人们却不觉得刺耳,反而感到有趣,因为愤怒这玩意也像其他东西一样取决于环境,而此刻这帮人周围的气氛里已充满邪思淫念。

吃餐后零食的时候,连女士们也机智而又谨慎地说了些不便明说的话。大家都目光灼灼,因为喝了很多酒。伯爵即使在行为越轨时也要保住其高贵庄重的外表,他作了个比喻,说他们此刻的心情,就像北极冰封季节结束时,被困的船员看到一条通往南方的坦途那样愉快。这比喻受到一致的赞赏。

鸟先生兴头正高,手举一杯香槟,站起来,说:"为庆祝我们的解放,我要干它一杯!"大家都起立,向他欢呼。经几位太太再三鼓动,两个修女也同意把嘴唇在她们从未领味过的泛着泡沫的酒里抿了一下。她们声称这酒很像柠檬汽水,不过味道更美。

鸟先生一语道破了人们此刻的心境:

"可惜没有一架钢琴,不然就可以跳一曲四对舞了。"

科纽岱始终没说一句话,也没有一个动作;他仿佛沉浸在严肃的思索中,只偶尔狠狠揪一下自己的大胡子,好像要把它拉得再长些似的。最后,将近午夜的时候,大家要散了,已经踉踉跄跄的鸟先生忽然过去轻轻拍了拍他的肚子,含糊不清地对他说:"今晚,您……您不大开心啊;您一声也没吭,公民。"不料科纽岱猛地抬起头,两眼凶光闪闪地扫视着这帮人,说:"我告诉你们,你们刚才干的事简直卑鄙透顶!"他站起身,走到门边,又说了一遍:"卑鄙透顶!"才掉头而去。

这句话冷不瞅真叫人扫兴。鸟先生被弄得很窘,愣了好一会儿。不过他还是回过神来,并且突然笑得前仰后合,一迭连声地说着:"吃不到葡萄就说葡萄酸,这位老弟,吃不到葡萄就说葡萄酸。"见大家不明白这句话的奥妙,他便把"走廊秘事"讲了一遍。于是这伙人又兴高采烈起来。那几位太太开心得像疯婆子似的。伯爵和卡雷-拉马东先生笑得眼泪都流出来。他们不能相信竟会有这种事。

"怎么,您肯定没看错吗?他想……"

"跟你们说,我是亲自眼见的嘛。"

"而她,居然不答应?"

"因为那普鲁士人住在隔壁房间。"

"不可能吧?"

"我敢对你们发誓。"

伯爵笑得喘不过气来。实业家也笑得两手捂着肚子。鸟先生却仍然说个没完:

"你们明白了吧,今天晚上,他是不会觉得她干的事有趣的,绝不会。"

三个人又齐声大笑,笑得肚子痛,笑得上气不接下气,还咳嗽个不停。

笑完大家也就散了。鸟太太生性像荨麻一样爱蜇人;两口子一睡下,她就告诉丈夫,小不点的卡雷-拉马东夫人"那个妖精"整晚都在强笑:"你知道,女人们,要是迷上穿军装的,管他是法国人还是普鲁士人,天啊,她们一概欢迎。你说这不丢人吗,老天爷呀!"

这一整夜,昏暗的走廊里仿佛总有什么在微微骚动。是些轻得几乎感觉不到的响声:人的喘息声,赤脚轻擦地板声,以及微微的咯吱声。可以肯定,大家都睡得很晚,因为过了很久各房间门底下还透出灯光来。香槟酒就是有这种效果:据说它能扰乱睡眠。

第二天,冬日明亮的阳光把白雪映照得晶莹夺目。公共马车终于套好了,等候在门前;一大群白鸽,粉红的眼珠黑瞳孔,脖子缩在厚厚的羽毛里,正大模大样地在六匹马的腿底下踱来踱去;为了寻找它们的食物,把还冒着热气的马粪啄得满地都是。

车夫裹着他那张羊皮,坐在车前面的座位上抽着烟斗。旅客们个个喜笑颜开,催着快给他们包装好下一段旅程的食品。

人们一切准备停当了,羊脂球才露面。

她看来有点心绪烦乱，面带羞惭。她怯生生地向旅伴们走过来；他们却不约而同地扭过头去，好像没看见她。伯爵郑重地挽起妻子的胳膊，领她走开，惟恐她接触这不洁之物。

　　胖姑娘不禁愕然，停住了脚步；随后，她鼓足勇气走到棉纺织厂主妻子跟前，谦恭地轻声问候了一句："早安，太太。"对方只点点头做了个很怠慢的回应，同时又白了她一眼，仿佛自己的贞洁受到了玷污。大家都看似忙得不可开交，而且都离她远远的，好像她的裙子里带来什么传染病。接着这些人便争先恐后上了车。她最后一个上车，一声不吭，又在前一段旅程中坐的那个位子上坐下。

大家仿佛没看见她,也不认识她;不过鸟太太气还未消,远远瞅着她,低声对丈夫说:"幸亏我不坐她旁边。"

沉重的马车摇晃起来,旅行又开始了。

起初大家都一言不发。羊脂球头也不敢抬。她既对所有同车人满怀怨愤,又对自己让了步,被人昧着良心推到那普鲁士人的怀里遭到侮辱而愧悔不迭。

不过伯爵夫人很快就打破这令人难堪的沉默,她转过身去问卡雷-拉马东太太:

"您大概认识德·爱特莱尔太太吧?"

"当然啦,她还是我的朋友呢。"

"多么可爱的人啊!"

"简直人见人爱!这才是真正的人尖子,有学问,生就多才多艺;歌唱得好听,画也不含糊。"

棉纺织厂主和伯爵在闲聊;在车窗玻璃的震颤声中,偶尔冒出个把字眼:"息票……到期……红利……期限。"

鸟先生在和他妻子斗纸牌。那副牌是他从旅店里顺手牵羊拿来的,已经在没抹干净的桌子上摩擦了至少五年,油腻腻的。

两个修女摘下挂在腰带上的长念珠,一齐划了十字,嘴唇立刻紧张地蠕动起来,并且越来越快,发出的叽里咕噜声是那么急促,就像进行一场念经比赛。她们还时不时吻一下圣牌,重新划个十字,然后又急速而又不停歇地嘟哝起来。

科纽岱则若有所思,凝神不动。

车走了大约三个钟头,鸟先生收起纸牌,说:"饿了。"

他太太伸手够到一个细绳捆着的纸包,从里面取出一块冷牛肉。她麻利地把这块肉切成整齐的薄片儿,夫妻俩就一起吃起来。

伯爵夫人说:"我们一块儿吃好吗?"得到赞同,她就把两家预备的食品全打开。那是一个椭圆形的盆,盆盖上有一个陶制的兔纽,表示下面盛着一只烧好的野兔。盆里果然有一份鲜美的冷荤,几条白晶晶的肥猪肉横搭在褐色的野兔肉上,还拌着几种剁碎的别的肉。此外还有好大一块格律耶尔干酪,是用报纸包着带来的,油性的干酪表面还残留着印下的"社会新闻"几个大字。

两个修女打开纸包取出一截香肠,顿时散发出大蒜的气味。科纽岱呢,把两只手同时伸进他那肥大外套的两个硕大的口袋,从一个口袋里掏出四只煮鸡蛋,从另一个口袋里掏出一块面包头。他剥掉蛋壳,扔在脚下的麦秸里,就着鸡蛋狼吞虎咽起来,蛋黄的碎末掉在他的大胡子上,就像星星一样。

羊脂球因为起床时太匆忙,慌里慌张之中什么也没想到准备。眼巴巴看着这帮人心安理得地进着餐,她怒火攻心,几乎喘不过气来。她起初激愤难遏,已经张开嘴打算把他们臭骂一顿,而且一大堆骂人的脏话已经潮水般涌到唇边;但是她气得都快憋死过去,根本说不出话来。

没有一个人看她,没有一个人想到她。她感到自己已经被这群道貌岸然的恶棍的轻蔑淹没了;而正是他们,先把她当作祭品利用,然后又把她当作敝屣抛弃。这时,她想起被他们狼吞虎咽掉的她那满满一大篮子好东西,那两只晶亮的冻汁鸡,那些肉酱、梨子,还有那四瓶红葡萄酒;她的盛怒,就像绳子拉得太紧绷断了似的,反而突然熄灭了;她感到自己就要哭出声来。她拼命忍住,心想一定要挺住,跟孩子一样硬把啜泣咽下去;不过眼泪还是往上涌,在眼圈里闪烁,接着两颗豆大的泪珠夺眶而出,顺着面颊慢慢滚下来。泪水就这样源源不断地涌出,越流越快,犹

如岩缝里渗出的水珠,一颗接一颗滴落在她高高隆起的胸脯上。她始终腰板挺直,目不转睛,苍白的脸紧绷着,但愿别人不要看见她这副模样。

伯爵夫人却偏偏看出来了,并且对她丈夫使了个眼色。伯爵耸耸肩膀,似乎在说:"有什么办法呢?这又不是我的过错。"鸟太太得意地干笑了一下,嘟咕道:"她哭是因为自己做了丢脸的事。"

两个修女把剩下的香肠用纸裹好,又念起经来。

科纽岱正在消化他吃下的鸡蛋;他把两条长腿伸到对面的长凳底下,身子向后一仰,交叉起双臂,像刚发现一种戏弄人的妙招似的微微窃笑着,用口哨吹起了《马赛曲》。

所有的面孔都顿时阴沉下来。毫无疑问,旅伴们不喜欢这首大众的歌曲。他们感到心烦、恼火,几乎要放声大叫,就像恶狗听见手摇风琴声就要狂吠一样。科纽岱看在眼里,吹得更起劲了。他甚至还时不时地低声唱出几句歌词:

　　对祖国的神圣的爱,
　　快来指挥、支持我们复仇的手,
　　自由,亲爱的自由,
　　快来跟保卫你的人们一起战斗!

地面的雪变硬了,车也走得快些了。在到达第埃普以前的这段漫长而郁闷的时间里,任凭马车颠簸摇晃,从夜幕徐落到车里漆黑一团,他怀着残忍的执拗没完没了地吹着这一成不变的复仇的口哨,迫使那些疲乏又光火的脑子从头到尾重温这支歌曲,并且每听一拍就回想起相应的歌词。

而羊脂球一直在哭;黑暗中,在两段曲子的间歇,偶尔传出她没能忍住的一声呜咽。

一 家 人[*]

开往纳伊①的小火车刚驶过玛约门,正沿着通往塞纳河岸的林荫大道奔驰。小车头拖着它那节车厢,鸣着汽笛赶开路上碍事的行人车辆,像一个气喘吁吁的长跑者,喷吐着蒸气;活塞就像两条运动中的铁腿,嗑嗵嗑嗵响着向前匆匆迈进。夏日傍晚的闷热笼罩着路面;虽然一丝风也没有,还是扬起阵阵粉笔灰似的白色尘土,又浓又呛人,而且热烘烘的。这尘土粘在人们湿漉漉的皮肤上,眯住人们的眼睛,甚至钻到人们的肺里。

大道两旁,不少人走到户外,希望能透透气。

车窗的玻璃都拉开了;车子开得很快,窗帘迎风飘舞。只有寥寥几个人坐在车厢里(在这样的大热天,人们更喜欢待在车的顶层和露台上)。其中有几个装束的格调不怎么雅致的胖太太;这些郊区的中产阶级妇女,缺乏高贵的风采,却傲慢得不合时宜。还有几个在办公室辛劳了一天,已经疲惫不堪的男士,脸色蜡黄,躬腰缩背,因为长年伏案工作,看上去一个肩膀有点高。从他们焦虑不安、愁眉不展的面孔,就知道他们家庭生活中烦恼重重,经常手头拮据,昔日的希望已经注定成为泡影。他们全都属于那支落魄潦倒的穷鬼的大军,在巴黎周边近乎垃圾场的田野上,用石膏板搭起的单薄的房子里过着枯燥乏味的日子;门外的一小块花坛就算是他们的花园了。

紧挨着车门,是一个矮矮胖胖的男子,脸颊有些浮肿,肚子垂在叉开的两腿中间,穿一身黑色衣服,挂着勋章绶带。他正在跟一位先生聊天。对方身材瘦长,不修边幅,穿着肮脏的白色亚麻布衣服,戴一顶陈

---

[*] 本篇首次发表于一八八一年二月十五日的《新杂志》;一八八一年收入中短篇小说集《泰利埃公馆》。

① 纳伊:巴黎西边的郊区,当时有小火车从市内的星形广场开往纳伊的古尔博瓦广场。

旧的巴拿马草帽。前一位是海军部的主任科员卡拉旺先生,说起话来慢慢腾腾,吞吞吐吐,有时候简直就像个结巴。后一位曾经在一条商船上当过卫生员,最后在古尔博瓦圆形广场旁边开业,用他一生走南闯北仅剩的似是而非的医学知识,在当地贫苦居民中间行医;他姓舍奈,要人家称呼他"医生"。关于他的品行,很有些流言飞语。

卡拉旺先生一向过着标准的公务员的生活。三十年来,他每天早上守常不变地去上班,走的是相同的路,在相同的时刻,相同的地点,看见赶去办公的相同的脸;每天晚上他循着相同的路线回家,又遇见他亲眼看着变老的相同的脸。

他每天在圣奥诺莱区的拐角花一个苏买一份报纸,又去买两个小面包,然后就走进部里,那神情活像个投案自首的犯人。他马不停蹄赶到办公室。他总是惴惴不安,时刻都在担心自己有什么疏忽,会遭到申斥。

从来也没有发生过什么事,能改变他单调的生活规律;因为除了科里的事,除了升级和奖金,他对什么都不关心。不论在部里,还是在家里(他已经不计较什么嫁妆,娶了一个同事的女儿),他从来不谈公务以外的事。他那被枯燥的日常工作弄得萎缩了的脑子里,除了和部里有关的以外,再没有别的思想、希望和梦想。不过这个科员想起一件事总是愤愤不平:那些海军军需官,因为有银线饰带而被人称做"白铁匠"的,一调进部里就能当上副科长或者科长。每晚他都要在饭桌上,

当着与他同仇敌忾的妻子,有根有据地论证:把巴黎的官职给那些本应漂洋航海的人,无论从哪一方面都极不公平。

他现在已经老了。可是他竟没有感觉到自己这一生是怎么过去的,因为他出了中学大门就直接跨进了办公室,只不过从前望而生畏的学监,如今换成了他怕得要命的上司。一看见这些衙门暴君的门槛,他就浑身上下直打哆嗦。他在人前总显得窘迫不安,和人说话总是低声下气,甚至紧张得口吃,就是这种持续不断的恐惧心理所致。

他对巴黎的了解,并不比一个每天牵着狗到同一家门口讨饭的瞎子更多。即使在他那一个苏一份的报纸上读到什么大事或者丑闻,他也认为都是凭空杜撰的故事,编出来供小职员们消遣的。他是个秩序的拥护者,保守派,虽无一定政见但敌视一切"新鲜事物"的保守派。凡是政治新闻他都略过不看,何况他那份报纸拿了某一方的钱,总是为满足该方的需要而对新闻加以歪曲。每天晚上,他沿着香榭丽舍大街回家,望着熙熙攘攘的行人和川流不息的车辆,就像是人地生疏的旅游者彷徨在遥远的异乡。

就在今年,他完成了按规定所必需的三十年的服务。一月一日那天,他获得了荣誉勋位团十字勋章。在这些军事化的机关里,就是用它来奖励那些被钉在绿色卷宗上的犯人,奖励他们漫长而又悲惨的苦役(或者美其名曰"忠诚服务")的。这个意外的荣誉使他对自己的才干有了新的,更高的认识,彻底改变了他的生活态度。出于对自己所属的"勋位团"理所当然的礼貌和尊重,从那以后,他就取缔了杂色的长裤和式样花哨的上衣,只穿黑色裤子和更适合佩带他那宽宽的"勋章绶带"的长礼服;他每天早上都要刮脸,仔细清理手指甲,并且每两天就换一次衬衫。总之,一晃儿工夫,他就变成了另一个卡拉旺,整洁,庄重,而且待人接物还颇有些屈尊俯就的意味。

在家里,他说什么都要扯上"我的十字勋章"。他甚至骄傲到如此程度,对别人在扣眼上挂的任何一种勋章都无法容忍。他见了外国勋章尤其怒不可遏,——"这种勋章,根本就不应该允许在法国挂出来"。他特别看不惯舍奈"医生",因为每天晚上在小火车上遇见他,他总是挂着一条不三不四的勋章绶带,有白的,有蓝的,有橙黄的,还有绿的。

从凯旋门到纳伊的这段路上,他们两个人的对话仍是老生常谈。这一天和往常一样,他们先涉及的是地方上的种种弊端;他们对这些弊端都很反感,可是纳伊市的市长却偏偏不闻不问。接着,正像和医生做伴必然会发生的那样,卡拉旺把话题转到疾病上,指望通过闲谈的方式捞到些许免费的指点,甚至是一次诊断呢,只要做得巧妙,别让他看出破绽。再说,他母亲的情况近来让他十分担心。她常常昏厥,好久才能醒过来。虽然九十高龄了,可她就是不同意去看病。

卡拉旺一提到母亲的高寿,就心情激动。他一再地对舍奈"医生"说:"活这么大岁数的人,您常见吗?"说罢,他就深感幸运地搓搓手,倒不是他希望看见老太太在世上没完没了地活下去,而是因为母亲寿命长,也是他本人长寿的预兆。

他接着说:"嘿嘿!我家的人都长寿;因此,我可以肯定,除非遇到意外事故,我一定能活到很老才死。"卫生员怜悯地看了他一眼;他在转瞬间端详了一下对方通红的脸,肥肥的脖子,坠在两条松软的粗腿之间的大肚子,以及这虚胖的老职员容易中风的浑圆的身坯;然后,一只手掀了掀扣在头上的那顶灰白色巴拿马草帽,冷冷一笑,回答:"未必吧,老兄,令堂瘦得皮包骨,可阁下呢,胖得像个汤桶。"卡拉旺被他说得心慌意乱,哑口无言。

好在这时候火车到站了。两个伙伴下了车。舍奈先生提议请他到对面,他俩经常光顾的环球咖啡馆喝杯苦艾酒。老板和他们是朋友,向他们伸出两个手指头,隔着柜台上的酒瓶握了一下。然后他们就走过去,找从中午起就坐在那张桌上打多米诺骨牌的三个牌迷。他们互相热情地打了招呼,并且问了那句少不了的"有什么新闻呀",然后打牌的人继续打牌,他俩就告辞出来。他们头也不抬,只是伸出手来互相握了一下,便各自回家吃饭。

卡拉旺住在古尔博瓦广场附近的一座三层小楼里。楼下是一家理发店。

这套住宅有两个卧室、一个饭厅和一个厨房,几把修过的椅子根据需要从这间屋子搬到那间屋子。卡拉旺太太把时间都花在打扫卫生上。她的十二岁的女儿玛丽-路易丝和九岁的儿子菲利普-奥古斯特

跟邻里的孩子们在大街边的阳沟里游戏。

卡拉旺把母亲安置在楼上。老太太的小气在这一带是出了名的,而她又长得瘦骨嶙峋,所以人们说:"天主"把他精打细算的原则都用在她身上了。她总是心情恶劣,没有一天不跟人吵架,不发脾气。她经常隔着窗口,冲着街坊、卖菜小贩、清道夫和儿童破口大骂。为了报复她,她出门的时候,孩子们就远远地跟在后面大叫:"老—妖—精!"

一个粗心得叫人难以相信的诺曼底来的小女佣,给他们做家务活。为了预防意外,她睡在三楼,老太太旁边。

卡拉旺回到家的时候,他那爱洁成癖的妻子正在用一块法兰绒布,擦那几把分散在几个空荡荡的房间里的桃花心材的椅子。她总是戴着绒手套,头上扣着一顶便帽,那便帽缀有五彩缎带,还老往一边耳朵上滑。每逢有人撞见她刷呀、扫呀、擦呀、洗呀,她总是这么说:"我不是有钱人,家里一切都很简单,不过我也有我奢侈的地方,那就是清洁,它跟别的奢侈同样有价值。"

她生来就讲究实际,而且固执己见;在一切事情上她都是丈夫的向导。每天晚上,在饭桌上,然后在床上,他们总是喋喋不休地谈论着办公室里的事。虽然她比他小二十岁,他却像对神父似的,对她无所不谈,并且不论什么事都遵从她的意见。

她压根儿就不曾漂亮过;现在更丑,又矮小又干瘦。她那微小的女性特征,本来还是可以巧妙地显露一二的;但她偏偏对着装一窍不通,也就被永远埋没了。她的裙子好像总往一边歪。无论什么场合,哪怕在大庭广众面前,她也经常在自己身上抓抓搔搔,几乎成了一种怪癖。

她容许自己使用的唯一装饰品,是她惯常在家里戴的那顶点缀着许多缎带、她自以为很美的便帽。

她一瞧见丈夫回来,就直起腰,吻着他的颊髯,问:"我的朋友,你想着去波丹①了吗?"(这话指的是他答应替她办的一件事。)他听了马上垂头丧气地倒在椅子上;这已经是他第四次把这事儿忘了。他说:"真是邪了门儿啦,我一整天都在想着这件事,可是没用,到了傍晚还是忘了。"见他很难过,她就安慰道:"你明天记住不就完了。部里没有什么新闻吗?"

"有,还是一件大新闻呢:又有一个'白铁匠'被任命为副科长。"

她的脸立刻严肃起来,问:

"哪个科?"

"对外采购科。"

她气呼呼地说:

"这么说,是拉蒙的那个位子了,正好是我希望你得到的那个位子。拉蒙呢?他退休了?"

他喃喃地说:"退休了。"她立刻暴跳如雷,便帽一直滑到肩膀上:

"完了!你看,这个破地方,现在什么指望也没有了。你说的那个军需官姓什么?"

"波纳索。"

她拿起总放在手边的海军年鉴查找,念道:"波纳索。——土伦。——一八五一年出生。——一八七一年任见习军需官。一八七五年任助理军需官。"

"他出过海吗?"

听到这句问话,卡拉旺心里雨过天晴。他乐得肚子直抖。"跟巴兰,他的科长巴兰,正好是一路货色。"接着,他就开怀地笑着,讲起他那个部里人全都觉得精彩的老笑话:"千万别派他们从水路去视察黎明军港,他们乘观光小火轮也会晕船呢。"

不过,她就跟没听见似的,仍然板着脸。过了一会儿,她慢慢搔着

---

① 波丹(Félix Potin):法国著名的食品杂货店。

下巴,咕哝说:"要是我们能有一个有交情的议员就好了!只要议会知道部里发生的这一切,部长立马就会垮台……"

这时候,楼梯上传来的吵嚷声,打断了她的话。玛丽-路易丝和菲利普-奥古斯特从阳沟那儿玩耍回来了,他们一个阶梯一个阶梯地步步为营,你打我一个耳光,我踢你一脚。他们的母亲横眉怒目地冲了出去,一手抓住一个孩子的胳膊,使劲地摇晃着他们,把他们推进屋里。

他们一看见父亲,就连忙向他扑过去。他慈祥地吻他们,吻了很久,然后坐下来,让他们坐在自己的大腿上,跟他们谈心。

菲利普-奥古斯特是个小淘气,头发乱糟糟的,从头到脚没有一处干净,脸上一副白痴相。玛丽-路易丝长得像她母亲,说话也像她,张口就像在重复她的话,甚至连手势也跟她一模一样。她也说:"部里有什么新闻呀?"他开心地回答:"宝贝女儿,你那位每个月都要来咱家吃饭的朋友拉蒙就要离开我们了。有个新来的副科长接了他的位子。"她抬起头望着父亲,用早熟的孩子才有的那种体恤的口吻说:"这么说,又有一个人从你肩膀上蹿上去了。"

他敛起笑容,没有回答;然后就岔开话题,问正在擦窗户的妻子:"妈妈在楼上好吗?"

卡拉旺太太停下擦窗户的动作,转过身来,把已经完全滑到背上的便帽重新戴好,嘴唇颤抖着说:

"哈!对啦!咱们就来谈谈你妈吧!她跟我唱了一出好戏!你想想看,理发师的妻子勒博丹太太上楼找我借一包淀粉,正好我出去了,你妈就像对待乞丐似的,把人家撵了出去。所以我回来也把老太太修理了一下。可她跟往常一样,人家指出她的不是,她总是假装听不见。其实,她耳力并不比我差,是不是?她根本是在装蒜。她一声不吭,立刻就上楼去了,这就是证明。"

卡拉旺十分尴尬,沉默不语。正好,小女佣闯进来说晚饭已经准备好了。于是他拿起总是藏在墙角的那根扫帚把,往天花板上捅了三下,通知他母亲下来吃饭。然后他们便到饭厅去。卡拉旺太太分好汤,等老太太下来。等呀等,汤也凉了,她还不下来,他们只好先慢慢地吃起来。各人盘子里的汤都喝完了,他们又等。卡拉旺太太恼火了,就拿丈

夫撒气:"她这是成心捣乱,你明知道。可你还是老护着她。"他夹在中间,左右为难,只好打发玛丽-路易丝去叫奶奶。他妻子气愤地用刀尖敲打着酒杯的杯脚,而他只低着头,一动不动。

门忽然开了,只有女儿一个人回来,她气喘吁吁,脸色煞白,慌慌张张地说:"奶奶倒在地上了。"

卡拉旺猛地站起来,把餐巾往桌子上一扔,就跑了出去,楼梯上响起他沉重而又急促的脚步声。他妻子认为婆婆又在耍什么花招,不以为然地耸耸肩,慢吞吞地跟上楼去。

老太太脸冲下直挺挺地倒在屋子中间。儿子把她翻过身来,只见她的脸纹丝不动,毫无表情;皮肤蜡黄,皱纹密布,好像硝过似的;两眼紧闭,牙关紧咬,干瘦的身躯已经发硬。

卡拉旺跪在她身边,一边呻吟一边喊:"妈呀,我可怜的妈呀!"不过卡拉旺太太端详了一会儿,肯定地说:"得啦,她又晕过去了,没什么大事。放心吧,不过是耽误咱们一顿饭罢了。"

他们把老太太抬到床上,脱光了衣裳。卡拉旺,他妻子,还有女佣,三个人一齐动手给她揉搓身子。可是,尽管他们费了很大的劲儿,她还是没有恢复知觉。于是他们打发罗萨丽去请舍奈"医生"。他住在絮莱纳附近的河边,路很远。等了很久,他终于到了。他察看过老太太,又把了她的脉,听了她的心音,宣布:"完了。"

卡拉旺扑在母亲身上,随着急促的抽噎,他的身子也在抖动。他拼命吻着母亲那张僵硬的脸,哭得那么伤心,大颗的眼泪像水滴似地洒在死者的脸上。卡拉旺太太也适可而止地悲痛了一会儿,然后就站起来,立在丈夫背后,微微地呜咽着,不住手地揉着眼睛。

卡拉旺的眼睛都哭肿了,稀稀落落的头发也纷乱了,由衷的悲伤把他的人也变丑了。他忽然站起来,说:"不过……您能肯定吗?医生,您确实能肯定吗?……"卫生员连忙走过来,以老练利索的手法摆弄着尸体,像商人夸耀自己的货物似的,说:"瞧,朋友,您瞧这眼睛。"他翻开老妇人的眼皮,眼珠在他手底下露了出来,并没有任何变化,只是瞳孔有点儿扩大。卡拉旺的心就像让人扎了一刀似的,吓得浑身发毛。舍奈先生又抓起老太太蜷着的胳膊,使劲扳开她的手指头,好像冲着一个辩论对手似的,咄咄逼人地说:"您看看这只手。放心吧,我绝不会弄错。"

卡拉旺又扑到老人身上,呼天抢地。他妻子一边虚情假意地哭着,一边料理着必要的事。她把床头柜搬过来,铺上一块餐巾,放上四根蜡烛,点着了;又从壁炉台上取下挂在镜子背后的一根黄杨树枝,搁在蜡烛之间的一个盘子里;没有圣水,就往盘子里倒满清水。然后她想了想,抓了一撮食盐扔在水里,大概以为这就算完成了祝圣的仪式。

布置完死神降临时应有的场景,她就一动不动地站着。刚才帮着她布置的卫生员,这时低声对她说:"最好把卡拉旺领出去。"她点头赞同,便走到仍然跪在那里不住呜咽的丈夫身边,和舍奈先生一人架一条胳膊,把他搀了出去。

他们先让他坐在一把椅子上,他妻子连连吻着他的额头,开导了他一番。卫生员也在一旁帮腔,劝他要坚强,要拿出勇气,要安于天命,其实这一切都是一个人遇到这种天降横祸时根本办不到的。接着,他们俩又搀着他,把他领了出去。

他像个胖娃娃似的哭哭啼啼,痉挛了似的抽噎着,有气无力,胳膊耷拉着,两腿发软。他已经不知道自己在做什么,只是机械地移动着两只脚,走下楼去。

他们把他安置在平常吃饭坐的那把扶手椅上,面前是快要空了的汤盆,他的汤勺还浸在没喝完的汤里。他就这样坐在那里,一动不动,对着酒杯发愣;他如痴如呆,已经什么也不想了。

卡拉旺太太在一个角落里和医生谈话,打听该办的手续,请教各种各样的具体事宜。舍奈先生好像还在等着什么似的,最后他拿起帽子,说他还没有吃晚饭,行了个礼,就要走。她这才恍然大悟:

"怎么,您还没有吃晚饭吗?那就留下在这儿吃吧,医生,留下在这儿吃吧!我们有现成的,这就给您端上来。您知道,我们也吃不了多少。"

他婉言推辞;可是她坚持挽留,说:

"这算得了什么呀,您就留下吧。遇到这种时候,能有个朋友在身边,真是件难得的事。再说,您也许能够劝我丈夫吃点东西提提神;他非常需要打起精神来呀。"

医生鞠了个躬,把帽子放在一件家具上,说:"既然如此,我只好从命啦,太太。"

她对冲昏了头的罗萨丽吩咐了几句,自己也坐下吃起来,照她的说法,不过是"装装样子吃点儿,陪陪'医生'"。

凉了的汤又端上来。舍奈先生喝完了,又要求添了一次。接着上的是一盘里昂式牛肚,散发出一股洋葱的香味,卡拉旺太太也决定尝一点。"味道好极了。""医生"说。她笑了笑:"真的吗?"然后转过脸来对丈夫说:"你也吃点吧,可怜的阿尔弗雷,哪怕垫垫肚子也好,想想看,你还要熬夜呢!"

他顺从地递过盘子去,好像即使她命令他马上上床睡觉,他也会照办不误。实际上他现在已经任人摆布,既不会反抗,也不会思考了。然后,他就吃起来。

"医生"自己动手,一连从菜盘里取了三次。卡拉旺太太呢,隔不大会儿就用叉子叉一块牛肚,刻意装作漫不经心似的吞下肚去。

满满一盆通心粉端了上来,"医生"咕哝说:"嘿!这可是好东西。"这一次,卡拉旺太太给每人分了一份,甚至连孩子们的小碟子都盛满了。没人顾得上管他们了,两个孩子连扒带抓地吃着碟子里的食物,喝着不掺水的葡萄酒,已经在桌子底下用脚开起战来。

舍奈先生想起罗西尼①对这道意大利美食的喜爱，冷不丁地说："瞧！还押韵呢；很可以作一首诗，用这样的诗句来开头：

　　大作曲家罗西尼
　　吃通心粉成了癖……"

不过并没有人听他说话。卡拉旺太太忽然变得若有所思：她在考虑这个变故可能带来的各种后果。她丈夫呢，把面包搓成一个个小球儿，放在桌布上，像白痴一样目不转睛地盯着这些面球。他好像嗓子眼儿干渴难熬，葡萄酒喝了一杯又一杯；他那被打击和悲伤搅乱了的脑袋，变得轻飘飘的，仿佛在刚开始的艰难的消化过程突然造成的晕眩里乱舞。

"医生"呢，喝起酒来像个无底洞，显然已经醉了。卡拉旺太太也在经受神经震动之后必有的反应，兴奋，烦躁，虽然喝的是白水，头脑也有点晕乎了。

舍奈先生开始讲起几个遇到丧事的人家发生的事来，在他看来这些事真是荒唐透顶。因为在巴黎的这个郊区，住满外省来的居民，常可以看到乡下人对死者，不管是亲爹还是亲娘，表现出的那种冷漠，那种缺乏敬意，那种连自己都意识不到的残酷无情。这些事在乡下司空见惯，在巴黎却十分罕见。他说："瞧，就在上个星期，皮托街有一家来请我。我连忙跑了去。到了那里，病人已经死了，家属却围在床边若无其事地喝着茴香酒。这瓶酒原是头天晚上买来，给垂危的病人过过瘾的。"

不过卡拉旺太太并没有听他说话，而是一心在想着遗产；卡拉旺则是头脑空空，根本听不懂他在说什么。

咖啡倒好了；为了提神，煮得很浓。兑了白兰地的咖啡，顿时在他们的双颊添上一层红晕，并且把他们已经神志恍惚的头脑里仅剩的一点思想搅得更乱。

随后，"医生"又突然抓起白兰地酒瓶，替每人斟上一杯"涮杯酒"。

---

① 罗西尼（Rossini, 1792—1868）：意大利歌剧作曲家。

食物消化产生的温热让他们懒洋洋的,餐后烈酒产生的肉体的恬适让他们不由自主地沉醉,他们就这样一言不发,慢慢啜着在杯底形成淡黄色糖浆的甜白兰地。

孩子们已经睡着了,罗萨丽把他们送上床。

大凡遇到不幸的人,都喜欢以酒浇愁;在这种需要的驱使下,卡拉旺禁不住又一连喝了好几杯白兰地;他那呆滞的眼睛里闪出了光芒。

"医生"终于站起来,准备走了;他抓住朋友的胳膊,说:

"嘿!跟我一块儿去走走。透透新鲜空气对您有好处。一个人烦恼的时候,不应该老待着不动。"

对方听从他的劝告,戴上帽子,拿起手杖,走了出去。两人臂挽着臂,在星光下向塞纳河走去。

一阵阵芳香在热烘烘的黑夜里飘拂,因为周围的花园在这个季节里正鲜花盛开。花的香气好像在白天沉睡,天一黑就甦醒过来似的,混合在黑暗中吹过的微风里四处洋溢。

宽阔的大街上静悄悄的,空无一人,两行煤气街灯一直伸向凯旋门。然而,在凯旋门那一边,巴黎在一片红雾笼罩下仍然热热闹闹,那是一片持续不断的喧嚣。远处的平原上,偶尔有一列火车开足马力奔来,或者穿过外省朝海滨驶去,火车拉响了汽笛,仿佛在和那片喧嚣遥相呼应。

户外的空气吹拂着他们的脸,一开始颇让他们感到意外,以致"医生"差点儿失去平衡;卡拉旺吃了晚饭就感到头晕,这一下晕得更厉害。他好像在梦里走路,昏昏沉沉,疲软无力。因为陷入精神麻木状态,他不再感到强烈的悲伤,甚至感到轻松些了。弥漫在黑夜里的温馨的花香,更增加了他轻松之感。

他们到了桥头,就顺着河向右走。塞纳河向他们迎面送来一阵凉风。在一排高耸的白杨树构成的帷幔前,河水忧郁而默默地流着;星星被河水荡漾着,仿佛在水中游泳。飘浮在对岸的淡白色的薄雾,给人的肺带来一股潮湿的气息。卡拉旺突然站住,因为这河水的气息在他心里勾起一件件久远往事的回忆。

他仿佛看见从前的母亲，自己小时候的母亲，在那遥远的庇卡底①，在自家门前，跪在那流过他家园子的小溪边，弯着腰，正在洗她身边的一堆衣裳。他仿佛听见她在寂静的田野上的捣衣声和她的喊声："阿尔弗雷，给我拿块肥皂来。"他重又感觉到那同样的流水的气息，那流水淙淙的土地上腾起的同样的薄雾，和那一直留在他心头难以忘怀的沼地上蒸起的水气的味道，而这一切恰恰出现在母亲刚死的这个晚上。

他停下来，僵立不动，悲情哀思重又袭上心头。就仿佛一道闪电，一下子把他的不幸暴露无遗；遇上这飘忽的微风，他重又陷入无法挽救的痛苦的深渊。他感到自己的心被这次永无尽期的离别撕碎了。他的一生从此被一切两段；他的年轻时代随着母亲的去世而被死神整个儿吞没了，消失得无影无踪。整个的"过去"结束了，青少年时期的回忆全都化为乌有；再也没有人能和他谈谈往事，谈谈他从前熟悉的人，他自己以及他过去生活中那些私密的事。他生命中的那一部分已不复存在，现在轮到另一部分等待着死亡了。

往事开始一件接一件在他的脑海里掠过。他又看见年轻的"妈妈"，穿着旧连衣裙，那些衣裳已经穿了那么久，在他的印象里已经和她本人分不开了。他在原已忘记的千百个场景里，又找到了母亲模糊的面容，她的手势、语调、习惯、怪僻、易动的肝火、脸上的皱纹、瘦手指的动作，以及那些亲切而又不会再有的姿态。

他扒着"医生"的肩膀，不住声地呜咽着。他两条绵软无力的腿颤抖着，整个肥胖的身躯随着哭声哆嗦着，嘴里咕哝着："妈妈，我可怜的妈妈，我可怜的妈妈呀！……"

但是，他那个仍然醉醺醺的同伴，此刻正想着到经常偷偷光顾的那个地方去结束这个夜晚。他被卡拉旺这阵猛然发作的哀伤弄得很不耐烦，扶着他在河边的草地上坐下以后，几乎立刻就借口去看一个病人，撇下他走了。

卡拉旺哭了很久。后来，眼泪哭干了，痛苦可以说也跟着流光了，

---

① 庇卡底（Picardie）：法国北部旧省名。

他又感到轻松、舒适了,心情也突然平静下来。月亮升起;大地沐浴在柔和的月光里。高大的白杨树泛着银光,平原上的雾就像浮动的雪。河面不再有星星游泳,而是仿佛铺满了珍珠;河水依旧流淌,激起闪烁的涟漪。空气温和,微风含着花香。沉睡中的大地透露出几分柔韧,卡拉旺尽情领味着这黑夜的甜美。他深长地呼吸着;一股清新、宁静的感觉,一种不可思议的快慰,似乎也随之渗透他的全身。

不过,为了抗拒这来得不合时宜的舒适感,他一遍遍地说着:"妈妈呀,我可怜的妈妈呀。"出于正直人的良知,他想哭,可是他又哭不出来。甚至连刚才还让他嚎啕大哭的那些回忆,也引不起他的半点悲情了。

于是他站起来,循着原路慢步往回走。他沉浸在对一切都无动于衷的大自然的寂静里,自己的心也非他所愿地平静了下来。

他走到桥头,只见末班小火车打着即将出发的信号灯;小火车的背后,环球咖啡馆的窗内灯火通明。

他觉得需要找个人倾诉一下自己的不幸遭遇,引起人们的同情和关切。于是他哭丧着脸,推开咖啡馆的门,径直走向柜台。老板正在那里坐镇。他本希望会有这样一种效果:所有的人都站起身,走过来,一边主动和他握手,一边问:"咦,您这是怎么啦?"可是偏偏没有一个人注意他脸上的忧伤。他于是俯在柜台上,两手捧着头,咕咕哝哝地说:"主啊!主啊!"

老板打量了他一眼,问:"卡拉旺先生,您是不是病了?"他回答:"我没病,可怜的朋友,是我母亲刚刚去世了。"对方心不在焉地"啊"了一声;恰好这时候店堂尽头有个客人在叫:"来一大杯啤酒!"他立刻扯着嗓门吓人地应道:"是咧!……这就来!"撇下愕然的卡拉旺,赶去侍候客人。

三个牌迷仍然在晚饭前的那张桌子上,全神贯注、雷打不动地打多米诺骨牌。卡拉旺走过去,寻求他们的同情。他们当中好像谁也没注意到他来了,于是他决定自己开口。"就这么一会儿工夫,"他对他们说,"我遭到了一场大祸。"

那三个人同时微微抬了抬头,不过眼睛仍然盯着手上的牌。"怎么了?""我母亲刚刚过世了。"他们中的一个咕哝道:"喔唷!"同时做出一个明明无动于衷却假装难过的表情。另一个人找不出什么话说,摇了摇头,吹了一个表示伤心的口哨。第三个人又打起牌来,好像心里在想:"原来是这么回事!"

卡拉旺本来期望的是一句所谓"出自真心"的话。现在一看自己受到这样的对待,就走开了。这些人对朋友的痛苦居然如此冷漠,让他感到气愤,尽管他的痛苦此刻已经大大缓和下来,连他自己也不怎么感觉得到了。

他于是离开了咖啡馆。他妻子身穿睡衣,正坐在开着的窗户旁边的一把小椅子上等他。原来她心里一直惦记着遗产的事。

"快脱衣裳,"她说,"咱们上了床再说。"

他抬起头,目光望着天花板,说:"可是……楼上……一个人也没有。""放心吧,罗萨丽守在她身边呢。你先打个盹儿,到早上三点钟去替她。"

不过为了防备万一发生什么事情,他没有脱掉衬裤;头上包了一条围巾,就跟在妻子后面钻进被窝。

他们先并排坐了一会儿。她在想心事。

即使在这个时候,她的睡帽上也缀着一个红色的蝴蝶结,而且略微向一边的耳朵上歪着,好像受到她戴便帽养成的那个无法克服的习惯影响似的。

她突然转过脸来,对他说:"你知道你妈立过遗嘱吗?"他迟迟疑疑地说:"我……我看没有……大概没有立过。"卡拉旺太太盯着丈夫的脸,压低了声音,愤愤不平地说:"真不像话,是不是?我们辛辛苦苦服侍她,我们供她住,供她吃,怎么说也有十年啦!换了你妹妹,她绝对不会干。就是我,要是早知道落得这样的结果,我也不会干!是的,将来人们想起她来,这可是件丢脸的事!你也许会对我说,她付给我们膳宿费呀。不错,但是子女们的照料,可不是花点钱就能付得清的,应该在死后用遗嘱来表示感激才对。正直体面的人都是这么做的。看来,我是白辛苦、白忙活了!真卑鄙!啊!真卑鄙!"

卡拉旺被弄得心烦意乱,连声说:"亲爱的,亲爱的,我求求你好不好。"

　　她数落了半天,渐渐地平静下来了,又用平常的声调说:"明天上午应该通知你妹妹了。"他一下子蹦了起来,说:"真的,我居然没有想到这件事;天一亮我就去发电报。"不过,还是女人想得精细,她拦住他说:"不,十点十一点之间再发;在她来到以前,咱们得有时间考虑考虑怎么应变。从沙朗东①到这儿,她最多两个钟头就到了。我们可以推说你昏了头。再说,就是上午通知,也不算不作为呀!"

　　卡拉旺突然拍了一下脑门,就像平时谈到他一想起来就要发抖的那位科长那样,战战兢兢地说:"还应该通知部里一声。"她问:"为什么要通知?遇到这样的事情,就是忘了,也情有可原。相信我好了:不通知。你那位科长什么也不能说;你要狠狠给他一个难堪。""啊!这样嘛,可不,"他说,"他见我没去上班,一定还会大发雷霆呢。嗯,你说的对。这是个好主意。等到我告诉他我妈死了,他也只好闷声不吭了。"

　　这位科员对这个恶作剧甚感得意,一边搓着手,一边想像着科长的表情。这时候,老太太的尸体仍然躺在楼上,已经睡着的女佣人就守在旁边。

　　卡拉旺太太忽然又变得心事重重起来,好像有一件说不出口的事在困扰着她。最后她还是下了决心,说:"你妈已经把她的座钟给你了,对不对,就是那个女孩玩毕尔包凯球②的?"他想了一会儿,说:"是的,是的,她对我说过;不过那是很久以前她刚到这儿来的时候说的。她当时确实对我说过:'如果你待我好,这个座钟将来就归你了。'"

　　卡拉旺太太吃了定心丸,愁眉顿时舒展了,说:"你看呀,既然说过,就应该去拿过来;等你妹妹来了,她就不让我们拿了。"他有些迟疑,说:"你这样想吗?……"她生气了:"我当然是这样想。只要神不知鬼不觉搬到这儿来,那就是我们的了。她屋里的那个大理石面的五斗柜也一样。有一天她脾气好的时候答应过给我。咱们也一起搬下来得了。"

---

①　沙朗东(Charenton):巴黎东郊重镇。
②　毕尔包凯球:一种用长绳系住抛接球的游戏。

卡拉旺似乎不大相信。"不过,亲爱的,这可是责任重大呀!"她转过脸来,直眉瞪眼地说:"唉!真是的!你就永远改不了吗?你呀!你情愿自己的孩子饿死,也不愿意动一下手。那个五斗柜,从她答应给我的时候起,就是咱们的了,对不对?如果你妹妹不同意,让她来跟我说好了!我才不在乎你妹妹呢。好啦,起来,咱们这就去把你妈给咱们的东西搬下来。"

他就这么被制服了,哆哆嗦嗦地从床上下来;刚要穿长裤,她又拦住他,说:"不用穿外衣了,走吧,有衬裤就够了。你看,我就这么去。"

他俩穿着睡衣,悄悄爬上楼,小心翼翼地推开门,走进屋去。老太太在那里直挺挺地躺着,守着她的仿佛只有盛黄杨树枝的盘子周围那四根燃着的蜡烛;因为罗萨丽躺在扶手椅上,早就睡着了。她伸着两条腿,两手交叉着放在裙子上,歪着头,一动不动,张着嘴打着小鼾。

卡拉旺拿起座钟。像帝国时代的许多艺术产品一样,这是一件不登大雅之堂的摆设。一个镀金的年轻女子,头上饰着各种花卉,手上拿着一个毕尔包凯球用作钟摆。"给我,"他的妻子说:"你搬五斗柜的大理石面。"

他遵照她的吩咐,气喘吁吁,费了好大的劲才把大理石面扛到肩上。

两口子动身了。卡拉旺伛着腰,走出房门,开始提心吊胆地下楼梯;他妻子倒退着走,一只手拿着蜡烛给他照亮,一只手抱着座钟。

到了自己的屋里,她松了一口长气,"最难办的完了,"她说,"再去搬剩下的。"

可是五斗柜的抽屉里装满了老太太的衣物，得放在什么地方才成。

卡拉旺太太灵机一动，说："快去把门廊里的那个松木箱子搬来；那箱子连四十个苏也不值，就摆在这儿吧。"木箱搬来以后，他们就动手腾抽屉。

他们把袖套、皱领、衬衣、便帽、躺在他们背后的那位老太太的所有寒酸的旧衣裳，都一件一件取出来，整整齐齐地放进木箱，好瞒哄第二天就到的死者的另一个孩子布罗太太。

完事以后，他们先把抽屉都搬下去，接着又一人抬一头把柜体搬下去。他们花了很长时间琢磨摆在什么地方最合适，最后才决定把它放在卧室里，床对面的两扇窗户之间。

五斗柜刚摆好，卡拉旺太太就把自己的替换衣裳放进去。座钟放在饭厅的壁炉台上。然后两口子又仔细检查了一下布置的效果。他们感到满意极了。"很不错哟，"她说。他回答："的确，很不错。"接着他们就上床睡觉。她吹灭了蜡烛。不久，这座房子的两层楼里，所有的人都进入梦乡。

卡拉旺睁开眼时，天已经大亮了。他刚睡醒，头还昏昏沉沉的，过了几分钟，才记起了刚发生的大事。他好像当胸狠狠挨了一拳，一骨碌跳下床，心里又是一阵难过，几乎哭出声来。

他急忙跑上楼。罗萨丽还在那间屋子里酣睡，仍然保持着头天晚上的那个姿势；其实她这一夜就没有醒过。他打发她去干活，自己动手换掉已经燃尽的蜡烛，然后就端详起母亲来。与此同时，他的脑海里滚动着那些貌似深奥的思想，那些芸芸众生在死人面前无法摆脱的宗教和哲学的俗见。

这时，他听见妻子叫他，便又走下楼。她已经把上午该办的事拉了一张单子。他接过满是术语的清单一看，吓了一跳。

单子上写着：

　　1. 去市政府登记；

　　2. 请医生验尸；

　　3. 定寿材；

　　4. 去教堂；

5. 去殡仪馆；
6. 去印刷所印讣文；
7. 找公证人；
8. 打电报通知亲属。

此外还有一大堆要办的零七八碎的事。他拿起帽子，立刻出门。

这时，消息已经传开了，女邻居们开始上门来要求看看死者。

楼底下的理发店里，老板娘和正在替顾客刮脸的老板，甚至还为这件事发生了一场争论。

女的一边织着袜子，一边咕哝道："又少了一个，少了一个小气鬼；这个小气鬼，可是世上少见。说真的，我从来就不喜欢她；不过还是应该去看看她。"

男的一边往顾客的下巴上抹肥皂，一边低声抱怨："您听呀，尽是些怪念头！只有女人才想得出。她们活着的时候打扰你还不够，死了还不让你安生。"但是他妻子并不感到难堪，接着说："我也没什么办法呀，只是觉得应该去一下。这一上午我都在惦记着这件事。我要是不去看看她，就好像这一辈子都放不下似的。但是，仔细看看她，记住她的模样，我就心满意足了。"

手里拿着剃刀的丈夫耸耸肩膀，跟正在刮脸的那位先生说起悄悄话来："我倒要问问您，您对这些可恶的娘儿们是怎么想的？反正我不会觉得看死人有什么乐趣！"这话让他妻子听见了，她不动声色地回答："就是有趣嘛，就是有趣嘛。"说完，她把手里的毛线活儿往柜台上一撂，就上楼去了。

已经有两个女邻居捷足先登，正在和卡拉旺太太谈论这件不幸的事。卡拉旺太太绘形绘色地讲述着事情的经过。

她们朝停尸的房间走去。四个女人蹑手蹑脚地走进去，先后蘸了点盐水洒在被窝上；接着跪下来，一边喃喃祈祷，一边画十字；然后就站起来，瞪大了眼睛，张大了嘴，久久地打量着尸体。这当儿，死者的儿媳用一块手绢捂住脸，强作伤心地抽噎着。

她转身要出去的时候，发现玛丽-路易丝和菲利普-奥古斯特全都穿着内衣站在门口，好奇地望着。她忘掉了做作出来的悲痛，扬起手，

跑过去,气咻咻地大嚷:
"快给我走开,淘气鬼!"

十分钟以后,她陪着另一拨女邻居上楼来。她又在婆婆身上挥了挥黄杨树枝,作了祈祷,流了几滴眼泪,尽了她所有的义务。这时,她发现两个孩子又出现在身后,便狠狠地打了他们两巴掌。但是到了第三次,她也就不再理会他们了。以后每次有客人来,两个孩子就都跟着,跪在角落里,一遍遍照葫芦画瓢地模仿他们母亲的每一个动作。

一到下午,被好奇心驱使来的女人就减少了。没有多久,就不再有人上门了。卡拉旺太太便回到自己的屋里,忙着准备出殡的大大小小的事。死人就孤零零地停在楼上。

窗户开着。滚滚热浪夹着阵阵尘土扑进屋来;四根蜡烛的火焰在一动不动的尸体旁边跳动着;一些小苍蝇在被窝上、两眼紧闭的脸上、伸出的两只手上爬来爬去,飞开又飞回,不停地兜着圈子;它们来拜访这位老太太,也等候着它们自己即将到来的死亡时刻。

玛丽-路易丝和菲利普-奥古斯特又到大街上去玩耍了。没多久,他们就被小朋友们包围起来,特别是那些女孩子们,她们更机警,能够更快就嗅出生活中的一切秘密。她们像大人似的打听:"你奶奶死了,是吗?""死了,昨天晚上死的。""死人是什么样子?"玛丽-路易丝就解说起来:蜡烛啦,黄杨树枝啦,死人的脸是什么样子啦。这番介绍激起孩子们强烈的好奇心;他们也要求上楼去一观究竟。

玛丽-路易丝立刻组织了第一个旅行团:五个女孩和两个男孩,都

是年龄最大,胆子也最大的。为了不让人发现,她要他们脱掉鞋子。这队人马潜入楼内以后,就像一支小老鼠的大军一样噌噌地蹿上楼去。

到了屋里,小姑娘立刻模仿她母亲,有模有样地举行起仪式来。她郑重其事地领着小朋友们下跪、画十字、蠕动嘴唇,再站起来,往床上洒水。然后,孩子们就挤作一团,怀着恐惧、好奇而又兴奋的心情挨近床,观看死人的脸和手。这时,玛丽-路易丝突然用小手绢捂住眼睛,假装哭起来。不过,她想到在外面等着她的那些孩子,马上忘了悲伤,跑颠颠地带走这一批,紧接着又带来一批,一连带了好几批。因为当地的孩子,甚至连那些衣裳褴褛的小乞丐,都闻讯赶来参加这新奇的娱乐。而且她每一次都把母亲那些装腔作势的动作重复得惟妙惟肖。

时间长了,她也累了,孩子们也被另外的游戏吸引到别处去了。老祖母又孤零零地躺在那里,被人完全忘记了。

屋里布满阴影;摇曳的烛光在她干瘪而又皱纹累累的脸上跳着光与影的舞蹈。

八点钟光景,卡拉旺上楼来,关好窗子,又更换了蜡烛。他现在进来,态度已经很平静了,因为他已经看惯了那具尸体,就像它已经在那儿摆了好几个月似的。他甚至还能够注意到它没有一点腐烂的迹象。

坐下来吃晚饭的时候,他把这个发现告诉了妻子。她回答:"可不,她就跟木头做的一样,至少能保存一年。"

他们一言不发地喝着汤。孩子们一整天没人管,已经人困马乏,倒在椅子里打起盹来。其他人也都保持着沉默。

灯光忽然暗下来。

卡拉旺太太捻了捻灯芯;可是油灯空洞地响了一下,长长地咕噜了一会儿,就熄灭了。他们偏又忘了买灯油!如果现在去杂货店,势必要耽误吃饭。他们就找起蜡烛来。可是,除了楼上床头柜上点的那几根以外,再也没有了。

卡拉旺太太做事总能当机立断;她马上打发玛丽-路易丝上楼去拿两根下来,其余的人就在黑暗中等着。

人们可以清晰地听到小姑娘上楼的脚步声。接着是几秒钟的寂静。突然,这孩子慌里慌张地跑下楼来。她推开门,满脸惊恐,比前一天报告不幸消息时还要紧张。她上气不接下气地说:"哎呀!爸爸,奶奶在穿衣服!"

卡拉旺一下子蹦了起来;被他带倒的椅子一直滚到了墙边。他结结巴巴地说:"什么?……你说什么?……"

紧张得语不成声的玛丽-路易丝重复道:"奶……奶……奶奶在穿衣裳……她就要下楼来了。"

卡拉旺先生发了疯似的奔向楼梯;大惊失色的妻子紧随其后。但是到了三楼的门口,他站住了,因为他吓坏了,不敢进去。他会看到什么场面呢?还是卡拉旺太太比丈夫胆大,她转动了一下门把手,走了进去。

屋里好像变得昏暗了许多。屋子中间,有个又高又瘦的人影在走动。是老太太,她已经起来了。她从昏睡中醒过来,神志还没有完全恢复,就侧转身子,用一只胳膊撑着,把点在灵床边的蜡烛吹熄了三根。等体力稍稍恢复,她就下床来找衣裳。见五斗柜不翼而飞,她起初的确有些迷惑;不过慢慢地在木箱里找到了,她就不慌不忙地穿起来。接着,她又把那满满一盆水泼掉,把杨树枝仍旧挂到镜子后面,把椅子都归到原位。儿子和儿媳进来的时候,她正准备下楼。

卡拉旺冲过去，抓住她的手，拥吻她，热泪盈眶；他妻子在他背后虚情假意地连声说着："真是太好啦，真是太好啦！"

但是，老太太却并不感动，甚至就像根本不明白他们在做什么。她脸绷得像一座雕像，目光冷冷的，问了句："晚饭快好了吗？"他已经昏了头，结结巴巴地说："早好了，妈，我们正等你吃饭呢。"他表现出不寻常的殷勤，挽住她的胳膊。卡拉旺太太端起蜡烛，像夜间替扛大理石柜面的丈夫照路一样，一级一级地倒退着在前面引路。

到了二楼，她差点跟正在上楼的人撞个满怀。原来是住在沙朗东的亲戚到了，布罗太太走在前面，后面跟着她的丈夫。

女的又高又胖，患水肿病的大肚子，把上身撑得向后仰着。她见此情景，吓得目瞪口呆，打算调头逃跑。她丈夫是个信仰社会主义的皮匠，矮矮的个儿，满脸的胡子一直蔓延到耳根，一眼望去活像个猴子。他却没有大惊小怪，只是低声说："咦，怎么回事？她活过来啦！"

卡拉旺太太一认出他们，就拼命地对他们挤眉弄眼，然后大声说："嘿！怎么！……是你们呀！真没想到！"

但是布罗太太已经被弄得晕头转向，不明白这句话的意思，所以低声回答："是你们打电报催我们来的；我们还以为完了呢。"

她丈夫在背后捏了她一把，叫她住口。然后他在大胡子下面做了个奸笑，补救道："多蒙你们邀请，真是盛情难却。我们立刻就来了。"话里影射着两家人长期以来充满的敌意。这时，老太太已经到了楼梯最下面几级，他连忙迎上去，用盖住脸的胡子蹭了蹭她的双颊；怕她耳背，又对准她的耳朵大喊："您好吗，妈？还是那么硬朗，嗯？"

布罗太太看见本以为死了的人现在活得好好的，还心有余悸，甚至不敢上前去拥吻。她的庞大的肚子把整个楼梯口都堵塞了，挡住了其他人的路。

老太太觉得有些蹊跷，已经起了疑心，不过一直不开口，只是望着周围的人。她的灰色的小眼睛四处打探着，犀利而又严峻，一会儿盯住这个人瞧瞧，一会儿盯住那个人望望，眼神显而易见充满了想法，弄得孩子们很不自在。

卡拉旺希望打个圆场，说："老太太刚才有点不舒服；不过现在好了,完全好了。是不是,妈?"

老太太一边继续往前走,一边回答:"一下子昏过去了。不过你们说的做的我都听见了。"她说话的声音那么微弱,就像是从遥远的地方传来似的。

接着这番话的是一阵尴尬的沉默。众人走进饭厅。几分钟时间,已经张罗起一桌晚饭。

只有布罗先生一个人还能沉得住气。他那张大猩猩般凶恶的脸怪相百出;他信口说些语义双关的话,弄得所有的人都哭笑不得。

这还不算,门廊那儿还不时地传来门铃声,忙得晕头转向的罗萨丽一次次跑进来找卡拉旺;他总是连忙撂下餐巾走出去。他妹夫甚至问他:今天是不是他会客的日子。他支支吾吾地说:"不不,都是些小事,没什么。"

后来,有人送来一包东西,卡拉旺冒冒失失地拆开一看,原来是印着黑框的讣文。他的脸刷地涨得通红,赶紧又包起来,塞进坎肩的口袋里。

他母亲并没有看见;她在目不转睛地望着摆在壁炉台上的她的座钟,镀金的剑球还在不停地摆动。在冷冰冰的沉默中,尴尬的局面越来越令人难堪。

老太太把她那巫婆似的皱纹密布的脸转过来,眼里闪着一丝狡黠的意味,对女儿说:"星期一,把你的小妞儿带来,我想看看她。"布罗太太顿时喜形于色,大声说:"是喽,妈。"卡拉旺太太却脸色变得煞白,几乎气昏过去。

这当儿,两位男士正谈得越来越起劲;为了一点鸡毛蒜皮的小事,他们居然展开了一场政治辩论。布罗拥护各种革命的共产主义学说,他激动得指手画脚,两只眼睛在毛茸茸的脸上炯炯发光,叫嚷着:"财产,先生,是对劳动者的掠夺;——土地应该属于大众;——继承权是一种堕落,一种耻辱!……"但是他说到这里突然打住了,好像刚才说了什么蠢话似的,有些尴尬。过了一会儿,他才用比较温和的口吻说:"不过现在不是争论这些事的时候。"

门开了,舍奈"医生"走了进来。一开始他大为惊讶,不过转眼间就显得若无其事了。他走到老太太跟前,说:"哈哈!老太太!今天气色很好嘛!啊!我早就料到了,果然如此。刚上楼的时候,我还对自己说:我敢打赌,老太君,她又起来了。"他轻轻拍了拍她的背,接着说:"她结实得简直像新桥①!你们等着瞧吧,咱们全得靠她老人家来挖坟地呢。"

他坐下来,接过递给他的咖啡,很快就加入两位男士的争论。他赞成布罗的意见,因为他自己也在公社②的事情上受到过牵连。

老太太感到累了,要回楼上去。卡拉旺连忙走过来,可是她眼睛瞪着他,说:"你马上把我的五斗柜和座钟搬上去。"不等他说完"是喽,妈",她已经挽着女儿的胳膊,走了出去。

卡拉旺两口子呆若木鸡,哑口无言,沮丧得像遭到飞来横祸似的。布罗却一边得意地搓着手,一边抿着咖啡。

卡拉旺太太气疯了,猛地朝他扑过去,嚷着:"你这个贼,无赖,流氓……我真想啐你一脸唾沫……我……"她找不出话来了,上气不接下气。而他呢,一直笑眯眯地啜着咖啡。

---

① 新桥(le Pont-Neuf):巴黎塞纳河上的一座桥。
② 公社:指一八七一年的巴黎公社革命。革命失败后,参加者遭到严厉镇压。

正在这时，布罗太太回来了，于是卡拉旺太太又朝她小姑子冲过去。这两人，一个巨肥，挺着让人望而生畏的大肚子，另一个干瘦，动作狂乱得像是在发羊痫风，两人的声调都变了，手不停地哆嗦着，你一句我一句地对骂。

舍奈和布罗过来拉架。布罗抓住他妻子的两只胳膊，把她推出门去，一边呵斥着："滚，你这头蠢驴，别嚷了！"

可以听到他们在街上一边走远一边还吵个不休。

接着，舍奈先生也告辞了。

只剩下卡拉旺两口子面面相觑。

男的一屁股倒在一把椅子上，两鬓沁出冷汗，咕哝着："我怎么去对科长说呢？"

一个女佣工的故事*

1

天气非常好,农庄里的人午饭比平常吃得快,已经下地去了。

只剩下女佣工萝丝一个人,待在空旷的厨房里。盛满热水的锅底下面,炉膛里的余火正渐渐熄灭。她不时从锅里舀出些水来,不慌不忙地洗着餐具;偶尔停下来,望望太阳透过窗户投射在桌上的两个明亮的方块。玻璃窗上的缺点污迹,在这两个方块里显露得一清二楚。

三只大胆的母鸡在椅子底下寻觅着面包屑。家禽饲养场的气味,牛圈里发酵的热气,从半开半掩着的门口钻进来。炎热的中午一片寂静,只听见公鸡的啼声此起彼落。

姑娘洗完餐具,又抹桌子,清扫壁炉,把盘子码在厨房尽里头的餐具架上;那餐具架很高,紧挨着一个滴答声很响的木壳钟。她深深吸了一口气,不知道为什么,感到有点头晕目眩,憋闷得慌。她望望发黑的黏土墙,天花板上熏黑了的木梁,木梁上挂着的蜘蛛网、熏腓鱼和一串串洋葱。接着她坐了下来。踩得很实的泥土地,长年累月,有多少东西洒上又干掉,在这炎热的天气里蒸发出陈腐的气味,熏得她很不舒服。这气味里,又加上放在隔壁那间阴凉的屋里结奶皮的牛奶的酸味。尽管她想跟平时那样做点针线活,无奈没有力气,于是走到门口去透透气。

在炽热的阳光抚爱下,她感到一股暖流渗透她的心,一种快意充满

---

* 本篇首次发表于一八八一年三月二十六日的《政治与文学杂志》(又名《蓝色杂志》);同年收入中短篇小说集《泰利埃公馆》。

她的身体。

　　门外的厩肥堆不断地冒出一小股一小股蒸气,像镜面般反映着阳光。几只母鸡悠闲地卧在肥堆上,侧着身子,用一只爪子扒拉着,找虫子吃。母鸡群中,有一只漂亮的公鸡傲然独立。过不久,它就从母鸡中挑选一只,一边围着它打转,一边发出咯咯的召唤声。那只母鸡就懒洋洋地站起来,曲下腿,用翅膀托着那公鸡,从容不迫地接待它;完事后,母鸡抖抖羽毛,把尘土抖落,重又卧在肥堆上。这时候公鸡便放声歌唱,炫耀着它的业绩。附近院子里的公鸡也都群起而呼应,就好像从一个农庄向另一个农庄传递着爱情竞赛的挑战。

　　女佣工望着那些鸡,什么也没有想。接着她抬头向苹果园眺望;花儿盛开的苹果树就像挂满一个个扑了粉的小脑袋,白晃晃、亮晶晶,她的眼睛都看花了。

　　突然,一匹马驹撒欢,在她面前飞奔而过。它围绕着沿边植着树的圩沟来回跑了两趟,又猛然停住,回头张望,似乎感到奇怪,不知为何只有它独自一个优哉游哉。

　　她也有一种奔跑的欲望,活动的需要。但同时她又渴望能够躺下来,四肢舒展,在这静止、和暖的空气中好好休息一下。她闭上眼,迟迟疑疑地走了几步,感受到一种强烈的纯属兽性的满足。然后,她就不慌不忙地到鸡窝去捡鸡蛋。一共有十三个鸡蛋,她捡起来,带回厨房。她把鸡蛋放进橱柜，厨房里的气味又让她感到不舒服，于是她走出去，到草地上坐一会儿。

树林环绕着的农场的院落好像睡着了。草很高，绿绿的，是春天那种鲜嫩的绿色，黄色的蒲公英在草丛里就像一盏盏闪亮的小灯。苹果树的影子在树根旁缩成一团。房舍的麦秸顶微微地冒着热气，想必是马棚和草仓里的湿气在透过麦秸散发。屋脊上长着叶子像长剑似的鸢尾。

女佣工来到车棚底下。那里排放着各种载人运货的车辆。圩沟里有个大坑，绿荫覆盖，开满了紫罗兰花，浓香四溢。从沟沿向远处望去，可以看到田野，长着庄稼和一片片树林的广阔平原，一群群小得像布娃娃似的干活的人，还有玩具一样的白马，拖着儿童车一般的犁，后面有个手指头那么高的小人推着。

她去谷仓抱了一捆麦秸，扔在那个坑里，便在上面坐下。后来她还感到不够舒服，索性把麦秸捆解开，摊平，头枕着两条胳膊，伸直了两条腿，仰面躺下。

她渐渐合上眼睛，在懒洋洋、甜滋滋的感觉中昏昏欲睡。正当她快完全睡着的时候，忽然感到有两只手抓住她的乳房，她一下子蹦起来。原来是雇工雅克，一个个子高高、体格匀称的庇卡底人。雅克最近一段时间一直在追求她。他这天正在羊圈里干活，看见她躺在阴凉地里，就蹑手蹑脚地走过来，屏住呼吸，目光炯炯，头发里还夹杂着几截干草。

他试图吻她，但是她跟他一样健壮，扇了他一个耳光。他很滑头，向她求饶。于是他们并排坐下，友好地聊起天来。他们谈到天气，说对收庄稼有利；谈到年景，认为来年收成一定不错；谈到他们的主人，一个正直可敬的人；然后又谈到邻居，谈到所有的乡里乡亲；谈到他们自己，他们的童年，他们的往事，他们离别很久也许再也见不到的父母。想到这里，她心里难受起来；他呢，早就盘算好了，向她挪过来，贴紧着她；他兴奋得直打哆嗦，情欲已蔓延到他的全身。

"我已经很久没见到我妈了；分开这么久真叫人难受。"

她两眼出神地凝视着远方，穿越空间，一直向北，望到那边，她抛弃在那边的村庄。

突然间,他又搂住她的脖子要吻她。不过她挥起拳头狠命一拳,打得他鼻血直流。他站起来,走去把头靠在一棵树干上。这时她心软了,走到他跟前,问道:

"打痛了吧?"

但是他笑起来。没有,没什么;不过她这一拳正好打在中间。他低声说:"好家伙!"一边用钦佩的眼光看着她。因为他对她产生了敬意,产生了另外一种完全不同的爱,对这个如此结实的高个子姑娘开始有了一种真正的爱。

血止住以后,他向她提议去转一圈;他害怕如果再这样并排待下去,会再领教她一记重拳。她像晚上在林荫道散步的那些情侣一样,主动挽住他的胳膊,对他说:

"雅克,你不该那样。"

他表示不能接受。不,他不是不尊重她,而是爱上了她,就是这么回事。

"那么,你愿意跟我结婚吗?"她问。

他犹豫了一下;后来,趁她出神地望着远方,他斜着眼睛瞅起她来。她两颊红润饱满,丰腴的乳房在印花棉布的短衫里高高耸起,肥厚的双唇十分鲜艳,几乎完全裸露的脖子上布满细小的汗珠。欲望再一次控制了他。他把嘴凑近她的耳朵,低声说:

"是的,我愿意。"

她于是伸出双臂搂住他的脖子,亲吻起他来,吻得时间那么长,以至两个人都喘不过气来了。

从这时起,那永恒的爱情故事在他们之间开始了。他们在隐蔽的角落里调情,在月光下的草垛后面幽会,用他们钉着铁掌的大皮鞋在饭桌底下互相在腿上留下一些青痕。

天长日久,雅克对她好像渐渐地厌倦了;他躲着她,很少跟她讲话,也不再想方设法和她单独在一起。这让她心里充满了怀疑,深感焦虑。不久以后,她发现自己怀孕了。

她起初惊慌,继而愤怒,而且一天比一天强烈,因为他千方百计躲着她,她怎么也找不到他。

最后,一天夜里,等农庄里的人都睡了,她穿着衬裙,光着脚,悄悄溜出去,穿过院子,推开马棚的门。雅克正睡在他饲养的几匹马的上边,一口垫满麦秸的大木箱里。他听见她来了,假装打着呼噜;但是她爬上去,跪在他旁边,不停地摇晃他,直到他抬起身子。

他坐好以后,问:"你要干什么?"她气得直打哆嗦,咬紧牙,说:"我要,我要你娶我,你答应过跟我结婚的。"他笑起来,回答:"喔唷,要是发生过关系的姑娘都得娶的话,那还得了。"

但是她扼住他的喉咙,把他死死地按倒,让他没法挣脱,然后一边掐住他的喉咙,一边贴近他的脸,大声嚷道:"我肚子大了,听见没有,我肚子大了。"

他透不过气来,吁吁直喘。他们两人就这样一动不动、一声不响地待在黑夜的寂静中,只有马从草料架上扯下干草,然后慢慢咀嚼的声音打破这寂静。

雅克明白她的力气比他大,只好结结巴巴地说:

"好吧,既然这样,我就娶你。"

但是她已经不相信他的许诺。她说:

"你马上去让教堂公布结婚告示。"

他回答：

"我马上就去。"

"向天主发誓。"

他犹豫了几秒钟，打定了主意，才说：

"我向天主发誓。"

她于是松开手，没再说一句话，就走了。

她有几天没有机会跟他说话，马棚的门从那以后每天夜里都锁着；她怕张扬出去丢脸，也不敢做声。

后来，有一天上午，她看见外另一个男雇工进来吃饭，便问道：

"雅克走了吗？"

"是的，"那个人说，"我代替他了。"

她战栗得那么厉害，连挂在铁矛钩上的汤锅都取不下来了。等大家都去干活了，她上楼到了自己的屋里，怕别人听见，把脸埋在枕头里痛哭不已。

这一整天，她想方设法打听消息而又尽量不引起人们怀疑；但是她心里老想着自己的不幸，因而总以为每一个被问到的人都在狡黠地暗笑。再说，除了他已经肯定离开当地以外，她什么也打听不到。

2

对她来说，连续不断的折磨人的生活从此开始了。她像机器一样干活儿，根本不去想她是在做什么，脑子里只有一个固定的悬念："要是让人知道了，怎么办？"

这个悬念时时刻刻苦恼着她，她完全失去了思考能力，甚至也不去想想，有什么办法可以避免闹出丑闻；她已经感觉到这丑闻正一天天迫近，无法挽回，而且像死一样注定要爆发。

她每天早上起得比别人早得多。她有一块碎镜片，平常梳头时用的，她现在像着了魔似的老用这面碎镜子照自己的腰身，急于知道今天会不会让人看出来。

白天，她经常放下手上的活儿，从上往下打量自己的大肚子，是不是把围裙拱得太高了。

一个月又一个月过去了。她几乎不再说话,有人问起什么的时候,她也听不懂,而且惊慌失措,目光呆滞,两手颤抖。因此主人有一天问:
"可怜的姑娘,你近来怎么变得笨手笨脚啦!"

去教堂,她也总是躲在柱子后面,再也不敢去忏悔;她生怕遇见本堂神父,因为她认为他有一种超人的力量,能够看透人心里的隐秘。

在饭桌上,工友们的眼光如今会使她惶恐得昏过去;她总是疑心被那个早熟而又阴险的放牛的男孩发现了,因为他那双贼亮的眼睛老是盯着她。

一天早上,邮差交给她一封信。她从来没有收到过信,因此十分惊慌,不得不坐下来。也许是他写来的吧?可是她不识字,对着这张涂满墨迹的纸愁眉不展,紧张得发抖。她把信塞进口袋,不敢把自己的秘密托付给别人。干活时她常常会停下来,久久地望着那几行行距相等的字,以及末尾的签名,隐隐约约地,真期望着能够突然一下子看出信里的意思。她焦急、忧虑得几乎发疯了,最后决定去找小学校长。他让她坐下,念道:

亲爱的女儿,来信是要告诉你,我病得很重;我们的邻居当蒂老板代笔,望你可能的话就回来一趟。

你亲爱的母亲

代笔人:村长助理塞赛尔·当蒂

她没说一句话就走了;但是,等到她一个人的时候,她两腿发软,立刻瘫倒在路边;她在那里一直待到天黑。

回来以后,她把家里的不幸告诉了农庄主人。他允许她回去一趟,而且愿意回去多久,随她的便;还答应找一个打短工的来干她的活儿,等她回来继续用她。

她母亲已经病重垂危,就在她到家的那一天死了。第二天,萝丝生了个怀胎才七个月的男孩,瘦得就像一副可怕的小骨头架子,叫人直打寒战;而且他那双干瘪得像蟹爪似的可怜的小手痛苦地抽搐着,好像他不断地受着折磨。但他还是活下来了。

她说她已经结婚了,但是没法自己带孩子;她把他留在邻居家,他们答应好好照顾他。

她又回到那农场。

但是,从这时候起,在她那长久以来备受伤害的心里,一种陌生的爱,对留在家乡的那个瘦弱的小东西的爱,像一片曙光似的升起;不过这种爱反而成了她的新的痛苦,每时每刻都要经受的痛苦,因为她和他分在两地。

最使她痛苦的是她热切地需要吻他,抱他,用自己的肉体去感受他的小身体的温暖。她夜里睡不好;她整天都想着他;到了晚上,干完活儿以后,她就坐在壁炉前面,像那些思念远方亲人的人一样,痴痴地望着炉火。

人们甚至开始议论起她来,说她一定有了心上人,跟她开玩笑,问她:他是不是很漂亮,个子高不高,有没有钱,什么时候结婚,什么时候行洗礼。这时她往往都躲开,去独自一人哭泣,因为这些问题像针扎似的让她难受。

为了摆脱这些烦扰,她就拼命地干活儿。她时刻惦记着自己的孩子,想方设法要为他多积攒些钱。

她决定加倍努力工作，叫人不得不给她增加工资。于是，她渐渐地把周围的活儿都揽下来，结果一个女佣工被辞退了，因为自从她一人付出两个人的艰辛以后，那个女佣工变成多余的了。她在面包上，在油上，在蜡烛上，在人们通常过于大手大脚地撒给鸡吃的谷粒上，在人们平时难免会糟蹋一点的牲口饲料上，都尽量节省。她花主人的钱就像花自己的钱一样斤斤计较。她做买卖很精明，本农场的产品经她的手总能卖出高价，而农民在出售产品时耍的花招她也都能识破，因此买进卖出，雇工的管理，柴米油盐账目，全由她一个人负责，没多长时间，她就变成了不可缺少的了。她对周围一切都照料得很周到，农场在她的治理下非常兴旺。方圆两法里以内的人都在谈论"瓦兰老板的女佣工"；农庄主人也逢人就说："这姑娘，真是千金难买啊。"

然而，时间匆匆过去，她的工资却仍旧和原来一样。她分外的辛勤劳动都被认为是理所当然的，是任何一个忠于职守的女佣工都应该做的分内之事，被认为仅仅是忠诚的表示。一想到农庄主人靠了她每月都多收入五十到一百埃居①，而她却仍旧不多不少，一年只挣二百四十个法郎，她开始有些寒心了。

她决定要求增加工资。她找了主人三趟，可是每次到了他面前，谈的却是另外的事。跟人要钱，她感到不好意思，好像这是件丢脸的事。终于，有一天，趁农庄主人单独一个人在厨房里吃饭，她神情尴尬地对他说，她希望跟他好好谈谈。他十分诧异地抬起头来，直盯盯地看着这个女雇工，两只手一直搁在桌子上，一只手拿着刀，刀尖朝上，另一只手拿着一小口面包。她被他看得心慌意乱，竟然说她有点不舒服，想回家乡去一趟，请求给她一个星期的假。

他立刻就答应了；接着，他也有些尴尬地说：

"等你回来我也要跟你谈谈。"

---

① 埃居(écu)：法国旧时钱币，种类很多，价值不一，最流行的一枚值五法郎。

3

孩子快八个月了,她简直认不出他了。他的小脸儿红扑扑的,胖嘟嘟的,浑身都是圆滚滚的,就像一小包活的油脂。他的小手儿肉鼓鼓的,并都并不拢,慢慢地抓挠着,一看就知道他非常舒服自在。她像饿狼扑食似的猛扑过去,使劲地亲吻他,把他吓得哇哇大哭。这时候她也哭了,因为孩子不认识她;而且一看见奶妈,却立刻朝奶妈伸出两手。

不过,第二天他就熟悉了她的脸,咯咯地笑起来。她抱着他到田野里去,两手高高举起他,发疯似的狂奔;然后她坐在树荫下,平生第一次敞开她的心扉,尽管他听不懂,她还是对他倾诉她的悲伤、她的工作、她的烦恼、她的希望,一边不停地热烈而又莽撞地抚爱他,惹得他厌烦。

她用手捏他,揉他,给他洗澡,替他穿衣裳,从中得到无限的快乐。甚至给孩子洗屎洗尿,她都感到幸福,好像对儿子这种私密的照料是对她做母亲的身份的一种确认。她常常端详着他,奇怪他怎么会是她的。她一边抱着他让他跳舞,一边一遍又一遍地低声说:"这是我的小宝贝,我的小宝贝。"

她是一路啜泣着回农庄的。她刚到,主人就叫她去他的屋里。她走了进去,不知道为什么心里又纳闷,又激动。

"你坐在这儿。"他说。

她坐下。他们有好一会儿就这样并排挨着坐在那里,都有些局促,胳膊耷拉着,好像失去了活力、很不灵便似的;而且像乡下人那样谁也不看谁。

农庄主人是个四十五岁的大胖子,两次丧偶,性格乐观而又固执。他显然有些拘束,这是他平时不曾有过的。他终于下了决心,眼睛望着远处的田野,模棱两可、半吞半吐地开口道。

"萝丝,"他说,"你从来没有想到过成家吧?"

她脸色变得像死人一样苍白。他见她不回答,就接着说:

"你是个好姑娘,规矩,勤劳,节俭。娶你这样一个妻子,会让男人发财的。"

她仍然一动不动,眼神惊慌,甚至不想去弄明白他这话是什么意思,因为她脑子里已经一片混乱,就像大祸临头似的。他等了一会儿,然后继续说:

"你看,一个农庄没有女主人,总是不行的,就说有你这样一个女雇工。"

然后他就沉默不语了,因为再也不知道该说什么了。萝丝万分惊恐地望着他,好像一个人以为面前是一个杀人凶手,只要他稍有动作,就立刻逃跑似的。

他等待了五分钟,最后问道:

"你说呀!这样行吗?"

她表情愚钝地回答:

"什么,老板?"

他这才莽撞地说:

"当然是说嫁给我啦!"

她站了起来,不过马上就瘫在椅子上,一动不动地坐着,就像大难即将临头似的。农庄主人终于失去耐心了。

"喂,你说呀,你还需要什么?"

她惊恐万状地看着他;接着,突然,眼泪夺眶而出,她张口结舌,只连说了两遍：

"我不能！我不能！"

"为什么不能？"他问，"好啦，别犯傻啦；我让你考虑考虑，到明天再说。"

他赶紧走了。办完了这件令他十分尴尬的事，他如释重负，而且他相信，第二天，他的女佣工一定会接受；因为这个建议对她来说简直是求之不得的呢。当然，对他来说，这也是一桩极好的交易，因为这样他就把这个女人一辈子拴住了，而这个女人给他带来的收入比本乡最丰厚的陪嫁还要多哩。

况且在他们之间也不会有门户不当的顾虑，因为在乡下，所有的人几乎都是平等的。农庄主人像他的雇工一样干活儿，而雇工有朝一日也可能变成农庄主人，女佣工也随时可能变成女主人，连她们的生活和习惯都不需要做任何改变。

萝丝这一夜没有躺下睡觉。她一屁股坐在床上，甚至连哭的力气都没有了，因为她已经精疲力竭。她坐在那里，呆若木鸡，连自己的身体都感觉不到了。她的头脑纷乱，就好像有人用扯松羊毛床垫的工具把它扯碎了似的。

当她偶尔把思想集中一下的时候，想到可能发生的事，她就不寒而栗起来。

她的恐惧有增无减；每当厨房的那座大钟慢悠悠地敲响报时的钟声，划破场院的沉寂，她都会吓出一身冷汗。她神情恍惚，可怕的幻象一个接一个。蜡烛熄了。她的精神开始错乱起来，那是乡下人自以为中了魔法时常会产生的莫名其妙的精神错乱；一种面临不幸拼命逃离、躲避、奔跑的愿望，就像暴风雨即将来临时的一只小船。

一只猫头鹰叫了一声；她打了个哆嗦，站起来，用两只手摸摸脸，摸摸头发，周身上下地摸着，像个疯子一样；然后她挪着梦游者的脚步走下楼。来到院子里，为了不让还在外面游荡的无赖汉看见，她匍匐前进。快要沉落的月亮还向田野投射着明亮的光芒。她没有打开栅栏门，而是从沟沿翻出去；她到了田野边，就出发了。她迈着富有弹性的急促的小快步朝前走，间或无意识地发出一声尖锐的叫喊。她的影子老长老长的,躺在她身边的地面上,跟随她一同前进。偶尔有一只夜鸟飞到她头顶盘旋。一座座农场的院子里,狗听见她走过来,汪汪地叫着;有一条狗跃过圩沟,追过来想咬她;但是她转过身去,朝它大喝一声,吓得它连忙逃走,蜷缩到窝里,一声也不响了。

有时一窝小野兔在地里嬉戏;但是当这个奔跑的疯女人像发狂的狄安娜①似的冲来时,这些胆小的动物便四处逃窜,小兔子和兔妈妈钻到垄沟里不见踪影;兔爸爸连蹦带跳地飞奔,它那竖着大耳朵一蹦一跳的剪影偶尔映在沉落的月亮上。这时月亮已经下降到地球的尽头,犹如一盏巨大的灯笼摆在天边的地面上,用它那斜射的光芒普照着原野。

星星已经消失在天穹的深处;几只鸟叽叽喳喳地叫着,天开始亮了。姑娘跑得力尽筋疲,呼哧直喘。太阳从红色的朝霞中喷薄而出时,她停了下来。

她脚都肿了,往前跑不动了。但是她远远看到一片水塘,一片很大的水塘,静止的水在朝霞映照下殷红似血。她手按着胸口,迈着小步,一瘸一拐地走过去,想在水塘里浸浸她的两条腿。

她坐在草丛上,脱掉满是尘土的肥大的鞋子,拉掉袜子,把已经发青的小腿浸在时而冒着气泡的纹丝不动的水里。

一股清凉宜人的感觉从脚跟一直窜到咽喉;她目不转睛地望着这深深的水塘,突然感到一阵冲动,一种强烈的想把整个身子投进水里的欲望。那样,她的痛苦就结束了,永远结束了。她不再顾念她的孩子;她需要安宁,需要彻底的休息,无尽期的长眠。于是她站起来,伸出胳臂,往前迈了两步。她的大腿已经浸到水里,她已经准备扑下去了,这时踝骨上一阵尖锐的刺痛,让她不由得往后跳了一步。她恐怖得叫喊起来,原来从她的膝盖一直到她的脚尖,叮满了一条条黑色的长蚂蟥,正在吸她的血,一个个胀鼓鼓的,紧贴在肉上。她不敢碰,吓得拼命叫喊。她的绝望的呼喊声,引来一个在远处赶着大车经过的农民。他帮她一条一条地把蚂蟥拽出来,用青草紧压着伤口,再驾着大车把姑娘一直送回她主人的农庄。

---

① 狄安娜(Diane):罗马神话中的女神,掌管狩猎等。

她在床上躺了半个月。后来,在她起来的那天上午,她正坐在门口,农庄主人突然走过来,站在她面前。

"怎么样,"他说,"这事情就这么决定了,是不是?"

她起初没有回答,后来因为他一直站在那里,执拗地盯住她,她才好不容易蹦出几个字:

"不,老板,我不能。"

他一下子火了。

"你不能,姑娘,你不能,为什么?"

她哭起来,一遍一遍地说:

"我不能。"

他逼视着她,冲着她的脸嚷道:

"是因为你已经有情人了?"

她羞得浑身发抖,咕咕哝哝地说:

"就算是吧。"

他脸涨得通红,气得话也说不清楚了。

"啊!你到底承认了,你这个骚货!那家伙是干什么的?叫花子,穷光蛋,流浪汉,饿死鬼?说呀,他是干什么的?"

见她不回答,他接着说:

"啊!你不肯说……那么我就来替你说,是让·波迪?"

她大声说:

"啊!不,不是他。"

"那么是皮埃尔·马丹?"

"噢!不是他,老板。"

他气急败坏地把当地所有小伙子的名字都一个一个点了出来。她连连否认着,难过极了,不停地撩起蓝围裙的角擦着眼睛。但是任着没教养的人的牛脾气,他还是不依不饶地追问,为了发现她的秘密而刮着她的心,就像猎狗闻到洞里有动物,就一整天挖个不停,非把它抓住不可。他恍然大悟似地叫了起来:

"见鬼,是雅克,去年的那个雇工;有人说他常跟你闲扯,而且说你们说好了要结婚。"

萝丝急得喘不过气来,一股血往上涌,脸涨得通红。她的眼泪突然枯竭了;泪珠就像水珠落在烧红的烙铁上,在她的面颊上一下子就干了。

"不,不是他,不是他!"

"你敢肯定不是他?"那狡猾的乡下人嗅出了一点真相,追问道。

她急忙回答:

"我可以向你发誓,我向你发誓……"

她想要找出个什么来发誓,可又不敢提那些神圣的东西。幸好他打断她的话:

"可是他老跟着你到那些犄角旮旯去,而且每次吃饭的时候,他都拿眼睛盯着你,就像要把你吞下去似的。你是不是答应他了,嗯?说呀。"

这一次,她正视着主人的脸,说:

"不,从来没有,从来没有,我可以指着仁慈的天主向您发誓,就是他今天来求我,我也不会要他。"

她的态度是那么诚恳,不免让农庄主人犹豫起来。他自言自语似的说:

"那么,怎么回事呢?你也并没有遇到什么不幸的事呀,否则大家也会知道的。既然没有什么大不了的事,一个女雇工是不可能拒绝主人的要求的。看来里面一定有什么事儿。"

她不再回答,她已经痛苦得透不过气来。

他又问:"你真的不愿意吗?"

她叹了口气,说:"我不能呀,老板。"他转身就走。

她以为已经摆脱了这桩麻烦事,这个白天余下的时间她过得还算平静。不过,她感到腰酸腿痛,身心交瘁,就好像她代替那匹老白马,从清早起就被套在打谷机上转了一天似的。

她尽可能早地睡下,而且立刻就睡着了。

半夜里,有两只手摸她的床,把她弄醒了。她吓了一跳,但是立刻听出了农庄主人的声音在对她说:"别怕,萝丝,是我,来找你谈谈。"她起初只感到惊讶,后来他想往她被窝里钻,她这才明白他要干什么,立刻剧烈地战栗起来，因为她感到自己在黑暗里孤立无援，刚从梦中惊醒，还睡意蒙眬，而且一丝不挂，而想得到她的那个男人就在身边。她不情愿，这是肯定的；但是她只是有气无力地抵抗着，因为一方面她自己还得跟自己的本能作斗争，而在天性纯朴的人身上，本能偏偏又特别强烈；另一方面她又得不到自己意志力的保护，因为性格迟钝软弱的人偏偏又优柔寡断。她的脸时而转向墙壁，时而转向外面，躲避着农庄主人硬要嘴对嘴向她表示的爱意。她挣扎得筋疲力尽，身体只能在被窝里微微地扭动了。他呢，在性欲驱使下，却变得非常粗野。他突然一把掀开她的被窝。这时她明白自己再也无法抗拒了。她像鸵鸟那样用两手蒙住脸，停止了自卫。

农庄主人这一夜就待在她身边。他第二天晚上又来了，以后每天晚上都来。

他们一块儿生活了。

一天早上，他对她说："我已经让教堂公布结婚预告。我们下个月就结婚。"

她没有回答。她能说什么呢？她也没有反抗。现在还能做什么呢？

4

她嫁给了他。她感到自己掉进一个够不到边的深坑里，永远也爬不出来了；各种各样的不幸像巨大的岩石悬在她的头顶，随时都有可能落下来。她的丈夫，她总觉得自己像是偷了他的什么，总有一天他会发现的。她还想到自己的孩子，她的所有不幸都来自这个孩子，而她在这人世上的全部幸福也都来自这个孩子。

她每年去看他两次。每次回来都变得更加忧郁。

然而她渐渐习惯以后，她的顾虑消失了，她的心也平静下来了；她的生活过得比较有信心了，虽然她心头还隐隐约约浮动着一丝恐惧的余波。

几年过去了；孩子已经六岁。她现在几乎可以说是幸福的了，没想到农庄主人的心情却突然变得郁闷起来。

两三年来,他好像一直有什么心事,愁眉不展,一块心病在日渐加重。吃完晚饭他总在饭桌边呆坐很久,手捧着脑袋,长吁短叹,似乎有一件烦恼的事在折磨着他。他说话变得比以前急躁,有时甚至很粗暴。他好像对妻子有某种不便明说的看法,因为他对她说话会突然发狠,甚至动不动就发火。

有一天,一个女邻居的孩子来买鸡蛋,她正忙着,对这个孩子有点儿不耐烦,她丈夫突然冲过来,恶声恶气地对她说:

"他要是你的孩子,你就不会这样对待他了。"

她惊诧了好一会儿,不知怎样回答才好。后来她回到屋里,以往的种种忧虑又都被唤醒了。

吃晚饭时,农庄主人不跟她说话,连看也不看她;他好像厌恶她,瞧不起她,好像终于知道了什么似的。

她不知所措,吃完晚饭不敢留下来单独跟他待在一起。她溜出去,径直朝教堂跑去。

夜晚降临了,狭窄的中殿里十分晦暗,但是在寂静中,她听见圣坛附近有人走来走去的脚步声,原来是圣器室管理人在点燃圣体龛前的那盏夜间照明的油灯。那一点抖动的灯光非常微弱,几乎淹没在拱顶下的黑暗中,但对萝丝来说却像是最后的一线希望。她眼睛望着那灯光,扑通跪了下来。

那盏小灯随着一阵拉链子的响声重新升到空中。紧接着在石板地上响起了木鞋均匀的踢踏声,继而是绳子拖地的窸窣声。小钟敲响晚祷的钟声,穿过越来越浓的暮霭,传向远方。那个圣器室管理人要出去的时候,她追上了他。

"本堂神父先生在家吗?"她问。

他回答:

"我想在吧,他总是在晚祷敲响的时候吃晚饭的。"

于是她战战兢兢地推开本堂神父住宅的栅栏门。

教士正在吃饭,他立刻请她坐下。

"嗯,嗯,我知道,您今天到这儿来要谈的事,您丈夫已经跟我谈起过您。"

可怜的女人简直要昏过去了。神父接着又说:

"您想要什么,我的孩子?"

他一勺一勺快速地喝着汤,一滴又一滴汤水洒在他腹部圆鼓鼓、脏兮兮的道袍上。

萝丝不敢再说什么,也不敢提出什么要求或者请求了。她站起来要走;神父对她说:

"加把劲……"

她便走了出去。

她回到农场,已经不知道自己在做什么了。农庄主人在等她;她不在的时候,干活的人都已经走了。她扑通一声跪倒在他前面,泪如雨下,呜咽不止。

"你为什么生我的气?"

他连呲带骂地大声嚷道:

"因为我没有孩子,他妈的!一个人娶老婆,可不是为了两个人到死还这样孤孤单单的。就是因为这个。一头母牛不下小崽,就一钱不值。一个女人不生孩子,也一钱不值。"

她哭着,结结巴巴地反复说:

"这不是我的错!这不是我的错!"

他的态度稍微缓和了点儿,接着说:

"我没有说是你的错,但这总是让人不开心的事。"

5

从这天起她只有一个念头:生一个孩子,再生一个孩子;并且向所有的人吐露自己的愿望。

有个邻家女子教她一个法子:每天晚上让她丈夫喝一杯水,水里加点儿炉灰。农庄主人欣然同意。但是这个法子并没有见效。

他们想:"也许会有什么秘方吧。"于是他们四处打听。有人告诉他们十法里以外住着一个牧羊人,于是瓦兰老板有一天套上他的轻便

双轮马车，动身去向那人求教。牧羊人交给他一个面包，面包表面画上一些记号，面包里面掺进了药草。他们应该在夜间行房事前后各吃一块。

可是面包吃光了也没有获得成果。

一位小学教师向他们透露了一些奥秘，一些农村人不知道而据他说是万无一失的做爱技巧。他们还是失败了。

本堂神父建议他们到费康去朝拜"宝血"。萝丝跟着一大群人匍匐在修道院里，把她的心愿和那些农民心里发出的粗俗的愿望混杂在一起。她恳求大家都在祈求的"那一位"保佑她再怀一次孕。结果还是徒劳无益。于是她想这肯定是对她前一次犯罪的惩罚，心里痛苦极了。

她愁得人都消瘦了；她丈夫也衰老了，正像人们说的，"忧心如焚"，随着希望的落空，他一天比一天憔悴。

终于，战争在他们中间爆发了。他骂她，打她。白天跟她吵闹；晚上在床上，他恨得直喘大气，怨恨满腹，骂得她狗血喷头。

一天晚上，他再也想不出用什么新花样来折磨她，于是强迫她从床上起来，到门外淋着雨等天亮；她不服从，他就掐住她的脖子，挥拳打她的脸；她一声不吭，也一动不动，他更是火冒三丈，跳起来用膝盖压着她的肚子,咬牙切齿,怒发冲冠,不停手地毒打她。她在绝望中奋起反抗,使劲一搡,把他撞到墙上。她坐起来,然后用嘶哑的、变了调的声音嚷道:

"我生过孩子,我生过一个!我跟雅克生的;你认识那个雅克。他答应娶我,可后来他跑了。"

他大吃一惊,在那里愣了,激动得比她还厉害。他嘟哝着追问:

"你说什么?你说什么?"

她呜咽起来,眼泪哗哗直流,结结巴巴地说:

"就因为这个,我当初不愿意嫁给你,就因为这个。我那时不能告诉你,你会让我和孩子都没有饭吃的。你没有孩子,你不懂,你不懂!"

他的惊讶有增无减,下意识地重复着:

"你有一个孩子?你有一个孩子?"

她一边抽噎,一边说:

"是你强迫我的。你也许知道,我根本不愿意嫁给你。"

于是他从床上起来,点着蜡烛,手抄在背后,在屋里踱来踱去。她瘫倒在床上,哭个不停。突然,他走到她面前停住。"这么说是我的错了,既然我没让你生出孩子!"他说。她没有回答。

他又开始走来走去。然后又停住,问:"你那个孩子几岁了?"

她喃喃地说:

"快满六岁了。"

他又问:

"你为什么不告诉我?"

她叹着气说:

"我能告诉你吗?"

他依然站在那里不动。

"喂,你起来,"他说。

她费劲地爬起来;等她靠着墙站稳了,他突然笑了起来,像在那些高兴的日子里一样放声大笑。见她还在惶恐不安,他便补充说:

"好,咱们去把这个孩子接回来,既然咱们俩不能生。"

她还是那样惊慌,如果不是实在没有力气,肯定会逃走的。但是农场主人却搓着双手，低声说：

"我本来就想领养一个，现在找到啦，找到啦。我已经求本堂神父给我找一个孤儿。"

说罢，他仍然乐不可支，亲吻着泪汪汪、发着愣的妻子，就像怕她听不见似的，大声说：

"喂，孩子他妈，去看看还有没有汤；我能吃它一锅子。"

她穿上裙子。他们下了楼；当她跪着把锅下面的火重新燃旺的时候，他喜气洋洋，继续迈着大步在厨房里走来走去，并且一迭连声地说：

"嘿！真的，这真叫我高兴；不是说说而已，我是真高兴，我实在是太高兴了。"

泰利埃公馆*

1

每天晚上十一点钟左右,他们都到那里去,就跟上咖啡馆一样,已经成为自然而然的事。

在那里碰头的有七八个人,总是他们这七八个人。他们都不是生活放荡之徒,而是正派可敬的人:商人,或城里的年轻人。他们一边喝沙尔特勒甜酒①,一边跟姑娘们逗乐,或者跟大家都很敬重的"太太"正正经经地聊聊天。

半夜十二点以前他们就回家睡觉。年轻人有时就留下。

---

* 本篇首次发表于一八八一年出版的同名中短篇小说集《泰利埃公馆》。
① 沙尔特勒甜酒:沙尔特勒修会修道士酿制的一种甜烧酒。

公馆是家庭式的,房子很小,漆成黄色,坐落在圣艾蒂安教堂背后那条街的拐角。从窗口可以眺见泊满正在卸货的船只的锚地,人们称作"蓄水池"的大盐滩,以及盐滩后面的圣母坡和山坡上通体灰色的古老小教堂。

"太太"出身于厄尔省①一个殷实的农民家庭;她从事这个行业,对她来说,就跟开帽子店或者内衣店绝对是一样的事。认为卖淫可耻的那种偏见在城市里是那么强烈,那么根深蒂固,但在诺曼底的农村里并不存在。农民们说:"这是个好行当。"他们让自己的女儿去开妓院,就跟送她去主持一家女子寄宿学校一样。

再说,这个公馆是从一位年迈的舅舅手里继承下来的。"先生"和"太太"原来在依弗托②附近开客店;他们断定费康③的生意更有利可图,便立刻把客店盘出去。就这样,一天早上,他们来到费康,接管了这家因为老板过世而濒于倒闭的企业。

他们诚实善良,很快就赢得了全体人员和邻居的喜爱。

两年后先生中风去世。自从干上这新的职业,终日悠闲,很少活动,养得大腹便便,而正是这种健康状况毁了他。

太太守寡以后,经常到公馆来的那些客人都对她垂涎三尺,不过枉费心机。人们称道她绝对地严守分际,就连那些姑娘们也没有发现过什么。

她个子高高的,身材丰腴,很讨人喜欢。由于常年待在整天关着的晦暗的房子里,她脸色更显得白,好像敷上一层清漆似的闪着亮光。一排细软鬈曲的假发做的薄薄的刘海让她的面容显得年轻许多,但和她那成熟的体形却又很不相称。她总是乐呵呵的,脸上表情丰富;喜欢打趣说笑,但是适可而止。她的新行当并没有使她失去分寸。粗鲁的话总是让她感到有点刺耳;如果哪个小伙子不知好歹,用实际的名称称呼她掌管的这个生意,她就会板起脸来发脾气。总之,她内心跟明镜似的;

---

① 厄尔省:法国诺曼底地区的一个行省。
② 依弗托:法国诺曼底地区塞纳宾海省的一个小城。莫泊桑少年时代曾在此地一所教会学校读书。
③ 费康:法国诺曼底地区塞纳宾海省的渔业港口城市。

尽管她拿那些姑娘像朋友一样相待,她还是常常喜欢说,她和她们"可不是一码事"。

在星期日以外的日子里,她有时会叫一辆出租马车,带着一部分属下,到瓦尔蒙森林深处一条小河边的草地上去玩。她们就像一群逃出寄宿学校的女生,发疯似的奔跑,玩各种孩子的游戏,一派闭门索居者在大自然中被新鲜空气陶醉的欢乐景象。她们在草地上喝苹果酒,吃腌猪肉,直到快天黑时才带着尽兴的疲倦和甜美的心情回家。在马车里她们吻着太太,就像吻一位心地善良、宽厚而又善解人意的母亲。

这所房子有两个入口。街角上是一个下等咖啡馆,只有晚上营业,进去的都是些平民百姓和水手。两个姑娘专门照应这项买卖,满足这一部分顾客的需要。那里还有个伙计,叫弗雷德里克,个儿矮小,头发金黄,没有胡子,强壮得像一头牛。在他的帮助下,她们把大瓶的葡萄酒和小瓶的啤酒端到摇摇晃晃的大理石桌子上,然后胳膊勾住酒客的脖子,斜坐在他们的大腿上,劝他们喝酒。

另外三个姑娘(一共有五个姑娘)构成一个贵族阶层,她们专门陪伴二楼的客人,除非楼下需要她们帮忙,而楼上又没有客人。

朱庇特沙龙是当地的中产阶级经常光顾的地方,墙上糊着蓝色壁纸,挂着一副很大的画,画的是勒达①躺在一只天鹅的身子下面。来这儿需要走一条旋转楼梯,楼梯下面是一扇外表简陋的临街窄门,窄门顶上有个装了栅栏的壁洞,彻夜点着一盏小灯,就是有些城市嵌在墙里的圣母像脚下至今还点着那种小灯。

这座房子又潮湿又陈旧,微微发着霉味。有时过道里飘过一股科隆香水的香味,有时从通往楼下的半开半掩的门传来喝酒的男人们粗俗的叫嚷声;那叫嚷声像响雷似的,震撼整幢楼房,二楼的先生们的脸上不免流露出担心和厌恶。

太太对顾客朋友们很亲切,她从不离开沙龙,而且对客人们给她带来的本城飞短流长很感兴趣。她的严肃的谈吐也是对那三个姑娘的胡

---

① 勒达:希腊神话中的仙女。主神宙斯曾化为天鹅和她亲近,她因此怀孕,生下美人海伦。

诌八扯的一种调剂，让大腹便便的客人们在猥亵的插科打诨之间获得短暂的休息。这些人每晚只是无伤大雅、有所节制地放纵一下，由妓女陪着喝一杯利口酒①而已。

楼上的三个姑娘名叫费尔南德、拉斐埃尔和"泼妇"萝萨。

因为人员有限，所以要尽可能让她们每一个人都成为一个样本，一类妇女的典型代表，使每个消费者都可以在这里找到他们理想的对象，即使不十全十美，至少也差强人意。

费尔南德代表的是"金发美女"型，个儿高挑，略微肥胖，有气无力；农家女脸上的雀斑顽固地不肯消失；淡金黄色的头发剪得短短的，颜色很浅，近乎无色，像梳理过的大麻，稀稀拉拉连脑壳也遮不严。

拉斐埃尔，马赛人，在许多港口都混过的婊子，充当了"犹太美女"这个不可或缺的角色。她精瘦，高高的颧骨上敷着一层厚厚的脂粉。她的黑头发用牛骨髓上了光，在鬓角处弯成钩形。她的眼睛若不是右眼长着一块白翳，还算得上好看。她的鹰钩鼻几乎垂到突出的下巴上。上面两颗门牙是新装的，下面的牙随着上岁数颜色变深了，深得像旧木头一样，形成强烈的反差。

---

① 利口酒：用香料、酒、糖和植物根、皮、果等不经发酵制作的甜烧酒。

"泼妇"萝萨肚子大得像个肉球,两条腿肌肉发达。她从早到晚用嘶哑的嗓子不停地唱着轻佻的小曲或伤感的情歌,讲些没完没了而又空洞无物的故事,只有吃东西的时候才住口,不吃东西马上又唠叨起来。她时刻都在动,像松鼠一样,虽然体胖腿短,却十分灵活。她的笑声像一连串刺耳的尖叫,时而在卧房,时而在顶楼,时而在咖啡馆,随时随地都可以发作,而且笑得莫名其妙。

底层的两个姑娘是:路易丝,绰号"老母鸡";弗洛拉,人称"跷跷板"。前者总是围着一条三色的宽腰带,打扮成"自由女神";后者打扮成想像出来的西班牙女人,走路一瘸一拐,铜质的色坎①随着她不均衡的脚步在她的红头发里一蹦一跳。她们的装束就像过狂欢节的厨娘。和一般下层妇女一样,她们不算丑,也不算美,不折不扣的小旅店女侍的模样,港口的人给她们起了个绰号叫"一对唧筒"。

这五个女人之间表面上相安无事,实际上彼此嫉妒,多亏太太善于从中调解,而她的脾气又总是那么好,这种和平气氛才很少受到破坏。

这家生意是这座小城里仅有的一家,总是顾客盈门。太太把它打理得那么中规中矩;她本人对任何人都那么和蔼可亲、殷勤体贴;她心肠好又是那么广有口碑,因此她总是深受周围的人的敬重。常客们心甘情愿为她破费;只要她对他们稍稍表示一点格外的友好,他们就乐不可支。他们白天为了生意上的事情会面,临了总会说:"今晚,还是那个老地方。"就像人们说:"吃过晚饭,咖啡馆见,好不好?"别无二致。

总之,泰利埃公馆成为一种指望,很少有人错过每日例行的约会。

话说五月末的一天晚上,头一个到的是前市长,木材商普兰先生。然而他发现公馆的门关着,栅栏后面的那盏小灯也没有亮。楼里悄无声息,一片死寂。他敲门,起初轻轻地敲,后来敲得比较用力,都没有人回答。于是他缓步沿街往回走;走到市场,遇到去同一地方的船主迪韦尔先生,他们又一同去敲门,也同样徒劳无功。这时,从离他们不远处突然传来响亮的喧闹声,他们绕着房子走过去,只见一群英国水手和法国水手在用拳头敲咖啡馆关着的门板。

---

① 色坎:一种服饰,将一些边缘凿孔的金属圆片缝在布料上制成。

两个中产阶级人士连忙逃走,免得受到牵连。但是忽听见有人轻轻"嘘"了一声,他们停步一看,原来是腌制咸鱼的商人图尔纳沃先生;后者认出了他们,跟他们打招呼。他们于是把情况告诉他,他更是恼火,因为他是个结了婚的人,有儿有女,家里看得严,只有星期六才上这儿来。"Securitatis cause①。"他常常这么说,这是暗指卫生保安部门的一项措施,他的朋友博尔德大夫在该部门工作,会把定期检查的消息透露给他。这天正好是他得闲的日子;遇上关门,他必须再等一个星期了。

三个人绕了个钩字形的大圈子,一直走到码头,半路遇见银行家的儿子,年轻的菲力普先生,也是泰利埃公馆的一位常客;以及税务官潘佩斯先生。于是大家又一起从犹太人街走回来,做最后一次尝试。不过这时气急败坏的水手们正在围攻这座房子,一边扔石头,一边狂喊怒吼;五个二楼的客人连忙调头就走,在街上漫无目标地游荡。

他们又遇到保险代理人迪皮伊先生,然后是商事法庭法官瓦斯先生;于是开始了长距离散步,首先来到防波堤。他们一字排开坐在花岗石的堤岸护墙上,望着波浪滚滚的海水。波峰上的浪花在黑暗中闪着白光,时隐时现。大海拍击岩石的单调的响声在黑夜里沿着峭壁往远方传去。这群闷闷不乐的散步者这样待了一会儿,后来,图尔纳沃先生说:"这么待着不好玩。"潘佩斯先生说:"的确如此。"他们又信步走起来。

他们先沿着山坡下那条叫"林荫街"的街道走,然后从"水库"上的木板桥折回,沿着铁路边走,来到新市场广场。这时,税务官潘佩斯先生和咸鱼腌制商图尔纳沃先生之间,为了一种食用菌,突然发生了争执,他们中间的一位一口咬定在附近采过这种菌。

由于心里烦躁,他们的肝火都很旺盛,如果不是其他几位从中劝解,也许他们就动起拳头来了。潘佩斯先生一气之下先走了。紧接着,前市长普兰先生和保险代理人迪皮伊先生之间又爆发了一场关于收税官的高薪及其能创造多大效益问题的激烈争吵。骂人的话像连珠炮,

---

① 拉丁文:"为了保险。"

双方互不相让。忽然传来一片狂风骤雨般可怕的叫喊声。原来是那群水手在关闭的店家门前白等了半天,不耐烦了,也来到广场上,两个一排,挽着胳膊,排成一条长龙,一边走一边发疯似的大喊大叫。这伙中产阶级连忙躲到一个门洞下面。那群乌合之众喊叫着消失在修道院方向,过了很久还可以听见逐渐减弱的喧哗声,像一阵逐渐远去的暴风雨。寂静又恢复了。

普兰先生和迪皮伊先生都还在气头上,他们甚至没道声再见,就各走各的路。

其余四个人继续往前走,本能地向泰利埃公馆走去。门依然关着,鸦雀无声,不知道葫芦里卖的什么药。一个醉汉,嘴里一声不响,但却在一个劲地轻轻敲着咖啡馆的门;后来他停住不敲了,却又小声叫起侍者弗雷德里克来。他见没有人答理他,就拿定主意在门口的台阶上坐下来,看究竟会发生什么事。

那几个中产阶级正打算离开,忽然港口上那帮吵吵嚷嚷的人又出现在街口。法国水手唱着《马赛曲》,英国水手唱着"Rule Britannia"①。他们先围着房子向墙壁冲击,然后这帮粗野的家伙又像浪潮一样向码头涌去。到了码头,两国水手打起来。在搏斗中一个英国人的胳膊被打断,一个法国人鼻子被打破。

这时,待在门口的那个醉汉哭起来,就像发酒疯的酒鬼和感到受了委屈的孩子一样。

这几个中产阶级终于散去。嘈杂的城市渐渐又归于平静。这里那里偶尔响起人声,但随即就在远处消逝。

只有一个人还在街上徘徊,那就是咸鱼腌制商图尔纳沃先生。他因为要等到下星期六,十分恼火,一心希望有什么意外的事发生。他弄不懂,也感到气愤,何以警察局竟然允许一个在它监督和保护下的公益机构随便关门。

他又回到那里,贴近墙仔细察看,想找出原因;他在一扇窗户的挡雨板上发现贴着一张布告。他连忙点着一根蜡绳,只见上面歪歪斜斜

---

① 英文:"统治吧,大不列颠"。一首英国爱国歌曲。

写着几个大字："因初领圣体，暂停营业。"

他明白今晚是完了，这才走开。

那醉汉这时候已经睡着了，他直挺挺地躺着，横在闭门谢客的店门前。

第二天，所有的老主顾都想着各种法儿先后在这条街上经过；为了显得若无其事，他们胳膊底下夹着文件，每个人都偷眼读一遍那张神秘的通知："因初领圣体，暂停营业。"

2

原来太太有个弟弟在家乡厄尔省的维维尔村当木匠。太太还在依弗托市开客店的时候，曾作为教母抱着弟弟的女儿在洗礼盆前受洗，并且给孩子起了个名字叫康斯坦丝，全名康斯坦丝·里维，因为太太的娘家姓里维。木匠知道她姐姐的景况很好，所以尽管他们都忙于各自的生计，而且住的地方又相隔很远，不能常常见面，但他一直跟她保持着联系。小姑娘快满十二岁了，这一年要初领圣体，他就抓住这个好机会，写了封信给姐姐，说他指望她来参加领圣体的仪式。他们的父母都已过世，她不能拒绝自己的教女，便接受了邀请。她弟弟叫约瑟夫，他希望对姐姐多献献殷勤，也许可以让她将来立下一份对女儿有利的遗嘱，因为姐姐自己没有子女。

姐姐的职业丝毫也不让他感到尴尬，再说，当地也没有人知道。他们谈到她的时候，仅仅说"泰利埃太太是住在费康城里"。说这话就是不言而喻她可以靠年金生活。从费康到维维尔至少有二十法里。走二十法里的陆路，对一些乡下人来说，比一个文明人穿越大西洋还要困难。维维尔的人从来没有到过比鲁昂更远的地方；当然也不可能有什么东西能把住在费康的人吸引到一个五百户人家的小村来。这个小村孤零零地坐落在大平原上，而且又属于另外一个省份。总之，别人什么也不知道。

但是，领圣体的日子一天天临近了，倒让太太为难起来。她没有帮手。把自己的生意撂下不管，哪怕是只有一天，她也绝对放心不下。楼上和楼下的姑娘们之间的积怨肯定会爆发。还有,弗雷德里克很可能喝得烂醉如泥,而他一喝醉酒,就会因为一言不合而把人打昏。最后她决定把所有人都带去,除了那个男侍者;她可以放他假,一直放到后天。

她征求弟弟的意见,他毫无异议,而且允诺安排她的全部随员住一夜。就这样,星期六早上,八点半钟的快车把太太和她的旅伴们载走了。她们坐的是一节二等车厢。

在到伯兹维尔站以前,车厢里一直只有她们几个人,她们就像喜鹊似的唧唧喳喳说笑个不停。但是在伯兹维尔站上来一对夫妻。那男的是个上了年纪的农民,穿一件蓝夹克衫,领子已经起皱,肥大的袖子上绣着白色图案,在腕部束紧;头上戴一顶老式的高礼帽,红棕色的绒毛像刺猬毛似的竖立着。他一手拿着一把绿伞,一手拎着一个硕大的篮子,里面伸出三个鸭子的神情惶恐的脑袋。那女子腰板挺直,也是乡下人打扮,长着一张母鸡脸,鼻子尖得像鸡喙。她在丈夫的对面坐下,发现自己周围是一群那么美丽的女士,吃了一惊,动都不敢动一下。

车厢里也确实是色彩鲜艳,令人眼花缭乱。太太从头到脚一身蓝,都是蓝色丝绸做的;披着一条仿开司米的披肩,是红颜色的,红得耀眼,而且闪闪发光。呼哧呼哧喘大气的费尔南德穿着一件苏格兰格子花呢的连衣裙,同伴们使尽力气替她把连衣裙的上身束得紧紧的,下坠的胸脯被高高托起,像两个圆球,不停地晃荡,就像用布兜住的两包水。

拉斐埃尔戴一顶插着羽毛的帽子,看上去像个挤满一窝鸟的鸟窝;她身穿一袭淡紫色衣裳,装饰着金色的闪光片,颇有点东方情调,跟她的犹太人长相很相称。"泼妇"萝萨穿一条宽荷叶边的粉红色裙子,模样像个过分肥胖的孩子或者生了肥胖病的侏儒。"一对唧筒"的奇装异服似乎是用旧窗帘缝制的,那花枝图案的窗帘至少也是复辟①时期的东西了。

车厢里有了外人,姑娘们的举止立刻变得严肃起来;为了博得别人的好印象,她们开始谈论一些高雅的话题。但是在博尔贝克上来一位蓄金黄颊髯、戴好几枚戒指和一条金表链的先生。他把几个漆布包裹

---

① 复辟:指法国波旁王朝于一八一四年至一八三〇年间的王朝复辟。

放在头顶上面的行李架上。看来这是个爱开玩笑、脾气随和的人。他行过礼,面带微笑,潇洒地问了一句:"太太们调换防地吧?"这句话把她们问得好不尴尬。最后还是太太先恢复了镇定;为了替她的部队的荣誉报仇,她生硬地回答:"请您讲点礼貌!"他道歉说:"请原谅,我本来是想说:调换修道院。"也不知是想不出话来回答,还是对这个更正感到满意,只见太太抿着嘴,尊严地行了个礼。

这位先生在"泼妇"和老农之间刚刚坐下,便朝三只头露在大篮子外面的鸭子眨起眼来。等他认为已经把观众吸引住以后,他就开始把手伸到这些动物嘴底下去胳肢,还为了让大伙儿开心,对它们讲些滑稽逗乐的话:"咱们离开了小水……塘!呱!呱!呱!……为的是和烤肉……扦子交朋友!……呱!呱!呱!"不幸的家禽扭动着脖子,躲着他的抚摸,而且拼命挣扎,想逃出那柳条编的牢笼。后来,三只鸭子突然同时发出凄惨的绝望的哀鸣:"呱!呱!呱!呱!"女士们被逗得哄然大笑。她们俯下身子,你推我挤,想看得清楚些;她们对鸭子的兴趣简直到了发狂的程度。那位先生也更起劲地施展魅力,卖弄机智,眉目传情。

萝萨也掺和进来,她俯在这个邻座男人的大腿上,去亲那三只鸭子的鼻子。立刻,每个姑娘都想亲一下;那位先生让她们坐在他的腿上,并且颠她们,拧她们。转眼间,他就用"你"来称呼她们了。

两个乡下人比他们的鸭子还要惊慌,眼睛像魔鬼附体似的骨碌碌直转,但是身子却不敢动一动。他们布满皱纹的苍老的脸上没有一丝笑容,甚至没有颤动一下。

那位先生是旅行推销员,他开玩笑地问她们要不要买背带。说着他取下一个包裹,打开来。说背带是个幌子,原来包裹里装的是袜带。

这些丝袜带有蓝的,粉红的,大红的,深紫的,淡紫的,朱红的;金属带扣是两个拥抱在一起的镀金小爱神。姑娘们高兴得尖叫起来;不过她们马上恢复了任何女人在研究服饰用品时都自然而然流露出的严肃表情,审视起样品来。她们不时用眼色或者低声的话语互相询问,又用同样的方式彼此回答。太太摸弄着一副橘红色的袜带,爱不释手,这副袜带比别的袜带宽,也比别的袜带庄重,正是一副老板娘用的袜带。

那位先生等着,脑子里生出个主意。他说:"来吧,我的小猫们,你们应该试一试。"他的话引起一阵暴风雨般的欢呼。她们用两条腿把裙子紧紧夹住,像是怕遭到强暴似的。他呢,不慌不忙,等待着时机。他宣布:"你们不愿意,我就包起来了。"接着又狡黠地说:"谁愿意试,我就送她一副,任她选。"她们仍旧不愿意试,而且摆出一脸尊贵的神气,身体也重又挺直。不过"一对唧筒"的样子却是可怜巴巴的,于是他又把刚才的建议向她们提了一遍。特别是"跷跷板"弗洛拉,饱受欲望的折磨,已经流露出犹豫不决的神色。他便催促她:"来吧,姑娘,勇敢一点;瞧,淡紫色的这一副跟你的衣裳最相配。"她于是下了决心,撩起裙子,露出一条穿着松垮垮的粗袜子的放牛妇的大粗腿。那位先生弯下腰,把袜带先系在膝盖下面,然后拉到膝盖上面;他轻轻地胳肢了一下姑娘,把她胳肢得连声低叫,直打哆嗦。试完以后,他把这副淡紫色的袜带送给了她,又问,"谁来?"其他的姑娘不约而同地嚷道:"我来!我来!"他从"泼妇"萝萨开始。她露出一个很不像样的东西,圆滚滚的,看不见踝骨,正像拉斐埃尔说的,一段真正的"大腿灌肠"。费尔南德大受旅行推销员的恭维;她那双强劲的圆柱,令他如痴如狂。"犹太美人"的那两根瘦胫骨就不那么成功。"老母鸡"路易丝开玩笑,把裙子撩在那位先生的头上;弄得太太不得不出来干涉,这才制止了这场有失体统的闹剧。最后太太也伸出她的腿,好一条诺曼底人的赏心悦目的腿,脂肪丰满而又肌肉发达。推销员又惊又喜,像一位真正的法兰西骑士,礼貌多情地脱下帽子,向这出类拔萃的腿肚子鞠躬致敬。

两个乡下人看了大为惊愕,坐在那里纹丝不动,只用一只眼睛斜瞅着。他们的模样活像两只小鸡,这个蓄着金黄色颊髯的先生站起身来,对着他们的鼻子学鸡叫:"咕!咕!咕!"又引起一阵哄堂大笑。

两个老人带着他们的篮子、鸭子和伞在莫特维尔下车。只听那女的一边走一边对丈夫说:"这群烂货,又是去巴黎那个鬼地方的。"

爱逗乐的推销员也在鲁昂下了车。由于他的表现过于粗俗,太太不得不严词教训了他一番,叫他学得规矩些。她还引以为戒,补充说:"这件事教给我们,跟不了解的人说话要谨慎。"

她们在瓦塞尔换车,又坐了一站,一下车就看到约瑟夫·里维先

生。他赶了一辆大车来接她们。车子很宽大，上面摆满了椅子；套的是一匹白马。

　　木匠很有礼貌地跟这些太太一一拥吻，然后扶着她们登上马车。三个人坐在后面的三把椅子上；拉斐埃尔、太太和她弟弟坐在前面的三把椅子上；萝萨没有座位，将就着坐在高大的费尔南德的腿上。安排停当，一行人就上路了。但是不久，随着小马一颠一颠的小跑，车子摇晃得越来越厉害，椅子都开始跳起舞来，把女士们向上、向左、向右地乱抛；她们也随之做出木偶似的动作，露出惊骇万状的表情，发出恐惧的叫声，不过这叫声立刻被又一次猛烈的摇晃打断。她们紧紧抓住车帮；帽子甩到背上、鼻子上，或者滑到肩膀上。那匹白马只顾朝前跑，伸长了脖子，甩直了尾巴；那是一条短而没有毛的老鼠尾巴，不时拍打着屁股。约瑟夫·里维一只脚伸出去搁在车辕上，一条腿屈在身子底下，胳膊肘抬得老高，手握缰绳；他的嗓子里不停地发出一种咯咯声，马听了便竖起耳朵，加快步伐。

　　绿油油的田野从大路向远方铺展。盛开的油菜花像散落在田野的一块块大幅金色桌布，随风起伏，向远方送来阵阵强烈而又宜人的气息，一种柔和而又沁人肺腑的气息。在已经长得很高的黑麦中间，矢车菊露出天蓝色的小脑袋。姑娘们想去采摘，但是里维先生不肯停车。

有时，眼前又是一片犹如鲜血淹没了的田地，原来那块地饱受丽春花的侵袭。在野花点缀得五彩缤纷的原野上，这辆车仿佛载着一个色彩更加鲜艳的花束，由小白马一路小跑地拉着驶过；它一会儿消失在一座农庄的高大的树木后面，一会儿又在树丛的另一头出现，拉着一车在阳光下光彩夺目的女人，重又在点缀着红花或蓝花的黄色和绿色的庄稼中间奔驰。

车到木匠家门口时，一点钟的钟声正好敲响。

她们累得浑身像散了架，饿得脸色煞白，因为从动身起一口东西也没有吃。女主人里维太太跑过来，扶着她们一个一个下了车。她们两脚刚沾地，她就忙不迭地拥吻她们。她不厌其烦地吻着她的大姑子，简直要把她独占了。中饭是在作坊里吃的；为了第二天晚上摆宴席，作坊里的工作台都已搬走。

先是一道美味的煎蛋卷，接下来是一道烤安杜依灌肠，一边吃一边喝带点辣味的上好苹果酒，个个都兴高采烈。里维举着一杯酒和客人们碰杯；他妻子伺候用餐，她烧菜，上菜，撤菜，在每个女人耳边低声问："还添点吗？"一摞摞木板靠墙放着，扫到墙角的一堆堆刨花散发出新刨的木头的香味，细木作坊常有的气味，那种往人肺里钻的树脂的气味。

她们嚷着要看看那个小姑娘，但是她在教堂里，到晚上才回来。

大伙于是出去在附近兜一圈。

这是个很小的村子，一条大路从中间穿过。十来座房子沿这条仅有的街道排开，卖肉的，食品杂货商，细木匠，咖啡馆，鞋匠和面包铺，本地的商家都集中在这里。教堂在这条街的一头，被一圈狭窄的墓园包围着；大门前有四棵硕大无朋的椴树，把整个教堂笼罩在浓荫下。教堂是用切割成材的方燧石砌的，顶上有一个石板瓦搭的钟楼，谈不上什么建筑风格。教堂另一边，又是田野，田野上散落着几个树丛，树丛里隐蔽着农庄。

里维虽然穿着工作服，但还是有模有样地让姐姐挽着他的胳膊，庄而重之地陪着她散步。他妻子被拉斐埃尔的那件金线网格花边的衣裳迷住了，走在她和费尔南德的中间。矮胖的萝萨在后面紧赶慢赶，跟她在一起的有"老母鸡"路易丝和一瘸一拐、精疲力竭的"跷跷板"弗洛拉。

村民们都走到门口来,孩子们都停止了游戏;在撩起的窗帘后面,露出一个戴印花棉布软帽的头;一个拄着拐杖的老妇人,眼睛都快瞎了,用手划着十字,好像在她前面走过的是一支举行宗教仪式的队伍。每个人都久久地目送着这些美丽的城里太太,她们从那么远的地方赶来,专程参加约瑟夫·里维女儿的初领圣体仪式。大家因此也对这个木匠平添无限的敬意。

经过教堂前面时,她们听见儿童的歌声。小小歌手们唱的是一首对上天的感恩歌。但是太太不让大家进去,以免打搅这些小天使。

她们又在乡间转了一圈,一路上约瑟夫·里维列数了当地的主要农户,土地有多少收入,牲畜有多少出产。然后他就把女宾们领回家,安排她们住宿。

地方很有限,她们被安排两个人住一间。

里维临时睡在作坊的刨花堆上,让他妻子和姐姐睡一张床;隔壁房间给费尔南德和拉斐埃尔合用。路易丝和弗洛拉被安排在厨房里,就地铺一个床垫。萝萨单独一人住在楼梯上面的一个没有窗户的小房间里,紧挨着一间狭窄的阁楼的门,要领圣体的小姑娘这天夜里就睡在这阁楼里。

小姑娘回来了,迎接她的是雨点般的亲吻,每个女人都想跟她亲热一番;这是她们发泄爱情的需要,抑或是一种假装亲热的职业习惯;在火车上让她们一个个都去吻那些鸭子的也正是这种习惯。她们轮番把小女孩抱在自己的腿上,抚弄她的纤细的金发;在一阵自发而又强烈的感情冲动下,情不自禁地把她紧紧搂在怀里。孩子很乖,信教非常虔诚,就像参加了赦罪仪式以后对一切都无动于衷了似的,耐心地、沉静地任由她们摆弄。

一天下来大家都很累,吃过晚饭很快就去睡了。乡间近乎肃穆的无边寂静,笼罩着小村子。这寂静安详,渗透一切,宽广得远及星辰。姑娘们已经过惯妓院里喧闹的夜生活,沉睡的乡间这种无声的休息反而让她们兴奋不已。她们的肌肤一阵阵战栗,不是冷得战栗,是惶乱不安的心寂寞得战栗。

她们两人睡一张床，一上床就紧紧抱在一起，像是为了抵御大地宁静、深沉的安睡的侵袭。可是"泼妇"萝萨一个人睡在小黑屋里，怀里空空，很不习惯，感到说不清的难受。她辗转反侧，无法入睡，忽然听见墙板的另一边，靠近她的头，有轻微的呜咽声，好像是个孩子在哭泣。她大吃一惊，轻轻叫了两声，听见一个抽噎的孩子声音回答她。原来是那小姑娘，她平时都睡在母亲的房间，现在独自一人睡在狭窄的阁楼里很害怕。

萝萨高兴极了，她忙从床上爬起来，为了不惊扰别人，蹑手蹑脚地走过去找那个孩子。她把她带到自己暖呼呼的床上，紧紧地搂在怀里，吻她，哄她，以种种夸张的方式对她百般抚爱。最后，她自己的心情也平静下来，睡着了。初领圣体的小姑娘头枕在这娼妓的胸口上，一觉睡到天明。

清晨五点钟，到了早祷的时候，教堂的那口小钟使劲地敲响，把女宾们从睡梦中唤醒。平常她们整个上午都睡觉，那是在一夜劳累之后得到的唯一休息。村里的老乡们早就起来。妇女们走门串户地忙碌着，兴致勃勃地拉着家常，手上小心翼翼地捧着浆得跟纸板一样硬的平纹细纱短连衣裙，或者端着巨长的蜡烛，蜡烛半腰扎着带金穗的绸结，还用齿状凹痕标明手握的地方。太阳已经高高升起，光芒四射，天空一碧万顷。只有天际还呈现淡淡的红晕，像是朝霞的遗迹。一窝窝的鸡在各家门前走来走去。时而有一只脖子闪亮的黑公鸡昂起戴着红冠子的头，扑打着翅膀，向空中发出铜号般响亮的鸣声，其它的公鸡也跟着打起鸣来。

一辆辆马车从附近的村庄赶来，停在一些人家的门口；车上下来一些身材高大的诺曼底妇女，都穿着深色的衣服，方围巾交叉在胸前，用一个陈年的银扣针扣住。男人都把蓝罩衫穿在崭新的礼服或者旧的绿呢燕尾服外面，罩衫下露出两条燕尾。

马匹卸辕进了厩。沿着大路摆开两排农村车辆，有大货车、篷车、轻便车、长凳客车，各种样式各种年代的车都有，有的鼻子冲地，有的屁股杵地，车辕朝天。

木匠家像蜂箱一样热闹。几个女宾身穿短上衣和短裙,头发披散在背上,又稀又短,看上去就像是使用久了,已经褪色脱落了。她们正忙着给那女孩子穿戴。

小姑娘站在一张桌子上,一动不动;泰利埃太太指挥她的机动部队的各项行动。她们给她洗脸、梳头、戴上帽子,穿好衣服;她们使用了无数别针,理好连衣裙的褶子,收紧过肥的腰身,为了把她打扮得漂亮雅致而在搭配上费尽心思。打扮好以后,她们叫这个有耐性的小姑娘坐下,嘱咐她不要动。然后,这支好动的娘子军又赶快去给自己打扮。

小教堂又开始鸣钟了。但那口可怜的小钟鸣声过于单薄,像一个过于虚弱的人声一样,升空之后很快就淹没在蓝色的无垠之中。

领圣体的孩子们从家里出来,朝村头那座公共建筑物走去,那建筑物里有两所学校和村政府;"天主之家"在村子的另一头。

家长们都穿着过节的服装,带着不自然的表情,跟在自家孩子身后;常年弯腰干活,使他们的身子动作显得有些笨拙。女孩子们的身体掩盖在掼奶油般雪白的薄纱里。至于那些男孩子,个个都像咖啡馆侍者的雏形,头上糊了厚厚的一层蜡,走起路来两腿趔开,生怕弄脏他们的黑裤子。

远道而来的众多亲友簇拥着孩子,这对一个家庭来说是件光荣的事,因此木匠颇为得意。泰利埃军团在老板娘率领下,跟随着康斯坦丝。孩子父亲让姐姐挽着胳膊,母亲和拉斐埃尔并肩而行,费尔南德和萝萨一排,"一对唧筒"又一排,队伍浩浩荡荡地拉开阵式,就像身着盛装的司令部要员们倾巢出动。

这在村子里产生了令人震撼的印象。

来到学校,女孩子们在修女的大白帽子底下站齐。男孩子们在一个颇有风度的英俊男教师的礼帽底下排好;然后就唱着感恩歌出发了。

男孩子在前,排成两列纵队,走在两行卸掉了牲口的车辆中间;女孩子排着同样的队形随后。为表示尊敬,本村居民让城里来的太太们先走。她们紧跟在女孩子后面,三个在左,三个在右,打扮得像礼花一样光彩夺目,仿佛宗教仪式两列纵队的延续。

她们的到来让教堂里的群众如痴如狂。为了一睹为快,他们都转过身来，你拥我挤，乱作一团。有些女信徒居然提高了嗓门说话，因为看到这些服饰比唱经班穿的祭披还花哨的太太，她们已经惊愕得失去常态。村长把自己平常坐的长凳，就是右边靠圣坛的第一张长凳，让了出来；泰利埃太太和她的弟媳妇，还有费尔南德和拉斐埃尔，在这张长凳上坐下。"泼妇"萝萨和"一对唧筒"由木匠陪着，占据了后面的第二张长凳。

教堂的圣坛里跪满了孩子，男孩子在一边，女孩子在另一边，他们手中举着的长蜡烛就像东倒西歪的长矛。

三个男子站在经台前，正放声歌唱。他们把拉丁文的响亮音节拖得老长，唱到"阿门"①的时候，更是"阿——阿"地唱个没完没了，同时蛇形号这种大口铜管乐器也像牛哞似的发出单调的音符为之助长声势。一个男孩子用尖细的声音答唱。坐在祷告席上的一个戴方形教士帽的神父不时地站起来，念念有词地叨叨一阵，又重新坐下；那三个唱经者又继续唱下去，眼睛盯住面前的一本很厚的无伴奏合唱歌谱。歌谱打开着，由一个木雕老鹰的展开的翅膀托着；那老鹰雄踞在一根长长的立柱上。

后来，大堂突然静下来。在场的人都不约而同地跪下，主祭神父出场了。他年事已高，皓首苍颜，神态令人肃然起敬；身子微微俯向他左手端着的圣餐杯。他前面走着两个穿红袍的助祭，后面跟着一大群穿着大皮鞋的唱诗班小童，一行人走去排列在祭坛两边。

一只小铃铛在寂静中摇响了。祭礼开始。那位神父在金色圣体龛前面慢条斯理地走来走去，屡次三番地跪拜，用他那微弱而又因衰老而颤抖的声音念着预备经。他刚念完，唱经的又齐声唱起来，蛇形号也又同时吹响。有几个男信徒也跟着唱，不过声音比较低、比较谦卑，就像一般参加者应该的那样。

突然，"Kyrie Eleison!"②从每个人的胸腔和内心深处迸发出来，冲向天空。古老的拱顶受到这爆炸似的喊声强烈震撼，甚至落下尘土和

---

① "阿门"：基督教祈祷或圣歌的结束语，意思是"诚心所愿"。
② 拉丁文："主，矜怜我们！"是弥撒经文的起句。

虫蛀了的木头的屑末。太阳曝晒屋顶的石板瓦,小教堂变成了一个蒸笼。极度的亢奋,焦急的等待,不可言喻的神秘事件的迫近,让孩子们心里紧张,让母亲们喘不过气来。

神父坐了一会儿,又登上祭坛。他光着头,露出满头银发,用颤抖的手做出一些动作,开始了超自然的一幕。

他朝信徒们转过身来,向他们伸出双手,大声宣布"Orate, fratres","祈祷吧,弟兄们"。于是他们齐声祷告起来。老神父咕咕哝哝地低声说着神秘莫测而又至高无上的话;小铃铛摇了一遍又一遍;跪拜的人群频呼着天主;由于过分紧张,孩子们几乎昏过去。

这时,萝萨手捧着低下的额头,突然想起自己的母亲、自己村里的教堂、自己初领圣体时的情景。她好像又回到了那一天。她那时是多么瘦小,整个儿淹没在她那件白色连衣裙里。她哭起来,起初轻声地哭,泪珠从眼里慢慢滚下来;随着回忆深入,她情绪越来越激动,喉咙哽咽,胸口剧烈起伏,不禁呜咽起来。她掏出手绢,擦眼泪,捂住鼻子和嘴,竭力不让自己哭出声,但是没有用。她喉咙里还是冒出嘶哑的呻吟声,旁边还有两个令人心碎的长叹声同她呼应。原来是跪在她身旁的两个女人,路易丝和弗洛拉,她们也被同样的遥远回忆激动得透不过气来,涕泗涟涟地抽泣着。

眼泪是富有感染力的。很快,太太也感到自己眼皮湿了。她朝弟媳妇转过脸去,发现和自己坐在一条长凳上的人都在哭。

神父在制圣体。虔诚的恐惧已经把孩子们晕倒在石板上,不省人事。教堂里不时有一个妇女,一个做母亲的或者做姐姐的,在悲情的神奇感应作用下,也被这些跪在那里唏嘘哽咽的漂亮太太们深深感动,一面用方格印花布手绢抹泪,一面用左手使劲地按住怦怦直跳的心口。

小小火星可以点燃大片成熟的庄稼,萝萨和她同伴们的眼泪顷刻之间就在所有在场的人中蔓延开来。男人,女人,老人,穿着新罩衫的年轻人,很快都悲泣起来;就好像他们头上笼罩着某种超自然的东西,一颗普撒人间的灵魂,一个无形却是全能的神的气息。

教堂的祭坛里轻轻响了一声,是那个修女在她的经书上敲了一下,发出领圣体的信号。虔诚狂热得浑身颤抖的孩子们,走到圣餐台旁。

他们排成一排跪下。年老的本堂神父拿着镀金的银质圣体盒在他们面前走过,用两个手指捏起象征基督圣体和世界救赎的圣餐面饼,递给他们。他们闭着眼,脸色苍白,带着紧张的表情,张开痉挛着的嘴;他们下巴底下铺着的长台布,像流动的水一样轻轻颤动着。

教堂里突然掀起一阵骚动,一片极度兴奋的人群的喧嚣,一场夹杂着压低了的呐喊的急风暴雨。这一切就像把树林吹弯了腰的飓风一样一掠而过。神父仍然站在那里,一动不动,拿着一块圣餐面饼,激动得像忽然呆滞了似的。只听他自言自语:"这是天主,这是天主来到我们中间,显示他的存在;他听到我的祈求,降临到下跪的子民中间来了。"在如痴如癫的热情冲动下,他面对上天,结结巴巴地拼命祈祷着,虽然找不到合适的词句,却是他发自深心的祷告。

他满怀虔诚地分完圣餐,兴奋得两腿发软,几乎支撑不住身体;等他自己也饮完主的宝血时,他已经深陷在感念主恩的狂热祷告中了。

他背后的信众逐渐平静下来。身穿白祭披而更显得庄严的唱经者又开始唱,不过他们眼里还含着泪水,音调已经不那么准。蛇形管似乎也沙哑了,好像这乐器也哭过似的。

神父抬起双手,做个手势要大家安静,然后在两排领圣体的孩子中间走过去,一直走到祭坛栅栏旁边。

在一片座椅的响声里,大家坐下,并且个个都在使劲地擤鼻涕。一看见本堂神父走到祭坛前,人们就静下来。神父开始用很低而且沙哑的声音,慢腾腾地说:"亲爱的兄弟们,亲爱的姐妹们,亲爱的孩子们,我从心底里感谢你们:你们刚才让我得到了我一生中最大的欢乐。我感觉到天主听到我的祈求以后降临到我们中间。他来过,确实来过这里,出现在我们中间,充满你们的心灵,让你们泪如雨下。我是本教区最老的教士,今天,我也是本教区最幸福的教士。一个奇迹,一个真实、伟大、崇高的奇迹,就在我们中间完成。当耶稣基督第一次融入这些孩子的肌体,圣灵,这天堂之鸟,天主的气息,就降临在你们头上,掌握了你们,控制了你们,让你们像风中芦苇一样弯腰折服。"

接着,他转身朝着木匠的客人们坐的两排长凳,抬高了声音说:"特别要感谢你们,亲爱的姐妹们,远道而来的嘉宾们;你们的光临,你

们显而易见的真诚,你们无比强烈的爱心,对每一个人来说都是一个有益的榜样。你们感动了我的堂区,你们的热情温暖了每一个人的心。没有你们,也许这个伟大的日子不会具有这种真正的神圣性质。有时候只要有一只优秀的羊就足以让天主决定降临到羊群。"

他激动得说不下去了,只补充了一句:"我祝愿你们得到圣宠。但愿如此。"说完,他重新登上祭坛,去结束这场祭礼。

这时,大家已经急着要走了。连孩子们也烦躁不安起来,他们的精神紧张了那么长时间,再也忍耐不住了。况且他们已经饿了。他们的父母不等最后的福音开始,就逐渐离去,回家准备午饭了。

教堂门外一片混乱,人们闹嚷嚷的,带诺曼底口音的喧叫声沸沸扬扬。信徒们排成两道人墙,孩子们一走出教堂,各家便朝自己的孩子冲过去。

康斯坦丝被本家的女眷们抓住,包围着,轮流拥吻。特别是萝萨,抱住她不肯放。最后萝萨牵着她一只手,泰利埃太太牵住她另一只手;拉斐埃尔和费尔南德撩起她的细布长裙,不让它拖在尘土里;路易丝和弗洛拉由里维太太陪着压阵。那孩子仍然在静心沉思,仿佛天主已随着她吃下去的圣饼渗透她的全身。她在这支仪仗队中间朝家里走去。

酒席就摆在作坊,将长木板架在搁凳上搭起的临时餐桌上。

大门朝街敞开,全村的欢乐气氛都一起涌了进来。到处都在大摆酒宴。从每家的窗口都可以看见一桌桌身穿节日服装的人,听到他们微醉后兴高采烈的喧哗声。脱了外套的乡下人,满杯满杯地喝着不掺水的苹果酒。每一伙人中都可以看见两个孩子,有的是两个女孩,有的是两个男孩,两家人聚在其中的一家吃饭。

偶尔有一匹老马,冒着中午的炎热,一蹦一跳地快步小跑,拉着一辆载人大车从村里穿过。穿罩衫的赶车人向满桌的美味佳肴投下羡慕的目光。

在木匠家里,欢乐中却保持着某种矜持,保持着上午的激动情绪的一点儿回味。只有里维一个人兴致勃勃,喝过了量。泰利埃太太不停地看表,因为她不愿意连着休业两天,她们必须乘三点五十五分的火车,赶在傍晚回到费康。

木匠千方百计转移人们的注意力,想把客人们留到第二天;但是太太没有受他的影响。关系到买卖上的事,她是从来不开玩笑的。

刚把咖啡喝完,她就吩咐姑娘们赶快准备;然后对弟弟说:"你呢,你立刻去套车。"她自己也去结束最后的准备工作。

她下楼来的时候,弟媳妇正在等她,要跟她谈谈女儿的事。她们谈了很长时间,但是没有做出任何决定。那乡下女人耍滑头,装出很受感动的样子;泰利埃太太呢,把孩子抱在腿上,却没有明确答应任何事,只是含含糊糊地应承着:以后会照顾孩子的;还有的是时间;再说还会见面的。

这时车子还没有到,姑娘们也还没有下楼。甚至还可以听见楼上的大笑声,打闹声,推撞声,叫喊声,还有鼓掌声。于是,趁木匠的妻子到马棚去看车子是不是准备好了,太太决定再上楼去看看。

里维醉醺醺的,半光着身子,正试图强迫萝萨,可是白费力气;萝萨笑得差点憋死过去。"一对唧筒"上午刚参加过宗教仪式,对这种场面非常反感;她们抓住他的胳膊,想让他冷静下来。但是拉斐埃尔和费尔南德却在一旁怂恿他,乐得直不起腰来。每一次醉汉的努力落空,她们就发出一阵刺耳的尖叫。他恼羞成怒,脸涨得通红,袒胸露背,使出蛮劲想挣脱那两个抓住他的女人,用尽全身力气去拉萝萨的裙子,嘴里还叽里咕噜地说:"骚货,你还不肯?"太太见状大怒,冲上去抓住弟弟的肩膀,把他推了出去;她推得那么猛,醉汉一头撞在墙上。

一分钟以后,只听见他在院子里汲水往自己的头上泼。等他驾着马车再次出现的时候,已经完全恢复了平静。

她们像前一天一样上路了,那匹小白马又迈开它活跃的舞步跑起来。

吃饭时克制住的欢乐在火辣辣的骄阳下纵情迸发。马车颠簸现在反而让姑娘们觉得好玩,她们甚至把车上的座椅推来推去,不住地放声大笑;里维一次次徒劳无功的尝试,让她们一个个都来了劲。

发了疯似的阳光普照田野,那阳光弄得人眼花缭乱;车轮掀起两股尘土,在车子后面的大路上久久飞舞。

费尔南德喜欢音乐,她突然提出让萝萨唱个歌,萝萨就手舞足蹈地唱起《默东的胖神父》;但是太太立刻叫她别唱下去,认为这首歌不适宜在这个日子里唱。她建议:"还是给我们唱个贝朗瑞①的什么歌吧。"萝萨迟疑了一会儿,考虑好以后,就用她那嘶哑的嗓子唱起《老祖母》:

> 一天晚上,老祖母做寿,
> 纯葡萄酒喝了一口又一口;
> 她摇着脑袋对我们说:
> 我从前有过很多情人!
> 我多么怀念哟,
> 我那肥胖的胳膊,
> 我那健美的大腿,
> 和我失去的青春!

在太太亲自带领下,姑娘们接着合唱:

> 我多么怀念哟,
> 我那肥胖的胳膊,
> 我那健美的大腿,
> 和我失去的青春!

---

① 贝朗瑞(1780—1857):法国歌谣诗人。

"妙极了!"里维说。这首歌的节奏已经又让他兴奋起来。萝萨立刻接着唱：

怎么，奶奶，您从前不规矩？
可不，不规矩！而且对我的魅力，
我十五岁时就独自学会使用，
因为我夜里是从来不睡觉的。

大家伙儿扯着嗓子齐声唱着叠句。里维用脚击踏着车辕，同时用缰绳轻敲马背打着拍子。小白马也像沉醉在欢快的节奏中，飞奔起来，如风驰电掣，把姑娘们甩到车子的一头，一个压一个，摞成一堆。

她们像疯子似的笑着，爬起来。在田野上，在赤日炎炎的天空下，在正成熟的庄稼中间，合着那匹小马的疯狂的步伐，声嘶力竭、大叫大喊的歌声又开始了。现在每重唱一次叠句，那匹小马都要溜缰狂奔，而且每次都要狂奔百米之遥，让车上的旅客都乐翻了。

不时有一个碎石工人直起身来，隔着铁丝网面罩望着这辆疯狂、喧嚣的马车在飞扬的尘土中扬长而去。

在车站前下车时，木匠十分动情，说："可惜你们走了，不然咱们可以好好玩玩。"

太太理智地回答："任何事情都要有个限度。总不能老是吃喝玩乐。"里维灵机一动，说："嗨，我下个月去费康看你们。"他带着狡黠的表情，用色迷迷、亮闪闪的目光望望萝萨。"得啦，"太太下决断似地说，"正经些吧。你愿意就来，不过来了可不准胡闹。"

他没有回答。这时火车的汽笛响了，他连忙和大家吻别。轮到萝萨的时候，他拼命地找她的嘴唇亲；她呢，抿着嘴直笑，每一次都迅速地把头一歪，躲开他。他把她紧紧搂在怀里，但就是达不到目的，因为他手里握着长鞭子碍事；他一使劲，那鞭子就在姑娘背后讨厌地搅动个不停。

"前往鲁昂的旅客，请上车！"一个车站职员喊道。她们便上了车。

先是一声细长的哨子声；紧接着车头发出一声强有力的长鸣，呼呼地喷出第一股蒸汽；与此同时，车轮开始缓慢地、显然很费力地转动起来。

里维已经走出车站,然而他又跑回栅栏边,想再看萝萨一眼。当满载着人肉商品的那节车厢在他面前经过时,他开始甩着响鞭,一边蹦着,一边使足力气唱着:

> 我多么怀念哟,
> 我那肥胖的胳膊,
> 我那健美的大腿,
> 和我失去的青春!

这时,他看到一块白手绢挥动着,渐渐远去。

3

她们一直睡到下车,并且因为尽了良心上的义务而睡得十分安详。等她们回到家,她们个个精神饱满,体力充沛,足以胜任晚上的工作。太太不禁感慨道:"不管怎么说,我是早就想家了。"

她们匆匆吃过晚饭,换上作战服装,便恭候老主顾们上门。那盏小灯,点在圣母像前的那种小灯,已经点亮,通知过路行人:羊群已经回到了羊圈。

转眼间消息就传开了。怎样传开的,哪个人传开的,恕难奉告。银行家的儿子菲力普先生甚至好心好意地派专人去通知关在家里的图尔纳沃先生。

咸鱼腌制商每个星期日都有亲戚来家吃晚饭,这时正喝着咖啡,来了一个人,送来一封信。

图尔纳沃先生很紧张,拆开信封,脸色变得煞白。信里只有这样几个铅笔字:"装载鳕鱼的大船找到;船已进港;你的好生意。速来。"

他在几个口袋里摸来摸去,掏出二十生丁①赏给送信人。他脸一下子红到耳根,说:"我得出去一趟。"说着,他把那简练而又神秘的便

---

① 生丁:法国辅币,五生丁合一苏,一百生丁合一法郎。

条递给他妻子。他鸣铃,等女仆来了,对她说:"我的大衣,快,快,还有我的帽子。"他一走到街上就开始跑起来,还一边跑一边用口哨吹着曲子。他心急火燎,觉得路好像比平时长了两倍。

泰利埃公馆充满了节日气氛。楼下,从港口来的人吵吵嚷嚷,震耳欲聋。路易丝和弗洛拉简直不知应付谁是好,陪这个喝了,又陪那个喝。"一对唧筒"这个绰号,她们比以往任何时候都更当之无愧。四面八方都同时有人喊她们。她们已经应接不暇,这个晚上看来够她们辛苦的。

二楼那个小圈子的人九点钟就到齐了。商事法庭法官瓦斯先生是太太当仁不让的却又是柏拉图式的求爱者;他和她在一个角落里娓娓交谈;而且他们都面带笑容,仿佛有一份协议就要敲定。前市长普兰先生让萝萨骑在他的大腿上;她和他脸对着脸,正用她那双短小的手在这老头的白颊须里摸来摸去。一段赤裸的大腿从撩起的黄绸裙子下面露出来,横在他的黑呢长裤上;红袜子扎着蓝袜带,那是旅行推销员送的礼物。

高大的费尔南德躺在长沙发上,两只脚翘在税务官潘佩斯先生的肚子上;上半身靠在年轻的菲力普先生的坎肩上,右手搂住他的脖子,左手夹着一支香烟。

拉斐埃尔好像在跟保险代理人迪皮伊先生谈判,她用这句话结束商谈:"对,亲爱的,今天晚上,我乐意。"接着,她一个人跳着快速华尔兹舞步,绕客厅转了一圈,一边喊着:"今天晚上,你要怎样都行。"

门突然打开,图尔纳沃先生来了。立刻爆发出一片热烈的欢呼声:"图尔纳沃万岁!"还在旋转着的拉斐埃尔,正好撞在他的胸口上。他抓住她,把她使劲搂在怀里,二话不说,就把她像一根羽毛似的高高举起,穿过客厅,走到里面的那扇门口,在一片掌声中,带着他的活包袱,消失在通往卧房的楼梯上。

萝萨在挑逗前市长,不停地吻他,两只手同时押着他两边的颊髯,让他的脑袋保持笔直不动;她趁机利用这个榜样,说:"走,跟他一样。"老头儿听了站起身,整理了一下他的坎肩,跟随姑娘走出去,边走边把

手伸进放钱的那个口袋里摸索着。

只剩下费尔南德和太太陪着四个男人。菲力普嚷道:"我请大家喝香槟酒;泰利埃太太,叫人拿三瓶来。"费尔南德搂住他,凑近他的耳边央求他:"你去弹琴;我们跳舞好吗?"他便站起来,在沉睡在一个角落的那架上百年的斯频耐琴①前坐下;于是一支华尔兹舞曲,声音嘶哑、哭哭咧咧的华尔兹舞曲,从这乐器吱嘎作响的肚子里发出来。高个子姑娘搂住税务官,太太让瓦斯先生拥抱着,两对舞伴一边旋转一边接吻。瓦斯先生在上流社会跳过舞,起劲地卖弄着他的舞技;太太着了迷的目光望着他,目光像是在说:"同意"。这是比任何用语言做出的保证都慎重和甜蜜的"同意"。

弗雷德里克送来香槟酒。第一瓶酒的瓶塞"砰"的飞出去,菲力普先生就奏起一首四对舞的邀舞乐段。

两对舞伴按照上流社会的样子彬彬有礼、庄而重之地迈着舞步,装模作样,男的鞠躬,女的行屈膝礼。

---

① 斯频耐琴:十七十八世纪流行的一种长方形羽管键琴。

跳过舞就开始喝酒。图尔纳沃先生回来了,他心满意足,浑身轻松,容光焕发。他大声说:"我真不知道拉斐埃尔是怎么了。她今晚真是完美无缺。"后来,别人递给他一杯酒,他一饮而尽,还低声说:"见鬼,真阔气!"

菲力普先生紧接着又弹了一首快速波尔卡舞曲。图尔纳沃先生跟"犹太美女"带劲地起舞,他悬空抱着她,不让她的脚碰到地。潘佩斯先生和瓦斯先生再接再厉又跳起来。不时有一对舞伴跳到壁炉边停下,一咕嘟喝下一杯冒着气泡的香槟酒。这支舞大有没完没了的可能,要不是萝萨手里端着一个烛台,突然轻轻推开门。她头发蓬乱,趿着拖鞋,只穿内衣,情绪激动,脸色绯红,大嚷着:"我要跳舞。"拉斐埃尔问:"你的老头儿呢?"萝萨哈哈大笑:"他吗?他已经睡着了,他完了事马上就睡着了。"她拉起闲坐在沙发上的迪皮伊先生,波尔卡舞又开始了。

但是那几瓶酒已经喝光。"我请大家喝一瓶。"图尔纳沃先生说。"我也请大家喝一瓶。"瓦斯先生跟着说。"我也一样。"迪皮伊先生也说。大家都报以掌声。

事情就这么自然而然地组织着,越来越像个真正的舞会。甚至路易丝和弗洛拉也不时地匆匆跑上楼来,紧赶慢赶地跳一圈华尔兹舞,弄得楼下的客人很不耐烦;跳了一圈便大步流星地跑回咖啡馆,虽然兴犹未尽。

半夜十二点了,大家还在跳舞。有时一个姑娘不见了;大家找她跳四对舞的时候,突然发现男人也缺了一个。

"你们这是从哪儿来?"潘佩斯先生和费尔南德回来的时候,菲力普先生抓住他们开玩笑地问。"去看普兰先生睡觉,"税务官回答。这句话获得极大的成功;男人们都轮流带着这个或那个姑娘上楼去"看普兰先生睡觉"。而这天夜里姑娘们都随和得叫人难以想象。太太装作什么也没看见。她在角落里跟瓦斯先生密谈了很久很久,好像在解决一件已经谈妥的事情的最后细节。

最后,一点钟的时候,两位已婚男士,图尔纳沃先生和潘佩斯先生,说他们得告辞了,要付账。结果只算了他们香槟酒钱,而且是六个法郎

一瓶,而不是通常的价格十个法郎。见他们对这样的慷慨大方感到惊奇,太太满面春风,回答他们:

"难得一回有这么高兴嘛!"

蛋　糕[*]

为了不让人发现她的真实姓名，我们姑且叫她昂塞尔夫人吧。

她是身后拖着光尾的那些巴黎彗星中的一颗。她做诗写小说，有一颗富于诗意的心，而且美得让人心醉神迷。她很少接待人，除了那些出类拔萃的人物，也就是人们通常所谓的某某方面的泰斗。曾是她的座上客，变成一种尊称，一种真正智者的尊称；至少人们对于受到她的邀请是这么看重的。

她丈夫扮演的却是一颗暗淡的卫星的角色。做一个明星的配偶绝不是一件轻松的事；可是这一位想出了一个高招儿，就是创建一个国中之国，以便拥有他自己的价值，当然啰，是次要的价值。总之，他的妙法是，每逢他妻子招待客人的日子，他也接待朋友；这样他就有了专属于他的群众，这些人赞赏他，倾听他的高谈阔论，对他的注重程度比他光辉夺目的伴侣犹有过之。

他献身于农业，不过是办公室里的农业。这不值得大惊小怪，还有办公室里的将军哩，——那些坐在国防部圆形皮座椅上一直到死的人，不就是这种人吗？——还有办公室里的海军哩，到海军部去就能看到，——此外还有办公室里的殖民者，等等，等等。这里是说他研究过农业，而且研究得十分精深，是研究农业和其它科学，和政治经济学，和艺术的关系，——要知道，艺术是可以加上不同的调料来彻底利用的，不是连可怕的铁路桥梁也被称作"艺术工程"吗？总之，他达到了很高的境界。人们一谈起他总要说："此人了得！"《技术月刊》上经常提到他；由于他太太的周旋，他还被任命为农业部一个委员会的委员。

---

[*] 本篇首次发表于一八八二年一月十九日的《吉尔·布拉斯报》，作者署名：莫弗里涅斯。

这点小小的荣誉对他来说已经足够了。

他以节省开支为借口，在他妻子接待客人的日子邀请他的朋友，这样他俩的朋友就混在一起，不，不如说形成两组。夫人及其由艺术家、法兰西学院院士、部长等组成的随员，占用了一个以帝国时代风格陈设和装饰起来的长厅。先生总是和他的庄稼汉们退避于一间比较狭小的、平日当作吸烟室的房间；昂塞尔夫人挖苦地称之为"农业沙龙"。

这两个阵营壁垒分明。不过，先生倒并不嫉妒，他有时候还深入学院重地，跟他们热情握手；但学院派对农业沙龙却无比地轻蔑，很少会有哪位科学界、思想界或者其他什么界的头面人物肯于和庄稼汉为伍。

这些招待活动花费不大：一壶茶，一个圆形奶油蛋糕，就这些。起初，先生提出过要有两个奶油蛋糕，一个给学院派，一个给庄稼汉；可是太太英明地指出，这种做法似乎在标榜两个阵营、两个招待会、两个派别，先生也就没再坚持。因此还是只供应一个奶油蛋糕；先由昂塞尔夫人拿来礼遇学院派，然后再转送给农业沙龙。

然而，这个圆形奶油蛋糕却很快便成了学院派最感兴趣的注意目标。昂塞尔夫人从来不亲自切蛋糕。这个任务总是由这位或那位显赫的客人来承担。这个特别光荣因而也特别受欢迎的特殊职责，轮到每个人身上的时间有长有短；有时长达三个月，但不会再长了；有人还注意到，此项"切蛋糕"特权似乎还带来一系列其他的优越感：例如连说话都带着君王——或者不如说副王语调的优越感。

登上宝座的切蛋糕者，说话嗓门更高，语气明显是命令式的；女主人的百般宠幸，全让他独享了。

人们在私下里，躲在门背后说悄悄话的时候，把这些幸运儿称作"蛋糕宠儿"，而且每次宠儿的更迭都会在学院派里引起一场革命。刀就是权杖，蛋糕就是徽标；人们对当选者齐声祝贺。庄稼汉那一组的人从来没有切蛋糕的份儿。连先生本人也总是被排除在外，虽说他也能吃到一份。

先后切过奶油蛋糕的有几位诗人、画家和小说家。一位大音乐家精分细切了一段时间，后来一位大使接替了他。有时候，也会轮到一个虽不怎么出名，但是风度翩翩、举止得体的人，坐到这具有象征性的蛋

糕面前；这种人，在不同的时代，人们可以叫他真正的绅士，或者完美的骑士，或者花花公子，或者其他什么的。他们中的每一个人，在其短暂的统治期间，都会向做丈夫的表现出更大的敬意；下台的时刻来到时，他便把刀递给另一个人，自己则重新回到"美丽的昂塞尔夫人"的追随者和爱慕者的队伍中去。

　　这样的情况持续了很久很久；可是彗星的光芒不会永远那么耀眼。世界上的一切都会衰老。渐渐地，人们对切蛋糕的热情似乎在减弱；当托盘递给他们时，他们有时还显得有点犹豫；这个从前令人如此羡慕的职务，变得不那么诱人了；人们对这个职位不再那么眷恋，也不再那么引为骄傲了。昂塞尔夫人不惜对大家频施笑靥，倍加殷勤；唉，人们就是不再乐意切蛋糕了。由于新来者都敬谢不敏，那些"老宠儿"又一个个重新露面，就像被废黜的君主又被暂时推上王位。后来，应选人越来越少，少得几乎没有了。啊，真是奇迹，竟然整整一个月都由昂塞尔先生切蛋糕。后来他也好像是厌倦了；有一天晚上，人们看到昂塞尔夫人，美丽的昂塞尔夫人，在亲自操刀。

　　不过看来这活计让她厌烦之极，第二天，她再三央求一位客人，人家只得从命。

　　人们对这个象征真是太了解了，每到这时，大家都带着惊惶、难受的神情面面相觑。切蛋糕本来不算什么事，可是一旦获此宠幸而连带的种种特权现在却让人望而生畏了；因此，每当蛋糕端出来时，学院派们便纷纷溜到农业沙龙，好像要躲到始终笑容可掬的丈夫背后似的。

忧心忡忡的昂塞尔夫人一手端着奶油蛋糕，一手拿着刀，出现在门口时，所有的人都拥到她丈夫身旁，仿佛请求他的庇护。

又过了几年。再也没有人愿意切蛋糕了。可是出于根深蒂固的老习惯，那位仍然被人礼貌地称作"美丽的昂塞尔夫人"的女人，每次晚会时，都要用目光寻找一个忠诚之士来执刀，而每次在周围都会发生同样的骚动：一次旨在避免听到她即将说出口的建议而爆发的巧妙的大逃亡。为了逃亡，各种各样复杂而又机智的招数，发挥得淋漓尽致。

一天晚上，有人把一个非常年轻、天真无邪的小伙子介绍到她家里来。他对奶油蛋糕的秘密尚一无所知，因此当蛋糕出场，大家都溜之大吉，昂塞尔夫人从仆人手里接过那盘蛋糕的时候，这小伙子依然神情自若地站在她身边。

她也许以为他是了解这件事的，满脸堆笑，声音激动地说：

"亲爱的先生，能不能麻烦您把这个蛋糕切一下？"

他为有这种荣幸而感到高兴，忙献殷勤，脱下手套。

"啊，怎么说呢，夫人，真是太荣幸了。"

远处，在长厅的各个角落里，在庄稼汉房间敞开着的门里，人们伸着脑袋惊奇地看着。等看到新来者毫不犹豫地切好了蛋糕，大家便迅速围了过来。

一位诙谐的老诗人拍拍这位新门徒的肩膀，俯在他的耳边说：

"好样的，年轻人！"

大家好奇地注视着他，连那位做丈夫的也颇感意外。那年轻人呢，他因受到众人突如其来的尊重而感到惊异；他尤其不明白，何以女主人对他特别地亲切，明显地宠幸，而且对他表现出一种无声的感激之情。

不过看来他终于明白了。

他是在什么时候、什么地点得知真情的呢？没有人知道；不过当他出现在下次晚会时，他看上去心事重重，甚至有些害臊，老是不安地东张西望。吃茶点的时候到了。仆人走进来。昂塞尔夫人笑眯眯的，接过蛋糕，又用眼睛去寻找那个年轻朋友；可是他逃得那么及时，已经不见踪影。她就出去找他，终于在"庄稼汉"的房间里找到了他。他正挽着她丈夫的胳膊，神色惊慌地向他请教消灭葡萄根瘤蚜虫的方法。

"亲爱的先生,"她对他说,"能不能麻烦您切一下这个蛋糕?"

他的脸一下子红到耳根,脑子也蒙了,支支吾吾说不出话来。幸亏昂塞尔先生可怜他,转过身来对妻子说:

"亲爱的,您要是能不来打断我们,那就太好了;我们正在谈论农业上的事。让巴蒂斯特①去切您的蛋糕吧。"

从那天以后,再也没有哪位客人替昂塞尔夫人切她的圆形奶油蛋糕了。

---

① 巴蒂斯特:昂塞尔家的男佣。

菲 菲 小 姐[*]

普鲁士军队的少校指挥官冯·法尔斯贝格伯爵刚看完他的邮件，正仰坐在绒绣软垫的大扶手椅上，两只穿着长筒靴的脚搭在雅致的大理石壁炉台上。自从他三个月以前占用于维尔城堡以来，他的马刺已经把这壁炉台划出两条深坑，而且还在日复一日地掘进。

一杯咖啡在小独脚圆桌上冒着热气。细木镶嵌的桌面上有利口酒的污迹、雪茄烟烧过的焦痕，还有小摺刀刻画的印子。这位占领军少校削铅笔的时候，往往会停下来，随着他漫不经心的想象，用小摺刀在这件精美的家具上刻出些数字或图形。

他看完军邮上士刚给他送来的信件，浏览完德文报纸，站起身，往壁炉里扔了三四大块还没干的木柴（为了取暖，这些大兵正在成片地砍伐花园里的树），然后走到窗前。

窗外大雨滂沱。那是仿佛有一只手疯狂地往下泼水似的诺曼底的大雨，像幕布一样密实、犹如斜条纹墙壁似的大雨，酣畅淋漓、泥浆飞溅、淹没一切的大雨，俗称"法兰西尿盆"的鲁昂地区典型的大雨。

少校久久地望着被雨水浸透的草坪和远处已经漫溢的昂代尔河。他用手敲打玻璃窗，奏着一支莱茵河圆舞曲。忽然响起叩门声，让他转过身去。原来是他的副手冯·克尔魏因格斯坦男爵，论军衔相当于上尉。

少校是个巨人，肩膀宽阔，长长的扇形胡子像餐桌布似的铺在胸前。他高大魁梧的身材，令人联想到一只身着军装的孔雀，只不过把展开的尾巴伸到下巴上了。他那双蓝眼睛冷淡而又柔和；脸颊上有一道

---

[*] 本篇首次发表于一八八二年三月二十三日的《吉尔·布拉斯报》，作者署名"莫弗里涅斯"；同年收入同名中短篇小说集。

伤疤,是在奥地利战争中被马刀砍的。据说他是个正直的人,也是个正直的军官。

上尉则是个矮个儿,脸色通红,大腹便便,身体紧裹在军服里;火红的胡须剃光以后,在某种角度的光线照射下,仿佛脸上涂了一层磷。在一个放纵的夜晚,记不清他是怎么弄掉了两颗牙,因此说起话来含含糊糊,常叫人听不明白。他就像一个受过剃度的和尚,头顶光秃秃的;在这块光肉的周围长着浓密而又蜷曲的短发,像镀了金似的,闪闪发亮。

指挥官和他握握手,把那杯咖啡(这已经是早晨以来的第六杯了)一口气喝完,一面听他的下级报告值勤中发生的情况;然后,他们走到窗边,抱怨说这里的生活真没有乐趣。上校是个性格稳重的人,他在国内已有妻室,对一切尚能随遇而安。但是男爵上尉却根深蒂固是个爱耍贪欢的主儿,下流场所的常客,热衷于拈花惹草;三个月来困守在这偏远的岗位上,被迫过着清心寡欲的日子,他早就气急败坏。这时有人轻轻敲门,指挥官叫了声"进来",一个人,他的机器人似的士兵中的一个,推门进来;他无须说话,他的出现本身就是说:午饭准备好了。

他们在饭厅遇到三个军衔比较低的军官:一个中尉,奥托·冯·格罗斯林;两个少尉,福里茨·苏伊瑙堡格和威廉·冯·艾里克侯爵。后者是个头发金黄的小矮个儿,此人对士兵傲慢而又粗暴,对战败者残酷无情,性情暴烈得像一件装满火药的兵器。

自从他进入法国以后,同事们就不再直呼其名,而只叫他"菲菲小姐"了。给他起这样一个雅号,一是因为他身段优美,好像穿着一件女人的紧身胸衣;二是因为他刚开始长胡子,几乎还看不出来,显得皮肤白皙;三是因为他对人对事爱用法文表示轻蔑的短语"呸!呸!",不过说时总带着轻微的哨音,成了"菲!菲!"。

于维尔城堡的饭厅是一个长形的富丽堂皇的房间;古老的水晶玻璃镜全被打得弹痕累累;高高的弗兰德勒的壁毯都被马刀割成一条条的,有的地方还像穗子一样耷拉下来,那都是菲菲小姐闲得无聊时消遣的成绩。

饭厅的墙壁上挂着三幅主人家族的肖像:一个身披甲胄的战将、一位主教和一位法院院长,他们都抽着长长的瓷烟斗;另外还有一位胸部束得紧紧的贵夫人,在年深日久褪了色的镀金画框里翘着两大撇用木炭涂上的胡子。

在这惨遭破坏的房间里,军官们几乎都闷声不吭地吃着午餐。房间在大雨天里显得格外阴暗,它那吃了败仗的外表让人看了心寒,古老的橡木地板已经肮脏得像小酒馆的泥巴地。

他们吃完饭,就到了抽烟的时间,于是像往常那样,一面喝酒一面发起牢骚来。一瓶瓶白兰地和利口酒在他们手上传来传去;他们全都仰着身子坐在椅子上,小口小口地不停地喝着酒,嘴角一直叼着烟斗。烟斗的弯柄很长,末端是一个卵形的精制陶斗,涂着刺眼的彩釉,仿佛成心引诱霍屯督人①似的。

他们的酒杯一空,就用一个克制不住的动作再斟满一杯,尽管他们都已经疲惫不堪。不过菲菲小姐却总是把空酒杯掼碎,一个士兵马上递一个新的给他。

呛人的烟雾笼罩着他们;他们好像已经陷入昏昏欲睡的狼狈醉态,沉浸在以酒浇愁的人的郁闷的醉意里。

但是男爵忽然站起身来。他再也忍耐不住了,骂骂咧咧地说:"他妈的,不能再这样下去,得想点什么事儿来做才行。"

奥托中尉和福里茨少尉是两个极具德国人特征的德国人,沉闷而

---

① 霍屯督人:南非和纳米比亚西部的一个民族。

又严肃。他们追问:"您说什么,上尉?"

他思索了几秒钟,回答:"说什么? 我说应该组织个晚会,如果指挥官允许的话。"

上校从嘴里拿开烟斗,问:"什么样的晚会,上尉?"

男爵走到他身边,说:"一切由我负责好了,我的指挥官。我派'勤务'去鲁昂,让他找些姑娘来,我知道上哪儿可以找到。我们这儿准备一顿夜宵,反正什么也不缺。至少,我们可以开开心心地过上一个夜晚。"

冯·法尔斯贝格伯爵微笑着耸了耸肩膀,说:"您疯了,我的朋友。"

这时在座的军官全都站了起来,围着指挥官,央求道:"让上尉去办吧,指挥官;这儿实在太熬人了。"

上校终于让步了:"就这么办吧,"他说。男爵马上就叫人喊来"勤务"。那是个年老的士官,人们从未见他有过笑脸,但是他执行起长官的命令来,却有一股狂热的劲头,不管是些什么样的命令。

他打着立正,脸上毫无表情,听取男爵的指示,听完就走了出去。五分钟以后,一辆带油布顶棚的大型辎重马车,由四匹马拉着在倾盆大雨中疾驶而去。

一转眼工夫,他们的头脑清醒了许多,无精打采的坐姿振作起来,脸上也焕发出光彩。他们又聊起天来。

尽管大雨还在气势汹汹地下着,上校却肯定地说天色没有那么暗了,而奥托中尉也信心十足地宣布天即将放晴。菲菲小姐好像已经按捺不住了。他一会儿站起来,一会儿又坐下。他闪亮而又冷峻的眼睛又在寻找什么可以打砸的东西。突然,这金黄色头发的年轻人两眼盯住涂了两撇胡子的贵夫人,掏出手枪。

"你呀,这种事是不能让你看的。"说罢,他不离开座椅,就举枪瞄准。两粒子弹接连挖掉了画像的两只眼睛。

然后,他又嚷道:"咱们来炸地雷!"谈笑戛然而止,好像有一件更刺激更新颖有趣的事吸引了大家。

地雷,是他的发明,他的破坏方式,他最热衷的游戏。

古堡的合法业主费尔南·德·阿莫·德·于维尔伯爵逃难的时候，除了把一些银器塞进墙洞，什么也没有来得及运走，什么也没有来得及隐藏。他富甲一方，又喜好奢华，因此他那个跟餐厅有一门相通的大客厅，在他仓皇逃走以前就像是博物馆的展览大厅。

墙壁上挂满名贵的油画、素描和水彩画；台子上、架子上和精美的玻璃橱里有无数摆设：大瓷花瓶、小雕像、萨克森瓷人、中国和日本瓷人、古代象牙雕刻以及威尼斯玻璃艺术制品，这宽敞的大厅可谓满目珍宝，无奇不有。

可是这一切现在已经所剩无几了。倒不是遭到了劫掠，那是冯·法尔斯贝格伯爵上校绝对不会容许的；而是因为菲菲小姐时不时地要炸一次地雷。逢到这样的日子，军官们也确实能开心个三五分钟。

矮小的侯爵到客厅去找他必需的材料；他找来一个玫瑰红釉的小巧玲珑的中国茶壶。他往茶壶里装满炸药，再从茶壶嘴小心翼翼地塞进一根长长的火绒。他燃着火绒，连忙带着这个罪恶的机器跑进隔壁的大厅。

他很快又急忙跑回来，把门关上。在场的德国军官都站在那里静候其变，脸上露出孩子般的微笑。爆炸轰然震动了古堡；他们立刻争先恐后冲向现场。

菲菲小姐一马当先。他在一座焙烧黏土做的维纳斯雕像前发了疯似的拍手称快，因为这一次他终于炸掉了维纳斯的头。每个人都捡起几块碎瓷片，欣赏着奇形怪状的缺口；研究着这一次爆炸造成的破坏，分辨哪些破损是上一次的成绩,并且还为此展开了争论。少校用慈父般的目光看着这惨遭尼禄①式的霰弹破坏、遍地都是艺术品碎片的大厅。他第一个走出来,一边走一边满意地宣布:"这一次,干得很成功。"

但是龙卷风似的硝烟涌进餐厅,和原有的雪茄烟雾混合在一起,叫人喘不过气来。指挥官打开窗子;回来喝最后一杯白兰地的军官们也都围到窗前来。

潮湿的空气扑进室内,夹带着一股雨水的微尘撒在他们的胡须上,还送来一股泛滥的河水的气味。他们望着在瓢泼大雨下不堪重负的大树,望着被低沉的乌云倾泻下来的大雨笼罩着的辽阔的山谷,望着大雨中像一个灰色的针尖一样屹立着的教堂的钟楼。

自从他们来到这里,那钟楼就再也没有敲过钟。这还是入侵者在这一带遇到的仅有的反抗:钟楼的反抗。本堂神父在供应普鲁士军人吃住上,从来没有拒绝过;他甚至有几次还应敌军指挥官的邀请喝一瓶啤酒或者波尔多葡萄酒。指挥官也经常找他充当友好的居间人。但是,要他敲一下钟,那是绝对办不到的,他宁可被枪毙。这是他抗议侵略者的方式,和平的方式,沉默的方式,用他的话说,这是主张温和而非流血的传教士唯一可行的抗议方式。在十法里方圆内,人人都赞扬尚塔瓦纳神父的坚定和勇敢,因为他让他的教堂顽强地保持沉默,以此来公开哀悼国土的沦丧。

在他的反抗精神鼓舞下,全村人都下定决心,不管遇到什么危险,都要对他们的神父支持到底,因为他们把这沉默的抗议视为捍卫民族荣誉的壮举。在乡亲们眼中,他们这样做,对祖国的贡献比贝尔福和斯特拉斯堡②还大,他们树立了同样壮烈的榜样,他们这个小村子会因此而名垂青史。当然啰,除此之外,他们不会拒绝战胜的普鲁士人的提出的任何要求。

指挥官和他手下的军官们,对这无害的勇敢都付之一笑;何况当地

---

① 尼禄(37—68):古罗马皇帝,以暴虐出名。
② 贝尔福和斯特拉斯堡:法国东北部地名,普法战争时法军曾在这两处英勇抵抗普鲁士入侵者。

人对他们都表现得既殷勤又顺从,他们也就乐得对这无声的爱国主义视若无睹。

只有矮子威廉侯爵曾经希望强令敲钟。他的上司对传教士的明智的宽容,让他火冒三丈;他每天都央求指挥官,让他去丁丁当当敲一次,哪怕就敲两下,给大伙儿乐乐也好。为了说服指挥官,他甚至施展出母猫般的温柔、女人般的甜言蜜语、甚至做出想要点什么就想得发狂的情妇般的嗲声嗲气;无奈指挥官就是寸步不让。于是菲菲小姐只好炸"地雷"聊以自慰。

这五个男人扎堆儿站在那里,呼吸着潮湿的空气,足有五分钟的光景。最后还是福里茨中尉开了口,他笑了笑,口齿不清地说:"车(这)些小姐,车(这)次出门肯定砍(赶)不上好天刺(气)了。"

随后,大家就分手,各自去干各人的事。上尉要准备晚餐,还有一大堆事情要做呢。

当他们天黑时又聚在一起,看到每个人都像大阅兵的日子里一样作了精心的打扮,神采抖擞,他们不禁大笑起来。他们都头发油光锃亮,浑身香水扑鼻,满脸容光焕发。指挥官的头发似乎也不像早晨那样灰白了;上尉的脸刮得光光的,只留下一撮小胡子,仿佛鼻子底下的一支火苗。

尽管雨还在下,他们仍旧把窗户大敞四开,不时地还有人走过去听听动静。六点十分,男爵说他听见远处有隆隆的车轮声。大家都冲到窗边。不久,果然大车逐渐驶近,四匹马依然在飞奔,泥浆一直溅到背上,身上冒着热气,气喘吁吁。

五个女人在台阶前下了马车。那是五个长得很标致的窑姐儿,是拿了上尉的名片去找他的一个朋友,由这位朋友亲自精挑细选出来的。

她们很爽快地就答应了,因为她们相信报酬肯定会很丰厚;再说,她们尝试跟普鲁士人打交道已经三个月了,深知他们的为人,何况她们无论对人还是对事又总是逆来顺受的。"既然干了这一行,也只能这样。"她们一路上一直这样对自己说,大概是为了回答仅剩的良知在暗中的自我责问吧。

她们立刻走进餐厅。灯光齐明,餐厅横遭破坏的景象更显得凄惨。桌上摆满的肉食、贵重餐具和墙洞里找到的业主隐藏的银器,让这个地方看上去就像强盗结伙抢劫归来吃夜饭的小酒馆。上尉眉飞色舞,他像对待使唤惯了的家常用品似的,把这帮女人都拉到自己身边,挨个儿地审视她们,吻她们,闻她们,拿衡量妓女特有的标准估计她们的价值。那三个年轻军官想每人挑一个走,遭到他的严厉反对;他要保留分配权,按照军衔的高低,公正无私地分派,以免乱了等级的分际。

于是,为了避免争执、避免让人疑心有任何偏袒,他叫她们按个子高矮站成一排,然后用下军令的口气问最高的一个:"你的名字?"

她扯着嗓子回答:"帕梅拉。"

于是他宣布:"第一号,帕梅拉,包给指挥官。"

然后,他拥吻第二号布隆迪娜,表示归他本人所有。他把胖姐阿芒达献给奥托中尉,把"西红柿"夏娃赏给福里茨少尉。他把她们中最矮的拉歇尔分给了军官中最年轻的,也就是瘦弱的威廉·冯·艾里克侯爵。拉歇尔是个非常年轻的棕发女郎,眼睛黑得像两滴黑墨,这犹太姑娘的翘鼻子表明,她那个种族的人全是鹰钩鼻的规律还有待确认。

此外,她们长得都很漂亮、很丰满,相貌没有什么明显的差异;由于每天操皮肉生涯,在妓院里过着大同小异的生活,她们的身段和皮肤都几乎一模一样。

三个年轻军官,借口给她们找刷子和肥皂,让她们好好梳洗一下,企图立刻把自己分到的女人带到楼上去。但是上尉明智地加以反对,说她们很干净,完全可以上桌吃饭,而且上楼的人完了事,下楼来一定希望换个姑娘,就会把不上楼的几对打乱。他的经验之谈占了上风。在好戏上演以前,大家只是接了很多的吻。

突然,拉歇尔感到透不过气来,咳得眼泪直流,鼻孔冒烟。她没有生气的表示,也没有吭一声,但是她凝视着她的占有者,黑眼睛的深处已经升起一股怒火。

大家都入了座。指挥官好像也兴致勃勃,让帕梅拉坐在他右边,布隆迪娜坐在他左边。他一面打开折好的餐巾,一面说:"你这个主意真是太好了,上尉。"

奥托中尉和福里茨中尉仿佛在跟上流社会的贵妇淑女相处似的彬彬有礼,反倒让身边的两个女人受宠若惊。不过冯·克尔魏因格斯坦男爵素有贪酒好色的邪僻,此刻正如鱼得水,满面春风,说了许多不堪入耳的话。他头上生着一圈红色的短发,就像着了火似的。他用莱茵河的法语大献着殷勤;他说的那些下流酒馆里流行的恭维话,从缺了两颗牙的窟窿里冲出来,伴随着飞溅的唾沫星,喷向两位女士。

不过,她们一句也听不懂。只有在他吐出那些淫词秽语的时候,她们才似乎开一点儿窍,尽管他的发音怪声怪调。这时她们疯狂地大笑起来,一头倒在身边男人的肚子上,一边学着男爵的话。见此情景,为了引她们说淫秽的话,男爵索性故意说得荒腔走板,她们也就跟着鹦鹉学舌。她们放肆地胡言乱语,因为刚喝下几瓶酒,她们已经烂醉如泥。她们露出了本来面目,向积习大开方便之门,一会儿拥吻右边的男人,一会儿拥吻左边的男人,拧他们的胳膊,发出阵阵狂笑,无论谁的酒端起来就喝,还扯着嗓子唱了几支法国歌和同敌人厮混学来的一鳞半爪的德国歌。

女人的肉体就摆在鼻子底下,唾手可得,男人们也很快就陶醉了;他们都像发了疯似的,大喊大叫,狂砸餐具;而在他们身后,面无表情的士兵们照旧伺候着他们。

只有指挥官一个人还能保持着克制。

菲菲小姐已经把拉歇尔搂过来坐在自己膝上;他也很兴奋,虽然表情冷峻。他时而疯狂地亲吻垂在她脖子上的乌木般黑亮的鬓发,把鼻子伸进她的连衣裙和皮肤之间的薄薄空隙,嗅她温暖香甜的肌肉和整个身体发出的气味;时而在狂乱的兽性和破坏的欲望驱使下,隔着衣服狠命地拧她,痛得她直叫喊。他把她搂在怀里,紧紧地挤压她,好像要把他和自己融为一体似的;他还把自己的嘴唇久久地摁在犹太姑娘的娇嫩的嘴上,吻得她几乎要窒息;突然,他又使劲地咬她,咬得年轻女子鲜血直流,流到下巴颏上,滴到连衫裙的胸口上。

她再一次瞪了他一眼,一边捂着伤口,一边咕哝道:"这笔账,你是要还的。"他笑了起来,那是残酷无情的笑。"我是要还的。"他说。

该吃餐尾甜点了;每个人都斟满了香槟酒。指挥官站起来,用他敬祝奥古斯塔皇后贵体健康时的语调,提议:

"为在座的女士们干杯!"于是一连串的祝酒词开始了。大兵和醉鬼的故作风雅和淫秽的插科打诨一应俱全;而那些下流话由于对方听不懂就显得格外粗鲁。

他们一个接一个站起来,搜索枯肠,极尽滑稽可笑之能事;至于那些女士,已经醉得东倒西歪,眼神恍惚,嘴唇不听使唤,还每一次都为之拼命鼓掌。

上尉大概想为这场狂饮纵乐增添一点风流多情的色彩,他再一次举杯,提议:"为我们征服女人的心干杯!"

接着,奥托中尉,这只黑森林的大熊,也站起身来;满肚的烈酒已经烧得他昏头涨脑。酒精突然激起他一阵爱国主义热狂,他大声叫喊:"为我们征服法兰西干杯!"

女士们尽管已经醉醺醺的,却不约而同地哑口不语。拉歇尔更是气得发抖,转过身去对他说:"得啦,我见过一些法国人,在他们面前你就不敢这么说。"

这时矮个子侯爵仍旧把她抱在怀里。他笑了起来;喝了酒,他变得开心些了:"哈!哈!哈!我,可从来没有见过这样的法国人。我们一到,他们早就逃命啦!"

那姑娘怒不可遏,冲着他的脸大喊:"你撒谎,下流坯!"

就像他凝视用手枪射穿的那些油画一样,他用那双浅色的眼睛瞪了她一会儿,然后冷笑着说:"哈!哈!那么,美人儿,咱们就谈谈你说的法国人吧!他们要是勇敢,我们现在还能一块儿在这里吗?"他越说越起劲。"我们是他们的主子！法兰西属于我们！"

她猛然从他的怀里挣脱出来，坐回自己的椅子上。他站起身，把酒杯一直伸到餐桌中央，连声高呼："法兰西和法国人，法兰西的树林、田野、房屋，都属于我们！"

其他几个男人都已经酩酊大醉，也突然在一股战争狂热、一股野蛮精神的刺激下，抓起酒杯嚎叫："普鲁士万岁！"然后把杯中的酒一口气喝光。

姑娘们没有抗议；她们恐惧极了，不得不保持沉默。连拉歇尔也没有吭声，因为她无言以对。这时，矮个子侯爵又斟满一杯香槟酒，把杯子搁在犹太姑娘的头顶上，喊道："法兰西的女人，也都属于我们！"

拉歇尔猛地站起来，水晶酒杯立刻翻倒，黄澄澄的香槟酒像施洗礼一样全都泼在她的乌发里，杯子掉在地上摔个粉碎。她嘴唇直颤，眼睛瞪着这个仍然在讪笑的军官，用愤怒得有些哽噎的声音，咕咕哝哝地说："这，这，这个嘛，不可能，哼，你们得不到法国女人。"

为了耍笑个尽兴，他坐下来，竭力模仿巴黎人的口音说："她很好，很好。可是，我的小宝贝，你上这儿来干什么呀？"

她目瞪口呆，先沉默了一会儿，因为她心烦意乱，没有听清他说什么；等明白了他的意思，她勃然大怒，没鼻子没脸地冲他嚷道："我！我！我不是女人，我，我是个娼妓；普鲁士人需要的就是这个。"

她还没有说完，他就抡起胳膊扇了她一个耳光。不过，当他又抬起手的时候，气急败坏的她从桌子上抄起一把切甜点用的银刃刀，事情来得突然，起初谁也没看出什么，她已经向他的脖子刺去，正好刺中他胸口上方那个凹陷的部位。

他正在说的一句话被半截切断在喉咙里；他一动不动地大张着嘴，流露出令人恐怖的目光。

在场的普鲁士人全都惊呼起来，一团混乱地站起身；这时拉歇尔抄起自己的椅子向奥托中尉的腿上砸去，中尉扑通倒在地上，她便趁敌人还没来得及抓住她，翻到窗外，冒着依然倾泻的大雨，冲进漫漫的黑夜。

两分钟以后，菲菲小姐死了。福里茨和奥托拔出手枪，想打死剩下的几个跪在地上苦苦求饶的女人。少校好不容易才阻止了这场屠杀，让人把这四个已经吓掉了魂的女人关进一个房间,由两个士兵看守。然后,他就像部署士兵进行一场战斗一样,组织追捕那个逃跑的女人,相信一定能抓住她。

五十名士兵在威逼恫吓之下,被调往大花园。另外两百人被派去搜查树林和山谷里的所有人家。

餐具顷刻间被撤去,餐桌变成了灵床。四个军官态度严肃,酒已经醒了,带着执行作战任务的军人的冷酷表情,一直站在窗前,向夜色中张望。

瓢泼大雨还在继续。无休无止的哗哗的雨声充满了黑夜。天上落的水,地面流的水,滴下的水和涌出的水,汇成一片流动的潺潺水声。

突然传来一声枪响,接着从很远的地方又传来一声;四个小时的时间里,就这样时不时地听到远远近近的枪声,集合的喊声,以及喉音浓重的古里古怪的叫嚷声,像是在互相吆喝。

天亮时,派出去的人回来了。两名士兵被打死,三名士兵被打伤,都是自己人在逐猎的狂热中和夜间追捕的慌乱中干下的蠢事。

却没有找到拉歇尔。

对居民的恐怖镇压旋即开始。他们的住宅被翻个底朝天,七乡八镇都被踏遍、扰遍、搜遍。那犹太姑娘就好像没有留下丝毫走过的痕迹。

将军得到报告后,下令对此事不得声张,以免在军中树立一个恶劣的榜样。他给予指挥官军纪处分;少校又惩罚了他的下级。将军批评说:"我们打仗可不是为了寻欢取乐,哄窑姐儿。"冯·法尔斯贝格伯爵恼羞成怒,决定对当地人进行报复。

为了找个借口,以便毫无顾忌地大肆镇压,他让人把本堂神父找来,命令他在为冯·艾里克侯爵下葬的时候敲钟。

完全出乎他意料之外,传教士十分顺从,非常谦恭,甚至诚惶诚恐。当菲菲小姐的尸体由几名士兵抬着,前后左右都由荷枪实弹的士兵护送着,离开于维尔城堡前往墓地的时候,教堂的那口钟第一次重新敲响了,不过敲的虽是丧钟,节奏却是那么轻松愉快,好像有一只友爱的手在亲切地抚摸着它似的。

晚上钟又敲响了,第二天也敲,从此每天都敲,而且你叫它怎么敲它就怎么敲。有时甚至半夜里,它也自动摇荡起来,在黑暗中发出两三下轻柔的响声,就好像它不知为什么突然醒来,按捺不住自己莫名其妙的喜悦。乡亲们都说它一定是中了邪;除了本堂神父和圣器室管理人,再也没有人敢走近那钟楼。

其实是一个可怜的姑娘藏在钟楼上,过着焦虑和孤独的生活,只有这两个人偷偷给她送来饮食。

她在那里一直隐藏到德国军队离开。然后,一天晚上,本堂神父事先借来了面包铺老板的有长凳的载人马车,亲自把这个女囚徒恭送到鲁昂城门口。到了那里,传教士和她拥吻告别;她下了马车,快步走回妓院。老板娘还以为她早就死了呢。

不久以后,一个没有偏见的爱国人士,起先受了她的英雄行为感动,进而又爱上了她本人,帮她向妓院赎了身,娶她做了妻子,使她成为一个和世上的许多别的夫人同样令人尊敬的夫人。

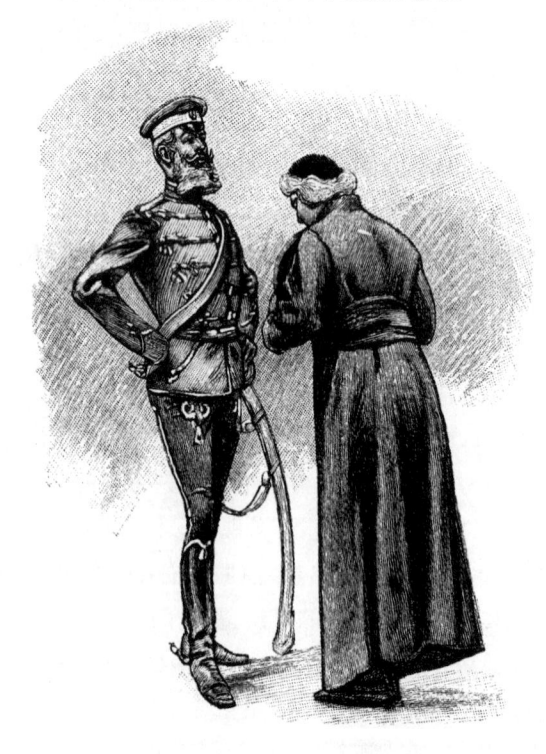

瞎　子*

看到初升的太阳我们何以会感到如此欣喜？那普照大地的阳光何以会让我们充满生活的幸福？天空是蔚蓝的，田野是碧绿的，房舍是洁白的；我们愉悦的双眼畅饮这些鲜艳的色彩，又把它们化为我们心灵的欢乐。于是我们萌生出强烈的欲望，想尽情地舞蹈、奔跑、歌唱，体味精神上的轻松愉快、内心的博大的爱；我们简直想拥抱着太阳吻它一下。

但是门洞底下那些生活在永恒黑暗里的瞎子，却对这一切无动于衷；他们置身于新的快乐之中，但莫名其妙，所以总是静静地待在那里，只不时地吆喝着他们那老想撒撒欢的狗，叫它们安分点儿。

白天过去了，他们就搀着小弟弟或小妹妹的胳膊回家。如果那孩子说："今天的天气真好啊！"瞎子会回答："我觉出来了，今天天气好，因为鲁鲁①不肯老实待着了嘛。"

我认识一个瞎子，他受尽磨难的生活是那么残酷，一般人根本无法想像。

他是乡下人，一个诺曼底农场主的儿子。父母在世的时候，好歹总算有人照看他，他痛苦的只是他那可怕的残疾；可是自从两老去世，悲惨的人生就开始了。有个姐姐收留了他，农场里的人都把他当作靠他们吃饭的穷鬼，每顿饭都怪他吃得太多，叫他懒汉、饭桶。他姐夫霸占了他那份遗产，却连汤也舍不得给他多喝一口，只给他不至于饿死的那么一点。

他面如土色，两只灰白的大眼睛就像两块糊信封用的小面团。他遭到辱骂时总是毫无反应；他是那么能够隐忍，别人甚至无法知道他是

---

* 本篇首次发表于一八八二年三月三十一日的《高卢人报》。
① 鲁鲁：狗的名字。

否感觉到挨了骂。再说,他也从来没有尝到过疼爱的滋味,母亲不喜欢他,对他总是有点儿凶巴巴的。因为在农村,没有用就等于有害,母鸡会把它们中间有残疾的就把它啄死;必要时,乡下人也完全会这样干。

喝完汤,夏天他就到大门口去坐着,冬天他就待在壁炉边,直到天黑,不再动弹。他手不动,脚也不挪;只有他的眼皮,受某种神经性的疼痛的骚扰,会偶尔垂下来盖住两个灰白的眼珠。他是不是有智力,有思想?是不是对自己的生活有清楚的意识?谁也没有想过这些问题。

一些年以来,情况就是这样。可是,由于他什么事也不能做,再加上他对什么都无动于衷,久而久之惹恼了他的亲戚们,就这样他成了受气包,成了任人戏弄的小丑,成了他周围那些大老粗发泄他们天生的兽性和野蛮的乐趣的牺牲品。

他双目失明让人想到的残忍的恶作剧,都被想象出来了。为了让他为所吃的东西付出代价,他的几顿饭成了邻居们开心而这残疾人受罪的时刻。

附近几户农民也都来参加这种消遣;他们一户传一户,这个农场的厨房里每天都挤得满满的。有时他们把一只猫或者一只狗放在饭桌上,他喝汤的盘子前面。那动物凭它的本能嗅出这是个残疾人,便慢慢地走过去,不声不响地吃起来,有滋有味地舔起来;万一咂舌时发出一点响声,引起那可怜虫的注意,它就会小心地走开,躲避他朝它的脸胡乱抡来的汤匙。

这时候,挤在墙边的观众就开怀大笑,你推我搡,还连连跺脚。而他呢,总是一声不吭,又用右手吃起来,同时把左手伸到前面护着他的汤盘。

有时候他们会弄些瓶塞子、木头、树叶甚至垃圾让他嚼,他也分辨不出来。

后来,人们连玩笑也开腻了;他姐夫因为老这样养着他,气急败坏,就打他,不停地扇他耳光;看他躲躲闪闪甚至还想举手还击时那瞎费力气的样子,真是好笑。从此又有了新的玩法:扇耳光。那些农工、杂工、女佣,高兴起来就给他一巴掌,打得他眼皮直眨。他不知该往哪儿躲,只好不停地伸出两只胳膊,防着有人接近。

最后,人们又逼他去要饭。赶集的日子,他被带到大路边;听见脚步声或者车轮声,他就伸出帽子,结结巴巴地叫喊:"求求您,行个好吧。"

可是乡下人是不喜欢乱花钱的,要了几个星期,他一个苏也没带回来。

对他的憎恶简直到了既强烈又残酷的程度。请看他是怎么死的。

有一年冬天,地面被积雪覆盖,天寒地冻。可是他姐夫还是一大早就把他带到很远很远的一条大路上乞讨。他把他一整天都撂在那里;到了晚上,他当着众人的面说没有找到他。然后他又说:"算了吧!用不着担心,一定是有人见他冷把他带走了。没错!丢不了。明天早上他准会回来喝汤的。"

可是第二天,他并没有回来。

原来瞎子等了又等,等了好几个钟头,冷得实在受不住,感到自己快要冻死了,就开始往回走。路埋在大雪下面,何况他也看不见,只能连蒙带撞地瞎走,掉在沟里又爬起来,始终一声不吭,想找到一个人家。

不过刺骨的严寒冻得他渐渐麻木了,两条腿软得再也支持不住他的身体了。他在莽莽原野中坐下。他再也没有站起来。

鹅毛大雪不停地下着,盖在他身上。他僵硬的身体在越积越高的雪下消失了；没有一点儿痕迹标明尸体所在的地点。

他家里的人花了一个星期的时间故作姿态地到处打听他的消息，到处找他。他们甚至还哭了几声。

那年的冬天十分寒冷，解冻也很迟。一个星期日，乡里人去教堂望弥撒，发现一大群乌鸦在平原上不停地盘旋，然后像一阵黑色的雨点一般扎堆儿扑向同一个地方，一会儿飞走，一会儿又飞回。

接下去的一个星期，这些不祥的鸟儿还在那里。天空像飘着一片乌云，似乎天涯海角的乌鸦都聚集到这里来了；它们连声大叫着落在银光闪烁的雪地上，在上面布下古怪的斑点。它们在一个劲地搜寻什么。

一个小伙子走过去看看它们究竟在干什么，这才发现瞎子的尸体，已经支离破碎，被吃掉一半了。他那双无光的眼睛已经没有了，让贪婪的长喙啄走了。

现在我每逢阳光灿烂的日子感到心情愉悦的时候，脑海里就不禁浮现出这段凄惨的记忆，不无伤感地想到这个瞎子：他在人世上是那么运乖命苦，他的惨死在所有认识他的人看来反倒是一种解脱。

我的舅舅索斯泰纳*

献给保尔·吉尼斯蒂①

像世上许多人一样,我的舅舅索斯泰纳是个自由思想家,一个因愚昧无知而成为的自由思想家。有人笃信宗教,也往往是由于同样的缘故。一看见神父,他就愤怒得令人难以置信,又是挥拳相向,又是用手指做牛角状②,还趁对方看不见摸摸某种铁器。其实这已经是一种信仰,对毒眼的信仰。对于各种各样莫名其妙的信仰,世人不是全盘接受,就是断然拒绝。而我呢,我也是个自由思想者,或者说,人类因为怕死而发明出来的一切教义,我都深恶痛绝。可是我并不仇恨圣堂寺院,不管它们是天主教的、使徒教派的、罗马教会的、新教的、俄罗斯东正教的、希腊正教的、佛教的、犹太教的,还是伊斯兰教的。再说,评价和解释这些寺院,我有自己的方式。一座寺院,是对未知的崇敬。思想越扩大,未知就越缩小,寺院也就越不稳固。不过,我要在寺院里放上些望远镜啦、显微镜啦、发电机啦,用来代替香炉。就是这么回事!

我舅舅和我几乎在所有问题上都意见分歧。他是爱国者;我呢,我不是,因为爱国主义,这也是一种宗教。它是战争的祸根。

我舅舅是共济会会员。我呢,我公开宣称共济会员比那些虔信的老太婆还要愚蠢。这是我的看法,而且我仍然坚持这种看法。如果非得有一个宗教的话,在我看来那个最古老的也就够了。

---

* 本篇首次发表于一八八二年八月十二日的《吉尔·布拉斯报》;一八八四年收入中短篇小说集《隆多利姐妹》。

① 保尔·吉尼斯蒂(1855—1932):记者,通俗喜剧作家,风俗小说家。

② 一种嘲笑和侮辱人的动作。

其实这帮傻瓜不过是在效仿神父们。他们用三角①代替十字作为标志。他们也有教堂,管它叫"会所",有一大堆不同的仪式:苏格兰仪式啦,法兰西仪式啦,大东会仪式啦,尽是些笑死人的无聊的玩意儿。

再说,他们要做什么呢?挠挠手心,表示互相帮助。我倒看不出这有什么坏处。他们只是把基督教"你们要互相帮助"的格言付诸实践罢了。唯一的区别,就是挠不挠手心。不过,借一百苏给一个穷鬼,犯得上搞这么多繁文缛节吗?把布施和援助视为义务和职责的教会中人,总在他们的书信开头写下J.M.J.②三个字母。共济会员在他们的名字末尾点三个点儿。哥儿们,半斤八两!

我舅舅总是回答我:"我们正是祭起宗教来反对宗教。我们以自由思想作为消灭教权主义的武器。共济会是一座堡垒,任何想要拆除神坛的人都可以加入。"

我则反驳说:"可是,我的好舅舅(在心里我却说着:'老糊涂'),我要责备你们的正是这一点,你们不去摧毁,而是在组织竞争;这样只是压低了价格,如此而已。再说,如果你们只允许自由思想者参加你们的队伍,倒也罢了;但是你们却来者不拒。你们中间有大量的天主教徒,甚至一些教权派的头目。庇护九世当上教皇以前也是你们的人。如果你们把这样拼凑起来的结社称作反教权主义的堡垒,我看你们的堡垒呀,也未免太脆弱了。"

我舅舅听了眨眨眼睛,补充道:"我们真正的行动,最可怕的行动,在政治方面。我们是在持之以恒、稳扎稳打地摧毁着君主政治的精神。"

这一下,我禁不住叫了起来:"啊!是的,你们都是些机灵鬼!如果您对我说共济会是个选举工厂,这我同意;如果您对我说它是诱导人们投票给各种色彩候选人的机器,我也决不否认;如果您对我说它没有别的功能,除了欺骗善良的民众,把他们征集来,像送士兵上火线一样把他们推向投票箱,我也会赞同您;如果您对我说它对一切野心家来说都是有用的,甚至是不可缺少的,因为它把每一个会员都变成了选举干

---

① 三角:共济会以分规、曲尺和书本构成的向上正三角形为象征符号。
② J.M.J.:即耶稣-马利亚-约瑟的缩写。

事,我会向您大声疾呼:'这再清楚不过了!'但是,如果您硬要对我说它在摧毁君主政治的精神,我可就要当面笑话您了。

"请您稍微仔细地瞧一瞧这个庞大而又神秘的民主结社吧。它在法国帝国时代的大导师是拿破仑亲王;在德国的大导师是皇太子;在俄国的大导师是沙皇的弟弟;汉伯特国王,威尔斯亲王,世界上所有戴冠冕的脑袋,都是它的成员呢!"

这一次舅舅凑在我的耳边悄声说:"的确是这样,不过所有这些王侯都在不知不觉中为我们的计划服务。"

"是互相服务吧,对不对?"

我在心里补充道:"一群傻瓜!"

看看索斯泰纳舅舅怎样邀请一个共济会会员吃饭,那才有意思呢。

他们见了面,就神秘兮兮地用各种触手的动作交换暗号,简直可笑极了。我要是想惹舅舅发火,只消提醒他,狗也有一套和共济会一模一样的互相识别的方法呢。

然后,舅舅把这个朋友领到角落里,就像有什么重大的事情要泄漏给他似的;他们隔着桌子相对而坐,不论是互相审视,彼此观察,还是交杯换盏,他们都有一套特殊的方式,眼睛一眨一眨的,仿佛在不停地说:"咱们是自家人,对不?"

一想到世上有好几百万人这样装腔作势而又乐此不疲,真让人受不了!我宁愿做耶稣会的会士。

赶巧,在我们这座城市就有一个年老的耶稣会士。他是我舅舅索斯泰纳的眼中钉。每次遇见他,哪怕只是远远瞅见他,我舅舅也会念念有词:"坏蛋,滚开!你瞧吧,这混账东西总有一天会来害我。我感觉得出来。"

我舅舅果然言中了。下面就是这桩意外事故的始末,只不过肇事人是我。

圣周①临近了。我舅舅打算在星期五组织一次肉食晚餐,一顿像样的晚餐,会有安杜依灌肠和猪肉灌肠。我极力反对,说:"那一天我

---

① 圣周:复活节前的一个星期。

会照常吃荤,不过我是独自一人,在自己家。您搞这种示威,很愚蠢。为什么要示威呢？别人不吃肉,碍您什么事？①"

可是我舅舅很坚决。他邀请了三个朋友到本城最好的一家饭店进餐；因为是他买单,我也就不再拒绝参加这场示威。

我们四点钟在生意最火的佩内洛普咖啡馆占据了一个显眼的位置；我舅舅索斯泰纳声音洪亮地谈论着我们点的菜。

六点钟开始上菜,十点钟我们还在吃；我们五个人喝了十八瓶优质葡萄酒,外加四瓶香槟酒。这时,我舅舅提议搞他所谓的"大主教巡访"。每人面前有六个小酒杯,摆成一排,斟满不同的利口酒；他们必须在数到二十以前一杯杯喝完这些酒。这很傻,但我舅舅索斯泰纳却觉得很"应景"。

十一点钟,他已经烂醉如泥,只得雇车把他拉回家,扶他上床睡下。他这次反教会示威,看来注定要演变为一场可怕的消化不良了。

我也醉了,不过醉得开心；在返回住所的路上,我脑子里突然闪出一个不够信义、但却能完全满足我的怀疑主义本能的念头。

我正了正领带,做出一副难过的表情,像发了疯似的拉响那位老耶稣会士的门铃。他耳背,让我好等。后来我用脚狠踢,房子都摇晃了,他才终于在窗口探出戴着睡帽的脑袋,问："找我有什么事呀？"

我大声疾呼："快,快,尊敬的长老,给我开门；有个已经绝望的病人一定要请您去做圣事！"

那可怜的老头儿立刻套上一条裤子,道袍也没穿好,就跑下楼来。我上气不接下气地告诉他,我的自由思想家舅舅突然感到很不舒服,看来要生一场大病；舅舅对死亡万分恐惧,希望见他,和他谈谈,听听他的高见,更好地了解宗教,向教会靠拢,当然喽,还希望做忏悔,领圣体,以便在跨出那可怕的一步时可以心安神泰。

我还用不以为然的口气补充道："总之,他希望如此。这样做即使对他没有什么好处,但愿也没有什么坏处。"

老耶稣会士惊喜交加,浑身哆嗦着对我说："孩子,请稍等,我就

---

① 基督教为纪念耶稣受难,在复活节前的星期五守大斋。

来。"但是我连忙说明："对不起，尊敬的神父，我就不陪您去了；碍于信仰，我不能那样做。我刚才甚至拒绝来找您。因此拜托您别说见到过我，就说您是得到上天启示才知道我舅舅生病的。"

老头儿允诺以后，就匆匆走去，拉索斯泰纳舅舅的门铃。正在伺候病人的女仆立刻来开门；我眼看着那件黑道袍消失在这座自由思想的堡垒里。

我躲在隔壁的门洞里等着看热闹。要不是生病，我舅舅一定会把这耶稣会士打个半死，可我知道他现在连胳膊也动弹不了，我幸灾乐祸地寻思：这两个对头狭路相逢，会出现怎样令人无法想像的场面？出现怎样的恶斗？怎样的激辩？怎样的惊愕？怎样的混乱？在冤家路窄的情况下又会有怎样的结局？要知道我舅舅发起怒来，只会让局面更难收拾。

我独自一个人捧腹大笑，并且一迭连声地低声说着："哈哈！多么妙的玩笑，多么妙的玩笑！"

不过天很冷，我发现耶稣会士过了好久仍不出来。我心想："他们一定吵得不可开交。"

一个钟头过去了，接着两个钟头、三个钟头过去了。尊敬的神父还没出来。发生了什么事呢？难道我舅舅看见他，冷不防气死了？或者他把这穿道袍的人杀死了？或者他们俩互相吞噬了？这后一种假设在我看来可能性很小，因为我认为舅舅现在连一克食物也吃不下去了。这时天已大亮。

我惴惴不安，可又不敢进去，这时我想起有个朋友正好住在对面。我走去找他，向他说了实情。他先是一惊，不过接着就大笑起来。我就埋伏在他的窗口下。

九点钟，他接替我，我睡了一会儿。两点钟，我又替换他。我们都如坐针毡。

直到六点钟，耶稣会士才出来，一副安然自若、踌躇满志的神情；只见他不慌不忙地走远了。

这时我又惭愧，又胆怯。我拉响舅舅的门铃；女仆出来开了门。我没敢向她打听，就一声不吭地走上楼。我的索斯泰纳舅舅躺在床上，脸色煞白，面容憔悴，神情沮丧，目光忧郁，胳膊疲软。一张小圣像用别针别在帐子上。

屋子里可以闻到强烈的消化不良的臭味。

我说:"喂,舅舅,您怎么还躺着? 不舒服吗?"

他有气无力地回答:"唉! 我可怜的孩子,我刚才大病了一场,差点儿死了。"

"怎么会这样,舅舅?"

"我也不知道;很奇怪。不过,最怪的是刚从这儿出去的那个耶稣会神父,你也知道,就是我以前不能容忍的那个人,嘿,他居然得到上天的启示,得知我的病情,跑来看我。"

我差点儿忍不住笑出声来,说:"哦,真的吗?"

"真的,他确实来了。他听到一个声音叫他起床,到我这儿来,因为我快死了。这是一道天启。"

为了忍住不笑,我打了个喷嚏。我恨不得在地上打几个滚儿。

过了一分钟,我尽管心里说不出的高兴,还是强装气愤地说:"舅舅,您这个自由思想家,您这个共济会员,怎么能接待他,而不把他撵出去呢?"他好像有些不好意思,结结巴巴地说:"你听我说呀,因为这件事实在太蹊跷,太蹊跷了,完全是天意呀! 再说,他还跟我谈到我的父亲。他从前认识我父亲。"

"您的父亲,舅舅?"

"是的,好像他认识他。"

"可是,也不能因为这个就接待一个耶稣会士呀。"

"我当然知道;不过我当时有病,病得很厉害! 他尽心尽意照顾了我一整夜。他真是太好了。多亏他救了我。他们这些人,多少都懂一点医道。"

"哦,他照顾了您一整夜。可是,您刚才对我说,他才打这儿出去呀?"

"是呀,没错。见他待我这么好,我就留他吃了顿午饭。他是在我床边这张小桌子上吃的;我只喝了一杯茶。"

"这么说……他也吃荤了?"

就像我说了什么大不敬的话似的,舅舅顿时面露不悦,说:

"别瞎说,加斯东;有些玩笑开得太不得体。我这次生病,他对我的关心比亲人还好,我希望别人也尊重他的信仰。"

这一次，我真有些茫然了；不过我还是回答：

"说得好，舅舅。那么吃过午饭，你们又做什么了呢？"

"我们玩了一把别吉格①，然后他念日课经，我读他带来的一本小书，那本书写得不错。"

"一本宗教方面的书吗，舅舅？"

"可以说是，也可以说不是；更准确地说不是。这是他们在中非洲传教的故事，不如说是一本写旅游和冒险的书。这些人在那里做的事，很了不起啊。"

我开始感觉到事情不妙。我站起来，说："好吧，再见啦，舅舅，我看得出您正在脱离共济会，皈依宗教。您变节了。"

他仍然有些面带惭愧，咕哝着说："可是宗教也是一种共济会呀。"

我问："您那个耶稣会士，他下次什么时候来？"我舅舅喃喃地说："我……我也不知道，也许明天吧……不过也说不定。"

我沮丧极了，扭头走了出去。

我这个玩笑真是弄巧成拙！我舅舅彻底改变了信仰。如果仅止于此，倒还无所谓。天主教也好，共济会也罢，在我看来，不过是黑猫白猫。最糟糕的是，他刚刚立了遗嘱，是的，立了遗嘱，竟然剥夺了我的继承权，先生，把遗产留给了那个耶稣会神父。

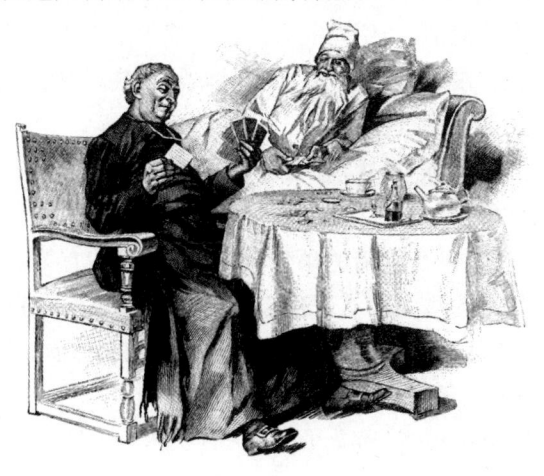

---

① 别吉格：一种纸牌游戏。

修软垫椅的女人*

献给莱昂·艾尼克①

德·贝尔特朗侯爵为庆祝开猎而举行的家宴,正接近尾声。十一位参加狩猎的男士、八位女士和本地的一位医生,围坐在灯火辉煌的大桌子旁,桌子上摆满水果和鲜花。

人们的话题转到爱情上,顿时掀起一场崇高的辩论,那亘古不易的辩论:人的一生中,究竟只能真心实意地爱一次,还是能爱几次。有人举出一些实例,说明人永远只能认真地爱一次;有人又推出另一些榜样,那些人经常地谈情说爱,而且每一次都如醉如痴。总体说来,男人都认为爱情犹如疾病,可以不止一次地侵袭同一个人,甚至可以置其于死地,如果爱情之路遇到什么障碍的话。虽然这一看法似乎无可争议,不过女士们的见解立足于诗意的追求,而非实际的观察。她们认定:真正的爱情,伟大的爱情,一生只能有一次降临于一个生灵;这爱情,就如同霹雳,一旦让它击中,就会被它掏空、摧毁、焚烧,任何其它的爱情,无论有多么强烈,都无法重新萌生。

侯爵曾经恋爱过许多次,对这种信念大加挞伐:

"我要对你们说,一个人可以全心全意、满怀赤诚地恋爱好多次。你们刚才举了一些以身殉情的事例,以证明不可能有第二次痴情。我要回答你们:如果这些人没有干出自杀这种蠢事,——自杀了,那当然就再没有堕入情网的机会了——那么,他们的病会痊愈,他们会重新开

---

* 本篇首次发表于一八八二年九月十七日的《高卢人报》;一八八三年收入短篇小说集《山鹬的故事》。

① 莱昂·艾尼克(1851—1935):法国作家,以左拉为首的梅塘晚会的参加者之一,莫泊桑的好友。

始,直到他们寿终正寝。酗酒者一喝而不可遏止;同样,多情人一爱就会再爱。这,是个气质问题。"

他们推举原来在巴黎行医、后来退隐乡间的老医生做仲裁人,请他发表高见。

严格地说,他也没有什么明确的观点:

"正像侯爵说的,这是个气质问题。至于我嘛,我就见过这么一桩恋情,持续了五十五年之久,没有一天动摇过,最后人死了才算结束。"

侯爵夫人兴奋得拍起手来。

"真是太美了!能够这样被人爱,是多么诱人的梦想啊!五十五年生活在这种坚持不渝、刻骨铭心的痴情里,这有多么的幸福啊!一个男人受到这样的挚爱,该是多么幸运,他该怎样赞美生活啊!"

医生微微一笑:

"太太,的确,在这一点上您没有搞错,被爱的确实是一个男子。您认识他,就是镇上的药房老板舒凯先生。至于那个女的嘛,就是那个每年都要来府上修理软垫椅的老妇人。不过,请听我跟诸位细细讲来吧。"

女士们的热情一下子低落下来;她们脸上不屑的表情,似乎在说:"呸!"好像爱情只应该打动那些有教养、有地位的人,因为只有这些人才理所当然值得别人感兴趣。

医生径自说下去:

三个月以前,我被叫到这个临终的老妇人的床边。她是前一天晚上乘她那辆当房子住的马车来的。拉车的那匹老马,你们也见过的。跟她来的还有她那两条是朋友也是卫士的大黑狗。本堂神父已经先到了。她请我们俩做她的遗嘱执行人;不过为了让我们理解她的遗愿,她向我们叙述了她的一生。我不知道还有什么比这更奇特、更令人感动的了。

她父母都是修理软垫椅的。她从来就没有过盖在地上的住所。

她从小就到处流浪,衣衫褴褛,蓬头垢面,浑身的虱子。他们每到一个村子,就把马车停在村口的圩沟边,给马卸了套,让它去吃草,狗把鼻子往爪子上一搁,就趴在地上睡起来;小女孩去草地上打滚儿;父母就在路边的榆树底下,糊糊弄弄地修理从村里收来的各式各样的旧椅子。在这流动的房子里,一家人难得开口说话。只是在决定谁去走家串户揽活儿、吆喝那句人人都熟悉的"修椅子喽!"的时候,才不得不说两句。然后,他们就面对面或者并排地坐下,搓起麦秸来。孩子要是跑得太远,或者想跟村里的孩子打个招呼,父亲就会狠声恶气地喊她:"还不快回来,臭丫头!"这是她听过的唯一一句疼爱的话。

等她长得稍大一点,他们就打发她去收破损的椅子。于是她在这个村那个镇结识了几个孩子;不过这时候该这些新朋友的父母凶神恶煞似地召唤他们的孩子了:"还不快过来,淘气鬼!我看你还跟小叫花子说话!……"

还经常有调皮的孩子朝她扔石头。

偶尔有太太们赏她几个苏,她就细心收起来。

她十一岁那年,有一天,路过咱们这里,在公墓后面遇见小舒凯:一个小伙伴抢了他两个里亚①,他正在那里哭。在她那无家无业的孩子的脆弱的脑袋里,一个有钱人家的孩子想来应该总是得意洋洋、欢天喜地的,因而小舒凯的泪水深深打动了她。她走过去;得知他为什么难过以后,就把自己攒下来的七个苏,她的全部积蓄,倒在他手里,而他也就十分自然地收下了,一边擦着眼泪。她太高兴了,大着胆子拥吻了他一下。他正专心致志地看着手上的那几个小钱,也就由她去。她看自己没有遭到他拒绝,也没有挨他打,就又来一次;她紧紧搂着他,热情地亲吻他。然后就连跑带跳地走了。

在这可怜的脑袋里究竟发生了什么呢?她从此就把自己和这个男孩联系起来,是因为她把自己漂泊所得的全部财富献给了他?还是因为她把自己柔情的初吻送给了他?这样的事对孩子和对大人一样,都是个谜。

此后好几个月,她一直念念不忘公墓后面的那个角落和那个男孩。为了能再看到他,她想法儿骗取父母的钱,收修垫椅钱的时候,或者去

---

① 里亚:法国旧时铜币,相当于1/4苏。

买东西的时候,这里抠一个苏,那里抠一个苏。

当她再次经过这里的时候,她衣袋里已经攒了两个法郎;但是她仅仅能够隔着舒凯家药房的玻璃橱窗,从一大瓶红色药水和一个蠮虫标本的夹缝里张望一下打扮得干干净净的小老板。

但是她只会更加爱他。那彩色药水和那耀眼的水晶玻璃的光华,吸引着她,令她激动,让她心醉神迷。

她把这不可磨灭的记忆保留在心里。第二年,她在学校后面遇到他正在和几个同学打弹子,便向他扑过去,把他搂在怀里,使劲地吻他,把他吓得哇哇大叫。为了让他安静下来,她给他钱:三法郎二十生丁,简直是一笔真正的财富了。他望着这些钱,眼睛瞪得老大。

他把钱收下,便任她爱抚了。

接下来的四年里,她就这样把自己的全部积蓄一笔笔都倒在他手里,而他也心安理得地揣进口袋,因为这是他同意让她吻的报酬。一次是三十苏,一次是两法郎,一次是十二苏(她为此难过和羞耻得都哭了,不过这一年的景况也确实太差),最后一次是五法郎,一枚好大好圆的硬币,他都高兴得笑出声来。

她除了他,别的什么也不想;而他呢,也多少有点儿焦急地盼着她来,一看见她就跑着迎上去,把小女孩的心激动得怦怦直跳。

后来他不见了。原来他被送到外地去上中学了。这是她拐弯抹角打听出来的。于是她施展出无数的诡计妙策,改变父母的路线,让他们恰好在学校放假的时候经过这里。她总算成功了,不过是在费了一年的心计以后。也就是说她有两年的时间没有见到他,因此当她又看见他时,她几乎认不出他来了:他变化很大,个子长高了,人长得英俊了,穿着镶金纽扣的校服显得十分神气。他却装作没看见她,高傲地从她身边走过。

她整整哭了两天;从此以后,她就默默忍受着无尽期的痛苦。

她每年都要回来一次;她和他擦肩而过却连招呼也不敢跟他打;而他呢,甚至不屑看她一眼。她仍然疯狂地爱着他。她对我说:"医生先生,在这世界上,他是我眼睛里唯一的一个男人;我甚至不知道还有其他男人存在。"

她父母去世了。她继续干他们这一行,不过她不是养一条狗,而是养两条,两条没有人敢招惹的恶狗。

有一天,她又回到自己梦绕魂牵的这个村子,远远看见一个年轻女子挽着她的心上人从舒凯家药房出来。那是他妻子。他已经结婚了。

就在这天晚上,她跳进了村政府广场的池塘。一个迟归的醉汉把她救起来,送到药房。小舒凯穿着睡袍下楼来为她医治。他装作根本不认识她,给她脱掉衣服,进行按摩,然后用十分生硬的语调对她说:"您疯啦!不应该傻到这个地步呀!"

这就足以把她治好了。因为他居然跟她说话了!她的幸福的感觉,持续了好长一会儿。

她无论如何一定要付医疗费给他;但是他怎么也不肯接受。

她的一生就这样流逝。她一边修理软垫椅,一边想念着舒凯。她每年都要隔着玻璃橱窗望一望他。她养成了去他的药房购买零星药品的习惯,因为这样她既可以走到跟前看看他,还可以给他钱。

正如我开头对诸位说的,她今年春天死了。她对我原原本本讲述了她的伤心史以后，要求我把她一生省吃俭用下来的全部积蓄转交给她数十年如一日挚爱着的那个人。因为，用她自己的说法，她就是为他辛劳的。为了攒些钱，好让他在她死后会想到她，哪怕只想到一次也好，她甚至常常忍饥挨饿。

然后，她就交给我两千三百二十七法郎。她咽气以后，我留给本堂神父二十七法郎作为安葬费，把剩下的全部带走了。

第二天，我就到舒凯家去。他们刚吃完午饭，还面对面坐着。夫妻俩都很胖，满面红光，神气而又自得，身上散发出一股药品的气味。

他们请我坐下，给我斟了一杯樱桃酒。我接过酒，就开始向他们讲述这一切。我的语调很激动，我相信他们听了一定会感动得流泪。

舒凯一听我说到这个流浪的女人，这个修理软垫椅的女人，这个出身低贱的女人曾经爱过他，立刻拍案而起，仿佛她玷污了他的好名声，损害了上流社会对他的敬重，以及他个人的荣誉感，一种对他来说比生命还要宝贵的东西。

他太太呢，跟他一样气愤，一迭连声地说："这个下贱女人！这个下贱女人！这个下贱女人！……"似乎再也找不出别的话来了。

他已经站起来，在饭桌后面大步踱来踱去，他那希腊式睡帽都歪到一边耳朵上了。他咕哝着说："您知道意味着什么吗，医生先生？对一个男人来说，这种事实在太可怕了！怎么办呢？啊！要是她活着的时候我知道这件事，我早就让宪兵把她抓起来，投进监狱去了。我敢跟您打赌，她永远也别想出来！"

我本来想着履行一件神圣的义务，却不料落得这样的结果，不禁愕然。我不知道该说什么，更不知道如何做才好了。不过我受人之托，还有一件事要完成。于是我说："她曾经托我把她的积蓄交给您，总共是两千三百法郎。既然我刚才说的事看来惹您很不愉快，也许最好还是把这笔钱舍给穷人吧。"

这两口子顿时震惊得目瞪口呆，愣愣地看着我。

我从衣袋里把钱掏出来；这笔令人心酸的积蓄里，有各个国家、各种图案的钱，有金币也有铜板，还有五花八门的零蹦儿。然后我问道："你们怎么决定？"

舒凯太太首先表态："这个嘛,既然这是她——那个女人——的遗愿……我看我们也很难拒绝了。"

她丈夫多少有点儿难为情,不过也接着说:"我们总可以拿这笔钱给我们的孩子们买点什么。"

我干巴巴地说:"随你们便。"

他接着说:"既然她托您这么做,那就交给我们好了;我们会想办法把它用在什么慈善事业上的。"

我放下钱,就告辞走了。

第二天舒凯来找我,开门见山就问:"那个……那个女人,好像把她的马车也留在这儿了。那马车,您是怎么处理的?"

"没处理;您想要的话拿去就是了。"

"好极啦,我正需要;我要用它做菜园子里的窝棚。"

他刚要走,我叫住他:"她还留下了她那匹老马和两条狗。您要不要?"他吃了一惊,停下来:"啊！不要。您看我要它们有什么用呢？您随便处理吧。"他笑嘻嘻地向我伸出手;我只得握了一下。您说我能怎么办呢？在乡下,医生总不能和药房老板结仇呀。

我把那两条狗留在自己家里。本堂神父有个大院子,他牵走了那匹马。马车让舒凯做了窝棚;他用那笔钱买了五股铁路债券。

我一生中遇到的深挚的爱情,这是唯一的一桩。

医生讲完了。

这时,侯爵夫人眼里含着泪水,慨叹道:"显然,只有女人才懂得爱！"

一　百　万[*]

　　这是一对普普通通的公务员夫妇。丈夫是一个部的科员,循规蹈矩,谨小慎微,对于本职工作向来兢兢业业。他名叫莱奥波德·鲍南。这个身材矮小的年轻人,在任何事情上都没有非分之想。他在宗教环境里接受教育,但自从共和国推行政教分离的政策以后,他的宗教信仰不像以前那么虔诚了。他在部里的走廊上大声宣称:"我信教,甚至信得虔诚,不过我信的是天主;我不是教权主义者。"他先于一切的志向是做一个诚实的人,他拍着胸脯这样表示。他也确实是个最严格的意义上的诚实人。他准时上班,准时下班,很少偷懒,而且在"金钱问题"上一向表现得洁身自好。他娶了一个穷同事的女儿;但是这个穷同事的姐姐却有一百万的家业,她故去的丈夫因为实在爱她才娶她的。她没有孩子,对她来说,这是一个很大的遗憾。因为她只能把自己的财产留给侄女了。
　　这笔遗产成了全家人的心事。它盘旋在他们的住所,也盘旋在他工作的地方;大家都知道"鲍南夫妇会得到一百万"。
　　小两口也没有孩子,但他们并不怎么放在心上,依然平心静气地过他们那种天地狭小、与世无争的诚实人的生活。他们的住所干净,整齐,恬适,因为他们安分守己,在各方面都很有节制。他们认为有了孩子会打扰他们的生活,他们的家,他们的安宁。他们绝不会为了不要子女而劳神费力,不过既然老天爷没有给他们送上门来,那再好不过了。然而拥有一百万家业的姑母却对他们久久不育却感到忧心,为了让他们早生贵子,常给他们献计献策。她从前曾尝试过朋友和女手相家指

---

[*] 本篇首次发表于一八八二年十一月二日的《吉尔·布拉斯报》,作者署名"莫弗里涅斯"。

点的千百种秘诀,结果无一成功。她超过生育年龄以后,人们又给她指点了许许多多另外的绝招,她料想是万无一失的;虽然遗憾的是自己再不能身体力行,她却热衷于在侄儿侄媳身上显示它们的灵验,而且三天两头地追问:

"嘿,你们试过我那天推荐的办法了吗?"

姑母去世了。两个年轻人心里真高兴,不过这是那种对自己对别人都要用哀伤掩饰起来的高兴。良心披着黑纱,但是灵魂却乐得战栗。

他们得到通知,有一份遗嘱放在某公证人那里。他们从教堂出来就连忙跑去找那个公证人。

姑母信守她坚持不渝的想法,把她的百万家产留给了他们的头生儿,每年的收益由父母享用,直到他们去世。如果年轻夫妇三年之内没有子女,这笔财产就捐给穷人。

他们目瞪口呆,大为沮丧。丈夫病倒了,足有一个星期没去上班。等他痊愈以后,他毅然下定决心,无论如何也要做父亲。

他苦干了半年的时间,瘦得皮包骨头。他回忆起姑母传授过的各种方法,一丝不苟地加以实践,但是全无效果。绝望之下,他鲁莽行事,横冲直撞,差点儿送了小命。贫血损害着他的健康;他怕是得了肺痨。去看医生,一说更把他吓坏了,让他马上恢复平静的,甚至比以前还要平静的生活,并且给他制定了一套补气养身的饮食制度。

风凉话也马上在部里传开了,人人都知道遗嘱要落空了,各个科室里都有人拿这场著名的"百万大战"来取乐。有人给鲍南出一些滑稽可笑的主意;有人放肆地毛遂自荐,去满足那令人绝望的条款的苛求。特别有个高个儿年轻人,公认是个拈花惹草的高手;他的艳福不浅,在各个科室都是出了名的。此人老是旁敲侧击,用放肆的语言纠缠鲍南,说什么他可以保证在二十分钟里让鲍南当上继承人。

莱奥波德·鲍南有一天动怒了,他把羽毛笔往耳朵上一夹,猛地站起来,冲他破口大骂:"先生,你是个下流坯;我要不是尊重自己的人格,早就啐你一脸唾沫了。"

双方指派了证人准备决斗,整个部里为此兴奋了三天。不过人们只看见他们在走廊里交换笔录和对这事件的看法。四个代表终于一致通过了一份草案,并且为两位当事人所接受。按照这份协议,他们当着科长的面煞有介事地互相致意、握手,并且支支吾吾地说了几句表示道歉的话。

此后的一个月里,他们就像敌手迎面相遇那样,相互行礼,故意做出礼仪周到,表现出高雅之士的殷勤。后来有一天,他们在一个走廊转弯处,撞了个满怀,鲍南先生关切而又不失尊严地问:

"我没有撞痛您吧,先生?"

对方回答:

"一点儿也没有,先生。"

从这时候起,他们认为遇见时还是寒暄几句比较合适。后来,他们逐渐亲近起来,彼此习惯了、理解了,像曾经互相误解的人那样互相赏识起来,甚至变成了莫逆之交。

但是莱奥波德在家里却很不幸。他妻子总拿一些不中听的明讽暗喻刺激他,说些指桑骂槐的话折磨他。时间流逝;姑母去世已经一年。那笔遗产看来已经丢掉了。

鲍南太太一坐下吃饭就说:

"晚饭没有什么好东西吃;要是我们有钱,情况就大不一样了。"

每当鲍南动身去上班时,鲍南太太就一边把手杖递给他,一边说:

"要是我们每年有五万的进项,小文书先生,你就用不着到那边去干那份苦差了。"

鲍南太太每逢下雨天要出门时,就低声抱怨:

"要是有一辆马车,就不会非得在这种天气里去溅一身泥浆了。"

总之,无论何时何地她总能借题发挥,责备丈夫仿佛干了一件什么不光彩的事,认定他是唯一的罪人,唯一要对这笔遗产泡汤承担责任的人。

鲍南先生恼火之极,带她去向一位名医求教。那名医探诊了好长时间也说不出究竟,只说他看不出有任何问题;这种情况是常见的;身体上跟性情上一样都存在这种现象;他见过很多夫妻因为性情不合而离异,因此再看到一些夫妻由于身体不合而不能生育,也就不感到奇怪了。为了这几句话,他们花了四十法郎。

又是一年过去了。战争,一场无休止的恶战,在夫妻之间爆发了,那种仇恨简直到了可怕的程度。鲍南太太不断地反复抱怨:"因为嫁给一个蠢货,失掉了一大笔财产,真是倒霉透顶!"或者说:"想想看啊,我要是遇到另一个男人,今天就会有每年五万块钱进账了!"或者说:"有些人生活里总是拖累别人。他们把好事都给毁了。"

晚饭,特别是晚上,变得越来越无法忍受了。莱奥波德再也不知道做什么是好。就这样,一天晚上,生怕回到家又是一场大吵大闹,他把好友弗雷德里克·莫莱尔,也就是他差点儿与之决斗的那个人,带回了家。莫莱尔很快就成了全家的好朋友,两夫妻的顾问,他们对他可谓言听计从。

离最后期限只剩下半年了,大限一到,那百万遗产就要送给穷苦人;随着时间的推移,莱奥波德对妻子的态度逐渐变化,变得咄咄逼人,常常用含沙射影的话来刺激她,还神秘兮兮地谈到有些公务员的妻子如何善于帮助丈夫升官晋级。

他时不时地讲一段某个小职员意外地连升三级的故事。"小矮子拉维诺当了五年的编外雇员,最近却一下子被任命为副科长了。"

鲍南太太说:

"你呢,你就没有这个本事。"

莱奥波德听了耸耸肩:"倒好像他比别人有本事似的。他有个聪明的太太,如此而已。他太太有本事讨得司长的欢心,想要什么就有什么。在生活里要自己善于变通,才不至于成为环境的牺牲品。"

他说这话到底是什么意思?她是怎样理解的?后来又发生了什么事呢?

他们每人有一份日历,在上面标出离那个要命的期限还有多少天。

一个星期又一个星期过去，他们简直要疯狂了，那是一种绝望的狂怒，极度绝望之下的狂烈的恼怒。他们是那么绝望，如果必要的话，犯罪的事他们干得出。

不料一天早上鲍南太太突然两眼有神，满面春风，两只手搭到丈夫的肩上，喜滋滋地瞅着他，像是要看透他的灵魂似的，低声细气地说："我相信我有喜了。"

这消息对他内心的震动犹如石破天惊，他差点儿仰面倒下去。他猛地把妻子搂在怀里，疯狂地吻她，然后又让她坐在自己的怀里，再一次像搂住心肝宝贝一样紧紧搂住她；他再也按捺不住激动之情，眼泪汪汪，泣不成声。

两个月过后，再也没有什么可以怀疑的了。于是他带着妻子去找一位医生证明她的身体状况，然后就带着到手的医生证明去见保管遗嘱的公证人。

这位法律界人士宣布，既然孩子已经存在，不管已经出生还是即将问世，他都没有理由反对，他可以把执行遗嘱的时间推迟到妊娠结束。

一个男孩出生了，他们仿效王室惯常的做法，给他起了个名字叫天赐。

他们发财了。

一天晚上，鲍南回到家里，这天弗雷德里克·莫雷尔应该来吃晚饭的。他的妻子随口而出似地对他说："我刚打了招呼，请我们的朋友弗雷德里克不要再到咱家来了，他对我举止不够礼貌。"

他注视了她一秒钟，眼里露出感激的笑意，接着他张开双臂，妻子投入他的怀抱，他们吻了很久很久，就像一对非常和美、非常亲密、非常正派的小夫妻那样。

应该听听鲍南太太怎样谈论那些在爱情上失足的女人，那些由于一时冲动而干出通奸的事的女人。

遗　嘱*

献给保尔·艾尔维厄①

我认识那个名叫勒内·德·布纳瓦尔的高个子年轻人。他为人和蔼可亲，虽然他有点儿多愁善感，仿佛已经把一切都看破，对什么都持着怀疑的态度。但那是一种中肯而又尖锐的怀疑主义，特别善于一语破的地戳穿上流社会的伪善。他常说："根本就没有什么正人君子；换句话说，所谓正人君子，充其量不过是和坏蛋相对而言罢了。"

他有两个哥哥，两位德·古尔西先生，不过跟他们已经断绝来往。他们不同姓，因此我猜想他们不是同父所生。不止一次有人告诉我，他们家里发生过一件奇特的事，但是都没有提供任何细节。

我很喜欢这个年轻人，而且没有多久我们就成了好朋友。一天晚上，我在他那里吃饭，当时只有我们两个人，我无心地问了一句："您是令堂头婚生的，还是再婚生的？"只见他脸色先是有点苍白，随后又涨得通红，显然有些尴尬。不过他终于露出他特有的感伤而又柔和的微笑，说："亲爱的朋友，您要是不怕厌烦，我就把我很有些与众不同的身世详详细细说给您听吧。我知道您是个知书达理的人，所以我不担心您对我的友谊会因此而受到损害；万一因此就受到影响了，我也就不必交您这个朋友了。"

我的母亲德·古尔西太太长得矮小，是个软弱腼腆的可怜的女人。她丈夫娶她，是因为看中了她的财产；她一辈子受尽了折磨。她生性温

---

*　本篇首次发表于一八八二年十一月七日的《吉尔·布拉斯报》，作者署名"莫弗里涅斯"；一八八三年收入短篇小说集《山鹬的故事》。
①　保尔·艾尔维厄(1857—1915)：法国剧作家，小说家。

顺、胆怯、脆弱,却不断地遭受那个本应做我父亲的人的虐待。那个人是人们通常称作乡绅的大老粗。结婚才一个月,他就跟家里的女佣人姘居了。他还有其他的情妇,都是他的佃户的妻子或者女儿。但是这并没有妨碍他跟他妻子生了两个孩子;应该说是三个,如果连我也算上。我母亲总是一言不发;在这个整天吵吵嚷嚷的家里,她就像溜到家具下面的小耗子一样挨着日子。她躲在一边,没人理睬,战战兢兢地用她那明亮、不安、老是骨碌碌转的眼睛望着,这样的眼睛是终日担惊受怕的人才会有的。然而她长得漂亮,很漂亮,头发金黄,不过是带点儿灰白的金黄,怯生生的金黄,好像由于总是提心吊胆,连头发也褪了点色似的。

在常来德·古尔西先生家的古堡做客的朋友当中,有一位妻子已经故去的退伍骑兵军官。这可是个令人敬畏的人物:他既随和,又火暴;什么事一旦他下了决心,天大的困难他也要干到底。这人就是德·布纳瓦尔先生;我姓的就是他的姓。他身材瘦长,蓄着两撇又浓又黑的八字胡。我长得很像他。他读过很多书。他的思想跟他那个阶级的人毫无相像之处。他的曾祖母是卢梭①的朋友,看来他从这位祖先的这段关系中也多少继承了一些东西。《民约论》,《新爱洛绮丝》,为推翻古老习俗和偏见、陈腐法律和愚蠢道德做了准备的那些探讨哲学的书,他全都如数家珍。

看样子,他爱我母亲,我母亲也爱他。他们的这种关系非常之秘密,没有引起任何人的怀疑。这个被人冷落、郁郁寡欢的女人,很可能疯狂地爱上了他,而且从和他的接近中接受了他的思想方式、感情自由的理论以及自主爱情的胆量。不过,她又是那么害怕,连高声说话都不敢,因此只能把这一切都隐藏、压抑、紧缩在心里;她的心扉从来不能向人打开。

我的两个哥哥也像他们的父亲一样对她很凶,从来没有过亲情的表示,而且习惯了把她看作家里的一个无足轻重的人,待她多少有点像对待一个佣人。

---

① 卢梭(1712—1778):法国启蒙思想家、哲学家和文学家。

在她的儿子中间，只有我真心爱她，她爱的也只有我。

她死了。那时我十八岁。为了便于您了解后来发生的事，我有必要在这里补充几句：由于她丈夫受到指定监护人的监护①，他们夫妻间签过一份对我母亲有利的分产声明；而且多亏法律的窍门和一位公证人的聪明尽职，她保留了按自己的意愿订立遗嘱的权利。

因此，我们接到通知，说有一份遗嘱在这位公证人那里，并邀请我们去参加宣读遗嘱的仪式。

我还清楚地记得这件事，就仿佛发生在昨天一样。那真是个伟大而又富有戏剧性、滑稽而又令人惊讶的场面；而导致这场面的，竟是这个女人死后的反叛，是从这个受难者的坟墓里发出的要求自由的呐喊；她在世时受尽了习俗的压迫，死后从已经钉牢的棺木中发出了争取独立的绝望的呼号。

那个自以为是我父亲的人，是个脸色通红的多血质的大胖子，看上去就像个卖肉的；我那两个哥哥都五大三粗，一个二十岁，一个二十二岁。他们都静静地坐在座位上等候。德·布纳瓦尔先生也应邀出席。他走进来，在我后面坐下。他穿一件紧身的礼服，脸色煞白，频频地咬着那两撇已经有点灰白的八字胡。他大概已经预料到了将要发生的事。

公证人锁上门，当着我们的面拆开了火漆封印的封套，就开始朗读连他也不知道内容的文件。

说到这里，我的朋友突然停下。他站起身，走到书桌前，从抽屉里取出一份陈旧的文件，打开来吻了好一会儿，然后接着说：

"这就是我亲爱的母亲的遗嘱。"

  我，以下署名者安娜-卡特琳娜-热纳维埃芙-玛蒂尔德·德·克鲁瓦吕斯，让-莱奥波德-约瑟夫·贡特朗·德·古尔西的合法妻子，身心健康，谨在此表达我的最后愿望。

  我首先请求天主饶恕，其次请求我心爱的儿子勒内饶恕，饶恕我即将做的事。我相信我的儿子深明大义，能够理解我和饶恕我。

---

① 指依据法律为失去行动能力的人指定监护人。

我一生历尽磨难。我丈夫出于他个人算计娶了我,婚后他又轻蔑我、虐待我、压迫我,并且一再欺骗我。

我现在原谅他,但是我也什么都不欠他的了。

我的两个大儿子根本没有爱过我,根本没有孝敬过我,几乎没有把我当母亲看待过。

我在世的时候,对他们尽了我应尽的责任;我死后再也不欠他们什么了。如果没有持之以恒的、神圣的、每日每时的爱心,血缘关系也就毫无意义了。一个忘恩负义的儿子还不如一个外人;他其实是个罪人,因为他没有权利对自己的母亲冷漠无情。

在男人们面前,在他们极不公正的法律、他们毫无人道的礼教和他们可耻的偏见面前,我以前总是吓得发抖。面对天主,我现在不再恐惧。我死了;我本人也摆脱了令人羞愧的虚伪;我敢于说出自己的思想,承认心中的秘密,并且在上面签下自己的名字了。

正因为如此,我要把法律允许我支配的我的那一部分财产全部委托给我心爱的情人皮埃尔-热尔麦-西蒙·德·布纳瓦尔代管,以便日后交给我们亲爱的儿子勒内。

(此一愿望在另一公证文件中有详尽的表述。)

在垂听我陈诉的至高无上的法官面前,我宣告:如果不是获得我的情人的深挚、忠诚、温柔、不可动摇的眷爱,如果不是在他的怀抱中懂得了:造物主创造众生是为了让他们相爱、相助、互相安慰,并且在痛苦的时刻一起哭泣,我一定会诅咒上天和人生的。

我的前两个儿子的父亲是德·古尔西先生,只有勒内是德·纳瓦尔先生所生。我乞求人类及其命运的主宰:让他们父子能够超越各种社会偏见,让他们终生相爱并且在我故去以后依然爱我。

这就是我最后的思想和最后的愿望。

玛蒂尔德·德·克鲁瓦吕斯

德·古尔西先生站起来,嚷道:"这简直是疯子的遗嘱!"德·布纳瓦尔先生向前走了一步,用洪亮的声音斩钉截铁地宣告:"我,西蒙·

德·布纳瓦尔,声明这遗嘱中所说的完全是事实。无论在什么人面前,我都可以肯定这是事实,而且可以用我手里的这些信证明这一点。"

这时,德·古尔西先生冲他走过去。我还以为他们会大打出手呢。他们这两个大个子,一个肥,一个瘦,面对面站在那里,都激动得发抖。只听我母亲的丈夫结结巴巴地说:"你是个坏蛋!"对方用铿锵有力的语调说:"先生,咱们约个时间别处见吧。要不是为了顾全这可怜的女人生前的安宁,我早就打你一个耳光,跟你决斗了。你让她受了那么多的苦。"

说罢,他就转身对我说:"你是我的儿子。你愿意跟我走吗?我没有权利拉你走,不过你如果愿意跟我一起走,我就取得这个权利了。"

我没有回答,和他握了握手。然后我们就一起走出去。我敢肯定,我当时八成是疯了。

两天以后,德·布纳瓦尔先生在决斗中打死了德·古尔西先生。我的两个哥哥怕张扬出去太丢脸,因此也没有声张。我把母亲留下的财产让给他们一半,他们也接受了。

我抛弃了法律给我的、但实际上不属于我的那个姓,采用了我真正的父亲的姓。

德·布纳瓦尔先生过世已经五年了。我心里还是那么悲痛。

*   *   *

他站起来,走了几步,然后在我的面前停下:"喂!我要说,我母亲的遗嘱,是一个女人所能完成的最美好、最光明磊落、最伟大的事情。您是不是有同感?"

我向他伸出双手,说:"是的,朋友,当然是的。"

小步舞*

献给保尔·布尔热①

"大灾大难不会让我悲伤,"让·布里代尔这个老单身汉说。他是众所周知的怀疑论者。"我在眼皮底下亲眼目睹过战争,无动于衷地跨越过一具具尸体。大自然和人类的残酷的暴行,令我们发出恐惧和愤怒的呐喊,但是绝不会刺痛我们的心,绝不会令我们像看到某些让人感伤的小事那样背上起鸡皮疙瘩。"

一个人可能遭受的最大痛苦,莫过于母亲失去孩子,孩子失去母亲了。这种痛苦很强烈、很可怕,它可以动天地泣鬼神,撕肝裂肺。但是这种打击就像流血的伤口一样,伤口再大也可以愈合。然而,有些偶逢乍遇,有些偶尔冷不丁看到或者猜到的事,有些命运的拨弄,却会激起我们无计其数的痛苦的思想,向我们突然微启那神秘的大门,向我们揭示许许多多错综复杂、无可救药的精神上的伤痛。这些精神上的伤痛,看上去是轻症,也就更为严重;几乎难以觉察,也就更加危险;给人虚构的印象,也就更加顽固,在我们心头留下一道悲哀的疤痕,一种苦味,一种让我们久久不能摆脱的幻灭的感觉。

有那么两三件事至今清晰地呈现在我眼前。这样的事,别人看了肯定会不以为然,可是它们却像针扎似的,我的内心深处留下永难治愈的又细又长的创伤。

您也许无法理解这些短暂的印象给我留下的感觉。我就只跟您讲讲其中的一件吧。那已经是陈年旧事了,但是对我来说仍然像昨天才

---

* 本篇首次发表于一八八二年十一月二十日的《高卢人报》;一八八三年收入短篇小说集《山鹬的故事》。

① 保尔·布尔热(1852—1935):法国小说家,文学评论家。

发生的一样栩栩如生。这件事让我如此感动，也许只怪我想象力太丰富了吧。

我今年五十岁。那时我还年轻，正在攻读法律。我有点多愁善感，有点爱幻想，抱着一种悲观厌世人生的态度。我不太喜欢喧闹的咖啡吧、大喊大嚷的男同学和傻头傻脑的女孩子。我起得很早。我最喜爱的享受之一，就是早上八点钟左右独自一人在卢森堡公园的苗圃里散步。

这样一个苗圃，您以前不知道吧？这是一座似乎已经被人遗忘的20世纪的花园，一座像老妇人的温柔微笑一样依然美丽的花园。浓密的绿篱隔出一条条狭窄、规整的小径；小径夹在两排修剪得整齐划一的墙壁般的绿树之间，显得非常幽静。园丁的大剪刀不停地把这些枝叶构筑的隔墙修齐找平。每走一段，就可以看到一个花坛，一片娇艳的玫瑰花，或者一些形成方阵的果树。

在这迷人的小树林里，有一个角落完全被蜜蜂占据。它们用秸秆搭建的小窝，十分考究地彼此保持一定的距离，坐落在木板上，朝着太阳打开顶针般大的小门。走在小路上，随时都能看到嗡嗡叫的金黄色的蜜蜂，它们是这片和平地带的真正的主人，纵横交错的清幽小径上的真正的漫步者。

我几乎每天早晨都到这里来。我坐在一张长凳上读书。有时候我任凭书本落在膝头，沉入遐想，听巴黎在我的周围扰攘，享受着这古朴的林阴小径的无限安适。

但是，我不久就发现，经常公园一开门就到这里来的不只我一个人。我有时也会在一个灌木丛生的角落，迎面遇上一个古怪的小老头儿。

他穿一双带银扣的皮鞋、一条带遮门襟的短套裤和一件棕褐色的长礼服，戴一顶长绒毛宽檐的怪诞的灰礼帽，想必是太古年代的古董。

他长得很瘦，非常瘦，几乎是皮包骨头；他爱做鬼脸，也常带微笑。他那双滴溜溜转的眼睛亮闪闪的，不停地眨巴着。他手里总拿着一根金镶头的华丽的手杖，这手杖对他来说一定有着某种不寻常的纪念意义。

这老人起初让我感到怪怪的，后来却引起我莫大的兴趣。我隔着枝叶的屏障窥视他。我远远跟着他；每到小树林拐弯处就停住脚步，免得被他发现。

后来的一个早晨,他以为周围没有人,便做起一连串奇怪的动作来:先是几个小步跳跃,继而行了个屈膝礼,接着用他那细长的腿来了个还算利落的击脚跳,然后开始优雅地旋转,跳跳蹦蹦,滑稽地扭来扭去,像是面对观众似的频频微笑、挤眉弄眼,两臂抱成一个圆形,把他那木偶似的可怜的身体扭来绞去,动人而又可笑地向空中频频点头致意。他是在跳舞呀!

我惊呆了,不禁问自己:我们两个人当中究竟谁疯了,是他,还是我?

这时他戛然而止,像舞台上的演员一样往前走了几步,然后一边鞠躬一边后退,同时用他那颤抖的手像女演员那样朝两排修剪得齐齐整整的大树连送飞吻。

然后他又神情严肃地继续散起步来。

从这一天起,我就一直注意他;他每天上午都要重复一遍这套令人惊异的动作。

我越来越急切地想和他谈一谈。我决心冒昧一试,于是有一天,在向他致礼以后,我开口说:

"今天天气真好啊,先生。"

他也鞠了个躬:

"是呀,先生,真是和从前的天气一样。"

一个星期以后,我们已经成了朋友,我也知道了他的身世。在国王路易十五时代,他曾是歌剧院的舞蹈教师。他那根漂亮的手杖就是德·克莱蒙伯爵送的一件礼物。一跟他说起舞蹈,他就絮叨个没完没了。

有一天,他很知心地跟我说:

"先生,我妻子叫拉·卡斯特利。如果您乐意,我可以介绍您认识她,不过她要到下午才上这儿来。这个花园,您看,就是我们的欢乐,我们的生命。过去给我们留下的只有这个了。我们觉得,如果没有它,我们简直就不能再活下去。这地方又古老又高雅,是不是?我甚至认为在这儿呼吸到的还是我年轻时的空气,没有丝毫变化。我妻子和我,我们整个下午都是在这儿过的。只是我上午就来,因为我起得早。"

我一吃完午饭就立刻回到卢森堡公园。不一会儿,我就远远望见我的朋友,彬彬有礼地让一位穿黑衣服的矮小的老妇人挽着胳膊。他把我介绍给她。她就是拉·卡斯特利,曾经深受王公贵胄宠爱,深受国王喜爱,深受那整个风流时代宠爱的伟大舞蹈家。那时代的爱的气息仿佛在今天的世界上余香犹在。

我们在一张石头长凳上坐下。那是五月。阵阵花香在洁净的小径上飘溢;温暖的太阳透过树叶在我们身上撒下大片大片的亮光。拉·卡斯特利的黑色连衣裙仿佛整个儿浸润在春晖里。花园里一片空寂,只有远处传来出租马车的辘辘声。

"请您给我解释一下,小步舞是怎么回事,好吗?"我对老舞蹈教师说。

他意外得打了个哆嗦。

"小步舞嘛,先生,它是舞蹈中的王后,王后们的舞蹈。您懂吗?自从没有了国王,也就没有了小步舞。"

他开始用夸张的文体发表起对小步舞的赞词来。赞词很长,可惜我一点儿也没听懂。我希望他给我讲解一下步法、动作和姿势。他越讲越乱乎,又急又无奈,对自己的无能为力十分恼火。

突然,他朝一直保持沉默和严肃的老伴转过身去:

"艾丽丝,你乐意不乐意,说呀,如果你乐意,那就太好啦,让我们跳给这位看看什么是小步舞,你乐意吗?"

她不安地转动着眼睛,朝四周看了看,就一言不发地站起来,和老头儿面对面。

于是我看见了一件令我永生难忘的事。

他们时而前进,时而后退,像孩子似的装腔作势,互相微笑,弯腰施礼,蹦蹦跳跳,活像两个跳舞的老木偶,只是驱动这对木偶的昔日的能工巧匠按当时的方法制造的机械,已经有点儿损坏了。

我望着他们,种种异乎寻常的感受让我的心无法平静,一股难以言表的感伤激动着我的灵魂。我仿佛看到一次既可悲又可笑的幽灵现身,看到一个时代已经过时的幻影。

他们突然停了下来,因为他们已经做完了舞蹈的各种动作。他们面对面伫立了几秒钟,忽然出人意外地露出凄楚的表情,接着便相拥着哭起来。

三天以后,我动身去外省了。我从此再也没有见到过他们。当我两年后重返巴黎的时候,那片苗圃已被铲平。没有了心爱的过去时代的花园,没有了它的迷宫似的小道、旧时的气息和小树林的通幽曲径,他们怎样了呢?

他们已经去世?他们像失去希望的流亡者那样,正在现代的街道上徘徊?或者这对平凡人的幽灵正在月光下,公墓的柏树林里,沿着墓群边的小道,跳着魔幻似的小步舞?

对他们的回忆一直萦绕着我,纠缠着我,折磨着我,像一道伤痕留在我的心头。为什么?我也不知道。

您大概会觉得这很可笑吧?

骗　局＊

"那么女人呢?"

"嗯,什么? 女人?"

"嗯,再没有比她们更高明的魔术师了;她们随时都可以让我们上当受骗,不管有没有理由,往往仅仅是觉得搞鬼好玩儿。她们玩弄起诡计来让人难以置信,大胆得令人瞠目结舌,巧妙得简直无懈可击。她们从早到晚耍诡计,而且所有女人,哪怕是最忠厚的女人,最正直的女人,最理智的女人,无一例外。"

"我们必须补充一点,她们这样干有时确实是迫于无奈。男人经常像傻瓜那样执拗,像暴君那样苛求。一个当丈夫的,在家里,时时刻刻都想把他那些可笑的意志强加于人。他满脑子怪念头;他妻子就耍些小骗术来迎合他。她让他相信某种东西值多少钱,因为价钱说高了他会暴跳如雷。她总能摆脱困境,其方法之简单巧妙,待我们偶然发现以后,会两手一摊,愕然自语:'我怎么早没有看出来呢?'"

说话的人是一位前帝国①部长,德·L……伯爵,据说此人老奸巨猾,并且聪明过人。

一群年轻人正在听他高谈阔论。

他接着说:

"我就曾经被一个出身低微的小市民阶层女子坑骗过,那情节很富有喜剧性,那手段又可谓高明。我下面就讲给你们听听,让你们从中得些教益。"

＊　本篇首次发表于一八八二年十二月十二日的《吉尔·布拉斯报》,作者署名"莫弗里涅斯"。

①　帝国:指拿破仑第三皇帝统治下的法兰西第三帝国(1852—1870)。

* * *

我当时任外交部长。我有个习惯,每天早上在香榭丽舍大街上做一次长距离的散步。那是五月份,我一边走,一边贪婪地呼吸着初生嫩叶的清香。

不久我就发现每天都遇到一个非常可爱的年轻女子,一个带有巴黎特征的风姿绰约、令人惊羡的造物。漂亮吗?也漂亮也不漂亮。身材好吗?不,比好还要好。不错,腰有点儿太细,肩膀有点儿太窄,胸部有点儿太鼓;但是我喜欢这些肉鼓鼓的迷人的少妇,胜过米洛斯的维纳斯①那高大的骨头架子。

另外,她们碎步疾走的姿态更是美妙绝伦。单是她们身段的颤动就会让欲念在我们骨髓里沸腾。她好像经过时顺便瞅了我一眼。但是这些女人看上去总是什么都好像,我们永远也搞不清……

一天早上,我看见她坐在一条长椅上,手里拿着一本打开的书。我连忙在她旁边坐下。五分钟以后我们成了朋友。从此,每天见面先微笑着互相打招呼:"您好,太太。"——"您好,先生。"然后就聊起天来。她告诉我,她是一个公务员的妻子,生活很苦闷,欢乐很少,烦恼却不断,以及许许多多别的事。

我无意间,也可能是出于虚荣心,告诉她我是什么人;她装出惊讶的样子,装得惟妙惟肖。

第二天她到部里来看我,从此就经常来造访,门卫们渐渐都认识她了,远远看见她,就用他们给她起的名字小声地互相提醒:莱昂太太来了。——因为我的名字叫莱昂。

一连三个月,我每天上午都和她见面,却没有片刻对她感到厌倦,因为她是那么善于让她的爱不断变化而又富于刺激性。可是有一天我发现她两眼红肿、含着亮闪闪的泪水,欲言又止,好像有满腹的难言之隐。

---

① 维纳斯:希腊神话中爱和美的女神。此处指希腊米罗斯岛维纳斯女神雕像,现藏于巴黎卢浮宫博物馆。

我央求她，苦苦央求她把心中的烦恼告诉我；她才一边哆嗦着，一边咕咕哝哝地说："我……我怀孕了。"说罢便啜泣起来。"什么！"我露出一个可怕的表情，而且像别人听到类似消息一样，脸色顿时变得煞白。你们不会相信，意外做父亲的消息会给你们多么沉重的打击。但是你们迟早会尝到的。这一下轮到我结结巴巴了："可是……可是……你是有夫之妇，不是吗？"

她回答："是呀；但是我丈夫去意大利已经有两个月，还得过好久才回来。"

我坚持要不惜一切代价摆脱我的责任。我说："那就立刻去找他。"她的脸刷地红到耳根，低下头："可以……不过……"她不敢或许不肯再说下去。

我已经明白了，悄悄地把一个装着旅费的信封塞给她。

一个星期以后，她从热那亚给我寄来一封信。随后的一个星期，我接到从佛罗伦萨寄来的一封信。后来我又陆续收到从里窝那、罗马、那不勒斯寄来的信。她告诉我："我很好，亲爱的，但是我变得很丑。我不希望你在这件事结束以前看见我;你会不再爱我的。我丈夫没有起一点疑心。由于任务在身,他还得在这个国家待很长时间,所以我只好等分娩以后再回法国。"

又过了大约八个月,我收到来自威尼斯的一封信,只有这么几个字:"是男孩。"

不久以后的一天早上,她突然走进我的办公室,比以前更娇艳、更妩媚,并且一下子扑进我的怀里。

我们昔日的爱情重新开始了。

后来我离开了外交部,她又常到格雷奈尔街我的官邸来。她经常跟我谈起孩子,不过我几乎不听。这与我无关。我不时交给她数目相当大的一笔钱,只对她说一句:"替他存起来吧。"

又是两年过去了,她越来越热衷于把小"德·莱昂"的消息告诉我。有时候她还哭着说:"你不爱他,你连看看他都不愿意,你知道你让我多么伤心!"

经不住她的苦苦纠缠,终于有一天我答应:第二天在她带孩子去散步的时候,到香榭丽舍大街去一趟。

但是该动身时,我又害怕起来,不敢去了。人是软弱而又愚蠢的,谁知道到时候我心里会发生什么样的变化呢?万一我喜欢上我生的这个小东西,喜欢上我的儿子呢?

我已经把帽子戴在头上,手套拿在手里。我把手套扔在办公桌上,帽子扔在椅子上:"不,决定了,我不去,这样比较明智。"

就在这时,门开了。我弟弟走进来。他递给我一封早上刚收到的匿名信:"请转告令兄德·L……伯爵,卡塞特街的那个小女人在厚颜无耻地耍弄他。务请他去了解一下她的情况。"

我从来没有对任何人说过这桩历时已久的艳情。我简直惊呆了,便把这段故事从头到尾讲给弟弟听。不过我最后补充说:"至于我,我可不想亲自去过问这件事,还是麻烦你去打听一下吧。"

弟弟走了,我寻思:"她在什么事情上欺骗了我呢?莫非她另外还有情夫?我才无所谓呢!她年轻,清秀,漂亮;我对她也没有更高的要求了。她看样子还是爱我的,而且说到底,她让我付出的代价也不算高。真的,真弄不明白。"

弟弟很快就回来了。警察局向他提供了有关那女子丈夫的完整情况:"内政部职员,品行端正,得到好评,思想正统,但娶了一个非常漂亮的妻子,她的花销对于他的低微的职位来说,似乎太大了一点。"就这些。

我弟弟也曾经到她的住处去找过她,得知她出门了,便以重金打开了女看门人的话匣子:"D……太太,是个厚道的女人,她丈夫也是个厚道人。他们不傲慢,不很有钱,但是很大方。"

我弟弟随口问了一句:

"她那个小男孩现在多大了?"

"她哪儿来的小男孩呀,先生?"

"怎么?小德·莱昂呢?"

"不,先生,肯定是您弄错了。"

"可是两年前她去意大利旅行时生的那个呢?"

"她从来没有去过意大利,先生,她住在这儿有五年了,还从来没有离开过这座房子呢。"

我弟弟大感意外,再加盘问,反复打听,作了极其深入的调查。没有过孩子,也没有过什么旅行。

我实在太惊讶了,无论如何也想不通她演这出喜剧到底有什么目的。

"我想把这件事弄个明白,"我说,"我约她明天到这里来。你代替我接待她。如果她是成心耍弄我,你就把这一万法郎交给她。我再也不见她了,说实话,我已经开始厌倦了。"

你们信不信,前一天我还因为跟这个女人有一个孩子而感到懊悔,现在我却因为孩子没有了而恼火、羞愧,感到受了伤害。我自由了,摆脱了一切责任和一切焦虑,可是我满腔怒火。

第二天,我弟弟在我的书房里等她。她像平常那样兴冲冲地走进来,张开双臂朝他跑过去;看出是他,猛地停下。

他行了个礼,并表示歉意。

"我要请您原谅,太太,代替我哥哥在这里接待您;不过他委托我请您作一些解释,这些解释让他亲耳听到他也许会感到痛苦。"

接着,他紧盯住她的眼睛,突然说:

"我们知道您没有跟他生过孩子。"

她先是一阵惊愕,随即恢复了常态,坐下来,面带笑容地望着这位审判官。她爽快地回答:

"不错,我没有孩子。"

"我们也知道您从来没有去过意大利。"

这一次她痛痛快快地笑出声来。

"不错,我从来没有去过意大利。"

我弟弟大为震惊,接着说:

"伯爵委托我把这笔钱交给您,并且告诉您从此一刀两断。"

她恢复了严肃的神态,从容不迫地把钱放进口袋,天真地问:

"这么说……我再也见不到伯爵了?"

"是的,太太。"

她显得有些不快,但还是口气平静地说:

"算了;我其实一直是爱他的。"

看见她如此果断地就死了心,我弟弟也露出笑容问:

"好吧,现在请告诉我,您为什么要发明出旅行和生孩子这样一整套漫长而又复杂的诡计呢?"

她十分惊讶地望着我弟弟,好像他提出来的问题是一个愚蠢的问题。然后回答:

"噢,这个计策嘛;您难道以为像我这样一个微不足道的可怜的小市民阶层的女子,如果不施一点小计策,就能把德·L……伯爵,一位部长,一位爵爷,一位既有钱又有魅力的人,把住三年吗?不过现在结束了。也罢。本来就不可能永远维持下去。不管怎么说,在过去三年里,我还是成功了。请您代我向他致意吧。"

"可是……孩子呢?您不是曾经想让他看一个孩子吗?"

"孩子确实有,是我妹妹的。她借给我。我敢打赌,是她提醒你们的吧?"

"好,还有那些从意大利寄出的信呢?"

她为了能笑个痛快,索性又坐了下来。

"啊?那些信嘛,那就不是一句话两句话能说清的了。伯爵不是外交部长吗?"

"那么……还有呢?"

"还有就是我的秘密了。我可不愿意连累别人。"

她面带微微含有嘲弄意味的笑容道过别,就走了出去,像角色已经演完的女演员那样,激情不再。

*　　*　　*

作为教训,德·L……伯爵补充说:

"让你们去相信这些鸟儿吧!"

骑　马[*]

这一对可怜人仅靠丈夫的微薄薪金过着艰难的日子。结婚以来，他们已经生了两个孩子；最初还只是拮据，现在已经变成令人自卑、掩掩藏藏、羞于见人的贫困，无论如何也要硬撑着门面的贵族家庭的贫困。

埃克托尔·德·格里勃兰是在外省长大的；他过去在父亲的庄园里接受一位兼任家庭教师的年老的本堂神父的教育。那时他的家庭不算很富有，不过生活上还能勉强维持表面的风光。

后来，在他二十岁的时候，家人给他找了一个职位，于是他进了海军部，当上了年薪一千五百法郎的科员①。他就这样搁浅在这块礁石上。那些没有及早做好为生活而艰苦战斗的准备的人，那些隔着云彩看生活的人，那些既没有手段也没有毅力的人，那些没有自幼就发展其天赋、专长和奋斗能力的人，那些既不掌握武器又不掌握工具的人，都难免会这样触礁搁浅。

他在科里的头三年真是苦不堪言。

后来，他遇到几个亲朋故旧，大都是些落后于时代的老人，境况也不宽裕，住在所谓的贵族区，也就是圣日耳曼区的那几条冷清清的街上；可他总算有了一个熟人的圈子。

这些捉襟见肘的贵族分子，与现代生活格格不入，自卑而又傲慢。他们通常都住在死气沉沉的楼房的高层。这些住宅从上到下，住户都

---

* 本篇首次发表于一八八三年一月十四日的《高卢人报》；同年收入中短篇小说集《菲菲小姐》。

① 这一点与莫泊桑本人的经历颇有相似之处：他在二十二岁时进入海军部任科员，年薪一千五百法郎。

是有贵族头衔的;至于钱嘛,从二楼到七楼①,就似乎少得可怜。

这些昔日富贵荣华的贵族之家,由于游手好闲,已经破产了;但是他们还抱着世代相传的偏见,终日操心的是如何维护自己的门第,不失自己的身份。埃克托尔·德·格里勃兰就在这个圈子里遇到一个像他一样出身贵族但家境贫寒的年轻姑娘,跟她结了婚。

他们在四年里生了两个孩子。

在接下来的四年里,这夫妻俩饱受贫困的折磨,除了星期日去香榭丽舍大街散散步,冬天上几次——不,是一两次——剧院,还是一位同事送的票,他们没有任何消遣。

不过就在入春的时候,科长交给这个职员一项额外的工作,因此他得到三百法郎的额外报酬。

他把这笔钱拿回家,对妻子说:

"我亲爱的亨利埃特,咱们也该享受点什么了,比方说,带孩子出去玩一玩。"

讨论了很久,他们终于决定去乡间午餐。

"嗨,"埃克托尔大声说,"反正是只此一遭,又不是老有这个机会,咱们索性租一辆四轮大马车,你、两个孩子和女佣坐;我呢,我去马场租一匹马。这对我身体很有好处。"

整整一个星期,家里谈论的话题没有离开过这次计划中的郊游。

每天晚上,下了班回来,埃克托尔就把大孩子拉过来,让他骑在自己的腿上,使足力气颠他,把他颠得老高,一边对他说:

"看,下个星期日,去郊游的时候,爸爸就这样骑马飞跑。"

那孩子于是就整天骑着椅子绕着客厅里拖着走,一边高喊:

"这是爸爸在骑马。"

就连女佣,想象着先生骑着马伴随马车前进的情景,也用赞赏的目光看着他。每日三餐,她都留心听他谈论骑马术,讲他当年在父亲庄园

---

① 巴黎市的旧式楼房,按中国的习惯说法,大都有六七层;地平层,即中国所说的"一楼",多为商铺。

时的种种英勇事迹。啊！他曾在一所名校受过训练；只要两腿夹住马，他什么都不怕，真的什么都不怕。

他得意地搓着手，几次三番对妻子夸口：

"如果他们给我一匹不大听话的马，那我就太高兴了。你会看到我多么会骑马。而且，如果你愿意的话，从树林①回来的时候，我们还可以绕道香榭丽舍大街。那时我们该是多么风光！要是遇见一两个部里的人，那就更好了。只凭这么一下，就能得到头儿们的器重。"

到了说好的这一天，预订的车和马同时到了楼门前。他立刻下楼，检查他那匹马。他已经让家里人缝好了套在鞋底上扣紧裤脚的松紧带，手上舞弄着前一天刚买来的马鞭。

他把四条马腿一一扳起来，用手摸了摸；又触摸了马的脖子、两肋和飞节，用手试了试马的腰；然后掰开马嘴查看了它的牙齿，并且据此道出马的年龄。这时，全家人都下楼了，他又就马的问题，从理论到实践，从一般的马到眼前这匹马，侃侃而谈一番。据他看，这匹马可谓出类拔萃。

等家里人都已在马车上坐好了，他仔细检查了一下马鞍的肚带，便一只脚踏着马镫一跃而起，然后跌落在马背上。那牲口受此重压，猛地蹦跳了几下，差点儿把骑士摔下马来。

埃克托尔大吃一惊，连忙设法把它稳住：

"喂，冷静点，朋友，冷静点。"

等驮人的恢复了冷静，被驮的也恢复了镇静。他问道：

"都准备好了吗？"

众人齐声回答：

"好了。"

他就发令：

"出发！"

大队就开拔了。

全家人的目光都集中在他身上。他让马走着英式碎步，在马背上

---

① 树林：此处指巴黎西面的维希奈树林，在勒佩克、玛尔里附近，紧靠塞纳河。

夸张地大起大落。他屁股刚落在马鞍上,立刻又腾空而起,就好像要钻入天空似的。有好几次,他几乎都要跌倒在马鬃上了;他两眼紧紧地盯住前方,面部肌肉紧张,脸色煞白。

他的妻子抱着一个孩子,女佣抱着另一个孩子,两人一迭连声地说着:

"看爸爸,看爸爸!"

两个男孩被车马的运动、内心的欢乐和新鲜的空气陶醉了,不住地尖叫。不料那匹马被尖叫声惊着了,撒腿狂奔起来;骑士拼命勒马,头上的帽子也掉到地上。车夫只好从座上跳下来替他捡帽子。他一边接过帽子,一边远远地对妻子说:

"别让孩子们这么喊叫;不然我就管不住我的马了。"

他们在维希奈树林里的草地上吃了午餐,食品是装在盒子里带来的。

虽然三匹马由车夫照管着,埃克托尔还是不时地站起来,走过去看看他那匹马是不是缺少什么;他抚摸它的脖子,喂它面包、糕点和糖果。

他说：

"这可是一匹烈性子马。一开始，我还真有点驾驭不住它；不过你看见了，我很快就轻松自如了：它承认终于遇到了能制服它的人，再也不敢乱动了。"

正像他们原先决定的，他们回家的时候取道香榭丽舍大街。

宽阔的林阴大道上车水马龙。两边的行人道上游人如织，就像从凯旋门到协和广场拉了两条流动的黑色缎带。阳光普照大地，把车子上的漆、马具上的钢和车门上的把手都映照得铮明闪亮。

一股运动的热望，一种生活的陶醉，似乎在激励着这些人、这些车辆和这些马匹。远处，在一片金色的水蒸气里，方尖碑高高耸立着。

埃克托尔的马一过凯旋门，就像突然激起一股新的热情，在急速滚动的车轮之间穿来穿去，朝马棚方向疾驰，尽管它的骑士想方设法叫它安静些，也无济于事。

他们的马车现在已经远远落在后面了；到了工业宫①对面，马看见那边宽敞，就向右拐弯，纵蹄飞奔。

这时，一个系着围裙的老妇人正慢慢吞吞地横穿马路；她不偏不倚恰好挡在埃克托尔要走的道上，而他正骑着马飞快地向她冲过去。埃克托尔控制不住自己的马，只能大声疾呼：

"喂！当心！喂！那边的！"

她大概是个聋子，因为她依然若无其事地继续踱着慢步，直到那匹像火车头一样冲过来的马的前胸撞到她，让她翻了三个大跟头，摔到十步开外。

一些过路人高喊：

"拦住他！"

埃克托尔已经吓坏了，他揪住马鬃，大喊：

"救命啊！"

马尥了一个大蹶子，把他抛起来，像子弹一样越过马头，落在一个正追过来拦截他的警察的怀里。

---

① 工业宫：一八五三年为一八五五年的巴黎世界博览会修建；已于一九〇〇年拆除。

转眼间,他的四周就围了一群人,个个义愤填膺,指手画脚,骂骂咧咧。一位老先生,佩带一枚圆形大勋章,留着两撇大白胡子,表现尤为激烈。他一再说:

"妈的!一个人要是笨到这种程度,就该待在家里。不会骑马,就不该到大街上来草菅人命。"

这时,四个男子抬着一个老太婆出现了。那老太婆看上去就跟死人一般,面孔蜡黄,软帽歪在一边,浑身沾满泥土。

"把这个妇女抬到药房去,"那位老先生命令道,"咱们呢,一起去警察局。"

埃克托尔被两个警察夹在中间走了,另有一个警察拉着他的马。后面跟着一大群人。这时那辆四轮马车忽然出现了。他妻子立刻跑了过来,女佣已经吓得魂飞魄散,孩子们一个劲地乱嚷嚷。他向妻子解释说,他撞倒了一个妇女,没什么大不了。他马上就会回家。惊慌万状的家人这才离去。

到了警察局,没用多长时间就把事情说清楚了。他报了姓名:埃克托尔·德·格里勃兰,任职于海军部;然后就等候伤者的消息了。派去打听消息的警察回来了。老太婆已经苏醒过来,不过据她说,身子里面还非常痛。那是个给人家做家务活的,六十五岁,叫西蒙太太。

埃克托尔听说她没有死,立刻恢复了希望。他答应负担她的治疗费用。然后就向药房跑去。

一大堆人聚在药房门口;老太婆倒在一张靠背椅里,不住地呻吟着,两手一动不动,脸上毫无表情。两位医生还在替她做检查。胳膊腿都没有骨折,不过就怕有内伤。

埃克托尔问她:

"您很痛吗?"

"是啊!"

"哪儿痛?"

"胃里火烧火燎的。"

一位医生走过来:

"先生,您就是肇事人吗?"

"是的,先生。"

"最好把这个妇人送到疗养院去。我知道有一家疗养院可以接待她,一天只要六法郎。您要我帮您办手续吗?"

埃克托尔求之不得,道了谢,如释重负,就回家了。

妻子正等着他,一把鼻涕一把泪。他叫她放心。

"没什么大不了的,这位西蒙太太已经见好了,再过两三天就完全没事了。我已经把她送进一家疗养院;没什么大不了的。"

没什么大不了!

第二天,他从办公室出来,就去打听西蒙太太的消息。

他进门的时候,她正心满意足地喝着一碗油腻的肉汤。

"怎么样呀?"他问。

"哎呀!我可怜的先生,还是老样子。我觉得玩完了,一点也没见好。"

医生表示还得再等一等,因为伤势有可能突然恶化。

他等了三天,然后又来看她。老太婆容光焕发,两眼有神,但是一看见她就又呻吟起来。

"我再也动不了啦,我可怜的先生;我再也动不了啦。一直到死,我也就这个样子了。"

埃克托尔不禁打了个寒战。他要求见医生。医生抬起双手:

"先生,有什么办法呢!我也搞不清是怎么回事:只要一扶她起来,她就吱哇喊叫。连挪一下她的椅子,她都撕肝裂肺似地嚎叫。我只能相信她对我说的话,先生;我总不能钻到她肚子里去。反正,在没有看到她下地走动以前,我没有权利假设她在说谎。"

那老妇人在一旁听着,一动不动,闪着狡黠的目光。

一个星期过去了,半个月过去了,一个月过去了。西蒙太太还是没有离开她的靠背椅。她从早到晚不住嘴地吃,越来越发福,而且和病友聊起天来乐呵呵地没完没了;她已经习惯了坐享现成的生活,仿佛五十年的爬楼梯、掸地毯、一层楼一层楼地送煤、辛辛苦苦地洗洗涮涮,终于赢来了当之无愧的休息。

埃克托尔简直要急疯了;他每天都来看她,而她总是神安气定、心

安理得,而且坚持宣称:

"我再也动不了啦,我可怜的先生,我再也动不了啦。"

每天晚上,忧心如焚的格里勃兰太太都问:

"西蒙太太怎么样了?"

每一次,他都灰心丧气地回答:

"没有变化,没有丝毫变化!"

他们辞退了女佣,因为那份工钱他们现在实在负担不起了。他们比以往更加省吃俭用,连那笔额外报酬都全部贴进去了。

埃克托尔于是邀集了四位大名医给老太婆会诊。她听凭他们摸呀,按呀,扪呀,一边用狡猾的眼光瞟着他们。

"要让她走路。"一个医生说。

她马上叫嚷起来:

"我走不了,我的好先生们呀,我走不了。"

于是他们紧紧抓住她,把她提起来,拖了几步;但是她从他们手里挣脱出来,一屁股瘫倒在地板上,叫喊得那么吓人,他们只好又小心翼翼地把她抬回去,安放在她的靠背椅里。

病情究竟如何,他们的看法很谨慎;不过他们还做出结论,说她无法工作。

埃克托尔把这个消息告诉妻子,她一下子倒在椅子上,口中咕哝着说:

"还不如把她接到这儿来呢,总可以少花点钱。"

他一听就跳了起来:

"接到这儿来,到咱家来,你在说胡话吧?"

可是她现在已经什么委曲求全的事都愿意做了,眼泪汪汪地说:

"你说有什么法子呢,我的朋友,这不是我的过错呀!……"

两个朋友*

巴黎陷入重围①,忍饥挨饿,痛苦呻吟。屋顶上的麻雀显著地稀少了,连阴沟里的老鼠也数量骤减。人们什么都吃。

莫里索先生,职业是钟表匠,因为时局变化成了家居兵②。一月里的一个早晨,天气晴朗,他两手揣在制服的裤袋里,肚子空空,在环城林阴大道上溜达。他突然在一个同样身穿军服的人面前站住,因为他认出对方是他的一个朋友。那是索瓦热先生,以前常在河边钓鱼的一个老相识。

战前,每逢星期日,莫里索都是天一亮就一手拿着竹制渔竿、一手提着白铁罐出门了。他乘坐开往阿尔让特伊的火车,在科隆布下车,然后步行到玛朗特岛。一到这个令他梦绕魂牵的地方,他马上就钓起鱼来,一直钓到天黑。

每个星期日,他都在那儿遇见一个快活开朗的矮胖子,就是这位索瓦热先生。他在洛莱特圣母院街开服饰用品店,也是个钓鱼迷。他们常常手执钓鱼竿,两只脚在水面上摇晃着,并排坐在那里度过半天的时光。他们就这样互相产生了友情。

有些日子,他们一句话都不说。有时候,他们也聊聊天。不过即使一言不发,他们也能彼此心领神会,因为他们有着相同的爱好和一样的情怀。

春天,上午十点钟左右,恢复了青春活力的阳光,在静静的河面上蒸起一层薄雾,顺水飘移;也在两个痴迷的垂钓者的背上洒下新季节的

---

* 本篇首次发表于一八八三年二月五日的《吉尔·布拉斯报》,作者署名"莫弗里涅斯";同年收入中短篇小说集《菲菲小姐》第二版。
① 指普法战争(1870—1871)期间普鲁士军队围困巴黎。
② 家居兵:普法战争期间巴黎的国民自卫军,因不执行任务时住在家里,故有此俗称。

一股甜美的暖意。偶尔，莫里索会对身旁的伙伴说："嘿！多舒服啊！"索瓦热先生会回答："真是再舒服不过了。"对他们来说，这就足以让他们互相理解、互相敬重了。

秋天，白日将尽的时候，在夕阳照射下天空如血，猩红的云彩倒映在河面上，整个河流变成了紫红色，天际仿佛燃起了大火，两个朋友笼罩在火一样的红光里，预感到冬天将至而瑟瑟发抖的枯黄的树木也披上了金装。索瓦热先生微笑着看看莫里索，慨叹道："多美的景致啊！"而心旷神怡的莫里索，眼睛不离浮子，回答道："比林阴大道美多了，嗯？"

且说他们彼此认出来以后，就用力地握手；在这样迥然不同的情况下不期而遇，他们都十分激动。索瓦热先生叹了口气，咕哝着说："发生了多大的变化哟！"本来脸色阴郁的莫里索也感慨地说："多好的天气呀！今天，还是今年第一个好天气。"

天空的确是一片蔚蓝，充满阳光。

他们心事重重、闷闷不乐地并肩走着。莫里索接着说："还记得钓鱼吗？回想起来多么有趣呀！"

索瓦热问："咱们什么时候再去？"

他们走进一家咖啡馆，每人喝了一杯苦艾酒，然后又继续在人行道上溜达。

莫里索忽然站住，说："再喝一杯呀，嗯？"索瓦热先生同意："随您的便。"他们又走进一家酒店。

从那家酒店出来的时候，他们已经晕晕乎乎，就像一般空着肚子喝酒的人一样，有些头晕眼花了。天气暖和，微风轻拂着他们的脸。

经和风一吹，索瓦热先生完全醉了。他停下来，说："咱们现在就去？"

"去哪儿？"

"当然是去钓鱼。"

"去哪儿钓？"

"当然是去我们那个岛上了。法国军队的前哨就在科隆布附近。我认识迪穆兰上校；他们会放我们过去的。"

莫里索兴奋不已:"就这么说。我同意。"他们便分手,各自回去取钓鱼工具。

一小时以后,他们已经并肩走在公路上。他们来到上校占用的那座别墅。上校听了他们的请求,觉得很可笑,不过还是同意了他们的奇怪念头。于是他们带着通行证继续前行。没多久,他们就越过前哨阵地,穿过居民已经逃离的科隆布,来到几小块葡萄园边上;从葡萄园沿斜坡下去,就是塞纳河。这时是十一点左右。

河对面,阿尔让特伊村一片死寂。奥热蒙和萨努瓦两座山岗俯视着整个地区。辽阔的平原一直伸展到南泰尔,除了光秃秃的樱桃树和灰突突的土地,到处都是空荡荡的。

索瓦热先生指着那些山岗,低声说:"普鲁士人就在那上头。"面对荒无人烟的原野,一阵莫名的恐惧令他们毛骨悚然。

普鲁士人!他们还从来没有亲眼见过;不过几个月以来,他们时刻感觉到这些人就在那里,在巴黎的周围,蹂躏着法兰西,烧杀抢掠,散布饥馑;虽然看不见他们,但感觉得到他们无比强大。他们对这个得胜的陌生民族,仇恨之外更有一种近乎迷信般的恐惧。

莫里索结结巴巴地说:"喂!万一碰上他们呢?"

尽管情况险恶,索瓦热先生依然以巴黎人特有的幽默口吻回答:"咱们就请他们吃一顿生煎鱼。"

但是周围是那么寂静,是否还冒险穿越田野,他们吓得犹豫不决了。

最后,索瓦热先生还是下了决心:"走,继续前进!不过要小心。"他们弯着腰,利用葡萄藤作掩护,睁大眼睛,竖直耳朵,从一片葡萄园里爬了下去。

现在还剩下一条裸露的地带,越过它就到达河岸了。他们一阵快跑,到了河边,马上蹲在干枯的芦苇丛里。

莫里索把脸紧贴地面,听听附近是否有人走动。他什么也没有听见。只有他们,肯定只有他们。

他们于是放下心来,开始钓鱼。

荒凉的玛朗特岛挡在他们面前,也为他们挡住了河对岸的视线。

岛上那家饭馆的小屋门窗紧闭,就好像已经被人遗弃多年了似的。

索瓦热先生首先钓到一条鮈鱼。莫里索接着也钓到一条。他们隔不多时就抬起渔竿,每一次钓线上都挂着一个银光闪闪、活蹦乱跳的小东西。这次钓鱼的成绩简直神了。

他们小心翼翼地把鱼放到一个织得很密的网兜里,网兜就浸在他们脚边的水中。他们内心喜滋滋的;这种喜悦,是一个人被剥夺了某种心爱的乐趣,时隔很久又失而复得的时候,才能感受到的。

和煦的阳光在他们肩头洒下一股暖流;他们什么也不听;他们什么也不想;仿佛世界的一切都不存在;他们只知道钓鱼。

但是,突然震耳欲聋的一声巨响,仿佛是从地下传来一样,大地都应声发抖。那是大炮又轰鸣起来。

莫里索扭过头去,越过堤岸,向左上方望去,只见瓦雷利安山的巨大身影的额头上有一朵白絮,那就是它刚刚喷出来的硝烟。

紧接着第二朵烟花从堡垒顶上冲出来;过了一会儿,又是一声炮响。

炮声一下连着一下,山头喷出一股股死亡的气息;吐出的乳白色烟雾,在静静的天空里缓缓上升,在山的上空形成一片烟云。

索瓦热先生耸了耸肩膀,说:"瞧,他们又开始了。"

莫里索正在紧张地望着他的一次又一次往下沉的浮子;突然,这个性情平和的人,对这些人疯子般地热衷于战争怒从中来,低声抱怨道:"一定是傻瓜才会这样自相残杀。"

索瓦热先生接着他的话说:"连畜生也不如。"

莫里索刚钓到一条欧鲌,他表示:"可以这么说,只要这些政府还在,这种情况永远也不会改变。"

索瓦热先生接过他的话,说:"不过,如果是共和国,就不会宣战了……"

莫里索打断他的话:"有了国王,打外战;有了共和国,打内战。"

他们就这样平心静气地讨论起来。他们以温和而又眼界狭窄的老好人的简单理智分析重大的政治问题,最后取得了一致的看法,就是人类永远都不能得到自由。瓦雷利安山上的炮火依然无休止地轰鸣。敌人的炮弹正在摧毁一座座法国人的房屋;粉碎无数人的生活;摧毁数不清的生灵;葬送许多人的梦想,许多人期待着的欢乐,许多人梦寐以求的幸福;在妇女们的心里,在女儿们的心里,在母亲们的心里,在这里和许多其他的地方,留下永远无法治愈的痛苦的创伤。

"这就是生活。"索瓦热先生感慨地说。

"还不如说这就是死亡。"莫里索接过他的话茬,微笑着说。

但是他们突然吓得打了个寒战,因为他们真切地感觉到有人在他们身后走动。他们回过头去一看,只见四个人,四个全副武装的彪形大汉,全都蓄着胡子,衣着像是身穿号衣的家丁,戴着平顶军帽,正紧挨他们的肩膀站着,手中端的枪指着他们的面颊。

两根钓鱼竿从他们手中滑落,掉进河里。

几秒钟的工夫,他们就被抓起来,绑起来,带走,然后扔进一只小船,划到对面的岛上。

在那座他们原以为没有人住的房子后面,他们看到二十来个德国兵。

一个满脸胡须的巨人似的家伙,倒骑着一把椅子,抽着一个老大的瓷烟斗,用一口纯正的法语问他们:"喂,先生们,钓鱼的成绩挺好吧?"

这时候,一名士兵把满满一网兜鱼放到军官的脚边;他倒没忘了把这鱼兜儿也带来。那普鲁士军官笑着说:"嘿!嘿!我看成绩不错嘛。不过我们现在要谈的是另一回事。请听我说,不要慌嘛。

"我认为,你们两个是间谍,是派来侦察我的。我捉住你们,就该枪毙你们。你们假装钓鱼,是为了更好地掩盖你们的企图。你们落到我手里,也是你们活该;这是战争嘛。

"不过,你们是从他们的前哨阵地过来的,肯定知道回去用的口令。把口令告诉我,我就饶了你们。"

两个朋友脸色煞白,并排站在那里,紧张得两手微微颤抖,但他们一句话也没说。

那军官接着说:"谁也不会知道的;说出来,你们就可以平平安安回去了。你们一走,这秘密也就随着你们消失了。可是如果你们拒绝交出来,那就是死,而且马上就死。由你们选吧。"

他们一动不动,一声不吭。

普鲁士军官依然平心静气,伸手向河那边指了指,说:"你们想想看,再过五分钟你们就要淹死在这条河里了。再过五分钟!你们想必都有亲人吧?"

瓦雷利安山仍旧炮声隆隆。

两个钓鱼人始终站在那里,沉默不语。德国人用本国话下了几道命令。然后,他把椅子挪了个地方,以免离两个俘虏太近。十二个士兵走过来,站在距他们二十米的地方,枪柄抵着脚尖。

那军官又说:"我再给你们一分钟,多一秒都不给。"

然后,他猛地站起来,走到两个法国人跟前,抓住莫里索的胳膊,把他拉到一边,低声对他说:"快说,口令是什么?你的伙伴绝对不会知道的;我就假装心软了。"

莫里索先生没有回答。

普鲁士人于是又把索瓦热先生拉到一边,向他提出同样的问题。

索瓦热先生没有回答。

他们又并排站在一起了。

那军官开始发令。士兵们举起武器。

这时,莫里索的目光偶然落在几步以外草丛里的装满鮈鱼的网兜上。

在一缕阳光的照射下,那堆还在挣扎的鱼闪着银光。他几乎要昏过去;尽管他强忍住,还是热泪盈眶。

他结结巴巴地说:"再见了,索瓦热先生。"

索瓦热先生回答:"再见了,莫里索先生。"

他们握了握手,浑身不由自主地哆嗦着。

那军官喊了声:"开枪!"

十二支枪同时响起。

索瓦热先生脸朝下,一头栽倒。比较高大的莫里索晃了几晃,身子打了个半旋,仰面倒在他伙伴的身上;从被打穿的制服的前胸涌出一股股鲜血。

德国军官又下了几道命令。

他手下的人散去,然后带着绳子和石头回来。他们把两个死者的脚捆在一起,然后把他们抬到河边。

瓦雷利安山还在轰响,现在硝烟已经像一座小山压在山头。

两个士兵抓住索瓦热先生的头和腿,另外两个士兵同样地抓住莫里索先生。他们用力荡了几下这两具尸体,便把它们远远抛出去。尸体划了一个弧线,系着石头的脚冲下,落到河里。

河水溅了起来,翻滚了几下,颤动了片刻,又逐渐恢复了平静,微微的涟漪一直扩展到两岸。

水面漂浮着一点鲜血。

始终泰然自若的军官低声说:"现在轮到鱼去结束他们了。"

然后他向那小屋走去。

他突然看到草丛里的那兜鮈鱼。他捡起鱼兜,欣赏了一会儿,微笑了一下,呼道:"威廉!"

一个穿白围裙的士兵连忙跑来。那普鲁士军官把两个被枪杀的人钓来的鱼扔给他,吩咐道:"趁这些小东西还活着,赶快去给我煎一煎。味道一定很美。"

然后他又抽起烟斗来。

在 海 上[*]

献给亨利·塞阿尔[①]

最近在报纸上读到如下消息:

滨海布洛涅[②]一月二十二日讯:

近两年来我地区沿海渔民已饱受苦难,现又有一桩可怕的祸事令他们震惊不已。由船主雅维尔驾驶的渔船,进港时被冲向西边,在防波堤的岩壁上撞得粉碎。

尽管救生船大力营救,射缆炮射出了缆绳,四个成年人和一个少年见习水手仍旧丧生。

坏天气仍在继续。人们担心还会发生新的惨祸。

这位雅维尔船主是谁?就是那个独臂人的哥哥吗?

如果被巨浪卷走、也许已随着船的残骸葬身海底的可怜人,正是我想的这个人,那么十八年前,他也曾目击过另一场悲剧;那场悲剧像所有这类悲剧一样,既可怕而又简单。

大雅维尔那时是一艘拖网渔船的船主。

拖网渔船是渔船中的佼佼者。它坚固,再恶劣的天气它都不怕;它的腹部圆圆的,像软木塞一样任凭海浪怎样不住地颠簸;它一年到头在

---

[*] 本篇首次发表于一八八三年二月十二日的《吉尔·布拉斯报》,作者署名"莫弗里涅斯";同年收入短篇小说集《山鹬的故事》。
[①] 亨利·塞阿尔(1854—1924):法国作家。以左拉为首的自然主义文学集团的宣言性小说集《梅塘晚会》中载有他的中篇小说《放血》。
[②] 滨海布洛涅:简称布洛涅,法国西北岸海港,临拉芒什海峡。

外面，一年到头受着拉芒什海峡①带咸味的厉风的鞭打；它鼓起帆，不知疲倦地乘风破浪，船的一侧拖着一面大网擦过海底，把沉睡在岩石间的各种海生小动物：贴在沙子上的平鱼呀，长着钩形爪子的大螃蟹呀，长着尖触须的鳌虾呀，统统扒起来，一网打尽。

等风轻浪小的时候，船就开始捕鱼。渔网固定在一根包着铁的大木杆上，船的两头有两个磙子，绳索在这些磙子上滑动，把杆子放到海里。船呢，就随着风顺着水漂流，拖着这副渔具蹂躏和搜刮海底。

雅维尔的船上有他的弟弟、四个大人和一个少年见习水手。一天天气晴好，他从布洛涅出发去撒网。

不料，没有多久就起风了；突如其来的狂风迫使拖网渔船逃跑。它逃到英国海岸；但是汹涌的大海拍打着峭壁，冲击着陆地，根本进不了港。小船只得重返大海，回到法国海岸。但是暴风雨还在肆虐，浪花、喧声和危险包围着逃难者的所有登陆点，它仍然无法通过防波堤。

拖网渔船又离开了；它在波峰浪尖上横冲直撞，摇晃着，颠簸着，水哗哗流，海浪不断劈头打来。不过尽管如此，它仍然情绪高昂，因为它已经习惯了这种恶劣的天气；碰上这种天气，它有时一连五六天在两个邻国之间流荡，在哪一国都靠不了岸呢。

后来，风暴终于平息了。船正好在大海上，所以尽管浪比较大，老

---

① 拉芒什海峡：法国西北部和英国大不列颠南部之间的海峡，英文称英吉利海峡。

板还是吩咐把拖网撒下去。

巨大的拖网被抬到船舷外边;两个人在前面,两个人在后面,开始用磙子把拴住拖网的绳索往下放,拖网猛地触到海底;但是一个很高的浪头把船打得倾向一边,正在船头指挥下网的小雅维尔身子踉跄了一下,他的胳膊夹在船身摇晃的一瞬间松弛了的绳索和滑动绳索的木杆之间。他拼命地使劲,试图用另一只手把绳索扳起来;但是拖网已经在拖动,紧绷的绳索纹丝不动。

他痛得龇牙咧嘴,大声疾呼。所有的人都跑了过来,他的哥哥也撂下了舵柄。他们扑向绳索,竭尽全力要把被绳索绞住的那条胳膊解脱出来。没有成功。"只好把绳索砍断了。"一个水手说;他随即从口袋里掏出一把宽背刀,用这把刀只要两下子就可以挽救小雅维尔的胳膊。

但是砍断绳索,也就丢了拖网,而这拖网是值钱的,值很多钱,一千五百法郎。拖网属于大雅维尔,他对自己的东西一向是非常珍惜的。

就像有人要割他的心似的,大雅维尔连忙叫喊:"别,别砍,等等,我来试试贴近风开。"说罢他跑到舵边,把整个舵柄往下压。

渔船一方面被渔网拖住失去了推动力,形同瘫痪;另一方面受到偏流和风力的牵制,几乎不听人的操纵。

小雅维尔已经痛得跪在地上,咬牙切齿,满眼惊慌。他什么也没有说。他的哥哥一直担心着那个水手的刀子,又跑了回来:"等等,等等,别砍,还是把锚抛下去。"

锚抛了下去,整条锚链都放完了,然后开始旋转起锚的绞盘,让拖网的绳索放松。绳索终于松动了,他们把血淋淋的毛呢袖子里的那条已经没有生气的胳膊抽了出来。

小雅维尔好像傻了。人们帮他把上衣脱掉,只见一个可怕的东西,一段碾得烂糟糟的肉,突突直冒血,就像唧筒抽出来的一样。他望着自己的胳膊,低声说:"完蛋了。"

不一会儿,流出的血就在甲板上都积成了一汪,一个水手喊道:"他的血都快流干了,应该把血管扎起来。"

于是他们找来一条绳子,一根棕色的涂了焦油的粗绳子,在伤口上方把胳膊捆起来,用力勒紧。血渐渐不再涌了,直到完全止住。

小雅维尔站起来,那条胳膊悬在一侧。他用另一只手抓住它,把它抬起来,转了一转,又摇了一摇。胳膊整个儿断了,骨头都碎了,只有肌肉还连着这一块肢体。他伤心地打量着它,沉思着。后来,他走到折好的帆篷上坐下来,同伴们建议他要不断地浸湿伤口,避免发生黑病①。

有人拎了一桶水放在他身边,他隔一会儿就用玻璃杯舀一些清水,慢慢地浇在令人惨不忍睹的伤口上。

"你到下面去也许好一点。"哥哥对他说。他下去了;可是过了一个钟头他又上来,因为他孤单一个人觉着不舒服。再说,他更喜欢外面的新鲜空气。他又在帆篷上坐下,继续用水浇他的胳膊。

捕鱼的收获很好。一堆白肚皮的大鱼躺在他身边,做着临死前的痉挛。他看着那些鱼,以便不停地往自己稀烂的肉上浇水。

就在他们要返回布洛涅的时候,又是一阵狂风大作;小船又开始了疯狂的奔驰,先是高高跃起,然后一个跟头跌下去,不停地摇撼着这个可怜的伤员。

黑夜来临。一直到天亮天气都很恶劣。太阳升起的时候,他们眺见的又是英国,不过海面已经不那么波涛汹涌,他们于是迂回曲折地向法国方向驶去。

傍晚,小雅维尔把伙伴们叫来,让他们看一些黑斑,那是在已经算是他的身体的断肢部分出现腐烂的不祥征兆。

水手们一边看,一边发表各自的看法:

"很可能是黑病。"一个说。

"看来要用盐水冲洗。"另一个说。

于是有人拎来了盐水,倒在伤口上。伤者的脸已经苍白,牙齿锉得咯咯响,微微扭动着身子;但是他仍然没有喊痛。

过了一会儿,火辣辣的疼痛减轻些了,他对哥哥说:"把你的刀子给我。"哥哥把刀子递了过去。

---

① 黑病:指坏疽。

"把我的胳膊抬起来,拉直,使劲拉。"

哥哥照他的要求做了。

于是他自己用刀割起来。他割得很慢,都是琢磨好了再下刀,就这样他用剃刀一样锐利的刀刃割断了最后的肌腱;很快,就只剩下一个残端了。他深深叹了一口气,说:"只好这样。不然我就完蛋了。"

他好像轻松了些,用力地呼吸着。他又向剩下的那段胳膊上泼起水来。

这一夜天气仍然很坏,无法靠岸。

天亮了,小雅维尔抓起他那段割下来的胳膊,端详了很久。它已经开始腐烂。伙伴们也都围过来看,他们在手上互相传递着这个断肢,摸弄着,翻过来掉过去地看,还有用鼻子闻的。

他哥哥说:"还是立刻扔到海里去吧。"

但是小雅维尔生气了:"啊!不行,啊!不行。我不愿意。这是我的,对不对,既然是我的胳膊。"

他把断臂抓过来,夹在自己的两腿中间。

"它反正要烂掉。"哥哥说。这时受伤者倒有了个主意。在海上时间长的时候,为了保存鱼,人们总把鱼装在桶里用盐腌起来。

他问:"我能不能把它放在盐水里?"

"这,当然可以。"其他人齐声说。

于是人们把一满桶前两天捕到的鱼倒出来,然后把那条胳膊放到最底下;上面撒上盐,再把鱼一条一条放回去。

水手当中有个人开了个玩笑:"但愿咱们别把它在鱼市上跟鱼一起卖掉。"

除了雅维尔兄弟俩,其他人都笑了。

风还在刮。船朝着布洛涅方向迂回航行,直到第二天上午十点钟。受伤者一直不停地往自己的伤口上泼着水。

他时不时地站起来,从船的这头走到那头。

他哥哥在掌舵,目光随着他,一边连连摇头。

他们终于回到港口。

医生检查了伤口,表示情况良好;给他包扎好以后,嘱咐他好好休息。但是在没有取回他的胳膊以前,雅维尔无论如何也不愿意躺下,所以他急忙赶回港口,找到了他画上十字记号的那个鱼桶。

人们当着他的面把桶倒光;他捡起在盐水里保存得很好的胳膊。那胳膊已经有点起皱,不过还新鲜。他用特地带来的毛巾把它包好,带回了家。

他的妻子和孩子们久久地端详着父亲的这段废肢,摸摸手指头,剔掉指甲缝里残留的盐粒;然后请来一位木匠做了一个小棺材。

第二天,拖网渔船的全体船员都参加了这截断臂的下葬仪式。两兄弟肩并肩走在送葬队伍的前面。本堂区教堂的圣器室管理人腋下夹着那段尸体。

小雅维尔不再出海。他在港口上得到一个低微的职务。后来每谈起他那桩不幸的事故,他总是悄声跟人吐露这句心里话:"如果我哥哥当时肯砍断拖网,我的胳膊本来是能保住的,我敢肯定。但是他太看重自己的利益了。"

珂珂特小姐[*]

我们正要从疯人院走出来的时候,我忽然看见院子的一个角落里有个瘦瘦的高个子男人,在执拗地做着召唤一条幻想中的狗的动作。他用亲切、温柔的声音喊着:"珂珂特,我的小珂珂特,到这儿来,珂珂特,到这儿来,我的美人儿。"一边还像人们吸引动物注意时常做的那样拍着大腿。我不禁问医生:"那个人怎么啦?"他回答:"啊!那人没有什么太有趣的。他是个车夫,叫弗朗索瓦,他把自己的狗淹死了,因此发了疯。"

我一再请求:"您就给我说说他的故事吧。有时候最简单、最平常的事反而最能打动我的心呢。"

下面就是那个人的遭遇,全都是从他的同伴,一个马夫那里听来的。

在巴黎郊区生活着一户殷实的中产阶级人家。他们住在塞纳河边,一个大花园中间的一座别墅里。那家的车夫就是这个弗朗索瓦,一个有点笨手笨脚的小伙子,心地善良,为人憨厚,容易上当受骗。

一天晚上,在回主人家的路上,一条狗尾随着他走起来。他起初没有注意;但是那畜生紧跟不舍,他于是回过头去,看看是不是认识这条狗。不,他从来没见过。

这是一条瘦得可怕的狗,垂着长长的乳房。它在他身后慢慢跑,夹着尾巴,耷拉着耳朵,一副饿狗的可怜相。他停下,它也停下;他走,它也走。

他想把这条瘦得皮包骨的畜生赶开,大吼一声:"滚,快给我滚开!

---

[*] 本篇首次发表于一八八三年三月二十日的《吉尔·布拉斯报》,作者署名"莫弗里涅斯";一八八四年收入短篇小说集《月光》。

去！去！"它拖后几步，蹲下来，等着。车夫一迈步，它又跟在后面走起来。

他假装捡石头。那动物剧烈地晃荡着松弛的乳房，逃得稍远一点；但是他刚一转身，它又追上来。

车夫弗朗索瓦心软了，于是招呼它过来。那母狗扭扭捏捏地走过来，脊背弯成弓形，一根根肋骨把皮都拱起来了。他抚摸着这些突起的骨头，见它那么可怜，大动恻隐之心。"那么，来吧！"他说。它感觉到自己已经被收留，立刻摇起尾巴，不再是跟在新主人身边，而是到前面跑起来。

他把它安置在马房的草垛上，便跑到厨房去取面包，它吃了个大饱，就蜷成一团，睡着了。

第二天车夫告诉了主人们，他们允许他留下它。这是一条很好的狗，跟人亲热而又忠实，聪明而又温柔。

但是过了不久人们就发现它有一个可怕的缺点。它一年到头都燃烧着爱情的火焰。在不长的时间里它就认识了当地所有的公狗，它们没日没夜地围着它转来转去。它抱着妓女那来者不拒的态度，对它们给以同样的款待，似乎跟每一条公狗都相处得和美之极。它后面总带领着一支由各种类型的狗组成的队伍，有的像拳头那么小，有的有驴那么大。它统率着它们在大路上没完没了地游荡；它在草地上停下来休息，它们就环绕它围成一圈，伸着舌头，望着它。

当地人都视之为怪物；还从来没有人见过这样的狗。连兽医也弄不懂是怎么回事。

晚上它回到马房，那群公狗就向别墅发起围攻。它们从花园四周的绿篱钻进来，毁坏花圃，糟践花木，把花坛刨出一个个坑，弄得马夫十分恼火。它们整夜在女友住的马房周围叫个不停，怎么也没法让它们走开。

白天它们甚至蹿进房子里来。那简直成了一场入侵，一场祸害，一场灾难。在楼梯上，甚至在卧室里，主人们随时都可能遇见尾巴上像插着羽翎似的黄毛小狗、猎狗、獒狗、无家可归的脏兮兮的野狗、把孩子们吓得抱头鼠窜的巨大的纽芬兰狗。

当地还来了一些十法里方圆内没人认识的狗，谁也不知道它们从哪里来，谁也不知道它们怎么活命，后来又没了踪影。

然而弗朗索瓦却非常喜爱珂珂特。他给它起名叫珂珂特，并没有什么恶意，虽然这名字它当之无愧①。他经常说："这个畜生，简直跟人一样，除了不会说话。"

他给它定做了一条漂亮的红色皮颈圈，吊着一块小铜牌，上面刻着这样几个字："珂珂特小姐，车夫弗朗索瓦所有。"

它变得臃肿不堪。它原先瘦得可怜，现在胖得出奇，圆鼓鼓的肚子下面依然垂着晃晃荡荡的大乳房。突然发胖以后，它行走很艰难，两条腿像过于肥胖的人一样趄开，嘴张着，呼哧呼哧直喘，刚跑两步就累得筋疲力尽。

此外它还表现得出奇的多产，几乎刚下崽，肚子又大了，一年要下四窝，而且种类五花八门。弗朗索瓦挑出一只给它"消奶"，其他的都用他那马房干活穿的围裙一包，毫不怜惜地扔到河里。

但是，过了不久，厨娘也跟花匠一起抱怨了。她甚至在炉台底下、碗橱里、搁煤的旮旯里都发现过狗；它们遇见什么偷什么。

主人忍无可忍了，吩咐弗朗索瓦把珂珂特扔掉。弗朗索瓦很伤脑筋，想找个地方把它送掉。可是谁也不肯要。他决心把它一丢了事，于是交给一个赶大车的，让他带到巴黎另一边的儒安维尔-勒彭一带的田野里扔掉。

---

① "珂珂特"，法语为 Cocotte，意为"母鸡"，也有"轻佻的女人"、"妓女"的意思。

可是当天晚上，珂珂特就回来了。

必须拿个大主意了。他花了五法郎，把它交给开往勒阿弗尔的火车的一位列车长，请他到了那里把它放掉。

三天以后，它又回到马房，疲惫，消瘦，皮开肉绽，再也支持不住了。

主人动了恻隐之心，不再坚持。

可是那些公狗很快又回来了，而且更多，更凶。一天晚上举行盛宴，一只块菰烧肥母鸡居然在厨娘眼皮底下被狗叼走；那是一条看门大狗，厨娘哪敢跟它争夺。

这一次主人实在恼火极了。他把弗朗索瓦叫来，怒气冲冲地说："明天天亮以前你要是不把这畜生扔到河里去，我就把你赶出大门。听见没有？"

车夫吓坏了，他上楼到自己的房间里去收拾行李，宁愿丢掉这份差事。后来他转念一想：只要他带着这个讨人厌的畜生，哪儿也去不成。他想到现在雇他的是个很好的人家，挣得多，吃得好。他对自己说：为了一条狗放弃这一切真不值得。切身的利益打动了他，最后他痛下决心:天一亮就摆脱掉珂珂特。

尽管如此,他睡得很不好。他一天亮就起来,拿了一根结实的绳子,去找那条母狗。它慢吞吞地站起来,抖了抖身子,伸了伸腰,过来欢迎主人。

他一下子失去了勇气,开始亲热地拥抱它,抚弄它的长耳朵,吻它的鼻子,尽情地用他所知道的各种各样亲昵的称呼叫它。

这时附近的时钟敲响了六点。再也不能犹豫下去了。他打开门,说:"来。"那畜生摇摇尾巴,明白要带它出去。

他们来到陡峭的河岸,他选了一个水看来比较深的地方。他把绳子的一头系在那条漂亮的皮颈圈上,又捡了一块大石头拴在绳子另一头。然后他抱起珂珂特,像吻一个即将离别的亲人一样,狂热地吻它。他紧紧搂住它,摇晃它,一边叫着:"我美丽的珂珂特!我的小珂珂特!"而它任他摆布,还高兴地哼哼着。

他一次又一次想扔它,总下不了狠心。

不过他还是猛然下定决心,使出全身力气把它尽可能远地扔了出去。它像平常给它洗澡时那样企图划水,但是它的脑袋被石头坠着,一下一下往下沉;它向主人频频投出惊慌的目光,很通人性的目光,同时像溺水的人一样挣扎着。接着前半个身子完全沉了下去,只有后腿还在水外面拼命地踢蹬;最后连后腿也不见了。

河水像烧开了似的冒着气泡,足有五分钟的工夫。弗朗索瓦惊愕,惶恐,心怦怦跳,仿佛看见珂珂特在淤泥里抽搐。乡下人头脑简单,他对自己说:"这畜生此刻对我是什么想法呢?"

他差点儿痴呆了;他病了有一个月;他每天夜里都梦见他的狗,感到它在舔他的手;他听见它在叫。不得不请来医生。最后他见好了;六月底,主人们把他带到鲁昂附近的比埃萨尔,他们在那里有一处产业。

到了那儿,他仍旧是在塞纳河边。他又开始下河洗澡。他每天早上跟马夫下去,而且经常游水过河。

一天,他们正在水里嬉闹,弗朗索瓦突然向他的伙伴嚷道:

"瞧漂过来的那个东西,我来请你尝一块炸排骨吧。"

顺水漂过来的是一具毛已掉光、膨胀的老大的动物尸体,四脚朝天。

弗朗索瓦划了几下,游过去;他继续开着玩笑:

"见鬼!已经不新鲜了。好家伙,倒挺大!而且也不瘦。"

他隔着一段距离,绕着那硕大的腐尸转着圈。

后来,他突然不吭声了,特别注意地打量了一会儿;接着他游到跟前,好像想碰碰它。他目不转睛地端详着它的颈圈;接着又伸出手,抓住脖子,把尸体转个方向,拖到面前,只见褪了色的皮颈圈上还吊着一个泛绿的铜牌子,上刻着:"珂珂特小姐,车夫弗朗索瓦所有。"

这条母狗死了,还在离家六十法里以外又找到了它的主人。

他凄厉地大喊一声,拼命向河边游去,一边游,一边连声嚎叫。一上岸,他就全身赤裸裸的,在田野里没命地奔跑。他疯了!

米隆老爹[*]

一个月来,烈日一直向田野喷洒着灼热的火焰。在这火雨的浇灌下,绚丽夺目的生命之花盛开,大地绿油油的一望无际。天空一片蔚蓝,直到地平线的尽头。远远望去,散落在平原上的诺曼底农庄,被高耸的山毛榉围绕着,好似一片片小树林。但是走近了,推开虫蛀了的栅栏门,你又会以为来到了一座巨大的花园,因为那些像当地农民一样骨瘦如柴的陈年的苹果树,一棵棵都开满了花。黑黢黢的老树干,扭扭曲曲,一行行排列在院子里,在晴空下撑开它们华美的圆顶,有白色的,也有粉红色的。盛开的苹果花溢出阵阵清香,和敞开的牲口棚散发出的浓烈气味,厩肥发酵冒出来的热气掺混在一起。成群的母鸡正在厩肥堆上觅食。

中午,一家人:父亲、母亲、四个孩子,还有两个女佣和三个男雇工,正在门前的梨树阴下吃饭。他们很少说话。喝过浓汤以后,又揭开了盛满肥肉烧土豆的菜盆。

过了一会儿,就有一个女佣站起来,到地窖里去装满一罐苹果酒。

男主人,一个四十来岁的身材魁梧的汉子,打量着屋边的一株还没长出叶子的葡萄树。那葡萄藤弯弯曲曲,像蛇一样在百叶窗下贴着墙壁蜿蜒伸展。

他终于开口道:"爹爹的这棵葡萄今年早早就发芽,说不定要结果了。"

女主人也转过头去看那株葡萄,不过一言未发。

这株葡萄栽的地方正好是老爹被枪杀的地方。

---

[*] 本篇首次发表于一八八三年五月二十二日的《高卢人报》。

那是一八七〇年战争①时发生的事。普鲁士人完全占领了这个地区。费德尔伯将军②率领北方军还在抗击敌人。

当时,普军的司令部就设在这个农庄里。拥有这个农庄的老农米隆老爹,名叫皮埃尔,接待了他们,并且把他们安置得尽可能地周到。

一个月来,德军的先头部队一直住在村里侦察情况。法国军队离此地有十法里,并没有什么动静。可是,普方却每天夜里都有巡逻的骑兵失踪。

所有派出去的小股侦察兵,只要是仅有两三个人一组的,从来都是有去无回。

到了早上,只见他们横尸在田野上、院子旁或者沟渠里。他们骑的马也被人用军刀割断喉咙,倒毙在大路上。

这些屠杀事件看来像是同一伙人干的,可就是无法找到凶手。

普鲁士人在当地实行了恐怖镇压。许多农民仅凭简单的告发就遭到枪杀,许多妇女被监禁。他们甚至想用恐吓的办法从孩子那里获取线索。结果还是没有发现任何蛛丝马迹。

不过,一天早上,有人看见米隆老爹躺在他的马厩里,脸上有一道刀痕。

---

① 指一八七〇年爆发的普法战争。
② 费德尔伯将军(1818—1889):法国将军。一八七〇年九月二十日法国皇帝拿破仑三世在色当投降后,国防政府授权他指挥北方军。

在离这座农庄三公里的地方找到了两个被捅死的枪骑兵。其中一个手中还握着带血的兵刃,可见他曾经搏斗过,自卫过。

军事法庭立刻就在农庄门前的露天地里开审。老汉被押了上来。

他那年六十八岁,长得又矮又瘦,还有点儿驼背。不过两只手大得像一对蟹钳。他头发已经失去光泽,稀稀落落,像小鸭子的绒毛一样细软,到处露出头皮。脖子的皮肤呈褐色而且布满皱褶,露出一条条粗粗的脉管;这些脉管从颚骨底下钻进去,又从两鬓再拱出来。在当地,人们都认为他是个吝啬而且很难对付的人。

他们叫他站在从厨房里搬出来的一张桌子前,四个士兵在两旁看押着他。五位军官和一位上校坐在他的对面。

上校用法语发言:

"米隆老爹,自从我们来到这里,我们对你只能加以表扬。你对我们一直都很殷勤,甚至可以说体贴周到。但是今天,一项可怕的指控牵涉到你,有必要弄个清楚。你脸上的伤痕是怎么落下的?"

老农民一个字也没回答。

上校接着说:

"米隆老爹,你不说话就证明你有罪。不过,我还是希望你回答我的问题,听见了吗?今天早上在十字架附近找到的两个枪骑兵,你知道是谁杀的吗?"

老人毫不含糊地回答:

"是我。"

上校吃了一惊;他沉默了一会儿,目光凝视着犯人。米隆老爹依然面无表情,脸上带着庄稼人的那股憨厚劲儿,眼皮低垂着,仿佛是在跟本堂神父说话。只有一件事透露出他内心的慌乱,那就是他显然很使劲地在一口接一口地咽唾沫,就像他的喉咙完全被掐住了似的。

老头的家人:他的儿子,儿媳,还有两个孙子,恐惧而又沮丧地站在他背后十步远的地方。

上校又问:

"一个月来,每天早上在野外找到的我军侦察兵,你也知道都是谁杀害的吗?"

老人依旧带着大老粗的木讷劲儿，回答：

"是我。"

"全都是你杀的吗？"

"是的，全都是我杀的。"

"你一个人？"

"我一个人。"

"告诉我，你是怎么干的？"

这一下，他有点着慌了；逼他讲长话，显然让他为难。他吭吭吱吱地说：

"我……我怎么知道？我怎么碰上就怎么干呗。"

上校说：

"我告诉你，你总归要给我一五一十都说出来。所以你最好还是马上拿定主意。你是怎么开始的？"

老人向他的家人不安地看了一眼。他们在背后注意地听着。他迟疑了一会儿，终于突然下定决心。

"有天晚上我回家，大约十点钟，就是你们来的第二天。你，还有你的士兵，你们拿走了我价值五十多埃居的草料，还有一头母牛和两只绵羊。我就对自己说：'好，他们拿我多少，我都得叫他们赔出来。'我心里还有一些别的事，等会儿我再告诉你。先说那天晚上，我瞅见你手下的一个骑兵坐在我粮仓后面的圩沟边上抽烟斗。我就连忙走去摘下我的镰刀，蹑手蹑脚走到他背后，他一点儿也没听见。我就像割麦穗似的，一镰刀，就那么一镰刀，就把他的脑袋割下来了。他连一声'哎哟'都没来得及喊。你只要到池塘去捞，就能找到他跟一块顶栅栏门的石头一起装在一个盛煤的口袋里。

"我有我的主意。我把他穿戴的东西，从靴子到军便帽，全都扒下来，藏在院子后面马丹家那片树林里的石膏窑里。"

老头儿说到这里打住了。军官们觉得简直不可思议，他们呆呆地彼此看着；过了一会儿，审问才又继续进行。

他一旦开了杀戒，从此一心想的就是："杀普鲁士人！"他恨他们，那是一个可以为财舍命又有一副爱国心肠的农民才有的狡黠而又凶狠的仇恨。正像他自己说的,他有他的主意。他等了几天。

他对战胜者是那么恭敬,既听话又殷勤,所以他们让他自由来去,随便进出。因此他每天晚上都能看到通讯兵出发。一天夜里,他听到骑兵们要去的那个村庄的名字以后,就出去了。要知道,由于他常跟士兵接触,他已经学会了几个必要的德军常用语。

他走出院子,溜进树林,到了石膏窑,钻进窑洞深处。他找到藏在那里的那个死人的军装,穿在身上。

然后,他便在田野里转来转去。他沿着斜坡匍匐前进,好把自己隐蔽起来;只要有一点儿声响他就屏息倾听,像一个违禁偷猎者那样提心吊胆。

他认为时间到了,就移动到大路边,藏在一片荆棘丛里。他继续等待。将近半夜的时候,硬土路面上响起了疾驰的马蹄声。他把耳朵贴在地上,判断只有一个骑兵过来,就做好了准备。

那个骑兵带回紧急公文,骑着马一路小跑地过来;一路上,眼观四面,耳听八方。米隆老爹等他来到只有十步远的地方,拖着身子艰难地爬到路当中,叫喊:"Hilfe! Hilfe!(救命呀!救命呀!)"那骑兵勒马停步,认出是一个落马的德国人,以为他受了伤,便跳下马,毫不生疑地走过来。可就在他朝陌生人俯下身子的时候,一柄马刀的弯弯的长刃准准地戳进他的肚子。他连垂危的痛苦也省了,只抖动了几下,就一头栽倒。

这诺曼底人,像一般老农民那样,心里高兴说不出来,而是喜形于色。他站起身。为了取乐,他又把死人的喉咙割断,然后才把尸体拖到沟边扔下去。

马还静静地等候着它的主人。米隆老爹跨上马鞍,在平原上扬长而去。

一个小时以后,他又看见两个枪骑兵在返回营地的路上并排走着。他径直朝他们跑去,一边又叫喊起:"Hilfe! Hilfe!"普鲁士人认出了军服,便让他走过来,也毫无戒心。老头儿像一颗炮弹一样在他们中间一穿而过,马刀和手枪并用,把他们双双撂翻在地上。

他把两匹马也宰了,因为那是德国人的马!然后他就悄悄回到石膏窑,把剩下的一匹马藏到阴暗的坑道深处。他在那里脱下军装,换上自己穷酸的旧衣裳;便回家上床,一觉睡到天亮。

此后他一连四天没有出门,直到侦查结束。但是第五天,他又出动了,又用同样的计策杀死了两名士兵。从这以后他就再没有歇手过。每天夜里,他都四处转悠,信马游荡,有时在这里,有时在那里,撂倒几个普鲁士人;这孤胆骑士,猎杀敌兵的勇者,在荒野上披星戴月,纵横驰骋。每次完成任务以后,这老骑士就撇下倒在大路边的尸体,回到石膏窑,把马和军服藏好。

到了中午,他就不慌不忙地给留在坑道里的马送去燕麦和水。他让它吃饱喝足,因为他需要它担负重任呢。

但是,昨天晚上,他袭击的人中有一个有所戒备,在这老农的脸上砍了一刀。

不过,他还是把那两个家伙都干掉了!他而且能够回到窑洞,把马藏好,换上他破旧的衣裳。只是在回家的路上,他已经浑身瘫软;勉勉强强走到马厩,却再也没有力气回到家里。

他被人发现时浑身是血,躺在干草堆上……

他讲完以后,突然抬起头来,骄傲地望着那些普鲁士军官。

上校捻着小胡子,问他:

"你还有什么话要说吗?"

"没有了。账已经算清了,我一共杀了十六个,一个不多,一个不少。"

"你知道你马上就要被处死吗?"

"我又没向你求饶。"

"你当过兵吗?"

"当过。我打过仗,那是从前的事了。再说,我那个跟一世皇帝①当兵的爸爸,就是你们打死的。还不算上个月你们又在埃夫勒②附近打死了我的小儿子弗朗索瓦。我欠你们的,早已还了。现在咱们谁也不欠谁的。"

军官们面面相觑。

老人接着说:

"八个是为我爸爸,八个是为我儿子。咱们谁也不欠谁的了。我呀,我并不是成心跟你们作对!我根本不认识你们!就连你们是从哪儿来的,我也不知道。可是你们闯到我家里,就跟在你们家里一样发号施令。我已经在那些人身上报了仇。我一点儿也不后悔。"

老人挺直他僵硬的腰杆,像一位谦逊的英雄那样交叉起双臂。

普鲁士人低声交谈了很久。有一个也在上个月失去儿子的上尉,为这个行为高尚的穷苦人辩护。

辩护完毕,上校站起来,走到米隆老爹跟前,压低嗓音说:

"听着,老头儿,也许还有一个办法可以救你,只要……"

可是老汉根本不听,只是对这位战胜国的军官怒目而视。风吹动他脑袋上绒毛般的细发,他突然把带刀伤的瘦脸紧绷起来,露出一个可

---

① 一世皇帝:指拿破仑一世。
② 埃夫勒:法国西北部厄尔省省会。

怕的表情，鼓足一口气，使出全身的力量，朝普鲁士人脸上猛啐了一口。

上校气得七窍生烟，刚举起手来，老人又啐了一口。

军官们不约而同地站了起来，不约而同地号叫着，发布着命令。

不到一分钟的工夫，这个始终镇静自若的老人就被推到墙根枪决了。临死前，他还向惊慌失措地望着他的大儿子让、儿媳妇和两个孙子送去微笑。

怪 胎 之 母[*]

几天前,在一个富人们爱去的一个海滩上,我见到一位巴黎名媛从我身旁经过,她年轻、俏丽、楚楚动人,并且颇受公众的喜爱和尊敬。这不禁让我想起了这个可怕的故事和这个可怕的女人。

我要讲的这个故事年代已经是很早的事了,不过这样的事人们是不会忘记的。

当年,我应一个朋友的邀请,去他在一个外省小城的家里小住。为了尽地主之谊,他陪着我东奔西走,让我看了许多值得称道的风景、古堡、工厂和废墟;他还带我参观了许多历史遗迹、教堂、精雕细刻的大门、伟岸参天或者奇形怪状的珍贵树木,例如圣安德烈橡树和罗克波瓦兹紫杉。

当我赞叹不已地观赏完了当地所有的名胜古迹以后,我的朋友满脸歉疚地说,再也没有什么可看的了。我喘了一口气。我终于可以找个树阴,休息片刻了。可是他突然又嚷道:

"啊,对了!还有怪胎之母呢,必须领你去见识见识。"

我问:

"是谁呀,怪胎之母?"

他回答:

"是一个丧尽天良的女人,一个真正的恶魔;她每年都故意生几个畸形、丑陋、令人望而生畏的孩子,干脆说就是些怪胎,拿来卖给耍把戏变八怪的。

"那些可恶的生意人经常来打听,看她又生产出新的怪胎没有;要

---

[*] 本篇首次发表于一八八三年六月十二日《吉尔·布拉斯报》,作者署名"莫弗里涅斯";一八八六年收入短篇小说集《图瓦》。

是小东西他们看了中意,他们就付给她一笔定期租金,把他带走。

"她有十一个这样的孩子。她可发了财啦。

"你可能以为我在说笑话,胡编乱造,危言耸听。不,我的朋友。我跟你说的都是实情,没有半点虚假。

"咱们先去看看这个女人吧。然后我再告诉你,她是怎样变成怪胎制造厂的。"

他把我带到了郊区。

她住在大路边一座精致的小房子里。那房子赏心悦目,而且装修得很好。花园里芳草缤纷,花香扑鼻。一般人还会以为这是一个功成身退的公证人的居所呢。

一个女佣领我们进了一间乡村风味的小客厅,不多时那个坏蛋就露面了。

她有四十岁左右。她身材高大,面部线条很不柔和,但是体形挺好,精力充沛,身体健康,是强壮的农家妇女的真正典型,半是牲口,半是女人。

她知道自己受到世人的谴责,因此接待客人时只得按捺仇恨,故作谦卑。

她问:

"请问先生们有什么事?"

我的朋友说:

"我听说您的最后一个孩子长得跟一般人一样,一点也不像他的哥哥们。我想来亲眼证实一下。这是真的吗?"

她狡诈地做出生气的样子看着我们,回答:

"没有的事!没有的事!可爱的先生。他兴许比那几个还要丑呢。我真命苦,真命苦。个个都是这样,好心的先生,个个都是这样,真倒霉!慈悲的天主怎么能对一个孤苦伶仃的女人这样狠心,怎么能这样狠心呢?"

她说得很快,耷拉着眼皮,那副虚假的表情,活像一头猛兽却装出胆小的样子。她竭力把尖利的嗓门变得柔和一些,可是从这副干瘪而

又庞大的骨骼里哭哭啼啼用假嗓子说出来的话,只会让人惊讶;因为她身强力壮,线条粗犷,似乎生来就应该举止暴烈、像恶狼一样号叫。

我的朋友要求道:

"我们想看一看您的小儿子。"

我觉得她的脸立刻红了。也许是我的错觉?她沉默了一会儿,提高嗓门说:

"你们看他干什么?"

她抬起头,狠狠地逼视着我们,目光里闪着怒火。

我的伙伴接着说:

"您为什么不肯让我们看呢?您都让好多人看过了。您知道我说的是谁!"

她大为震怒,扯开嗓门,发泄起她的怨愤来,嚷道:

"你们就是为这个来的,对不对?为了羞辱我,是不是?因为我的孩子们都长得像畜生,对不对?不给你们看,不给,就是不给你们看;

滚,滚。我真不明白,你们凭什么要这样折磨我?"

她两手掐着腰,向我们逼过来。她粗暴的话音刚落,从隔壁房间传来一声呻吟,更准确地说是一种猫叫似的声音,或者说是一声白痴的哀鸣。我不寒而栗,毛骨悚然。我们被她逼得连连倒退。

我的朋友厉声喝道:

"你小心点,魔鬼(当地人都是这么叫她的),你小心点,总有一天你会遭到报应的。"

她气得发抖,挥动着拳头,像发了疯,咆哮着:

"滚!我凭什么遭报应?滚!你们这帮无法无天的家伙!"

眼看她就要向我们扑过来,我们连忙逃了出来;这已经够让我们厌恶的了。

到了门外,我的朋友问我:

"喂!你看见她了吧?有什么感想?"

我回答:

"快给我讲讲这个畜生的故事吧。"

我们在白色的大路上慢步往回走。两边的庄稼已经成熟,像平静的海面,在微风吹拂下荡漾。下面就是他在归途中给我讲述的故事。

她从前在一个农庄里做雇工,是个能干、稳重、俭朴的姑娘。没有人见她有过情人,也没让人觉出她有什么不检点的地方。

可是,一个傍晚,收庄稼的时候,天空正酝酿着一场雷雨,空气凝重、沉闷,热得像火炉,小伙子们和姑娘们晒黑了的身体都汗水淋淋。就是在这种环境里,她在刚割下的麦捆中间做了一件错事。这也是女孩子们都会干的傻事。

过了不久她就发现到自己怀孕了,内心饱受羞耻和恐惧的煎熬。她要不惜一切代价掩盖自己的不幸,于是想出了一个办法,用拿木片和绳子做成的紧身褡狠命地勒紧自己的肚子。不断发育的胎儿越是撑大她的身腰,她越是收紧她的刑具。她像殉道者一样惨遭折磨,但她勇敢地忍受着痛苦,总是面带笑容,动作麻利,决不让人看出或者猜出什么问题。

她用这可怕的器械把肚子里的小生命勒成了残废;她压迫他,把他弄得扭曲变形,成了一个怪胎。他的头颅被挤得老长,像个冒出的尖儿,两只奇大的眼睛从前额上拱出来。四肢也因为和身体紧挤,只能像葡萄藤一样弯弯曲曲,伸得老长;手指和脚趾就像蜘蛛腿。

他的躯干却非常短小,而且圆得像个核桃。

一个春天的早晨,她在庄稼地里分娩了。

锄草的女雇工们纷纷跑来帮她;可是一看见刚钻出娘胎的怪物,她们吓得大号小叫着抱头逃窜。她生下一个妖怪的消息就在当地传开了。她那个"魔鬼"的外号就是从那个时候叫起来的。

她被东家撵走了。她靠施舍,也许是靠暗地里卖淫为生,因为她还算是个标致的姑娘,而且又不是所有的男人都怕下地狱。

她就这样养活着她的怪胎。她其实恨他恨得要命;若不是本堂神父料想到她有可能犯罪,用送她去吃官司来吓唬她,兴许她早就把他掐死了。

也巧,有一天,一伙走江湖耍八怪的人路过此地,听人说起有这么一个怪胎,就要求看一看,如果看中了,就把他带走。他还真让他们看中了,于是他们就给了做母亲的五百法郎现钱。她起初还觉得羞耻,不让他们看这个丑八怪;但是等她发现他居然还值钱,竟能引起这些人的浓厚兴趣,她就跟他们讨价还价起来,连一个铜子儿也要争执半天,极力用孩子的畸形怪状来刺激对方的胃口,用乡下人的执拗一个劲地抬高要价。

为了避免受骗,她还跟他们立了一个字据。对方保证另外每年再付她四百法郎,就好像租用了这个畜生似的。

这意外的收益让做母亲的失去了理智;从此她一心想着再生一个怪物,好让自己像阔太太一样拥有几笔年金。

她生育能力很强,轻而易举就成功了,而且看上去她也更善于在怀孕期间变换对胎儿的挤压方式,让怪胎形态各异。

她生下的怪胎身子有长有短;这一些像螃蟹,那一些像蜥蜴。还有好几个死掉了,让她好不伤心。

司法当局曾经试图干预,无奈证明不了她有什么违法之处。于是只好任凭她肆无忌惮地制造怪物。

她现在有十一个活下来的,好坏年头平均,每年能给她带来五六万法郎的进项。只有一个还没有投入市场,就是她不肯让我们看的这一个。不过在她手里也待不久了,因为全世界跑江湖卖艺的人都知道她,他们经常来看看她是不是又有了什么新货。

如果推出的货色很有身价,她还会组织他们竞拍呢。

我的朋友说完了。我心里感到深深的厌恶,而且十分愤怒,真后悔刚才近在手边的时候没有掐死她。

我问:

"那么孩子的父亲是谁呢?"

他回答:

"这就不得而知了。他也好,他们也好,多少还有点羞耻心。他或他们从来不露面。也许他们分享一些红利吧。"

那一天,当我在那时髦社会经常光顾的海滩上看见那个风雅、妩媚、俊俏,受到周围人喜爱和尊敬的女子时,我本来已经不再去想这件遥远的往事了。

我和在海滨浴场任医生的一个朋友正在沙滩上走着。过了十分钟,我看到一个保姆带着三个在沙地里打滚的孩子。

倒在地上的一副小小的丁字拐杖引起我的注意。我这才发现那原来是三个畸形儿,背弯腿瘸,丑陋不堪。

医生对我说:

"这就是你刚才遇见的那个迷人的女子的产物。"

一股深切的怜悯之情袭上我的心头。我大声慨叹：

"噢！可怜的母亲！她怎么还笑得出来！"

我的朋友接着说：

"仁兄，还是不要对她大表同情吧。应该同情的其实是这几个可怜的孩子。这都是直到分娩那一天还要保持身材苗条的后果。这些怪胎都是用紧身褡制造出来的。她明知道玩这种游戏是冒着生命危险的。她才不管呢；只要自己漂亮、让人爱慕就行了！"

所以我才想起另一个女子，那个乡下女人，出卖怪物的魔鬼。

花　房[*]

勒莱布尔先生和太太同岁。可是先生显得更年轻些,虽说他身体比太太羸弱。他们住在南特①附近一座美丽的乡间住宅里,这是他们卖鲁昂花布发迹以后购置的产业。

房屋周围是一座赏心悦目的花园,花园里有饲养家禽的场地,中国式的亭子,在这片产业的尽头还有个小花房。勒莱布尔先生是个矮个子,圆墩墩的,性格开朗,一望可知是个乐天知命、善于享受生活的小店主。他的妻子却精瘦,好胜心强,总像是壮志未酬,不过这并没有破坏丈夫的和睦。她染头发,有时读读小说,尽管她装作不屑于读这一类作品,它们却能向她脑子里灌输许多幻想。有人说她是个情种,虽然她从来没有做过任何事情可以证实这种说法。不过她的丈夫有时候说:"我的妻子,她可是个热情奔放的女人!"他讲这话的神气似乎确有所指,不免引起人们的揣测。

最近几年,她总是跟勒莱布尔先生找碴儿,动不动就发火,狠声恶气的,好像有什么难言之隐在折磨着她。两人之间就这样产生了嫌隙。他们几乎很少交谈。这位名叫帕尔米尔的太太,不断地无事生非,用刺耳的恭维、伤人的影射和尖刻的言语,劈头盖脸地数落这位名叫居斯塔夫的先生。

他对此逆来顺受,虽然有些厌烦,但是依然乐呵呵的;他生就一副根深蒂固的心满意足的好脾气,对这类自家人的麻烦事儿总能泰然处之。不过他也在寻思:究竟是什么莫名其妙的原因,他妻子的脾气变得如此乖戾?因为他清楚地感觉到,她动不动就发火的背后有什么隐蔽

---

[*] 本篇首次发表于一八八三年六月二十六日的《吉尔·布拉斯报》,作者署名"莫弗里涅斯"。

① 南特:法国西部大西洋岸卢瓦尔省省会。

的原因,只是很难探明究竟,几次尝试都白费力气。

他经常问她:"喂,我的好太太,告诉我,你对我有什么意见?我感到你有什么事瞒着我。"

她总是这样回答:"我没有什么,什么也没有。再说,如果我有什么不满意的事情,也该由你来猜。我可不喜欢对什么也不开窍的男人,这些男人有气无力,软弱无能,做一点小事都得人家帮忙才行。"

他泄气了,于是喃喃地说:"我就知道,你什么也不肯说。"

他带着依然待解的谜走开了。夜晚对他来说尤其难熬;因为他们俩像普通的和睦人家一样,是同睡一张床的。所有欺侮人的手段,她都对他使出来了。她总是选择他们并肩躺下的时候对他进行最激烈的冷嘲热讽。她主要责怪他越来越胖:"你把地儿全占了,你真是太胖了。你后背出的汗沾在我身上,就像化了的猪油一样。你难道以为这样我舒服吗!"

她经常随便找个借口,就逼他再爬起来,支使他到楼下去拿一份她忘记的报纸,或是一瓶他怎么也找不到的橘花香水,因为她把它藏了起来。她还用凶恶而又挖苦的语气大声呵斥:"你总该知道在哪儿可以找到吧,傻胖子!"当他在这所沉睡的房子里奔波了一个小时,两手空空地回到楼上时,她对他的全部感谢就是对他说一句:"好了,再躺下吧,这样可以给你减减肥,你都快变成块软塌塌的海绵了!"

她爱什么时候就什么时候叫醒他,声称她胃痉挛,痛得厉害,要他用法兰绒蘸了科隆香水替她揉肚皮。他见她有病很焦急,尽心尽力为她治病;他又建议去唤醒他们的女佣塞莱丝特。这时她更是火冒三丈,吼道:"瞧你有多蠢,你这个大笨蛋!好了,过去了,我不痛了,你再睡吧,大废物!"

他问:"你真的不痛了吗?"

她口气生硬地冲他说:"是的,别说话了,让我睡吧,别再让我心烦了。你什么事也干不了,连替女人按摩都不会。"

他灰心丧气:"可是……亲爱的……"

她怒不可遏:"没有什么'可是'……够了,行不行?让我清静些吧,现在……"

接着她就转过身去,把脸冲着墙。

一天夜里,她猛烈地摇撼他,吓得他一骨碌坐了起来,动作之迅速是他平时从来没有过的。

他迷迷糊糊地问:"怎么啦?……什么事?"

她抓住他的胳膊,掐得他叫出声来。她凑在他耳边轻声说:"我听见屋子里有声音。"

他对勒莱布尔太太的频繁的警报已经习以为常,所以并没有过分紧张,而是从容地问道:"什么声音,亲爱的?"

她却吓得心惊胆战,浑身哆嗦,回答说:"声音……就是声音嘛……脚步声……有人。"

他还是不大相信:"有人?你认为有人?不会的,你大概搞错了。再说,你想会有谁呢?"

她依然哆嗦着说:"谁?……谁?……当然是小偷啦,笨蛋!"

他又慢慢地钻进被窝,说:"不会的,亲爱的,什么人也没有,你大概做梦了。"

听他这么说,她简直气坏了,掀掉被子,跳下床:"你真是胆小又无能!不管怎么说,我可不愿因为你贪生怕死而让人杀了。"

她抄起壁炉边的一把火钳,立在插着门闩的门后,摆出一副战斗的姿态。

受到妻子勇敢榜样的激励,也许自觉有些羞愧,他也不情愿地起身下床,连睡帽也没有脱掉,就拿着一把铲子站在妻子对面。他们在万籁无声的沉寂中等待了二十分钟。没有任何响声扰乱屋中的宁静。于是,仍然怒形于色的太太又上了床,并且声言:"我还是肯定刚才确实有个人。"

为了避免争吵,第二天整个白天他对这场无谓的惊慌只字未提。

可是到了夜里,勒莱布尔太太比头天夜里更使劲地推醒了她的丈夫,呼吸急促地结巴着说:

"居斯塔夫,居斯塔夫,刚有人打开了花园的门。"

妻子三番五次的折腾让他惊讶,他认为她一定得了梦游症,他正想去用力摇醒这个危险的梦游者,忽然他好像确实听到屋外的墙边发出轻微的响声。

他从床上爬起来,跑到窗口,他看见,是的,他看见一个白色的影子正急急忙忙穿过花园里的一条小路。

他差点儿昏倒,喃喃地说:"有人!"他随即恢复了理智,振作起来,就像一个业主眼见自己的产业遭人侵犯一样,愤怒填膺,说:"你等,你等等,你马上就会看我怎么收拾他。"

他冲向书桌,打开抽屉,取出一把手枪,就奔向楼梯。

他妻子被弄得昏头昏脑,叫喊着追了出去:"居斯塔夫,居斯塔夫,别扔下我,别把我一个人留下,居斯塔夫!居斯塔夫!"

可是他不听她的;他已经跑到花园门口。

她只好赶快回到楼上,把门户紧闭,把自己关在卧室里。

她等了五分钟,十分钟,一刻钟。她恐惧极了。那些盗贼大概把他杀了,他们抓住他,把他捆绑起来,勒死了。她宁愿听到六声枪响,好知道他还在战斗,还在自卫。可是眼下这片深沉的寂静,这片令人毛骨悚然的乡村的寂静,让她心慌意乱。

她拉铃传唤塞莱丝特;塞莱丝特既没有来,也没有回答。她又拉一次铃,这时她已经浑身瘫软,几乎要失去知觉了。整幢房子还是没有一点儿声响。

她把发烫的额头贴在玻璃窗上，试图望穿外面的黑夜。除了灰蒙蒙的道路的轮廓和两旁黑魆魆的大树影子，她什么也看不见。

　　半夜十二点的钟声敲响了。她丈夫离开已经有四十五分钟了。也许她再也见不到他了！是的！她肯定再也见不到他了！于是她跪在地上啜泣起来。

　　这时有人轻轻敲了两下卧室门。她吓得一下子跳了起来。只听见勒莱布尔呼唤她："开门吧，帕尔米尔，是我。"她冲过去，开了门，两手掐腰，站在他面前，眼里满含泪水："你去哪儿了？你这个混账东西。啊，你就这样把我一个人扔在这儿，把我吓死了。啊！你根本不关心我，就像没有我这个人一样……"

　　他关上门；他笑呀，笑得像疯了似的，笑得嘴直咧到耳根，两手捧着肚子，眼里流出了泪水。

　　勒莱布尔太太大惑不解，反而不吭声了。

　　他上气不接下气地说："原来是……是……塞莱丝特，她在花房里跟人……跟人……幽会……要是你知道我……我……看见了什么……"

　　她脸色煞白，气得连话都快说不出来："什么……你说什么？……塞莱丝特？……在咱家里……在我的……我的……我的房子里……在我的……我的……花房里。而你却没有把那个同谋的男人杀了！你有一把手枪，居然没把他杀了……在我的家里……在我的家里……"

　　她再也支持不住，坐了下来。

　　他却像舞蹈演员似的跃起做了个击脚跳，还打了几个响指，舌头也嗒嗒咂响了几下："要是你知道……要是你知道……"

　　说着，他猛地搂过她来狂吻。她从他怀里挣脱出来，气得声嘶力竭地说："我再也不能让这个姑娘在我家里呆下去了，一天也不行，你听到了吗？一天也不行……一个小时也不行。等她回来，我们就把她赶出去……"

　　勒莱布尔先生这时拦腰搂抱住妻子，只是一个劲地吻她的脖子，而且像从前一样，吻得啧啧有声。她惊讶得发了呆，又不吭声了。而他呢，却抱着她向床边慢慢拖去……

早上九点半钟光景,塞莱丝特迟迟未见两个主人,十分惊奇,因为他们总是一大早就起床的。她走去轻轻敲他们的房门。

他们还并肩躺在床上,兴高采烈地聊天。她更加诧异了,问:"太太,牛奶咖啡准备好了。"

勒莱布尔太太声音十分温和地说:"送到这儿来,姑娘,我们有点儿累,我们昨天夜里睡得很不好。"

女佣刚走出去,勒莱布尔先生又开始笑个不停,他一面胳肢妻子,一面一迭连声地说:"哦,要是你早知道!"她握住他的两只手,对他说:"喂,安静些吧,亲爱的,如果你再这样笑下去,你会笑出病来的。"

说罢,她温柔地吻了吻他的眼睛。

勒莱布尔太太不再像以前那样尖酸刻薄了。有时,在月朗风清的夜晚,这对夫妇沿着大树和花坛,蹑手蹑脚地一直走到花园尽头的小花房。他们彼此紧紧依偎着,久久地蹲在玻璃棚边向里张望,仿佛在欣赏里面发生的某种奇特而又饶有兴味的事情。

他们给塞莱丝特涨了工资。

勒莱布尔先生也瘦了下来。

我的叔叔于勒*

献给阿希尔·贝努维尔①先生

一个白胡子穷老头儿向我们乞讨。我的同伴约瑟夫·达弗朗什居然给了他一百苏。我感到有些惊奇。他于是对我说：

"这个悲惨的人让我想起了一件往事，这件往事的记忆一直让我念念不忘。我这就讲给你听。"事情是这样的：

我家原籍在勒阿弗尔，并不富裕。日子还过得去，如此而已。我的父亲终日工作，很晚才从办公室回家，挣的钱却不多。我有两个姐姐。

我的母亲因为家里生活拮据而非常痛苦，她经常找些尖酸刻薄的话，指桑骂槐、狠声恶语地责怪自己的丈夫。这可怜的人这时便做出一个让我看了心酸的手势。他用张开的手抹一下额头，仿佛要擦掉其实并不存在的汗珠，却什么也不回答。我感觉得到他那无奈的痛苦。我们凡事都节省；从来不接受邀请赴人家的晚宴，免得还要回请；买生活必需品也要趁减价的时候，或者商家铺剩余的货底。姐姐们都是自己缝制连衣裙，为了买十五生丁一米的花边也要商量很久。我们平日吃的总是荤油做的浓汤和换着作料做的牛肉。据说这既卫生又有营养；不过我更希望能吃点别的。

如果我丢掉纽扣或者弄破裤子，就会劈头盖脸挨一顿臭骂。

不过每个星期日我们都要盛装华服地去海堤上绕一圈。父亲身穿礼服，头戴礼帽，手上戴着手套，伸出胳膊去让母亲挽着。母亲则浓妆艳抹，犹如节日里彩旗招展的轮船。姐姐们总是最先打扮停当，只待下

---

* 本篇首次发表于一八八三年八月七日的《高卢人报》；一八八四年收入中短篇小说集《密斯哈丽特》。

① 阿希尔·贝努维尔(1815—1891)：法国风景画家，长期旅居意大利。

达出发令；可在最后一刻，总是在一家之长的父亲的礼服上发现一个没留意的污迹，只得赶紧找来一个布头蘸了汽油把它擦掉。

父亲于是头上仍然顶着大礼帽，脱下外衣，露出坎肩和衬衫，等候她们操作完毕；这时母亲已经架好近视眼镜，脱下手套免得弄脏，忙得不可开交。

全家人隆重上路了。姐姐们臂挽着臂走在前面。她们都已经到了出嫁的年龄，所以父母常带她们在城里露露脸。我走在母亲左边，父亲在她右边。我至今还记得我可怜的双亲每星期日散步时那虚张声势的神态、僵硬的姿态和严肃的举止。他们迈着沉重的步子向前走，腰杆直挺挺的，两条腿硬邦邦的，似乎一桩极其重要的事情就取决于他们的举手投足。

而且每个星期日，看到从陌生的遥远国度开来的大船进港，我父亲总要一字不变地重复同样的话：

"啊！要是于勒在这条船上，该有多好呀！"

我父亲的弟弟于勒叔叔现在是全家唯一的希望了，而他以前却是全家的祸害。我从孩提时起就常听家里人谈论他，在想象里我对他已经那么熟悉，仿佛一眼就认得出他来。我对他去美洲以前的生活了如指掌，尽管大家谈起他那一个阶段的事都压低了嗓门。

据说他有过一段劣迹，或者说他挥霍过一些钱，对于贫穷人家来说这可是罪莫大焉。有钱的家庭如果有个人爱吃喝玩乐，那是"做傻事"；人们叫他一声"浪荡子"，一笑了之。但是在一个捉襟见肘的家庭，一个大小伙子还要害父母动那点家底儿，那就成了败类、无赖、坏蛋！

虽然是同样的情况，这种大相径庭的待遇却是恰如其分的，因为只有造成的后果才能决定行为的严重程度。

总之于勒叔叔不但把他自己应得的那一份遗产挥霍得一空，还大大减少了我父亲指望得到的那一份。

按照那年头时兴的做法，于是家里人把他送上一条由勒阿弗尔驶往纽约的商船，去了美洲①。

一到那边，我的于勒叔叔就做起不知什么买卖来，而且不久就写信来说他赚了一点钱，希望能够赔偿他给我父亲造成的损失。这封信在我家引起极大的震动。于勒，大家都说狗屎不如的于勒，一下子变成了一个诚实的人，有良心的男子汉，达弗朗什家的好子弟，就像所有达弗朗什家的人一样堂堂正正。

又有一位船长告诉我们，他租了一个大铺面，生意做得很大。

两年以后他在第二封来信中说："我亲爱的菲力普，我给你写这封信，免得你挂念我的健康。我身体很好。生意也很顺利。我明天就动身去南美洲做一次漫长的旅行。也许会有好几年没法和你通音信。如果我不给你写信，请不要担心。我发了财就立刻回勒阿弗尔来。我希望这不会为期太远，那时我们就可以在一起过幸福的日子了……"

这封信成了全家的福音书。一有机会就朗读一遍，逢人就拿出来炫耀一番。

---

① 据统计，从一八八〇年到一九一四年，有两千两百万移民在美国登陆，其中大部分来自欧洲。从一八八三年开始，许多破产的移民又被迫迁徙至南美洲。

果然，于勒叔叔十年都没有再来过信；但是我父亲的希望却与时俱增；我母亲也经常说：

"等好心的于勒回来，我们家的情况就不一样啦。他可真是个神通广大的人！"

所以每个星期日，看到黑魆魆的大轮船向天空吐着蜿蜒似蛇的黑烟从天际驶来，我父亲总会重复他那句永恒不变的话：

"啊！要是于勒在这条船上，该有多好！"

人们甚至以为马上就要看到他挥动着手帕呼唤着：

"喂！菲力普！"

于勒衣锦还乡是肯定无疑的了，人们早就在这个基础上构想出千百种计划；甚至还预订——当然是用叔叔的钱啦——在安古维尔附近购置一座乡间别墅。我父亲是否已经开始就这件事进行洽谈，我还真说不定。

我的大姐那年二十八岁，二姐二十六岁。她们迟迟没有出嫁，全家人都为此发愁。

终于有一个人上门来向我二姐求婚了。那是个职员，虽然不上眼，但还过得去。我一直认为，正是因为有一天晚上给他看了于勒叔叔的信，这个年轻人才不再迟疑，下定了决心。

家里人忙不迭地接受了他的请求，并且决定办完婚礼全家去泽西岛①小游一次。

对穷人来说，泽西岛是最理想的旅游去处了。路不远；乘小轮船过了海，就身在外国土地上了，既然这小岛属于英国人。也就是说，一个法国人，只需两个小时的航程，就可以亲临实地观看一个相邻的民族，研究这个大不列颠国旗覆盖下的小岛的风俗；尽管有些说话直截了当的人说那里的风俗坏透了。

这泽西岛之旅成了我们念念不忘的事，我们唯一的期待，每时每刻萦绕着我们的梦想。

我们终于出发了。我回想起那情景就像发生在昨天一样历历在

---

① 泽西岛：距法国海岸仅20公里的英国岛屿，旅游胜地。

目:点火待发的轮船停靠在格兰维尔码头;我的父亲紧紧张张地监督着我们的三件行李搬上船;我的母亲放心不下,伸手挽住我那个还没出嫁的姐姐,因为自从另一个姐姐嫁出去以后,她就像那一窝里仅剩的一只小鸡,掉了魂儿似的;我们后面是那对新婚夫妇,他们总落在后面,害得我们老要回过头去看看。

轮船拉响了汽笛。我们总算都上来了,船便离开防波堤,在平静得像绿色大理石桌面一样的大海上驶向远方。我们目睹着海岸节节后退,就像所有很少旅行的人一样,感到幸福而又自豪。

我的父亲把礼服下面的肚子挺得老高。家里人当天早上精心擦去了那礼服上的所有污迹,所以他正向周围散发着外出之日必有的汽油味。一闻这味儿,我就知道是星期日了。

忽然,他看见两位先生正在请两位衣着入时的太太吃牡蛎。一个衣衫褴褛的老水手用刀子撬开牡蛎交给先生们,再由先生们递给两位太太。她们吃牡蛎的方式十分讲究,用一方精美的手帕托住牡蛎壳,嘴向前伸,免得弄脏连衣裙;然后,轻快地一嘬,把汁水喝了,再把空壳抛进大海。

在行驶中的大船上吃牡蛎,我的父亲也许被这高雅的行为打动了。他觉得这么做又气派,又优雅,又高级,于是他走到我母亲和我两个姐姐身边,问:

"我请你们吃牡蛎,你们要不要?"

我母亲犹豫不决,因为又要破费了;可是我的两个姐姐立刻表示同意。母亲就气嘟嘟地说:"我怕伤胃。你只买给孩子们吃吧,可别太多了,吃多了会生病的。"

然后,她向我转过身来,补充道:

"至于约瑟夫,他就不用吃啦;千万别把小孩子惯坏了。"

我只好留在母亲身边,尽管觉得这样厚此薄彼很不公平。我目光一直追随着父亲,看着他领着两个女儿和女婿隆而重之地走向那个破衣烂衫的老水手。

那两位太太刚刚走开,我父亲便教我的姐姐们如何吃才不至于让汁水洒掉;他甚至做个示范,于是抓起一只牡蛎。他刚试着模仿那两位

太太,汁水竟一股脑儿洒在他的礼服上。这时我听见母亲嘟哝道:

"老老实实待着多好!"

可是我父亲似乎突然神色紧张起来;他后退几步,瞪着眼看着挤在卖牡蛎的人周围的女儿女婿,然后猛地掉头向我们走过来。

"真奇怪,这个撬牡蛎的多么像于勒啊。"

我母亲听了一愣,问:

"哪个于勒?"

我父亲说:

"当然……是我弟弟……要不是我知道他在美洲,景况很好,我还真以为是他呢。"

我母亲惊慌起来,结结巴巴地说:

"你疯了!既然你明知不是他,为什么还要这样胡说八道?"

可是我父亲坚持说:

"克拉丽丝,你去看看那个人吧;最好还是你去亲眼看看,弄个明白。"

她站起来,走到两个女儿身边。我呢,也打量着那个人。他又老又脏,满脸皱纹,眼睛片刻不离手里干的活儿。

母亲回来了。我看得出她在发抖。她急急忙忙地说:

"我看就是他。你快去跟船长打听一下。千万要小心;如今,可别让这无赖又粘上我们!"

我父亲连忙去了,我也随他同去。我内心感到异常地激动。

船长是位个头高高的先生,瘦瘦的,蓄着长长的颊髯,此时正在驾驶台上踱步,看他那趾高气扬的神气,就仿佛在指挥一艘远赴印度的邮轮。

我父亲彬彬有礼地上前和他攀谈,一面恭维他一面向他请教与他的职业有关的事情:泽西岛有多大呀?有些什么出产呀?有多少居民呀?风俗习惯如何呀?土质怎么样呀?如此等等。

外人还以为他们谈论的至少是美利坚合众国哩。

继而他们又谈到我们乘的这艘船,它叫"快速号";接着话题又转到船员。最后,我父亲才有些窘迫地问:

"您船上有个卖牡蛎的老头儿,看上去很有趣。您知道些这个流浪汉的底细吗?"

这番长谈终于弄得船长不耐烦了,他干巴巴地回答:

"这个老流浪汉是个法国人。我是去年在美洲碰到他的,就带他回国。据说他有亲人在勒阿弗尔,但是他不肯回去找他们,因为他欠他们钱。他名叫于勒……于勒·达尔芒什或者达尔旺什,总之是跟这类似的一个什么姓。据说他在那边一度发过财,可是你看他现在落魄到了什么地步。"

我父亲脸色变得煞白,喉咙发哽,两眼呆滞,连说:

"啊!啊!很好……太好了……我并不感到惊讶……多谢啦,船长。"

他回到我母亲那里,情绪败坏到极点。我母亲说:

"快坐下;别让他们看出什么。"

我父亲一边在长凳上坐下,一边结结巴巴地说:

"是他,果真是他!"

他接着就问:

"咱们怎么办?"

我母亲连忙回答:

"先把孩子们叫回来。既然约瑟夫全知道了,那就让他去找他们。特别要当心,别让咱们的女婿怀疑到什么。"

我父亲好像已经惊呆了,低声哀叹:

"真是祸从天降呀!"

我母亲这时突然怒不可遏,接着说:

"我早就知道这个贼坯不会有一点出息,他总有一天还会成为我们的拖累!倒好像对一个达弗朗什家的人还能抱什么希望似的!"

我父亲用手抹了一下额头,就像他遭到妻子责难时常做的那样。

我母亲又接着说:

"快把钱给约瑟夫,让他去把牡蛎钱付了。只差没让那个叫花子认出来。否则在这船上可有好戏看了。咱们快到船的另一头去,免得那个人挨近我们!"

她站起身;给了我一枚一百苏的硬币,他们就走开了。

我的姐姐们久等父亲不见他来,正在诧异。我对她们说妈妈有点晕船,然后就问那撬牡蛎的人:

"我们该付您多少钱,先生?"

我其实想说:我的叔叔。

他回答:

"两个半法郎。"

我递给他一百苏,他找了钱给我。

我看看他的手,那是一双满是褶纹的粗糙的水手的手;我又看看他的脸,那是一张可怜的苍老的脸,愁眉紧锁,饱经风霜。我一边看一边默默自语:

"他是我的叔叔,我父亲的弟弟,我的亲叔叔。"

我给了他十个苏的小费。他谢我说:

"上帝保佑您,我的年轻的先生!"

那是穷人接受施舍时的语调。我心里想他在那边一定乞讨过。

姐姐们对我的慷慨大方甚感诧异,一个劲地瞅着我。

当我把剩下的两法郎交给父亲时,母亲大为惊讶,问:

"吃了三法郎的?……这不可能!"

我用坚定的语调声明:

"我给了他十个苏的小费。"

母亲气得直跳脚,眼睛瞪着我说:

"你疯了!拿十个苏给这个人,这个无赖!……"

父亲使了个眼色让她注意女婿在身边,她才住口。

这以后,大家都沉默不语了。

我们的前方,地平线上,一个紫色的阴影仿佛从海里钻出来似的。那就是泽西岛。

当船驶近防波堤的时候,我心里萌生出一个强烈的愿望,去再看一次我的于勒叔叔,走到他身边,对他说几句安慰的话,体贴的话。

可是,没有人再吃牡蛎了,所以他人也不在了,大概下到这可怜人栖身的散发着恶臭的底舱深处去了。

我们回来乘的是"圣马洛"号,为了避免再遇到他。我母亲已经气急败坏了。

我从此再也没有见过我父亲的弟弟!

您以后还会看到我有时给流浪汉一百苏,就是这个原因。

一场决斗*

战争已经结束,德国人占领了法国;像一个角力者被压在战胜者的膝下,这个国家在瑟瑟发抖。

从惊恐、饥饿、绝望的巴黎开出的头几列火车,慢腾腾地穿过田野和村镇,朝新划定的国界线驶去。头一批旅客透过车窗凝望着饱受蹂躏的平原和一个个焚毁的村庄。一些头戴黑色铜尖顶军盔的普鲁士士兵,在残存的农舍门前骑在椅子上抽着烟斗。还有的在干活或聊天,似乎他们就是这些农家的成员。经过城市的时候,可以看见整支整支的部队在广场上操练;尽管车轮发出隆隆的响声,嘶哑的口令声还是不时传到耳边。

迪布伊先生在整个围城期间一直在巴黎的国民自卫军效命,现在他前往瑞士找他的妻子和女儿。她们是在普军入侵以前,为了谨慎起见,被送到国外的。

迪布伊先生是个家境富裕、与世无争的商人,饥馑和劳累一点儿也没有让他的肚子见小。他一边痛心疾首地逆来顺受,一边对人类的野蛮凶残发着苦涩的怨言,就这样熬过了那些可怕的事变。现在,他就要抵达国境线,战争已经结束;虽然曾经在城防工事里尽过自己的职责,在寒夜里放过不少次哨,这还是他第一次看见普鲁士人。

他望着这些全副武装、蓄着大胡子的人,驻扎在法国土地上却俨然像待在自己家里一样,又是愤怒又是害怕。他内心感到一股无能为力的爱国主义热情,可同时也感到谨慎行事的至关重要,这种新的本能自从战败以后就再也没有离开我们。

和他同车室的两个来游览的英国人,睁着平静而又好奇的眼睛张

---

* 本篇首次发表于一八八三年八月十四日的《高卢人报》。

望着。他们俩也都是胖子。他们用本国语言谈话,时而翻阅着旅游指南,大声念上一段,好把上面标的地方认认清楚。

突然,火车在一个小城的车站停下,一个普鲁士军官,军刀磕在两级梯阶上发出很大的响声,登上车厢。他个子高大,身体紧裹在瘦小的军服里,连鬓胡子一直蔓延到眼睛旁边。他的胡须红得像火苗儿;两撇唇髭颜色稍稍淡些,两边延伸开去,把脸分成上下两截。

两个英国人观赏完景物,立刻带着好奇心满足以后的笑容打量起他来。迪布伊先生假装看报。他蜷缩在角落里,就像小偷面对宪兵。

火车又开动了。两个英国人继续交谈,寻找昔日战场的准确地点。正当他们中的一个伸手指着远处的一个村庄时,那个普鲁士军官把两条长腿往前一伸,身子往后一靠,突然用法语说:

"窝(我)在撤(这)个村子里杀过斯(十)二个法国人。窝(我)还刷(抓)过一百多个副(俘)房。"

这番话引起两个英国人的极大兴趣,他们连忙问:

"喔唷!这个村子叫什么?"

普鲁士人回答:"法尔斯堡。"

他又接着说:

"我还秋(揪)那些法国下流皮(坯)的耳朵。"

说到这里,他望着迪布伊先生,从大胡子里发出傲慢的笑声。

火车继续前进,穿过之处尽是被占领的村庄。路上和田边都可以看见德国兵。他们有的站在栅栏旁边,有的在咖啡馆前面聊天。他们就像非洲的蝗虫一样,遍地皆是。

那军官把手一伸,说:

"要是窝(我)来吃(指)挥,早就达(打)进巴黎了,宵(烧)它个精光,煞(杀)它个精光。那就不会才(再)有法国了!"

出于礼貌,两个英国人只回答了一句:

"喔唷,Yes。"

那军官接着说:

"耳(二)十年以后,欧洲,整个欧洲,都要粗(属)于我们。铺(普)鲁士比任何国家都抢(强)大。"

两个英国人感到情况不妙,不再搭理他了。他们蓄着长长颊髯的脸变得毫无表情,就像是蜡做的;那普鲁士军官却大笑起来。他依然仰靠在座椅背上,极尽嘲弄之能事。他嘲笑被打垮的法国,侮辱已经倒下的敌人;他嘲笑不久前战败的奥地利;他嘲笑有些省份的无济于事的反抗;他嘲笑国民别动队和不顶事的炮兵。他宣布俾斯麦①要用缴获的大炮铸造一座铁城。忽然,他把两只靴子搭在迪布伊先生的大腿上。迪布伊先生顿时面红耳赤,把眼睛转向别处。

两个英国人似乎对什么都漠不关心了,就像他们一下子又把自己封闭在他们的岛上,远离尘嚣。

军官掏出烟斗,眼睛盯着法国人问:

"你没有烟丝吗?"

迪布伊先生回答:

"没有,先生!"

德国人又说:

"等火车挺(停)了,我想庆(请)你去替窝(我)买一包。"

接着他又讪笑起来,说:

"窝(我)会给你肖(小)费的。"

火车鸣着汽笛,渐渐放慢速度;驶进一个建筑物已被焚毁的车站,停了下来。

德国人打开车门,扯着迪布伊先生的胳膊说:

"去给窝(我)跑一糖(趟),怪(快)!怪(快)!"

一个普鲁士军小分队占据着车站。另有一些士兵站在木栅栏旁边观看。火车头又鸣起汽笛,准备启动。就在这时,迪布伊先生突然跳到月台上;尽管站长挥手制止,他紧接着又跳进旁边一节车厢。

这车厢里只有他一个人!他解开背心,因为心跳得太厉害了;他气喘吁吁,揩着脑门上的冷汗。

火车又在一个车站停下。那军官突然出现在车门,登上车来,两个

---

① 俾斯麦(1815—1898):普鲁士王国首相(1862—1890)和德意志帝国宰相(1871—1890)。

英国人也在好奇心驱使下，跟着上了车。德国人在法国人对面坐下，仍然讪笑着说：

"你不远（愿）意替窝（我）炮（跑）腿。"

迪布伊先生回答：

"不愿意，先生！"

这时列车重又出发了。

军官说：

"那窝（我）就格（割）下你的户（胡）子来装烟斗。"

说着他就把手伸向对方的脸。

两个英国人依然毫无表情，目不转睛地看着。

德国人已经抓住一撮胡子，正要揪的时候，迪布伊先生使劲推开他的胳膊，抓住他的领子，一下子把他掀倒在座椅上。迪布伊先生已经气疯了，太阳穴上的青筋都鼓起来，眼睛里充满了血丝。他一只手掐住德国人的喉咙，另一只手紧握着，狠命地朝他的脸连出重拳。普鲁士人挣扎着，想抽出军刀，又想抱住压在身上的对手。但是迪布伊先生的大肚子压得他动弹不得；他挥拳狠打，气也不喘一口，更不管拳头落在什么部位。血流出来；他脖子被紧紧扼住，嘶嘶啦啦地喘着，好不容易张口吐出几颗被打落的牙齿。他试图推开这个怒气冲天的胖子，可就是推不开。

两个英国人已经站起来，走到跟前想看个仔细。他们兴致勃勃、满怀好奇地站在那里，正准备打赌，看两个斗士中最后谁胜谁负。

迪布伊先生筋疲力尽了；他突然直起腰，重新坐下，一言不发。

普鲁士人并没有向他扑过来；他依然惊魂未定，又惊讶，又痛。等他喘过气来，才说：

"你要是不肯用受（手）枪和窝（我）倔（决）斗，窝（我）就打死你。"

迪布伊先生回答：

"悉听尊便。我乐意奉陪。"

德国人接着说：

"斯特拉斯堡到了。窝（我）去找亮（两）个军官做整（证）人，在火彻（车）开出以前，还赖（来）得及。"

迪布伊先生还跟火车头一样喘着大气,对两个英国人说:
"二位愿意做我的证人吗?"
那两人齐声回答:
"喔唷,Yes!"
火车停了。
一分钟的时间,那个普鲁士人就找到两个同事,他们都带着手枪,于是众人来到城墙边。
两个英国人怕误车,不停地掏出表来看,他们加快步伐,匆匆做好准备。
迪布伊先生从来没有碰过手枪。他被安置在离敌人二十步远的地方。有人问他:
"准备好了没有?"
在他回答"准备好了,先生!"的时候,他注意到一个英国人打开了伞遮太阳。
就在这时,一个声音发出命令:

"开枪!"

迪布伊先生连忙胡乱放了一枪。奇怪,他惊讶地看见站在他对面的那个普鲁士人身体摇晃了几下,伸出胳膊,直挺挺地趴倒在地上。原来他把他打死了。

一个英国人"喔唷!"叫了一声,那叫声里透露出由衷的高兴、好奇心的极大满足和终于如愿以偿的兴奋。另一个英国人,拉着迪布伊先生的胳膊,拖着他一路小跑地向车站奔去。

头一个英国人两手握拳,两肘贴紧两肋,一边跑,一边喊着步点儿:"一,二!一,二!"

三个人大腹便便,并肩朝前跑,活像滑稽报刊上的三个滑稽人物。

火车正要开动。他们跳进原来的那节车厢。两个英国人摘下旅行便帽,举起来挥动着,连呼三遍:

"Hip, hip, hip, hurrah①!"

然后,他们先后向迪布伊先生郑重地伸出右手;握完手,他们又回到自己的角落里并肩坐下。

---

① 英语:"嗨,嗨,嗨,乌拉!"

马丹姑娘*

　　这是一个星期日,望完弥撒以后发生的事。他从教堂里出来,沿着回家的那条低洼的路向前走,正好走在马丹姑娘后面;她也回家。

　　她的父亲迈着富裕的农庄主那种趾高气扬的步子走在她身旁。他瞧不起布罩衫,穿的是一种灰呢子的西装上衣,还戴着一顶宽檐儿的圆顶礼帽。

　　她呢,穿着那件带子每周只束紧一次的紧身褡,挺着胸脯往前走,细腰,宽肩膀,臀部鼓鼓的,走起路来身体微微左右摇摆着。

　　她戴着一顶饰有花朵的帽子,是依弗托的一个女老板开的帽店制作的。她的颈背整个儿裸露着,结实,丰满,柔软。因为风吹日晒变成了焦黄色的细绒似的头发,在颈后轻轻飘舞。

　　他,伯努瓦,只看得见她的背影儿;不过她的脸长得什么样,他是熟悉的,虽然他还从来没像现在这样仔细地看过她。

　　突然,他对自己说:"见鬼,小马丹还真是个漂亮姑娘。"他看着她一路走,突然欣赏起她来,心里涌起一股爱慕之情。不,他用不着再看她的脸。他的眼紧盯着她的腰身,就好像说出了声似的,连连地自言自语:"见鬼,还真是个漂亮姑娘。"

　　马丹姑娘向右一拐,走进了马丹农庄,那是她父亲让·马丹的产业;这时她回过头向后看了一眼。她看见伯努瓦,觉得他样子怪怪的。她大声招呼道:"你好,伯努瓦。"他回答:"你好,马丹姑娘;你好,马丹老爷。"就走过去了。

　　他回到家,浓汤已经放在桌子上。他在母亲对面坐下,旁边是一个

---

*　本篇首次发表于一八八三年九月十一日的《吉尔·布拉斯报》,作者署名"莫弗里涅斯";一八八八年收入中短篇小说《于松太太的贞洁少男》。

长工和一个小伙计；女佣人去取苹果酒了。

他吃了几小勺，就把他的餐盘推开。母亲问：

"你不舒服吗？"

他回答："不，只是肚子里就像装满了糊糊似的，一点也不饿。"

他看着其他人吃，过一会儿切下一口面包，慢吞吞地送到嘴里，久久地嚼着。他在想马丹姑娘："她还真是个漂亮姑娘。"就好像在这以前他从来没有发现这一点，这是突如其来的，而且来势那么凶猛，弄得他连饭也吃不下了。

炖肉他几乎没有碰。母亲说：

"来，伯努瓦，尽量吃一点；这是炖羊排骨，对你有好处。就是没有胃口，也要勉强自己吃一点。"

他强吞了几块，又把他的餐盘推开了——不行，一点也吃不下，毫无办法。

午后，他到地里去转了一圈；他让小伙计去休息，答应顺便放放牲口。

这一天是休息日，田野上空无一人。分散在一片苜蓿地里的母牛，沉稳地趴卧在地上,摊开硕大的肚子,在大太阳下反刍。几把卸下来的犁撂在一片已经耕过的土地的一个角落里;一个个黄色地块,是刚收割的小麦田和燕麦田,剩下的短秸正在腐烂;在这些黄色地块中间,有几个大片的褐色方块,那是翻好了准备播种的土地。

略略有点干燥的秋风掠过平原,预示着日落以后晚上会比较凉爽。伯努瓦坐在一条沟边,帽子放在膝盖上,仿佛他需要晾一晾自己的脑袋。在田野的宁静中,他放声说:"要说漂亮姑娘,她算得上是个漂亮的姑娘了。"

他晚上躺在床上想她,第二天醒了还想她。

他并不忧伤,他也没有什么不高兴;他说不清自己到底怎么了。总好像有什么东西纠缠着他;有什么东西牵扯着他的心灵;有一个念头总也挥之不去,让他的心痒痒的难受。有时候一个老大的苍蝇被关在一个房间里,你听见它在嗡嗡地飞,这噪音骚扰着你,让你心烦。突然它停了下来;等你把它都忘了;可是突然它又飞了起来,迫使你抬起头。你逮不着它,赶不走它,打不死它,也没法让它停住不动。它刚落下,又嗡嗡叫着飞起来。

对马丹小姐的挂念,就像一只关在屋子里的苍蝇,在伯努瓦的头脑里骚动。

随后他又产生了再看看她的愿望,于是他一次次地在马丹农庄前经过。他终于看到她在一根系在两棵苹果树之间的绳子上晾衣服。

天热,她只穿一条短裙;当她抬起胳膊挂餐巾的时候,她只穿着的一件衬衫在她的皮肤上清晰地勾勒出她腰身的曲线。

他在沟里蹲了一个多钟头,甚至在她走了以后还蹲在那里。他回到家,比以前更加梦绕魂牵了。

足有一个月的时间,他满脑子里都是她。人家一在他面前提到她的名字,他就直打哆嗦。他茶饭不思;他每天夜里都盗汗,让他难以安眠。

星期日,望弥撒的时候,他的眼睛就没有离开过她。她发觉了,好几次对他微笑,因为她很高兴自己受到这样的爱慕。

一天晚上,他突然在一条路上遇见她。见他走过来,她停下了。于

是他径直向她走过去,尽管紧张和激动得喘不过气来,但是他已经下了决心要跟她说说话。他嘟嘟哝哝地开始说:

"你瞧,马丹姑娘,不能再这样下去了。"

她就像故意逗弄他似的,回答:

"什么不能再这样下去了?"

他接着说:"就是我总在想你呗,一天有几个钟点,我就想你几个钟点。"

她把两手往腰上一叉:"又不是我强迫你的。"

他结结巴巴说:"是,是你;我睡不着,吃不香,歇不好,没胃口,什么都做不成了。"

她用很低的声音说:

"那么,该怎么办才能治好你呢?"

他晃着胳膊,眼睛睁得老圆,张口结舌,一下子愣住了。

她朝他肚子上使劲捅了一下,就跑着逃走了。

从这一天起,他们就在沟边,在那条低洼的路上,或者等太阳下山,他牵着马回家、她赶着牛回栏时,在田边相会。

他感到心灵和肉体里有一股巨大的力量把自己推向她。他恨不得紧紧抱住她,掐死她,吃掉她,把她化入自己的躯体。因为无能,因为性急,因为气恼,因为她还不属于自己,他都会气得发抖,仿佛他们本来就是一个整体。

当地的人已经在谈论他们的事,说两个人已经海誓山盟。再说,他也的确问过她是不是愿意做他的妻子,而她也回答过他:"愿意。"

他们正等待一有机会就跟各自的父母谈这件事。

可是突然,到了约会的时间她不来了。他在她家庄院周围转来转去,也见不到她。他只能在星期日望弥撒的时候远远看她一眼。这还不算,有一个星期日,本堂神父讲完道以后,竟在讲坛上发布了维克托瓦尔-阿黛拉依德·马丹和约瑟凡-伊西多尔·瓦兰将要结婚的预告。

伯努瓦觉得两只手发生了什么事,就好像手上的血都突然抽干了似的。他的耳朵嗡嗡响,什么也听不见了,过了一会儿才发现自己脸埋在弥撒经书里哭泣。

他待在房间里,一个月没有出门,然后才又干起活来。

不过他的心病并没有痊愈,他总在想着这件事。他避免再走她住家周围的那几条路,因为他连她家院子里的那几棵树也不愿意再看见。这就迫使他早出晚归都要绕个大圈子。

她如今跟本乡最富裕的农场主瓦兰结婚了。伯努瓦跟他也不再说话,虽然他们自小就是伙伴。

一天晚上,伯努瓦从村政府前面经过,听说她怀孕了。他不但没感到太大的痛苦,反倒觉得轻松了。现在,总算结束了,完全结束了。这比她结婚那件事更彻底地把他们分开了。真的,他宁愿是这样。

几个月过去,又是几个月过去。他偶尔远远看见她迈着变得沉重的步子到村里去。她瞧见他,脸涨得通红,低下头,加快了脚步。而他呢,就从正走的路上岔开,避免跟她碰面,避免和她的眼光相遇。

不过他一想到可能哪天早上跟她不期而遇,不得不跟她说话,就怕得要命。从前他握着她的手,吻着她面颊边的头发,说了那么多情意绵绵的话;如今,他还能跟她说什么呢?他也经常回想起他们在沟边的幽会。在发下那么多山盟海誓之后,她做出的事的确很不光彩。

不过,悲痛还是渐渐地从他的心里消失了;留下的只有伤感。于是有一天,他第一次又走上挨着她家农庄的那条老路。他远远看着她家的房顶。就是在那里!她就是在那里和另一个男人生活!苹果树开满了花,公鸡正在肥料堆上歌唱。整个住所好像空荡荡的,正值春忙,人们都去田里干活了。他在栅栏旁停下,向院子里张望。狗在窝前睡觉,三头小牛一个跟着一个慢吞吞地向水塘走去。一只大火鸡正在门前展开尾巴,以舞台上歌唱家的做派在鸡群前炫耀。

伯努瓦倚着柱子,突然有一种强烈的感觉,希望大哭一场。不过,他却突然听到了一声叫喊,那是从屋里传出来的一声响亮的呼救声。他惊呆了,手紧紧抓住木柱,继续听。又是一声长长的撕肝裂肺的叫喊,传进他的耳朵,穿透他的心灵和肉体。是她在这么凄惨地叫喊!他立刻冲进去,穿过草地,推开门,只见她躺在地上,抽搐着,脸色苍白,满眼惶恐,经受着分娩的痛苦折磨。

他呆呆地站着,比她还要惨白,颤抖得比她还要厉害,结结巴巴地说:

"我来了,我来了,马丹姑娘。"

她气喘吁吁地说:

"啊!别离开我,别离开我,伯努瓦。"

他看着她,不知道该说什么,也不知道该做什么。她又叫喊起来。"哎哟!哎哟!我痛死了!哎哟!伯努瓦呢?"

她剧烈地扭动着。

他突然间产生了一个热切的愿望:援救她,帮她平静下来,帮她解除痛苦。他俯下身子,把她抱起来,放到床上。她还在呻吟。他替她脱衣服,脱掉她的上衣、连衣裙和衬裙。她为了不叫出声来,频频地咬着自己的拳头。他就照平常给牲口,给母牛、母羊、母马接仔时那样,帮助她,手里捧出一个哇哇啼哭的胖娃娃来。

他把产儿擦干净,用炉火前烘干的一块抹布包起来,放到桌子上一堆待熨的衣服上;然后,他又来到母亲身边。

他重新把她放在地上,换了被褥,又帮她躺下。她结结巴巴地说:"谢谢,伯努瓦,你真是个好人。"她流出几滴眼泪,仿佛内心萌生出一重歉疚。

他呢,他已经不爱她,一点也不爱她了。那段事已经结束。什么原因?怎么会呢?他也说不清。刚刚发生的事,要比十年不见面更能医治好他的创伤。

她精疲力竭,忐忑不安,问:

"是男孩还是女孩?"

他用平静的声音回答:

"是个女娃,挺可爱。"

他们又默不作声了。过了几秒钟,母亲有气无力地说:

"让我看看她,伯努瓦。"

他走去抱起小女孩,捧给她看,就像捧着圣体饼似的。就在这时门开了,伊西多尔·瓦兰走进来。

他起初一头雾水;后来,他突然猜到了。

伯努瓦有些不知所措,结结巴巴地说:"我正路过,我正从这里路过,听到她叫喊,我就进来了……这是你的孩子,瓦兰。"

于是,丈夫热泪盈眶,向前一步,接过对方捧给他的脆弱的婴儿,亲吻她,有好几秒钟说不出话来;然后把孩子放回床上,向伯努瓦伸出双手:

"一言为定,一言为定,伯努瓦,现在,我们之间,你瞧,一切就这么说定啦。如果你愿意,咱们就是一对好朋友了,是呀,一对好朋友!……"

伯努瓦回答:"我很愿意,当然啦,我很愿意。"

不足为奇的悲剧*

邂逅偶逢是旅行的一大乐事。在离家五百法里之外突然和一个巴黎人,一个中学同学,一个乡下邻居不期而遇,那份高兴谁没有体会过?

在一个还不知道蒸汽有何用途的地方,搭乘铃儿丁当的小公共马车,通宵挨着一个年轻女子,您和她素不相识,仅仅在那座小城的白色驿站门前,她上车的时候,才在油灯的微光下匆匆看过一眼;这样的事谁没有经历过?清晨,头脑已经清醒,但是被持续的铃铛声和车窗玻璃震动声折磨了一夜的神智和耳朵还麻木不仁的时候,看到秀发蓬松的邻座美女睁开眼睛向四周顾盼,用纤细的手指梳理纷乱的头发,扶正帽子;用娴熟的手摸摸上衣看是不是歪扭,腰部正不正,裙子是不是揉得太皱;那种感觉是多么美妙!

她也瞅你一眼,那目光冷淡而又有些好奇,然后就舒坦地坐在一个角落里,似乎只关心眼前的景色。

你会不由自主地时而偷看她一眼,不由自主地总想着她。她究竟是什么人?她从哪儿来?到哪儿去?你甚至会不由自主地在头脑里构思出一部小说。她长得很美,看上去楚楚动人!她那口子真有福气……和她一起朝夕厮守想必其乐无穷吧?谁知道呢?她也许就是那最符合我们心愿,符合我们梦想,符合我们性情的女人。

看着她在一座乡间住宅的栅栏门前翩然下车,那情景让你怅然若失,却也给你留下甜蜜的回味。一个男子,带着两个孩子和两个女佣在等她。他张开双臂把她抱起来,亲吻她,再把她放到地上。她俯下身去,把两个向她伸出手的孩子抱起来,亲切地爱抚他们。两个女佣从马车夫手里接过从车顶上扔下的行李的当儿,一家人沿着一条小径走去。

---

* 本篇首次发表于一八八三年十月二日的《吉尔·布拉斯报》,作者署名"莫弗里涅斯"。

永别了,这件事就到此结束。看不到她了,再也看不到她了。永别了,一整夜相邻而坐的少妇。你和她素昧平生,根本没有跟她说话;可你还是因为她的离去而有点惆怅。永别了。

这样的旅行记忆,愉快的也好,伤感的也罢,我有很多。

有一次我在奥弗涅①景色宜人的法国山区徒步漫游,那些山不太高,也不太陡,给人一种平易近人之感。我登上桑西峰②,走进一家小客店。这小客店坐落在常有人朝觐的名叫瓦西维埃尔圣母堂的小教堂旁边。我走进小店时,只见一个模样古怪可笑的老妇人独自坐在饭堂尽里头的一张桌子旁吃午饭。

她至少有七十岁,个子高高的,身形枯瘦,颧骨突出,雪白的头发按照旧时的式样一卷卷地搭在两鬓。她衣着笨拙,就像一个对着装打扮全不在意的英国女人。她在吃一盘摊鸡蛋,喝的是水。

她的外貌很特别,目光惶惑不安,一望可知她在生活中饱经忧患。我不由自主地看着她,心里连连发问:"她是谁?这女人究竟是干什么的?她为什么孤身一人到这深山里来游荡?"

这时,她付了账,站起身来准备离去,一面整理着肩上的一块小得出奇的披巾,披巾的两端垂在她的两臂上。她从一个角落里拿起一根长长的手杖,手杖上满是烙铁烙上的名字,然后就向外走出去;她腰板僵直,动作生硬,迈着赶路的邮差一样的大步。

一个向导在门口等着她。他们走远了。我目送他们沿着由一排排高大的木十字架标明的道路走下山谷。她的个子比那个向导还高,似乎走得也比他快。

两小时以后,我正在一个深深的漏斗形洼地的边缘攀登,洼地中间是一个巨大神奇的绿色的洞,里面树林茂密,荆棘丛生,巨岩高耸,落英缤纷;帕万湖就在这漏斗底部,圆得就像用圆规画成的;湖水澄澈得就像天上倾泻下来的一汪清泉。真是美不胜收啊,真让人想在那俯瞰平

---

① 奥弗涅:法国中央高原的中部地区,在巴黎的南面。
② 桑西峰:法国中央高原的最高峰。

静冰凉的火山湖的斜坡上搭一座小小茅屋,在这里安度余生。

  这时,我发现老妇人正一动不动地站在那里,注视着死火山口底部那清澈如镜的湖面,仿佛要透过深不可测的湖水,看到湖底的奥秘。据说那下面有好多妖怪般硕大的鳟鱼,它们把其他的鱼都噬光了。我从她身边经过的时候,似乎看到她眼眶里滚动着泪珠。不过她又跨着大步去找他的向导;后者待在通向湖边的坡道脚下的一家小酒店里。

  这一天我没有再见过她。

  第二天傍晚时分,我到了米洛尔城堡。这古堡是一座巨大的碉楼,屹立在三个小山谷的交汇处,辽阔山谷中的一座山上,高耸入云。古堡呈黄褐色,已经有了裂缝,凸凹不平,不过从它宽阔的弧形基座直到顶上的几个摇摇欲坠的小塔楼,整体还保持着圆形。

  比起其他的古堡遗迹,这座古堡给人最深刻的印象,是它的宏伟、简朴、庄重以及威武而严肃的古典风貌。它孤零零地矗立在那儿,高如一个山峰;它是已经死去的王后,但它永远是匍匐在它脚边的那些山谷的王后。穿过一个栽着杉树的斜坡可以登上古堡;再穿过一道窄门,便来到第一道院子里面那君临一方的高墙脚下。

  古堡里,是一些倒塌的大厅、散架的楼梯、神秘的洞穴、暗道、地牢、断壁残垣、不知怎么还能坚持不坠的穹顶。这是一座石头堆砌的迷宫；在蜘蛛网一样稠密的裂缝里，野草丛生，蛇蝎横行。

我独自一人在这废墟中徜徉。

突然，我看见一个东西，一个幽灵似的东西，立在一堵墙后面，就像是这古老建筑的精灵。

我吓了一跳，几乎有点心惊肉跳。不过我随即认出，原来就是我遇见过两次的那个老妇人。

她在哭，哭得眼泪哗哗地流，手里拿着一个手帕。我转身正要走去，她却对我说起话来，尽管她被人撞见在哭有些羞惭。

"是的，先生，我在哭……我并不经常哭。"

我反倒难为情起来，结结巴巴的不知回答什么是好："对不起，太太，打扰您了。您大概是遇到了什么不幸的事。"

她低声回答：

"是的……不，不……我简直就像一条被抛弃的狗。"

她用手帕捂住眼睛，泣不成声。

我被她那富有感染力的眼泪打动了，握住她的两只手尽力安慰她。她仿佛下了决心，不再独自承担悲伤的重负，毅然向我讲起她的故事来。

唉！……唉！……先生……您哪里知道……我的生活有多么痛苦……多么痛苦……

我曾经有过幸福的生活……我在那边……在我的家乡……有一座房子。可我再也不回那里去了，我再也不愿回那里去了，因为回那里太痛苦了。

我有一个儿子……就是他！就是他！孩子们是不懂得的……人生是多么短暂！如果我现在看到他，我也许认不出他了！我曾经那么喜爱他！甚至在他出生以前，在我感到他在我身体里蠕动的时候。他出生以后，我是多么热烈地亲吻他，抚爱他，疼爱他！您不知道，有多少个夜晚，当他熟睡时，我凝视着他，叨念着他！我爱他简直到了发狂的程度。

但是自从他八岁那年,他父亲送他进了寄宿学校,一切都完了,他不再属于我了。啊,上帝!从此他每星期只回一次家,此外就再也看不到他了。

后来他去巴黎上中学,竟然一年只回家四次了。每次回家我都惊讶地发现他变了许多;没有看见他长,他就突然长大了。人们从我这里抢走了他的童年,他对我的信赖,他本应对我难分难舍的依恋,还有我亲身感到他逐渐发育、直到长成大小伙子的全部快乐。

一年只看到他四次!请想想看!每次他回来,他的身材,他的眼神,他的动作,他的嗓音,他的笑容,都和过去不一样了,都和我原来的儿子不一样了。一个孩子的变化非常快;不能在他身边看着他变化,这是很可悲的事,因为孩子变了,就再也找不到原来的他了。

有一年他回家的时候,脸上居然已经长出细软的胡须!他!我的儿子!居然……我很震惊,也很伤心,您相信吗?我几乎不敢拥吻他。这是他吗?是我的小宝贝,那个一头金色鬈发的小宝贝吗?我亲爱的孩子啊,从前我常把襁褓中的他搂在怀里,让他用贪婪的小嘴儿吮吸奶汁;可这个棕发青年再不会和我亲热,他似乎只是出于义务才爱我,只是为了礼貌才叫我"我的母亲";我本想把他紧紧地搂在怀里,而他却只吻了吻我的额头。

我丈夫已经去世;接着我的父母也亡故了;后来我又失去了两个姐姐。当死亡进入一户人家时,仿佛它急于尽可能地多做些活儿,为了可以隔得时间长一些再来;它只留下一两个人活着去为死人哭泣。

只剩下我一个人了。儿子已经长大,在学习法律。我希望和他一起生活,死也死在他身边。

于是我去找他,想和他住在一起。但他已经养成年轻人的习惯,他让我明白我妨碍了他。我离开了;我错了;可是身为母亲,觉得自己成了惹人讨厌的人,这对我来说实在太痛苦了。我又回到自己家里。

我再也没有见过他,几乎是再也没有见过他。后来他结婚了。多么让人高兴的事啊!我们终于可以永远生活在一起了。我要抱孙子孙女了!但是他娶的那个英国女人却仇视我。为什么?也许她感到我太爱我的儿子了。

我不得不又离开他。我又孤身一人。是的,先生,孤身一人。

后来儿子去了英国,和他们——他岳父母一起生活。您明白吗?他们得到了他,他们把我的儿子据为己有了!他们从我这里抢走了他!他只是一个月给我写一封信。起初他还来看看我。现在,他已经来也不来了。

我有四年没见到他了!他脸上已生出皱纹,头发已经白了。这是真的吗?这个几乎是个老头儿的人是我的儿子,我那过去脸蛋儿红扑扑的儿子吗?大概我再也见不到他了。

于是我一年到头在外旅行。我毫无目的地到处游荡,就像您看到的这样,没有任何人给我做伴儿。

我像一条被抛弃的狗。再见了,先生,别在我身边久留了,把这一切告诉您我是很痛苦的。

在下山的路上我回头望去,只见老妇人站在一堵残破的墙头,注视着群山、漫长的山谷和远处的尚蓬湖。山风劲吹,她长裙的下摆和她肩上的古怪的小披巾像旗帜一样随风招展。

泰奥迪尔·萨博的忏悔[*]

泰奥迪尔·萨博刚迈进马丹维尔那家小酒馆,大家就先笑了起来。这么说,萨博这家伙很逗乐了?不过,他可是个不喜欢神父的人!啊!不喜欢!不喜欢!这捣蛋鬼,他恨不得把他们吃掉呢。

泰奥迪尔·萨博,木匠师傅,是激进派在马丹维尔的代表。他长得又高又瘦,生着一双狡猾的灰眼睛,头发贴着两鬓,嘴唇薄薄的。每当他拿腔捏调地说"咱们的圣父醉鬼[①]",大家都笑得前仰后合。星期日人家望弥撒,他偏偏干活。每年圣周的星期一他都要杀猪,这样他直到复活节都能吃上猪血灌肠。本堂神父路过的时候,他总要嘲弄地说:"瞧呀,这一位刚在柜台上吞下他的天主。"

神父是个胖子,个子也很高,却对萨博畏惧三分,因为他善于恶作剧,这为他博得不少的支持者。而玛利蒂姆神父是个政治家,喜爱玩弄手腕。他们之间的斗争,秘密的、激烈的、无休止的斗争,已经持续了十年之久。萨博是村议会议员。据说还有可能成为村长。如果这事儿成真,那肯定会是教会在本地的决定性失败。

选举即将举行。马丹维尔的教会阵营已经不寒而栗。于是,一天早上,本堂神父动身前往鲁昂;他告诉他的女仆,是去见大主教。

两天后他回来了。他得意洋洋,好像打了胜仗似的。第二天就尽人皆知,教堂的圣坛将要翻修。大主教大人为此慷慨解囊,捐出了六百法郎。

枞木做的旧的神职祷告席,将要全部换成橡树心材做的新的祷告席。这要做大量的木工活儿;当天晚上,家家户户都在谈论这件事。

---

[*] 本篇首次发表于一八八三年十月九日的《吉尔·布拉斯报》,作者署名"莫弗里涅斯";一八八六年收入短篇小说集《图瓦》。

[①] 醉鬼:法语为 le paf;此处通过谐音戏指教皇(le pape)。

泰奥迪尔·萨博却笑不起来。

第二天他走出家门，村里的邻居们，不论是朋友还是敌人，都连讥带讽地问他：

"教堂的圣坛是不是让你来修呀？"

他不知如何回答才好，但是他很恼火，恼火透了。

那些坏包儿们还补充说：

"这可是一桩有油水的活儿，至少有二三百好赚呀。"

两天以后，人们得知修缮工作将要交给佩尔什维尔的木匠塞勒斯坦·尚勃勒朗。后来有人否认了这个消息，接着又有人宣布教堂里的所有长凳都要重做。这需要两千法郎，已经向部里提出申请。此事引起更大的轰动。

泰奥迪尔·萨博再也睡不着了。在人们的记忆中，本地还从来没有哪个木匠接过这么大的活计。后来又有一个说法不胫而走。人们都在悄悄说，本堂神父很苦恼，他不愿把这件工作让一个外村工匠来干，可是由于信仰问题，又不能交给萨博。

这传言萨博也听到了。他天一黑就前往本堂神父的住处。女佣回答他神父在教堂。他又转往教堂。

两个许了愿终身侍奉圣母的姆姆，发了酸的老姑娘，在神父的指点下，正在为圣母玛利亚月装饰祭台。神父腆着大肚子，站在圣坛中央，指挥着两个女人；她们蹬在椅子上，把一个个花束摆放在圣体龛的周围。

萨博在教堂里感到很不自在,就好像来到最大的敌人家里;但是赚钱的热望煎熬着他的心。他手里捏着鸭舌帽,走过去,甚至没注意到两个姆姆的存在。她们十分惊讶,目瞪口呆,木雕泥塑似地站在椅子上。

他哼哼唧唧地说:"您好,神父先生。"

神父只顾着忙祭台的事,连看也没看他一眼,就说:"您好,木匠先生。"

萨博心乱如麻,再也找不出什么话来说。不过沉默了一会儿,他还是说:

"您在做准备?"

玛利蒂姆神父回答:

"是呀,圣母玛利亚月快到了。"

萨博支吾道:"是啊,是啊",接着又没话可说了。

他真想什么也不说,拔腿就走,可是朝圣坛扫了一眼,他欲走还留。他看见那十六个等待更换的神职祷告席,六个在右边,八个在左边,两个在通往圣器室的门边。十六个橡木做的祷告席,成本最多三百法郎;只要手脚不笨,包下来精工细做,肯定可以赚二百法郎。

于是他吞吞吐吐地说:

"我是为了那活计来的。"

神父故作吃惊的样子,问:

"什么活计?"

萨博简直无地自容,咕哝道:

"要干的活计呗。"

这时神父才转过身来,盯着他:

"莫非您想谈谈修缮本教堂的圣坛的活计?"

一听玛利蒂姆神父那说话的口气,泰奥迪尔·萨博的脊梁上就打了一阵寒战;他再一次恨不得逃之夭夭。然而他还是忍气吞声地回答:

"正是为这个,先生。"

神父把两手交叉在他那宽广的肚皮上,好像惊呆了似的:

"居然是您……您……您,萨博……来向我要求这个活儿……

您……本堂区里唯一不信神的人……不过这会闹出丑闻来的,一件众所周知的丑闻。主教大人会斥责我,说不定还会撤换我呢。"

他沉吟了几秒钟,用平静了一些的语气说:

"我十分理解,您看到这么重要的工作交给邻近堂区的木匠,心里很难过。可是我没有别的办法呀,除非……不……这不可能……您决不会同意;可是不这样做,那就绝对不行。"

萨博正在看着一直伸展到大门口的那一排排长凳。见鬼去吧!如果这些全要更换新的呢?

于是他问:

"您需要怎么样?尽管说吧。"

本堂神父用坚定的语气回答:

"我需要您作个响亮的保证,保证您的诚意。"

萨博低声说:

"我还不能说,我还不能说,或许我们还能商量个别的办法。"

神父宣布:

"必须在下个星期日望大弥撒时公开领圣体。"

木匠的脸刷的一下变得煞白。他没有回答,而是问:

"那些长凳,也全要重做吗?"

神父很有把握地回答:

"是的,不过要晚一些。"

萨博接着说:

"我还不能说,我还不能说。我并不是不愿改悔,我赞成宗教,这是肯定的;让我感到不舒服的是那些仪式。不过,既然是这样,我也不会顽固到底。"

姆姆们已经从椅子上下来,躲到祭台后面去了;她们听着这番对话,激动得脸色苍白。

本堂神父见自己已经胜券在握,便突然变得和蔼可亲:

"好极了,好极了,这话说得聪明,不傻,明白吗?等着瞧吧,等着瞧吧。"

萨博窘迫地笑着问:

"难道没有办法把领圣体稍稍延后一点吗？"

但是神父又露出严肃的表情：

"既然要把这活计交给您干，我就希望看到您确实已经皈依天主教。"

然后他把语气变得温和些，继续说：

"您明天就来忏悔；因为我至少得审查您两次。"

萨博说：

"两次？……"

"对。"

本堂神父微笑着说：

"您很清楚，您需要来个大扫除，一次全面的清洗。就这么说啦，我明天等您。"

木匠很着急，问：

"您要在哪儿干这件事？"

"当然……在忏悔室。"

"在……那匣子里，那边，旮旯里？"

"当然啦。"

"不过……不过……那匣子，对我可不大合适。"

"为什么？"

"因为……因为我不习惯这玩意，再说我的耳朵有点背。"

本堂神父表现得非常随和：

"好吧！您就来我的住处，在客厅里，就咱们俩，单独地进行。您看这样行吗？"

"行，这对我合适；不过那匣子，不行。"

"那么，明天，干完活以后，六点钟见。"

"就这么说，就这么办，一言为定；明天见，神父先生。谁反悔谁是混蛋！"

他伸出粗糙的大手，神父的手响亮地落在上面。

击掌声在教堂的拱顶下传开去，直到消失在管风琴的琴管后面。

第二天，泰奥迪尔·萨博一整天都心绪不宁。他就像要去拔牙那样心惊肉跳。他脑海里时刻闪动着这个悬念:"我今天晚上要去忏悔。"他那颗慌乱的灵魂,一个不坚定的无神论者的灵魂,就要去面对神的奥秘,感到模糊而又强烈的恐惧,几乎发狂了。

他一干完活就向本堂神父的住处走去。神父正在花园里等他,一边在幽长的小径上念着日课经。他满面春风,朗朗大笑着向他迎过来:

"嘿!咱们又见面了。请进,请进,萨博先生,不会把您吃掉的。"

萨博先生第一个进屋。他结结巴巴地说:

"要是不妨碍您的话,我想把咱们那件小事马上办了。"

本堂神父回答:

"我听您的吩咐。我的祭披就在这儿。只要一分钟,我就能听您忏悔了。"

木匠已经激动得顾不上想别的;他看着神父披好熨出一道道褶皱的白祭披。神父向他做了个手势:

"跪在这个垫子上。"

萨博不好意思跪下,仍然站着。他结结巴巴地问:

"这有用吗?"

但是神父已经变得十分威严:

"只有跪着才能走近赦罪院。"

萨博跪下来。

神父说:

"请您念 Confiteor①。"

萨博问:

"什么?"

"Confiteor。如果您记不得了,就一句句地跟着我念。"

于是神父有板有眼、慢条斯理地念起神圣的经文来,木匠跟着念;念了一段,神父说:

"现在,您忏悔吧。"

可是萨博说不下去了,他不知道从哪儿开始。

---

① Confiteor:拉丁文,"忏悔经"。

玛利蒂姆神父只得来帮他：

"我的孩子，看来您不大懂，那么我来向您提问吧。咱们顺着天主的训诫，一条一条地来。您仔细听我念，别慌。您说得要诚实，别怕说得太多。"

　　汝应敬一神，
　　爱之以诚意。

"您是否像爱天主一样爱过别的神或别的东西？您是否全心全意、竭尽您的爱的力量爱过天主？"

萨博费劲地思索着，都急出汗来。他回答：

"不。啊，不，神父先生。我爱慈善的天主，尽可能地爱。这个嘛——是的——我很爱他。要说我不爱自己的孩子，不，我做不到。要说必须在孩子和天主之间选择，这个我没法说。要说为了爱天主必须损失一百法郎，这个我没法说。但是我很爱天主，这是肯定的，无论如何我都是很爱天主的。"

神父严肃地说：

"应该爱天主胜过一切。"

萨博诚惶诚恐地说:

"我会尽量去做,神父先生。"

玛利蒂姆神父接着说:

> 天主不可骂,
> 他物亦如是。

"您可曾说过渎神的话?"

"没有。哦,这个嘛,这个可没有!我从来不说渎神的话,从来不。有时候,在气头上,我当然说过'活见鬼'①!说这个,总不能算我渎神吧。"

神父大吼道:

"这就是渎神!"

并且声色俱厉地说:

"再也别这么干了。我接着念:

> 主日勿做工,
> 专心事天主。

"您星期日都做什么?"

这一来,萨博挠起耳朵来了:

"我嘛,我用我最好的方式侍奉慈善的天主,神父先生。我在家里……侍奉他。我星期日干活儿……"

本堂神父这一次表现得宽宏大量,打断他,说:

"我知道,您将来会守规矩的。我下面跳过几条训诫,因为我相信您没有违背过这些训诫。现在咱们来看看第六条和第九条。我接着念。

> 不可夺人财,
> 也勿取以计。

---

① "活见鬼":此处原文为"sacré nom de Dieu",含有"天主"(Dieu)一词。

"您可曾用什么手段骗取过别人的财产？"

泰奥迪尔·萨博这一下火了：

"啊！绝对没有。啊！绝对没有。我是一个诚实人，神父先生。这个嘛，我敢发誓，肯定没有。要说我没有偶尔给有钱的主顾多算几个钟点的工时，这我不敢说。要说我没有在账单上多加几个生丁，就几个生丁，这我不敢说。但是偷盗，没有；那种事，没有。"

本堂神父严肃地说：

"骗取一个生丁也是偷盗。以后别再干了。

> 妄证不可说，
> 谎语最当弃。

"您说过谎吗？"

"没有，这个没有。我不是喜欢撒谎的人。这是我的优点。要说我没有讲过什么笑话，这个嘛，我不敢说。要说牵涉到我的利益时我没有让人相信过不存在的事，这个嘛，我不敢说。但是提到说谎，我可不是喜欢说谎的人。"

本堂神父只简单地说：

"以后要更检点一些。"

然后，他又念道：

> 若非夫妇间，
> 性交宜永忌。

"您可曾欲求或者占有您妻子以外的任何女人？"

萨博发自内心地叫了起来：

"这个没有；啊！这个没有，神父先生。我可怜的妻子，欺骗她！不！不！一丝一毫也没有过，不管是思想里还是行动上都没有过。真的。"

他沉默了几秒钟，然后，好像产生了一点怀疑，他压低了声音说：

"进城的时候，要说我从来不去那地方，您很清楚，就是妓院，为了开开心，找找乐，换换花样，这个嘛，我不能说没有……不过我是付钱的，我每次都付钱。既然付了钱，就神不知鬼不觉了。"

本堂神父不再追究，赦免了他的罪。

泰奥迪尔·萨博揽下了修缮圣坛的活儿，并且每个月都领圣体。

获得勋章啦!*

有些人生来就有一种压倒一切的本能,一种志向,换句话说就是在刚会说话和有思想时就萌生的一种愿望。

萨克勒曼先生从孩提时代起脑袋里就只想着一件事:获得勋章。小小的年纪,别的孩子爱戴军帽,他却挂着镀锌的勋位勋章;他经常骄傲地让母亲牵着手在大街上走,把挂着红缎带和金属奖章的小胸脯儿挺得老高。

他学习成绩很糟糕,中学毕业会考①落榜了,不知道将来干什么是好,于是娶了一个漂亮姑娘,因为他家里有钱。

他们像有些富裕的中产者那样住在巴黎,主要跟同阶层的人来往,难得和上流社会打交道;他们结识了一位可能当上部长的议员,并且有两位身任局长的朋友,已经颇感荣幸。

不过在萨克勒曼先生降生之初就钻进他脑袋里的那个念头,再也没有离开过他;哪怕是一条小小的彩色绶带也无权在礼服上向世人展示,这一直令他痛心疾首。

每每在林阴大道上遇见那些勋章闪亮的人,他便心如刀绞。他怀着强烈的妒意瞟着他们。有时,在漫长的午后闲得慌,他就统计起他们的人数来。他心里对自己说:"咱们数数瞧,从马德兰大教堂到德鲁沃街,我到底能找出多少。"

他慢慢向前走,巡视着人们的上装;他那训练有素的眼睛老远就能分辨出那个小红点儿。散步到了另一头,他总是对数字之巨表示惊讶:

---

* 本篇首次发表于一八八三年十一月十三日的《吉尔·布拉斯报》,作者署名"莫弗里涅斯";一八八四年收入中短篇小说集《隆多利姐妹》。

① 在法国,须成功通过中学毕业会考,取得业士学位,才能获得大学入学资格。

"八个军官,十七个骑士①。竟有这么多!像这样乱发勋章,简直是愚蠢透顶!咱们再瞧瞧,我往回走是不是还会发现这么多。"于是他又迈着缓慢的步子往回走;让他痛心的是,有时行人拥挤,会妨碍他的搜索,让他遗漏了某个人。

他知道在哪些街区遇见得最多。王宫一带比比皆是。歌剧院大街不如和平街;林阴大道的右边比左边多。

他们似乎也对某些咖啡馆、某些剧院情有独钟。每当萨克勒曼先生远远看见一群白头发的老先生停留在人行道中央,以至妨碍了交通,他就会在心里说:"那肯定是些荣誉勋位团的军官!"他真想对他们脱帽敬礼。

他已经多次注意到,军官们的气派和普通的骑士就是不可同日而语。他们的头的姿势别具一格。让人清楚地感觉到,他们享有更高的敬意,获得更普遍的重视,实乃名正言顺。

---

① 法国荣誉勋位团包括五个等级的勋位,军官是第四级,骑士是第五级。

偶尔萨克勒曼先生也会突来一股盛怒,对所有佩带勋章的人都无比愤恨;而他那仇恨的感情是社会党人才有的。

每当他看了那么多勋章之后回到家,就像饥肠辘辘的穷汉刚刚从一家家大食品店前面经过,愤愤不平;他大声诘问:"到底什么时候我们才能摆脱这个肮脏的政府?"他妻子大吃一惊,问他:"你今天是怎么啦?"

于是他回答:"我是看见到处都有不公平的事情发生,心里气愤。啊!公社社员做得真对!"

不过吃罢晚饭他又出门了,而且是去考察徽章商店。他一一审视那些形状不同、颜色有别的勋章绶带。他真希望这些全都是为他准备的;在一个公开典礼上,在一个人头攒动、挤满惊叹的人群的大厅里,他走在一队人的最前面,胸前顺着肋骨的形状挂满一排排勋章,锃锃闪亮;他腋下夹着折叠式高顶大礼帽,像一颗明星那么耀眼,在啧啧称赞声和敬仰的低语声中庄严地走过。

唉!无奈他没有任何功绩可以获得任何一种褒奖。

他于是心想:"对于一个不担任任何公职的人来说,要想跻身荣誉勋位团实在太困难了。不妨试试弄个文化教育勋位团军官的称号!"

但是他不知道该如何着手,便同妻子谈起自己的想法。妻子一听愣住了:

"文化教育勋位团军官?你做了什么业绩,配得上这个称号?"

他顿时火冒三丈:"你先听明白我的话。我正是在琢磨应该怎么做嘛。你有时候真是愚蠢透顶。"

她微微一笑:"好极了,你有理。可是我也不知道。"

他却有了一个主意:"你是不是去跟罗瑟兰议员谈一谈;他也许能给我提个高明的建议。我呢,你明白,我不便跟他直接谈这个问题。由我嘴里说出来,这事儿太微妙,很难启口。要是你出面,事情就显得十分自然了。"

萨克勒曼太太果然按他的要求办了。罗瑟兰先生答应跟部长说一说。于是萨克勒曼先生就三天两头地催他。这位议员最后回答他:须提交一份申请书,详述他的资历。

他的资历？见鬼。他连业士也不是。

不过他还是工作起来，开始写一本小册子，题为《论人民受教育的权利》。可是他思想贫乏，未能完成。

他换了些比较容易的题目，一连写了好几篇。首先是《儿童的直观教育》。他提出在贫穷街区为儿童建立各种免费剧场；家长从孩子很小的时候起就带他们去剧场，人们用幻灯演示赋予他们人类各种知识的基本概念。那才是真正的课堂。视觉向大脑传授，大脑把形象刻印似地留在记忆里，令科学成为可以说是看得见的科学。

用这种方法教世界史、地理、自然史、植物学、动物学、解剖学，等等，还有比这更简单的吗？

他把这篇论文印出来，寄给每位议员一份，每位部长十份，共和国总统五十份，巴黎各报社每家十份，外省报社每家五份。

他接下来论述的是街道图书馆问题，他提出由国家添置一些小车，就是卖橘子小贩那样的车子，满载图书，走街串巷。每个居民花一个苏的租金，就有权借阅十本书。

"人民，"萨克勒曼先生写道，"只有在去寻找娱乐消遣的时候才肯出门。既然他们不去寻求教育，那就让教育去找他们，等等。"

尽管这些论文没有引起任何反响，他还是递交了申请书。人们答复他申请已经记录在案，正在审理。他自信肯定会获得成功，便等呀等。但毫无下文。

于是他决定亲自交涉。他请求见国民部长。接待他的是部长办公室的一位秘书。此人年纪很轻却举止尊严，甚至有些自负自赏；他像弹钢琴似地按动着一系列白色小按钮，召唤着候见厅里的传达、侍者和下级员工。他对这位申请人肯定他的事情进展顺利，并且建议他继续他出色的著述。

萨克勒曼先生便重又投入工作。

罗瑟兰先生，也就是那位议员，现在好像对他的成功特别关心起来，给他出了一大堆切实可行而又别出心裁的主意。再说他毕竟是励位勋章获得者，虽然谁也不知道他凭什么获得这项殊荣。

他指点萨克勒曼该做些什么新的研究，把他引荐给一些为博取荣誉而研究科学中特别玄秘部分的学术团体。他甚至在部里支持他的申请。

一天,罗瑟兰先生来他朋友家吃午饭(近几个月他经常在他家进餐),握着他的手,声音压得低低地对他说:"我刚刚为您争取到一桩大大的美差。历史著作委员会交给您一个任务,一项须去法国各地图书馆里进行的研究工作。"

萨克勒曼乐昏了,连吃喝都失去兴趣。一周后他就动身了。

他从一个城市到另一个城市,查阅目录,在堆满积尘老厚的旧书的顶楼里翻寻,不管图书管理人员对他多么嫌恶。

一天晚上,他当时在鲁昂,突然想回家和一个星期没见面的妻子亲热一下,于是他乘上九点钟那班火车,这样他就可以在半夜十二点赶到家。

他有钥匙。他悄无声息地进了家,高兴得直打哆嗦,非常得意能给妻子一个惊喜。可是她紧插着房门。多扫兴!他只好隔着门呼喊:"让娜,是我!"

她想必是吓了一跳,因为他听见她跳下床,而且还像在梦中一样自言自语。接着她又跑向盥洗室,把门打开又关上,赤着脚在房间里快步来回走了好几趟,震得家具直晃,柜橱里的玻璃器皿丁当响。然后,她才终于问道:"真的是你吗,亚历山大?"

他回答:"当然是我,快开门吧!"

门开了。妻子扑进他的怀里,一边嘟哝着:"啊!多吓人!太意外,太让人高兴了!"

他开始脱去外衣,有条不紊;他做什么事都这样。然后他又从椅子上拿起自己的外套,因为他惯常都把外套挂在前厅里。但是他突然愣住了。扣眼上别着一枚荣誉勋位勋章!

他结结巴巴地说:"这……这……这外套上挂着勋章哩!"

他妻子一个箭步冲过来,去抓他手里的那件衣裳:"不……你弄错了……把它给我。"

但是他始终攥着一只袖子,不肯放手,还发了狂似的一迭连声地说:"嗯?……怎么回事?……解释给我听听!……这外套是谁的?……这不是我的,既然挂着荣誉勋位团勋章。"

她不知所措,使劲从他手里拽那件外套,一边结结巴巴地说:"你听我说……你听我说……把衣服给我……我不能告诉你……这是个秘密……你听我说。"

可是他已经怒不可遏,脸变得煞白:"我要知道这外套怎么会在这里。这不是我的那件。"

这时,她冲着他的脸嚷道:"是你的,别说出去,你要向我保证……你听我说……喂!你获得勋章啦!"

他震惊极了,不由得松手放了那件外套,走去倒在扶手椅里。

"我已经……你是说……我已经……获得勋章啦。"

"是呀……这是个秘密,一个伟大的秘密……"

她把那荣耀的服装藏进衣柜,然后回到丈夫跟前;这时的她依然战战兢兢,脸色苍白。她接着说:"是的,这是我让人给你做的一件新外套。不过我发誓先不告诉你;这件事在一个月或一个半月之内是不会公布的。得等到你的任务完成。你应该在回来的时候才知道。是罗瑟兰先生给你争取到的……"

萨克勒曼几乎晕过去,语不成声地说:"罗瑟兰……获得勋章……他帮我获得了勋章……他……帮我……啊!……"

他不得不喝一杯水顺顺气。

他忽然看见一张小白纸片躺在地上,是从刚才那件外套的口袋里掉出来的。萨克勒曼捡起来,原来是一张名片。他念道:"罗瑟兰——议员。"

"你看见了吧。"妻子说。

他高兴得哭起来。

一周以后《政府公报》宣布,萨克勒曼先生因其出色的贡献,荣获荣誉勋位团骑士级勋章。

父 亲[*]

他那时在公共教育部任职,住在巴蒂尼奥尔街①,每天早上都乘公共马车去上班。就这样,由于每天早上做一次直到巴黎市中心的旅行,他爱上了坐在对面座位上的那个年轻的姑娘。

她每天都在同一钟点去她工作的那家商店。这是个娇小玲珑的淡褐色头发的姑娘。有些褐发女郎眼珠儿黝黑像两个墨点,而皮肤白皙又犹如象牙的光泽;她就属于这种类型。他总看到她从同一个街口走出来;然后就紧跑慢跑,追赶笨重的马车。她奔跑时的那个样儿,在匆忙之中透着灵活和优雅。她不等马完全站稳,就跳上了踏脚板。她微微喘息着走进车厢,坐下以后,再向四周扫视一眼。

弗朗索瓦·泰西埃第一次看见她的时候,就感到这张脸蛋儿可爱极了。有时候人们会遇到这样一些女人,虽是偶逢乍遇,却顿时有一种欲望,想把她们紧紧地搂在怀里。这个姑娘就符合他内心的愿望,符合他私心的期待,符合他心灵深处连自己都不知道的爱情理想。

他经常不由自主地盯着她看。这注视的目光令她十分窘迫,脸都涨红了。他发现了自己的鲁莽,想把目光移开;可是,尽管他极力把视线固定在别处,它总是又回到她的身上。

几天以后,他们互相认识了,不过还没有交谈过。如果马车里已经座无虚席,他就把自己的位子让给她,自己爬到顶层去,虽然离开她有些遗憾。她现在看到他,常对他微微一笑;在他热烈的目光下,她依然垂下眼帘,不过她对这样的注视似乎不再生气。

他们终于交谈了。两人之间很快就产生一种知己的感觉,虽然仅

---

[*] 本篇首次发表于一八八三年十一月十二日的《吉尔·布拉斯报》,作者署名"莫弗里涅斯";一八八五年收入短篇小说集《白天和黑夜的故事》。

① 巴蒂尼奥尔街:位于巴黎西北部,现属巴黎市第十七区。

是每天半小时的知己。毫无疑问,这半小时,成了他生命中最美妙的时光。其他时间他都想着她;在办公室工作的漫长时间里,她不断出现在他的眼前。一个心爱的女人留给我们的飘忽不定而又驱之不散的身影,萦绕着他,笼罩着他,渗透他的心灵。在他看来,如果能够完全拥有这个娇小的女子,他会幸福得发狂,那几乎是一种人类可望而不可即的成就。

现在,她每天早上都和他握握手;这种接触的感觉,她的手指轻轻按压他的肉体的记忆,他能一直保持到晚上,觉得自己的皮肤上似乎已经保留下她的印记。在一天的其他时间里,他都焦急地盼望着这公共马车上的短暂旅行。星期日只会令他闷闷不乐。

她大概也喜欢他,因为春天里的一个星期六,她接受他的邀请,第二天同他去梅松-拉菲特①吃午饭。

她先到了车站等他。见他有些意外,她对他说:

"在动身之前,我有话要跟您说。我们还有二十分钟时间,绰绰有余了。"

她倚在他胳膊上,浑身发抖,眼帘低垂,面颊煞白。她接着说:

"您可不要误解了我。我是一个正派的姑娘。您必须答应我,您必须保证不做任何……不做任何……不管怎么样……无论如何都不能做……不得体的事情……我才会跟您去那儿。"

---

① 梅松-拉菲特:巴黎西边的一个小城。

她的脸突然涨得通红。她说完了。他不知道回答什么才好,因为他既感到幸福,又有点儿失望。打心底里,他也许宁愿事情是这样的;可是……可是这一夜他都陶醉在一连串的美梦里,弄得他心荡神迷。可以肯定,如果他知道她是个轻浮女子,他是不会这么爱她的;可是在他看来那也是很诱人、很有趣的哟!男人们在爱情上的种种自私的算盘,让他心绪烦乱。

见他一言不发,她眼角闪着泪水,声音激动得颤抖,接着说:

"如果您不答应充分尊重我,我就回家。"

他温柔地拉住她的胳膊,回答:

"我答应您;做什么,尊重您的意愿。"

她似乎放心了,微笑着问:

"您这话,是真的吗?"

他紧盯着她的眼睛,说:

"我向您保证!"

"咱们去买票吧。"她说。

车厢里坐满了旅客,他们一路上没能够说多少话。

到了梅松-拉菲特,他们就向塞纳河边走去。

温暖的空气令人身心轻松。阳光普照着河面、林木和草地,无数光束把愉悦注入人的肌体和心灵。他们手拉着手沿着河岸散步,看小鱼儿成群地在水中游窜。他们向前走着,沉浸在幸福里,仿佛从地上腾升到狂热的幸福境界。

还是她先开口:

"您一定认为我疯了吧。"

他问:

"怎么会呢?"

她接着说:

"单独一个人跟您到这儿来不就是发疯吗?"

"才不是呐!这是很自然的事。"

"不!不!在我看来,这并不自然,因为我可不愿意失足,而人们都是在这种情况下失足的。可是您一定知道,每天都过着千篇一律的生活,一月到头,一年到头,天天如此,实在让人郁闷!我一个人和妈妈一起生活。她有很多伤心的事,总是无情无绪。我呢,我尽力而为。我试图努力让自己生活得快乐些,但并不是总能如愿。不过不管怎么样,到这儿来总是不好的。无论如何,您不会责怪我吧?"

他紧紧地拥抱住她,亲吻她的耳朵,作为对她的回答。可是她猛地一下挣脱了,并且突然生起气来:

"噢!弗朗索瓦先生,您向我保证过的。"

他们于是又向梅松-拉菲特方向走回来。

他们在一个人称"小阿弗尔"的地方吃了午饭。那家饭馆位于河边,低矮的房屋掩隐在四棵巨大的杨树之间。旷野、炎热、少许白葡萄酒以及彼此挨近的兴奋,让他们脸色通红,呼吸急促,沉默不语。

但是喝过咖啡以后,他们一下子兴高采烈起来,穿过塞纳河,又沿着河岸向拉弗莱特村方向走去。

他突然问道:

"您叫什么名字?"

"路易丝。"

他重复了一句"路易丝",便不再言语。

河水划了一条长长的弧线,向下流去;流经远处的一排白色的房屋,映出它们白色倒影。姑娘采了一些雏菊花,编成一个乡村风味的大花束;而他,放声歌唱起来,像一头刚刚放进草场的小马一样得意忘形。在他们左边,沿着河岸,是一片种着葡萄的坡地。走了一会儿,弗朗索瓦突然停下脚步;他简直惊讶得发呆了。

"啊!看呀!"他说。

葡萄园到此为止,眼前的坡地上种满了丁香,正鲜花盛开。好一个紫色的树林啊!仿佛一张巨大的地毯铺盖着大地,一直延伸到那二三公里以外的村庄。

这突如其来的景象把她惊呆了,她激动不已,低声赞叹:

"啊!多美呀!"

于是,他们穿过一块农田,向那鲜花烂漫的小山坡跑去。每年,那些推车小贩在巴黎走街串巷叫卖的丁香,就是这里供应的。

一条狭窄的小径掩隐在灌木丛下。他们沿小径往前走,看到一块小小的空地,就在那里坐下来。

成群的苍蝇在他们头上盘旋,在空中发出连续不断的柔和的嗡嗡声。太阳,这一丝风也没有的日子里的骄阳,直射着鲜花盛开的坡地;坡地上洋溢着沁人肺腑的芳香,缭绕着气势浩瀚的馨风——花的汗水的结晶。

远处的教堂响起钟声。

他们不知不觉地拥抱在一起,而且越抱越紧;他们躺倒在草地上,除了接吻以外,其他一切都意识不到了。她闭上了眼睛,搂抱着他,把他紧紧压在自己的胸口;她已经什么也不想,已经失去理智,身心整个儿在情欲的期待中麻木了。她把自己完全奉献了出去,竟然全无知觉,甚至不明白自己已经委身于他了。

当她清醒过来时,意识到自己闯了大祸,惊骇极了,两手掩面,痛哭流涕。

他竭力安慰她。但她坚持要走,要立刻回家。她一边大步走着,一边连声说着:

"天呀!天呀!"

他对她说:

"路易丝!路易丝!咱们再待一会儿,我求您了!"

她脸涨得通红,眼甲满含着深深的忧伤。他们一到巴黎火车站,她就离开他,甚至没有对他说一声"再见"。

第二天,当他在公共马车里再见到她时,发现她变了,消瘦了。她对他说:

"我有话要跟您说;我们在林阴大道下车吧。"

他们俩走在人行道上,等周围没有人的时候,她说:

"我们必须分手。由于发生了那种事,我不能再见您了。"

他激动地问:

"可是,为什么?"

"因为我不能。我已经犯了罪。我不能再犯罪。"

于是他请求她，央求她；因为他正受着欲望的煎熬，整个占有她、纵情无羁地和她通宵做爱的需要折磨着他。

但她总是固执地回答：

"不，我不能。不，我不能。"

可是他反而越来越兴奋，越来越冲动。他答应娶她。可是她依然说：

"不。"

然后就离开他。

他整整一个星期没有见到她。他在上班的路上遇不到她；他以为永远失去她了，因为他不知道她的住址。

第九天晚上，突然他住所的门铃响了。他去开门。原来是她。她投进他的怀抱，不再抗拒。

她做了他三个月的情妇。当她告诉他已经怀孕时，他开始厌倦她了。从此他头脑里只有一个念头：不惜一切代价和她一刀两断。

由于他屡试不成，不知道该怎么办，也不知道该怎么说，整天如坐针毡，想到那越来越大的胎儿就心惊肉跳；最后他做出一个极端的决定：一个夜晚，他搬家了，一去无踪。

这打击对她实在太大了；她甚至没有去寻找这个把她一抛了事的人。她跪在母亲面前，向她忏悔了自己闯下的大祸；几个月以后，她生下了一个男孩。

岁月流逝。弗朗索瓦·泰西埃逐渐老了，虽然他的生活里并没有发生什么大的变故。他仍然过着公务员的单调乏味的生活，没有希望，无所期待。每天，他在同一个钟点起床，经过同一些街道，步入同一位门房把守的同一个大门，走进同一间办公室，坐在同一张椅子上，完成同样的工作。他孤独一人生活在这世界上：白天，孤独一人，处在互不闻问的同事中间；夜晚，孤独一人，关在单身汉的住宅里。他每月节省下一百法郎，以备晚年。

每个星期日，他都去香榭丽舍遛个弯儿，去看看来来往往的高雅人士、香车宝马和美女佳丽。

第二天,他会对受苦受难的同僚说:

"昨天,从树林①回城的场面真壮观啊。"

一个星期日,他沿着几条新辟的街道偶然走进蒙叟公园②。那是一个明朗的夏日的早晨。

保姆们和妈妈们坐满了小径两边的长椅,看着在眼前玩耍的孩子们。

可是,弗朗索瓦·泰西埃突然打了个哆嗦。一个妇女从他面前走过,手牵着两个孩子:一个十岁左右的男孩和一个四岁左右的女孩。是她。

他又向前走了一百来步,一屁股倒在一张长椅上,激动得喘不过气来。她并没有认出他。他于是又向回走,想再看她一眼。现在,她已经坐下。男孩子乖乖地坐在她身边,那女孩正在玩土堆儿。是她,肯定是她。她像贵妇人一样神态庄重,衣着朴素,举止自信而又得体。

他远远地看着她,不敢走近。这时男孩抬起头来。弗朗索瓦·泰西埃只觉得浑身发抖。这,大概就是他的儿子。他仔细看着他,他相信在孩子脸上认出了自己,就像他从前拍的一张照片一样。

他仍旧躲在一棵大树后面,等她走的时候尾随着她。

他那天晚上未能入睡。想到那孩子,他尤其心神不安。他的儿子啊!如果他早知道,如果他当初能肯定多好!可是他又会怎么做呢?

他看到了她的家;他于是打听她的情况。他得知她后来嫁给了一个邻居,一个温良敦厚的老实人。她的不幸遭遇感动了这个人,所以他明知她失过足,还是原谅了她,甚至承认了孩子,他弗朗索瓦·泰西埃的孩子。

他从此每个星期日都到蒙叟公园来。每一次他都看见她;每一次他都有一种不可抗拒的愿望,要去把自己的儿子抱在怀里,把他吻个遍,把他抱走,把他偷走。他没有亲情,生活在老单身汉的可怜的孤独之中,这让他痛苦之极;他的父爱,既有悔恨,羡慕,嫉妒,又有天性注入

---

① 树林:此处系指巴黎西郊著名的休闲游乐胜地布洛涅树林。
② 蒙叟公园:巴黎的一个公园,现属巴黎市第八区。莫泊桑年轻时常到这里来。园内现有一座莫泊桑纪念雕像。

他内心深处的爱自己孩子的需要,这一切残酷地折磨着他,让他痛苦万分。

他最后决定做一次无望的尝试。于是,有一天,在她走进公园的时候,他向她走去。他在路中间站住,脸色煞白,嘴唇激动得颤抖,对她说:

"您不认识我了吗?"

她抬起眼睛,一看是他,立刻发出一声惊诧和恐怖的叫喊,连忙把孩子们拉过来,拖着他们迅速逃走。

他回到家抱头痛哭。

又是几个月过去了。他没有再看到她。但是他终日如丧考妣,经受着父爱的折磨和煎熬。

为了能够拥吻一下自己的儿子,他可以死,可以杀人,可以去服任何劳役,冒任何危险,干任何铤而走险的事。

他给她写信。她不回信。在写了二十封信以后,他明白再也不能奢望让她心软让步。于是他做出一个万般无奈的决定,并且做好了在必要时被一粒子弹击穿心脏的准备。他给她的丈夫写了一封简短的信:

先生:
  我的名字在您看来想必是令人憎恶的;可是我此刻凄
  凄惨惨,痛不欲生,惟有寄希望于您了。
  我仅仅向您要求十分钟的会晤。
  我谨荣幸地……

他第二天就接到回信:

先生:
  星期二五点钟,我等您。

弗朗索瓦·泰西埃上楼梯的时候,心跳得那么厉害,每走一步都要停一下。心脏在他胸膛里发出的急促的怦怦声,就像野兽在狂奔,沉重而又剧烈。他呼吸十分艰难,手把着扶梯才没有摔倒。

走到四楼,他按响门铃。

一个女佣来开了门。他问：

"是弗拉梅尔家吧。"

"是这里。请进。"

他走进一个显然是富裕人家的客厅。只有他一个人；他惶惶不安地等着，就像将有什么大难临头似的。

一扇门打开了，走出一个男子。他身材魁梧，神情庄重，微微有点发福，穿一身黑色的礼服。他用手指着一张座椅。

弗朗索瓦·泰西埃坐了下来，然后声音激动而颤抖地说：

"先生……先生…… 我不知道您是否知道我是谁…… 如果您知道……"

弗拉梅尔先生打断了他的话：

"不必了，先生，我知道。我妻子跟我谈到过您。"

从他的声音可以听出是个善良的人，虽然他此刻有意表现得严肃一些。弗朗索瓦·泰西埃又说：

"好吧，先生，是这样的。我感到非常痛心、悔恨和羞愧。我只想吻吻……孩子……一次，只这一次……"

弗拉梅尔先生站起来,走到壁炉边拉了拉铃。女佣走进来。他吩咐说:

"去替我把路易找来。"

女佣走出去。两个男人留在那里,面对着面,没有言语;他们再也没有什么可说的,干干地等待着。

突然,一个十岁的男孩欢欢快快地跑进客厅,径直向他心目中的父亲跑去。但是他发现有一个生人在场,就停下来,显得有点儿害羞的样子。

弗拉梅尔先生吻了吻他的额头,然后对他说:

"亲爱的,现在,去吻吻这位先生。"

孩子望着这陌生人,听话地走了过来。

弗朗索瓦·泰西埃站起身。他的帽子掉在地上,他自己也几乎要跌倒了。他仔细端详着儿子。

弗拉梅尔先生知趣地转过身去,透过窗户,看着街道。

孩子根本不明白是怎么回事,他等待着。他捡起帽子,还给这陌生人。这时,弗朗索瓦·泰西埃把孩子抱起来,开始发了疯似地吻他的脸、他的眼睛、他的双颊、他的嘴、他的头发。

男孩被这冰雹似的亲吻吓坏了,竭力躲闪着,把头扭过来扭过去,用两只小手推开这个人的贪婪的嘴唇。

这时,弗朗索瓦·泰西埃突然又把他放在地上,大声说:

"别了!别了!"

然后他就像小偷似的溜走。

细　绳*

献给哈里·阿利斯①

在格代维尔②周围的各条大路上,农民们正带着妻子朝这个镇子走来,因为是赶集的日子。男人们迈着从容不迫的步子,长长的罗圈腿向前跨一步,身子就往前倾一下。他们的腿所以变得畸形,是因为劳动很艰苦;压犁的时候左肩得耸起,同时身子得歪着;割麦的时候,为了重心稳当,两膝得拉开;总之是由于常年干着各种各样既缓慢又吃力的农活儿。他们的蓝布上衣,浆得挺挺的,仿佛上了一层清漆,领口和袖口还用白线绣着图案,罩在他们瘦瘠的身体上鼓得圆圆的,像一个就要腾飞的气球,只是伸出了一个脑袋、两条胳膊和两只脚。

有的男人用绳子牵着一头母牛或者一头小牛。他们的妻子跟在牲口后面,用一根还带着叶子的树枝抽打牲口的腰部,催它快走。她们胳膊上挎着硕大的篮子,这边钻出一个雏鸡的脑袋,那边钻出几个鸭子的脑袋。她们走路的步子比男人们小,但是比男人们急促;枯瘦的身子挺得笔直,披着一块过分窄小的围巾,用别针别在干瘪的胸脯上;头上贴着发际裹着一块白布,上面再戴一顶软便帽。

接着驶过一辆装有长凳的载人大车,拉车的小马一颠一颠地快步小跑,颠得两个并排坐着的男人和一个坐在车后面的女人狼狈不堪;那女人为了减轻剧烈的摇晃,紧紧抓住车帮。

---

* 本篇首次发表于一八八三年十一月二十五日的《高卢人报》;一八八四年收入中短篇小说集《密斯哈丽特》。

① 哈里·阿利斯(1857—1895):真名伊波利特·佩尔榭。曾创办《现代与自然主义杂志》等刊物。莫泊桑曾为其撰稿。

② 格代维尔:法国塞纳滨海省的一个大镇,距莫泊桑的出生地费康十三公里。

格代维尔广场上,人和牲口混杂在一起,熙熙攘攘。在这盛大集会的表面,攒动着牛的犄角、富裕的农民戴的长绒礼帽和乡村妇女的便帽。众人尖锐刺耳的叫嚷声汇成持续、粗野的喧哗;一个兴高采烈的乡下汉从健壮的胸膛里发出一声大笑,一头拴在房屋墙脚的母牛迸出一声长哞,偶尔超出这片喧哗。

这里充溢着牛圈、牛奶、牛粪、干草和汗的气味,散发着庄稼人特有的,人体和牲口身上的难闻的酸臭味儿。

布雷奥泰村的奥什科纳老爹刚刚来到格代维尔;在向广场去的路上,他看到地上有一小截细绳。奥什科纳老爹不愧为一个真正的诺曼底人,他非常节俭,认为凡是有用的东西都应该捡起来;于是他吃力地弯下腰,因为他有风湿病。他从地上拾起那截细细的绳子,正准备把它仔细地绕起来,忽然发现马具皮件商玛朗丹先生站在店门口,看着他。从前,他们为一副笼头的事有过一些纠纷,两个人都爱记仇,至今还在怄气。被冤家对头看到自己在粪土里找一截细绳儿,奥什科纳老爹感到有些丢脸。他连忙把捡到的东西掖到罩衫下面,接着又藏到裤子口袋里;然后又装作还在地上找什么东西,结果没有找到,这才脸冲着前方,身子因为病痛几乎弯得一折两段,向集市走去。

他很快就消失在人群中。赶集的人们喧嚷着,缓缓移动着,激动地进行着无休无止的讨价还价。农民们用手把摸试探着牛只,走开又走回,神情困惑,总怕上当,迟迟拿不定主意;他们窥视着卖主的眼神,没完没了地变着法儿要识破人的诡计,找出牲口的缺陷。

女人们把大篮子放在脚边,就从篮子里掏出带来的家禽;它们都两脚被捆住,伏在地上,眼里流露出惶恐,冠子涨得猩红。

她们听着买主还的价钱,或者态度决绝、不为所动地坚持着自己的要价;或者突然决定接受还价,向缓着步子走开的顾客吆喝道:

"就这么说吧,昂季姆大叔,卖给您啦。"

后来,广场上的人渐渐少了,午祷的钟声敲响,住得太远的人都分散到周围的客栈去。

在茹尔丹开的客栈,大堂里挤满了吃饭的人,宽敞的院子里停满了各种各样的车辆,有两轮运货马车、两轮轻便篷车、装有长凳的载人四轮车、两人乘坐的轻便马车,还有不计其数的劣质小车,溅满了黄泥浆,车架已经歪歪扭扭,东一块、西一块地打着补丁,不是把车辕像两只胳膊一样扬起来指向空中,就是鼻子杵地、屁股朝天。

离坐在桌边吃饭的人不远,有个巨大的壁炉,火烧得正旺,向右边一排人的脊背上喷出阵阵强烈的热浪。三个烤肉的铁钎在转动,铁钎上叉满了鸡、鸽子和羊腿;一闻就知道的烤肉的香味和烤焦的皮上淌着的油汁的香味,从炉膛里飘出来。人人喜气洋洋,个个馋涎欲滴。

农耕一族中的显要们都在茹尔丹老板的客栈里吃饭;茹尔丹既开客栈又贩马,是个颇有几个钱的精明能干的人。

菜一盘盘地端上来,又一盘盘地吃光,黄澄澄的苹果酒也一罐罐地喝光。每个人都要唠一唠自己生意上的事,买进了什么呀,卖出了什么呀。他们也打听有关农作物收获的情况。眼下的天气对未成熟的庄稼有利,但是对于已经成熟的麦子来说就太潮湿了些。

突然,房前的院子里,响起一阵鼓声。除了少数几个人若无其事以外,大家都立刻站了起来,向门口或者窗口跑去,嘴里还塞得满满的,手里拿着纸巾。

宣读公告的差役敲过了鼓,就节拍紊乱、前言不搭后语地喊起来:

"谨通知格代维尔镇居民,以及所……有赶集的人,今天上午,在波兹维尔来的大路上,在……九十点之间,有人遗失了一个黑色皮夹子,内装五百法郎及一些商业票据。若有捡得者,请送交……镇公所,或径交马纳维尔村的弗图奈·乌尔布莱克先生。会有二十法郎的酬谢。"

宣读完了,那人就离去。过了一会儿,又从远处传来隐约的鼓声和那差役已经变弱的声音。

于是大家就议论起这件事来,对于乌尔布莱克先生有没有运气找回他的皮夹子,众说纷纭。

说话间午饭结束了。

就在人们快要喝完咖啡的时候,宪兵班长走进来。

他问道:

"布雷奥泰村的奥什科纳先生在这里吗?"

坐在桌子另一头的奥什科纳先生回答:

"我在这里。"

宪兵班长接着说:

"奥什科纳先生,请您跟我去一下镇公所好吗?镇长先生想跟您谈一谈。"

那乡下人既诧异又慌张,把他那一小杯酒一口喝完,就站起来;他的腰比早上弯得更厉害了,因为每一次休息以后,迈头几步的时候特别困难。他一边起身一边重复着:

"我在这里,我在这里。"

他就这样随班长去了。

镇长正坐在靠背椅里等他。他是本地的公证人,大胖子,不苟言笑,说起话来总爱夸大其词。

"奥什科纳先生,"他说,"有人看见您今天上午,在波兹维尔来的大路上,捡到了马纳维尔村的乌尔布莱克先生丢失的皮夹子。"

这乡下人听了瞠目结舌,呆呆地望着镇长;这个嫌疑莫名其妙地落在他的头上,弄得他瞠目结舌。

"我,我,我捡到了那个皮夹子?"

"是的,说的就是您。"

"我发誓,我连看都没有看见过。"

"有人看见您捡的。"

"有人看见,我捡的?是谁,谁看见我捡的?"

"玛朗丹先生,那个马具皮件商。"

这时候老人才想起来,明白了;他气得脸涨得通红,说道:

"啊!这个混蛋,他看见我捡的!可他看见我捡的是这根细绳,您看,镇长先生。"

他一边说,一边在衣兜里摸索,掏出那截细绳来。

但是镇长怀疑地摇了摇头。

"奥什科纳先生,玛朗丹先生是个值得信赖的人,您不可能让我相信他竟然会把这根细线说成皮夹子。"

这乡下人火透了,举起一只手,向旁边啐了一口唾沫,表示以他的人格发誓,反复地说:

"可是这是千真万确的事实,实实在在的事实呀,镇长先生。这一点,我可以拿我的灵魂再发一遍誓,要是说谎,灵魂永不能得救。"

镇长又说:

"不仅如此,捡起东西以后,您还在烂泥里找了很久,看看是不是有掉出来的钱。"

老人又是气愤又是惶乱,连话都说不连贯了。

"怎么可以说……怎么可以说……这种瞎话,来糟蹋一个老实人!怎么可以说……"

他抗议也没有用,人家不信他。

后来让他跟玛朗丹先生对质,玛朗丹先生还是那么说,而且一口咬定他说的是事实。他们对骂了足有一个小时。根据奥什科纳先生自己的要求,还在他身上搜了一遍。什么也没有搜到。

镇长也不知如何是好,最后只好让他先回去,不过通知他,他将向检察院报告,依照命令行事。

这时消息已经传开了。老人走出村公所的时候,人们把他团团围住,问这问那,虽然都出于好奇,但有些人是严肃的,有些人则意在嘲弄,不过没有任何人为他打抱不平。他把细绳的故事又讲了一遍。没有人相信他。人们只觉得好笑。

回家的路上,遇见的人都把他拦住,而且他也会主动把认识的人拦住,一遍又一遍地重复他的故事和他的抗议,把衣袋翻过来给人家看,证明他什么也没有。

人人都对他说:

"老滑头,去一边吧!"

他气愤,恼怒,窝火,因没有人相信他而痛心疾首,又不知道怎么办才好,只能没完没了地讲他的故事。

天黑了。该回家了。他跟三个邻居一起上路。途中他把他捡到那根细绳的地方指给他们看;一路上他始终在絮叨他的遭遇。

这天晚上,他在布雷奥泰村走了一圈,把自己的遭遇讲给大家听。他所遇见的人无不视为笑谈。

这让他难过了一整夜。

第二天,下午一点钟,在伊莫维尔村的布勒彤先生的农庄当雇工的马利于斯·波梅尔把皮夹子连同里面的东西原封送还马纳维尔村的乌尔布莱克先生。

据此人说,他确实是在大路上捡到的;因为不识字,他就带回去交给了东家。

消息迅速在周围传开。奥什科纳老爹也得知了。他马上又挨家串户地巡游,对人讲述他的故事,不过补上了故事的结局。他胜利了。

"让我痛苦的,您明白吗,倒不是这件事情本身,而是谣言。"他说,"因为有人造谣惑众,让你受到谴责,再也没有比这更伤害人的了。"

他整天都在讲他的倒霉遭遇;对大路上经过的人,对酒馆里喝酒的人,对星期日从教堂出来的人,逢人便讲。他甚至拦住陌生人,跟他们也絮叨一遍。现在,他没事了,然而总有什么说不清的东西让他不舒服。人们听他说的时候,总是一副嬉皮笑脸的样子。他们并不相信他说的话。他好像总感觉到他们在他背后嘀咕什么。

到了下一周的星期二,他内心里需要把他的事解释个清楚,因此他特地又去格代维尔赶集。

马朗丹正站在店门口,见他经过,竟笑了起来。有什么好笑的?

他找上去跟克里克托村的一个农庄主说起来;还没等他说完,那人就拍了一下他的胸口,不客气地冲他嚷道:"老滑头,得了吧!"说罢转身就走。

奥什科纳老爹被弄得目瞪口呆,并且越来越心焦。他们凭什么叫他"老滑头"?

他来到汝尔丹的客栈,刚在桌边坐下,就解释起他的事来。

蒙蒂维利埃村的一个马贩子冲他大喊道:

"得了吧,得了吧,老狐狸,你那根细绳,我知道!"

奥什科纳结结巴巴地说:

"那个皮夹,已经找到了呀!"

可是对方接着说:

"闭嘴吧,老爹;捡的是一个人,还的是一个人。神不知鬼不觉呗。"

乡下老汉气得半天喘不过气来。他这才恍然大悟。原来人们又在说他指使一个狐朋狗友,一个串通好的人,把皮夹送了回去。

他想争辩,可是全桌的人都大笑起来。

他饭也吃不下去了,就在一片嘲笑声里离去。

他回到家,又是羞惭又是愤懑,怨愤填胸憋得他喘不过气来。他特别感到闹心的是,人家指控他的事,以他诺曼底人的刁滑,他不但做得出来,而且还会自诩手段高明呢。他隐隐约约感觉到,由于他的佻巧尽人皆知,看来他再也没法证明自身的清白了。他感到自己的心就像被不公道的猜疑捅了一刀似的。

于是他又重新开始讲起他的遭遇来,而且故事越讲越长,每次都加上一些新的理由、更有力的论据、更庄严的誓词;这一切都是他孤独一人的时候琢磨和准备出来的,因为他的头脑只想着他的细绳的故事了。无奈他的辩解越复杂、论证越巧妙,人家越不相信他。

他刚转过身去,人们就说:"这些,都是爱说谎的人编造出来的理由。"

他感觉得到这一切,心如刀割;他耗尽了力气,可是所做的努力全都徒劳。

眼看着他一天天衰竭了。

那些爱耍笑的人常常逗他讲"细绳的故事"来取乐,就像人们让打过仗的士兵讲他参加过的战役一样。他的精神遭到彻底的打击,已经垮了。

十二月底,他病卧不起。

一月初,他死了;他临终说胡话的时候,还在证明自己的清白,反复念叨着:

"一根细绳……一根细绳……瞧,就在这儿,镇长先生。"

老 人*

秋天和煦的阳光越过圩沟边高高的山毛榉树,投射在农家大院。在牛群啃平了的青草下面,被刚下的雨水浸透的泥土软唧唧的,脚一踩就陷下去,还发出扑哧扑哧的水声。硕果累累的苹果树,用掉落的浅绿色的果实点缀着深绿色的草地。

四头小母牛并排拴着,正在吃青草,时不时地朝着农舍哞叫。牛圈前面,一群家禽为粪堆添上活动的色彩,它们刨呀,扒呀,咕哒咕哒叫着;两只公鸡不停地打着鸣,为母鸡寻觅着虫子,然后咯咯尖叫着召唤它们过来。

木栅栏门打开了。一个四十岁上下看上去却大概有六十岁的男子走进来。他满脸皱纹,腰弯背驼;也许是因为塞满麦秸的木鞋太重了,他迈着迟缓的大步。两条长长的手臂垂在身体两侧。当他走近农舍时,拴在一棵大梨树脚下的一只黄狗,在一个当窝用的木桶旁边摇动着尾巴,汪汪直叫,以示高兴。那男子喊了声:

"住口,菲诺!"

狗不作声了。

一个农妇从屋子里出来。从那件紧巴巴的毛衣,可以想见她瘦削、宽阔而板平的体形。她的裙子很短,只搭到半截腿,露出蓝色的长袜;她也穿着塞满麦秸的木鞋。她头上那顶白色软帽已经发黄,盖着紧贴在头顶的几根稀稀拉拉的头发。她那张褐色、枯瘦、丑陋、牙齿已经脱落的脸,露出乡下人常有的野蛮、粗鲁的神情。

那男的问:

---

* 本篇首次发表于一八八四年一月六日的《高卢人报》;一八八五年收入短篇小说集《白天和黑夜的故事》。

"他怎么样啦!"

女的回答:

"神父先生说他完了,过不了今天晚上。"

他们都走进屋去。

他们穿过厨房,走进卧室。那卧室又低矮又昏暗,只有一块玻璃窗可以透进亮光,玻璃上还蒙着一块破旧的诺曼底印花布。几根横穿房间的粗大房梁,因为年久日深已经变了色,黑黢黢而且布满烟尘;顶楼薄薄的地板就架在这些横梁上;顶楼里成群的老鼠没日没夜地蹿来蹿去。

泥土地面凹凸不平,湿漉漉的,看上去又滑又腻;卧室深处放着的那张床,也是脏兮兮的似白非白。从一个放在阴暗角落的小床上,传来一个有规律的嘶哑的声音,一个艰难、气喘、带着哨音的呼吸声,还夹杂着破损的唧筒似的咕噜声。原来那里躺着一个奄奄一息的老人,那个农妇的父亲。

男的和女的走到床边,用冷淡和无奈的眼光看了一眼这快要咽气的人。

女婿说：

"这一次，真要完了。他今天晚上都过不去。"

农妇接着说：

"从中午起他就这么咕噜咕噜地喘。"

然后他们都沉默不语了。老父亲闭着眼，面孔灰土土的，他干瘪得像木头人一样。他的嘴微微张开，好让呼噜作响的艰难的气息通过；每喘一口气，灰色的布被子就在他胸脯上起伏一次。

沉默了很久以后，女婿表示：

"只好眼看着他死了。我们没有一点办法。不过总会耽误一点油菜田里的活儿，你看天气多好，明天本该移苗的。"

他妻子想到这一点，心里也不自在。她琢磨了一会儿，说：

"就是他死了，也用不着在星期六以前下葬，你明天照样可以去侍弄油菜。"

农夫思量了一下，说：

"对。不过明天我得去请送葬的客人；从图尔维尔到玛纳托，一家家都跑到，怎么也得五六个钟头。"

妻子想了两三分钟，说：

"现在还不到三点；你满可以今儿晚上就通知起来，先跑图尔维尔这一片。你可以说他已经过世了，反正看样子他连今天晚上也拖不到了。"

男的迟疑了一会儿，他在掂量这么做的后果和好处。终于，他表示：

"只好这样了，我这就去。"

他正要走出去，又回过身来，犹豫了一下，然后说：

"你这会儿没事做，不如先摘些苹果，做四打烤苹果，准备给来送葬的人吃；他们总得吃点什么提提神。你就用搁榨床的棚子下面的细树枝生炉子吧，那是干柴。"

说完他就走出卧室，来到厨房，打开橱柜，拿出一块六斤重的面包，不多不少地切下一片，再把掉在切板上的屑子敛到手心里，扔到嘴里，生怕糟蹋了一丁点儿。然后，他又用刀尖从一个褐色的土罐子里挑出一点咸黄油,抹在面包片上,就慢慢吃起来。他干什么都是慢吞吞的。

他再一次穿过院子,喝住那只又欢叫起来的狗,便走出院门,沿着圩沟边的路,朝图尔维尔方向走去。

剩下她独自一人,那女的就干起活来。她打开装面粉的大箱子,准备和面做苹果馅饼。她把面揉了好长时间,翻过来覆过去地揉,又是拧,又是摔,又是碾。然后她再把和的面做成一个白里透黄的大面球,搁在案板的一个角上。

接着就去摘苹果。她怕用长竿子打苹果会伤了树,就搬来一个凳子爬上去用手摘。她精挑细选,拣最熟的摘,把摘下来的用围裙兜住。

有个人在路上叫她:

"喂!希科太太!"

她回过头去。是一个邻居,奥希姆先生,本村的村长,去给地里上肥;他正两条腿耷拉着,坐在运肥的两轮车上。她转过身去,回答:

"您有什么吩咐,奥希姆先生?"

"老爷子,他怎么样啦?"

她大声说:

"差不多完了。星期六七点钟下葬;油菜田的活儿紧急呀。"

邻居回答:

"就这么说了。但愿你们万事如意!注意身体呀。"

她还礼道:

"谢谢,您也一样。"

然后,她又摘起苹果来。

她一回到屋里,马上就去看父亲,料想他已经死了。但是她刚进卧室门,就听出他那响亮而又单调的嘶喘声,她立刻知道用不着白费工夫走到床边去看了,便开始准备她的苹果馅饼。

她把苹果一个个地包在薄薄的面皮里,然后把它们整整齐齐地码在桌子边上。等做完了四十八个,就一打一打前后排列好了。她想该预备晚饭了,便把锅吊在火上,打算煮土豆。她思量,用不着今天就把炉灶点起来,反正明天还有一整天去完成烤苹果的活儿。

五点钟光景,她男人回来了。他刚迈进门槛,就问:
"完了吗?"
她回答:
"一点也看不出;还在呼噜呼噜喘呢。"
他们走近去看。老人的情况绝对是老样子。他的沙哑的喘声像钟摆的运动一样规律,没有加快,也没有减慢,一秒钟重复一次;只是随着气流进入胸膛的大小不同,音调有一点儿变化。

女婿端详了一会儿,说:
"就像一根蜡烛,你不用想着他,他自己就灭了。"

他们回到厨房,一声不吭,吃起饭来。喝完了汤,他们又吃了一片涂黄油的面包。洗完了盘子,他们立刻又回到快要咽气的人的卧室。

女的手里端着一盏冒着烟的小油灯,在她父亲脸上晃来晃去照了照。要不是还有一口气,人们肯定会认为他已经死了。

这一对乡下人的床遮掩在卧室的另一头,缩在一个凹进去的地方。他们一声不吭地睡下,吹灭了灯,合上眼睛;不一会儿,就有两个不搭调的鼾声,一个深沉,一个尖细,伴随着垂危者的不间断的痰喘声响了起来。

老鼠在顶楼上跑得正欢。

天刚有一抹亮光,丈夫就醒了。他的岳父仍然活着。老人这么能拖,让他不安起来。他摇晃醒妻子。

"喂,菲米,他根本没有死的意思呢。你看怎么办?"

他知道她总有好主意。

她回答:

"他过不了今天白天,我敢肯定。用不着担心。不管怎么样,还是明天就把他下葬了,村长不会反对;勒纳尔先生的父亲过世的时候正赶上播种,就是这么做的。"

这个道理阐述得那么透彻,他心服口服,于是下地去了。

他的妻子把苹果烤上,接着又去做各种农家的活计。

到了中午,老人还是没有死。雇来移植油菜的短工们纷纷过来看这位迟迟不走的老爷子,各自发表了感言,又回地里去了。

六点钟,收工回来了,岳父还在喘气。女婿心里终于发毛了。

"已经到了这个时候,菲米,你说,该怎么办?"

她也一筹莫展。他们只得去请教村长。他答应装作没看见,允许第二天就下葬。他们又去拜访医务员,他同意帮希科先生一个忙,把死亡证明书填早一天。这两口子才放心回家。

他们像前一天一样上床并且很快就睡着了。他们响亮的鼾声和老人略弱一些的喘声交相呼应。

等他们一觉醒来,他仍然没有死。

他们真是走投无路了。他们久久地站在老头儿的床前,满怀疑窦地打量着他,仿佛他在对他们耍什么恶意的把戏,故意欺弄他们,跟他们过不去;他们特别埋怨他耽误了他们的时间。

女婿问:

"咱们现在怎么办?"

她也无计可施,只能回答:

"这真是让人恼火!"

客人眼看就要如约而至,现在再通知已经不可能。他们决定等他们来了跟他们把情况解释一下。

七点差十分光景,第一批客人出现了。妇女们身穿黑色的衣服,头上蒙着一条大面纱,一脸悲戚地走来。男人们穿着呢子上衣,有点儿拘束,不过比女人们要神情自若一些,两个两个地一边走一边谈笑风生。

希科先生和他的妻子,一边道歉,一边迎上前去;他们两人走近第一拨客人的时候,就突然不约而同地哭起来。他们解释发生的事多么令人意外,又令他们多么尴尬;他们搬椅子让坐,手忙脚乱,一边不住地表示歉疚,极力要证明任何人遇到这种情况都会像他们一样做的。他们突然变成了话匣子,说个没完,别人连插话的工夫都没有。

他们跟这个客人说过又跟那个说。

"我们万万也没有想到会有这种事;他居然拖这么久,真让人难以相信!"

客人们大为惊讶,不免有些失望,就像等着看热闹的人落空了一样,不知道说什么才好,坐着的依然坐在那里,站着的依然原地不动。有几个人准备离去,希科先生挽留他们说:

"不管怎么样,请吃点儿东西。我们做了一些烤苹果;吃了再走吧。"

听说有烤苹果吃,众人脸上豁然开朗。大家又低声谈起话来。院子里逐渐挤满了人;先来的把新闻告诉后到的。人们交头接耳聊着天。想到有烤苹果吃,人人都兴高采烈。

妇女们都走进去看病危的人。她们在床边画个十字,咕哝一段经文,就走了出来。男人们可不那么热衷观赏这种场面,他们只是从开着的窗子往里瞅一眼。

希科太太在一旁讲解着快咽气人的情形。

"他就这样子喘了两天啦,气儿不长也不短,声儿不高也不低。您说像不像一个没了水的唧筒?"

等来客都看过垂危的病人,大家就想到点心了。人太多,厨房里挤不下,于是就把桌子搬到房门前面。四打烤苹果摆在两个大托盘里,金黄金黄的,让人馋涎欲滴,吸引着大家的目光。每个人都伸长手臂去拿自己的一份,就怕不够分的。可是最后还多出四份。

希科先生嘴里塞得满满的,说:

"老爷子要是看得见我们,会让他伤心死了。他活着的时候,就爱这一口。"

一个喜欢说笑的胖乡亲说:

"现在,他可吃不成了。每个人都有轮到他的时候。"

这个见解,不但没有让来宾们伤感,倒好像让他们开心得很。反正现在轮到他们吃烤苹果。

希科太太心疼这笔开销,可还是一趟趟地去地窖里取苹果酒。一罐跟着一罐地拿来,一罐接着一罐地喝光。现在大家有说有笑,说话也抬高了嗓门,并且像吃酒席一样喧喧闹闹起来。

突然,一个乡下老太,头露出窗口。她生怕这种事会落到自己头上,因而待在垂死者身边,没有参加吃烤苹果。只听她尖声大喊:

"他过去啦!他过去啦!"

大家立刻安静下来。妇女们连忙走去观看。

果然,他已经死了。他不再嘶喘。男人们你看看我我看看你,然后低下头来,很扫兴的样子。他们嘴里的烤苹果还没有嚼完。这老无赖,死都不挑个好时候。

现在,希科两口子不哭了。完事了,他们可以安心了。他们唠叨着:

"我们就知道他拖不长的。要是他昨儿夜里下决心死了,也就用不着费这么大周折了。"

也罢,总算是完了。星期一下葬,如此而已,无非是逢场作戏再吃一回烤苹果。

客人们陆续离去,一边走一边谈论着今天的事儿;他们很高兴能看到这个场面,同时也很满意能够打个牙祭。

等只剩下夫妻俩脸对脸的时候,她满面愁容地说:

"还得再做四打烤苹果!要是他昨儿夜里就下决心死了多好!"

但是丈夫比她能隐忍,回答说:

"这又不是每天做一回。"

米 斯 蒂[*]

——一个单身汉的回忆

我从前有个情妇,是个很有风趣的小巧玲珑的女子。当然啰,她是有夫之妇,因为我对于妓女从来都怀着无名的厌恶。的确,搞上一个有着既不属于任何人又属于所有人这双重短处的女人,有何乐趣可言?此外,说真的,即使把所有的道德信条撇在一边,我也无法理解爱情怎可以作为谋生手段。这让我多少有点儿反感。这是个弱点,我知道,而且承认有这个弱点。

一个单身汉有个已婚女子作情妇,最美妙之处是,这个女人能给他一个家,一个温馨可爱的家;在那个家里,从丈夫到佣人,所有的人都关照你,溺爱你。你可以找到应有尽有的快乐:爱情、友谊、甚至父亲的身份,床铺和饭桌,总之,一切构成幸福生活的东西;还有个难以估价的好处,就是可以不时地变换人家,轮流到各个阶层去安身;夏天,到乡下,住在把家里的房间出租给你的工人家里;冬天,住在中产阶级人家;如果你有野心,甚至可以住进贵族宅邸。

我还有一个弱点,那就是喜爱我的情妇们的丈夫。我甚至得承认,如果丈夫平庸或者粗俗,那么不管妻子有多么妩媚,也会让我厌恶。可是如果丈夫聪明睿智或者风度翩翩,我必然会如痴如狂。即使我跟做妻子的义断情绝,我也要留意不和做丈夫的断绝往来。我那些密友至交就是这么结成的。我正是通过这种方式,屡试不爽地证实,人类中的雄性不容置疑地比雌性优秀。女人给你带来各种各样的烦恼,跟你撒泼,对你横加指责,等等;相反,本来完全有权抱怨的男人,却把你当作

---

[*] 本篇首次发表于一八八四年一月二十二日的《吉尔·布拉斯报》,作者署名"莫弗里涅斯"。

他家的保护神一样虔诚相待。

我刚才说过，我有过一个情妇，是个很有风趣的娇小玲珑的女人，长着淡褐色的头发，常常异想天开，生性反复无常，像修女般的虔诚、迷信和轻信不疑，可又着实很迷人。她接吻的方式尤其非同一般，我从未在别的女人那儿领教过……不过这里不是谈这个的地方……而且她的皮肤那么柔软！只要握住她的手，我就会感到无限的快意……还有她的眼睛……她的目光在你身上掠过，就像一种缓慢、甜蜜、无尽的爱抚。我经常把头依偎在她的膝上，我们就这样一动不动地待着，她向我俯下身子，脸上带着那种谜一般微妙的女人特有的撩人的笑容；我两眼仰视着她，就这样领味着悠然怡然注入我心田的醉意；她的眸子明亮、湛蓝，明亮得像充满了爱心柔情，湛蓝得像充满了幸福欢愉的天空。

她的丈夫，在一个很大的公用事业单位任督察，经常外出，留下我们自由自在地共度良宵。有时候我去她家里，舒展地躺在长沙发上，头枕在她一条腿上，而她另一条腿上睡着她心爱的、名叫"米斯蒂"的黑猫。我们的手指在那猫的神经质的脊背上相遇，在它的丝一般的绒毛里互相爱抚。猫的温暖的腹部紧贴着我的面颊，我感觉得到它肚子里不断发出的颤颤的呼噜声；有时它伸出一只爪子，搁在我的嘴或眼皮上，五只张开的尖爪就要触到我的眼时，我赶紧闭上。

有时候我们也跑出去做一些她所谓的淘气的事。不过这些事是完全无害的，譬如到某个郊区小客店去吃宵夜，或者在她家或在我家吃过晚饭以后，像欢蹦乱跳的大学生那样，出入不三不四的咖啡馆。

有时我们也走进那些下里巴人的咖啡馆，来到烟雾腾腾的店堂深处，面对一张旧木桌，在跛腿的椅子上坐下。大厅里弥漫着呛人的烟味，夹杂着晚餐时留下的炸鱼味；一些身穿工作罩衫的汉子一面大声喧哗，一面喝着小杯的烈酒；感到奇怪的侍者在我们面前放上两杯樱桃烧酒。

她既害怕又兴奋，哆哆嗦嗦地把小黑面纱折成双层撩起来，悬在鼻子尖。然后她就喝起酒来，高兴得像在干什么好玩儿的罪恶勾当一样。每咽下一颗樱桃，她就有犯下一桩过错的感觉；每一口辛辣的酒下肚，她就有一种微妙的明知故犯的快意。

随后她就低声对我说："我们走吧。"于是我们向外走去。她低着头，迈着小步，匆匆地溜走。穿过不怀好意地看着她走过的酒客，她长长地松了一口气，就好像我们刚刚逃过一次可怕的险情。

有几次，她战栗着问我："在这种地方，要是有人侮辱我，你会怎么办？"我用豪壮的语气回答："我会保护你的，那还用说！"于是她紧紧挽住我的胳膊，流露出幸福的表情；也许她正在萌生出一种模糊的希望，希望自己遭人辱骂因而也受到捍卫，希望看到有人为她拳脚相向，甚至希望这些人立刻就跟我有一场恶斗！

一天晚上，我们正坐在蒙马特尔一家下等酒馆的桌前，只见走来一个衣衫褴褛的老妇人，手里拿着一副肮脏的纸牌。看到一位阔太太，这老妇人马上向我们走过来，提出要替我的女伴算个命。爱玛不管是神是鬼都相信；她既想知道又怕知道自己的未来，因而先发起抖来。她请那老太婆在她身边坐下。

老太婆像个老古董，满脸皱纹，眼睛四周的皮肉都活动，一张空洞的嘴里连一颗牙齿也没有了；她在桌子上摆弄起那副肮脏的纸牌来，先分成几拢，又合拢起来，再一张张地摊开，嘴里咕咕哝哝地不知在讲些什么；爱玛脸色煞白地倾听着，等待着，呼吸急促，焦虑和好奇得气喘吁吁。

巫婆开始讲话了。她向爱玛预言了一些模棱两可的事情，什么幸福啦，子女啦，一个金黄头发的年轻男子啦，一次旅行啦，金钱啦，一场官司啦，一位棕发绅士啦，某人的归来啦，一件成就啦，一个人死亡啦。听到"死亡"二字，少妇吓了一跳。死的是谁？什么时候死？怎么死？

老太婆回答："这个嘛，光靠纸牌的法力是不够的，必须明天到我家里去。我可以用咖啡渣来回答您，我用这法儿算命从没有过半点差错。"

爱玛忧心忡忡，她回过头来问我："喂，我们明天一起去好吗？哎，我求你了，说'同意'吧。如果你不答应，你想象不出我会多么痛苦。"

我笑着说："只要你乐意，我们就一起去，亲爱的。"于是，老太婆给我们留下了她的地址。

她住在肖蒙高地①后面一幢破旧不堪的楼房的七层。我们第二天就如约前往。

她的房间原是人家堆放杂物的顶楼储物间,里面有两把椅子和一张床,放满了奇奇怪怪的东西:一束束悬挂在钉子上的草,风干的动物,盛着各种有色液体的大口瓶和细颈瓶。桌子上有个黑猫的标本,两只玻璃眼睛炯炯有神。它好像是这个阴森森的住房里的精灵。

爱玛激动得几乎晕过去。她坐了下来,刚缓过神来就说:"啊!亲爱的,你看这只猫咪,多么像米斯蒂啊!"接着她向老太婆解释说,她有一只和它完全一样、完全一模一样的猫。

巫婆严肃地回答说:"如果您在爱一个男人,您决不能留着那只猫。"

爱玛吓了一跳,问:"为什么不能留?"老太婆亲切地在她身旁坐下,拿起她的手说:"这正是我一生中的不幸。"我的女友想知道究竟是怎么回事。她紧紧地依偎着老太婆,追问她,央求她:同样的轻信使她们成了思想和心灵相通的姐妹。老太婆终于下了决心。

"这只猫,"老太婆说,"我曾经像爱一个兄弟一样爱过它。那时候我还年轻,独自一人,在家做缝衣活儿。我身边只有它,穆东;是一个邻居送给我的。它聪明得像个孩子,而且非常温顺。它狂热地爱我,亲爱的太太,比崇拜偶像还要虔诚。它整个白天卧在我膝上打呼噜,整个夜里蜷在我的枕上;信不信由您,我甚至感觉得到它心脏的跳动。

---

① 肖蒙高地:巴黎的一座公园。

"有一次我结识了一个好小伙子,他在一家专售白色针织品的商店工作。我们交往了三个月,我什么也没有允诺他。可是您知道,人的心肠是会软下来的,人人都一样;后来,我呀,我开始爱上他了。他是那么体贴人,那么善良。为了节省开支,他想跟我住在一起。终于,一天晚上我同意他到我家来。我当时对于共同生活的事还没有打定主意;是的,还没有!只是想可以两人在一起呆上一个小时,心里很高兴。

"开始时,他的举止很得体。他对我倾述他的柔情蜜意,听得我心中热血翻腾。后来,他把我搂在怀里,亲吻我,太太,就像人们相爱时那样亲吻我。而我呢,我已经闭上了眼睛,激动得说不出话来,幸福得微微颤抖。可是,突然,我觉得他猛地挣扎了一下,发出一声惨叫,一声我永远也忘不了的惨叫。我睁开眼睛,只见穆东已经扑在他的脸上,用利爪撕他的皮肉,就像撕一块破布。他的血流呀,太太,就像倾泻的雨水。

"我呢,我想把猫抓住,可是它根本不理会,爪子依然抓挠不停;它还咬我,因为它已经完全丧失了理智。我终于抓住了它,把它扔到窗外,因为那时候是夏天,窗户是开着的。

"当我开始替我可怜的男友清洗面部时,我发现他的眼睛,两只眼睛全被挖掉了!

"他不得不进了残老院。他悲痛欲绝,一年后就死了。我本来想把他留在家里供养他,可是他不愿意。好像发生那件事情以后,他对我也怀恨在心。

"至于穆东呢,它腿断腰折,被活活摔死。看门人把它的尸体捡了回来。我把它制成了标本,因为我对它总还保留着一份感情。它所以那么干,是因为它爱我,不是吗?"

老太婆沉默不语了,她用手抚摸一下那只已经没有生命的畜生,只见它的残躯在铁丝架上颤抖。

爱玛心情沉重,她已经忘记了预言中的死亡;或者说,至少是她不再提起这件事了。她付了五个法郎以后就离开了。

因为她丈夫第二天就回来,我接连几天没有到她家去。

当我又去她家时,我惊奇地发现米斯蒂不见了。我问它在哪儿。她涨红了脸回答说:"我把它送人了。因为我心里老是忐忑不安。""忐忐不安？忐忐不安？为什么呀？"

她久久地拥吻我，轻轻地对我说："因为我担心你的眼睛，亲爱的。"

保护人[*]

他做梦也没有想到自己会有这样好的官运！让·马兰是外省一个法院执达员的儿子,他像许多人一样,到拉丁区①来学习法律。他混迹于一家又一家酒吧,结交了好几个夸夸其谈的大学生,他们一边大杯大杯地喝啤酒,一边吐沫飞溅地褒贬时政。他对他们佩服得五体投地,锲而不舍地追随左右,从一家咖啡馆转战另一家咖啡馆;遇到他有钱的时候,还为他们买单。

后来他成了律师,辩护了几起案子,不过都以败诉告终。然而,有一天早上,他从报纸上得知,这些昔日拉丁区的伙伴中有一位刚刚荣任议员。

他于是重新变成了那个人的忠实走卒,一个干苦差、跑跑腿、用得着时召之即来、任人吆五喝六的所谓朋友。没想到议会里闹了一场风波,那位议员摇身一变当上了部长;半年以后,让·马兰也居然被任命为最高行政法院的参事。

起初,他简直得意得昏了头。他经常去大街上抛头露面,乐此不疲,好像人家一看到他的尊容,就能猜到他的地位。不管是对商店老板,还是对卖报的,甚至是对出租马车夫,哪怕谈的是最无关紧要的事,他也能抓个空子自报家门:

"我身为最高行政法院参事……"

后来,自然而然地,似乎出于他的尊严,出于职业需要,出于有权有势而又慷慨大度的大人物的义务感,他养成了一种难以抑制的保护别

---

[*] 本篇首次发表于一八八四年二月五日的《吉尔·布拉斯报》,作者署名"莫弗里涅斯";一八八六年收入短篇小说集《图瓦》。

① 拉丁区:巴黎塞纳河左岸高等学府很多,学生学者集中的市区。

人的癖好。不论什么人，不论什么场合，他都要无限慷慨地献上一臂之力。

在大街上遇到一个似曾相识的面孔时，他会喜出望外地赶上前去，抓住手，嘘寒问暖；紧接着，不等人家回答，就说：

"您要知道，我是最高行政法院参事，竭诚为您服务。要是有用得着我的地方，您尽管吩咐，不要客气。在我的位置上，是有些权势的。"

然后他就同这位偶然相遇的朋友走进一家咖啡馆，要来笔、墨和信纸："一张就够了，伙计，写封介绍信用。"

这种介绍信，他一天能写上十封，二十封，甚至五十封。在美利坚人咖啡馆、毕尼翁饭店、托尔托尼咖啡馆、金屋酒家、利势咖啡馆、海尔代咖啡馆、英国人咖啡馆、那不勒斯人咖啡馆，他走到哪里，写到哪里。他写信给共和国的各种官员，下起治安法官，上至部长。他为此感到得意，十分得意。

一天早上，他要去最高行政法院上班，走出家门时下起雨来。叫一辆出租马车？他犹豫了一会儿，不过还是没有叫，而是走着去；这要穿过几条街。

雨下得越来越大，淹没了人行道，街心更是积水成溪。马兰先生不得不在一所楼房的大门洞里避雨。一个满头白发的老教士已经躲在那里。任最高行政法院参事以前，马兰先生对神职人员并没有什么好感。自从一位红衣主教就一件棘手的事情彬彬有礼地向他求教以后，他现在对他们也颇有几分敬意了。瓢泼大雨不停地下，他们俩怕溅湿衣裳，不得不躲进看门人的房间。马兰先生总是心痒难熬，急于自我吹嘘，便开言：

"这天气真糟糕，神父先生。"

老教士躬了躬身：

"啊！是呀，先生，对于只在巴黎逗留几天的人来说，真扫兴。"

"怎么，您是从外省来的？"

"是呀，先生，我是路过此地。"

"的确，要是只在首都小住几天，这雨很让人扫兴。而我们这些政府官员，一年到头都待在这里，就不会太在意。"

神父没有搭话。他只是瞅着路面；雨下得不那么紧了。突然，他下了一个决心，就像女人蹚水的时候要撩起连衣裙一样，他撩起长袍。

马兰先生见他要走，嚷道：

"您会淋透的，神父先生。再等一会儿吧，雨就要停了。"

那老人犹豫了片刻，不走了，接着说道：

"因为我着急呀。我要去赴一个紧急的约会。"

马兰先生好像也很苦恼似的。

"可是您这样会湿透的。可以请问您要去哪个区吗？"

"我去王宫那边。"

"既然这样，要是您愿意，神父先生，我可以跟您合用我这把雨伞。我呢，我去最高行政法院。我是最高行政法院的参事。"

老教士抬起头，望着身边这个人，说：

"多谢多谢，先生，我就领情了。"

于是马兰先生就搀住他的胳膊，扶着他走了。他给老教士引路，还照应他，指点他：

"留神这条水沟，神父先生。特别要小心车轮，有时会把您从头到脚溅个精湿的。提防过路人的伞。没有比伞骨尖儿更危险的了，会扎坏眼睛的。最让人受不了的是那些妇女,她们一点也不注意,经常拿阳伞或者雨伞的尖儿冲您的脸戳过来。她们从来也不让人。就好像城市是专属于她们的。她们在人行道和街心横行霸道。我个人感觉,这是因为太忽略了对她们的教育。"

说到这里马兰先生笑了起来。

神父始终一言不发。他微微驼着背,一边走一边仔细地挑选落脚的地方,免得鞋子和道袍溅上泥浆。

马兰先生接着说:

"您来巴黎大概是为了散散心吧?"

老头儿回答:

"不,我是来办一件事。"

"哦!是件重要的事吗?可以不可以冒昧问一句,是哪方面的事?要是我能帮得上忙,我很乐意为您效劳。"

神父似乎面有难色。他吞吞吐吐地说:

"唉!是件个人小事。是跟……跟我的主教发生了一点纠纷。您对这种事不会感兴趣的。这是……一件内部的……教会内部的事。"

马兰先生热情更高了。

"这种事正好是最高行政法院管的。既然这样,就请吩咐吧。"

"是的,先生,我也正是去最高行政法院。您实在是太好了。我要去见勒尔佩尔先生和萨翁先生,也许还有珀蒂帕先生。"

马兰先生索性停下不走了。

"他们都是我的朋友呀,神父先生,是我最要好的朋友,同事里顶呱呱的人物,而且待人很和善。这三个人面前,我都可以替您托托情,多美言几句。您就包在我身上吧。"

神父忙表示谢意,连声道歉,好像实在过意不去,咕咕哝哝地说了无数感恩知报的话。

马兰先生听了心里美滋滋的。

"啊!您现在可以夸口交了足以自豪的大运了,神父先生。您等着瞧吧,等着瞧吧,我一出面,您的事情一定会一路顺风。"

说话间他们到达最高行政法院。马兰先生领教士上楼到他的办公

室,先搬一张椅子请他坐在炉火边,然后自己就在办公桌前坐下,挥笔疾书起来:

"我亲爱的同僚:请允许我以最大的热情向您推荐德高望重的教士……"

他停下笔,问:

"请问,您贵姓?"

"桑蒂尔。"

马兰先生又写起来:

"桑蒂尔神父先生。他有一件小事需您惠予帮助。他会当面向您陈情。

"我谨荣幸地借此机会向您,我亲爱的同僚……"

他用惯常的客套话结束。

他一连写了三封,交给了他保护的那个人。后者千恩万谢以后便离去。

马兰先生干完一天的工作回到家里,神定气闲地浏览过报纸,便安然就寝。第二天醒来,心情愉快,吩咐佣人送来当天的报纸。

他打开的第一份是激进派的报纸,只见有这样一篇文章:

我们的教士和我们的官员

教士们的恶行真是写不完道不尽。有个姓桑蒂尔的教士,已被证实曾经密谋反对现政府,被控干过许多我们连说也说不出口的卑劣行径,另外还被怀疑是一个伪装成普通教士的原耶稣会士[①]。他由于据称不便说明的原因被主教解了职,从而被召到巴黎来对他的行为作出解释。此人居然找到一位姓马兰的最高行政法院参事做他的热心的保护人,而这位参事天不怕地不怕,竟给这个穿道袍的坏蛋写了好几封极之恳切的推荐信,为他向几位均为

---

① 耶稣会士:耶稣会修士。耶稣会是天主教修会之一,创立于十六世纪,曾有严密的军事组织,热衷参与政治,在法国曾三度遭到取缔。

共和国官员的同僚托情。我们要提请部长注意这位最高行政法院参事的荒谬做法……

马兰先生一下子蹦了起来,穿上衣裳,便跑到他的同僚珀蒂帕家。这位同僚对他说:

"唉,您真是发疯了,竟然把这样一个老阴谋家推荐给我。"

马兰先生依然惊魂未定,结巴着说:

"并不是这样……您也看见了……我是受骗上当……他看上去那么忠厚……他耍了我……厚颜无耻地耍了我。我求求您,一定要重重地判他,越重越好。我去找总检察长和巴黎大主教,对,找巴黎大主教……"

他猛地在珀蒂帕先生的办公桌前坐下,写道:

"大人:我荣幸地向阁下报告,我最近受到一个叫桑蒂尔的神父的坑害,他欺我心地善良,用种种花招和谎言蒙骗我。

"我听信了这个教士的花言巧语,以至于……"

写完,他签了名,封好信封,向他那位同僚转过脸去,感慨道:

"您看见了吧,亲爱的朋友,但愿这对您也是个教训:永远也不要推荐任何人。"

伞

献给卡米耶·乌迪诺①

奥莱依太太很节省。她知道一个苏也是珍贵的;为了让钱财增值,她有一大套严格的清规戒律。她家的女佣要想报虚账揩点油肯定得费尽心机;就连奥莱依先生想要几个零花钱也难于登天。其实,他们的景况堪称小康,又无儿无女。但是奥莱依太太看到白花花的银币从她手里出去,却感到那么痛苦,就好像心被撕掉了一块。每次她迫不得已付出一笔稍大的开支,即使是无法再省的,那天夜里她也会辗转难眠。

奥莱依一再劝妻子:

"你手头尽可以放宽一点,既然我们从来也没有吃过老本。"

她总是回答:

"谁也不知道会发生什么事。钱多总比钱少好。"

这是个四十岁的矮小的女人,性子急,脸上已生出皱纹,爱干净,动不动就发脾气。

她的丈夫时时刻刻都在抱怨,被她弄得缺这少那,饱受其苦。某些东西该有的没有,让他特别难过,因为缺少这些东西伤害了他的自尊心。

他在陆军部任主任科员。他在这个职位上待着,纯粹是遵从妻子的命令,为了在家里从不动用的定期利息之外再增加些收入。

然而,两年来,他总夹着那把满是补丁的伞来上班,经常招致同事

---

* 本篇首次发表于一八八四年二月十日的《高卢人报》;同年收入中短篇小说集《隆多利姐妹》。

① 卡米耶·乌迪诺:法国剧作家和小说家,莫泊桑的好友,莫泊桑的女友艾尔米娜·勒孔特·德·诺伊夫人的兄弟。

们的冷嘲热讽。他终于受不了他们的讥笑,要求奥莱依太太无论如何给他买一把新伞。她去买了一把八个半法郎的,是一家大商店招徕顾客的削价商品。同事们看出这是一件成千上万地投放到巴黎市场上的大路货,又嘲弄起他来;奥莱依为此伤心透了。那雨伞也确实不顶用,三个月的工夫就报废了,部里人全把它当作笑料。甚至有人编了一支小曲,偌大的办公楼里,从早到晚,从楼上到楼下,都听得见有人在唱。

奥莱依气愤极了,强令妻子给他选购一把新的大雨伞,要精织绸缎的,价格至少二十法郎,而且要带回发票为证。

结果她买了一把十八法郎的;交给丈夫的时候,还恼怒得面红耳赤,宣布:

"你至少得用五年。"

奥莱依趾高气扬,在办公室里获得了一次真正的成功。

他当晚回到家,妻子非常担心地看着伞,对他说:

"你可不能老让松紧带紧箍着伞,这么做会把伞面箍裂的。你要多加小心,反正我决不会这么快又给你买一把。"

她拿过伞来,解开扣,抖开伞褶。突然她吓得呆若木鸡。她看见一个圆圆的窟窿,有一生丁硬币大小,赫然出现在伞面中央。是雪茄烟烧的!

她嘀咕道:

"这是怎么了?"

她丈夫看也没看一眼，若无其事地回答：

"谁怎么了？什么怎么了？你说的什么呀？"

现在怒火堵塞了她的喉咙，她已经语不成声：

"你……你……你把……你的……你的……伞……烧了。你……你……你简直是……疯了！……你是想让咱们倾家荡产呀！"

他顿时脸色煞白，转过身来：

"你说什么？"

"我说你把伞烧了。你看！……"

她仿佛要打他似地向他冲过来，把那个烧破的小圆洞猛地杵到他的鼻子底下。

他面对这个伤痕好一阵不知所措，嘟哝着：

"这个……这个……这是怎么回事？我……我真的不知道！我敢对你发誓，不是我弄的，我什么也没做。我……我不知道这把伞怎么会这样。"

她现在已经是大吼大叫了：

"我敢打赌，你一定拿它在办公室里恶作剧来着，你一定耍猴儿来着，你一定打开了向人显摆来着。"

他回答：

"我只打开过一次让大家看看这伞多么漂亮。如此而已，我敢发誓。"

她气得跺着脚，跟他撒泼大闹起来。对一个性情和平的男人来说，夫妻间闹到这个份上，那家庭真比枪林弹雨的战场还要可怕。

她从颜色不同的那把旧伞上剪下一块绸子，补在新伞上。第二天，奥莱依带着修补了的雨具出门，神情谦卑得多了。他一到部里就把它塞进自己的柜子，如同一段不愉快的往事，再也不去想它。

可是，傍晚他刚回到家，妻子就把他手里的伞夺过去，打开来检查情况。她简直惊呆了，因为展现在她面前的是一起无法弥补的惨祸。伞面上密密麻麻布满了显然是烧灼造成的小孔，就像有人把燃着的一斗烟的余烬一股脑儿倒在上面似的。伞完蛋了，而且无法补救。

她注视着这一切，一言不发，因为她愤怒到了极点，嗓子眼里连一个字也迸不出来了。而他呢,也望着损坏的伞目瞪口呆,又是惊骇又是沮丧。

接着夫妻俩你看看我,我看看你;接着他低下头垂下了眼睛;接着她把那千疮百孔的东西扔过来,他脸上挨个正着;接着她一股无名怒火上蹿,终于冲开了嗓门儿:

"啊!坏蛋!坏蛋!你是成心这么做的!我一定要让你付出代价!你休想再有新伞……"

一场大吵大闹又开始了。一个小时的暴风骤雨过后,他才有辩解的机会。他赌咒发誓,说自己也弄不懂是怎么回事;这件事只可能是出自别人的恶意或者报复。

一阵门铃声解救了他。是一位友人如约到他们家来吃晚饭。

奥莱依太太把情况说了请他评理。反正买一把新伞,那是绝不可能了,她丈夫休想再有一把新伞。

友人回答得十分在理:

"那样的话,太太,可就毁了衣裳啦,衣裳当然更值钱。"

那矮小的女人依然气呼呼的,回答:

"那么,就让他拿一把野炊用的粗布伞,反正我决不会再给他一把新的绸伞。"

一想到要他拿粗布伞,奥莱依奋起反抗:

"那我,我就辞职不干!我决不打着粗布伞到部里去。"

那位朋友又说:

"把这一把换个伞面,也不会太贵。"

奥莱依太太火更大了,嘟哝道:

"换伞面至少要八法郎。八法郎加十八法郎,就是二十六法郎!为一把伞花二十六法郎,这简直是发疯,是精神有病!"

那位朋友是个贫寒的小市民,忽然计上心来:

"那就去要求你们的保险公司赔偿。东西烧毁了,只要是在你们住宅里烧毁的,保险公司都应该赔偿。"

一听这个主意,那矮小的女人顿时怒气全消;她琢磨了一分钟,然后对丈夫说:

"明天,去部里以前,你先去一趟马泰内尔保险公司,让他们看一下伞的情况,要求他们赔偿。"

奥莱依先生吓了一跳:

"杀了我也不敢去!无非是损失十八个法郎,没什么了不起。饿不死我们。"

于是第二天他带了一根手杖出门。幸好是晴天。

奥莱依太太独自一人待在家里;痛失十八个法郎,她无法自慰。那把伞就放在餐厅的桌子上,她围着它转悠来转悠去,拿不定主意。

她无时无刻不在想着找保险公司的事,可是她也不敢去面对接待她的那些先生们的嘲讽的目光,因为她在人面前也很腼腆,动不动就会脸红,有时必须跟陌生人说话也是一张口就紧张。

可是对十八个法郎的惋惜就跟一个伤口一样让她痛苦。她不愿意再去想它,但这笔损失的回忆却不断地锤得她心痛。究竟该怎么办?时间一小时一小时地过去,她还是拿不定任何主意。后来,就像胆小鬼摇身一变成了勇士,她陡然下定决心:

"我一定要去,咱们等着瞧吧!"

不过她还得先把伞打理一下,好让灾情显得十分严重,以便她更容易为自己的诉求辩护。她从壁炉台上取过一根火柴,在两根伞骨之间烧出一个手掌大的大窟窿;然后,她把残存的伞面仔细地卷好,用松紧带箍好,便披上披肩,戴上帽子,向保险公司所在的黎沃里街快步走去。

但是,她越向前走,越放慢了脚步。她该怎么说呢?人家会怎么回答她呢?

她看着沿街房屋的门牌号码,还有二十八个号。很好!她还可以考虑考虑。她走得越来越慢。忽然她打了个哆嗦。前面就是那个大门,上面闪耀着镀金的大字:"马泰内尔火灾保险公司"。已经到了!她停了一会儿,既惶恐又羞怯;然后从那门前走过去、走回来;然后又走过去,又走回来。

她终于对自己说:

"无论如何,还是要去的。早去总比晚去好。"

不过,走进大楼,她发觉自己的心怦怦直跳。

她进入一个宽敞的大厅,四周都是窗口,每个窗口都看得见一个人头,身子被隔板遮挡着。

一位先生捧着一摞文件,走出来。她停下来,怯生生地小声问道:

"对不起,先生,东西烧毁了要求赔偿,请问该找哪儿?"

那人声音洪亮地回答:

"二楼,向左。灾害损失科。"

一听这个词儿她更发憷了,真想拔腿就跑,什么也不说了,牺牲掉她那十八个法郎算了。可是想到这个数目,她又恢复了些须勇气,气喘吁吁地往楼上爬,登一个梯级就停一会儿。

到了二楼,她发现一个门,便敲了几下。一个清脆的声音喊道:

"请进!"

她走进去一看,原来是一个很大的屋子,三位先生正站在那里谈话,他们全都佩挂着勋章,神情庄重。

其中一个人问她:

"太太,您接洽什么事?"

准备好的词儿她都想不起来了,只能吞吞吐吐地说:

"我来……我来……是为了……为了一起灾害损失。"

那位先生彬彬有礼,指着一把座椅:

"劳驾稍坐,我马上就接待您。"

说罢,他转向那两位先生,继续刚才的谈话:

"先生们,敝公司不认为应当为贵方承担四十万法郎以上的责任。贵方希望我们多付十万法郎,我们实难接受。再说,评估表明……"

那两个人中的一个打断了他的话:

"不必多说了,先生,那就让法院来决定吧。我们只好告辞了。"

他们礼数周到地行了好几个礼,然后走了出去。

啊!要是她有勇气跟他们一起走,她就这么做了;她就一走了之,把一切都放弃了。但是她做得到吗?这时那位先生回来了,一边弯腰致意一边问:

"太太,有什么事需要为您效劳?"

她难以启齿地说:

"我来是为了……为了这个。"

她把伞递了过去。主任低下头去看那东西,眼里流露出天真的惊讶表情。

她用一只颤抖的手试图解开松紧带。几经努力,终于解开了;那副布面破烂的伞的骸骨猛地撑了开来。

那男子语带同情地说:

"看来伤势很重啊!"

她不无忧伤地宣称:

"我花二十法郎买来的呢。"

他惊讶道:

"真的吗?有这么贵?"

"是啊,原是一把上好的伞。我想请你们看看它现在的情况。"

"很好;我看见了。很好。可是我不知道这跟我能有什么关系。"

她顿时感到一阵不安。也许这家保险公司对小东西是不负责赔偿的,于是她说:

"不过……它是烧毁的呀……"

那位先生并不否认这一点:

"我看得很清楚。"

她张口结舌,再也不知道说什么才好;后来,她突然明白自己忘了说明来意,便连忙说道:

"我是奥莱依太太。我们是在马泰内尔保险公司投保的;我是来要求你们赔偿这起损失。"

她怕肯定要遭到拒绝,赶紧补充一句:

"我只要求你们给换个伞面儿。"

主任真给难住了,说:

"可是……太太……我们不是卖伞的商店。我们不能承担这一类修理的事情。"

这矮小的女人感到信心又来了。就是应该争。那么她就放开了争!她不再害怕了;她说:

"我只要求付给我修理费。我自己去找人修。"

那位先生显出抱歉的样子,说:

"太太,的确,钱不算多。可是像这样细微的小事情,还从来没有人向我们要求过赔偿。您想必也理解,像手绢、手套、笤帚、旧鞋,所有这类每天都可能遭到烟熏火燎的小物件,我们是无法赔偿的。"

她觉得怒气上冲,脸都涨红了,说:

"不过,先生,去年十二月,我们家烟筒着了一次火,至少给我们造成五百法郎的损失,奥莱依先生并没有向你们公司要求丝毫赔偿;因此今天要求它赔偿我这把伞,是十分公平的。"

主任猜到她在撒谎,苦笑着说:

"奥莱依先生蒙受五百法郎的损失都没有要求赔偿,现在却为了一把伞跑来要求五六个法郎的修理费,太太,您也会承认这是很令人奇怪的事吧。"

她一点也不慌张,而且反驳道:

"对不起,先生,五百法郎的损失关系奥莱依先生的钱包,而十八法郎的损失关系奥莱依太太的钱包,这可不是一码事。"

他看出要是不答应她就休想打发她走,而且这一天都要泡汤,他只好息事宁人地说:

"那么,就请把事情的经过讲给我听听吧。"

她感到胜利在望了，就讲述起来：

"是这么回事，先生，我家前厅里，有一个铜做的家什，插伞和手杖的。那一天，我回到家，就把这把伞插在里面。还得告诉您，正好在那家什的上边，墙上钉着一块小木板，是放蜡烛、火柴的。我伸手去拿了四根火柴。我擦了一根；没着。我又擦一根；着了，可马上又灭了。我擦第三根；还是一样。"

主任打断她的话，插了一句俏皮话：

"这么说一定是政府的火柴了①。"

她并没有领会那俏皮话，接着说：

"也许吧。第四根总算擦着了，我点着了蜡烛，就进卧室睡觉了。可是过了一刻钟光景，我好像闻到了一股烧焦的味儿。我，从来都怕火。啊！就是万一遭了火灾，那也绝不会是我的错。尤其是刚才跟您提到的那次烟筒失火以后，我总是提心吊胆。所以我马上爬了起来，走出卧室，四处找，像猎狗似的到处闻，最后发现是我的伞烧着了。大概是一根火柴掉到伞里了。您看它被烧成什么样子了……"

主任这时已经拿定主意，问道：

"您估计损失多少钱？"

她先是沉吟不语，不敢确定一个数目。后来为了表示大度，她说：

"您叫人去修理吧，我就拜托您啦。"

他拒绝道：

"别，太太，我办不了。您就告诉我您要求多少钱吧。"

"这个……我觉得……您看，先生，我也不想勉强您……咱们这么办吧。我把伞送到一个厂家去，让他们给绷上上好绸面子，耐用的绸面子，然后我把发票给您送来。这样行吗？"

"好极了，太太，就这么说定了。这是给出纳科的一个条子，他们会给您报销的。"

他递给奥莱依太太一张卡片，她接过来，就站起身，一边道谢一边

---

① 一八七五年一月十八日起法国化学火柴的制造和销售均由国家垄断，市面上很难买到传统使用的优质瑞典火柴，而地下生产以及进口的劣质火柴泛滥，招致民众不满。

往外走；她急着要出去，因为她生怕他会改变主意。

她现在迈着欢快的步子走在大街上，要找一家她觉得品位高的伞店。等她找到一个装潢富丽的店铺，她就走进去，用胸有成竹的口吻说：

"喏，这把伞要换一个绸面，好绸面。一定要用你们最好的绸子。我不在乎价钱。"

项　链*

　　世上有这样一些女子,容貌姣好,风姿绰约,却偏被命运安排错了,出生在一个小职员家庭。她就是其中的一个。她没有陪嫁,没有可能指望得到的遗产,没有任何方法让一个有钱有地位的男子认识她,了解她,爱她,娶她;于是只好听任家人把她嫁给公共教育部的一个小科员。

　　她没有钱装饰打扮,只能粗衣布服;但是她非常委屈,就像降格下嫁了似的。其实女人原本没有阶层和种类;她们的美貌、她们的丰韵、她们的魅力,就可以作为她们的出身和门第。她们唯一的分野,在于天生的机智、本能的优雅和头脑的灵活;有了这些品质,平民家的姑娘也能与最显耀的贵妇媲美。

　　她总觉得自己生来就是应该享受荣华富贵的,因此终日悲悲切切。住房简陋,墙无饰物,座椅破旧,衣着寒酸,让她食不甘味。这一切,换了另一个与她同阶层的女子,也许根本就不会在意,但是却让她痛心疾首,怨愤难平。每当她看到替她做一点家务活的那个小个子布列塔尼①女人,她就懊恼不迭,想入非非。她会想到四周悬挂着东方壁毯、青铜高脚灯照得通明的幽静的候见室;想到候见室里两个穿套裤长袜的高大男仆,被暖气管的高温烤得昏昏沉沉,正在宽大的安乐椅里酣睡。她会想到四壁蒙着古老丝绸的大客厅;想到陈列着珍贵古玩的精致橱柜以及熏香扑鼻的小巧的内客厅,那是同最知己的朋友在午后五点钟促膝清谈的所在,那些密友无不是女人们垂涎不已、梦寐求之、极力邀宠的名流。每当她坐在那张桌布三天没洗的圆桌旁吃晚饭,坐在对面的丈夫掀开菜盆,眉飞色舞地赞叹:"啊!多么香的炖肉!真没见

---

　　* 本篇首次发表于一八八四年二月十七日的《高卢人报》;一八八五年收入短篇小说集《白天和黑夜的故事》。
　　① 布列塔尼:法国西部的一个大区。

过比这更好的东西……"她却想着那些丰盛的宴席、闪亮的银餐具、墙上绣有古代人物和仙林珍禽的壁毯、盛在精美盘碟中的佳肴，想着享用粉红色鲈鱼或松鸡翅、含着神秘微笑听着绵绵情话的情景。

她没有漂亮的衣裳，没有珠宝首饰，什么也没有。而她爱的偏偏就是这些；她觉得自己就是为此而生的。她多么希望能够讨男人们的欢心，惹女人们嫉妒，魅力四射，到处受人青睐。

她有一个有钱的女友，那是她在女子寄宿学校读书时的同学，她再也不愿去看她了，因为每次回来她都痛不欲生。她会伤心、懊悔、绝望、痛苦好几天。

一天晚上，她丈夫回家的时候手里拿着一个大信封，满脸洋洋得意的神色。

"喏，"他说，"这是给你的。"

她连忙拆开信封，从里面抽出一张卡片，上面印着：

公共教育部长乔治·朗波诺及夫人谨荣幸地邀请罗瓦赛尔先生及夫人莅临一月十八日（星期一）假座本部大楼举行之晚会。

她非但没有像她丈夫所期望的那样欢天喜地，反而气恼地把请帖往桌子上一扔，咕哝着说：

"你想想，我要这个干什么？"

"可是，亲爱的，我原以为你会很高兴的。你从来也不出门做客，这可是个机会，而且是个难得的机会！我费了很大力气才弄到这张请帖。大家都想要，很难得到，一般是很少给小职员的。你在那里可以看到所有官方人士。"

她用愤怒的目光瞪着他，不耐烦地说：

"你想想，我穿什么去？"

他倒没有想到这一点。他吞吞吐吐地说：

"你上剧院穿的那件衣服呀，依我看，那一件就挺好……"

他说不下去了；见妻子已经哭起来，他又是惊讶又是慌张。两滴大大的泪珠从他妻子的眼角慢慢地流向嘴角。他结结巴巴地问：

"你怎么啦?你怎么啦?"

她使出一个狠劲把痛苦压了下去,然后擦着被泪水沾湿的两颊,用平静的语调说:

"什么事也没有。只不过我没有衣服,反正不能去参加晚会。哪位同事的太太穿的比我好,你就把请帖送给她吧。"

他感到歉疚,于是说:

"别呀,玛蒂尔德。一套过得去的衣裳,别的机会还可以穿的、十分简单的衣裳,得花多少钱?"

她想了几秒钟,心里算了几笔账,同时也在考虑提出怎样一个数目才不致当场就遭到这个节俭的科员拒绝,把他吓得叫出声来。

她吞吞吐吐地说:

"我也说不准;不过有四百法郎,我看就能拿下来。"

他的脸色变得有点苍白,因为他正好积攒下这样一笔钱,准备买一支枪,夏天和几个朋友去南泰尔平原打猎玩。这些朋友每个星期日都去那里打云雀。

不过他还是说:

"好吧。我就给你四百法郎。你可得尽量做一件漂漂亮亮的衣裳啊。"

晚会的日子临近了,罗瓦赛尔太太却好像又发起愁来,坐卧不宁,忧心忡忡。她的衣裳可是已经准备停当了呀。一天晚上,丈夫问她:

"喂,你怎么啦?三天来你一直怪怪的。"

"我既没有首饰,也没有珠宝,身上什么戴得出来的东西也没有,让我苦恼。我的样子会寒碜死了。我宁可不去参加这个晚会。"

他说:

"你就戴几朵鲜花呀。在这个季节,这是很漂亮的。花十个法郎就能买到两三朵非常好看的玫瑰花。"

她丝毫没有被说服。

"不行……在那些阔太太中间,显出一副穷酸相,没有比这更丢脸的了。"

她丈夫忽然大喊道:

"你真糊涂,去找你的朋友弗莱斯蒂埃太太,跟她借几样首饰就是了。以你跟她的交情,是可以张这个口的。"

她高兴得叫了起来:

"真的,我竟然一点儿也没想到。"

第二天,她就到这位朋友家去,对她说了这件苦恼的事。

弗莱斯蒂埃太太立刻走到一个带穿衣镜的衣橱前,取出一个大首饰盒,拿过来打开,对罗瓦赛尔太太说:

"尽管挑吧!亲爱的。"

她首先看了几只手镯,又看了一串珍珠项链,然后是一个威尼斯制的镶嵌珠宝的金十字架,做工极其精致。她戴上这些首饰对着镜子左试右试,犹豫不定,舍不得摘下来还给主人。她还老问:

"你再没有别的了?"

"有啊。你自己找吧。我不知道你喜欢什么。"

她忽然在一个黑缎子的盒子里发现一串非常华美的钻石项链,顿时喜欢得心怦怦跳。她拿项链时手也直打哆嗦。她把这串项链戴在脖子上,连衣裙的高领外面,对着镜子里的自己欣喜若狂。

然后,她虽然没有把握,还是焦急不安地问:

"你可以把这个借给我吗?只借这一件。"

"当然,完全没问题。"

她扑上去一把搂住朋友的脖子,冲动地拥吻了她一下,便带着宝贝一溜烟地跑了。

晚会的日子到了。罗瓦赛尔太太大获成功。她比所有的女士都美丽,又雅致又妩媚,满面春风,快活得几乎发狂。所有的男士都盯着她,打听她的姓名,求人引见。部长办公室的人员全都要和她共舞一曲。部长也注意到了她。

她兴奋地跳舞,发了疯似地投入,快乐得陶醉了;她沉溺在她的美貌的胜利和成功的光辉里,沉溺在奉承、赞美、追慕以及对女人来说无比甜美的完全胜利的幸福云雾里,已经忘乎所以了。

她在早晨四点钟才离开。她丈夫从半夜起就在一间空荡荡的小客厅里睡着了;那里还有另外三位先生,他们的太太也都在尽情欢乐。

他怕她出门受寒,连忙把带来的衣裳披在她身上,那是日常穿的衣裳,很寒碜,和漂亮的舞衣极不调和。她马上意识到这一点;为了不让身裹豪华皮衣的太太们发现,她想赶快溜走。

罗瓦赛尔拉住她,说:

"等一等啊。到外面你会着凉。我去叫一辆马车。"

不过她根本不听他的,飞快地走下楼梯。他们到了街上,那里没有出租马车;于是他们就找起来;见一辆马车在远处走过,他们就追着向车夫大声喊叫。

他们向南朝塞纳河走去,冻得直打哆嗦,几乎绝望了。终于在沿河马路上找到一辆夜间拉客的旧马车。这种马车在巴黎只有天黑以后才看得到,好像白天会自惭形秽似的。

这辆车一直把他们送到殉道者街,他们的家门口;他们凄凄惨惨地爬上楼回到家里。对她来说,一切到此结束。而他呢,还想着要在十点钟赶到部里上班。

她对着镜子脱下披在肩上的旧衣裳,想再看看荣极一时的自己。但是她忽然大叫一声。原来她脖子上的项链不见了。

她丈夫这时衣裳已经脱了一半,问道:

"你怎么啦?"

她已经吓坏了,转身对他说:

"我……我……我跟弗莱斯蒂埃太太借的项链不见了。"

他大吃一惊,猛地站起来:

"什么!……怎么会!……这不可能!"

他们于是在裙子的褶皱里、大氅的夹层里、衣兜里搜寻。还是找不到。

他问：

"你确实记得离开舞会的时候还戴着吗？"

"是啊，在部里的衣帽间我还摸过它呢。"

"不过，如果是在街上丢的，掉下来的时候我们会听见的呀。大概是掉在车上了。"

"对，有可能。你记下车号了吗？"

"没有。你呢，你也没注意车号？"

"没有。"

他们你看我，我看你，惊呆了。最后罗瓦赛尔重新穿上衣裳，说：

"我去把我们刚才步行的这段路再走一遍，看看能不能找到。"

说完他就走了出去。她就这样穿着晚会的衣裳，连上床睡下的气力都没有了，沮丧地倒在一张椅子上，既不生火也不想什么。

将近七点钟丈夫回来了。他什么也没找到。

他随即又去警察局和各报馆，请他们代为悬赏寻找；又去出租小马车的各家车行，总之，凡是可能有一点儿希望的地方都去了。

她整天都等着，因为面对这个可怕的灾难，她一直处于惊慌失措的状态。

罗瓦赛尔傍晚才回来，脸也消瘦了，面色惨白。他毫无所获。

"只好给你那位朋友写封信了，"他说，"就说你把链子的搭扣弄断了，正在找人修理。这样我们可以有个应付的时间。"

于是他说她写。

过了一个星期，他们已经失去一切希望。

罗瓦赛尔一下子老了五岁。他说：

"只好考虑买一串赔她了。"

第二天，他们拿了那个装项链的盒子，按照盒里面印的字号，前往那家珠宝店。珠宝商查了几个账簿，说：

"太太，这串项链不是我这儿卖出的，只有盒子是我这儿配的。"

他们于是跑了一家又一家珠宝店，凭他们的记忆，要找一副一模一样的项链。两个人都万分苦恼和焦急。

他们在王宫广场的一家店里找到一副钻石项链，看样子跟他们寻找的那一副完全一样。这件首饰原价四万法郎。如果他们要的话，店家可以三万六就卖给他们。

他们于是要求珠宝商三天之内不要卖掉。他们并且谈妥条件，如果在二月底以前找到原物，这一副项链便作价三万四千法郎由店家收回。

罗瓦赛尔手头有父亲留给他的一万八千法郎。其余的只能借了。

他们就借起钱来，跟这个借一千法郎，跟那个借五百；这儿借五个路易①，那儿借三个。他签了不少借据，订了不少足以让他倾家荡产的契约，而且不得不同高利贷者和形形色色放债人打交道。他把自己整个下半生都押上了，不管能否偿还就冒险签下字据。他深知未来会有无限烦恼，经受极端的贫困，物质上会饱尝匮乏，精神上会历尽磨难；尽管对这种前景满怀恐惧，他还是把三万六千法郎放到那个商人的柜台上，取来了那副新项链。

罗瓦赛尔太太把首饰还给弗莱斯蒂埃太太时，这位太太面带不悦地说：

"你应该早点还给我才对，也许我用得着呢。"

弗莱斯蒂埃太太没有打开盒子看；她的朋友怕的就是这个。如果她发现掉了包，她会怎么想？怎么说？会不会把她当作窃贼呢？

罗瓦赛尔太太可算体验到了缺吃少穿的人的那种可怕的生活。好在她已经断然而且勇敢地拿定了主意：这笔骇人听闻的债务必须偿还；她一定要偿还。他们辞退了女佣，搬了家，租了一间楼顶的陋室。

她可算体验到了笨重的家务劳动和厨房里的讨厌活儿。锅碗瓢盆都得她自己洗刷，油腻的陶器和铁锅底磨坏了她玫瑰色的手指甲。脏衣服、衬衫、抹布也都得自己洗，然后晾在绳子上。她每天早上把垃圾搬到街上，再把水提到楼上，上一层楼都要停下喘一口气。她穿着和普

---

① 路易：法国旧时金币；一个金路易相当于二十法郎。

通平民一样的衣裳，挎着篮子上水果店、杂货店、肉店，没完没了地还价，一个苏一个苏地捍卫她那可怜的钱袋，免不了经常挨骂。

每个月都要还几笔债，还有一些则要续借，延长偿付期限。

丈夫每晚替一个商人誊清账目；夜间常常替人抄写，抄一页挣五个苏。

这样的生活过了十年。

十年以后，他们把债全部还清了，分文不差，连同高利贷的利息，以及利滚利的利息。

现在，罗瓦赛尔太太看上去苍老了。她变成了穷苦家庭里的女强人，又坚忍，又粗犷。头发不注意梳理，裙子穿得歪歪斜斜，两只手通红，说话大嗓门，用大盆大盆的水冲洗地板。不过在她丈夫还在办公室的时候，她偶尔还会坐到窗前，缅怀当年的那个晚会，在那次舞会上她曾是那么美丽，受到那么热情的欢迎。

如果她没有丢失那副项链，今天会是怎样呢？谁知道？谁知道呢？生活就是这么奇怪！这么变化莫测！只需一点小事就能断送你或者拯救你！

有一个星期天，她去香榭丽舍大街遛弯儿，缓解一下一周的劳累。蓦地，她看见一个妇女带着孩子在散步。原来是弗莱斯蒂埃太太，她还是那么年轻，那么美丽，那么动人。

罗瓦赛尔太太非常激动。去跟她说话吗？去，当然要去。债务都还清了，她可以把一切都告诉她了。为什么不呢？

她于是走了过去。

"您好，让娜。"

对方竟一点也没有认出她来，听见这平民女子如此亲昵地称自己甚感诧异。

"可是……太太！……我不知道……您大概认错人了吧。"

"没有。我是玛蒂尔德·罗瓦赛尔。"

她的朋友大叫一声。

"哎呀！……我可怜的玛蒂尔德，你的变化真大呀！"

"是的,自从上一次跟你见面以后,我的日子很艰难,甚至可以说是穷困潦倒……而这都是因为你!……"

"因为我……这是怎么回事?"

"你总记得你借给我去参加部里晚会的那副项链吧。"

"记得呀,那又怎么啦?"

"那又怎么啦!我把它丢了。"

"怎么会呢!你不是还给我了吗?"

"我还给你的是另外一副一模一样的。为了买它,我们整整还了十年的债。你知道,对我们来说这可不是一件容易的事,我们被弄得简直一无所有。终于这一切都结束了;我太高兴了。"

弗莱斯蒂埃太太停住脚步。

"你刚才说,你买了一副钻石项链来代替我那一副?"

"是呀。你没有发觉吧,是不是?那两副真是一模一样。"

她微笑着,自豪而又天真地暗自庆幸。

弗莱斯蒂埃太太却大为震惊,抓住她的两只手:

"哎呀!可怜的玛蒂尔德!我的那副是假的呀。顶多值五百法郎!……"

索瓦热大妈[*]

献给乔治·布榭①

1

我已经十五年没有再来维尔洛涅了。今年秋季打猎,住在我的朋友塞尔瓦家,这才旧地重游。那时我这位朋友刚修建完他那座被普鲁士人毁坏的城堡。

我无限热爱这一乡土地。世界上有一些赏心悦目的角落,对人的眼睛有一种近乎肉感的魅力。人们对它们的爱甚至带有性爱的意味。我们这些对大地特别容易动情的人,看到一些泉水,一些树林,一些池塘,一些山丘,每每就像一次艳遇一样深受感动,甜蜜的回忆会终身难忘。有时候,我们的思想会回到某一角森林,某一段河岸,或者某一片鲜花盛开的果园;尽管只是曾在一个美好的日子里偶尔一瞥,但内心留有深刻的印象,就像在一个春天的早晨在街头遇见的女郎,穿着浅色透明的衣衫,在我们心灵和肉体里留下一种难以平息和磨灭的欲望,一种擦肩而过的幸福之感。

在维尔洛涅,我爱这片原野上的一切,这片原野上,小树林星罗棋布;小溪像血脉一样在泥土里纵横流淌,为大地注入血液。在小溪里可以捉到虾、鲈鱼和鳗鱼! 真是其乐无穷! 有些地方还可以洗澡,而且在潺潺溪流岸边的高高草丛里还经常可以发现沙锥鸟。

---

[*] 本篇首次发表于一八八四年三月三日的《高卢人报》;同年收入中短篇小说集《密斯哈丽特》。

① 乔治·布榭(1833—1894):法国国家自然史博物馆比较解剖学教授。福楼拜的好友;与左拉、莫泊桑均有交往。

我像山羊一样敏捷地前进,眼睛紧盯着我的两条在前面东寻西找的猎犬。塞尔瓦在我右边一百米远的一片苜蓿地里搜索。我绕过索德尔家树林边界的灌木时,远远看见一所茅屋的废墟。

我马上想起我最后一次看到这座茅屋时的情景,那是一八六九年的事了;那时它是那么干净,墙上攀着葡萄藤,门前有几只母鸡啄食。如今它却成了一座毫无生气的废墟,只剩下立着的骨架,残垣颓壁,一片凄凉。还有什么比这更令人伤怀的呢?

我还记得有一天我累得精疲力竭,一位老妇人曾请我进屋喝了一杯葡萄酒。当时塞尔瓦跟我讲过那家人的故事。父亲经常违禁偷猎,被宪兵打死了。儿子,我从前见过,一个瘦高个儿的小伙子,摧残起野物来心狠手毒也是出了名的。大家都管他们叫索瓦热。

这究竟是姓还是绰号呢①?

我呼唤塞尔瓦。他迈着鹭鸶般的长腿走过来。

我问他:

"这家人怎么啦?"

他就给我讲了下面这段奇事儿。

---

① 索瓦热(Sauvage):在法语中作为普通名词有"野蛮"、"残忍"等含义。

2

宣战①的时候,小索瓦热三十三岁,他应征入伍,撇下母亲一个人在家。人们并不太替老婆婆担心,因为她手上有点钱,这个大家都知道。

她仍旧住在树林边这座孤零零的房子里,独自一个人,远离村庄。再说,她也不害怕,因为这个又高又瘦的老婆婆,就像她家的男人们一样,脾气倔强;她很少有笑的时候,人们也从来不跟她开玩笑。再说乡下的女人本来就不大有笑容。笑,那是男人们的事!女人的心灵抑郁而又狭窄,她们的生活单调得见不到一线光彩。庄稼汉在酒馆里养成了一点闹中取乐的习惯,但他的婆娘永远是板着面孔,一本正经。她们脸上的肌肉从来也没有习练过笑的运动。

索瓦热大妈在她的茅屋里继续过着平平常常的生活。不久以后,茅屋就覆盖上一层积雪。她每个星期到村子里来一次,买点面包和肉;然后就回她的农舍去。听人说有狼出没,她出门时总背着枪,儿子的那支枪,枪已经生锈,枪托子也被手磨坏了。索瓦热老婆婆的样子看上去很有趣:她高高的个子,微微驼着背,地面雪厚,她只能缓慢地跋涉前进,紧巴着脑袋的黑帽子把谁也没看见过的白头发捂得严严实实的,帽子后面露出枪管。

有一天,一批普鲁士人来到这里。按照每一户的财产和收入多少,他们被分配到居民家里吃住。人们知道老婆婆有钱,所以她摊到四个。

这是四个胖墩墩的小伙子,金黄色的皮肤,金黄色的胡子,蓝眼睛,尽管已经疲惫不堪,可是仍旧肥乎乎的;他们虽然是在被自己征服的国家,倒是都很和气。他们单独住在这个上了年纪的妇女家里,对她体贴入微,尽可能减少她的劳累和开支。人们可以看到,每天早上,索瓦热大妈忙前忙后准备早饭的时候,他们四个人仅仅穿着衬衫,在积雪映照得格外耀眼的阳光下,围着井洗脸,用大桶的冷水洗他们北方男人的白

---

① 宣战:指一八七〇年七月普法战争爆发。

里透红的皮肤。接着,又可以看到他们打扫厨房,擦窗户,劈木柴,削土豆,洗衣裳,就像四个孝顺儿子围在母亲身边,干着各种家务活儿。

但是,她却无时无刻不在惦念着自己的亲生儿子,她那瘦高个儿、鹰钩鼻、褐眼睛、浓浓的胡子在嘴唇上堆起一个黑毛团的儿子。她每天都要挨个儿问那四个住在她家的士兵:

"您知道那支法国部队,第二十三团,开到哪儿去了吗?我的儿子就在那里面。"

他们每一次都回答:"不吃(知)道,一填(点)也不吃(知)道。"他们的母亲也在远方,他们能够理解她的痛苦和忧虑,于是千方百计地在小事儿上关心她。何况,她也爱这四个敌兵,因为乡下人没有多少爱国主义的仇敌情绪;那只属于上等阶级。卑微的众生,也是付出最多的人群,因为他们贫穷,一切新的重负都压在他们身上;因为他们人数众多,他们成批地被屠杀,成为真正的炮灰;因为他们最弱小,最缺乏抵抗的能力,他们经受的战争带来的灾难也最残酷和深重。他们不理解那些好战的狂热叫嚣,那些激昂慷慨的荣誉观念,以及那些六个月以来已经把战胜和战败的两个国家都弄得筋疲力尽的所谓政治谋略。

谈到住在索瓦热大妈家的四个德国人,当地人都说:

"他们可算找到自己的家了。"

然而,一天早上,老婆婆独自在家的时候,远远望见一个人在平原上向她的住处走过来。她很快就认出那是走村串镇的邮递员。他交给她一张折起来的纸;她从眼镜盒里抽出做针线活儿用的那副眼镜,便读起来：

　　索瓦热太太：

　　　　这封信给您带来一个不幸的消息。您的儿子维克多昨天被一颗炮弹炸死；这颗炮弹几乎把他劈成了两半。我当时就在他跟前。在连队里我们总并肩而行；他常跟我谈起您，并且要我在他万一遭到不幸时通知您。

　　　　我取出了他衣袋里的表，会在战争结束以后带来交给您。

　　　　向您致以亲切的敬礼。

第二十三步兵团二等兵
塞赛尔·里沃

　　写信的日期是三个星期以前。

　　她没有哭。她一动不动；震惊之下，反而麻木不仁，连痛苦也感觉不到了。她只是在想："现在，维克多被打死了。"然后，才一点儿一点儿地，泪水涌上眼睛，痛苦渗到心里。可怕的、伤心的事一件件闪过她的脑海。她再也不能拥吻她的儿子，她的高大的儿子，再也不能了！宪兵杀死了父亲，普鲁士人杀死了儿子……他被一颗炮弹劈成两半。她仿佛看见了那情景，那可怕的情景：人头落在地上，两只眼睛还睁着，嘴还像平时生气时那样咬着他那大胡子的尖儿。他们把他的尸体怎么处置了呢，后来？会不会把她儿子送回来呢？当初她丈夫是送回来的，尽管脑门上还有颗子弹。

　　这时，她听见有人说话的声音。那几个普鲁士人从村子里回来了。她连忙把信藏到衣兜里，而且赶紧擦干了眼泪，然后带着平常的表情，若无其事地迎接他们。

　　他们四个喜笑颜开，兴高采烈，因为他们带回来一只很肥的兔子，大概是偷来的吧。他们向老婆婆做了个手势，意思是说待会儿就有好东西吃了。

　　她立刻动手准备起午饭来；但是临到杀兔子的时候，她没有勇气了。然而这并不是她第一次杀兔子呀！一个士兵往兔子耳朵后面给了一拳，捶死了它。

小东西一死,她就剥掉皮,露出鲜红的兔肉;可是一看到沾满两手的鲜血,那血起初还是温热的,她能感觉到它逐渐冷却并且凝固起来,这让她从头到脚不寒而栗。因为她看到的总是被炸成两段的高大的儿子,像这只还在抽搐的动物一样,浑身是血。

她和普鲁士人一同坐下来吃饭,但是她吃不下,一口也吃不下。他们大吃大嚼着兔肉,没有注意她。她一声不吭地瞟着他们,一个想法渐渐成熟;不过她脸上毫无表情,他们什么也没有看出来。

突然,她问道:"咱们在一块儿有一个月了,可是我连你们的名字都还不知道呢。"他们很费了些劲才弄明白她的意思,于是说出各自的名字。可是这还不够;她还要他们把姓名,连同他们的家庭住址,写在一张纸上。她把眼镜架在她的大鼻子上,仔细看了看那陌生的文字,就把这张纸折起来,放进衣兜,压在告诉她儿子死讯的那封信的上面。

吃完了饭,她对这几个男子汉说:

"我去给你们办点事。"

说完她就动手往他们睡觉的顶楼上运起干草来。

他们见她这么做,觉得奇怪;她向他们解释说这样他们会暖和些,于是他们也帮她干起来。他们把草捆一直垒到茅屋顶;他们就这样为自己搭建了一个四壁都是干草的大卧室,很温暖,还散发着清香。他们一定会睡得香甜。

吃晚饭的时候,他们中的一个见索瓦热大妈仍然一口饭也不吃,有些替她担心。她说是有点胃痉挛。然后,她把炉子生得旺旺的,坐下来烤火;四个德国人就顺着每天晚上用的梯子登上他们的卧房。

翻板活门刚刚关上,老婆婆就撤掉梯子,接着轻手轻脚地打开通到外面的门,又去搬了好多捆干草,把厨房填得满满的。她光着脚在雪地上走,轻得听不到一点声响。不时地,她还听听已经睡熟的四个士兵的响亮而又参差不齐的鼾声。

等她认为已经万事准备停当,她就扔了一捆干草在炉膛里,燃着以后,散播在其余的干草捆上,然后就走到外边,静观动向。

几秒钟的工夫,一股熊熊的火光就照亮了整个茅屋,继而变成一团吓人的烈焰,一个炽热的巨大熔炉。火苗从窄小的窗口蹿出来,把耀眼的光芒投射在雪地上。

不一会儿,顶楼里就传来一声狂吼,继而是一片人的嚎叫声,令人心碎的惊慌和恐怖的呼救声。接着,房子里面,顶楼的活动板门坍塌下来,大火像旋风一样冲进顶楼,穿透茅草屋顶,像一支奇大无比的火炬直冲云霄;整个房子都在燃烧。

除了烈火的噼啪声,墙壁的爆裂声,房梁的坍塌声,里面什么声音也听不到了。屋顶一下子垮下来,在滚滚浓烟里,炽热的屋架向空中迸射出一束五彩缤纷的巨大火花。

银装素裹的原野,在大火的映照下,像一块染红的银色台布一样光彩熠熠。

远方,钟声敲响了。

索瓦热老婆婆依然站在她那焚毁的房子门前,手里握着枪,她儿子的那杆枪,以防有人逃出来。

等她看到一切都结束了,她就把她的武器往大火里一扔。随之响起一声爆炸声。

一些人陆续跑来。有当地人,也有普鲁士人。

只见老妇人坐在一截树干上,神闲气定,心满意足。

一个德国军官,法语说得像一个法国人家的儿子一样纯正,问她:

"那几个军人在哪儿?"

她伸出枯瘦的胳膊,指着那堆正在熄灭的大火的红色余烬,大声回答:

"在那里面!"

人们紧紧围着她。那普鲁士人又问:

"火是怎么着起来的?"

她说:

"是我点的。"

没有人相信她的话,人们想一定是飞来横祸把她吓疯了。既然大家都围着她、听她说话,她索性把事情从头到尾说了一遍,从她怎样接到信,直到那些跟她的房子一起葬身火海的人怎样发出最后的惨叫。她的所干所为,连一个细节也没漏掉。

她说完了，从衣兜里掏出两张纸，为了借最后的火光分清这两张纸，她又架上了眼镜，然后向大家伸出其中的一张，说："这一张，是维克多的死讯。"又伸出另一张，并且抬头指了指通红的废墟，说："这一张，是他们的姓名，好写信通知他们家里。"她把那张白纸不慌不忙地递给抓住她肩膀的军官，然后说：

"您一定要写明事情的经过，并且告诉他们的父母这件事是我干的。我叫维克多瓦尔-西蒙·索瓦热！千万别忘了！"

那军官用德语大声发了几道命令。她被揪住，推到她自家房子的墙根前。墙还热得烫人呢。然后，十二个士兵动作敏捷地在她面前相距二十米的地方排成一行。她纹丝不动。她早就明白会这样。她静候着。

一声令下，随之响起一长串枪声。有一响是在其他枪声过后，单独发出的。

老婆婆并没有栽倒。她是像被人砍掉双腿似的瘫在地上的。

普鲁士军官走上前去。她几乎被截成两段，可是她手里还紧紧攥着那封浸在血泊里的信。

我的朋友塞尔瓦说到这里，补充了一句：

"就是为了报复，德国人才毁掉了我那座本地最好的城堡。"

我呢，我却想着被烧死在这茅屋里的那四个善良的小伙子的母亲，以及被枪杀在这堵墙前面的另一个母亲的残忍的壮举。

我随手捡起一块小石子，它还带着被大火熏黑的颜色。

乞 丐*

别看他现在又穷又残废,却也有过好一些的日子。

十五岁那年,在通往瓦尔维尔的大道上,他的两条腿被一辆大车轧断。从那时候起,他就架着两根木拐,一摇一晃地拖着身子,在路边或者到农家庄院里乞讨。架拐日久,他的两肩高耸到耳边,脑袋就像深陷在两座山峰之间。

他是比埃特村的本堂神父在万灵节前夕从一条沟里捡来的弃婴,因此给他起名叫尼古拉·诸圣①。他靠善心人的布施长大,任何教育都没有他的份儿。村里的面包铺老板拿他开心,灌了他几杯烧酒,害他变成了残废,从此成为流浪汉,除了伸手乞讨,什么也不会干。

从前,德·阿瓦利男爵夫人在紧靠她府邸的农庄的鸡窝旁,给他留了一个狗窝似的地方,铺满干草,让他睡觉。饥饿难当的时候,他去府邸的厨房,总能得到一块面包和一杯苹果酒。老妇人还经常从台阶顶上或者卧房窗口扔给他几个苏。可现在她已经去世了。

在这一带村子里,人们都不大愿意给他施舍,因为太了解他的底细;四十年来总看见他那衣衫褴褛、畸形怪状的身躯架着两根木拐从这家茅舍晃悠到那家茅舍,早就腻烦了。偏偏他又根本不想离开,因为在地球上,除了这个角落,除了他死撑苦熬生活过来的这三四个村庄,他就不知道还有别的地方。他给自己划定了一个乞讨的范围,从不越出他已经习惯了不去逾越的界限。

树木就是他的目光的边缘,他不知道树后面是否还有世界。村民们总在自己的田边或者圩沟边看到他,实在厌倦了,常常冲他叫喊:

---

* 本篇首次发表于一八八四年三月九日的《高卢人报》;一八八五年收入短篇小说集《白天和黑夜的故事》。

① 每年十一月二日是天主教的万灵节,万灵节前夕是诸圣节。

"你干吗就不去别的村子,老杵着拐在这儿转悠呢?"

他总是一言不答地走开,心里却顿时恐惧万分,那是对未知世界的说不清的恐惧,穷人对许多事物的模模糊糊的恐惧,例如新的面孔呀,人家的辱骂呀,不认识他的人的怀疑目光呀,还有两个一拨在大路上走来、吓得他本能地钻进灌木丛或者躲到石子堆后面的宪兵。

每当他远远看见阳光下配饰闪亮的宪兵,他的动作突然变得出奇地敏捷,那是怪物藏身时特有的敏捷。他从木拐上迅速出溜下来,像一件破衣服似地落在地上,然后把身体滚成球状,变得极小,像缩在窝里的野兔平贴地面趴着,他那上下棕色的破衣烂衫和泥土浑然一体,简直看不出他来。

话虽这样说,实际上他还从未和宪兵打过交道。他这本领是血液里带来的,就像他的胆怯和狡猾是从他根本不认识的父母那里遗传下来的一样。

他没有片瓦,没有住房,没有容身之地,没有藏身之所。夏天,他到哪儿睡哪儿;冬天,他就施展灵活的身手,溜进仓房或者牲口棚。他总能在被人发现以前撤离现场。从哪些窟窿能潜入房屋,他都了若指掌;由于常年使弄木拐,他的两臂力大惊人,单凭手腕的力量就能爬上贮藏干草的顶楼;如果走家串户讨得足够的食物,还可以在里面待上四五天不下来。

他生活在人群当中,却像一个生活在丛林里的野兽,一个人也不认识,一个人也不爱,在乡下人中间只能引起一种冷漠的轻蔑和无奈的反感。人们给他起了个绰号叫"吊钟",因为他的身体在两根木棍中间摆动,活像一口吊在立柱中间的钟。

两天以来,他没有吃过一点东西。再也没有人给他施舍。人们终于再也不愿见到他了。站在家门口的农妇们见他走过来,老远就冲他大喊:

"走开好吗,你这个无赖!我三天前刚给过你一块面包!"

他在木拐上身子一转,向邻家的房子走去;可他在邻家受到的接待也一样。

各家门口的妇女们都异口同声:

"咱们总不能整年养活着这个游手好闲的家伙呀。"

可是游手好闲的人每天也要吃饭。

他已经走遍圣伊莱尔、瓦尔维尔和比埃特,没有讨到一个生丁、一块剩面包。他仅有的希望就是图尔诺勒了;可是去那里他得在大路上走两法里的路程,他肚子和口袋都空空的,他已经疲惫不堪,再也挪动不了。

不过他还是上路了。

那是十二月,寒风在田野上劲吹,在光光的树枝间呼啸;又低又暗的天空里乌云疾驰,不知要赶往何处。残疾人缓慢地走着,吃力地轮番移动着他的两根拐棍,同时用那条残留的扭曲的腿撑着身子;那残腿的末端是一个畸形足,用一块破布片包裹着。

他时不时地在沟边坐下来,休息几分钟。饥饿在他混乱、沉重的心灵上更增添一层悲哀。他只有一个念头:"吃",但是他不知道怎么能弄到东西吃。

他在漫长的路上艰苦跋涉了三个小时;后来,他远远望见那村庄的树木了,便加快了动作。

他见到第一个村民,就向他求乞。这人回答他:

"你怎么又来了,老主顾!我难道就永远也摆脱不了你吗?"

"吊钟"只好走开了。他挨家挨户地乞讨,人们都对他狠声恶气,什么也不给就打发他走。不过他既忍耐又执拗,继续讨下去。他连一个苏也没讨到。

于是他又去村外的农庄去行乞,在雨水浸软的地里东奔西走,累得精疲力竭,连木拐也抬不起来了。他走到哪里都被人赶出来。在这样一个寒冷、凄凉的日子,人们通常都心里很郁闷、容易发火、情绪低落,既懒得伸手向人施舍,也懒得伸手去救助别人。

他走完了熟悉的那几户人家,就沿着席凯庄主的院墙走到一条圩沟的角上一屁股坐下。照人们的说法,他把自己卸了下来;其实就是把两只拐夹在腋下,身子从木拐高处出溜下来。他饿得难受极了,一动不动地呆了很久,不过他太愚昧,无法参透他那深不可测的苦难。

我们心中时刻都怀着一种模模糊糊的期待。他此刻不知在期待什么。在这院子的角落里,在冰冷的寒风里,就像许多人会做的那样,他期待着来自上帝或者人类神秘的援助,也不问一问援助怎样来,为什么会来,由谁带来。一群黑母鸡经过他身旁,在养活众生的泥土里觅食。它们不时用嘴啄起一颗麦粒或是一条肉眼看不见的小虫,然后又继续它们从容而又准确的搜索。

"吊钟"看着这些鸡,起初也并没有想什么;不过后来他脑海里生出一个念头,或者不如说他肚子里生出一种感觉:把这些鸡弄一只来,拿枯木点火烤熟,一定很好吃。

他压根儿没有想到他就要犯下一桩盗窃罪了。他抄起一块伸手拿得到的石头;他很灵巧,一石头砸过去,离他最近的那只母鸡立时毙命。那动物扑扇着翅膀向一侧倒下。其它的鸡迈着细细的腿,晃晃悠悠地逃开了。"吊钟"呢,重又架上他的双拐,像那帮母鸡一样晃悠着,走去捡他的猎获物。

他刚走到那脑袋染了血迹的黑色小身体旁边,脊背让人狠狠推了一下,两只拐脱落了,身子向前滚了有十步远。是席凯庄主,怒不可遏地向偷鸡贼扑了过来,把他狠揍了一顿;他就像一般被偷了东西的乡下人那样,发了疯似地打他,又是抡拳头又是膝盖顶,不管不顾地痛殴这个不能自卫的残疾人。

雇工们也都陆续赶来,帮着东家毒打这乞丐。他们打累了,才把他拉起来拖走,关进柴房,同时派人去通知宪兵。

"吊钟"已经被打得半死,流着血,饥肠辘辘,一直躺在地上。黄昏来临了,接着是黑夜,再接着是黎明。他始终没有吃东西。

将近中午时分,几个宪兵出现了;他们小心翼翼地推开门,生怕遇到抵抗,因为席凯庄主声称遭到过这乞丐的攻击,好不容易才保住自己的性命。

宪兵班长大吼一声:

"喂,站起来!"

可是"吊钟"已经不能动弹了,他确实试了试用木拐撑着站起来,根本办不到。他们以为是装假,是耍滑,是罪犯的鬼花招。那两个全副武装的人一边斥骂着他,一边抓住他的胳膊,硬把他搭在他的木拐上。

他万分恐惧。那是天生的对挎武器的黄色肩带的恐惧,猎物面对猎人的恐惧,老鼠面对猫的恐惧。这时,他使出超人的力气,居然站住了。

"走!"班长说。他还真走了起来。农庄的人全都赶来看他走。妇女们对他挥动拳头,男人们嬉笑怒骂。总算把他抓起来了!这一下轻松了。

他被两个宪兵夹在中间走远了。他鼓起豁出命的力量,又挨到傍晚;他已经昏头昏脑,连自己发生了什么事也不知道了;由于惊骇过度,他什么都搞不清了。

路上遇见的人都停下来看他走过,乡下人都低声议论:

"一定是个贼!"

入夜时分,他们到达区的首府。他还从没有来过这个地方。他实在想象不出发生了什么事,也想象不出还会发生什么事。所有这些从未想到过的事,这些从未见到过的面孔和这些新的房屋,让他大感惊愕。

他一句话也不说;他也没有任何话可说,因为他根本弄不清是怎么回事。何况,那么多年以来他没跟任何人说过话,已经几乎丧失了使唤语言的能力;他的思想也乱糟糟的,没法用言语表达出来。

他被关进镇上的监狱。宪兵们没有想过他还会需要吃东西,就这样一直把他撂到第二天。

但是一清早来提讯他的时候,却发现他躺在地上,死了。多么出人意外啊!

小 酒 桶*

埃佩维尔镇开客栈的希科老板,在玛格鲁瓦尔大妈的农庄门前停下他的双轮轻便马车。这是个四十岁左右的高大的汉子,满面红光,大腹便便;他为人狡猾,在当地是出了名的。

他把马拴在栅栏门的木桩上,就走进院子。他有一份产业紧挨着这位老太婆的地,他对这块地垂涎已久。他曾经十次二十次地想方设法要把这块地买下来,可是玛格鲁瓦尔大妈总是执拗地拒绝。

"我是在这块地上生的,我死也要死在这块地上。"她每一回都这么说。

他走进去,见她正在屋门前削土豆。她七十二岁高龄了,长得精瘦,满脸皱纹,佝偻着腰,可是她就跟年轻姑娘似的不知道什么叫累。希科亲切地拍拍她的肩膀,就在她身旁的一个小矮凳上坐下。

"喂! 大妈,这身子骨,总那么硬朗吧?"

"还行;您呐,普罗斯佩①老板?"

"嘿嘿! 就是偶尔头疼脑热;要不就心满意足了。"

"好呀! 太好了!"

她住口不说了。希科看着她完成手上的活儿。她钩形的手指瘦骨嶙峋,跟蟹爪一样坚硬,像钳子一样从筐里夹起灰色的土豆,敏捷地转动着,另一只手握着一把旧刀,刀刃下面削出一长条一长条的土豆皮。等土豆全削成黄色,她就扔进一桶水里。三只胆大的老母鸡一个跟着一个走过来,到她裙子底下拣土豆皮,然后叼着收获物连跑带飞地逃开。

---

* 本篇首次发表于一八八四年四月七日的《高卢人报》;同年收入中短篇小说集《隆多利姐妹》。

① 普罗斯佩:希科老板的名。

希科显得有些难为情,犹犹豫豫,顾虑重重,话到嘴边却又说不出口。最后,他还是下定了决心:

"喂,玛格鲁瓦尔大妈……"

"您有什么吩咐?"

"这农庄,您还是不愿意卖给我吗?"

"这个嘛,没门。您就别指望啦。已经说过的,就说过了,别又来啰唆了。"

"可是我找到一个办法,让我们这笔交易对双方都合算。"

"什么办法?"

"是这么个办法:您把农庄卖给我,可是您照样保管它。您还没明白吧?那就听我讲讲其中的道理。"

老太婆停下削土豆的活儿,用那双在起皱的眼皮底下灼亮的眼睛凝视着客栈老板。

他接着说:

"我就明说吧。我每月给您一百五十法郎。您听清楚:每个月,我驾着我的两轮轻便马车,把三十枚一百苏的银币给您送到这儿来。此外,什么都不变,一点也不变;您照旧住在您家里,您根本不用操心我这边,您什么也不欠我的。您只管拿我的钱。您看行吗?"

说罢,他一脸轻松、心平气和地看着她。

老太婆满腹狐疑地打量着他,寻思着有没有什么陷阱。她问:

"这是对我合算的地方;可是对您呢,这农庄,您还是拿不到呀?"

他又说下去:

"这个,您就不用操心了。善良的天主让您活多久,您就在这儿住多久。这儿就是您的家。只不过,您得跟我去公证人那儿立个小小的字据,就说您百年以后这产业归我。您没有儿女,只有几个您也不大当回事的侄儿侄女。您看这样行吗?您在世保留着您的产业,我还每月给您三十枚一百苏的银币。您赚大发了。"

老太婆还是感到不可思议,忐忑不安;不过她的心已经有些活动。她回答:

"我不是说不可以,不过我还得琢磨出这么做的道理来。您下星期再过来谈谈。我到时就给您一个准信儿。"

希科老板走了,高兴得像一个国王刚刚征服了一个帝国。

玛格鲁瓦尔大妈却久久地百思不解。接下去的一夜她根本没睡着。整整四天里,她犹豫不定,伤透了脑筋。她隐约感觉到这当中有什么对她不利的事。但是一想到每月有三十枚银币,那白花花丁当响的银子,流进她的围裙兜里;她什么也不做,就会从天上掉下银子来,她又饱受贪欲的煎熬。

她于是去找公证人,一五一十跟他说了这件事。他劝她接受希科的建议,但是要提出给五十枚银币,而不是三十枚,因为她的农庄少说也值六万法郎。

"如果您再活十五年,"公证人说,"即使按这种方式付,他也只需付出四万五千法郎。"

老太婆一想到每个月能白拿五十枚一百苏的银币,激动得直打哆嗦;不过她还是不放心,生怕会有这样那样横生枝节的事或者暗藏的阴谋诡计,迟迟不肯走,问这问那,直到天黑。磨蹭到最后,她才吩咐准备字据。回家时,她已经像喝了四罐新酿的苹果酒似的,昏头涨脑。

等希科来听回音的时候,她又让他央求了很久,说她实在不想卖,其实她是怕他不同意给五十枚一百苏的银币。最后,见他铁了心要买,她才亮出底牌。

他失望得直跺脚,一口回绝。

于是,为了说服对方,她就自己还能活多久,大加论证起来。

"放心吧,我顶多再活五六年。我快七十三了,身子骨不中啦。有天晚上,我简直以为自己要过去了。就像有人把我掏空了似的,多亏人家把我抬上床。"

不过希科不是好哄骗的。

"哪里会,哪里会,老油子,您结实得像教堂的大钟哩。您至少能活到一百一十岁。肯定,您死在我后头。"

一整天就这么花在扯皮上了。明摆着老太婆寸步不让,最后客栈老板只好答应给她五十枚银币。

他们第二天就签了字据。玛格鲁瓦尔大妈还要了十个银币的红包。

三年过去了。老太婆像有魔法保护似地身强力壮。她好像一天也不见老。希科简直绝望了。他觉着自己付这笔钱仿佛已经有半世纪之久，受骗了，上当了，破产了。他三天两头儿去农庄看望老太婆，就如同人们七月里常到田间看麦子是否熟透可以开镰一样。她每次接待他都带着狡黠的眼神，好像能把他作弄得这么利落，她正在自鸣得意。而他却扭头就跳上他的小马车，嘟哝着：

"你就像永远也不死，老骨头！"

他一筹莫展。一见到她，就恨不得把她掐死。他恨她，那是一种凶狠而又阴险的恨，一种惨遭打劫的乡下人的恨。

于是他琢磨起办法来。

终于有一天，他又像头一次跟她提出交易时那样，兴高采烈地搓着手，来看老太婆。

闲聊了几分钟以后，他说：

"我说，大妈，您来埃佩维尔的时候，干吗总不上我店里吃饭呢？有人嚼舌头了，说咱们闹翻了，我听了很难受。您知道，您上我那儿吃饭，一个子儿也不用花。我不是那种计较一两顿饭的人。您啥时想来，只管来，别客气；我反倒高兴。"

玛格鲁瓦尔大妈不用他三请四让；第三天，她坐着长工赛勒斯坦赶的马车去集上，就毫无顾忌地把马牵进希科老板的马棚，自己还要了店主许下的午饭。

客栈老板笑容满面，拿她当贵妇人一样款待，给她端上子鸡、灌肠、鳗鱼、羊腿和肥肉片儿加白菜。可是她几乎什么也没吃；她从小简朴惯了，过的是一盘菜汤一块面包抹黄油的生活。

希科大失所望，再三劝她多吃些。她也不喝酒。她甚至拒绝喝咖啡。

他说：

"您总得喝一小杯吧？"

"哦？这倒行。我不拒绝。"

于是他使足气力向客栈另一头大喊：

"罗萨丽，来一瓶好白酒，上等的，最浓的。"

女侍出现了，拿着一个长瓶子，上面贴着一张葡萄叶子形的商标。

他斟了两小杯。

"大妈，尝尝，这可是好酒。"

老太婆不慌不忙地喝起来，一小口一小口地，好让快感多延续一会儿。她喝完杯里的酒，还把剩底儿一滴一滴空到嘴里。然后赞道：

"不错，当真是好酒。"

她话音还没落地，希科又给她满上第二杯。她想推辞也来不及了，索性像第一杯那样，慢慢品尝。

希科又想请她接受第三巡，她拒不从命。他非要她喝不可：

"您看呀，这，这简直就像牛奶一样；我一口气喝十杯，十二杯，都面不改色。它就像糖一样化解了，既不胀肚，也不上头，简直可以说在舌尖上就化成了汽儿。没有比这酒对健康更有益的了。"

她其实也很想喝，于是就同意了；不过她只喝了半杯。

这时，希科突然变得大方起来，大声说：

"嗨，既然您喜欢，我就送您一小桶，为的就是让您看看，咱们始终是一对好朋友。"

老太婆也没说不要,就走了;她已经有几分醉了。

第二天,客栈老板进了玛格鲁瓦尔大妈的院子,就从车里取出一个有铁箍的小木桶。他想请她品尝桶里的酒,见证一下确实是同样的上等白酒。他们每人又喝了三杯。临走时,他表示:

"喂,您听着,喝完了,我那儿还有,您千万别见外。"

说罢他就跳上他的两轮轻便马车。

四天后他又来了。老太婆正在屋门前忙着切放在汤里的面包。他走过去,跟她问好。他说话时几乎挨到她的鼻子,为的就是闻闻她的哈气。他闻出了一股酒精味,于是喜形于色。

"您可以请我喝一杯吗?"

于是他们碰着杯,满上了两三次。

可是不久地方上就风言风语,说玛格鲁瓦尔大妈经常独自一人喝得烂醉如泥。有时见她倒在厨房里,有时见她倒在院子里,有时见她倒在附近的路上,跟死尸一样一动不动,只好抬着把她送回去。

希科不再去她家。有人跟他谈起这位乡下女人,他总是一脸惋惜地说:

"在她这把年纪,沾上这种嗜好,不是遭罪吗?您瞧,人老了,真是没办法。这么着,早晚要让她吃个大亏。"

果然,这让她吃了个大亏。第二年冬天,临近圣诞节的时候,她喝得烂醉,倒在雪地里死了。

于是希科老板继承了她的农庄。他还断言:

"这个老大妈,她要是不贪杯,肯定还有十年的活头。"

归　来[*]

大海用它短促而又单调的波浪拍打着岸边。一朵朵白云让疾风吹送着,像鸟儿一样在蔚蓝的天空轻快地掠过。这村子,卧在一道朝大海倾斜下去的山坳里,晒着太阳。

马丹-莱维斯克家的房子,孤零零地立在村口的大路边。这是一座渔家住的小房子,黏土墙,茅草顶,房顶上长着一簇簇蓝蝴蝶花。房前有一方菜园子,只有手帕那么大,种着一些洋葱,几棵卷心菜,一点香芹和细叶芹。沿路边用一道篱笆把园子围起来。

男的出海打鱼了,女的正在房子前面织补一张褐色的大渔网。那渔网张挂在墙上,就像一个巨大的蜘蛛网。园子入口处,一个十四岁的小姑娘,坐在一张向后歪斜、后背顶着栅栏的草垫椅上,缝补衣裳,一件已经补了又补的衣裳。另一个女孩,比她小一岁,怀里摇晃着一个还不会说话也不会做手势的娃儿;两个两三岁的男孩,脸对着脸,坐在地上,用笨拙的小手刨着泥土,你一把我一把地互相往脸上甩。

没有人说话。只有怎么哄也不睡的那个娃娃在一个劲地哭,小嗓子又尖又细。一只猫在窗台上酣睡;几棵盛开的桂竹香在墙脚构成一条白花的衬边,一群苍蝇在上面嗡嗡响着。

突然,在入口处做针线的小女孩喊道:

"妈妈!"

母亲回答:

"你又怎么啦?"

"那个人又来啦。"

---

[*] 本篇首次发表于一八八四年七月二十八日的《高卢人报》;同年收入中短篇小说集《伊薇特》。

她们从早上起就提心吊胆,因为有一个男人老在房子周围转来转去:那是个上了年纪的人,看上去像是一个乞丐。她们送父亲去停船的地方,帮他往船上搬渔具的时候,就看见过这个人。他当时坐在沟边,面朝着她们的家门。后来,她们从海边回来的时候,她们看见他还在那里,目不转睛地看着这座房子。

　　他好像有病,样子很凄惨。他一动不动,足有一个多钟头;后来,见人家把他当成了坏人,他才站起来,举步维艰地走了。

　　可是没有过多久,她们见他拖着缓慢、疲惫的步子又走回来;而且他又坐了下来,不过这一次稍稍远一点,仿佛在窥视她们。

　　母女几个很害怕。特别是母亲,简直心惊胆战,因为她生来就胆小,更何况她男人莱维斯克要到天黑的时候才能从海上回来。

　　她的丈夫姓莱维斯克;她呢,人们叫她马丹,所以大家都合称他们为马丹-莱维斯克。这里面有个缘由:她头婚嫁了一个姓马丹的水手,他每年夏季都到纽芬兰岛①去捕鳕鱼。

　　结婚两年以后,她给他生了一个女儿;当载着她丈夫的那条大船,也就是第埃普的三桅渔船"两姐妹"号失踪时,她已经又怀有六个月的

---

① 纽芬兰岛:加拿大东部的一个省。

身孕。

从那以后就再也没有这条船的消息；登上这艘船的水手也没有一个回来的；人们便认为是连人带货都遭难了。

马丹大嫂等了她丈夫十年，她千辛万苦地拉扯大两个孩子；后来，由于她勤劳善良，一个姓莱维斯克的本乡渔夫，妻子死了，独自一人带着个儿子，向她求婚。她嫁给了他，并且在三年里跟他又生了两个孩子。

他们辛勤劳动，日子却还是过得很艰苦。面包很贵，家里几乎从来尝不到肉腥。冬天，在老刮大风的那几个月里，他们有时甚至得向面包店赊账。不过，孩子们倒是长得挺结实。人们都说：

"莱维斯克-马丹两口子，都是好样的。马丹大嫂很能吃苦；论打鱼谁也比不上莱维斯克。"

坐在栅栏旁边的那个小女孩又说：

"好像他认识我们似的。也许是埃普勒维尔或者欧兹波斯克来的乞丐吧。"

但是母亲是不会看错的。不是，不是，他不是本乡人，可以肯定！

见他像个木头人似的一动不动，而且一个劲儿地盯着马丹-莱维斯克家的房子看，马丹大婶生气了；恐惧反而给了她勇气，她抄起一把铲子，走到大门外面。

"您在这儿干什么？"她冲着流浪汉大声问。

他用沙哑的声音回答：

"我在乘凉呀，这不！我碍着您了吗？"

她又问：

"您干吗老在我家前面伸头探脑的？"

那个人反问：

"我又没碍着谁。难道在大路边坐坐也不准？"

她没话可说了，只好回到家里。

这一天过得特别慢。将近中午的时候，那个人走了。可是五点钟左右他又从门前经过。晚上没有见他再来。

天黑时莱维斯克回家了。家里人把这件事告诉他。他断定：

"不是个爱打听人家闲事的人,就是个喜欢恶作剧的人。"

他无忧无虑地睡了,而他的妻子却一直想着那个游荡的人,他看她的时候,那眼神多么奇怪哟。

天亮了,刮着大风,渔夫呢,眼看不能出海了,就帮着妻子修整渔网。九点钟光景,那个出去买面包姓马丹的大女儿,连奔带跑地回来,神色慌张,惊呼道:

"妈,那人又来啦!"

母亲顿时紧张得脸色煞白,对她男人说:

"莱维斯克,快去对他说,别再这么老盯着我们瞅了;真的,我已经被弄得心慌意乱了。"

渔夫莱维斯克身材魁梧,红砖色的皮肤,蓄着浓密的红胡子,蓝色的眼睛黑瞳仁,粗壮的脖子上总围着一块呢布带以抵挡海上的风雨。他不慌不忙地出了家门,走到那流浪汉跟前。

他们谈起话来。

母亲和孩子们远远地看着他们,忧心忡忡,直打哆嗦。

突然,那陌生人站起身,跟莱维斯克一起朝他们家走过来。

马丹大婶惶恐得连连后退。他男人对她说:

"给他拿一点面包和一杯苹果酒来。他从前天起什么也没有吃。"

说着他们俩走进屋,女人和孩子们跟随在后。那流浪汉一坐下,就在众目睽睽之下埋头吃起来。

母亲站着,打量着那个人;两个姓马丹的大女孩,背倚着门,其中的一个抱着最小的孩子,都用贪婪的目光盯着他;坐在壁炉灰上的两个男孩不再玩弄那口黑锅,似乎也想仔细看看这个外来人。

莱维斯克拉过一把椅子坐下,问他:

"这么说,您是从很远的地方来?"

"我是从塞特①来的。"

"走着来的,是吗?"

"是的,走着来的。没有钱,只能这样。"

---

① 塞特:法国南方濒临地中海的港口城市。

"您要去哪儿?"

"我就是要来这儿。"

"您在这儿有熟人吗?"

"很可能吧。"

他们都不说话了。尽管他很饿,却吃得很慢,而且每吃一口面包还要喝一口苹果酒。他的脸很憔悴,布满皱纹,十分消瘦,像是经受过很多磨难。

莱维斯克突然问他:

"您姓什么?"

他头也不抬地回答:

"我姓马丹。"

母亲情不自禁地打了个寒战。她向前一步,仿佛要挨近些好好看看那流浪汉;她就这样伫立在他的面前,胳膊耷拉着,嘴张着。谁都不再言语。最后还是莱维斯克又说:

"您是本地人吗?"

他回答:

"我是本地人。"

这时他终于抬起了头,女人的目光和他的目光相遇了,而且就好像互相钩住了似的,久久地互相凝视,交织在一起。

她突然开口了,不过声音都变了,变得低沉而且颤抖:

"真的是你吗,俺的老公?"

他慢吞吞地说:

"是啊,是我。"

他并没有激动的表示,而是继续嚼他的面包。

莱维斯克有些激动,更有些惊讶,喃喃地说:

"真是你吗,马丹?"

对方简单地回答:

"是啊,就是我。"

第二个丈夫问:

"你这是从哪儿来?"

第一个丈夫叙述道：

"从非洲那边呀。我们的船触礁沉了，只有皮卡尔、瓦提奈尔和我，我们三个死里逃生。可是后来我们又让野人捉住，他们把我们扣留了十二年。皮卡尔和瓦提奈尔都死了。一个英国人路过那里，救了我，把我带到了塞特。我就这样回来啦。"马丹大婶用围裙捂住脸，哭了起来。

莱维斯克说：

"到了这时候，咱们怎么办呢？"

马丹问：

"你是她的男人吗？"

"是啊，我是！"

他们互相看看，都不再言语。

接着，马丹一一端详过围着他的孩子们，点头指着两个女孩子，说："这两个是我的吧？"

莱维斯克说：

"是你的。"

他没有站起来，没有拥吻她们，只是就事论事地说：

"天啊，长得多么高啊！"

莱维斯克又问：

"咱们怎么办呢？"

马丹心乱如麻，也不知怎么办才好。最后他还是下定决心：

"我嘛，我照你的意思办。我不想让你为难。不过房子的事有些讨厌。我有两个孩子，你有三个，各人的孩子归各人。孩子们的妈，是跟你，还是跟我，你想怎样我都同意。不过房子嘛，是我的，因为那是我爹给我留下的，我就是在这儿出生的，房子的纸张还在公证人那儿。"

马丹大婶用蓝布围裙捂着脸，还在低声地啜泣。两个大女孩走上前去，惴惴不安地看着她们的父亲。

他终于吃完了。现在轮到他问：

"咱们怎么办呢？"

莱维斯克忽然有了个主意：

"应该去找本堂神父,让他来决定。"

马丹站起来,向他的妻子走过去;她呜咽着一头扑到他的怀里:

"俺的老公!你可回来啦!马丹,我可怜的马丹,你可回来啦!"

她紧紧搂住他。顿时,一股往日的气息穿透她的全身,许多往事的回忆回荡在她的心头,她想起了自己年轻的时光和最初的拥抱。

马丹也很激动,亲吻着她的帽子。两个在壁炉里玩耍的孩子听见母亲哭,一块儿喊叫起来。姓马丹的二姑娘抱着的那个最小的孩子,也像一支走调的笛子一样,尖声大叫。

莱维斯克一直站在那儿等着。

"咱们走吧,"他说,"还是按规矩办事。"

马丹松开了妻子,又望望两个女儿,这时母亲对她们说:

"至少也得亲亲你们的爹呀。"

她们同时走上前去,眼睛里没有泪水,还带着几分惊讶,甚至有点儿害怕。他挨个儿按乡下人的习惯亲吻了她们的双颊。那婴儿看见这陌生人走过来,尖声哭嚎得那么厉害,差点儿痉挛。

然后两个男人就一起走了出去。

他们路过商务咖啡馆的时候,莱维斯克问:

"咱们照样去喝一杯,好吗?"

"我很乐意。"马丹说。

他们走了进去,在还空无一人的店堂里坐下。莱维斯克喊道:

"喂,希科,来两杯烧酒,要好的,因为马丹回来了,马丹,我女人的那个马丹,你一定知道,那条失踪的'两姐妹'号上的马丹。"

老板大腹便便,面色通红,浑身肥肉。他一只手拿着三个杯子,一只手拿着一瓶酒,走了过来,神色自若地问:

"嗨!你回来啦,马丹?"

马丹回答:

"我回来啦!……"

衣　橱*

晚饭后,大家谈起妓女来,——男人们在一起,又能谈些什么呢?
我们中间的一个人说:
"瞧!说到这档子事儿,我倒有过一次离奇的经历。"
他于是讲述起来。

去年冬天的一个晚上,我突然感到一阵疲惫,也就是那种经常侵袭我们的身心,令我们神昏意懒、难以忍受的疲惫。我那时在自己的住处,孤独一人;我清楚地知道,如果这样待下去,可怕的忧郁症就会发作,而这种忧郁症如果频繁发作,是会导致自杀的。

我于是穿上大衣,走出去,还根本不知道要去做什么。我向南一直走到林阴大道,便沿着一家家咖啡馆溜达起来。咖啡馆里几乎都空无一人,因为在下雨,一种既能淋湿衣裳也叫人郁闷的毛毛雨;不是瀑布似倾泻下来、把气喘吁吁的行人赶到门洞里躲避的痛快淋漓的滂沱大雨,而是连雨珠都感觉不到的霏霏细雨;它把难以发觉的雨的微粒不断洒下来,很快就铺好一层冰冷而又能渗透衣裳的水质苔藓。

做什么呢?我走过去又走回来,想找一个可以消磨两个小时的去处,这时我才发现在巴黎到了晚上居然没有一个地方可以散散心。最后,我决定走进牧羊女游乐场①,一个好玩的妓女市场。

大厅里人很少。马蹄铁形的游廊里只有些下里巴人,他们的举止,他们的衣着,他们的头发和胡子的式样,他们的脸色,样样都表现出凡夫俗子的本质。难得偶尔看到一位男士像是梳洗过,而且梳洗得像模

---

* 本篇首次发表于一八八四年十二月十六日的《吉尔·布拉斯报》,作者署名"莫弗里涅斯";一八八六年收入短篇小说集《图瓦》。
① 牧羊女游乐场:巴黎的一座剧场。

像样,上下穿戴浑然一体的。至于妓女嘛,依然是那几个,你们都认识的那几个让人望而生畏的姑娘,相貌丑陋,神劳形悴,皮松肉懈,迈着猎人的步子,都莫名其妙地摆出一副愚蠢的傲慢神态。

我心想,这些体态已经变了形的女人,说她们胖不如说她们浑身肥肉,不是这儿臃肿就是那儿瘠瘦,肚子大得像议事司铎,腿长得像鹭鸶,还是外八字脚,别说不值她们开口要的五个路易,就连她们好不容易挣到的那一个路易也不值。

可是,我突然发现一个娇小的女子,看上去很是可爱,不算很年轻,但是挺水灵,喜欢逗乐,招人爱怜。我叫住她,莽里莽撞的,不假思索就给出一个过夜的价。我不想回家,我觉得孤单,太孤单了;有这样一个逗乐的姑娘陪陪抱抱,总要好过些。

于是我就跟她走了。她住在殉道者街的一幢很大很大的楼房里。楼梯上的煤气灯已经熄灭。我跟在她发着窸窣声的裙子后面,慢慢地走上楼,过一会儿就点燃一根蜡烛照着亮儿,就这样还老绊在梯阶上,跟跟跄跄的,每一步都走得很吃力。

她在五楼停了下来;把外面一道门关上以后,她问:

"这么说,您是要待到明天喽?"

"是呀。你很清楚,我们是讲妥了的。"

"是啦,我的宝贝,我只是随便问一声。你在这儿等我一分钟。我马上就回来。"

说罢她就把我撂在黑暗里。我听见她关了两扇门,接着我又好像听到她说话。我有些惊讶,惴惴不安起来。一个想法闪过我的脑海:可能是个权杆儿①。不过我拳头和腰杆儿都硬实。我想:"咱们走着瞧。"

我支棱着耳朵聚精会神地听着。有人搬东西,有人在走动,不过都是小心翼翼、轻声轻气的。接着,又有一扇门打开了,我似乎又听见有人说话,不过声音极低。

她回来了,手里端着一支燃着的蜡烛。

"你可以进来啦。"她说。

以"你"字称呼我,表明她现在属于我了。我走进去,先穿过显然从来没有人吃过饭的饭厅,来到天下妓女大同小异的卧室。那房子是带家具出租的,挂着棱纹平布的窗帘,深红色绸面儿的鸭绒被子上布满可疑的斑点。她接着说:

"快宽宽衣吧,我的宝贝儿。"

我用怀疑的目光巡视了一遍这住房。不过看起来并没有任何令我不安的地方。

她脱衣的动作是那么麻利,我大衣还没有脱下来,她已经钻进被窝了。她笑了起来:

"喂,你怎么啦?干吗还在那儿发呆?喂,快来呀。"

我有样学样,很快便与她会合。

五分钟以后,我就恨不得马上穿衣走人。不过,在家里就侵袭我的那种难以忍受的疲惫依然困扰着我,让我失去动弹的气力;尽管睡在这公用的床上令我反胃,我还是留了下来。我在游乐场的枝形灯照耀下原以为在这个女人身上看到的性的诱惑,一搂在怀里就消失尽净;现在肉贴肉挨着我的,只是一个与其他窑姐儿别无二致的俗物。她那仅为迎合顾客而毫不动情的吻,还带有大蒜的余味。

我跟她聊起天来。

"你住在这儿已经很久了吗?"我问她。

"到一月十五号就整半年啦。"

---

① 权杆儿:靠妓女生活的人。

"你来这儿以前住哪儿?"

"住在克娄赛尔街。但是看门的女人老找我的麻烦,我就退了房。"

她于是跟我没完没了地说起女门房如何说她闲话的故事。

这时我突然听见离我们很近的地方有动静。起先是一声叹息,继而又是一下响动,虽然很轻,但是很清楚,就像有个人在椅子上转了个身一样。

我猛地在床上坐了起来,问道:

"这是什么声音?"

她笃定而且冷静地回答:

"别紧张,我的宝贝,是女邻居。壁板太薄,什么都听得见,就像在跟前一样。真是简陋透顶。简直就是纸板搭的。"

我困倦极了,重新钻进被窝。我们又谈起闲话来。愚蠢的好奇心总是驱使男人们刨问这些女人的第一次艳遇,或者试图揭开她们第一次失足的黑幕,仿佛可以用这种办法在她们身上找到一丝遥远的清白痕迹,可以通过一言半语的真情流露唤起对往日天真和腼腆的迅速回忆,从而激起对她们的爱。我也未能免俗。我紧锣密鼓地盘问她头几个情人的情况。

我知道她在撒谎。那又有什么关系?在她的连篇谎话里,也许我能发现一点真诚而又感人的东西呢。

"喂,告诉我呀,那个人是谁。"

"是个划船爱好者,我的宝贝。"

"啊!讲给我听听。你们当时在哪儿?"

"我当时在阿尔让特侬。"

"你当时做什么?"

"我在一家饭店当佣人。"

"哪家饭店?"

"淡水河水手饭店。你知道这家饭店?"

"当然喽,老板是波南芳。"

"是的,一点不错。"

"他是怎么追求你的呢,那个划船爱好者?"

"当时我正在给他铺床,他就强奸了我。"

但是我突然想起了一位医生朋友的理论。那是一位见多识广并且富有哲学头脑的医生,长期在一所大医院里行医,每日都接触到未婚的母亲和公开的娼妓,深知这些女性,这些沦为怀揣金钱到处游荡的男人的悲惨猎物的可怜女性,所蒙受的种种羞辱和苦难。

他常对我说:

"一个女孩子总是,而且永远是被一个与她同一阶级和社会地位的男人带坏的。我有好几册这方面的观察记录。人们总是责怪富人采摘了平民孩子的花朵。其实并非如此。富人只不过花钱买了别人采集来的花束!他也采摘花朵,不过是二茬的花了;他永远剪不到头茬的鲜花。"

于是我转身向着我的女伴,笑了起来。

"你要知道,你这个故事,我早就听说过了。你第一个相好绝不是那个划船爱好者。"

"噢!确实是他,我敢对你发誓。"

"你撒谎,我的宝贝。"

"噢!没有,我向你保证。"

"你撒谎。好啦,一五一十告诉我吧。"

她惊讶之余,还在犹豫。

我便接着说:

"我可是个魔术师,我的宝贝,我会催眠术。你要是不对我说出真情,我一把你催眠,就可以知道了。"

她害怕了,她跟她的同类们都是一样愚昧。她吞吞吐吐地说:

"你是怎么猜到的?"

我又说:

"好啦,快说吧。"

"噢!那第一次,几乎没有什么可说的。那是当地的一个节日。请来一个临时帮忙的厨师,亚历山大先生。他一到店里,就像在自己家里一样闹腾起来。他什么人都要指挥,老板、老板娘也逃不过,好像他是个国王似的……这是个高高大大的美男子。他在炉灶前面也一刻不安分。他总在大声嚷嚷：'嘿，拿黄油来'，'拿鸡蛋来'，'拿料酒来'。别人马上就得连奔带跑地把他要的东西送给他，不然他就大发脾气，对你说些能把你臊得一直红到裙子底下的脏话。

"一天的活儿干完了，他就站到门口去抽烟斗。见我捧着一摞碟子从他身边经过，他就这样对我说：'喂，小妞儿，到河边去带我看看本地的风景好吗？'我呢，我就去了，傻乎乎的；谁知刚到河边他就把我强奸了，事情发生得那么快，我还没明白他在干什么。然后，他就坐九点钟的火车走了。那以后，我再也没有见过他。"

我问她：

"就这些？"

她结巴着说：

"哦！我敢肯定弗洛朗坦就是他的。"

"弗洛朗坦是谁？"

"是我那个孩子呀！"

"啊！好得很。于是你就哄那个划船爱好者，让他相信他是孩子的父亲，是不是？"

"当然喽！"

"那个划船爱好者有钱吗？"

"是的，他给我留下三百法郎的年金，记在弗洛朗坦头上。"

我开始觉得有趣了。我又说：

"很好，我的姑娘，好得很。可见，你们并不像人们认为的那么傻。现在，他多大了，弗洛朗坦？"

她回答：

"他眼下十二岁了，春天就要初领圣体了。"

"好极了。从那以后，你就真心实意地干起这一行来了。"

她无可奈何地叹了一口气，说：

"能干什么就干什么呗……"

这时一声巨响从房间的某个地方传来，吓得我从床上一跃而起。那是一个人的身体倒在地上，然后两手摸着墙壁站起来的声音。

我端起蜡烛,惊恐而又气恼地四下张望。她也起来了,试图拉住我、阻拦我,一边咕哝着说:

"什么事也没有,我的宝贝,你放心,什么事也没有。"

但是我已经发现这奇怪的声音是从哪个方向传来的。我径直走向隐蔽在床头后面的一扇门,猛地把它打开……只见一个可怜的脸色苍白、身体瘦弱的小男孩,颤抖着,睁着两只惊慌、闪亮的眼睛望着我;他坐在一张大软垫椅旁边,看来他刚才就是从这张椅子上摔下去的。

他一看见我,就哭泣起来,并且向母亲张开两臂:

"这不是我的错,妈妈,这不是我的错。我睡着了,摔下来了。不要骂我,这不是我的错。"

我转身看着那个女人,问:

"这是怎么回事?"

她看来既难为情又很伤心。她上气不接下气地说:

"你要我怎么办呢?我挣的钱不够把他送到寄宿学校。我不得不自己带着他,而我又没有钱多租一间房。我不接客的时候他跟我睡。要是客人只待一两个钟头,他可以待在衣橱里,安安静静地待着;这个他会。可是要是客人待一整夜,老睡在椅子上孩子会累得腰疼……这也不是他的错……我倒想看看,换了你……整夜睡在椅子上……你会比谁都知道得更清楚……"

她越说火越大,越激动,嗓门越高。

孩子一直哭个不停。这羸弱而胆小的孩子,是的,真正称得上是衣橱中的孩子。衣橱里又冷又黑;只有在被窝空着的时候,这孩子才能偶尔去暖和一下身体。

我也一样,想痛哭一场。

我还是回自己家去睡了。

图 瓦*

1

方圆十法里以内的人都认识他——"图瓦老爹","大胖子图瓦","咱的纯酒图瓦",又称"加糖热烧酒"的旋风村小酒馆老板安图瓦·马什布莱。

这个缩在山谷深处的小村子就是因为他才有了名气的。那山谷直伸入大海。可怜的小乡村仅有十来个圩沟和树木围绕着的诺曼底农舍。

这些农舍蜷缩在青草和荆豆覆盖的沟壑里,背靠一道弧形的山梁,旋风村就由此得名。就像飞鸟在暴风雨来临时躲避到垄沟里一样,这些农舍也仿佛在这山坳里获得了荫蔽,可以抵御海风,那大洋上吹来的猛烈而又带着咸味的风的侵袭。这种风有着烈火一样的腐蚀和灼伤力,也有着寒冬的霜冻一样的枯竭和破坏力。

不过这小村子似乎整个成了绰号"加糖热烧酒"的安图瓦·马什布莱的产业。除了"加糖热烧酒",人们还经常叫他"图瓦"和"我的纯酒图瓦",这后一个称呼来自他总挂在嘴边的那句口头禅:

"我的纯酒法国数第一。"

当然啦,"他的纯酒",指的就是他的白兰地。

他用他的"纯酒"和热烧酒满足当地人的酒瘾足有二十年之久了。每当人们问他:

---

* 本篇首次发表于一八八五年一月六日的《吉尔·布拉斯报》,作者署名"莫弗里涅斯";一八八六年收入短篇小说集《图瓦》。

"咱们喝什么呀,图瓦老爹?"

他总是雷打不动地回答:

"一杯热烧酒呗,我的姑爷,又暖肚子又清脑;对身体,再好不过了。"

他还有这样一个习惯:管什么人都叫"我的姑爷",虽然他既没有已婚的也没有待嫁的女儿。

啊,对了!人们都认识他,还因为他是全乡甚至全区最胖的人。他那座小房子好像故意跟他开玩笑似的,那么狭窄,那么低矮,简直装不下他。他整天站在房门外,人们不禁要纳闷:他怎么能进到屋里去?每来一位酒客,他就得进去一次,因为不论客人在他这儿喝什么酒,"我的纯酒图瓦"都理所当然地受到邀请,抽个头儿,喝上一小杯。

他的酒馆招牌是"会友轩",而他,"图瓦老爹",也的确是这一方人的共同的朋友。甚至有人从费康,从蒙蒂维利埃专程来看他,听他神侃找乐子;这个胖汉子啊,一块墓碑也能让他逗得放声大笑。他有一套方法,能够拿人开涮而又不惹人生气,眨一眨眼就能表达出不可言传的意味,说到高兴处拍拍大腿就能让你不想笑也得捧腹大笑,而且每次都很成功。此外,光看他饮酒的样子就是一大乐趣。人家请他喝多少他都能喝下去,什么酒都喝,而且在他狡黠的目光里闪烁着欢乐,那由他的双重快感合成的欢乐:首先是享用美酒的快感,其次呢,是捞到自己喝的酒钱的快感。

当地那些爱开玩笑的人常问他:

"你干吗不把大海也喝了,图瓦老爹?"

他总是回答:

"有两件事让我不能这么做:第一,海水是咸的;第二,先得把海水灌到瓶子里,因为我的大肚子弯不下去,没法在那个大杯子里喝。"

还有他跟妻子吵架也很值得一听!那简直是一出花钱买票看也心甘情愿的喜剧。结婚三十年了,他们每天都要扯皮抬杠。只不过,图瓦总是闹着玩,而他老婆却是真的动气。她是个高头大马的农妇,走起路来迈着长脚鹬般的大步,精瘦而又平板的身躯扛着老是横眉怒目的猫头鹰似的脑袋。她在酒馆后面的小院儿里养鸡消磨时日;尽人皆知,她有一套把鸡养得又肥又嫩的秘方。

费康的大户人家宴请宾客,为了给酒席增添风味,总得烹一只图瓦大妈圈养的母鸡。

不过她天生就是个坏脾气,对一切都看不顺眼。全世界都让她感到厌恶,而她最恼火的是自己的丈夫。她恨他总是那么乐呵呵的,名气那么大,身子骨那么硬朗,而且长得那么丰满。她骂他是废物,因为他什么事也不干就赚了钱;她骂他是酒囊饭袋,因为他能吃能喝,一个人顶得上十个平常人。没有一天她不怒容满面地说:

"懒成这个样子,搁在猪圈里不更合适吗?肥成这个样子,真让人恶心。"

她还常常冲着他的脸大喊大叫:

"等着吧,等不了多久啦;咱们很快就会看到报应的,很快就会看到!浮肿虚胖,就跟粮食口袋一样,早晚要撑破!"

图瓦总是那么乐乐陶陶地笑着,一面拍着肚子一面回答:

"喂!母鸡大妈,我的薄板儿,试试把你的鸡都养得这么肥吧。你倒试试看。"

说着,他高高卷起袖子露出一只奇粗的胳膊:

"你瞧这只翅膀,大妈,这才叫翅膀呢。"

酒客们拳头敲打着桌子,个个笑得前仰后合,高兴得像发了疯似的,跺着脚,直往地上吐唾沫。

老太婆更加气急败坏,又诅咒起来:

"等不了多久啦……等不了多久啦……咱们很快就会看到报应的……就跟粮食口袋一样,早晚会撑破……"

说着,她就在酒客们的哄堂大笑中,怒气冲冲地走开。

说实在的,图瓦那副尊容的确让人触目惊心,他变得那么胖,那么臃肿,总是面色通红,气喘吁吁。死神似乎最爱利用诡计、戏谑和恶作剧的方式跟那些大肥仔开玩笑,从而让它的慢性毁灭带上不可抗拒的戏剧色彩。而图瓦就是这些大肥仔中的一个。死神这坏蛋,在其他人身上表现为头发变白、形体消瘦、满脸皱纹、日甚一日的衰弱,以致让人大吃一惊:"天哪!他变得多厉害呀!"而对他,死神却乐于把他催肥,

让他变得古怪可笑,给他涂上红色或蓝色的光彩,把他吹得鼓鼓的,让他外表看起来超乎常人地健康。它在别人身上引起的畸变看上去可悲而又可怜,而他的形体变异却显得可笑、滑稽、逗乐。

"等不了多久啦,等不了多久啦,图瓦,咱们很快就会看到报应的,"图瓦大妈不停地念叨着。

2

图瓦终于中风了,瘫痪了。人们安置这个大胖子躺在小屋里,与小酒馆仅一墙之隔,这样他就可以听见隔壁客人们说话,并且跟朋友们聊聊天,因为他的身体,那硕大无朋的身体,虽然挪动不了、抬不起来,只好待着不动,但他的头脑还是非常灵便的。人们本来还希望他的两条粗大的腿能多少恢复一点活力,可这希望很快就破灭了。"我的纯酒图瓦"从此便日夜都在床上度过;只有每周一次整理床的时候,请来四位邻居帮忙,抓住四肢把小酒馆老板拽起来,好扑扑打打垫在身子下面的草褥子。

然而他欢快依旧,只是这欢快与以往有所不同,多了些腼腆,多了些谦恭,多了些在妻子面前像小孩子般的畏惧。妻子整天牢骚不断:"我说的对吧,胖饭桶!我说的对吧,大废物!真丢脸,真丢脸!"

他不再回嘴。他只是在老太婆转过脸去的时候眨眨眼,然后就在被窝里翻个身,这是他还能做的唯一的动作了。他管这个动作叫"向北走"或"向南走"。

他现在最大的消遣就是听酒馆那边的人谈话,或者在认出朋友的声音以后隔着墙聊会儿天。他会大声叫唤:

"喂,我的姑爷,是瑟莱斯坦吗?"

瑟莱斯坦就回答:

"是我呀,图瓦老爹。你又能跑了吗,胖兔子?"

"我的纯酒"回答:

"跑嘛,现在还不行。不过我没见瘦,身子骨硬朗着呢。"

不久以后,他索性把几个最要好的请进他的卧室,虽然看着别人喝酒没有自己的份很难受,总算有人给他做伴儿了。只听他一个劲地唠叨:

"我的姑爷,最让我伤心的,是再也不能喝我的纯酒了,他妈的。别的我还能自己安慰自己,可就是不能喝酒让我伤心透顶。"

这时候,图瓦大妈的猫头鹰脑袋就会出现在窗口。她大声喊叫:

"瞧他呀,瞧他呀,这个四体不勤的胖子,现在得喂他吃,给他擦洗,还得像伺弄猪似的给他收拾。"

老太婆走开以后,时而会有一只红羽毛的公鸡跳上窗台,睁着好奇的圆眼睛向屋里张望,然后发出一声洪亮的长鸣;有时候也会有一两只母鸡一直飞到床脚边,寻觅地上的面包屑。

再过不久,图瓦的朋友们甚至连酒馆的店堂也不去了,每天下午径直到胖子的床边跟他闲谈一会儿。图瓦这个喜欢说笑的人,尽管躺着动弹不得了,仍然能让他们开心解闷儿。这个活宝,他能把恶魔都逗乐了。有三个人是每天都要到场的:瑟莱斯坦·马卢瓦塞尔,一个瘦高个儿,背驼得像苹果树干;普罗斯佩·奥尔拉维尔,一个干瘪的小矮子,长着一个白鼬鼻子,机灵狡猾赛过狐狸;还有塞泽尔·包梅尔,他总是沉默寡言,不过照样玩得很开心。

他们从院子里搬来一块木板,搭在床边,就打起多米诺骨牌来,而且厮杀得很激烈,从两点一直打到六点。

但是图瓦大妈很快就变得叫人无法忍受了。肥胖的懒丈夫躺在床上还照旧打骨牌开心取乐,这是她绝对不能容忍的;每当她看见他们又要开始牌局,就怒气冲天地跑过来,掀翻木板,没收骨牌,送回酒馆去,并且宣称养活这个无所事事的大肥仔已经够受的了,若再看着他娱乐玩耍,那简直是对终日干活的可怜人的嘲弄。

这时候,瑟莱斯坦·马卢瓦塞尔和塞泽尔·包梅尔就低下了头,但是普罗斯佩·奥尔拉维尔却觉得她发火的样子很好玩,常常要逗弄她一番。

有一天,他见她比平日的火气更大,就对她说:

"喂,大妈,我要是你,你知道我会怎么办?"

她瞪着那双猫头鹰似的眼睛盯着他,等他说个明白。

他接着说:

"你的男人总是不离被窝,热得跟烤炉一样,换了我,我就叫他孵鸡蛋。"

她大为惊愕,打量着这乡下佬的精瘦而又狡黠的面孔,心想他又在嘲弄她。他接着说:

"我叫母鸡孵蛋的那一天,就在他这只胳膊底下放五个,那只胳膊底下放五个。一样能孵出小鸡来。孵出来以后,我就把你男人孵的小鸡抱给你的老母鸡,让它去抚养。这样你就多了一窝小鸡了。大妈!"

老太婆听得目瞪口呆,问:

"这能行吗?"

男人回答:

"能行吗?为什么不行?既然暖箱里能孵出小鸡来,当然也可以放在被窝里孵啦。"

这一番道理深深打动了她;她心里思量着这件事,气也消了,走出门去。

一个星期以后,有一天,她兜着满满一围裙鸡蛋走进图瓦的卧室,说:

"我刚把黄母鸡和十个鸡蛋放进窝,这十个是给你的。千万别压碎了。"

图瓦大惑不解,问:

"你要干什么?"

她回答：

"我要你孵这些鸡蛋，你这个废物。"

他先是讪笑，后来见她非要他孵不可，就生起气来，极力反抗，坚决拒绝把鸡蛋搁在他的胳膊底下，用他的体温孵小鸡。

老太婆大为震怒，立刻宣布：

"要是你不肯孵小鸡，就别想吃烩肉。咱们走着瞧。"

图瓦有点不安了，不再搭腔。

等听到钟打十二点以后，他叫道：

"喂！老婆子，浓汤烧好了没有？"

老太婆从厨房里嚷道：

"浓汤可没有你的份儿，懒胖子。"

他以为她是说着玩的，就等着；可是久等不来，他就央告、哀求、赌咒发誓，绝望地做着"向北走"、"向南走"，拿拳头捶墙。他终于只好听凭老太婆把五个鸡蛋塞进被窝，紧贴身体左侧。然后他才吃上他那份浓汤。

朋友们来了，见他那副古怪、尴尬的神情，无不以为他得了重病。

他们像平日一样玩起骨牌来。不过图瓦似乎没有一点兴致，而且他伸手的时候也磨磨蹭蹭、小心翼翼。

"你的胳膊捆住了不成？"奥尔拉维尔问。

图瓦回答：

"我的肩膀有点儿沉。"

忽然，听见有人进了店堂。玩牌的人都静了下来。

原来是村长和他的助

理。他们要了两杯纯酒,就谈起本地的事务来。他们说话的声音很低,"加糖热烧酒"想把耳朵贴着隔墙听,却忘记了鸡蛋,突然来了个"向北走",身子下面就压出了一碟摊鸡蛋。

图瓦大妈听到他的咒骂声赶了过来;她立刻猜出了这场灾难,猛地一下把被窝掀开。面对粘满她男人肋部的那一片黄色糨糊,她先是目瞪口呆,继而勃然大怒,气得连话也说不出来。

接着,她咬牙切齿地向瘫子扑去,使劲捶打他的大肚子,就跟她在池塘边洗衣裳一样。她的两只手就像兔子击鼓时的两只前爪那样快捷,此起彼落,发出沉重的响声。

图瓦的三个朋友笑得喘不过气来,又是咳嗽,又是流涕,又是喊叫。惊慌的大胖子一面抵挡着老婆的攻击,一面还得加个小心,生怕再压碎了那一边还夹着的五个鸡蛋。

3

图瓦被制服了。他不得不孵鸡蛋,不得不放弃玩牌、放弃所有的活动,因为只要他压碎一个鸡蛋,老太婆就残忍地断绝他的饮食。

他仰卧着,眼睛冲着天花板,一动也不敢动,两只胳膊像鸡翅膀似的微微抬起,用身子焐着白壳里的鸡胚胎。

他说话也压低了声音,好像他对声音跟对动作一样害怕。现在他也知道为那只孵蛋的黄母鸡担心了,因为它在鸡窝里干着和他一样的活计。

他常向老婆打听:

"黄母鸡今天吃东西了吗?"

老太婆看完她的母鸡就去看她的男人,看完她的男人就去看她的母鸡,就像着了魔似的,脑子里想的尽是正在床上和鸡窝里成熟的小鸡。

当地知道这故事的人,出于好奇也好,真的关心也好,纷纷上门打听图瓦的消息。他们仿佛进了病房似的,蹑手蹑脚地走进屋来,关切地问:

"怎么样,还行吗?"

图瓦回答:

"行倒是行,就是热得痒痒的慌。好像有很多蚂蚁在我身上爬。"

一天早上,他老婆喜笑颜开地走了进来,宣布:

"黄母鸡孵出了七只。有三个蛋是坏的。"

图瓦觉得心怦怦直跳。——他呢,他能孵出几只?

他怀着将要做母亲的女人那种焦急的心情问:

"是不是快了?"

他们期待着。朋友们听说那时刻已经临近,不久也都来了,个个心情紧张。

家家户户都在谈论这件事。还有人到邻居家打探消息。

三点钟左右,图瓦正昏昏入睡。他现在白天也要睡半天觉。忽然右臂底下一阵不寻常的瘙痒,把他弄醒了。他赶紧用左手去摸,竟摸到了一只遍体黄色茸毛的小动物,在他手里乱动。

他激动得叫喊起来,手一松,小鸡就在他的胸脯上跑开了。店堂里原已聚满了人;这些喝酒的客人现在都涌进卧室来,就像看街头卖艺似的围成了一圈。老太婆来了,小心翼翼地抓住缩在她丈夫胡子底下的小动物。

谁都不再言语。那是四月的一个炎热的日子。从敞开的窗外传来黄母鸡召唤它刚出世的小鸡的咯咯声。

图瓦又是激动,又是忧虑,又是不安,汗都出来了。他低声说:

"现在,我右胳膊底下又有了一只。"

他老婆把她那又大又瘦的手伸进被窝,用收生婆一般精细的动作抓出第二只小鸡。

邻居们都要看看。人们把小鸡互相传递着,聚精会神地端详着,就像看什么奇物似的。随后的二十分钟里,没有再孵出来;后来,却有四只小鸡同时破壳而出。

在场的人发出一片喧哗。图瓦露出了微笑,他对自己的成绩感到满意,并且开始为自己的奇特的父亲身份感到骄傲。无论怎么说,像他这样的人是不常见的。真的!他真是个奇人。

他宣布：

"一共六只。妈的，洗礼可就热闹了！"

观众中间发出一阵哄然大笑。店堂里也挤满了人，还有人在门外等着进来。人们互相打听着：

"一共几只呀？"

"六只。"

图瓦大妈把这窝新孵出来的小鸡送到母鸡那里去。老母鸡得意忘形地咯咯叫着，支棱起羽毛，把翅膀张得大大的，掩护着它逐渐壮大的子女队伍。

"瞧，又是一只！"图瓦喊道。

他弄错了，是三只！这简直是一次大捷！最后一只在晚上七点半钟突破了蛋壳的包裹。十个蛋全部成功。图瓦欣喜若狂，不但得到了解放，还感到光荣，热烈亲吻着这脆弱的动物的脊背，险些用嘴唇把它闷死。他要把这一只留在床上，一直留到第二天；他已经对这个他赋予生命的小不点儿产生了母亲般的柔情。可是老太婆根本不理会丈夫的苦苦哀求，还是把它像其余小鸡一样抱走了。

在场的人都十分尽兴，谈论着这桩大事陆续离去。奥尔拉维尔留到最后，他问：

"喂，图瓦老爹，下一次红焖鸡块，可要请我哟，是不是？"

一想到红焖鸡块，图瓦容光焕发了，这大胖子回答：

"一定请你，我的姑爷。"

珍珠小姐[*]

1

那天晚上,我居然想到选珍珠小姐做我的王后,真是不可思议。

我每年都要到世交尚塔尔家去过三王来朝节①。他是我父亲的挚友。在我还是个孩子的时候,父亲每年都带我去他家欢度这个节日。后来我一直保持这个习惯,而且只要我还活着,只要这世界上还有一个尚塔尔家的人,我都会一如既往。

不过,尚塔尔一家过日子的方式也实在有点古怪;他们虽然生活在巴黎,却犹如居住在格拉斯②、伊弗托或者季风桥③。

他们在天文台附近有一所房子,那房子坐落在一个小花园里。他们在那里就像在外省一样,自得其乐。对于巴黎,真正的巴黎,他们毫无认识,也无法想象;他们离它是那么遥远!那么遥远!不过,他们有时也去那里旅行,做一次长途旅行。用这家人的话说,就是尚塔尔太太去大办粮草。且看是怎样去大办粮草的。

珍珠小姐有橱柜的钥匙(因为衣柜是由女主人掌控的);珍珠小姐通知:白糖快要用完了,罐头已经吃光了,口袋里的咖啡所剩不多了。

得到面临饥荒的警报,尚塔尔太太就巡视尚余的食品,并且在她的

---

* 本篇首次发表于一八八六年一月十六日的《费加罗报》的文学增刊;同年收入中短篇小说集《小洛克》。
① 三王来朝节:又称主显节,系天主教节日,时为每年一月六日。有在该节日分食三王来朝饼的习俗,饼内放一蚕豆或小瓷人,吃到者为国王,由他挑选王后。
② 格拉斯(Grasse):法国南部临近地中海的一个小城。
③ 季风桥(Pont-à-Mousson):法国东北部莫特-摩泽尔省的一个小城。

记事本上详加记录。写下很多数字以后,她首先专心致志地进行长时间的计算,继而同珍珠小姐进行长时间的讨论。不过最后总是达成一致,确定好为未来三个月食用而需要采购的每样东西的数量:糖呀,米呀,李子干呀,咖啡呀,果酱呀,罐装豌豆、扁豆、龙虾呀,咸鱼或者熏鱼等等。

计划已毕,便选定采购的日期,乘出租马车,就是那种车顶上有行李架的出租马车,到桥对面新市区的一家很大的食品杂货店去。

尚塔尔太太和珍珠小姐一起,神秘兮兮地做这次旅行;直到晚饭时分才乘那辆像搬家大车似的顶上堆满纸盒布袋的马车回来;虽然还很兴奋,但是在车里一路颠簸,已经精疲力竭。

在尚塔尔一家看来,塞纳河对岸的那一部分巴黎都是新市区,住在那里的人都古古怪怪、喧喧嚷嚷、不登大雅之堂,白天胡作非为,夜晚寻欢作乐、挥金如土。不过他们仍然有时带着两个年轻的女儿去喜剧院或者法兰西剧院①观看演出,当然所看的剧目都是尚塔尔先生常读的

---

① 喜剧院和法兰西剧院都是巴黎的著名剧院,均位于塞纳河右岸。

那份报纸推荐的。

女儿如今一个十九岁,一个十七岁;这两个姑娘都长得很美,身材修长,眉清目秀,而且很有教养;甚至教养得有些过分,成了两个布娃娃,即使走在大街上也引不起人们的注意。我从来也没有兴过向尚塔尔小姐们献殷勤或者求爱的念头;她们给人的感觉是那么纯洁无瑕,跟她们说两句话也要鼓起几分勇气;跟她们打个招呼,也生怕会有所冒犯。

至于她们的父亲,那是个和蔼可亲的人,很有学问,很直率,很真诚,但是他最爱的还是悠闲、恬静、安宁。把全家弄得死气沉沉,以便自己能在一潭死水中舒舒坦坦地生活,他功不可没。他爱好读书,乐于闲谈,而且很容易动感情。由于缺乏和外界的接触、碰撞和冲突,他的皮肤,他的精神的皮肤,已经变得十分敏感和脆弱。一点点小事就会让他激动、烦躁和痛苦。

不过尚塔尔家也与人交往,只是交往的人很有限,而且都是在邻近的人家里慎重挑选的。他们每年也和住在远方的亲戚们互相访问两三次。

而我呢,每逢八月十五日①和三王来朝节都要去他们家吃晚饭。就像天主教徒在复活节要领圣体一样,这成了我的一种义务。

八月十五日,他们还邀请几个朋友;而三王来朝节那天,我却是唯一的客人。

2

所以,今年,跟往年一样,我又到尚塔尔家吃晚饭,庆祝三王来朝节。

按照惯例,我跟尚塔尔先生、尚塔尔太太和珍珠小姐拥吻,并且对路易丝和波丽娜小姐行了一个深深的鞠躬礼。他们向我打听各种各样

---

① 八月十五日是天主教的圣母升天节。

的事情:巴黎林阴大道①上发生了什么大事啰,政局有什么变故啰,公众对于东京事件②有何想法啰,议员们的动态啰。尚塔尔太太身宽体胖;她的所有想法,在我的印象中都是正方形的,就像琢好的石板那样。对于所有政治问题的争论,她总习惯用这句话加以总结:"这一切都不会有好结果。"为什么尚塔尔太太的想法在我的想象中都是正方形的呢?我也不知道;不过她所说的话,确实在我的脑海里全都具有这种形状:一个正方形,四角对称的老大的正方形。另有一些人的想法,在我看来总是圆形的并且像圆环一样能够滚动;他们如果就某件事说点什么,一开口那些圆形的想法就滚动而出,越来越多,十个、二十个、五十个,有大的,有小的,我眼看着它们一个接一个地朝前滚,一直滚到天边。还有一些人的想法是尖形的……不过,这都是题外话。

且说我们像以往一样坐下来吃饭,直到晚饭结束,也没有说过什么值得一提的话。

到了吃餐后点心的时候,三王来朝饼端了上来。以往年年都是尚塔尔先生做国王。是连续的巧合,还是家里人的默契,我就不得而知了,反正他总是万无一失地在分给他的那一角糕饼里发现那颗豆子,而且他总是宣布尚塔尔太太为王后。因此,当我咬了一口糕饼,感到里面有个硬邦邦的东西,差点儿崩了我的牙的时候,不免大感意外。我慢慢地把那东西从嘴里掏出来,只见是一个并不比蚕豆大的小瓷人。我惊讶地叫了声:"啊!"人们都向我看来,尚塔尔先生鼓着掌大声喊道:"是加斯东,是加斯东。国王万岁! 国王万岁!"

所有的人都齐声欢呼:"国王万岁!"我顿时脸红到耳根,就像人们遇到有点尴尬的局面常会不由自主地脸红一样。我低着头,两个指头捏着那豆大的瓷人,好不容易露出笑容,却一时间不知道该做什么、说

---

① 此处指巴黎巴士底广场和玛德莱娜广场之间的林阴大道。
② 东京事件:此东京指越南北部。一八八三年法国强迫越南签订《顺化条约》,把越南变为其"保护国"。后又向中国军队发动进攻,挑起中法战争。一八八五年中国军队大败法军,引起法国政局动荡,以致费里内阁垮台。莫泊桑在一八八五年四月七日发表于《吉尔·布拉斯报》的一篇时评中曾写道:"它(法国人民)为被普鲁士战败而感到羞耻,但是为被中国打败而感到荣耀。"

什么。这时尚塔尔先生又说:"现在,该选一个王后啦。"

这一下我更是不知所措了。刹那间,各种各样的想法,各种各样的猜测,闪过我的脑海。会不会是想让我在两位尚塔尔小姐中指定一个呢?会不会是想用这个法儿让我说出更喜欢哪位小姐呢?会不会是做父母的在慢慢地、轻轻地、不露痕迹地促成一桩可能成功的婚事呢?须知婚姻的盘算经常在每一个有大龄女儿的家庭徘徊,而且是采取各种形式、各种伪装、各种手段。我非常害怕被牵连进去;同时路易丝和波丽娜小姐那端庄得让人捉摸不透的态度也让我胆怯之极。从她们之中选一个而冷落另一个,对我来说就像从两滴水中选一滴一样困难。再说,想到可能因为这毫无意义的王位,被人用委婉、不易觉察、平平和和的手段拖进一场婚姻冒险中去而不能自拔,我真的怕得要命。

不过我突然灵机一动,把那个具有象征意义的瓷人递给了珍珠小姐。起初大家都感到意外,接着他们大概对我的精细和周到表示赞赏了,因为他们疯狂地鼓起掌来。他们高喊着:"王后万岁!王后万岁!"

而她,可怜的老姑娘,却慌了神;她浑身发抖,神情惶恐,结结巴巴地说:"这可不行……这可不行……这可不行……别选我……我求您啦……别选我……我求您啦……"

直到这时,我才生平第一次仔细打量珍珠小姐,思忖她究竟是怎样一个人。

我已经习惯于在这个家里看到她,不过就像我从小就常坐的那些绷着绒绣的安乐椅一样,经常看见它们,却从来没有注意过它们。有一天,不知为什么,只因一缕阳光落在那座位上,你会突然对自己说:"嘿,别看这件家俱,倒挺有意思呢";进而你会发现它的木架原来是一位能工巧匠精雕细刻的,布面也美轮美奂。总之,我从来也没有留意过珍珠小姐。

她是尚塔尔家的一员,仅此而已;可是她是怎样成为尚塔尔家的一员的呢?又是以什么身份呢?——这个身材瘦长的女人,虽然竭力不去惹人注意,却不是一个可有可无的人。家里人待她都很友善,胜过一个佣人,但是又不如一个亲人。我过去不在意的一些微妙的差别,现在一下子变得昭然若揭!尚塔尔太太叫她:"珍珠"。姑娘们呢:"珍珠小姐"。尚塔尔先生却只叫她:"小姐",也许态度比她们更要尊重些。

我端详起她来。——她多大年纪了?四十岁?没错,四十岁。——这个姑娘并不算老,只是她故意打扮得老气。这一意外的发现让我深感惊讶。她的发式、衣着和饰物都很可笑,可是尽管如此,她这个人却一点也不可笑,因为她身上有一种朴素自然的优雅气质,只是这优雅的气质含而不露,被她刻意隐藏起来了。真的,多么古怪的人啊!我怎么会从来都没有好好观察过她呢?她把头发的样式弄得古里古怪,梳成一个个滑稽透顶的老气的小卷儿;在这专为圣母保留的发式下面,可以看到一个宁静的大脑门,脑门上有两道很深的皱纹,两道长期的积郁留下的皱纹;再下面是两只大而柔和的蓝色的眼睛,眼神那么羞涩、那么畏葸、那么谦虚,两只美丽的眼睛仍旧是那么稚气,充满了少女时的惊悸、青春期的感受,也充满了往日经历过的忧伤,这非但没有让这双眼睛变得浑浊,反而使它们更显得温柔。

她的整个面孔清秀而又矜持,那是一张并没有经受太多劳苦、磨难或生活中的大喜大悲就已经凋谢和失去光彩的面孔。

多么美的嘴!多么美的牙齿啊!但是她却好像连笑都不敢笑!

我忽然拿她和尚塔尔太太做了个比较!可以肯定地说,她强过尚塔尔太太,强过一百倍,比她优雅,比她高尚,比她值得自豪。

我对自己的观察结果大为惊讶。这时香槟酒斟好了。我向王后举起酒杯,说了一段字斟句酌的赞词,向她祝酒。我看得出她多么想把脸埋进餐巾里。后来,当她的嘴唇终于浸入那清澈的美酒,大家齐声高呼:"王后万岁!王后万岁!"她顿时脸羞得通红,激动得说不出话来。大家都笑了。我看得很清楚:在这个家庭里,人们都很喜爱她。

3

晚饭刚结束,尚塔尔就拉住我的胳膊。他抽雪茄的时间到了,这可是神圣的时刻。他一个人的时候,总是去街上抽烟;如果有客人来吃晚饭,他就上楼到台球室去,一边打球一边抽。这天晚上,因为是三王来朝节,台球室里甚至生起了火;我的老朋友拿起台球杆,一根十分精致

的台球杆,用白粉仔细地打磨了一会儿,然后说:

"你开球,小伙子!"

尽管我都已经二十五岁了,他却总是对我以"你"字相称,因为他在我还是个娃娃的时候就认识我了。

我于是就开了局;我打了几个连撞两球;也有几次打空。由于我的脑子里一直在想着珍珠小姐的事,我贸然问道:

"请问,尚塔尔先生,珍珠小姐是您的亲戚吗?"

他好像很惊讶,停止打球,望着我:

"怎么,你不知道?你不知道珍珠小姐的身世吗?"

"不知道。"

"你父亲从来没有跟你说过?"

"没有。"

"嘿,嘿,真有意思!哈!原来如此,真有意思!啊!不过,这可是一桩不折不扣的奇遇哟。"

他沉吟了片刻,然后接着说:

"今天是三王来朝节,你偏偏在这样一个日子问我这件事,真是太奇怪了!"

"为什么?"

*　　　*　　　*

啊!为什么!你听呀。那已经是四十一年前的事了,四十一年前的今天,三王来朝节。我们那时住在鲁伊-勒陶尔德老城墙上面;不过先得跟你交代一下我们那所房子,你才能听得明白。鲁伊城建在一个山坡上,更确切地说是建在一个俯视一大片牧场的山岗上。我们在那里有一所房子和一座高悬着的美丽的花园,因为那花园被古老的护城墙托举在半空。也就是说房子在城里,在街上,但是花园位在原野里的高台上。那花园也有一个门通向田野,就像小说里常见的,城墙里凿了一道暗梯,下了那暗梯就是这个门。门前有一条大路经过;门口装着一个大钟,因为乡里人送我家采购的生活必需品来,都爱走这个门,免得绕个大弯子。

现在你已经明了那地方的情况,是不是?另外,那一年,三王来朝节的时候,大雪已经连绵不断地下了一个星期。简直像是到了世界末日。我们到城墙上去看平原,只见一马平川白茫茫的,已经结了冰,像涂了一层清漆一样闪亮,不禁感到寒彻骨髓。真像是老天爷把大地打了包,准备送进古老世界的顶楼杂物间似的。我敢向你保证,那景象实在凄凉。

当时我们全家住在一起,人口多,很多,有我的父亲母亲,舅父舅母,两个哥哥,四个表妹;这四个表妹都是标致的姑娘,我娶了最小的一个。这些人当中,活在世上的只有三个人了:我妻子、我和现今住在马赛的我的大姨子。见鬼!好端端一个家庭,凋零到什么样子啊!一想到这儿我就不寒而栗!我呢,那时十五岁;可不,我都五十六岁了。

就要庆祝三王来朝节了,我们都很高兴,真的很高兴!就在大家在客厅里等着吃晚饭的时候,我哥哥雅克忽然说:"有一条狗在平原上叫了有十分钟了,这可怜的畜生想必是迷路了。"

他的话音还没有落,花园的大钟就响起来。那钟声像教堂的钟声一样低沉,令人联想到死人。大家都不禁打了个寒颤。我父亲唤来佣人,叫他去看看。我们都屏声息气地等着,不过都挂念着那覆盖大地的积雪。佣人回来报告说,他什么也没有看见。可是狗还在叫,不住声地叫,而且叫声也没有改变地方。

我们坐下来吃饭;但是都有点紧张,尤其是年轻人。直到吃烤肉的时候一切都还好,后来钟声突然又敲响了,而且接连响了三下,这三下又重又长的钟声震得我们连手指尖都打颤,气都透不过来了。我们面面相觑,手里空举着叉子,内心充满神秘的恐惧感。

终于还是我的母亲说:"真奇怪,过了这么长时间又回来敲钟。巴蒂斯特,再去看看,不过别一个人去;在座的哪位先生陪你去。"

我舅舅弗朗索瓦站起来。他是个大力士,常以自己强壮有力而骄傲,颇有些天不怕地不怕。我父亲对他说:"带一支枪去吧。谁也不知道会是怎么回事。"

但是我舅舅只拿了一根手杖,就立刻同那个佣人一起出去了。

我们留下的人战战兢兢,忧心忡忡,吃不下饭,也无心说话。父亲安慰我们说:"你们等着看吧,不是一个乞丐就是一个行路人在大雪里迷了路。他先敲了一次钟,见没有人立刻给他开门,就想再去找一找路,可是没有找到,便再回到我们的门口来敲钟。"

我们感到舅舅似乎去了一个钟头之久。他终于回来了,气咻咻的,骂着:"什么也没有,他妈的,肯定是个捣蛋鬼!此外,只有那条该死的狗在离城墙一百米远的地方叫个不停。我要是带了一杆枪,就把它毙了,让它住口。"

大家又吃起饭来,不过心里都惴惴不安,感到这件事并没有完,就要发生什么事,那口钟马上还会响起来。

就在人们切三王来朝饼的时候,它果然又敲响了。所有的人都不约而同地站起来。我舅舅弗朗索瓦刚喝了点香槟酒,发誓一定要去杀了"他"。见他怒气冲天,我母亲和舅母连忙跑过去拦住他。我父亲虽然很镇静,而且有点儿腿脚不便(他从马上跌下来摔断了一条腿,从那以后就拖着脚走路),也表示要去,看看究竟是怎么回事。我的两个哥哥,一个十八岁,一个二十岁,跑去拿枪。看到没有人注意我,我就抄起一支气枪,也准备跟随去探险。

探险队立刻出发了。父亲、舅舅和手拿提灯的巴蒂斯特走在前头。哥哥雅克和保尔紧随着他们。我也不顾母亲的劝阻,跟在最后。母亲和她的姐姐以及我的几个表姐在家门口等着。

雪又下了有一个钟头了;树木都覆盖着积雪。枞树几乎被这灰白色的外套压弯了腰,看上去就像一座座白色的金字塔或者一个个巨大的糖锥;透过细密的雪花织成的灰蒙蒙的帷幔,只能隐隐约约看到那些较小的灌木,它们在黑暗中已经变得十分模糊。雪下得那么大,只能看出十步远。多亏那盏提灯在我们前面投下一道耀眼的亮光。开始沿着在城墙体内凿成的转梯往下走的时候,老实说,我害怕起来。就好像有人在我身后走来,这个人就要抓住我的肩膀,把我拖走似的。我真想往回走;可是回家又要穿过整个花园,我更不敢。

我听见通向平原的那扇门打开了;接着,舅舅又骂起来:"妈的,他又走了!这狗杂种,只要看到他的影子,我就一枪干掉他。"

茫茫原野看上去阴森森的,不,不如说感觉到是阴森森的,因为我们根本看不见它;能够看见的只是无边的雪的帷幕,头上,脚下,前面,左面,右面,铺天盖地。

舅舅又说:"听,那条狗又叫了;我这就去让它领教一下我的枪法。还是这样干脆。"

但是我父亲心肠很慈善,他说:"最好还是去找找它,这可怜的畜生是饿极了才叫的。它是在呼救呀,这不幸的东西;它像遇到危难的人一样,在喊我们。咱们快去。"

我们继续前进,穿过那雪幕,穿过那持续、浓密的大雪,穿过那充满黑夜和夜空的飞絮。飞絮冉冉舞动、飘洒、跌落,落在我们的肌肤上,融化了,把我们的肌肤冻僵;就像火燎一样,每当一朵小小的白色雪花触及皮肤,皮肤就会感到迅疾、剧烈的疼痛。

我们在这柔软、寒冷的积雪中一直深陷到膝盖;必须把腿高高抬起来才能迈进一步。我们越往前走,狗的叫声越清楚,越响亮。舅舅突然大喊:"在那儿!"我们就像在夜间遭遇敌人似的,停下来观察。

我呢,什么也没看见;于是紧跑几步,赶到其他人身边,这才看到它。那条狗看上去既可怕又奇特。那是一条大黑狗,一条毛很长、头很像狼的牧羊犬,站在提灯在雪地上撒下的那一长条亮光的尽头。它并不走开,而且顿时安静了下来,注视着我们。

我舅舅说:"多奇怪呀,它不冲上来,也不后退。我真想给它一枪。"

我父亲语气坚定地说:"不,还是捉住它。"

这时我哥哥雅克补充说:"而且不光是这条狗。它旁边还有一个东西呢。"

它身后果然有一个东西,一个灰颜色的东西,没法看得清究竟是什么。我们又开始小心翼翼地往前走。

见我们走近,这条狗一屁股坐在地上。它并没有露出凶恶的样子,倒不如说它在因为终于把人吸引来了而感到高兴呢。

我父亲径直朝它走过去,抚摸着它。那狗舔着他的手;这时我们才发现它被拴在一辆小车,一辆用三四层毛毯包得严严实实的玩具似的小车的轮子上。我们细心地揭开毯子,巴蒂斯特把提灯移进这个像带轮的小窝棚一样的车子的小门,只见里面有个睡着的婴儿。

我们惊异得连话都说不出来了。我父亲首先恢复了镇定。他心地非常善良,又有点容易冲动,当即把手放在车顶上,说:"可怜的弃儿啊,你从此就是我们家的人了。"他随即吩咐我哥哥雅克推着这意外的发现走在前面。

父亲又自言自语地说:"一定是个私生子;可怜的母亲联想到圣婴,所以选在三王来朝节的夜晚来叫我们的门。"

他又停下来,透过夜色,朝着四边的天空放声大喊:"我们把他收下啦!"然后,他把手搭在我舅舅的肩膀上,低声说:"弗朗索瓦,要是你朝狗开了枪,会怎么样呢?……"

舅舅没有回答,但是他在黑夜中画了一个大十字;别看他爱说大话,他可是个虔诚的教徒哩。

系着狗的绳子已经解开,它就跟着我们。

啊!我们回家的情景才有意思呢。我们首先费了好大劲把车子从城墙内的暗梯抬上去;不过我们还是成功了,并且把它一直推到门厅。

我妈妈的神情多么逗呀,她又是高兴又是惊慌。而我的四个表妹(最小的一个当时才六岁),就像四只小鸡团团围住一个鸡窝。最后我们把还在酣睡的孩子从小车里抱出来。那是一个约莫六周大的女孩。在她的襁褓里还发现了一万法郎金币,是的,一万法郎!爸爸把这笔钱存了起来准备给她做嫁妆。这说明她不是穷人家的孩子……而可能是某个贵族和城里的一个小市民阶层女子生的……要不然就是……总之我们作了种种推测,却永远一无所知……一无所知……甚至连那条狗,也没有人认得出来。那狗不是本地的。不过无论如何都可以断言,到我家门口敲了三次钟的那个男子或者那个女子,十分了解我的父母,才选中了他们。

这就是珍珠小姐在出生才六周的时候来到尚塔尔家的经过。

不过,我们叫她珍珠小姐,那是后来的事了。最初给她起的名字是"玛丽-西蒙娜·克莱尔","克莱尔"算作她的姓。

我敢说,当我们带着这个婴儿进入饭厅时,那情形真是有趣极了。她已经醒了,用那双蒙眬、迷离的蓝眼睛看着她周围的这些人和灯光。

大家又重新坐下,分食糕饼。我当上国王,并且像您刚才做的那样选珍珠小姐做我的王后。那一天,她肯定没有想到会有人给她献上这份荣幸。

孩子就这样收留下来,在我们家里抚养。她长大了;多少年一晃就过去。她善良、温柔、随和。所有人都喜爱她;要不是母亲阻拦,我们一定会把她惯得不成样子。

母亲是一个门第观念和等级观念很强的人。她同意像对待自己的儿子们一样善待小克莱尔,但是她又坚持我们之间的距离一定要划清,身份一定要明确。

因此,这孩子刚懂事,她就让她知道了自己的身世,并且以很婉转、甚至很温存的方式向小姑娘的脑海里灌输了这种观念:对尚塔尔家的人来说,她是个养女,是被收容的,总之是个外人。

克莱尔有着罕见的智慧和惊人的本能,她了解自己的处境;而且她知道接受并且严守留给她的这个地位,总是那么有分寸,那么心甘情愿,那么善解人意,常常把我的父亲感动得流泪。

这个温柔、可爱的孩子,满怀热烈的报恩以及甚至有点诚惶诚恐的尽忠之情,连我母亲也被深深感动了,开始叫她"我的女儿"。有时她做了什么对人厚道、体贴入微的事,我母亲就把眼镜推到额头上——这是她心情激动的表示——一迭连声地说:"这孩子,真是颗珍珠,一颗真正的珍珠啊!"——这个名字就这样留给小克莱尔。克莱尔变成了珍珠小姐,我们从此一直这么称呼她。

4

尚塔尔先生沉默不语了。他坐在台球桌上,两条腿晃动着,左手玩弄着一个台球,右手揉搓着一块擦拭写在石板上的得分用的抹布,也就是我们所称的"粉擦"。他的脸微微涨红,声音低沉。他现在已经是在对自己说话了,就仿佛步入了回忆之境,在重又浮现于脑海的联翩的陈迹和往事中缓缓前行,就好像我们重游故乡的花园,我们在那里长大,那里的每一棵树、每一条路、每一种花木:带尖儿的枸骨叶冬青、扑鼻香的月桂、鲜红肥美的果实、一捏就破的紫杉,每走一步就唤起我们过去生活中的一件小事,一件微不足道而又饶有兴味的小事,然而正是这些小事构成了我们人生的实质,人生的内容。

我呢,依然面对着他,背靠着墙,两手拄着那根已经没有用场的台球杆。

他沉静了片刻,又说:"天呀,她十八岁的时候多么漂亮……多么优雅……多么完美……啊! 漂亮……漂亮……漂亮……又善良……诚实……迷人的姑娘哟! ……她的眼睛蓝蓝的……清澈……明亮……这样的眼睛,我从来也没有见过……从来也没有!"

他又沉默不语了。我便问:"她为什么没有结婚呢?"

他回答了,不是回答我,而是回答一闪而过的"结婚"二字:

"为什么! 为什么! 她不愿意……不愿意。尽管她有三万法郎金币的家资,而且曾经有好几个人向她求过婚……可她就是不愿意! 那段时间她好像心情很不好。也就是我娶了现在的妻子——我的表妹小夏洛特的时候,我和她十年前就订婚了。"

我看着尚塔尔先生,仿佛深入到他的灵魂,突然看到发生在诚实、正直、无可指责的心灵中的无数平凡而又残酷的悲剧中的一幕。这悲剧往往埋藏在心里,从不向人吐露,从未有人探索,任何人——哪怕是默默忍受着痛苦的悲剧的牺牲者们——都不知情。

我突然受好奇心的驱使,冒失地问:

"您本来应该娶她的,是不是,尚塔尔先生?"

他打了个哆嗦，看着我，说：

"我？娶谁？"

"珍珠小姐呀。"

"为什么？"

"因为您爱她胜过爱您的表妹。"

他眼睛睁得圆圆的，露出惊异、慌张的神色，注视着我，然后吞吞吐吐地说：

"我……我爱她？……怎么爱？谁告诉你的？……"

"这还用说，一看就知道……您就是为了她才拖了那么久才娶您的表妹，让她苦等了六年。"

他放下左手拿着的那个台球，用两只手抓着那块粉擦，捂着脸，呜咽起来。他哭的样子既可怜又可笑，就像挤海绵一样，鼻涕、眼泪、口水一起流。他咳嗽、吐痰，用粉擦擤鼻涕、揉眼睛、打喷嚏，然后脸上的各个缝隙又开始往外流汤儿，同时喉咙里发出令人联想到漱口的响声。

我呢，又惊慌，又愧疚，真想溜之大吉，因为我不知该说什么，做什么，怎么办才好。

忽然，尚塔尔太太的声音从楼梯里传来："你们的烟快抽完了吧？"

我打开门，大声说："是的，太太，我们这就下来。"

然后，我又连忙跑到她丈夫身边，抓着他的两肘，说："尚塔尔先生，我亲爱的尚塔尔，听我说；您太太在叫您，镇静些，快镇静些，该下楼了，镇静些。"

他结结巴巴地说:"好……好……我就来……可怜的姑娘!……我就来……请告诉她我这就来。"

他开始用那块擦石板上的各种标记已有两三年之久的破布仔细地擦脸;后来脸露出来了,但变成了白一块红一块,额头、鼻子、两颊和下巴都染上了白粉;眼睛还肿肿的,满含着泪水。

我抓着他的手,把他拉到他的卧室,一边小声对他说:"对不起您,非常对不起您,尚塔尔先生,让您难过了……不过……我并不知道……您……您一定能理解……"

他紧握着我的手,说:"是的……是的……谁都有难过的时候……"

说完,他就把脸浸在脸盆里。当他的脸从水里出来时,我觉着还是见不得人;不过我想出一个小小的计策。见他在镜子里看到自己,正有些犯愁,我就对他说:"只要您说眼里掉进了一颗沙子,您就可以尽情地在大伙儿面前哭了。"

他真的用手绢揉着眼睛走下楼。大家都很着急;每个人都要来找那颗根本找不到的沙子,并且还举出一些类似的情况,都是弄到后来不得不去找医生。

我呢,这时已经走到珍珠小姐身边,端详着她。强烈的好奇心折磨着我,这好奇心正在变成一种痛苦。的确,她早先一定很漂亮;她那双温柔的眼睛,那么大,那么宁静,那么开朗,似乎从来也不曾像常人那样闭上过似的。她的打扮是有点儿怪,地道的老处女的打扮,但这只减少了她的姿色而并没有让她显得笨拙。

我刚才在尚塔尔先生的心灵中看到的一切,仿佛在她的身上一目了然;这女子的谦卑、淳朴、忠诚的一生,仿佛从头至尾展现在我的眼前。不过我还是嘴唇痒痒的,忍不住要问问她,想弄明白她是不是也爱过他;她是不是也像他一样默默地承受过漫长、剧烈的痛苦,没有人看得出,没有人知道,也没有人猜得到;但是到了夜间,孤独一人在漆黑的卧室里,就会禁不住暗自悲伤。我望着她,仿佛看到她的心在高领短上衣下面跳动;我暗问:这张纯真温柔的脸是否每晚都在泪水浸湿的枕头里叹息,这身躯是否在燥热难眠的床上抽噎得战栗。

就像孩子们宁可把玩具砸碎也要看看里面到底是怎么回事,我把声音压得低低地对她说:"要是您看见尚塔尔先生刚才哭得多么伤心,一定会可怜他的。"

她不禁哆嗦了一下:"怎么,他哭了?"

"啊!可不,他哭了。"

"为什么哭?"

她好像很激动。我回答:

"因为您呗。"

"因为我?"

"是啊。他对我说,他从前爱过您;没有娶您而娶了他现在的妻子,他付出了多大代价……"

只见她那苍白的脸拉长了一点;那双始终睁大的眼睛,那双宁静的眼睛,一下子合上了,快得仿佛再也不会张开了。接着她便从椅子上滑下去,轻轻地、慢慢地瘫倒在地板上,就像一条滑落的披肩一样。

我大声疾呼:"快来呀!快来呀!珍珠小姐不好啦。"

尚塔尔太太和两个女儿赶紧跑过来;趁她们忙着找水、找毛巾、找醋,我拿了帽子就溜之大吉。

我大步流星地走开,内心却在剧烈地震撼,又是后悔,又是歉疚。不过有时我也暗自高兴,因为在我看来,自己做了一件值得称赞而又很有必要的事。

我自问:"我是做错了?还是做对了?"以前他们把这一切藏在心底,就好像铅弹埋在封闭的伤口里。现在他们是不是轻松些了呢?让折磨他们的旧情重新开始也许为时已晚,但是让他们柔情地怀念那段时光总还来得及。

也许在即将来临的春天的某个晚上,一缕穿过树枝撒在脚边草地上的月光,会令他们触景生情,互相依偎着,互相紧握着手,一起回忆那隐忍在心中的残酷的痛苦;也许这短暂的亲近会在他们身上激起从未领味过的震颤,向这些苏醒片刻的人身上注入转瞬即逝的、神圣的陶醉和疯狂的感觉;而这种陶醉,这种疯狂,在一阵战栗间赋予情人们的幸福,可能比其他人一辈子所获得的还要多呢!

隐　士*

在戛纳①和纳普尔②之间广袤平原的腹地,我和几位友人见过一个隐士,蛰居在一片大树覆盖下的昔日的坟滩上。

回来时,我们谈起这些并非出家人但却离群索居的怪人,这样的人过去屡见不鲜,今天几乎已经绝迹了。我们探讨造成这种现象的心理上的原因,试图弄清是什么样的忧烦把这些人推向了孤独。

一个伙伴突然说:

"我认识两个与世隔绝的人,一个男的和一个女的。女的可能还活着。那是五年以前的事了,她当时住在科西嘉岛海边,一座人迹罕至的山顶的废墟里,离最近的人家也有十五到二十公里远。她和一个女佣一起在那里生活。我去看过她。她以前肯定是一个上流社会的妇女。她接待我的时候彬彬有礼,甚至可以说心情愉快。不过我对她的事一无所知,而且也无从猜测。

"至于那个男的,我倒是可以给你们说说他的悲惨遭遇。"

请各位转过身去。你们会看到在纳普尔城的背后,埃斯特莱尔群峰的前面,有一个绿树茂盛的尖尖的小山,孤零零的清晰可见。当地人叫它蛇山。我说的那个隐士,大约十二年以前,就生活在那个山上的一座古老的小寺院的围墙里。

我听人谈起他以后,就决定去认识认识他。三月的一个早晨,我骑马从戛纳出发。到了纳普尔,我把马留在客店,就开始徒步攀登那座奇

---

* 本篇首次发表于一八八六年一月二十六日的《吉尔·布拉斯报》;同年收入中短篇小说集《小洛克》。
① 戛纳:法国南部濒海城市。
② 纳普尔:法国南部濒海小城。

特的圆锥形的小山。山高约莫一百五十米到二百米。山上长满了芳香植物,尤其是金雀花,香味强烈刺鼻,让人头昏眼花,浑身难受。地上到处是石子;可以经常看到长长的游蛇在碎石地上穿过,消失在草丛里。由此看来蛇山这个俗称也真是名副其实。有些日子,当你攀登向阳的山坡时,游蛇就好像从你脚底下冒出来似的。它们多到让你不敢再往前走,让你有一种异乎寻常的不舒服的感觉,倒不是因为害怕,这些蛇是不伤人的,而是一种神秘的恐惧。我就有好几次产生过这种奇特的感觉,仿佛自己在爬一座古代的圣山,一个香味缭绕、神秘莫测的山丘:满坡金雀花,游蛇麇集,顶上有一座寺院。

这寺院如今还在。至少有人对我说过那曾经是一个寺院。为了不破坏情绪,我也没有多加打听。

就这样,三月的一个早晨,我借口观赏当地的景色,登上了山。到了山顶,果然看见一道围墙,还有一个男子坐在一块石头上。他不会超过四十五岁,虽然头发已经全白,可是胡须几乎还是黑的。他轻轻爱抚着一只蜷缩在他膝头的猫,似乎对我并没有丝毫戒心。我围着废墟绕了一圈;废墟有一部分用树枝、麦秸、干草和碎石盖住、封住,该是他住的地方了。然后我就走到他身旁。

从那里看去,景色真是优美动人。右边,是埃斯特莱尔高原尖尖的重峦叠嶂,奇形怪状;继而是无边的大海,一直延伸到海岬连绵的遥远的意大利海岸。在戛纳的对面,是郁郁葱葱、地势平坦的莱兰群岛,就像漂浮在大海上一样;而最近的一个岛屿上,临海矗立着一座炮楼上筑有雉堞的古老城堡,这城堡干脆就是建在波涛里。

再远处，高耸着阿尔卑斯山脉，山顶上还白雪皑皑，俯瞰着绿色的海岸；视线所及，只见那海岸上一长串白色的别墅和城镇，掩映在绿树丛中，就像沿着岸边产下的数不清的鸡蛋。

我喀嚅道：

"天啊，多美呀。"

那人抬起头来，说："是呀。不过整天看着这个，也就乏味了。"

这么说我的这位隐士也说话，也与人交谈，也有烦闷的时候。他算落在我手里了。

这一天我没有待多久，我只是力图了解他的厌世带有什么色彩。他给我的突出印象是：他憎恨世上的人，厌倦了世上的一切，万念俱灰到了无可救药的地步，对自己也像对其他人一样嫌恶。

我跟他谈了半个小时就离开了。不过一个星期以后我又来了，再过一个星期又来，以后每个星期都来；就这样，不到两个月，我们已经成了朋友。

五月底的一个晚上，我认为时机已经成熟，就带了一些吃的，准备和他在蛇山上共进晚餐。

那是南方处处飘香的一个晚上。就像北方普遍种小麦一样，这个地区的人种花，让妇女们的肌肤和连衣裙散发出香味的各种各样的香精几乎都是这里出产的。那也是这地区的花园和山沟里种的无数橘树花香四溢的一个晚上，香味撩得人心绪烦乱，连老年人也会昏昏然做起怀春的梦。

他接待我的时候显然很愉快；他高兴地答应和我分享晚餐。

我请他喝了一点葡萄酒，他已经没有喝酒的习惯了。趁着酒兴，他对我讲起他过去的生活。我猜想，他以前一定一直住在巴黎，而且是个快乐的单身汉。

我单刀直入地问他：

"您怎么会有这样古怪的念头，跑到这山顶上来住呢？"

他随即回答："啊！那是因为我遭到了人生最沉重的打击。不过何必对您隐瞒这件不幸的事呢，也许您听了会怜悯我哩！再说……我还从来没有对人讲过……从来没有……我很想知道……一旦……别人会怎么想……怎么评论。"

我生在巴黎,在巴黎接受教育,我在这个城市成长和生活。父母给我留下一笔财产,每年能有几千法郎的利息。经人保荐,我又获得一个平凡然而稳当的职位,能过上对单身汉来说可谓富裕的生活。

从青少年时代起,我就过着独身生活。您应该知道独身生活是怎么回事。我自由自在,没有家庭,而且也打定主意不娶一个合法妻子,有时候跟这个女人过三个月,有时候跟那个女人过半年,然后又有一年没有固定的伴侣,只是去寻花问柳。

这种平淡的生活——或者说平庸的生活,您想怎么说都可以——对我很合适,它满足了我天生的东游西逛、多动好变的习性。我在大街上、剧院里、咖啡馆里混日子,总在外面,几乎成了流浪汉,尽管我有自己的住所。我是成千上万在生活中像软木瓶塞一样漂浮的人中的一个;对这些人来说,巴黎的城墙就是世界的边缘,他们对什么都无所谓,对什么都没有热情。我就是世人所谓的好小伙子,没有大的优点,也没有大的缺点。就是这样。我还是有自知之明的。

总之,从二十岁到四十岁,我的生活就是这样说慢也快地流逝了,没有任何突出的事情可言。巴黎单调的岁月过得真快,头脑里没有留下任何值得纪念的往事。这样的岁月既漫长又短促,既平凡又快乐,稀里糊涂地吃呀喝呀,有什么可尝的食物、可吻的女人,就把嘴唇伸过去,哪怕根本就没有什么欲望。那时还年轻,老了才知道虚度了年华,没有依靠,没有根基,没有关系,没有亲人,没有妻子,没有儿女,几乎连朋友也没有!

总之,我就是这样不知不觉、转眼之间到了四十岁。为了纪念四十岁生日,我独自在一家大咖啡馆吃了一顿丰盛的晚餐。我在这个世界上形只影单;我认为孤身一人庆祝这个日子也挺有趣。

吃过晚饭,接下去做什么呢,我犹豫不定。我起先想去剧院;后来灵机一动决定去我当年学过法律的拉丁区旧地重游。于是我穿过半个巴黎,漫不经心地走进一家啤酒馆,那里的侍者其实都是些妓女。

招呼我这一桌的是个年纪很轻的姑娘,长得很俊,有说有笑。我请

她喝一杯饮料,她爽快地接受了。她在我对面坐下,用她那双老练的眼睛打量着我,想知道在跟一个什么样的男人打交道。那是个金发女郎,更准确地说是个金发少女,一个鲜嫩、十分鲜嫩的女孩子,可以想见她那胀鼓鼓的上衣下面的肌体一定红润而又丰满。我像一般人对这类女子常做的那样,对她说了些调情的蠢话。这姑娘确实讨人喜欢,我突然一时冲动,要带她去……还是庆祝我的生日呗。我没有多费口舌,也没有遇到什么困难。她告诉我,她已经空闲半个月了……她答应下班以后先陪我去中央菜市场吃夜宵。

　　我怕她悄悄离开我——谁也不知道会发生什么情况,会有什么人闯进这啤酒馆,女人的头脑里会刮起一阵什么风——所以我整个晚上都待在那里等着她。

　　我也空闲,而且已经空闲一两个月了。我一边看着这羽毛未丰的爱神在桌子间穿梭,一边思忖着是不是跟她订一个合同,包她一段时间。一直到这里,我跟您讲的只不过是一件巴黎的男人们生活中平平常常、司空见惯的事情。

　　请原谅我跟您叨叨这些粗俗的细节。没有经历过富有诗意的爱情的人,挑选女人也只能像去肉铺选购排骨一样,别的不管,只看肉的质量。

　　总之,我跟她到了她的家——因为我对自己的被褥多少还有几分敬意。那是一间小小的女工的居室,在六楼,寒酸但是挺干净。我在那里美美地过了两个小时。那个小姑娘,真是少有的娇媚和温柔。

临别的时候，我跟还躺在床上的小姑娘约好了下次见面的日子，便走过去按规矩把酬金放在壁炉台上。就在这时，我隐约瞥见炉台上放着一个座钟、两个花瓶和两张照片，其中的一张已经很旧了，是那种俗称"达格雷照片"的印在玻璃上的照片。我随意俯身细看，那是一张肖像。我顿时愣住了，这太意外了，我简直弄不懂是怎么回事了……原来那是我的照片，我的第一张肖像照……我从前在拉丁区上大学的时候照的。

我猛地把那张照片抓过来仔细端详。我没有看错……事情是那么突然而又荒唐，我几乎笑出声来。

我问："那位先生是什么人呀？"

她回答："是我父亲；不过我没见过他。妈妈留给我的，嘱咐我保存好，说不定有一天有用……"

她犹豫了一下，接着说："说实在的，我也不知道有什么用。我不相信他会来认我。"

我的心像一匹受惊的马狂奔一样怦怦乱跳。我把那张照片平放在炉台上，把口袋里仅有的两张一百法郎的钞票全都压在上面，连自己也不知道在做什么，然后就一边往外跑一边喊："回头见……再见……亲爱的……再见。"

我摸索着走下黑暗的楼梯时，听见她回答："星期二见。"

走到外面，我发现在下雨；我便随便沿着一条路，大踏步离去。

我就像芒刺在背，心乱如麻，一面朝前走，一面绞尽脑汁回忆着往事。这可能吗？——是的。——我突然想起一个姑娘，在我们断绝了关系一个月以后，给我写过一封信，说她怀了我的孩子。我把那封信撕毁烧掉，就把这件事抛在脑后。我真应该好好看看小姑娘炉台上那张女人的照片。可是我还能认得出她来吗？印象中，那好像是一个老年妇女的照片。

我走到河边，看见一条长凳，就坐下来。雨还在下。不时地有几个打着雨伞的行人走过。我感到生活是那么卑污可憎，充满了有意无意的劣迹、丑行和罪孽。我的女儿！……我刚才占有的也许就是我的女儿！……而在巴黎，在这阴沉、忧郁、泥泞、凄凉、黑暗、门关户闭的偌大的巴黎,通奸、乱伦、强暴幼女之类的事情比比皆是。我不禁想起听人说过:在一些桥上经常有无耻的色狼出没。

而我却在无意中,在不知情的情况下,干下了比这些无耻之徒还要卑劣的事情。我钻进了自己女儿的被窝!

我几乎要投河自尽。我简直疯了! 我四处游荡直到天明,然后就回家去思索。

我做了看来是最明智的事:我自称受朋友之托,请一位公证人把那个小姑娘找来,问她母亲是在什么情况下把她当作父亲的那个人的照片交给她的。

公证人按照我的要求做了。那个女人是在临终前的病榻上,当着一个教士的面,对她说这照片上的人就是她父亲的。人们还把那位教士的名字告诉了我。

于是,依然借用那个没人认识的朋友的名义,我把我的一半财产,大约十四万法郎吧,给了这个孩子,规定她只能动用利息;然后我就辞去职务,来到这里。

我在这一带海岸游荡的时候,发现了这座山,就在这儿留下了……会待到什么时候……我也不知道!

"您对我做的这一切……有什么想法呢?"

"您已经做了应该做的事。对于这种在劫难逃的可怕遭遇,很多人也许不会像您这样认真呢。"

他接着说:"我知道;不过,我,却几乎因此而发疯了。看来我的心灵特别脆弱,自己却从来也没有发现。现在,我害怕巴黎,就像信教的人害怕地狱一样。我遭到过当头一击,事实就是如此,这打击就好比一块瓦掉下来,正好砸在一个行路人的头上。最近我已经好些了。"

我告别了我的隐士。他的故事让我激动不已。

我又去看望过他两次,后来就离开了,因为五月底以后我是从来不会待在南方的。

第二年我再来时,他已经不在蛇山;此后我再也没有听人说起过他。

这就是我那位隐士的故事。

魔　鬼[*]

　　庄稼汉站在重病垂危的母亲床前,面对着医生。老太婆很平静,已经准备好顺从天意,头脑十分清醒。她看着两个男人,听着他们谈话。她就要死了;她并不抗拒,因为她的大限已到,她已经九十二岁了。

　　七月的阳光从敞开的门窗涌进来,将它炽热的火焰投射在被几代庄稼人的木屐踩实了的高低不平的泥土地面上。田野的气息也被炙人的风吹了进来;还有那正午的骄阳烤煳了的青草、小麦和树叶的气味。蚱蜢连续不断的清脆的嘶鸣,就像集市上卖给孩子们的叽叽嘎嘎叫的木制蝗虫,声嘶力竭,充溢了田野。

　　医生提高了嗓门,说:

　　"奥诺雷,你母亲病到这样,你不能让她一个人待在家里。她随时都会过去的!"

　　庄稼汉虽然不无歉疚,可是他反复说:

　　"我总得把麦子运回来吧;搁在地里的时间已经太长了。赶巧,今天天气又好。您说呢,老妈?"

　　老太太气息奄奄,可依然不改诺曼底人斤斤计较的禀性,她闪闪眼睛,皱皱眉头,做了个"对"的表示,鼓励儿子:即便让她一个人孤零零地死在这里,也要去把麦子运回来。

　　但是医生发火了,他跺着脚说:

　　"您是个畜生,听见吗!我绝不会容许您这么做,听见吗?您要是万不得已非得今天去运麦子不可,那就去找拉佩太太来吧,当然啰!要请她来看护您母亲。我坚持要求您这样做,听见吗?如果您不照我的

---

[*] 本篇首次发表于一八八六年八月五日《高卢人报》;一八八七年收入中短篇小说集《奥尔拉》。

话办,轮到您生病的时候,我就让您像野狗一样死掉,听见吗?"

庄稼汉是个干瘦的大个子,动作慢吞吞的。他犹豫不定,既害怕医生,又希望节省,左右为难。他迟疑着,盘算着,咕哝道:

"请拉佩太太来看护,得花多少钱?"

医生嚷道:

"我,我怎么知道?那要看您请她看护多长时间。您去跟她商量吧,见鬼!不过我希望一个小时以后她就到这里,听见吗?"

庄稼汉终于下了决心:

"我这就去,我这就去;千万别生气,医生先生。"

医生走了,临走时又打招呼:

"您要知道,您要知道,您得当心,因为我这个人,生起气来是不开玩笑的!"

等只剩下他一个人的时候,庄稼汉转过身去面向母亲,忍气吞声地说:

"我去找拉佩太太;这个人,他非要我这样。别担心,我就回来。"

说罢他也走了出去。

拉佩大妈是给人熨烫衣服的,也捎带着为本镇和附近村镇的人家照看死人和临终的人。她经常是:刚把顾客缝进他们再也钻不出来的棺罩,就回家拿起熨斗熨烫活人的内衣。她的脸像隔了年的苹果一样皱纹累累;她脾气暴,好嫉妒,出了格地小气,背驼得几乎一叠两折,仿佛是无休止地拿着烙铁在布上运动累断了腰似的。她似乎对人的垂危状态有一种令人胆寒和恬不知耻的癖好。她别的不谈,只爱谈她亲眼看着死去的人和亲身参加过的五花八门的死亡场面;她讲起来细致入

微,不过千篇一律,就像猎手讲述他一次次如何放枪一样。

奥诺雷·彭当走进拉佩太太家时,她正在调配替乡下妇女染细布绉领的蓝靛液。

他说:

"喂,晚上好呀;一切如意吗,拉佩太太?"

她回过头来对他说:

"老样子,老样子。您呢?"

"哦!我嘛,还可以,只是我母亲不行了。"

"您母亲?"

"是呀,我母亲。"

"您母亲怎么啦?"

"她快闭眼了!"

老妇人把她的手从蓝靛液里抽出来,青蓝透明的染液滑到她的手指尖,再一滴滴落到小木桶里。

她突然关切地问:

"有这么糟吗?"

"医生说她过不了午后。"

"这么说情况一定很糟了!"

奥诺雷犹豫了一下。在提出准备好的建议以前,他本应该有所铺垫。但是他找不出什么话说,就突然下定决心说:

"要是请您看到最后,得多少钱?您知道我不是有钱人。我连一个女佣人也雇不起。就因为这个,她才累倒了,我可怜的母亲,她太操劳,太辛苦了!她一个人顶十个人干活,也没碍着她活到九十二岁。谁也不能像她这么干!……"

拉佩太太一本正经地说:

"有两种价钱:有钱人,白天四十苏,夜间三法郎;其他人,白天二十苏,夜间四十苏。您就给我二十苏和四十苏吧。"

可是庄稼汉心里还在合计。他太了解他母亲了。他知道她多么有耐力,多么顽强,多么能死撑硬顶。尽管医生说她快完了,也许还能再拖一个星期呢。

他坚定地说：

"不行。我宁愿您给我开个价，一直看到完事多少钱。咱们双方都碰碰运气。医生说她很快就要死了。要真是这样，算您走运，我倒霉。要是她拖到明天，甚至更久一些，算我走运，您倒霉！"

拉佩太太颇感意外，用眼睛打量着庄稼汉。她还从来没有跟人谈判过包到病人死的服务。她迟疑着，显然已经被这个碰运气的想法打动了。可是她很快就怀疑对方想坑她。

"我现在不好说，我得先看看您母亲。"她回答。

"那现在就去看吧。"

她擦干了手，就随他出去。

他们一路上没有搭腔。她急忙地捣着小碎步；他呢，两腿跨距大大的，好像每一步都要迈过一条小溪。

散卧在田野里热得气喘吁吁的母牛，费劲地抬起脑袋，朝这两个过路人发出一声无力的哞叫，向他们讨一口新鲜的青草。

快走到家门口时，奥诺雷·彭当低声说：

"会不会已经完事了呢？"

这无意识的愿望也表现在他的声音里。

但是老太太并没有死。她仍然仰面躺在简陋的床上，两手搭在紫色印花布的被面上；那两只手，枯瘦如柴，青筋暴露，就像古里古怪的动物，或者螃蟹；因为患风湿、劳累和干了近百年的粗活而紧紧攥着。

拉佩太太走到床边，仔细观察垂死的病人。她诊诊老太婆的脉，敲敲她的胸脯，听听她的呼吸，问了她几个问题以便听听她说话的情况；然后她又察言观色了好一会儿，这才跟奥诺雷走了出去。她已经有了定见：老太太今晚不会走。奥诺雷问：

"怎么样？"

拉佩太太回答：

"这个嘛，还会拖两天，也许三天。全都包了，您给我六法郎吧。"

他大呼起来：

"六法郎！六法郎！您昏头了不成？我跟您说了，我母亲也就只有五六个钟头的活头儿，不会再长了！"

他们讨价还价了好一会儿,两个人都争得面红耳赤。由于拉佩太太要走了,由于时间过得很快,由于田里的麦子不会自己回家,他终于同意了:

"好吧,就这么说吧,六法郎,全包了。直到把尸体抬走。"

"一言为定,六法郎。"

说罢,他就迈开大步,向躺在地里的麦子走去。烈日当空,将要收获的庄稼正在加速成熟。

拉佩太太回来了。

她把她的活计也带了来。无论看将死的人还是已死的人,她的工作是不会撂下的,有时替她自己做,有时替雇她的人家做些另外的活儿,可以得一份额外的报酬。

她突然问:

"彭当大妈,您总该行过圣事了吧?"

老农妇摇摇头表示"没有"。拉佩太太是虔诚的教徒,她猛地站起身来。

"天主啊,这怎么可以呢? 我这就去找本堂神父先生。"

于是她匆匆向本堂神父的住宅走去。她走得那么急急忙忙,在外面玩耍的孩子们见她一路小跑,还以为又发生了不幸的事呢。

教士很快就来了。他身穿法衣,由一个唱诗班童子开道;那童子边走边摇着小铃,宣告天主在这炙热而又宁静的田野里经过。远处干活的男人们摘下大帽子,伫立不动,直到那白色的法衣消失在一个农庄的背后;拾麦穗的妇女们抬起身来,在胸前画一个十字。受了惊吓的黑毛母鸡一颠一颠,沿着圩沟左右摇摆着仓皇逃奔,到了一个显然熟悉的窟窿,便钻进去突然失踪。一头拴在草地上的马驹见了法衣大为惶恐,在缰绳长度的范围内转起圈来,一边连连尥着蹶子。那个身披红色罩衣的唱诗班童子走得很快;教士的头歪向一个肩膀,头上戴着一顶黑色四角帽,口里轻声念着经文紧跟着他。拉佩太太走在最后,腰向前弯得低低的,几乎折成两截,好像在教堂里,双手合十,匍匐前行似的。

奥诺雷远远地看着他们走过。他问:

"他去哪儿,咱们的本堂神父?"

他的雇工比他机敏,回答:

"他带着慈悲的天主去您母亲那儿呗,当然啰!"

庄稼汉毫无异样感觉似的:

"很可能是这么回事,没错!"

说完他又干起活儿来。

彭当老妈作了忏悔,接受了赦罪,领了圣体;教士回去了,只有两个女人留在令人气闷的茅屋里。

于是拉佩太太开始观察快死的老太婆,自问她是否还能拖很久。

太阳西垂。空气清凉一些了,随着强劲了一点的微风吹进来;一幅用两枚大头针钉在墙上的艾皮纳尔版画①被风吹舞着;已经泛黄而且布满苍蝇屎的小窗帘,像老太太的灵魂一样,仿佛在挣扎,要飞起来,想飘走似的。

老太太呢,一动不动,大睁着两眼,似乎在等待那近在咫尺却又迟迟不到的死神。她呼吸急促,在紧绷的嗓子里发出轻微的哨声。如果她待会儿停止呼吸了,世上就少了一个谁也不会惋惜的女人。

夜幕降临的时候,奥诺雷回家了。他走到床前,见母亲还活着,便问:"怎么样?"

往常母亲不舒服的时候,他总是这么问的。

然后他就让拉佩太太回去,并且嘱咐她:

"明天,五点钟,别晚了。"

她回答:

"明天,五点钟见。"

果然,第二天天一亮,她就来了。

奥诺雷在下地干活以前,正吃着自己做的饭。

拉佩太太问:

"怎么样,您母亲过去了吗?"

他眼角调皮地眨了一下,回答:

---

① 艾皮纳尔版画:艾皮纳尔为法国孚日省省会,当地民间版画素负盛名。

"她反倒好了一些呢。"

说完他就走了。

拉佩太太顿时着急起来,她走近垂危的老太太,见她还是老样子,呼吸困难但是面无表情,眼睛睁着,两只肌肉已经收缩的手搁在被面上。

看护妇立刻明白了:照这样下去,这事儿可能再拖两天,四天,一个星期;一阵恐惧令她那吝啬鬼的心万分痛苦;同时一股无名怒火让她对那个耍弄了她的狡猾的家伙和这个赖着不死的女人恨得咬牙切齿。

不过她还是做起活儿来,眼睛紧盯着彭当老太的满是皱纹的脸,等待着。

奥诺雷回来吃午饭了;他像是很高兴,几乎还带着嘲弄的神色。他吃完饭又走了。他一趟趟往回运着麦子,显然,时机再好不过了。

拉佩太太却越来越恼火;现在,流逝的每一分钟,在她看来都是从她那儿偷走的时间,也就是从她那儿偷走的钱。于是她生出一种欲望,一种疯狂的欲望:掐住这头老母驴、这个老顽固、这个老赖皮的脖子,稍微掐紧一点,掐断这偷她时间和金钱的轻微急促的气息。

不过后来她考虑到这样干太危险,于是她脑海里又出现了其他的计策。她走到床边。

她问:

"您见过魔鬼吗?"

彭当老太低声说:

"没有呀。"

于是看护妇就打开话匣子,给她讲了一些故事,故意吓唬垂死者那已经十分脆弱的心灵。

她说:人咽气以前几分钟,魔鬼就会出现在将死者的眼前;它手拿一把扫帚,头上套着一口锅,高声喊叫;人只要见到魔鬼,那就完了,马上就会死。她还举出当年所有见过魔鬼现身而且都是当着她的面见过魔鬼现身的人的名字:约瑟凡·洛瓦塞尔、欧拉莉·拉季埃、索菲·帕达纽、塞拉芬娜·格洛斯皮埃。

彭当老太终于紧张起来,惊慌万状,两手颤抖,试图扭过头去看看房间深处。

拉佩太太突然在床脚消失了。她从衣柜里拿出一条被单,把自己裹起来;她将一口锅套在头上,锅的三个短而弯曲的腿像三只角一样竖着;她右手抓起一把扫帚,左手抄起一个白铁罐,把铁罐猛地高高抛起,好让它落地有声。

白铁罐摔到地上,果然发出巨大的响声。看护妇连忙爬到一把椅子上,掀起挂在床脚的帐子,现身了。她张牙舞爪;用白铁罐遮住脸,向罐子里尖声嘶喊;像布袋木偶戏里的魔鬼一样挥动扫帚,吓唬奄奄一息的老农妇。

垂死的病人失魂丧胆,满眼惊恐,使出超人的力气,想起身逃跑。她的肩膀和胸部甚至已经钻出被窝;不过紧接着她就吁了一口长气,倒了下去。完了。

拉佩太太不慌不忙地把道具都物归原处:扫帚放在大衣柜旁的一个角落里,被单放进大衣柜,锅搁到灶台上,铁罐放到架板上,椅子靠着墙。诸事停当,她用十分专业的动作合上死者瞪得老大的眼睛;把一个盘子放在床头,往里面倒些圣水,又把钉在五斗柜上的杨木圣枝取下浸在圣水里;然后她便跪下来,满怀虔诚地念诵起追思亡人的经文来。由于职业的需要,这些经文她能倒背如流。

到了晚上,奥诺雷回来了。见她在祈祷,他立刻就计算出她多赚了他二十苏,因为她只花了三天一晚的时间,一共只该付她五法郎,而不是六法郎。

坑*

"殴打致伤,诱发死亡。"这是地毯商莱奥波德·勒纳尔被刑事法庭传唤出庭的主要罪名。

在他周围的是几位主要证人:受害人的未亡人弗拉麦什太太,一个名叫路易·拉杜罗的细木工人,还有一个名叫让·杜尔当的管子工。

在犯人旁边的,是他的妻子;她穿一身黑衣,个子矮小,长相丑陋,活像一只装扮成贵夫人的猴子。

下面就是莱奥波德·勒纳尔对这出悲剧的陈述:

我的天主啊,这的确是一件不幸的事;不过自始至终我才是这件事的第一个受害者,而且这件事的发生绝不是出于我的本意。事实是最能说明问题的,庭长先生。我是一个诚实的人,一个勤劳的人,在我那条街上做地毯生意十六年如一日;大家都认识我,尊敬我,看重我,就像我的街坊邻居,甚至女门房所证明的那样;她可不是一个每天都爱开玩笑的人。我喜欢工作,喜欢节俭,喜欢诚实的人和正当的娱乐。可是该当我倒霉,正是这一点害了我。不过那件事不是出于我的本意;我还是像过去一样尊重我自己。

事情是这样的:说话有五年啦,我妻子跟我,我们每逢星期日都到普瓦西①去消磨时间。到那里可以呼吸到新鲜空气,且不说我们还喜欢钓鱼,唉,是呀,我们非常喜欢钓鱼。这个爱好还是梅莉②传给我的;这恶婆娘,她比我还热衷钓鱼。这个泼妇哟,这件事带来的不幸全是她

---

* 本篇首次发表于一八八六年十一月九日《吉尔·布拉斯报》;一八八七年收入中短篇小说集《奥尔拉》。

① 普瓦西:巴黎西面的一个城市,位于塞纳河畔。
② 梅莉:勒纳尔太太的爱称。

引起的,您下面就会看到。

我呢,别看我很强壮,我可是个性情温和的人,一点儿也不凶。至于她!哎呀呀!她呀,外表上一点儿也看不出,因为她长的又小又丑;嘿,其实比黄鼠狼还要鬼呢。我不否认她有不少长处;做商人,她的确是一块好材料。至于她的脾气,请您去跟左邻右舍,甚至可以去跟刚才为我辩白的女门房打听……她们会告诉您一些闻所未闻的事儿。

她每天都责怪我太温和了:"换了我,这件事上我可不会任人摆布,那件事上我可不会任人摆布!"要是听她的,我一个月至少要打三次架……

勒纳尔太太打断他的话说:"你就嚼舌头吧;最后再看谁是谁非。"

他向她回过头去,毫不掩饰地说:

"喂,我只能把责任往你身上推;反正你……你跟此案无关。"

然后,他又把脸转向庭长:

我再接着说。我们就这样每星期六晚上到普瓦西,为的是第二天一清早就可以在那儿钓鱼。对我们来说,这已经成了一种习惯,就像人们常说的,这已经成了我们的第二天性。说来到今年已经有三年了,我发现了一个地方,那真是一个奇妙的地方。哎哟哟,那地方在树荫下面,水深至少有八尺,甚至可能有十尺,是一个深坑,嘿,岸边下面还有回流;那可是一个不折不扣的鱼窝,一个钓鱼人的天堂。这个坑,庭长先生,可以说是属于我的,因为我是它的克里斯托福罗·哥伦布①。当地所有人都知道这件事,所有人对这件事都没有异议。而且人们一提起来就说:"那里,是勒纳尔先生的地儿。"所以谁也不会去占那个地方,连普吕莫先生也不会去,虽说他抢别人位子是出了名的;我这么说可绝没有冒犯他的意思。

所以呀,就因为对我那个地方非常有把握,我每次去的时候都像业主一样理所当然。每个星期六,我一到普瓦西,就跟我妻子登上"达利拉",也就是我们的挪威式小船②。这艘船是我们在富尔内斯船厂订造

---

① 克里斯托福罗·哥伦布(约1451—1506):意大利航海家。
② 挪威式小船:一种船首呈圆弧形且翘起,便于靠岸的船。

的,这家伙既轻巧又坚固。我说到我们上了船,然后我们就去下饵。在下饵方面,我是没人可比的,那些伙伴们,他们都知道。——您要是问我下的是什么饵,我可不能回答。这跟这回出事没有半点关系;我不能回答,这是我的秘密。——问过我的人不下二百号啦。还有人请我喝烧酒、吃油炸鱼,甚至水手鱼①,就想引我谈这个!! 去看看那些雅罗鱼来不来吧。是呀,甚至有人跟我拍肚皮假装亲热,其实就是想知道我的秘方……只有我妻子知道……不过她也跟我一样不会说出来的!……不是吗,梅莉?……

庭长打断了他的话:

"快说正题。"

被告接着说:我这就说到,我这就说到。七月八号星期六那一天,我们是搭五点二十五分的火车出发的。照每个星期六的老规矩,我们在晚饭前就去下饵了。看样子会有个好天气。我连声对梅莉说:"明天,一定非常好,非常好!"她也回答:"很有希望。"我们俩在一块儿,不谈别的,只谈钓鱼。

下了饵,我们就回去吃晚饭。我很高兴,因此来了酒兴。一切都因此而起,庭长先生。我于是对梅莉说:"喂,梅莉,天气真好;咱喝一瓶'睡帽'好吗?"那是一种白烧酒;我们这么称呼它,因为这种酒要是喝得太多了,会让您睡不着觉,就像戴上了睡帽。您一定懂得。

她回答我:"你要喝随你的便,不过你又会生病的;怕你明天起不来。"

的确,她说得很有道理,很明智,很谨慎,很有先见之明,我承认。可是我没有能控制住自己,我喝了一整瓶。一切问题都是打这儿来的。

就这样,我迟迟未能睡着。见鬼!这顶葡萄酒做的帽子,我一直戴到半夜两点钟。后来,扑腾,一下子睡着了;可是一睡不醒,就是天使大声宣布最后的审判我也听不见。

总之,我妻子早上六点钟摇晃我,我才醒。我一骨碌跳下床,急急忙忙穿上短裤和上衣,胡乱地抹了一把脸,我们就跳上"达利拉"。可

---

① 水手鱼:加酒和洋葱烹调的鱼。

是太晚了！当我到达坑边的时候，它已经被人占据了！这种事还从没有发生过，庭长先生，三年以来从没有发生过！这件事对我的刺激，简直就像有人在我眼皮底下抢劫我似的。我说："他妈的，妈的，妈的！"我妻子开始跟我啰唆了："怎么样，叫你喝'睡帽'呀！去呀，酒鬼！高兴了吧，大傻瓜？"

我无言以对；这一切，都是真的。

可我还是在那个地方的旁边上了岸，想尽量分一点剩菜残羹。那个人，也许他一无所获呢？那么他很快就会走了。

那是个又矮又瘦的家伙，穿一身白色亚麻布衣裳，戴着一顶大草帽。他妻子也在那儿，是个胖子，在他身后做绒绣。

见我们在那个地方的附近安顿下来，那女人嘀嘀咕咕地说："难道这条河边就没有别的地方了吗？"

我妻子气坏了，回敬道：

"要是懂礼貌，在占用别人保留的地盘以前，就应该先打听一下当地的习惯。"

我不想生出是非来，便对妻子说：

"别说了，梅莉。随他们去，随他们去。咱们等着瞧。"

我们把船停泊在柳树下面，便上了岸；梅莉和我并排坐着，在紧靠那两口子的地方，钓起鱼来。

说到这里，庭长先生，我得讲得细些了。

我们到那儿还不到五分钟，我旁边的那位的渔线就开始下沉了，两次，三次；然后他就钓起了一条，一条有我大腿这么粗的雅罗鱼；也许没那么粗，反正差不离！我呢，我的心怦怦直跳，两鬓都渗出汗来；只听梅莉冲我说："喂，醉鬼，看见了吧，那个家伙！"

这当儿，专钓鲍鱼的普瓦西的食品杂货商布吕先生，划着船打这里经过，对我嚷道："有人占了您的地儿，是不是，勒纳尔先生？"我回答他："是啊，布吕先生，这世上就是有些不文明的人，连起码的规矩都不懂。"

我身旁那个穿白色亚麻布衣服的小矮子装作没听见；他老婆也装聋作哑。他那个胖老婆，简直像一头牛犊。

庭长第二次打断他的话,说:"注意!您在侮辱在场的未亡人弗拉麦什太太。"

勒纳尔连忙道歉:"对不起,对不起,我有些冲动。"

后来,过了一刻钟的工夫,穿亚麻布衣服的小矮子又钓上来一条,一条雅罗鱼;接着几乎马上又是一条;五分钟以后,又是一条。

我呢,我的眼泪都出来了。而且我感到勒纳尔太太简直要发狂了;她不停地跟我唠叨:"啊!不幸啊!那是你的鱼,你不觉得他在偷你的鱼吗?你不觉得吗?你在这儿什么也钓不到,一只青蛙也钓不到,什么也钓不到,钓不到。噢,一想到这儿,我就恨得手发痒。"

我呢,心里想:"咱们等到中午吧。这个偷渔者,他总要去吃午饭,那时我就把我的位子收回来。因为我,庭长先生,我每个星期日都是在现场吃午饭的。我们把食物放在'达利拉'上运来。"

啊!妈的!到十二点了!这坏蛋,他居然在报纸里包着一只烤鸡,而且就在他吃的时候,他又钓上来一条,一条雅罗鱼!

梅莉和我,我们也随便吃了点东西,就那么一丁点,几乎等于没吃,没心思吃。

接着,为了帮助消化,我拿起我带来的报纸。每个星期日,我都像这样,在河边,树荫下面,读《吉尔·布拉斯报》。这是有科隆比娜专栏文章的日子。您肯定知道,科隆比娜,给《吉尔·布拉斯报》写文章的。我平常总爱自称认识她,这个科隆比娜,让勒纳尔太太急得直跳脚。其实不是真的,我并不认识她,甚至从来没有见过她,不过这也没有什么关系,她文章写得确实很好;另外,她讲的那些事儿,对于一个女人来说,是无懈可击的。在我看来,她很对我的胃口,像她这样的女人不多见①。

我又开始逗我太太,可是她立刻就火了,而且态度很僵硬,没完没了啦。于是我不再言语。

就在这时,今天在场的我们的两位证人,拉杜罗先生和杜尔当先

---

① 《吉尔·布拉斯报》是莫泊桑经常为之撰稿的一家报纸。有两个署名"科隆比娜"的作者曾为该报撰稿人,但均非女性。

生,从河对岸过来了。那时候我们还只是面熟。

小矮子又钓起鱼来。他钓的越多,我战栗得越厉害。他的妻子又开腔了:"这个位子真是好极了,我们以后就到这儿来,戴西雷!"

我呀,只觉得一股凉气蹿上我的脊背。勒纳尔太太在一边唠叨着:"你不像个男子汉,你不像个男子汉。你血管里流的是鸡血。"

我突然对她说:"喂,我还是走开吧,不然我怕干出什么蠢事来。"

可她只顾给我煽风,就好像她放了一块烙铁在我鼻子底下:"你不像个男子汉。瞧呀,现在,你要逃跑啦,你要把你的位子让出去啦! 走呀,巴赞①!"

这一下,我感到被触痛了,可是我并没有动摇。

可是那边的一位呢,他这时钓上了一条欧鳊鱼。噢! 我还从来没见过这么大的欧鳊鱼,从来没见过!

这时候我妻子又高声讲起话来了,她的想法激烈所以嗓门也高。您看从这儿开始就撕破脸皮了。我妻子高声说:"这个嘛,就可以叫作偷鱼,因为那地方是我们下的饵。至少也应该把我们下饵花的钱还给我们吧。"

现在轮到穿亚麻布衣服的小矮子的胖老婆说话了:"您这是在骂我们吗,太太?"

"我是在骂偷鱼贼,别人花的钱,他们捞好处。"

"您是叫我们偷鱼贼吗?"

---

① 巴赞(1811—1888):法国将军。在一八七〇年至一八七一年的普法战争中战败投降。

就这样她们争执起来,进而又互相责骂起来。妈的!这些骚女人,唇枪舌剑在行着呐,还会恶语伤人。她们争吵得那么凶,连对岸我们的两个证人也跟着开玩笑地大声叫嚷:"哎!那边的,安静点儿。你们要妨碍你们老公钓鱼啦!"

事实上,穿亚麻服的小矮子和我都像树桩一样原地没动。我们待在那儿,脸还是冲着水面,就好像没听见似的。

真他妈的,其实我们什么都听见了:"你是个撒谎精。""你是个破鞋。""你是个臭婊子。""你是个养汉的。"再接着骂呀,再接着骂呀。一个水手会的脏话也不见得有你们多。

突然,我听见身后扑通一声。我回过头去,只见那个女的,那个胖女人,正冲过来用阳伞打我妻子。砰!砰!梅莉已经挨了两下。这一下梅莉动怒了;而她一发起怒来,是要打人的。她揪住胖女人的头发,啪!啪!啪!耳刮子就像熟透的李子掉在地上一样落在那女人的脸上。

我呢,我本来会让她们厮杀下去不过问的。女人对女人,男人对男人嘛。要打,也得男女有别。不料,那个穿亚麻服的小矮子像凶神恶煞似的站了起来,要向我妻子扑过去。啊,这可不行!啊,这可不行!不能这样,伙计。我于是挥动老拳迎接这个家伙。嘣!嘣!一拳打中他的鼻梁,一拳击中他的肚子。他手脚朝天,跌到河里,而且正好跌到那个坑里。

我本来肯定会把他救起来的,要是我能马上腾出手来。可是糟糕的是,胖女人现在占了上风,她正狠狠地在梅莉身上又掐又弄。我当然知道,当那一位喝着水的时候,我不该去营救我妻子。但是我没有想到他会淹死。我还心想:"没什么,这样可以让他清醒清醒。"

所以我就跑过去,试图拉开两个婆娘。但是我却遭到一顿痛击,又是拳头捶,又是指甲抓,又是牙齿咬。妈的,这些女人多么凶恶!

总之,我足足用了五分钟,也许十分钟,才拉开这两个打得不可开交的女人。

这时,我再回头一看,河面平静得像湖面一样。只听对岸的人呼叫:"捞起他来,捞起他来。"

这话,说起来容易;可是我,我不会游泳,更不会潜水呀!

最后水坝管理员来了,还有两位带着挠钩的先生,就这还用了一刻多钟的时间。他们在那坑的底部,就像我前面说的,在八尺深的水底下,找到了他;穿亚麻服的小矮子就在那里!

我可以发誓,事实就是这样。我以名誉担保,我是无辜的。

*   *   *

证人们的陈述大同小异;被告被宣判无罪。

爱　情*

——三页猎人笔记

我刚才在报纸的社会新闻栏里读到一出爱情悲剧。他杀了她,然后自杀,因此他是爱她的。他和她与我何干？对我来说,重要的是他们的爱情故事。而他们的爱情故事让我感兴趣,也不是因为它令我感动,令我惊奇,令我兴奋不已,或是令我浮想联翩;而是因为它唤起了我青年时代的一段回忆,一段关于狩猎的奇特的回忆;在那次狩猎时,"爱情"呈现在我的脑海,就像十字架在天空中出现在最早的基督徒眼前一样。

我生下来就具有原始人所有的本能和感觉,只是被文明人的理论和感情压抑了。我酷爱打猎;然而鲜血直流的动物,羽毛上的血,粘满双手的血,会让我揪心得要眩晕过去。

那一年,将近秋末,天气突然冷起来,我被表兄卡尔·德·劳维尔叫去,同他一起在黎明时去沼泽地打野鸭。

我表兄是个精力旺盛的四十岁的汉子,红棕色的头发,身体健壮,胡须浓密;他是个半乡野半开化的人,性格欢快,富有高卢人能把平淡无奇的事变得妙趣横生的机智。他住在一所半农庄半城堡的房子里,地处辽阔的山谷,一条河缓缓流过。河的左右两岸的山丘上树林密布,都是旧日封建领主的树林,还留存着一些珍贵的树木,也能找到在法国的这一地区已经十分罕见的野禽。偶尔还能在这里猎到鹰;几乎不到这人口过于稠密的地方来的候鸟,也少不了要在这些百年老树的枝头暂憩,仿佛它们认识或者认出了这块等着为它们短暂夜宿提供庇护之

---

* 本篇首次发表于一八八六年十二月七日的《吉尔·布拉斯报》;一八八七年收入中短篇小说集《奥尔拉》。

地的古老森林。

　　山谷里有一片片宽阔的牧场，由沟渠灌溉，用树篱间隔；再往远方，那条河流经之处，扩散成一片广阔的沼泽。这片沼泽，是我所见过的最令人赞美的狩猎区，也是我表兄全部心思之所在，他把它保养得像一个公园一样。一望无垠的芦苇覆盖着沼泽，让它充满生机，发出沙沙的响声，看上去波浪翻滚。芦苇荡中开辟出一些狭窄的通道，用篙撑和操纵的小船悄无声息地在静止的水面上划行。船擦过芦苇的茎秆，芦苇丛中游动的鱼受了惊而迅速逃散；野水鸡连忙潜入水底，黑色的尖脑袋转瞬消失。

　　我爱水爱到神魂颠倒的程度：海，尽管它过于浩瀚，过于汹涌，不可驾驭；河，它是那么美，虽然它淌过、流逝、一去不返；尤其是沼泽，那里搏动着尚不为人知的各种各样水生动物的生命。沼泽，是大地上的一个完整的世界，不同的世界，它有自己独特的生活，它的长住居民，它的过路旅客，它的话语，它的响声，尤其是它的奥秘。有时候，沼泽比什么都更加令人惶惑，令人不安，令人畏惧。这笼罩着被水覆盖的沼泽平原的恐怖由何而来呢？是芦苇隐隐约约的沙沙声，奇异的磷火，无风的夜晚包围着沼泽的深深的寂静，像尸衣般缭绕着芦苇的雾，还是那难以觉察的汩汩声？这汩汩声是那么轻微，那么柔和，但有时却比人间的炮声和天上的雷声还要可怕；它使沼泽像是梦境，像是隐藏着不可知而又危险的秘密的令人恐怖的地方。

　　不。那里昭示出来的是另外的东西，是另一种更深邃、更庄严的奥秘在浓雾里飘忽，也许就是那根本的万物创造的奥秘！因为最初的生命之芽，就是在污浊的死水中，在烈日下浸湿的泥土浓重的潮气中骚动、震颤，进而出现在光天化日之下的，不是吗？

且说我在傍晚来到表兄家。天气寒冷得石头都能冻裂了。

我们用晚餐的那个大厅,餐具柜上、墙壁上和天花板上都布满了鸟的标本,或张开双翅,或兀立在钉牢的树枝上:鹰、鹭、猫头鹰、夜莺、鸢、雄猛禽、秃鹫、隼,应有尽有。我表兄本人则穿一件海豹皮做的紧身上衣,活像一个古怪的寒冷地带的动物。用餐时,表兄对我讲了他为这天夜里做的安排。

我们得在凌晨三点钟出发,以便能在四点半钟抵达预先选好的潜伏点。已经用冰块在那里筑了一个隐蔽所,可以为我们抵御一点日出前的可怕的寒风;那凛冽的寒风可以撕裂人的皮肉,它割人如锯齿,切人如刀刃,刺人如蜇针,绞人如铁钳,灼人如火焰。

我表兄搓着手说:"我从来没遇到过这样寒冷的天气,晚上六点钟已经零下十二度了。"

我吃完晚饭马上就上床,很快就在壁炉的熊熊火光的映照下睡着了。

三点钟敲响时我被唤醒。我也穿上一件绵羊皮大衣,而我发现表兄卡尔竟披着一件熊皮外套。我们每人喝了两杯滚热的咖啡,又干了两盅优质香槟酒,然后就出发了,带着一个跟班和我们的两条狗:普隆戎和皮埃罗。

出了门刚走几步,我就感到寒入骨髓。这是个连大地都仿佛被冻死了的夜晚。冰冷的空气就像变成了可以触知的固体,刺得人好痛;没有一丝风搅动空气;它凝滞了,纹丝不动;它撕咬、穿透、干枯、扼杀树木、植物、昆虫、小鸟;冻死的小鸟跌落在坚硬的土地上,会被严寒变得像土地一样坚硬。

下弦月已经斜向天边,朦朦胧胧的,在太空中显得疲惫不堪,虚弱得再也走不动了;它也被天上的严寒冻僵了,瘫痪了,停滞在空中。它向人间撒下冷淡、凄凉的光,那每个月当它周而复始的生命又将结束时向我们投下的微光。

卡尔和我,我们弯着腰,手插在衣袋里,猎枪夹在胳膊下面,并肩向前走。我们的皮靴外面都缠着毛线,这样可以在结冰的河面行走不会滑倒,又不会发出任何响声。我看着我们的狗吁喘时呼出的白色气雾。

我们很快就来到沼泽边上,紧接着就走进一条小径;那是枯萎的芦苇丛中的许多小径中的一条,往前一直穿过这由芦苇形成的低矮的森林。

我们的臂肘蹭到饰带般的长长的芦苇叶,在身后留下轻微的声响;沼泽让我产生一种强烈而奇特的情绪,令我十分激动,这种感受我还从未有过。这沼泽死了,冻死了,既然我们行走在它上面,行走在大片枯萎的芦苇茎秆中间。

忽然,在一条小径的拐弯处,我发现了那座为了隐蔽我们而搭起的冰屋。我走进去;因为离那些流浪的鸟儿醒来还有一个小时左右,我就钻进被窝,尽可能暖和暖和。

这时候,我仰面躺着,开始看那变了形的月亮,——因为通过这极地式房屋的隐约透明的冰墙看去,它有四只角。

但是结了冻的沼泽的寒气,冰墙的寒气,天空落下的寒气,很快就渗入我的肌体;我冻得难以忍受,不禁咳嗽起来。

表兄卡尔很担心。他说:"如果我们今天打不到多少,也就认倒霉了,但是我可不愿意让你感冒;咱们还是生一把火吧。"说着他就吩咐跟班去砍芦苇。

屋中央堆起一个芦苇垛;又在屋顶上开了个洞好让烟冒出去。红色的火焰顺着水晶般的明亮的冰墙升起,冰墙开始慢慢地、几乎难以觉察地融化起来,就像冰砖在出汗似的。留在外面的卡尔忽然向我喊:"快来看呀!"我走出去一看,简直惊呆了。我们的圆锥形小屋,就像一颗奇大无比的钻石,中心是一团突然从沼泽的结冰的水面上冒出的火焰;里面,可以看到两个神奇的形象:我们的两条狗正在取暖的形象。

哦,一阵古怪、迷茫、游移的叫声从我们头顶掠过。是我们小屋的火光把野鸟惊醒了。

没有什么比这生命的第一声呐喊更令我心潮起伏的了。这声音是看不到的;它在冬日的第一道阳光出现以前,在黑暗的天空,跑得那么快,那么远。我觉得,在这黎明的冰冷的时刻,这动物的羽毛携带着遁向远方的,似乎是世界的灵魂的一声叹息!

卡尔说:"把火灭掉吧。天亮了。"

天空果然开始发白,一群群野鸭拖着迅速移动的长长的斑点,很快就消失在天际。

一道光芒在夜色里突然闪亮,是卡尔刚刚开了一枪。两条狗向前冲去。

于是,时不时地,或者他,或者我,每当芦苇上方出现一簇飞动的阴影,我们就连忙瞄准射击。皮埃罗和普隆戎,气喘吁吁,但是兴高采烈,给我们衔回一只只血淋淋的飞禽。有的动物还睁着眼睛看我们呢。

天越来越亮,天空清澈而蔚蓝;太阳从谷底冉冉升起。我们正想再向前进,突然两只鸟,伸长了颈项,展开双翅,飞过我们的头顶。我开枪射击。其中一只几乎就跌落在我的脚边。那是一只腹部呈银灰色的野鸭。这时候,在我头上的天空里,一个声音,一个鸟的声音,在叫喊。那是一声又一声短促、凄厉的哀鸣;这飞鸟,也就是刚才未被击中的那只小动物,在我们头顶的蓝天里盘旋起来,一面注视着我捧在手里的它那已经死去的伴侣。

卡尔跪在地上,枪抵着肩膀,两眼闪闪发光,监视着它,等它飞得更近些。

"你打死了雌的,雄的是不会飞走的。"

的确,它没有飞走,它仍在不停地盘旋,围绕着我们不断地悲啼。从来没有什么痛苦的呻吟,像这丧偶的小动物在高空发出的伤心的呼唤和哀怨的责难,更令我心碎的了。

有时,它在追踪着它的飞行路线的猎枪的威胁下飞开了,似乎准备继续走它的路,独自去穿越天空。但是它下不了这个决心,总是很快又回头来找它的爱侣。

"把雌的放在地上,"卡尔对我说,"那只雄的马上就会飞过来。"

果然,它飞了过来,不顾危险;这鸟儿对被我打死的那只鸟的爱,让它置生死于度外。

卡尔开枪了;好像把鸟悬挂在空中的绳子突然断了。我看到一个黑色的东西跌落下来;我听见有东西坠落在芦苇上的响声。皮埃罗随即把它衔来给了我。

我把这一对已经凉了的动物放进一个篮子……当天,我就动身返回巴黎。

克洛榭特*

有些往事的记忆,真是奇了,它们萦绕在你的心头,总是挥之不去!

我要说的这件往事是那么久远,那么久远,我不明白它怎么还会如此生动、如此执着地留在我的脑海里。从那以后我阅历过许多凶险、动人或者可怕的事,但令我奇怪的是,没有一天,真的没有一天,克洛榭特大妈的形象不浮现在我的眼前,就像以前,很久很久以前,当我还是个十一二岁的孩子时所见到的那样。

这是个年老的女裁缝,她每周一次,也就是每星期二,到我父母家来缝补衣裳。我父母住在名为城堡、其实只是一所古老的尖顶房屋的乡间住宅里,周围聚集着四五个附属于它的庄园。

村子,一个规模颇大的村子,也可以说是一个镇子,坐落在几百米以外,紧紧围绕着教堂;那原是一座红砖筑成的教堂,因为年深日久红砖已经变成了黑砖。

总之,每逢星期二,克洛榭特大妈在早上六点半到七点之间来到我家,立刻就上楼到藏衣室干起活儿来。

这是个又高又瘦的女人,长着胡须,更确切地说是浓毛,因为她满脸都是胡须。那是一种令人惊异、意想不到的胡须,长成一个个奇特的束状,又像是某个疯子在这个穿裙子的宪兵的大脸上播种的一揪揪卷毛。鼻子上面,鼻子下面,鼻子周围,下巴上,面颊上,都有。她的眉毛浓得出奇,长得出奇,一抹灰色,非常茂密,而且高高竖起,好像两撇长错了位置的八字胡。

她腿瘸,不过不像一般残疾人那样一拐一瘸,而是像一艘抛锚停泊

---

* 本篇首次发表于一八八六年十二月二十一日的《吉尔·布拉斯报》;一八八七年收入中短篇小说集《奥尔拉》。

的船。当她把瘦削、歪斜的高大身躯落在那条好腿上，就像那船鼓起劲头，攀上巨浪的巅峰；接着，她又像猛然潜入深渊似的向下冲去，陷进地面。她走起路来让人联想到暴风骤雨，因为她的身子也同时剧烈地摇晃。她总戴着一顶硕大的白色便帽，一条缎带在她背后飘扬；随着她的每一个动作，她的脑袋就像在从北向南、从南向北地反复穿越着地平线。

我非常喜欢这位克洛榭特大妈。我起床后就连忙上楼到藏衣室去，发现她已经安顿好，正在做针线活，脚下踩着一个烫壶。我一到，她就逼我把烫壶拿过去，坐在上面，怕我感冒；因为那房间很大，位于房顶下面，里面很冷。

"这样能把血从嗓子引下来。"她说。

她一边用形似钩但却十分灵巧的长手指补着衣裳，一边给我讲故事。她年纪太大，视力衰退了，戴一副装着放大镜片的眼镜；透过眼镜，我觉得她那双眼睛特别大，特别深，而且是双重的。

从我能回忆起的她给我讲过并打动了我孩子的心的那些故事，可以看出她像许多可怜的妇女一样，有一颗高尚的灵魂。她看事情概括而又简单。她把镇子上发生的趣事讲给我听，其中有一条牛的故事，这条牛从牛棚里逃走，一天早上在普罗斯佩·马莱的磨坊前面找到了，它正在看风车的木翼转动呢；有一只鸡蛋的故事，这只鸡蛋是在教堂的钟楼里发现的，但是没有人懂得哪只鸡会到那里下的；有让-让·皮拉斯的那条狗的故事，它从离村子十法里的地方找回了主人的裤子，那裤子是他跑路淋了雨晾在门外被过路人偷走的。这些朴素的偶发事件，经她对我那么

一讲,就获得了同那些令人难忘的悲剧和伟大而神秘的史诗一样的宏伟气势;就连母亲晚上给我讲的诗人们创作的那些绘声绘影的故事,也没有这农妇讲的故事那么有滋有味,那么寓意深远,那么打动人心。

有一个星期二,我整个上午都用来听克洛榭特大妈讲故事,下午和佣人到诺瓦普雷农庄后面的阿莱树林采榛子,然后又上楼去找她。就像昨天的事一样,我还清楚地记得当时发生的一切。

我推开藏衣室的门,看见年老的女裁缝躺在她的椅子边的地上,脸朝下,两条胳膊伸开,一只手拿着针,另一只手里是我的一件衬衫;她的一条穿着蓝色长袜的腿,想必是那条好腿,伸到椅子底下;眼镜滚得离她很远,在墙脚闪亮着。

我尖声叫喊着逃出来。有人跑来;几分钟以后,我听说克洛榭特大妈死了。

我无法用言语形容我那颗孩子的心所感受到的深切、尖锐、强烈的悲情。我迈着艰难的步子下楼来到客厅,跪在一张巨大的安乐椅上哭泣。我在那里想必待了很长时间,因为天已经黑了。

突然有人端着灯走进来,但是没有人看见我。我听见父母在和医生说话;我听出了医生的声音。

医生是很快就被请来的,他解释了事故发生的原因。不过我一点也听不懂。接着他坐下来,接受了一杯甜烧酒和一块饼干。

他一直说着话;他当时所说的话依然铭刻并将永远铭刻在我的脑海,我至死也不会忘记!我相信我甚至能够一字不差地复述出他的原话来。他说:

可怜的女人啊!她是我在这儿看的第一个病人。她在我到达的那一天摔断了腿,我刚下驿车,还没有工夫去洗洗手,就有人急匆匆地跑来找我,因为情况严重,很严重。

她那时十七岁,是个很美的姑娘,很美,很美!今天有谁会相信呢?至于她的故事,我从来没有对人说过;除了我和一个已经不在此地的人,从来没有人知道。现在她死了,我也不必那么守口如瓶了。

那时候有个年轻的小学助理教师刚在我们镇上落脚,他有一张漂亮的脸蛋儿和一副士官的优美身材。姑娘们都竞相追求他,可是他却装出目中无人的样子;再说他非常害怕校长,他的上司格拉比老爹。这位老爹可不是每天都情绪很好的。

格拉比老爹当时已经雇美丽的奥斯坦丝做他的裁缝。奥斯坦丝就是刚刚在府上死去的这个女人,人们是后来在她出了那次事故以后才叫她克洛榭特①的。小学助理教师看中了这个美丽的女孩;而她呢,能被这个攻无不克的征服者选中,想必也感到得意。总之她爱上了他,而且他得到她的同意,在她来做针线活的那一天,下工以后,天黑时,到学校的顶楼来第一次幽会。

于是,到了那一天,她从格拉比家出来的时候,装作回家但却并没有下楼梯,而是上了顶楼,藏在干草堆里,等候她的情人。他很快就来和她相会;可就在他开始要对她甜言蜜语的时候,顶楼的门又打开了,校长出现了,并且问:

"您在这上面做什么,希吉斯贝尔?"

这年轻的小学教师感到自己要被捉住了,惊慌失措,笨拙地回答:

"我上来在草捆上休息一会儿,格拉比先生。"

这顶楼很大,很宽敞,非常黑暗;希吉斯贝尔把吓坏了的年轻姑娘往里推,一面连声催促:"快到里面去,藏起来,我要丢掉我的工作了,快逃,快去藏起来!"

校长听到低语声,又问:"这么说您不是一个人在这里?"

"是一个人,格拉比先生。"

"不是,因为您在说话。"

"我向您发誓是一个人,格拉比先生。"

"这我马上就可以知道了,"老人说完就把门关好,仔细锁上,下楼去取蜡烛。

年轻人,是个经常可以遇到的懦夫,看来他昏了头,突然火冒三丈,连声说着:"快去藏起来呀,千万别让人找到你。你要害得我一辈子没饭吃了。你会毁了我的前程……快去藏起来呀!"

---

① 克洛榭特(Clochette)本意为铃铛,也戏指瘸子。

这时他们听见钥匙又在锁眼里转动。

奥斯坦丝向临街的老虎窗跑去,猛地打开窗户,然后用果断的语调低声说:

"等他走了,你就下楼来搀我。"

说完她就跳了下去。

格拉比老爹没有找到人,大感意外,便下楼了。

一刻钟以后,希吉斯贝尔先生走进我家,对我讲述了她的遭遇。年轻姑娘从三楼跌下去,待在墙脚,爬不起来了。我和他一道去找她。天下着瓢泼大雨,我把可怜的姑娘送到我家,她的右腿有三处骨折,骨头都从肉里戳出来了。她没有怨天尤人,只是以令人钦佩的隐忍的口吻说:"我受到了惩罚,该当的惩罚!"

我找人来帮忙,然后又找来女工的父母,向他们编造了一个故事,说有一辆马车狂驰而过在我的门前撞倒了她,把她撞成伤残。

他们相信了我的话;宪兵队寻找肇事者,找了一个月也徒劳无功。

就这些!我说的这个女人真是个英雄,不愧为完成最伟大的历史业绩的女英雄豪杰中的一员。

这是她唯一的一次爱情。她至死仍然是个处女。她是一个殉道者,一个灵魂高尚的人,一个崇高的奉献者!如果我不是绝对钦佩她,我就不会把这个故事讲给你们听了;她活着的时候我从来不愿对人说起这件事,你们现在明白是为什么了。

医生说完了。妈妈哭泣着。爸爸说了几句话,不过我没有听清楚;然后他们就走了出去。

我依然留在那里,跪在安乐椅上,啜泣着;就在这时,我听见楼梯上传来沉重的脚步声和磕碰声交杂的奇怪声响。

人们正在抬走克洛榭特的尸体。

流 浪 汉*

四十天以来,他走呀走,到处找工作。他离开家乡芒什省①的维尔-阿瓦雷村,是因为没有活儿干。他是盖房子的木匠,今年二十七岁,手艺好,也勤劳。他在家吃了两个月的闲饭;他,作为长子,在普遍失业的环境里,竟然只能叉着两只有力的胳膊,一筹莫展。家里的面包越来越紧张;两个妹妹去外面打短工,但是挣得很少;而他,雅克·朗岱尔,最身强力壮的人,却什么也不做,因为没有什么可做,只能分吃别人挣来的汤。

他去村公所打听;秘书回答说,在中部大区找得到活儿干。

于是他带着身份证件和工作证明,兜里揣着七法郎,用一块蓝手巾包着一双替换鞋、一条短裤和一件衬衫,拴在一根木棍的头儿上往肩上一扛,出发了。

他在没有尽头的大路上不停地走,不论白天和夜晚,不管日晒和雨淋,但总也走不到那工人们找得到活儿干的神秘的地方。

他起初固执地认为,既然自己是盖房木匠,那就只有盖房子的木工活才能做。可是,无论他到哪个工地荐工,人家都回答说刚刚解雇了一批人,因为没有人订活儿。他实在走投无路,只好决定在路上遇到什么活儿都干。

所以,他先后做过挖土工、马棚伙计、开石匠;他劈过木头,修过树枝,挖过井,和过灰浆,捆过柴,在山上放过羊,每回只能挣几个苏;因为他必须把价钱压到低得可怜,才能打动吝啬的老板和乡下人的心,偶尔得到两三天的工作。而现在,他又有一个星期什么活儿也没找到了;他

---

* 本篇首次发表于一八八七年一月一日的《新杂志》;一八八七年收入短篇小说集《奥尔拉》。

① 芒什省:法国西北部的一个省。

身无分文,只能吃上几口面包,那还是他沿路挨家串户哀求,主妇们发善心施舍的。

天渐渐黑下来,雅克·朗岱尔精疲力竭,两腿瘫软,肚里空空,灰心丧气,赤着脚在大路边的草地上走着,因为他舍不得穿他的最后一双鞋,而另一双早就报废了。这是个星期六,临近秋末了。风在树丛里呼啸,也推动着天空的灰色浓云迅速翻滚。眼看就要下雨了。在这礼拜日的前夕,白日将近的时刻,乡间空无一人。田野上东一个西一个矗立着的脱过粒的麦秸垛子,就像大得吓人的黄色蘑菇;地里已经播下来年庄稼的种子,看上去光秃秃的。

朗岱尔感到饥饿,那是一种野兽般的饥饿,狼吃人就是受这种饥饿的驱使。他累极了,把步子跨得大一些,为的是能够少迈几步。头很沉,血在太阳穴嗡嗡响,眼通红,口干舌燥。他紧紧握住那根木棍,真想遇到随便哪个回家吃晚饭的过路人,就狠狠抽他一顿。

他不停地向大路两边张望,眼里出现的是翻过的地里还残留着刨出来的土豆的景象。如果真能找到几个土豆,他一定会拣些枯枝,在沟里生一堆小火,把圆圆的土豆烤熟,先在冰冷的手里捧着,因为太烫,然后好好地美餐一顿。

可惜那季节已经过了,他只能去田垄里拔一个生萝卜啃。

这两天他想得很多,连迈着大步走路的时候,也会不自禁地大声自言自语。在这以前,他把精神和仅有的那点能耐都用在找工作。而现在,疲倦,千方百计找工作却每每落空,到处碰壁,频遭辱骂,睡在草地上过夜,经常挨饿,时刻感受到居家常乐的人对流浪汉的轻蔑,天天被人责问:"你为啥有家不待?"总要为替力大劲足的勤劳的臂膀找活儿干而发愁,惦记在家里生活困顿的父母,这一切让他的怒气每一天、每小时、每分钟地积聚,终于令他义愤满腔。这义愤又化作简短的责骂,不由自主地脱口而出。

他一边赤着脚在滚动的石子上踉踉跄跄地走,一边抱怨:

"不幸啊……不幸啊……这帮猪猡……竟然让一个人……一个木匠活活饿死……这帮猪猡……分文没有……分文没有……瞧,下雨了……这帮猪猡!……"

他恨命运不公,恨自然这瞎了眼的伟大母亲偏心、凶残和阴险,但是却归罪于人,所有的人。

他看着在这晚饭时分从各家房顶上冒出的缕缕灰色的炊烟,咬牙切齿地连声咒骂:"这帮猪猡!"他恨不得闯进其中的一家,打死房里的居民,在饭桌上取而代之;却没有想一想,那又将是另一种不公,而且是人为的,叫做施暴和盗窃。

他一遍又一遍地说:"现在,我连活命的权利都没有了,既然他们听凭我饿死也不管……我的要求仅仅是给我工做,可即使这样……这帮猪猡!……"四肢的痛苦,肚里的痛苦,心里的痛苦,像一股可怕的醉意冲上脑袋,以至他的脑海里生出这样一个简单的想法:"我有权活命,既然我会呼吸,既然空气是大家的。因此,他们没有权利让我连面包也没得吃!"

雨还在下,又细,又密,又凉。他停下来,喃喃地说:"不幸啊,还要走一个月才能到家……"他现在的确是在回家的路上,因为他已经明白,还不如回自己的家乡,那里的人认识自己,不管做点儿什么,总比在大路上流浪,到处招人怀疑要好。

即使盖房木工的活儿不好找,还可以当小工、灰浆工、挖土工、碎石工。哪怕一天只挣二十苏,总有什么可以饲口了。

他用最后一块已经破烂不堪的手巾围住脖子,免得冰冷的雨水流到前胸后背。但是没多久,他就感觉到雨水已经渗透了一层单薄的布衣。他向四面张望着,眼里充满了忧郁,因为他是个走投无路的人,不知道何处可以藏身,何处可以安枕,世界虽大却没有他的存身之地。

夜来了,黑暗笼罩着田野。他远远看见一片草地上有一个深色的东西,原来是一条母牛。他迈过路边的沟,朝那条牛走去,其实并不清楚自己要干什么。

他走到牛跟前,牛朝他抬起了大脑袋。他想:"要是有个水罐,我就能喝点儿奶了。"

他看着牛,牛看着他。后来,他朝它肚子上狠踢了一脚,说了声:"起来。"

那牲口慢吞吞地站起来,沉甸甸的乳房也耷拉下来。他仰面躺在牛的两腿中间,喝起奶来,喝了很久很久,一边喝一边用两只手挤那个胀鼓鼓、热乎乎、带着牛圈气味的乳房,一直喝到这活生生的源泉里滴奶不剩。

这当儿雨下得更紧了,整个平原光秃秃的,看不到一处可以躲雨的地方。他很冷,只能远远地望着树丛中一家的窗子里闪亮的灯光。

母牛又吃力地躺下。他在它旁边坐下来,抚摸着它的头,感谢它为自己充了饥。牛鼻孔里出来的气息像两股水蒸气喷在夜晚的空气里,掠过这工匠的脸。他心想:"你这里面倒不冷。"

于是,他把两只手伸到牛的腿下面,在它胸脯上来回摩擦,好得到一点儿热乎气。这时他忽然来了个主意,就是躺下来,偎着这个温暖的大肚子过一夜。于是他找了一个位置,舒舒服服地卧下来,正好把头贴在那个刚才喂他奶吃的厚实的乳房上。他心力交瘁,立刻就睡着了。

不过,他中间也醒了好几次,不是因为脊背冷,就是因为肚子冷,这要看是身体的哪一面贴着牛的肋部;于是他就翻个身,以便温暖和煨干暴露在夜间寒气里的哪个部分;很快又沉沉入睡。

一只公鸡打鸣把他叫了起来。晨曦就要出现;雨已经不下了;天色明净。那母牛还在休息,嘴伏在地上。他弯下身,两手按着地,吻了一下它那湿润肥厚的大鼻子,说:"再见啦,我的美人儿……下次再见……你是个好心的牲口……再见啦……"

说完,他就穿上鞋,上路了。

他在一条大路上一直往前走,走了两个钟头;后来,他实在太疲倦,就在一片草地上坐下。

天已经大亮。教堂的钟声响了。身穿蓝色罩衫的男人,头戴白色软帽的女人,或步行,或乘马车,开始在路上来来往往,去邻村和朋友或家人共度星期日。

一个肥胖的乡下人走过来。他赶着二十来只惊惶得哀叫的绵羊,由一只敏捷的狗维持着羊群的队形。

朗岱尔站起来,行了个礼:"您没有什么活给我这个快要饿死的工匠做吗?"他问。

对方恶狠狠地看了流浪汉一眼:

"我有活也不会给路上碰见的人做。"

盖房木匠只得又回到沟边坐下。

他等了很久,注视着从他面前穿梭来往的乡下人,想找一个相貌和善、看上去富有同情心的,再开始恳求。

他选中了一个身穿礼服、肚子上挂一条金链子的乡绅。

"我找工作找了两个月,"他说,"什么也没找到;我口袋里一点钱也没有了。"

那位半绅半乡的先生回答:

"你应该读读村口贴的那张告示——本乡辖区严禁乞讨。——告诉你,我是这里的村长;你要是不赶快滚开,我就叫人把你抓起来。"

朗岱尔实在按捺不住心中的怒火,嘟哝道:"您要是乐意,干脆叫人把我抓起来,我求之不得;至少,我不会饿死了。"

他又回到那沟边坐下。

过了一刻钟,果然,两个宪兵出现在大路上。他们慢慢地走着,肩并肩,大摇大摆;漆皮的帽子、黄色的皮饰件以及皮饰件上的金属扣子在阳光下熠熠闪耀,仿佛专门在吓唬坏人,好让他们老远就可以望风而逃。

盖房木匠明白他们是冲着他来的,可是他并不着慌,反倒突然产生了一种意愿,要顶撞他们一下,让他们抓去,以后再报仇。

他们像是没有看见他,迈着军人的沉重步伐,跟鹅行似的一摇一摆地走过来;等走到他面前,突然装作刚发现他,停住脚步,用威吓和凶狠的眼光打量他。

班长走到跟前,问:

"你在这儿干什么?"

他神色不惊地回答:

"我歇会儿。"

"你从哪儿来?"

"要把我到过的地方都告诉你,怕是一个钟头也打不住。"

"你上哪儿去?"

"维尔-阿瓦雷。"

"这地方在哪儿?"

"在芒什省。"

"那是你家乡?"

"那是我家乡。"

"你干吗离开那儿?"

"找工作。"

这千篇一律的搪塞之词终于激怒了班长,他转过脸去朝着随从的宪兵,气愤地说:

"这些家伙都这么说。不过瞒不了我。"

然后他又问:

"你有证件吗?"

"有,我有。"

"拿给我看。"

朗岱尔从衣袋里掏出证件和证明,递给这宪兵;这些纸张已经肮脏和磨损得快成碎片儿了。

这宪兵磕磕巴巴、费劲地念了一遍,确认它们倒也都正规,就还给了他;不过却满脸的不高兴,好像感到让一个比自己更鬼的人耍了似的。

他琢磨了一会儿,又问:

"你身上有钱吗?"

"没有。"

"一点也没有?"

"一点也没有。"

"一个苏也没有?"

"一个苏也没有。"

"那么,你靠什么活?"

"靠人家给点儿。"

"这么说,你要饭?"

朗岱尔坚决地回答:

"是的,只要能要到。"

那宪兵于是宣布:"你既无经济来源也无职业,在大路上流浪和乞讨,被我当场抓住;我命令你跟我走。"

"你愿意去哪儿都行。"他说。

他没等再下令,就自动站到两个宪兵之间,还加上一句:

"好呀,把我关起来吧。下雨的时候倒有个遮头。"

他们就向村子走去。透过掉光了叶子的树丛,已经可以望见四分之一法里远的村舍的瓦顶。

他们走进村子时,正赶上望弥撒。广场上挤满了人,立刻形成了两道人篱,观看坏人经过,后面还跟着一群兴高采烈的孩子。男男女女的村民,看着这被捕的人夹在两名宪兵中间,眼里都冒出同仇敌忾的火花,恨不得用乱石砸死他,用指甲抓下他一层皮,用脚把他踩成肉泥。人们互相打听着,他是偷了东西还是杀了人。肉铺老板曾在北非殖民地当过骑兵,他断言:"这是个逃兵。"烟草零售商自信认出:就是这个人当天早上给了他一张五十生丁的假币。而五金制品商则不容置疑地认定:他就是警察当局找了半年还没有抓到的杀害寡妇玛莱的凶手。

两个宪兵把朗岱尔带进村议会大厅。他在那里又见到村长,端坐在议事桌前,村里的小学教师坐在旁边充当他的助理。

"哈哈!"这位行政官员嚷道,"又见到你啦,兔崽子。我说嘛,我会把你关起来的。喂,班长,是怎么回事?"

班长回答:"一个流浪汉,没着没落的流浪汉,村长先生;据他供认,他既无经济来源,身上也没带钱,乞讨和游荡时被当场抓住;证明和纸张倒是都完备。"

"把他的纸张给我看看。"村长说。他接过来,看了又看,还给他,然后下令:"搜他的身。"把朗岱尔搜了一通,什么也没搜出来。

村长似乎有些不知所措。他只得又向工匠发问:

"今天早上,你在大路上干什么?"

"我在找工作。"

"找工作? ……在大路上?"

"您倒说说看,要是我躲在树林里,怎么能找到工作?"

他们俩就像属于两个敌对种类的野兽一样,怀着深仇大恨似的对视了好一会儿。那行政官员才又说:"我这就让人把你放了,不过当心别让我再抓到你!"

盖房木工回答:"您还是把我留下吧,我求之不得啦。老在大路上东跑西颠,我受够了。"

村长板起脸来说:

"别啰唆。"

然后,他就命令两个宪兵:

"你们把这个人押到村外两百米的地方,让他继续走他的路。"

那工匠说:"至少,您也要让人给我点儿吃的呀。"

村长火了:"还要管你吃! 哈哈哈! 真是天大的笑话!"

可是朗岱尔仍然坚定地说:"如果您还让我饿着肚子,那就是逼我去干坏事,你们可别怪我,你们这些阔佬。"

村长已经站了起来,又说了一遍:"快把他带走,不然我可真要发火了。"

两个宪兵于是抓住盖房木匠的胳膊,把他拉了出去。他并不抗拒,再次穿过村子,回到大路上。宪兵把他带到离界石二百米远的地方。班长说:"到了,滚吧,千万别让我在这一带再看见你;不然,有你好看的。"

朗岱尔什么也没回答,就上路了,也不知道去哪儿。他一直往前走了约莫一刻钟,也许二十分钟;他头昏脑涨,什么也不再想。

可是突然,路过一座小屋的时候,那屋子的窗户半开着,一股炖肉的香味沁入他的胸膛。他干脆停在这个小屋前面,不再往前走。

饥饿,强烈、难忍、令人发狂的饥饿,让他满腔怒火,差点儿激使他像野人一样朝这房屋的墙上撞去。

他愤怒地大喊:"他妈的!这一次,非要他们给我些吃的不可。"说着,他抡起木棍使劲敲起门来。没有人回答;他敲得更用力了,还一边叫喊:"喂!喂!喂!里面的人!喂!开门!"

没有一点动静。于是,他走到窗边,推开窗。关在厨房里的空气,那满含着热肉汤、熬熟的肉和白菜香味的空气,冲到户外的寒冷空气里来。盖房木匠纵身一跳,就进了屋。桌子上已经摆好两份餐具。房主人大概望弥撒去了,把午饭,也就是特为礼拜日准备的美味炖肉,还有荤菜浓汤,都放在火上煨着。

壁炉台上,一个新鲜面包,两边各有一个似乎还装得满满的酒瓶,等待着开饭。

朗岱尔首先冲向那面包,使出能掐死人的狠劲儿把面包掰开,就狼吞虎咽地吃起来。不过炖肉的香味很快就把他吸引到壁炉旁,他打开锅盖,把叉子伸进锅里,叉出一大块细绳捆着的牛肉。他又取了些白菜、胡萝卜、洋葱,直到把盘子装满。他把盘子往桌子上一放,就像在自己家一样进起餐来。等他把那一大块肉全吞下肚,而且还吃了许多蔬菜,他发觉渴得厉害,便走去把放在壁炉台上的酒拿过一瓶来。

他一看倒进杯里的酒,就认出是烧酒。管他去,烧酒就烧酒,这家伙是热性的,正好可以给他暖和一下筋骨;挨了那么一场冻,这可是好东西。他就喝起来。

他觉得这酒果然好,因为他已经很长时间滴酒未进。他又给自己满上一杯,两口就喝光。他几乎立刻感到精神焕发,因为酒精让他心满意足,就好像一股巨大的幸福感也随之流进了肚子一样。

他继续吃着,不过没有那么快了,而是慢慢地咀嚼,面包蘸着肉汤吃。他浑身的皮肤都变得发烫;特别是脑门儿,血直往上冲。

不过,突然,远处响起了钟声。弥撒快结束了。如果说是因为害怕,不如说是出于本能,那指导所有面临危难的生灵并让他们变得机敏的本能,盖房木匠站了起来;他把剩下的面包塞进一个衣兜,把那瓶烧酒塞进另一个衣兜,然后蹑手蹑脚地走到窗边,向大路上窥望。

大路上一个人也没有。他于是跳到窗外,又赶起他的路来;不过他没有走大路,而是穿越田野向一片已经在望的小树林逃去。

他此刻觉得自己又警觉、又能干,因此很愉快,对自己刚才的表现十分满意。他觉得自己又变得非常灵巧;田间的藩篱,他并着两脚,一蹦就越了过去。

一走到小树林,他就掏出那瓶酒,一边走一边大口大口地喝起来。他的头脑已经昏了,眼睛也发花了,两条腿像弹簧似的一缩一伸。

他唱起那首古老的民歌:

> 啊!采草莓,
> 真叫美!
> 真叫美!

他现在走在一片厚厚的青苔上。那青苔湿润而又鲜嫩,踩着就像绵软的地毯。他忽地心血来潮,像个孩子似的想翻几个跟头。

他一鼓劲儿,翻了一个跟头;爬起来,又翻了一个。每翻一个跟头,他就唱一遍:

> 啊!采草莓,
> 真叫美!
> 真叫美!

突然,他发现自己来到一条地势低洼的路的边沿,向下一看,只见一个高个儿姑娘,像是一个回村里去的女佣,两手各拎着一桶牛奶;桶上都有个铁箍,免得碰着身子。

他探出身,窥伺着她,眼里冒着火花,就像狗见到鹌鹑。

她发现了他,仰起脸,笑了起来,大声对他说:

"刚才唱歌的是你吗?"

他没有回答,径直跳到洼地里,尽管那个坡面至少有六尺高。

看到他突然立在自己的面前,那姑娘惊呼一声:

"见鬼,你吓了我一跳!"

可是他已经听不清她在说什么了,他醉了,疯了,一股比饥饿还难压抑的癫狂已经让他忘乎所以,酒精和盛怒已经令他极度亢奋。一个男人两个月以来一无所获,那盛怒是无法克制的,何况他喝醉了酒,而且他又年轻,充满活力,大自然在他男性的强壮肌体里播下的欲望的火种燃烧得正旺。

那姑娘被他的脸、他的眼睛、他半张着的嘴和他伸出的两只手吓坏了,直往后退。

他抓住她的肩膀,一句话也不说,把她翻倒在路上。

她一撒手,两个奶桶咣咣啷啷滚了开去,把奶泼得满地。她先是大叫,后来明白在这旷野里叫也没人听得见,而且看出他并不想害她的命,也就顺从了,既不太勉强,也不很生气,因为这小伙子虽强壮,可是说真的并不太粗暴。

等她又站起身来,想到那两桶泼掉的牛奶,立刻火冒三丈。她脱下一只脚上的木鞋,这回可是她扑向那男的了,如果他不赔偿她的牛奶,她就砸碎他的脑壳。

而他呢,没料到会有这次猛烈的攻势,酒也有点儿醒了,不知如何是好,对自己刚才干的事也有些后怕,于是撒开两腿急忙逃跑。她连连用石子砸他,好几次击中他的脊背。

他跑了很久很久,后来累极了,还从来没有累到过这种程度。他的两腿疲软得再也支持不住了,脑子里乱糟糟的,什么都记不得,什么都不再想。

他靠着一棵树干坐下来。

五分钟以后,他就睡着了。

他被人猛地推醒,睁开眼,模模糊糊看见两顶漆皮三角铜帽俯在他身边,早上打过交道的那两个宪兵正抓住他,捆绑他的胳膊。

"我就知道你会再落到我手里!"宪兵班长幸灾乐祸地说。

朗岱尔一言不答,站了起来。那两个人推搡着他,并且随时准备着,只要他稍有一个动作,就狠狠揍他一顿,因为他现在已经是他们的猎获物,注定要关进监狱的。这些专门逐猎罪犯的人,既然抓住了他,是再也不会放过他的。

"走!"宪兵班长发令。

他们动身了。夜晚正在来临,把秋天浓重凄凉的暮色布满大地。半个钟头以后,他们来到村里。

所有的人家都敞开着大门,因为人们都知道出了大事,男女乡民无不义愤填膺,仿佛每个男人都曾被他盗窃,每个女人都曾遭他强奸,他们都想看看这坏蛋被抓回来,骂他个狗血喷头。

从进村第一家起直到村公所,叫骂声此起彼伏。村长也在村公所门口等着,他也要向这个流浪汉报仇。

一看见流浪汉,他老远地就喊道:

"啊!兔崽子!这下好啦。"

他开心地搓着手,难得这么开心。

他絮叨着:"在大路上看见他的时候,我就这么说来着,我就这么说来着。"

然后,他喜出望外地说:

"啊!无赖,肮脏的无赖,二十年大牢,你是坐定了,兔崽子!"

离　婚[*]

　　邦特朗先生是巴黎颇有名气的律师,十年来他替不大合得来的夫妻打离婚官司,件件都很成功。且说他正打开事务所的门,闪开身,让一位新顾客走进来。

　　来者是个身体肥胖、脸色通红、蓄着浓密的金黄色颊髯的男子,一个大腹便便、血气盛、精力旺的男子。他先致了礼。

　　"请坐。"律师说。

　　客人干咳了一声,坐下来:

　　"先生,我是来请您为我打一场离婚官司的。"

　　"请说吧,先生,我听您说。"

　　"先生,我是个退休的公证人。"

　　"这么说早已经退休了!"

　　"是呀,已经退休了。我今年三十七岁。"

　　"请说下去。"

　　"先生,我的婚姻不幸,很不幸。"

　　"这样的人不只您一个。"

　　"我知道,我也同情其他不幸的人;不过我的情况非常特殊,我对妻子的不满,性质也与众不同。我这个婚结得很离奇。您相信存在有危险的观念吗?"

　　"您指的是什么?"

　　"您相信有些观念对于人的精神,就像毒药对人的身体一样危险吗?"

---

[*] 本篇首次发表于一八八八年二月二十一日的《吉尔·布拉斯报》;同年收入中短篇小说集《于松太太的贞洁少男》。

"是的,有可能。"

"当然有可能。有些观念钻进我们的头脑,蚕食我们,残害我们,让我们疯狂,如果我们不善于抵抗它们。这是一种心灵的根瘤蚜虫。如果我们不幸让这些思想中的一种溜进我们的头脑,如果我们没有从一开始就发现它是入侵者,一个主宰者,一个暴君,它就会一小时一小时、一天一天地扩张,它就会不断地再来,扎下根,排挤掉我们对事物的全部正常的关注,吸引住我们的全部注意力,改变我们判断的眼光,我们就完了。

"先生,下面就是发生在我身上的事。"

我刚才跟您说过,我曾经在鲁昂当过公证人,虽然生活有点拮据,还算不上穷,只是手头紧,不能无所顾忌,时刻都得强迫自己省着一点,不得不限制自己的各种爱好,是的,各种爱好!在我那个年纪,这确实是很难受的事。

作为公证人,我很注意阅读报纸第四版上的广告:招聘和求职,小启事,等等;就是通过这种方法,我有好几次为顾客撮成了很合算的婚事。

一天,我读到这样一则启事:

  未婚女士,美貌,有教养,品行端正,愿嫁一正派男士,并带给他两百五十万法郎现金。谢绝婚介所

这一天我碰巧和两个朋友一起吃晚饭,一个是诉讼代理人,一个是纱厂厂主。我已经记不清谈话怎么落到了婚姻的话题上。我笑着讲起这个有两百五十万法郎的未婚女士来。

纱厂厂主说:"这些女人到底是怎么啦?"

诉讼代理人已经见过几桩在这种情况下缔结的美满婚姻,于是提供了一些细节;然后他向我转过脸来补充说:

"见鬼,干吗不为您自己考虑考虑这件事?好家伙,两百五十万法郎,这可以替您去掉很多烦恼呀。"

我们三个不约而同地笑了笑,接着就谈起别的事。

一个钟头以后我回到自己住处。

这天夜里冷得很。再说我住的是老房子,一个像蘑菇似的外省的老房子。我刚把手搁在楼梯的铁扶手上,一股冰凉的寒气就钻进我的胳膊;我伸出另一只胳膊去找墙,碰到墙的时候第二股寒气又侵入我的肌体,这股寒气更潮湿,两股寒气汇集在我的胸膛,让我充满了苦闷、伤感和烦躁。我突然想起一件事,嘀咕道:

"好家伙,要是我有那两百五十万多好!"

我的房间很凄凉,那是一间由兼带做饭的女佣鼓捣出的鲁昂常见的单身汉客房。那房间,您可以想见它是什么德行!一张没有蚊帐的大床,一个衣橱,一个五斗柜,一个梳妆桌,没有生火。几件衣服堆在椅子上,地上到处是废纸散页。我偶尔去有歌舞表演的咖啡馆解闷;我随口用在那些地方学会的一支曲调低声哼唱道:

  两百万,
  两百万
  真惬意,
  外加五十万
  和娇妻。

说真的，我还没有想过娶妻子；我钻进被窝，一下子想起这档子事来，想个没完没了，过了好久才睡着。

第二天，一睁眼，天还没亮，我记起来我还得在八点钟赶到达内塔尔镇办一件重要的事。所以我必须六点钟就起床——而且天寒地冻。都怪它，两百五十万！

我大约十点钟回到事务所。里面弥漫着烧红的取暖火炉的气味，旧纸张的气味，陈年诉讼案卷的气味（再也没有比这更难闻的了），还有文书们的气味——靴子，常礼服，衬衫，头发和皮肤，很少洗的冬季的皮肤；这一切都被炉火加温到了十八度。

像每天一样，我午饭吃了一份烤排骨和一块干酪。然后我又工作起来。

就是在这时候我第一次很认真地想到那个有两百五十万的未婚女士。她究竟是怎样一个人呢？何不写封信去？何不去了解一下呢？

总之，先生，我就长话短说吧。在半个月的时间里，这念头始终纠缠着我，困扰着我，折磨着我。我一直经受的种种烦恼，种种小小的困难，过去并不怎么在意，甚至没有发现，此刻却像针扎一样刺痛着我；每一次这种轻微的刺痛，都让我立刻想到那个拥有两百五十万的未婚女士。

就这样，我构想出她的整个故事来。当人们渴望一种事情的时候，先生，人们总是把它想像成自己所希望的那样。

诚然，一个好人家的姑娘，有如此像样的陪嫁，还要登报找丈夫，这不太自然。不过，这姑娘也可能为人可敬，却有不幸的隐情哩。

首先，这两百五十万法郎的钱财并没有像幻境里的东西一样让我眼花缭乱。干我们这一行的人读过各种各样这类的征婚启事，我们已经习惯了附加六百万、八百万、一千万，甚至一千二百万陪嫁的动议。一千二百万这个数目甚至是相当普通的了。它投人所好。我明知道我们不大相信这种许诺的真实性。然而这类广告读多了，把这些异想天开的数字印进了我们的脑海；由于我们的信任力疏于戒备，它们提出的庞大金额已经在一定程度上变得真实可靠，我们已经倾向于认为一笔两百五十万的陪嫁是很可能、在道德上也很说得通的了。

因为,一个年轻姑娘,暴发户和女佣人的私生女,突然从生父那儿继承了一笔遗产,同时也得知了自己出身的污点,为了不向可能爱上她的人透露这一点,便通过一个世人常用的方法向陌生人发出呼吁,这方法本身就包含着对出身上的疵点的一种承认。

我的假设很愚蠢。然而我还是乐于信以为真。我们这些做公证人的,决不应该读小说;而我偏偏读过,先生。

五天以后,下午三点钟左右,我正在事务所工作,首席文书通知我:

"尚特弗利丝小姐到了。"

"请进。"

来者是个三十岁左右的女子,稍显肥胖,棕色头发,神情有些尴尬。

"请坐,小姐。"

她坐下,低声说:

"是我呀,先生。"

"不过,小姐,我还不曾有这个荣幸认识您呢。"

"我就是您写信给她的那个人。"

"为一桩婚事吗?"

"是呀,先生。"

"啊!很好!"

"我亲自来了,因为办这种事最好还是本人出面。"

"我同意您的意见,小姐。这么说,您是希望结婚?"

"是呀,先生。"

"您家里还有什么人?"

她犹豫了一下,垂下了眼睛,结结巴巴地说:

"不,先生……我的母亲……和我的父亲……都已经去世了。"

我打了个激灵。这么说,我猜对了——我心里突然对这个可怜的人产生了一股强烈的同情。我不再追问,免得惹她难过。我接着说:

"您的财产是不带债务的净资产吗?"

这一次,她毫不犹豫地回答:

"啊!是的,先生。"

我全神贯注地观察她;说真的,她并不让我反感,尽管比我想像中的过于成熟了一点。她是一个受看的女人,一个壮实的女人,一个能够持家的女人。我忽然生了一个念头:一旦证实她的陪嫁钱财并非虚幻,我索性跟她演一出小小的感情喜剧,取我虚构的委托人而代之,变成她的情郎。我于是跟她谈起我的委托人,把他描绘成一个郁郁寡欢的人,正直可敬,可就是有点体弱多病。

她连忙说:"哎呀!先生,我喜欢身体很健康的男人。"

"您会看到他的,不过得等上三四天,因为他昨天动身去英国了。"

"啊!真麻烦。"她说。

"天哪,说麻烦,也不麻烦。您急着回家吗?"

"一点不急。"

"那么,就在这儿待几天吧。我会尽量帮您打发这段时间的。"

"您真是太客气了,先生。"

"您住在旅馆里吗?"

她说出鲁昂顶好的那家旅馆的名字。

"那么,小姐,您允许您未来的……公证人今晚请您吃饭吗?"

她好像有些担心,不知怎样才好,犹豫着;后来,她终于下定了决心:

"好吧,先生。"

"我七点钟去您的住处接您。"

"好吧,先生。"

"那么,今晚见,小姐。"

"好吧,先生。"

我把她送到门口。

七点钟,我已经到了她的住处。她为我刚刚作了一番打扮,接待我时显得十分娇媚。

我带她到一家我熟识的饭店,点了一顿令人眼花缭乱的美餐。

一小时以后,我们已经成了好朋友,她跟我讲起自己的身世来。她母亲是个贵夫人,被一个贵绅诱惑生下了她。她被寄放在一个农民家里养大。她继承了父亲和母亲的大笔钱财,现在富有了。不过她不会说出父母的名字,永远也不会。问她父母的名字,那是白费工夫;求她也没用,她不会说的。我也不是非要知道不可,就问起她的财产的情况。她立刻像一个注重实际、对自己信心十足,对数字、对证券、对收入、对利率和投资都如数家珍的女人一样侃侃而谈起来。她在这方面的精明顿时增强了我对她的信任感,我变得更加殷勤,虽然还有所保留;不过我向她清楚地表现出我爱上了她。

她说了些调情的话,不过不失优雅。我请她喝香槟酒,我也喝;美酒下肚,我乱了方寸。我清楚地意识到我就要变得胆大妄为,我担心,担心自己,也担心她,怕她也会有点激动,怕她也会顶不住。为了让自己冷静下来,我又开始跟她谈她的陪嫁;必须以精确的方式对这笔钱财加以证实,因为我的委托人是个做生意的人。

她很痛快地回答:"啊!我知道。我把所有的凭证都带来了。"

"在这儿,在鲁昂?"

"是的,在鲁昂。"

"您放在旅馆里?"

"是呀。"

"您可以让我看看吗?"

"当然可以。"

"今天晚上?"

"当然可以。"

这一下省了我的大工夫。我付了账,我们就返回她的住处。

果然,她把所有的凭据都带来了。我无可怀疑了,因为我正在拿着它们,摸着它们,读着它们。我内心充满了喜悦之情,立刻萌生出一股拥吻她的强烈的愿望。我的意思是说,一股纯洁的愿望,一股人在高兴时会有的那种愿望。就这样我拥吻了她,天哪。一次,两次,十次……以至于……在香槟酒帮助下……我顶不住了……不……不如说……她顶不住了。

啊!先生,发生了这事以后,我一脸的不快……她也一样!她哭得泪如泉涌,求我不要辜负她,不要抛弃她。我答应了她的所有愿望。离开时我的情绪坏透了。

怎么办呢？我奸污了我的女委托人。如果我真有一个男委托人推荐给她，倒也罢了，可是我没有。我就是那个男委托人，天真的男委托人，被他自己欺骗了的男委托人。多么荒唐的局面啊！不错，我可以撒手不管她。但是陪嫁，那笔诱人的陪嫁，美好的陪嫁，是摸得着，稳可到手的呀！再说，这可怜的姑娘，在我这样出其不意地玷污了她以后，我有权抛弃她吗？可是以后会有多少烦恼哟！

跟一个这么容易屈服的女人在一起，真是太不安全！

悔恨不迭，心烦意乱，心惊肉跳，我就这样度过了一个犹豫不决的难熬之夜。不过，天亮时，我的头脑清楚了。我穿上一身讲究的衣服；十一点敲响时，我来到她下榻的旅馆。

她看到我时，刷地脸红到耳根。

我对她说：

"小姐，只有一件事可以弥补我的过失。我向您求婚。"

她结结巴巴地说：

"我同意。"

我娶了她。

半年过去了，一切都很好。

我出让了我的事务所，过着吃利息的生活。说真的，对我的妻子，我没有一点可责备的，一点也没有。

不过我渐渐发现，她时不时地出去，而且出去的时间挺长。这种情况总发生在固定的日子，一周是星期二，一周是星期五。我以为她有外遇了，于是跟踪她。

这是一个星期二。她在一点钟的光景出门，沿着共和国街往南走，向右拐，进了大主教宫后面的那条街，走上大桥街，一直到塞纳河边，顺着沿河马路一直走到石桥，过了河。从这时起，她好像很担心，经常回过头来观察过路人。

我穿一身煤炭商的服装，所以她没有认出我。

最后，她进了左岸的车站。我不再怀疑了，她的情人就要乘一点四十五分的火车到站。

我藏在一辆四轮货车后面等着。一声汽笛响……一批旅客涌出来……她走向前，冲过去，把一个乡下胖女人陪着的一个三岁的小女孩紧紧搂在怀里，激动地吻她。接着，她转过身，看见另一个孩子，年龄更小些，看不出是男孩还是女孩，由另一个乡下女人抱着；她扑了过去，使劲搂他，然后，她在两个孩子和两个保姆簇拥下，向幽深凄凉、专供散步的长长的王后大道走去。

我回家了。我惊愕万分，神情沮丧；似乎明白了，却又大惑不解，根本不敢再去猜测了。

她回来吃晚饭的时候，我朝她冲过去，大声吼叫：

"那些孩子是怎么回事？"

"哪些孩子？"

"你去圣瑟维尔车站接的乘火车来的那些孩子。"

她大叫一声，昏了过去。苏醒过来的时候，她一边涕泗滂沱，一边向我供认她有四个孩子。是的，先生，星期二两个，是两个女孩；星期五两个，是两个男孩。

这就是——多么可耻啊！——这就是她的钱财的来源。——四个父亲！……她就是这样积累起她的陪嫁。

"现在，先生，您看我该怎么办？"

律师严肃地回答：

"承认他们是您的孩子，先生。"

奥托父子[*]

1

这是一座半似农庄半似小城堡的混合型的乡村住宅,这类住宅从前几乎都是封建领主的宅邸,而现在全被大农庄主占有。在这座房屋的门前,几条猎犬拴在院子里的苹果树下,看见猎场看守人和几个孩子身背猎物袋走过来,嗥叫着,狂吠着。在厨房兼饭堂的大厅里,奥托父子、收税官贝尔蒙先生和公证人蒙达吕先生,出发打猎以前正在随便吃点什么、喝上一杯,因为今天是开猎的日子。

老奥托很为自己拥有的一切感到骄傲,急不可待地向客人们夸耀着能在他的土地上打到哪些猎物。他是个身材高大的诺曼底人,属于这种类型的男子汉:身强力壮,满面红光,骨骼粗大,肩膀能扛起整车整车的苹果。他半是农民,半是乡绅,有钱,受人尊敬,有威信,也难免有些独断专横。他曾经坚持要儿子塞扎尔·奥托上学,成为有教养的人;可是上到三年级,他又突然终止了儿子的学业,因为怕他变成对土地漠不关心的老爷。

塞扎尔·奥托几乎跟他父亲一样人高马大,不过比他瘦一点儿,是个好孩子乖儿子,听话,对一切都心满意足,对老奥托的意志和看法更是钦佩、尊重和崇敬到无以复加的程度。

收税官贝尔蒙先生是个矮胖子,通红的面颊上显露出细细的紫色静脉网,就像地图上江河的支流和迂回曲折的河道。他问:

"野兔呢?……有野兔吗?……"

---

[*] 本篇首次发表于一八八九年一月五日的《巴黎回声报》;同年收入短篇小说集《左手》。

老奥托回答:

"您要多少就有多少,尤其是在普依萨吉埃洼地一带。"

"咱们从哪儿开始呢?"公证人又问。这位公证人,整天乐呵呵的,浑身肥肉,面色苍白,也是大腹便便,上星期刚在鲁昂买的新猎装穿在身上紧巴巴的。

"那好吧,就从那儿,从洼地开始吧。咱们先把山鹑往平原上轰,再去那里围猎。"

说罢老奥托站起身。其他人也随着站起来,到墙角拿起各人的猎枪,检查一下枪机;脚的热气还没有把皮鞋烘软,就跺跺脚,走起路来稳当些。然后他们就走出去;拴着的猎犬也站起来,扯紧皮带,挥着爪子,发出尖声的吠叫。

他们开始向洼地进发。那是一片不大的谷地,更准确地说是一大块高低不平的贫瘠土地,也正因为土质不好,一直荒废着,长满了蕨类植物,成了猎物绝好的藏身地。

猎人们彼此拉开了距离。老奥托走在右边,小奥托走在左边,两位客人在中间。猎场看守人和背猎袋的孩子们跟在后面。这是庄严的时刻,大家都等着打响第一枪,心跳得有点厉害,紧张的手指时刻都触着扳机。

突然,第一枪打响了,是老奥托开的。所有人都停下来,只见一只山鹑脱离了振翅飞逃的伙伴们,坠落在一条荆棘丛生的沟壑里。那位兴奋的猎人立刻向前跑去,跨开大步,拨开荆棘,转眼就消失在灌木丛里,去寻找他的猎获物。

几乎立刻又传来第二声枪响。

"哈哈!坏包,"贝尔蒙嚷道,"他准是在沟里把一只野兔连窝端了。"

所有人都等着,眼睛紧盯着那堆视线穿不透的枝叶。

公证人把两手拢成喇叭筒,高喊:"您都找到了吗?"老奥托仍然没有回答。于是塞扎尔转过身去对猎场看守人说:"快去帮帮他,约瑟夫。我们得维持一条横线。不过我们等着你。"

约瑟夫是个枯瘦的老头,所有的关节都像打了结似的成为疙瘩。他不慌不忙地去了,像狐狸一样小心翼翼地寻找着可以钻过去的缺口,就这样下到那条沟里。刚下去,他立刻大声疾呼:

"哎呀!快来呀!快来呀!出事啦!"

所有人都跑过去,钻进灌木丛。老奥托侧身倒在地上,已经昏迷,两只手捂着肚子,一缕缕鲜血透过铅弹射穿的布上装一直流到乱草上。他伸手去捡打死的山鹑时,猎枪滑脱了,掉在地上撞了一下,第二颗子弹射出来,击穿了他的腹部。大家把他从沟里拖出来,脱掉他的衣服,看见一个可怕的伤口,肠子正从里面往外涌。于是,好歹包扎了一下,就把他抬回家,等医生来。已经派了人去请医生,并且也去请教士了。

医生来了;他脸色沉重地摇了摇头,转过身来对坐在椅子上啜泣的小塞扎尔说:

"我可怜的孩子,看来情况不妙。"

但是伤口包扎好以后,伤者的手指动了动,嘴张开了,接着眼睛射出迷惑、惊惶的目光;然后又好像在寻找记忆,想起来了,也明白是怎么回事了。他喃喃自语:

"见鬼,就这么完蛋了!"

医生握住他的手。

"不,不,休息几天就好了,没有什么大事。"

奥托又说:

"我完蛋了!我的肚子打穿了!我很清楚!"

接着,他突然说:

"如果我还有时间,我想跟我儿子谈一谈。"

小奥托一边忍不住地流着眼泪,一边像小孩子一样反复说着:

"爸爸,爸爸,可怜的爸爸呀!"

反倒是父亲语气更镇定些:

"好啦,别再哭了,这不是时候,我有话要对你说。坐在这儿,紧挨着我,很快就完,我就可以安心些了。你们其他人,请稍等一分钟,劳驾啦。"

所有人都退了出去,留下父亲和儿子。

等只剩下他们俩,父亲就说:

"听着,儿子,你已经二十四岁了,现在可以把这件事告诉你了。再说这事也不像我们搞的那么神秘。你知道你母亲过世已经七年了,不是吗?而我,现在也不过四十五岁,因为我十九岁就结婚了,不是吗?"

儿子结结巴巴说:

"是,是这样。"

"也就是说你母亲过世七年了,我一直没有再娶。可话又说回来了,像我这样一个人总不可能在三十七岁上就打光棍,是不是?"

儿子回答:

"是,是这样。"

父亲吃力地喘着气,脸色苍白,面部肌肉抽搐着,继续说:

"天哪,好痛呀!这么说,你理解。男人生下来不是为了打光棍的,可是我又不愿意找一个接替你母亲的人,再说我也答应过她不这样做。现在……你明白了吧?"

"明白了,父亲。"

"于是,我纳了一个女孩子,在鲁昂城里,胡瓜鱼街十八号,四楼,第二个门——我全告诉你了,别忘了——,这姑娘对我十分体贴,多情,忠实,像个真正的妻子,怎么?你听明白了吗,儿子?"

"听明白了,父亲。"

"因此,要是我走了,我应该给她留下些什么,而且是实实在在留下些什么,让她以后的生活能有个保障。你明白了吗?"

"明白了,父亲。"

"我跟你说她是个好姑娘,真的,一个好姑娘;要不是有你,要不是怀念你母亲,要不是因为这座房子里我们三个人共同生活过,我早就把她接到这里来,还会娶她做妻子,肯定的……听着……听着……儿子……我本可以立一份遗嘱……但是我没有这么做!我不愿意……因为不应该把事情……这些事情……写下来,这样做对合法继承人损害太大了……另外也会把一切都搞乱……这样做会弄得大家都破产!你听着,贴印花税票的纸张,不需要,而且永远也不要使用。如果说今天我有点钱,就是因为我一辈子也没有用过那东西。你明白了吧,儿子!"

"明白了,父亲。"

"你听着,听着……好好听着……我没有写遗嘱……因为我不愿意……再说我了解你,你心肠好,你不吝啬,不斤斤计较,我心里想,还是等我临终的时候,再把事情告诉你,要求你不要忘了那姑娘——卡罗琳娜·多奈,胡瓜鱼街十八号,四楼,第二个门,别忘了。——还有,再听着。等我走了,立刻到那里去——并且要安排得让她想起我的时候没有可埋怨的。——你有的是钱。——你办得到。——我给你留下的足够了……听着……你平时找不到她。她在莫洛太太的铺子里干活,博瓦希纳街。要星期四去。她总在这一天等着我。六年来这一天都是留给我的。可怜的姑娘,她一定会哭的!……我把这些都告诉你,是因为我非常了解你,我的儿子。这种事是不能公开说的,不能对公证人说,也不能对本堂神父说。这种事情做了,大家都会知道,但是除非万不得已,不能公开说出去。因此对外人都要保守秘密。除了家里人,不能让任何人知道,因为家里人全都跟一个人一样。你明白了吗?"

"明白了,父亲。"

"你答应了?"

"是的,父亲。"

"你能发誓吗?"

"是的,父亲。"

"我要求你,我恳求你,儿子,别忘了。这对我很重要。"

"不会忘,父亲。"

"你亲自去。我希望你亲眼去证实这一切。"

"好,父亲。"

"去了你就会看到……你就会看到她怎么向你解释。我,我不能再对你多说了。你发誓这么做了?"

"是的,父亲。"

"好了,儿子。拥吻我吧。永别了。我就要蹬腿了,我敢肯定。去请他们进来吧。"小奥托呜咽着拥吻了父亲,然后,还是那么听话,打开了门。教士身穿白色法衣,捧着圣油,走进来。

不过垂死的人已经闭上了眼睛,他拒绝再睁开,拒绝回答,甚至拒绝做一个动作表示他听懂了。

这个人呀,他已经说得够多了,没有力气再说了。另外现在他已经安心了,他想平静地死去。既然他已经向他的家人、向他的亲生儿子做了忏悔,还有什么必要向天主的代表忏悔呢?

他在朋友和跪着的佣人中间履行了圣事,涤了罪,得到了赦免,脸上始终没有一个表情显示他还活着。

他在午夜时分死去,在此以前他抽搐了四个小时,可见他经受了难以忍受的痛苦。

2

他星期二就下葬了,开猎的那一天是星期日。塞扎尔·奥托把父亲送到墓地以后回到家里,这个白天的剩余时间都在哭泣。接下去的一夜他只勉强睡了一会儿,醒来时他感到悲痛欲绝,甚至自己问自己:他怎么还能继续活下去。

不过此后的一天他直到晚上都在想,应该遵照父亲的遗愿,第二天就去鲁昂,看望住在胡瓜鱼街十八号,四楼,第二个门的名叫卡罗琳娜·多奈的姑娘。为了不忘记,他就像咕咕哝哝念经一样,低声重复着这个名字和地址,数不清有多少次;没完没了念叨的结果,他已经不可能打住,更不可能去想任何别的事了,因为他的舌头和头脑都被这句话完全控制了。

于是,第二天,八点钟左右,他就吩咐把格兰道尔支套在轻便双轮马车上,出发了。那匹壮实的诺曼底马在从安维尔通向鲁昂的大路上一路小跑。他上身穿着黑礼服,头上戴着缎子大礼帽,下身穿着用带子套在鞋底的马裤。考虑到时机不宜,他不愿意在这身漂亮的服装外面套上他那件蓝色罩衫。那种风一吹就会鼓起来的罩衫,能保护衣服不沾上尘土和污迹,一般在到达以后,一跳下车就马上脱掉。

十点钟敲响的时候他就到达鲁昂,像往常一样把马车停在三水塘街的老好人旅店,接受店老板、老板娘和他们的五个儿子的拥抱,因为他们已经得知不幸的消息。接着他不得不提供了关于这桩意外事故的一些细节,这让他又痛哭流涕一番;他不得不谢绝这些人的侍候,他们知道他有钱,对他特别地殷勤;他甚至不得不拒绝在他们这里吃午饭,这让他们觉得很没有面子。

他掸了掸帽子上的尘土,刷了刷礼服,揩了揩皮靴,就开始寻找胡瓜鱼街。他不敢向人打听,生怕被人认出来,或者引起别人的猜疑。

可是他怎么也找不到,最后看到一位教士,他相信教会的人出于职业习惯都是守口如瓶的,便上前询问。

只要再走一百步,右边第二条街就是。

这时候,他反而犹豫起来。在此以前,他一直像一个不开化的人一样服从死者的旨意。现在,想到他,做儿子的,就要和那个曾经是父亲情妇的女子见面,激动之余,不免感到尴尬和屈辱。千百年世代相传的教育在我们感情深处积累下的所有根深蒂固的道德理念,他从上教理课时起就学到的关于生活败坏的女人、关于男人——即便娶了这样一个女人——都对她们怀有本能的蔑视等种种偏见,他这个农民的全部狭隘的正直观,这一切在他的心里翻腾着,让他踟蹰不前,让他感到羞耻,脸都涨红了。

可是他想:"我已经答应了父亲。那就不应该言而无信。"于是他推开了门牌十八号的那座楼房的虚掩的门,发现一个晦暗的楼梯,爬到四层楼,看见一个门,然后是第二个门,找到铃绳,拉响了门铃。

旁边的房子里回响的铃声让他浑身打了个哆嗦。门开了,一个年轻女子出现在他眼前,她衣着整齐,褐色的头发,脸色红润,用一双惊异的眼睛看着他。

他不知道该对她说什么,而她呢,完全没有料到;她等的是另一个人,所以没有请他进去。他们就这样互相注视了半分钟之久。最后还是她问:

"您有什么事,先生?"

他嗫嚅道:

"我是小奥托。"

她吃了一惊,脸色顿时变得苍白,就像认识他已经很久了似的,结结巴巴地说:

"塞扎尔先生?"

"是的……"

"那么……"

"我父亲要我来和您谈一谈。"

她说了声"啊!我的天主!"便往后退了退,让他进去。他关上门,跟着她往里走。

他看见一个四五岁的小男孩正在和一只猫玩耍,那男孩坐在一个炉子前面,炉子上飘出温着的菜肴的香味。

"请坐。"她说。

等他坐下来……她问:

"有什么事吗?"

他不敢说了,眼睛盯着放在屋子中间的那张桌子,桌子上放着三份餐具,一份是孩子的。他再看那把背朝炉火的椅子,那个座位前面摆着的盘子、杯子、一瓶已经斟过的红葡萄酒和一瓶还没有打开的白葡萄酒。这是他父亲的座位,总是背朝炉火!他们正等着父亲。他看见父亲的面包摆在叉子旁边,他一眼就认出来了,因为老奥托的牙不好,总是先把面包的硬皮剥掉。接着,他抬起头,看见墙上挂着父亲的半身像,那是举行博览会那一年在巴黎拍的大照片,跟在安维尔的卧室床头上面挂的是同一张。

年轻女子又问:

"究竟是怎么回事,塞扎尔先生?"

他看着她。焦虑让她的脸色变得煞白,她等着,两手紧张得直抖。

他终于鼓起勇气。

"是这样,小姐,星期日开猎的时候,爸爸去世了。"

她是那么震惊,一下子呆住了。沉默了好一会儿,她才用低得几乎听不见的声音喃喃地说:

"啊!不可能!"

接着,泪水便猛然涌出她的眼眶,她抬起两手捂住脸痛哭起来。

这时,小男孩转过头,见母亲在哭,就喊叫起来。接着,他明白了母亲伤心是由这陌生人引起的,便冲向塞扎尔,一只手揪住他的马裤,另一只手使劲敲打他的腿。塞扎尔置身在这个为他父亲哭泣的女人和这个保护自己母亲的孩子之间,不知所措,又深受感动。他觉得自己也被这激情的场面感动了,悲伤得眼里满含泪水;为了恢复平静,他开始讲起来。

"是的,"他说,"不幸的事情发生在星期日早上,八点钟光景……"就好像她在听似的,他叙述着,不遗漏任何细节,以农民惯有的精细说着哪怕是最微不足道的小事。小男孩还在打他,甚至踢起他的踝骨来。

当他讲到老奥托谈到她的时候,她听见自己的名字,便露出脸来,说:

"对不起,我没有听清楚,我希望知道……如果不太麻烦您的话,请您重说一遍。"

他于是用同样的措辞重新说起来:"不幸的事情发生在星期日,八点钟光景……"

他把事情从头到尾慢慢道来,有逗有句,有条不紊,时不时还加上他自己的想法。她聚精会神地听着,以女性的敏感领会着他叙述的每一个意想不到的波折,吓得浑身战栗,时而呼喊一声:"啊,我的天主!"那男孩子以为她已经没事了,也就不再打塞扎尔,走过去拉着母亲的手,也听起来,好像听得懂似的。

小奥托叙述完事情的经过,接着说:

"现在,咱们就按照他的愿望一起安排一下吧。您听着,我生活挺宽裕,他给我留下了财产。我不希望您将来有什么可埋怨的……"

但是,她激动地打断了他的话。

"啊!塞扎尔先生,塞扎尔先生,别在今天。我的心都碎了……下一次,改一天吧……不,别在今天……即便我接受,您听着……那也不是为了我自己,不,不,不,我向您发誓。那是为了孩子。再说,那笔钱会存在他的名下。"

听到这里,塞扎尔一脸惊愕,他猜测着,结结巴巴地问:

"这么说……这孩子……是他的?"

"是呀。"她说。

小奥托带着复杂、强烈和痛苦的感情看着他的弟弟。

他们沉默了好一会儿,她又哭了起来,塞扎尔感到十分尴尬,就说:

"那么,好吧,多奈小姐,我就走啦。您希望咱们什么时候谈这件事呢?"

她大声说:

"啊!别,别走,别走,别把我一个人和埃米尔撇在这儿!我会伤心死的。除了我的孩子,我什么人也没有了,什么人也没有了。啊!太可怜了,太可怜了,塞扎尔先生!嗯,来坐下。您再跟我说说。请告诉我,您平时在那边都做些什么。"

塞扎尔就坐了下来,他已经习惯于服从了。

她为自己搬了一张椅子放在还温着菜的炉子前面,靠近他的椅子;她把埃米尔抱在膝头,接二连三问了塞扎尔许多关于他父亲的事,从所问的这些家常小事,就能看出,不假思索就能够感到,她是一片至诚地用她那颗女人的可怜的心深爱着奥托。

他的思想并不丰富,一环接一环下去,自然而然地又回到那件意外事故上,他重新一个细节不漏地叙述起来。

当他说到"他肚子上打出一个窟窿,能伸进去两个拳头"的时候,她失声大叫,又开始鼻涕眼泪地啜泣。这时,塞扎尔受到感染,也哭起来。眼泪总是能够让人的心变得更加温柔,他向额头本来就离他的嘴不远的埃米尔俯下身去,亲吻他。

母亲稍稍恢复了平静,喃喃地说:

"可怜的孩子,他成了孤儿了。"

"我也是呀。"塞扎尔说。

他们都不再做声了。

突然,家庭主妇那惯于把一切都想得很周到的持家的本能,在这年轻女子的身上觉醒了。

"您大概一早上什么也没吃吧,塞扎尔先生?"

"没有,小姐。"

"啊!您一定饿了。您吃一点吧。"

"谢谢啦,"他说,"我不饿,我太难过了。"

她回答:

"不管多么难过,还是要活下去呀,您就别拒绝我啦!然后您再多待一会儿。您要是走了,我真不知道我会怎么样。"

他又推辞了一番,终于让步了,背朝炉火,在她的对面坐下。他吃了一盘在炉子上噼啪炸响的爆牛肚,喝了一杯红葡萄酒。他坚决不让她再开那瓶白葡萄酒。

小男孩下巴上沾满了菜汁,他给他擦了好几次嘴。

他起身准备离开了,问:

"您希望我什么时候再来商谈这件事呢,多奈小姐?"

"如果您方便的话,下星期四吧,塞扎尔先生。这样的话我也不会耽误时间。我每个星期四都有空。"

"对我也合适,下星期四见。"

"您来吃午饭,是不是?"

"哦!这个嘛,我就不能答应了。"

"这样咱们可以安心地谈一谈。时间也充裕一些。"

"那么,好吧。就中午十二点。"

他再次亲吻了小埃米尔,又同多奈小姐握了手,就走了。

3

这一个星期对塞扎尔·奥托来说似乎十分漫长。他从来也没有感到过孤单,到现在他才觉得孤寂得无法忍受。在此以前,他一直生活在父亲身边,像父亲的影子一样,跟随父亲去田间,监督父亲的指令的执行情况,即使离开父亲一会儿也会在吃晚饭时又见到他。每天晚上他们面对面抽着烟斗,絮叨马、牛和羊;一觉醒来握手就好像在交流深厚的亲情。

现在塞扎尔是孤独一人了。他在秋天的耕地里徘徊,依然期待着父亲那指手画脚的高大身影会出现在田野的尽头。为了挨磨时间,他走进一个又一个邻居家,向所有还未听过的人讲述那个意外事故,有时甚至向听过的人也要重复一遍。然后,等到再没有什么可做、再没有什么可想了,他就会在大路边坐下,自己问自己:这样的生活是否会长久持续下去。

他常常想到多奈小姐。他很喜欢她。他觉得她很得体,就像父亲说的,是个温柔、善良的姑娘。他决定要慷慨大度地行事,给她两千法郎的年息,本金归在孩子的名下。想到下星期四就能再见到她,和她一起安排这件事,他甚至感到某种说不出的喜悦。此外,想到这个弟弟,这个五岁的小家伙,他有点困扰,有点烦乱,同时也有些激动。这个永远也不会姓奥托的私生子,是他的血亲,一个不管他接受或者抛弃、但永远让他想起父亲的血亲。

因此星期四早上,当格兰道尔支伴着铃声快步小跑拉着他奔驰在前往鲁昂的大路上时,他感到自从不幸事故发生以来,他心里还不曾这样轻松过,不曾这样平静过。

他走进多奈小姐的那套房子时,看到饭桌已经像上星期四那样摆好,唯一的区别是面包皮没有剥掉。

他握过年轻女子的手,亲吻过埃米尔的双颊,就坐下,有点像在自己家里一样,不过心情依然有些沉重。他发现多奈小姐好像瘦了一点,苍白了一点。她一定哭得很厉害。她现在在他面前显得有些拘谨了,好像她意识到上星期在不幸事件突如其来的冲击下自己没有感觉到的东西;她以过分的敬重、痛苦的谦卑和感人的照料接待他,似乎要用关切和忠诚来报答他对她的善意。他们午饭吃得时间很长,一边吃一边谈着他这次来要办的事。她不愿意要那么多钱。那太多了,实在太多了。她挣的钱够维持生活的,她只是希望埃米尔长大的时候能给他准备下几个钱。塞扎尔坚持要给,甚至还因为她有丧事而额外给她一千法郎的礼金。

他喝过了咖啡,她问:

"您抽烟吗?"

"抽……我有烟斗。"

他在口袋里摸了摸。见鬼。他忘了带!他正在感到遗憾,她把放在橱柜里的他父亲的一根烟斗递给他。他接受了,拿过来,认出了,闻着,声音激动地称赞它的质量,装上烟草,点着了。然后,他让埃米尔骑在他的腿上玩骑马。这时她收拾饭桌,把脏的餐具放到碗橱的底格,等他走了以后再洗。

三点钟左右,他不情愿地站起来,想到要走了,心里十分懊丧。

"好吧,多奈小姐,"他说,"祝您晚安。很高兴发现您是这样一个人。"

她站在他面前一动不动,脸通红,很感动,看着他,不由得想起另一个人。

"咱们不再见面了吗?"她说。

他直截了当地回答:

"见呀,小姐,只要您乐意。"

"当然乐意,塞扎尔先生。那么,下星期四,您看行吗?"

"行,多奈小姐。"

"您来吃午饭吧,当然啦。"

"这个……如果您愿意的话,我不拒绝。"

"就这么说定啦,塞扎尔先生,下星期四,中午,像今天一样。"

"星期四中午,多奈小姐!"

布瓦泰尔[*]

献给罗贝尔·潘松①

1

安托万·布瓦泰尔大叔在整个这一带是专门干脏活儿的。人们要清一个坑、一厩肥、一口污水井,或者要掏一个阴沟、一洼烂泥什么的,总是去找他。

他带着掏污的工具来了;一开始干活,他就唉声叹气地抱怨起自己的行当来。如果有人问他:既然如此,何必还要干这让人厌恶的营生?他会无可奈何地回答:

"敢情,我有一大堆孩子要养活哟。干这个总比干别的挣得多一点。"

确实,他有十二个孩子。要是人家问起他们现在怎么样,他总是漫不经心地说:

"还剩八个在家里,一个在服兵役,五个已经成家。"

可是如果有人想知道那些孩子的婚姻美满不,他就会情绪激动地回答:

"反正我没有反对过他们。我在任何事情上都没有反对过他们。他们喜欢跟谁结婚就跟谁结婚。爱好是不能反对的,否则会坏事。我

---

* 本篇首次发表于一八八九年一月二十二日的《巴黎回声报》;同年收入短篇小说集《左手》。

① 罗贝尔·潘松(1846—1925):莫泊桑的好友,曾演过莫泊桑青年时的剧作,与莫泊桑一起在塞纳河划船。后任鲁昂图书馆馆长,为莫泊桑的小说创作提供过一些故事素材。

如今为什么是干脏活儿的,就是因为父母当年反对我的爱好。要不,我也许已经跟别人一样当上工人了。"

请听当年他父母是在什么事情上阻挠他的爱好的。

他当时在当兵,驻扎在勒阿弗尔。他不比别人笨,也不比别人机灵,只是有点儿过于单纯。自由时间,他的最大乐趣就是去码头上溜达;那里聚集着一些卖鸟的商贩。他有时独自一人,有时和一位同乡结伴,沿着一个个鸟笼子不慌不忙地走。笼子里有绿背黄头的亚马孙河鹦鹉、灰背红头的塞内加尔鹦鹉,仿佛在暖房里培育出来的硕大的羽色华丽、羽冠高耸、好像由擅长微缩艺术的善良天主精心着色的金刚鹦鹉,以及红色、黄色、蓝色和五色斑斓的爱蹦爱跳的小的、很小的鸟儿。这各种各样的鸟儿,把它们的啼声跟码头的嘈杂声交织在一起,给卸货船只、行人和车辆的扰攘增添了遥远而神奇的森林才有的响亮、尖锐、叽叽喳喳、震耳欲聋的喧声。

布瓦泰尔时不时地停下来。他兴致勃勃,睁大了眼,张着嘴,向囚笼里的白鹦鹉露出他的牙齿;这些鹦鹉则用它们白色或黄色的羽冠,朝他的红色短套裤和裤带的铜扣子频频点头致意。每当他遇到一只会讲话的鸟,便向它提问;如果这只鸟这天肯于回答他并且和他对话,他会一直到晚上都感到高兴和满足。看猴子他也乐不可支。他简直不可想像,除了像养猫养狗一样拥有这些鸟儿,一个有钱人还能有什么更奢华的享受。他这种爱好,这种对异国事物的爱好,是生来就有的,就像有些人爱打猎,有些人爱行医或者传教。总之,每次兵营大门一开,他就急不可待地来到码头,仿佛有一股强烈的欲望吸引着他似的。

有一天,他几乎陶醉了似的站在一只奇大无比的金刚鹦鹉前面,看那鹦鹉蓬起羽毛,身子俯下又挺起,就像在鹦鹉国的朝廷上行大礼。就在这时,只见与鸟店毗邻的一家小咖啡馆的门开了,一个扎红头巾的黑人姑娘走出来,把店堂里的瓶塞子和灰沙扫到街上。

布瓦泰尔对动物的注意力马上分了一半给这个女子;他甚至弄不清,他此刻最惊喜交加地注视着的,是这两种生物中的哪一种。

黑姑娘把咖啡馆里的垃圾扫出来以后,抬起头,看见这身士兵的制服,也好一阵子眼花缭乱。她面对他站着,手拿扫帚,就像在向他举枪致敬;而这时那只金刚鹦鹉还在继续鞠躬行礼。过了一会儿,这当兵的被看得不好意思,迈着小步走开了,免得像是落荒而逃。

不过他后来又来了。他几乎每天都要从科洛尼咖啡馆前面经过,而且经常隔着玻璃窗看到这个黑皮肤的小个子女佣给港口的水手们端啤酒或者烧酒。看见他,她也经常走出门来。很快,虽然他们还没有说过话,可是已经像熟人似的互相微笑致意了。看到姑娘深色的双唇间突然露出闪亮的牙齿,布瓦泰尔的心就激动起来。一天,他终于走进去;发现她和大家一样在讲法语,他大感惊异。他要了一瓶柠檬水,请她喝一杯,她接受了,这成了他记忆中永远难忘的最甜美的一瓶柠檬水。他甚至养成了习惯,常去这家港口小咖啡馆喝各种他的收入允许的软性饮料。看这小女佣的黑手往他的杯子里倒什么,露出比眼睛还明亮的牙齿,成了他节日一样的欢乐时刻,不断思念的一种幸福。经过两个月的交往,他们成了好朋友。布瓦泰尔惊奇地发现,这黑女人的想法和本地女子的正统想法完全一致,也节俭、勤劳、虔诚信教、循规蹈矩,就越发爱她了,甚至爱到要娶她。

他把这计划告诉了她,她高兴得手舞足蹈。而且她还有一点钱,是一个收养过她的卖牡蛎的女贩子留给她的。她当初被一个美国船长搁在勒阿弗尔的码头上。那船长是在船开出纽约数小时以后才发现她的,当时她才六岁,蜷缩在船舱里的棉花包上;船到勒阿弗尔,他就把这个不知被谁、也不知怎样被藏在他船上的小黑娃儿丢给这个好心的卖牡蛎的女人照管。卖牡蛎的女商贩死了,年轻的黑姑娘就成了科洛尼咖啡馆的女佣。

布瓦泰尔又说:

"如果我父母不反对,就这么办。不过你要知道,我无论如何不能违背他们的意思,那是绝不能的!我下次回家就争取他们的同意。"

果然,接下来的一个星期,他获准休假二十四个小时,就回家了。他父母在依弗托附近的图尔特维尔务农,有一个小庄园。

他等待着饭后喝咖啡,那时候说话都比较坦率,最适合告诉父母他找到一个合他心意、各方面都合他心意的姑娘,在这世界上也许再也没有这么让他称心满意的姑娘了。

两个老人,一听到这个话题,马上变得谨慎起来,要他说详细些。他什么也没隐瞒,除了她皮肤的颜色。

她是个女佣,财产不多,可是勤劳、整洁、品行端正,而且是个好参谋。所有这些比一个不会过日子的女人的钱更有价值。再说,她还是有一点钱的,那一小笔钱,也差不多相当于一份嫁妆了,明说了就是一千五百法郎的储蓄。两老被他说服了;他们相信他的判断,所以逐渐退让。这时他该谈到那棘手的一点了。他有些勉强地笑了笑,说:

"只有一件事,也许不合你们的心意:她长得不白。"

他们不解其意;为了不引起他们的嫌恶,他不得不费了很长时间字斟句酌地向他们解释,说她属于一个深肤色的种族,这样的人他们只在埃皮纳尔的画片上看到过。

这时他们不安起来,有些困惑,甚至有些惊慌了,仿佛他向他们提出要和魔鬼结亲似的。

"黑?多黑?浑身都黑吗?"

他回答:"当然啰,全身都黑,就像你全身都白一样。"

父亲接着说:"黑?是不是像锅底那么黑?"

他回答:"也许稍微好一点!不过黑得一点也不让人讨厌。本堂神父的教袍也是黑的,可是并不比白色的宽袖法衣难看呀。"

父亲说:"在她本国,还有比她更黑的吗?"

儿子深信不疑地说:

"当然有！"

但是那老人却摇了摇头。

"那一定很让人讨厌。"

儿子说：

"并不比别的东西让人讨厌，用不了多久就习惯了。"

母亲问：

"这种皮肤，不会弄脏内衣吗？"

"不会的，跟你的皮肤一样，因为那只是她的肤色。"

总之，在又提了很多问题以后，大家商妥：在见到那姑娘以前，二老先不做任何决定；小伙子下月就服役期满，到时候把她带回来仔细瞧瞧，商量一下再决定她是不是黑到不能进布瓦泰尔家的程度。

于是，布瓦泰尔宣布：五月二十二日，星期日，他将带女朋友一起到图尔特维尔去。

为了这趟前往情郎父母家的旅行，她穿上了以黄、红和蓝为主色的最美、最耀眼的衣服，就像为国庆节而张起的一面彩旗。

从勒阿弗尔动身的时候，在车站里，很多人都看她；布瓦泰尔胳膊上挽着一个如此引人注目的姑娘，很觉自豪。后来，进了三等车厢，她坐在他旁边，农民们更是大为惊奇，连相邻车室的人也登上长凳从隔板上面看她。看到她的样子，一个小孩吓哭了，另一个小孩把脸躲进母亲的围裙。

不过直到终点站一切顺利。只是车快到依弗托减速前进的时候，安托万不自在起来，就好像军事理论课还没温习好，却就要面临考核。过了一会儿，他从车门探出身，远远地认出拉着驾车马缰绳的父亲，和一直挤到拦住看热闹的人的栅栏前的母亲。

他第一个下车，把手伸给女朋友，然后，像护送一位将军似的，向家人走去。

母亲见这个穿得花里胡哨的黑女人由儿子陪伴着走过来，惊讶得半天说不出话来；而父亲好不容易才稳住那匹不知让火车头还是让黑女人惊得连连直立的马。不过布瓦泰尔呢，又见到二老，由衷地高兴，

猛扑过去,亲了母亲,又亲父亲,也不管那匹小马多么惊骇。然后,他转身朝着正被异常惊奇的路人驻足观望的女伴,解释道:

"她来了。我对你们说过,乍一看,她是有点儿让人受不了,可是一旦了解了她,千真万确,世上没有比她更讨人喜欢的了。向她问个好,免得她紧张。"

布瓦泰尔大妈已经吓得没了主张,忙行了个屈膝礼;大叔则摘下鸭舌帽,低声说了句:"祝您万事如意。"接着,他们没再耽搁,就爬上小马车。两个妇女坐在后面的椅子上,路上遇一个坎儿,她们就颠得蹦几下。两个男人在前面,坐在一条长凳上。

谁也不言语。忐忑不安的布瓦泰尔用口哨吹着一首兵营里的曲子。父亲拿鞭子抽打着小马。母亲时不时用打探的目光瞅一眼那黑姑娘。黑姑娘的脑门儿和颧骨像刚擦了油的皮鞋似的在阳光下闪亮。

安托万决意打破坚冰,他回过头:

"我说,怎么不聊点儿什么?"

"慢慢来呀。"母亲回答。

他又说:

"要不,你给小姑娘讲讲一只母鸡八个蛋的故事吧。"

这是个家里人都知道的笑话。可是母亲心烦意乱得连动弹的力气也没有了,始终一言不发;因此他就亲自动口讲这个难忘的奇遇故事,一边讲一边乐。父亲已经把这故事熟记在心,刚听了开头就笑逐颜开。他妻子也紧跟着露出了笑容。连那个黑姑娘,听到最逗乐的段落时,也突然放声大笑;笑声很响,像车轮隆隆,像湍流汹涌,把马激得一阵小跑。

大家熟悉了,就开始交谈。

到了家,众人下了车,布瓦泰尔把女友领到屋里脱掉连衣裙,免得弄脏,因为她要做一道拿手的菜,以口腹之惠取得二老的欢心。然后他把父母拖到门外,心里直打鼓,但还是问:

"嗳,你们说怎么样?"

父亲不吭声。母亲胆子大些,表示:

"她太黑了! 不行,真的,太黑了。我都吓坏了。"

"您会习惯的。"安托万说。

"可能吧;不过现在还不习惯。"他们走进屋。好心的女人看到黑人姑娘正在做菜,很感动,于是撩起裙子帮着干起来,而且不顾自己年纪大,干得很起劲。

这顿饭很香,吃了很久,吃得很愉快。接着他们又到屋外去兜一圈,安托万乘机把父亲拉到一边,问:

"喂,爸,您说怎么样?"

这农民还是不肯表态。

"我什么意见也没有;去问你妈。"

于是安托万又去找他母亲,把她拖到后面:

"嗳,妈,您说怎么样?"

"我可怜的孩子,真的,她太黑了。哪怕少许不那么黑,我也不会反对,可是她太黑了。简直像撒旦①。"

他不再央求,因为他知道老太太固执;可是他感到一阵悲伤像暴风雨般袭上心头。他寻思自己该做什么,还能想出什么招儿来;而另一方面他又奇怪她怎么未能征服二老,既然她曾经让自己一见钟情。他们四个人慢步穿过麦田,又渐渐沉默下来。当他们沿着一道篱笆走时,庄园主人都出现在栅栏门边,顽童们爬上高坡,所有人都涌到路边,看布瓦泰尔家的儿子带回来的"黑女人"走过。老远就可以看到人们穿过田野跑过来,就像听到击鼓宣布怪物表演时赶来观看似的。布瓦泰尔大叔和大妈见他们每到一处都引起这么大的好奇心,吓坏了,连忙肩并肩加快脚步,远远地走在儿子前面;这时候儿子的女伴正在问他,他父母对她有什么看法。

他迟迟疑疑地说他们还没有做出决定。

可是在村公所的广场上,兴奋的人们从各家各户蜂拥而出;面对粗鲁的人群,两位老人连忙逃跑,一直跑到家;怒气冲冲的安托万挽着他的女朋友,在惊讶得目瞪口呆的乡邻面前,高视阔步地前进。

他明白这件事算完了,再也没有希望,他娶不了他的黑姑娘。她也

---

① 撒旦:《圣经》故事中的魔鬼。

明白了。快到他家庄园的时候,他们两人都痛哭起来。他们一到家,她就脱掉连衣裙帮大妈干活;大妈走到哪儿,她就跟到哪儿,去乳品房,去牲口棚,去家禽场,拣最重的活儿干,不断地说:"让我来干,布瓦泰尔太太。"以致到了晚上,老太太深受感动,虽然她依然毫不容情。她对儿子说:

"不管怎么说,她是个好姑娘。很可惜,她长得这么黑,真的,她太黑了。我没法习惯;她一定得回去,她太黑了。"

于是儿子对他的女朋友说:

"她不愿意,她觉得你太黑了。你只能回去了。我把你送上火车。没关系,别难过。你走了以后我再跟他们谈。"

他于是把她送到车站,说了些让她还抱着希望的话;拥吻了她以后,他扶她登上车厢,泪水汪汪地目送列车远去。

他徒劳地哀求双亲。他们无论如何也不同意。

每当安托万·布瓦泰尔讲完这个尽人皆知的故事,总是补充说:

"从那以后,我就对什么都没有心思了,压根儿没有心思了。什么行当都提不起我的兴趣,我就变成了现在这个样子:一个干脏活的。"

常有人对他说:

"可您还是结婚了呀。"

"没错,我不能说不喜欢我老婆,既然我已经生了十二个孩子;可是她跟另一个根本不一样,啊,不,肯定不一样!另一个,嘿,我的黑女人,只要她看我一眼,我就神魂颠倒。"

港　口*

1

三桅横帆船"护风圣母"号于一八八二年五月三日驶离勒阿弗尔,远航中国海,历经四年的辗转奔波,终于在一八八六年八月八日返抵马赛①港。它先去某中国港口卸下第一批货,就地接载了一批新货赶往布宜诺斯艾利斯②,从那里又装了商品转赴巴西。

另外的几段航程,加上海损、大修、动辄数月的无风期、把船刮出航线的大风,总之,种种的事故、险遇和灾难,让这艘诺曼底的三桅帆船长期远离祖国,直到今天才载着满舱的马口铁盒的美国罐头食品回到马赛。

启程时,除了船长和大副,还有十四名水手,八个是诺曼底人,六个是布列塔尼人。回来时,只剩下五个布列塔尼人和四个诺曼底人了;有一个布列塔尼人在航程中死掉,四个诺曼底人在不同情况下失踪;两个美国人、一个黑人和一个挪威人补了他们的缺,这挪威人是一天晚上在新加坡的一间酒馆里收罗来的。

这条大船收起帆,横桁成十字形悬在桅杆上,由一条呼哧喘息的马赛拖轮拽着;风突然停息,浪逐渐平静,船在余波上滑行。它驶过伊夫岛③,

---

* 本篇首次发表于一八八九年三月十五日的《巴黎回声报》;同年收入短篇小说集《左手》。

① 马赛:法国第二大城市,著名的商港,地处罗纳河口,濒临地中海。
② 布宜诺斯艾利斯:阿根廷首都,地处拉普拉塔河口,濒临大西洋。
③ 伊夫岛:地中海上的一个小岛,面临马赛城,古代曾为监狱,因大仲马小说《基督山伯爵》对它的描写而著名。

接着又经过一路礁岩,驶向被夕阳蒙上一层金黄色水汽的锚地,进入老港①。来自世界各地的船只,舷挨着舷沿码头挤个水泄不通。这些船杂乱无章,有大有小,式样纷呈,装备各异,浸在这过于狭小的港湾里,就像一盆船的杂烩鱼汤;船体在满港的臭水里互相摩擦、碰撞,就像泡在鱼汤里。

一艘意大利双桅横帆船和一艘英国双桅纵帆船给这位伙伴腾了个空儿,"护风圣母"号才靠岸停下。办完海关和入港手续,船长就允许三分之二的船员上岸去消磨一个晚上。

夜晚已经来临。马赛城灯火通明。在这炎热的夏日傍晚,这座喧闹的城市充满人声、车声、马鞭声和南方欢快活跃的气氛,上空飘荡着带有蒜味的做菜的香味。

一上岸,十个在海上颠簸了好多个月的男子汉就开始慢慢地往前走。他们好像来到一个陌生的国度,迟迟疑疑的,已经不习惯城市环境;他们两人两人的,就像举行仪式的行列。

他们一摇一晃地走着,摸索着方向,用嗅觉探察着通到港口的那些小街;在海上的最后两个来月里不断增强的性的饥渴,令他们兴奋不已。几个诺曼底人走在前面,带头的是赛勒斯坦·杜克洛,一个强壮、机灵、个头高高的小伙子,每次上岸他就成了其他人的领队。他总能猜得出什么地方好,别出心裁地找乐子,而又很少冒失地参加港口里经常发生的水手间的斗殴。不过万一卷进去了,他可是什么人也不怕。

一条条昏暗的街道像阴沟一样顺坡而下直到海边,而且涌出浓重的臭味,一种贫民窟的气味。几经犹豫,赛勒斯坦选定了一条像走廊一样曲曲折折的路。各个门头上都伸出一盏灯,灯罩的彩色毛玻璃上标着老大的号码。狭窄的门槛下,都有像女佣似的系着围裙的女子,坐在麦秸垫的椅子上,见他们走来就连忙站起,三步两步走到街心的水沟边,截住这伙男子汉。这时他们正低声唱着,嬉笑着,慢慢往前走;娼妓们的牢房近在眼前,他们已经心急火燎。

---

① 老港:马赛港的主要码头,历史悠久,也因大仲马小说《基督山伯爵》对它的描写而著名。

有时候，在门厅尽头，包着褐色皮子的第二道门突然打开，走出一个不穿外衣的胖姑娘，粗壮的大腿和肥肥的腿肚子，透过大网眼白线紧身内衣看得一清二楚。她的裙子短得很，仿佛一条蓬松的腰带；她胸脯、肩膀、胳膊上软塌塌的粉红色肌肉，和那件黑丝绒镶金边的胸衣很不协调。她远远地招呼着："还不快来，帅哥们？"偶尔还会亲自走过来，攀住他们当中的一个，就像一个蜘蛛拖着一个比它还大的虫子，铆足了劲地往她的门里拽。那男人被这种接触撩得激动起来，有气无力地推拒着；其余的人停下来看，想立刻进去，又想再延长一会儿这吊胃口的漫步，犹豫不决。后来，那女人死乞白赖终于把那个水手拖到门口，眼看着整个团伙都要跟随他落入陷阱，对窑子的好坏了如指掌的赛勒斯坦·杜克洛突然大叫："别进去，玛尔尚，这地方不行。"

那个水手听到他的喊声，马上服从，猛地一甩，脱身出来；大伙儿重新整好队形继续往前走，身后还回响着那个气急败坏的姑娘的污秽的谩骂声。而在他们前面的整条小街上，又有一些女人听到吵闹而从各自的门里出来，用嘶哑的嗓音招徕他们，保证让他们样样满意。一边是街上坡爱情的守门人们争相宣布的许诺和诱惑，一边是街下坡失望的姑娘们遭到轻蔑的心里争相发泄的恶毒的诅咒，他们越走越兴奋。他们时不时地会遇到另一帮人：佩刀碰在腿上铿锵作响的军人、和他们一样的水手、独来独往的小市民，以及店员。走几步就可以看到一条密布着暧昧标志灯的小街。他们就这样在这低级声色场的迷宫里，在渗着臭水的滑腻的石子路上，在充斥着女人肉体的房屋之间走呀走呀。

终于，杜克洛做出决定，在一所门面还算好的房子前面停下，叫大伙儿都进去。

2

玩得果然尽兴！四个钟头里，这十个水手饱尝了爱和酒。六个月的工资也挥霍一空。

他们一走进咖啡大厅就受到阔爷般的款待。他们用恶意的眼光看着被安排在偏僻小桌上的普通常客，闲着的姑娘虽多，却只有一个穿得像胖娃娃或者音乐咖啡馆歌女的姑娘跑来跑去伺候他们,完了就在一边坐下待着。

他们一到,就每人挑选了一个女伴,而且整个晚上都留在身边,因为一般百姓是不喜新厌旧的。他们把三张桌子合并起来;喝完满满的头杯酒,两人的行列变成单人,和水手数目相等的女人加进来,在楼梯上重新整队。每一对人四只脚踏在木质阶梯上响了好久,直到这支长长的爱情纵队在通向几间客房的窄门里消失。

完了事,他们下楼来喝酒,然后又上楼,然后又下楼。

现在,人快醉了,嘴就欢起来!个个都两眼通红,怀里坐着喜爱的女人,有的叫喊,有的唱,用拳头敲着桌子,往嗓子里灌着酒,尽情发泄着人类粗野的本性。赛勒斯坦·杜克洛在伙伴们中间,紧搂着一个骑在他腿上的高个儿、红脸蛋的姑娘,贪婪地瞅着她。他醉得没有其他人那么厉害,倒不是酒喝得少,而是还动着脑筋;他是个很温存的人,想谈谈心。他的头脑已经有点不听使唤,乱一阵,清醒一阵,然后又彻底乱了,连刚才想说的话也想不起来了。

他笑着,啰里啰唆地问:

"这么说,这么说……你在这儿很久啦?"

"六个月啦。"那姑娘回答。

他好像对她感到十分满意,仿佛这是品行优良的一个证明似的;接着又问:

"你喜欢这一行吗?"

"慢慢就习惯了。也不见得比干别的差。做佣人也好,当婊子也好,反正都是肮脏的行当。"

这倒是实在话,他再一次露出赞同的表情。

"你不是本地人吧?"他说。

她没有回答,而是用头做了个"不"的动作。

"从很远的地方来的吧?"

她用同样的方式做了个"是"的表示。

"从哪儿来的?"

她好像在思索,在慢慢回忆,然后才喃喃地回答:

"佩皮尼昂①。"

他再一次显出满意的样子,说:

"啊,原来如此!"

现在,轮到她问了:

"你呢,你是水手?"

"是呀,我的美人儿。"

"你是从很远的地方来吧?"

"是呀!我见过很多国家,很多港口,什么都见过。"

"你已经兜了地球一圈了吧,也许?"

"那还用说,不止一圈,已经有两圈了。"

她又显出犹豫的神情,像是在脑海里寻找一件已经遗忘了的事,然后,用有点不同的严肃些的声调问:

"你一路上遇到过很多船吧?"

"那还用说,我的美人儿。"

"你是不是碰巧遇见过'护风圣母'号?"

"那不过是上个星期的事。"

她的脸变得煞白,一点血色也没有了。她问:

"真的,是真的吗?"

"真的,就像我在跟你说话一样。"

"你该不是在撒谎吧?"

他举起手。

"善良的天主作证!"

"那么,你知道赛勒斯坦还在船上吗?"

他大吃一惊,开始不安起来;不过,在回答以前,他想多了解一点情况。

"你认识他?"

现在轮到她多个心眼儿了。

"哦,不是我,有一个女人认识他。"

---

① 佩皮尼昂:法国南部靠近地中海的一个城市。

"是这儿的一个女人?"

"不,是附近的。"

"就在这条街上?"

"不,在另一条街上。"

"啥样的女人?"

"嗨,一个女人呗,一个像我一样的女人。"

"找他干啥,这个女人?"

"我也跟你说不清,同乡吧!"

他们互相注视着,窥探着,已经感到、猜到彼此之间就要出现什么严重的事。

他又问:

"这个女人,我能见见吗?"

"你要对她说什么呢?"

"我要告诉他……我要告诉他……我看见过赛勒斯坦·杜克洛。"

"他至少身体还好吧?"

"不比你我差,小伙子挺结实。"

她又不言语了,像在回忆什么,过了一会儿,才慢吞吞地问:

"那'护风圣母'号,它当时在往哪儿开?"

"其实,它就在马赛呀。"

"真的?"

"真的!"

"你认识杜克洛?"

"是呀,我认识。"

她又犹豫了一会儿,然后轻轻地说:

"好。这就好!"

"你找他干什么?"

"听着,你告诉他……不,什么也不要告诉他!"

他看着她,越来越觉得不对劲儿。终于,他决心弄个明白。

"你,你也认识他?"

"不。"她说。

"那么,你找他干什么?"

她突然下定决心,站起身,跑到女掌柜坐镇的柜台前,拿起一只柠檬,切开,把柠檬汁挤到一个玻璃杯里,然后把杯子添满清水,端回来:

"喝下去!"

"为什么?"

"为了醒醒酒。下面我还有话要对你说。"

他顺从地喝了,用一只手背抹了抹嘴,说:

"好了,你说吧。"

"你要答应我,不告诉他你见过我,也不告诉他你是从谁那儿知道我要对你说的事。得发誓。"

他滑头地举起手:

"好,我发誓。"

"向天主保证?"

"向天主保证。"

"好啦,你就告诉他,他爹死了,娘死了,大哥死了,仨人在一个月里死的,得了伤寒,那是一八八三年一月,都三年半了。"

现在轮到他,感到浑身血液沸腾;他万分震惊,好一会儿说不出话来。他怀疑这是真的,于是问:

"你敢肯定?"

"我敢肯定。"

"谁告诉你的?"

她双手按着他的肩膀,紧盯着他,说:

"你发誓不跟外人说?"

"我发誓。"

"我是他妹妹。"

他不由自主,蹦出这个名字:

"弗朗索瓦丝?"

她重又仔细端详了他好一会儿;一阵疯狂的恐惧和深深的惶惑让她难以平静,她用很低很低、几乎没出口的声音喃喃地说:

"啊!啊!是你吗,赛勒斯坦?"

他们全都愣住了,你看着我,我看着你。

在他们周围,伙伴们仍然在大喊大叫。碰杯声,敲打声,合着乐曲跺鞋后跟的响声,以及女人们的尖叫声,同喧闹的歌声搅混成一片。

他感觉到她坐在自己的腿上,紧紧搂着他,热乎乎的,惊魂未定;她是自己的妹妹哟!他怕让人听见,把声音压低了,低得几乎连她都听不清:

"糟糕!瞧咱们干的好事!"

她顿时满眼泪水,结结巴巴地说:

"这难道是我的错?"

不过他突然转问:

"这么说他们都死了?"

"他们都死了。"

"爹,娘,和大哥?"

"我刚说了,仨人是在一个月里死的。只剩下我,除了几件旧衣服,什么也没有;因为三个人看病、吃药、下葬欠人家钱,我把几件家具也抵了债。

"没法儿,我只得去卡舍老板家当佣人,你也认识的,就是那个瘸子。我那个时候才十五岁,你走的时候我还不满十四岁呢。我跟他失了身。都怪我年轻,太糊涂。后来我去给一个公证人做女佣,他也跟我乱来,还把我带到勒阿弗尔去开了一个房间。没多久他就一去不回头了;我一连三天没有吃的,又找不到活儿干,就像很多女人一样进了窑子。我呢,我也到过不少地方!唉!可到处都一样肮脏!鲁昂,埃夫勒,里尔①,波尔多,佩皮尼昂,尼斯,还有我眼下待着的马赛!"

他说:

"我一点也没认出你来,你当时是那么小,现在长这么大了!可你,你怎么也没认出我来呢?"

她做了一个非常歉疚的手势。

"我见过的男人太多了,在我眼里所有的男人都一样了!"

他始终目不转睛地看着她,说不出的难受,真想像挨打的小孩子一样大哭大叫一场。他依然抱着她坐在自己的腿上,两手摊开托着她的后背。他端详了好一会儿,终于认出了她——在他远渡重洋的时候,和父母长兄留在家乡,眼看着亲人一个个死去的小妹妹。于是,他突然用水手的大巴掌捧住这张终于忆起的脸,亲吻起来,此情此景,充满了手足情意。接着,海浪般漫长的男子汉的呜咽,就像一个个酒嗝似的从喉咙里涌出。

他结结巴巴地说:

"又看见你啦,又看见你啦,弗朗索瓦丝,我的小弗朗索瓦丝……"

说罢,他猛地站起身,用大得吓人的声音骂起街来,同时狠命地捶了一下桌子,把酒杯都震落在地上摔碎了。然后,他迈了两三步,晃了几晃,两手一伸,就脸朝下倒下去。他一边在地上打滚,一边喊叫,用拳打脚踢着地板,而且发出临终捯气似的呻吟。

伙伴们见他这个样子,哄然大笑。

"他醉得好厉害。"其中一个人说。

"得送他去睡一会儿,"又有一个人说,"他现在出去,立刻就会被投进大牢。"

他口袋里还有点钱,女掌柜的就租给他一张床。几个伙伴,尽管自己也醉了,站不稳当,还是架着他,经过那道窄窄的楼梯,一直把他拖到

---

① 里尔:法国北方的重要工业城市。

刚才接待他的那个女人的房间。而那个女人就坐在这张罪恶的床的床脚的一张椅子上,和他一样不停地哭着,一直守到第二天早晨。

催 眠 椅[*]

塞纳河在我的房子前面伸展开去,没有一丝波纹;清晨的太阳给它抹上一层清漆。这是一条长长的美丽、宽阔、缓缓的河流,银光闪闪,间或也有些地方被染成紫红色。河的对岸,排列整齐的大树沿着河岸筑成一道绿色的高墙。

生活,充满朝气、欢乐、爱情的生活,每天都重新开始。我们可以感觉到它在叶丛中战栗,在空气里颤抖,在水面上闪烁。

有人把邮差刚送来的报纸交给我。我走到河边,一面轻踱漫步,一面读着报纸。

我打开第一份报纸,几个大字赫然在目:"自杀统计";细读之下,得知过去一年里竟有八千五百多人自杀。

顿时,这些自杀者历历呈现在我的眼前!我仿佛亲眼看到了对活厌了的绝望者的这种丑恶却又是自愿的大屠杀。我看见一些人血流如注,一颗子弹打碎下巴,打烂脑袋,射穿胸膛,孤零零地在旅馆的小房间里慢慢地苟延残喘,他们并不想自己的伤口,想的仍然是自己的不幸。

我还看见一些人喉咙被割破,肚子被剖开,菜刀或者剃刀还拿在手里。

我还看见一些人,坐在一个浸泡着火柴的杯子或者一个贴着红色标签的瓶子前面。

他们两眼呆滞地望着这杯子或者瓶子,一动不动;然后喝下去,然后等着;接着他们脸上露出痛苦不堪的表情,嘴唇抽搐;恐惧令他们眼神慌乱,因为他们不知道死亡之前是那么痛苦。

他们站起来,稍停片刻,便倒下去,两手捂着肚子,感到五内俱焚,

---

[*] 本篇首次发表于一八八九年九月十六日的《巴黎回声报》。

毒液像烈火般吞噬着他们的肠胃。

我还看见一些人吊在墙壁的钉子上，窗户的长插销上，天花板的钩子上，顶楼的房梁上，夜深雨狂时的树枝上；我能猜想到他们伸出舌头、一动不动地悬在那里以前都干了些什么。我能猜想到他们内心的苦恼、最后的犹豫，以及他们系绳子、看看系得牢不牢、套在脖子上、让自己悬空的一系列动作。

我还看见一些人倒在他们脏乱不堪的床上，有怀抱幼儿的母亲，有饥肠辘辘的老人，有被失恋的忧伤撕心裂肺的姑娘，他们全都肢体僵硬，窒息了，断气了，而煤炉还在房间里冒着烟。

我还眺见一些人黑夜里在空寂的桥上徘徊，这些人最凄惨。河水从桥洞下流过发出潺潺声。他们没有看河水……但是呼吸着它冷飕飕的气息，他们想像得到它的存在！他们需要它，他们又怕它。他们不敢啊！可是，他们又必须如此。远处某个钟楼响起报时的钟声；突然，在黑夜的广漠的寂静中，一个身体跌落河里的扑通声，几声叫喊，几下两手扑打水的响声，转瞬即逝。也有的时候只听得见他们落水的扑通声，因为他们把自己的两手捆上了或者在脚上绑了石头。

啊！可怜的人们，可怜的人们，可怜的人们啊，我那么强烈地感受到了他们的悲情，那么深切地体验了他们的死！我经历了他们的所有苦难；在一个钟头的时间里，我经受了他们受到过的所有折磨。我了解了把他们逼到这一步的所有苦恼，因为我清楚生活的迷人外表下掩盖着卑鄙龌龊，再也没有人比我更清楚这一点了。

我多么了解他们啊，这些惨遭厄运虐待的弱者，他们失去了心爱的人，从迟早会得到报偿的梦想中醒来，从对残暴的天主终会变得公正的幻想中醒来，看破了幸福的幻影，厌腻了，希望结束这出无间歇

的悲剧或者可耻的喜剧。

　　自杀！这是已经精疲力竭的人们仅剩的力量，这是不再有信心的人们仅剩的希望，这是失败者的崇高的勇气！是的，这个生活至少还有一扇门，我们总可以打开它到另一边去。自然偶尔发了个慈悲，没有把我们关得严严的。为了那些绝望的人，谢谢啦！

　　至于那些仅仅是看破尘世的人，让他们随心所愿、放心大胆地向前走吧。他们没有什么可怕的，既然他们能够离开，既然他们死后总有这扇连梦中的神灵都无法关闭的门。

　　我想着这群自愿死去的人：一年八千五百多啊。我觉得他们就好像去集结起来向世界发出一个祈求，喊出一个心愿，要求一件等世人更能理解时才能实现的事。我觉得这些自处死刑者，这些自割喉咙的人，这些自我下毒的人，这些上吊的人，这些自我窒息的人，这些投水的人，好像结成了一个可怕的部落，正在走来，如同投票的公民那样，对社会说："请至少给我们一个轻松的死法！你们既然没有帮助我们活，那就帮助我们死吧！你们瞧，我们人数众多，我们有权在这自由的、哲学思想独立的和全民投票的时代发言。请施舍给那些放弃生命的人一个不让人厌恶也不令人恐惧的死法吧。"

　　……………

　　我开始胡思乱想起来，任凭我的思想围绕着这个主题驰骋遨游，生出种种古怪和神秘的幻象。

　　一时间，我仿佛来到一个美丽的城市。原来是巴黎。但在什么时代呢？我在街上信步漫游，观赏着一座座房屋、剧院、公共机构。忽然，在一个广场上，我看到一座大楼，十分高雅，精致而又美观。

　　我大吃一惊，因为这大楼的门脸上可以读到几个镀金的大字："自愿死亡者协会"。啊！清醒状态下的梦境真是怪哉，我们的精神竟然翱翔在一个既非现实而又有可能是真的世界！那世界里没有一样东西让人惊奇，没有一样东西令人不快；幻想摆脱了羁绊，再也分不清什么可笑与可悲。

　　我走近这座建筑。一些穿着短套裤的仆役坐在门厅里，衣帽寄存处前面，和一个俱乐部的入口处别无二致。

我于是走进去看看。一个仆役站起来,问我:
"先生有什么贵干?"
"我想知道这地方是做什么的。"
"没有别的事吗?"
"没有。"
"那么,先生愿意让我领您去见见协会秘书吗?"
我犹豫不决,问道:
"可是,这不打扰他吗?"
"啊,不会,先生,他在这里就是专门接待希望了解情况的人的。"
"走吧,我跟您去。"

他带我穿过一条又一条走廊,走廊里有几位老先生在聊天;然后把我领进一间办公室,那办公室很漂亮,只是光线有点晦暗,所有家具都是用黑色木头做的。一个浑身肥肉、大腹便便的年轻人一边抽着雪茄,一边在写信。我一闻烟味儿就知道那是上等雪茄。

他起身。我们互相致礼。等仆役走了,他问:
"请问您有什么事需要我效劳吗?"
"先生,"我回答他,"请原谅我的冒昧。我从未见过这个机构。大楼门脸上的几个字让我感到非常惊讶;我希望知道这里究竟是做什么的。"

他还没回答,先露出微笑,然后,带着洋洋自得的神情,低声说:
"我的天主啊,先生,我们在这里杀那些想死的人,让他们死得干净利索,从从容容,我不敢说舒舒服服。"

我并没有大惊小怪,因为在我看来总之这是自然而又正确的。我特别惊异的是,在这个思想低下、功利至上、言必称人道、人人都自私自利、一切真正的自由皆受限制的星球上,居然有人敢从事这样一个解放的人类才有幸拥有的事业。

我又问:
"您怎么会有这个想法的呢?"
他回答:
"先生,自杀的人数在一八八九年万国博览会以后的五年里急剧增长,采取对策已是刻不容缓了。大街上,集会上,餐馆里,剧院里,火车上,共和国总统的招待会上,到处都有人自杀。

"这不但对像我这样的热爱生活的人来说是一个丑恶的场面,对孩子们来说也是一个坏榜样。因此有必要把自杀集中起来。"

"这样的爆炸性增长原因何在呢?"

"我也不知道。归根结底,我认为是世界老朽了。人们开始看清这一点,却又不能容忍这一点。今天,命运就像政府一样,人们知道它是怎么回事;人们看到自己到处受骗,索性一走了之。人们看清了,连老天爷也在撒谎、作弊、盗窃、欺骗人类,就像议员对待选民那样,于是恼羞成怒,可是又不能像对付享有特权的代表那样,每三个月另选一个老天爷,于是只好离开这个肯定糟透了的地方。"

"确实如此!"

"啊!不过我本人,却没有什么可抱怨的。"

"您能不能跟我说一说贵协会是怎样运作的?"

"我很乐意。此外,如果您愿意的话,也可以加入。这是一个俱乐部嘛。"

"一个俱乐部!!!……"

"是呀,先生,是由国内一些最杰出的人士、最伟大的思想家、最有远见卓识的人士创建的呢。"

他开怀大笑着,补充道:

"而且我敢向您保证,人们在这儿都很快乐呢。"

"在这儿?"

"是呀,在这儿。"

"您这话倒让我惊讶了。"

"我的天主!人们在这儿感到快乐,因为俱乐部会员不再畏惧死亡,而死亡正是人间快乐的最大破坏者。"

"可是,他们既然并不想自杀,何必还要做这个俱乐部的会员呢?"

"做俱乐部会员并不因此就非自杀不可呀。"

"那又何必呢?"

"我来解释一下吧。面对过度增长的自杀人数,面对自杀者让我们看到的种种丑恶场面,一个纯粹慈善性质的协会便应运而生,旨在保护那些绝望的人,即使不能为他们提供一个意想不到的死法,至少也能把一个平静的、不知不觉的死法交给他们支配。"

"那么谁会批准这样一个协会呢?"

"布朗热将军①,在他短暂的执政期间。他是什么也不拒绝的。再说,他所做的好事也只有这一件了。就这样,一些有远见的人,一些不抱幻想的人,一些无神论者,就组织了一个协会,希望在巴黎市中心竖立起一座蔑视死亡的殿堂。这幢房子最初曾经令人望而生畏,没有人敢走近它。创办者们不但自己经常在这里聚会,而且在这里举行了一个盛大的揭幕晚会,到会的有萨拉·伯恩哈特、朱迪克、泰奥、格拉尼埃和其他二十余位夫人;德·雷兹凯、科克兰、穆奈-苏利、波吕②等先生;此后还举办过一些音乐会,上演过仲马③、梅拉克④、阿莱维⑤、萨尔杜⑥的剧本。我们只有一次演出砸锅了,那是贝克⑦先生的一个剧本,似乎凄惨了一点,不过这出戏后来在法兰西喜剧院上演获得巨大成功。总之,全巴黎的人都来了。我们的事业也就出了名。"

"在一系列欢庆活动中出了名!多么令人毛骨悚然的玩笑!"

"才不呢。死亡不应该是凄凄惨惨的,它应该是顺其自然的。我们把死亡变成愉快的事,我们用鲜花装饰它,我们让它充满芳香,我们使它轻而易举。大家还可以通过实例学习如何帮助人;可以来看看,没什么了不起。"

"人们为了寻欢作乐而来,这我完全能够理解;但是难道人们也会为了……它而来?"

---

① 布朗热(1837—1891):法国将军和政治家,曾任陆军部长。因策划发动政变,推翻共和,建立军事独裁,被挫败后流亡国外。后自杀。
② 萨拉·伯恩哈特、朱迪克、泰奥、格拉尼埃、德·雷兹、科克兰、穆奈-苏利、波吕:均为当时法国社会特别是演艺界名流。
③ 仲马(1824—1895):此处指小仲马,法国作家和剧作家。
④ 梅拉克(1831—1897):法国剧作家。
⑤ 阿莱维(1834—1908):法国剧作家。
⑥ 萨尔杜(1831—1908):法国剧作家。
⑦ 贝克(1837—1899):法国剧作家。所提剧作应是他的代表作《乌鸦》。

"倒不是马上就来,人们还是有疑虑的。"

"后来呢?"

"人们来了。"

"来得多吗?"

"大批地来。每天有四十多。现在塞纳河里几乎再也没发现淹死的人了。"

"最先尝试的是什么人?"

"俱乐部的一个会员。"

"一个有献身精神的?"

"我想不是。那是个遇到烦恼的人,一个输得精光的人,他打巴卡拉牌①,一连三个月。"

"真的吗?"

"第二位是个英国人,一个古怪的人。当时,我们在多家报纸上大做广告,解说我们的方法,还虚构了几桩引人入胜的死亡范例。但是事业发展主要还是靠穷苦人的推动。"

"你们采用的是什么方法呢?"

"您愿意参观一下吗?我会在参观时向您解释。"

"当然愿意。"

他拿上帽子,开了门,让我走在前面,然后进入一个赌博室。一些人正在里面赌钱,同在任何赌场里赌博一模一样。他接着领我穿过几个客厅。都有人在里面聊天,情绪激昂,气氛欢快。我还很少见过这样生气盎然,这样活跃,这样欢乐的俱乐部。

见我甚感惊讶,秘书又说:

"啊!协会受到的欢迎真是史无前例。全世界的高雅社会人士都争相参加,以显示其藐视死亡的气概。他们既来之,便以为必须表现得高高兴兴,而不可显出半点畏惧。于是,他们就说笑话,逗乐,开玩笑,大家都很风趣,不会的也学着风趣。可以肯定地说,这是当今巴黎最热闹、最有趣的地方了。甚至妇女们现在也忙着筹建一个专为她们服务

---

① 巴卡拉牌:一种纸牌赌博。

的分会呢。"

"即使这样,协会里还是有很多人自杀吗?"

"正如我对您说的,大约每天四五十人。"

"上流社会的人寥寥无几;但是穷鬼却大有人在。出自中产阶级的也不少。"

"那么是怎样……做的呢?"

"窒息……慢慢悠悠地。"

"使用什么方法?"

"我们发明的一种气体。我们已经拥有专利。在大楼的另一边,有三扇向公众开放的门。那是三扇小门,开向一条小街。一个男人或者一个女人来了,我们先了解他的情况,然后向他提供救援、帮助、保护。如果顾客接受,我们就进行一番调查;我们往往还真能挽救他。"

"你们从哪儿弄到钱呢?"

"我们有很多钱。会费是很高的。此外,捐款给协会是有教养有风度的表现。所有捐款者的大名都会公布在《费加罗报》①上。况且,凡是有钱人自杀,都得付一千法郎。他们死了也要体体面面呀。穷人自杀则是免费的。"

"你们怎么认得出是穷人呢?"

"啊!啊!先生,我们能猜得出!再说,他们也须带着所在街区的派出所发的贫民证来。您想象不到他们一进来时的情形是多么凄惨!我只去本机构的那个部分看过一次,我再也不忍到那里去了。就地方来说,跟这儿一样好,几乎一样气派,一样舒适;但是他们……他们啊!!!那些来寻死的衣衫褴褛的老人,您要是能看到他们来时的惨状就好了;有些人饱受贫困的煎熬,几个月来一直像街上的野狗一样在墙旮旯里觅食;有些妇女衣不蔽体,骨瘦如柴,疾病缠身,肢体瘫痪,她们讲述完自己的苦情,对我们说:'你们看得很清楚,这样的情况实在不能继续下去了,既然我,我什么也不能干,什么也挣不到了。'"

"我看到一个八十七岁的老妇人找上门来,她失去了所有的子女

---

① 《费加罗报》:一八五四年创刊,最初为周报,一八六六年起改为日报。

和孙子孙女,露宿街头已有六个星期。我真是难过极了。

"我们遇到的情况千差万别,还不算那些什么也不说、仅仅问一句'在哪儿?'的人。这些人,我们让他们进来,马上就完事。"

我一阵心酸,重复道:

"在……哪儿?"

"在这儿。"

他打开一扇门,说:

"请进,这是专门保留给俱乐部会员的部分,也是使用最少的部分。我们在这里还只进行过十一次消灭。"

"啊!你们把这个叫做……消灭。"

"是的,先生。请进呀。"

我犹豫了一会儿,终于还是进去了。这是一个优雅的长厅,有点类似温室,淡蓝色、浅粉红色、嫩绿色的彩绘玻璃像风景画挂毯一样围绕着它,诗意盎然。在这美丽的厅堂里有一些长沙发、挺拔的棕榈树、散发芳香的鲜花,尤其是玫瑰花,桌子上都放着书籍、《两世界杂志》①、装在专卖局特制盒子里的雪茄,令我惊讶的是还有放在糖果盒里的维希糖衣片②。

见我有些惊讶,我的向导说:

"啊!人们常来这儿聊天。"

他接着又说:

"对公众开放的那些厅堂是一样的,不过陈设简单一些。"

我问:

"你们怎样操作呢?"

他手指着一张蒙着绣白花的奶油色双绉的长椅;那长椅放在一棵我从未见过的高大灌木下面,环绕在这灌木脚下的是一个种着木犀花的花坛。

秘书压低声音补充说:

---

① 《两世界杂志》:著名的文化刊物,一八二九年创刊。
② 维希糖衣片:即碳酸氢钠片,俗称小苏打片。

"花和香味可以随意改变,因为我们的气体是完全让人不知不觉的,它可以给死亡添加您所喜欢的花香。它和香精一起挥发出来。我帮您吸一秒钟好吗?"

"谢谢,"我连忙对他说,"现在还不想……"

他笑了起来:

"啊!先生,没有任何危险。我自己也试验过好几次。"

我怕在他面前显得胆怯,于是说:

"我愿意。"

"那就请您躺在'催眠椅'上。"

我有点紧张,在双绉布面的矮矮的长椅上坐下,然后躺下来,几乎立刻感到身处木犀花香的包围之中。我张大了嘴尽情地吸着,因为在窒息的最初昏迷状态,在令人舒服而又有剧毒的鸦片让人神魂颠倒的迷醉下,我的心灵已经麻木,忘记了一切,只知道贪婪地品尝。

有人抓住我的胳膊摇晃了我几下。

"喂!喂!先生,"秘书笑着说,"看来您已经上钩了。"

这时一个人的声音,一个真实的人的声音,而不是梦幻中的人的声音,带着乡下人的音调,跟我打招呼:

"您好,先生。身体怎么样?"

我的梦顿时烟消云散。我看见在阳光下闪亮的塞纳河,并且看见本地的乡警正沿着一条小路走来。他右手触了触飘着银线饰带的黑色军帽向我敬了个礼。我回答:

"您好,马利奈尔。您这是去哪儿?"

"我去察看莫里翁附近捞起来的一个淹死的人。又是一个跳进河里喝水的。他甚至脱掉裤子,把两条腿捆在一起。"

橄 榄 园*

1

普罗旺斯①地区有个名叫加朗杜的小海港,位于马赛和土伦②之间,皮斯卡湾的深处。一天,海港上的人们远远望见维尔布瓦神父的船打鱼回来,便走下海滩帮他把船拉上岸。

船上只有神父一个人。他虽然已经五十八岁,却少有的身强力壮,像一个真正的水手一样划着桨。他的袖子在肌肉发达的胳膊上高高挽着,道袍的下摆卷起来夹在两膝之间,胸前的纽扣解开了几个,三角帽放在身边的坐板上,头上戴一顶白帆布面的软木铜钟帽。他这副外表倒像是一个热带来的结实而又古怪的传教士,天生是搜奇探险的,而不是念经礼拜的。

他时不时向身后望一眼,好辨清靠岸点;接着又开始有节奏、有章法而又很有力度地划起船来,再一次向那些蹩脚的南方水手显示一下北方人如何荡桨。

猛冲过来的小船触到沙地,在上面滑行,仿佛要用扎进沙里的龙骨爬越整个沙滩。接着它戛然而止。一直望着本堂神父划过来的那五个人马上围过来,他们个个都和颜悦色、高高兴兴,对教士十分友善。

"喂,"其中一个人带着浓重的普罗旺斯口音说,"打了很多鱼吧,神父先生?"

---

* 本篇首次发表于一八九〇年二月十九日至二十三日的《费加罗报》;同年收入中短篇小说集《空有玉貌》。
① 普罗旺斯:旧时法国南部的一个省。
② 土伦:法国南部城市,濒临地中海。

维尔布瓦神父归置好船桨,摘下铜钟帽,换上三角帽,捋下胳膊上卷着的袖子,扣好道袍的纽扣,直到恢复了乡村住持教士的穿着和仪表,这才洋洋得意地回答:

"是呀,是呀,收获不小,三条狼鲈,两条海鳝,还有几条鮨鱼。"

这时五个渔夫已经走到小船旁边;他们俯身在船帮上,带着行家里手的神气,端详着那些死鱼:膘厚肉肥的是狼鲈;脑袋扁平的是海鳝;一种非常丑陋的是海蛇;紫色带有橘皮样金黄色"之"字条纹的是鮨鱼。

他们中间的一个说:

"我帮您把这些鱼送到您的小别墅去吧。"

"谢谢,我的朋友。"

神父跟他们握了手就上路了,一个人随他同去,其他人留下来收拾他的小船。他迈着大步缓慢地前行,显得壮健而又庄重。刚才划桨使了那么大的力气,他还有些热,所以每走到油橄榄的稀疏的树阴下,他就摘下帽子,让满头短直白发的方脑瓜,那不像教士倒更像军官的脑瓜透透气。傍晚的空气依然热烘烘的,不过已经被海上吹来的微风稍稍缓和了一点。村庄出现了,它坐落在一个山冈上,下面是广袤的山谷,一马平川,向大海伸展下去。

这是七月的一个傍晚。绚烂夺目的夕阳已经接近远方群山的锯齿形的峰峦,把教士的身影投射在灰尘覆盖的白色路面上,老长老长的,几乎没有尽头;他的硕大无朋的三角帽在旁边的田野里移动,像一个大块的阴影在做游戏,遇到一棵油橄榄树就敏捷地攀上去,接着又同样敏捷地跳下来,在树与树之间的地上爬行。

普罗旺斯地区的道路在夏季总是蒙上一层细微的尘埃。维尔布瓦神父脚下扬起的细灰在道袍周围形成一团烟尘,落在下摆上,给下摆染上一层越来越分明的灰色。他现在凉爽些了,走路的时候两手插在兜里,以一个往上坡走的山里人惯有的姿态,步伐慢而有力。他平静的目光注视着那个村庄,他当了二十年本堂神父的村庄;这村庄是他亲自选定的,经特别照顾才派给他,他希望能在这里终其天年。教堂,他的教堂,兀立在周围鳞次栉比的房屋构成的巨大圆锥之上,有棕色石头砌成的一大一小两个方形钟楼。钟楼的古老身影耸立在这秀美的南方山谷

中,与其说是一座教堂的钟楼,倒更像是一座要塞的碉楼。

神父很高兴,因为他捕到了三条狼鲈、两条海鳝和几条魟鱼。

他很受人们的尊重,最重要的原因是,尽管他已经到了这把年纪,他却是当地最身壮力强的人。他又有一个新的小小的胜利,可以在教民们面前夸耀了。这类于人无害的轻微的虚荣心,是他最大的乐趣了。他擅长手枪射击,能够射断花茎;他偶尔和隔壁的烟铺老板比试一下击剑,此人曾在军队里任过击剑教官;他的游泳本领在这一带海岸谁也比不上。

其实他曾是个上流社会的人物,大名鼎鼎,十分风流,人称维尔布瓦伯爵;爱情生活中遭遇了一件伤心事,他才在三十二岁上出家当了教士。

他出身于庇卡底地区一个拥戴王室、笃信宗教的古老家族。几百年来,这个家族的许多子弟献身于军队、政府和教会。最初他想依照母亲的建议进入教会,后来由于父亲坚持,才决定到巴黎攻读法律,以便将来在法院找个重要一点的职务。

但是就在他完成学业的时候,他的父亲去沼泽打猎得了肺炎,去世了;他的母亲伤心过度,不久也死了。于是,在突然继承了一大笔财富以后,他放弃了从事任何职业的计划,而满足于安享阔人的生活。

小伙子长得很帅,人也聪明,只是思想受到宗教信仰、传统观念和旧习陈规的限制,而这一切都是祖宗传下来的,就像他那庇卡底乡绅的发达肌肉一样。不过尽管如此,他还是很讨人喜欢,在正经的上流社会获得了一定的成功,领略了年纪轻轻就过上古板、阔绰而又受人尊敬的生活。

后来他在一个朋友家认识了一个年轻的女演员,音乐学院的女学生,这女子刚在奥德翁剧院①出道就大放光彩;只和她会了几次面,他就坠入爱河。

他爱她爱得非常热烈;一个生来就笃信绝对观念的人,做事总是这样狂热。她第一次面对观众就大获成功,而他就是看了她演的那个浪漫角色而爱上了她。

她长得漂亮,可是天生邪恶,虽然生一副天真烂漫的孩子般的外表,被他称作"天使的神气"。她把他完全征服了,把他变成了痴迷的疯子,狂热的膜拜者,这女人看他一眼或者向他亮一亮裙子,都会点燃他的致命的情欲的干柴。他于是收她做了情妇,让她离开舞台,在四年时间里,对她的爱与日俱增。可以肯定,要不是有一天他发现,她早就跟把她介绍给他的那个朋友有了奸情,他早晚会不顾家族的名声和传统娶她为妻子。

这出悲剧更可怕的是,她这时已经怀孕,他正等着孩子一出生就同她结婚。

当他意外地在抽屉里发现那些信件、手里拿到了证据的时候,他责怪她不忠、背信弃义、寡廉鲜耻,他那半开化的人的粗暴一股脑儿发作了。

但是她呢,她是个巴黎街头的浪女,既不知羞耻也不懂贞洁;她肯定:这个男人不要她,还会有别的男人要她;另外,她还像动辄走上街垒的卤勇的平民女子那样天不怕地不怕,不但顶撞他,而且辱骂他。他举手要打时,她竟把肚子挺了过来。

他只好停住手,不过脸气得煞白,想到他的一个后代居然在这被玷

---

① 奥德翁剧院:巴黎的一座著名剧院。

污的肉体里,在这卑贱的皮囊里,在这令人厌恶的躯体里!于是他向她扑过去,准备把两个一起毁灭,将双重的耻辱一举荡涤。她害怕了,感到这一下要完蛋了,在他的拳头下滚来滚去。见他举起脚要踢她怀着胎儿的大肚子,她一边伸出两手去挡,一边叫喊:

"别弄死我,这不是你的,是他的。"

他霍地向后跳了一步;他是那么震惊,那么诧异,以至他的怒气和脚跟都悬着不动了。他结结巴巴地问:

"你……你说什么?"

她呢,从这个男人的眼睛和姿势里看到自己死在眼前,一下子吓疯了,又说了一遍:

"不是你的,是他的。"

他顿时泄了气,从紧咬的牙关里低声问:

"你是说孩子?"

"是呀。"

"你撒谎!"

说着,他重新做起举脚的动作,好像就要踩下去。这时他的情妇已经爬起来跪着,一面试图往后躲,一面结巴着说:

"我已经对你说过了,是他的。如果是你的,我不早就告诉你了吗?"

这论据一语破的,打动了他。人们在思想豁然开朗的瞬间,常会觉得一切理由都显而易见、精确无误、无可辩驳、足以定论、不可抗拒。他此刻就是这样,顿时被说服了,深信自己不是她怀着的那个倒霉的孽种的父亲,于是松了一口气,如释重负,几乎突然恢复了镇定。他不再想杀掉这个无耻的女人。

他用稍微平静了一点的声音对她说:

"起来,滚吧,再也别让我看见你。"

她服从了,认输了,走了。

他再也没有见过她。

他也出发了。他向南方、朝着太阳走,最后在一个村庄停下。这村庄矗立在地中海边的一个小山谷里。他看中了一家可望到大海的小旅店，要了一间房就住下来。他在这里一待就是十八个月，悲伤，绝望，完全与世隔绝。他生活在对那个邪恶女人的万般痛苦的回忆中，回忆她的妖冶，她的笼络手段，她那令人难以启齿的魅惑人心的伎俩；一面又惋惜再也看不到她的身影，得不到她的温存。

他在普罗旺斯地区的众多小山谷里游荡；穿过淡灰色油橄榄树叶撒下的柔化了的阳光，照着他为撇不开的往事所苦恼的可怜脑袋。

不过，在这痛苦的孤独中，他从前的宗教观念，他淡薄了一点的最初的信仰热忱，又慢慢回到他的心里。昔日宗教是他逃避未知生活的避难所，而今成了他摈弃充满骗局和磨难的生活的避难所。他本来就保持着祈祷的习惯。在悲痛中他对祈祷更加热诚，黄昏时，他经常在教堂里跪祷；教堂一片昏黑，只有祭坛深处的那点灯火在闪耀，那盏灯是圣所的神圣卫士，天主常在的象征。

他向这位天主，他的天主，倾诉他的痛苦；把自己的不幸全部告诉他。他请求天主指点他，怜悯他，帮助他，保护他，安慰他。在他一天比一天更虔诚的祷词中，他注入的激情也一次比一次更强烈。

他那颗被一个爱过的女人伤害、摧残过的心，本来仍旧敞开着、悸动着，总在渴望着柔情；逐渐地，由于殷勤祈祷，他在隐居生活中养成了越来越多的虔诚习惯，潜心于虔信者同安慰、吸引受苦人的救世主的神秘沟通，对天主的神秘的爱深入他的心灵，克服了另一种爱。

于是他重拾最初的计划，决定把自己饱受创伤的生命献给教会；他本可以献给它一个童贞之身，只是当年错过了机缘。

他于是当了教士。通过家庭，通过关系，他获得委任，成为普罗旺斯地区这个村庄的住持教士，既然命运把他抛到了这里。他把家产大部分捐给了各种慈善事业，只留下一小部分，以便终其余生都能救济和帮助穷人。他从此遁入奉行教规和献身同类的平静生活。

他是个眼界狭窄但是心地善良的神父，一个有着军人气质的宗教向导。我们的本能、趣味、欲望，犹如森林里那一条条容易让人误入歧途的小径，他这位宗教向导尽力把在森林里徘徊和迷失方向的人引回正道。但是旧日的他还有许多东西活跃在他的身上。他从未停止对激烈运动、高尚竞技和各种兵器的爱好。不过他厌恶女人，所有的女人，就像儿童面临一种无法思议的危险一样对她们深怀恐惧。

2

跟着教士的那个水手完全是南方人的习性,舌头痒痒的,直想拉拉家常。可他又不敢,因为本堂神父在教民心目中有很高的威望。最后,他还是斗胆试一下。

"我想,"他说,"您住在那小别墅里一定挺舒适吧,神父先生?"

这所谓的小别墅,其实是普罗旺斯地区城里人或村里人夏天为了乘凉而去暂住的一种微型房屋。神父的专用住宅紧挨着教堂,挤在教区中央,小得像个牢房,所以他租下了这座乡野小屋,离他的住宅只有五分钟的路。

不过即使在夏天,他也不常住在这乡间别墅;他只是偶尔去那里过几天,领略一下绿色大自然中的生活,练一练手枪射击。

"是呀,我的朋友,"神父说,"我在那儿住得挺舒适。"

那所矮矮的房子出现了;它建在树丛中,漆成玫瑰色,透过油橄榄树的枝叶看去,房子好像被锯成长条,剁成碎末,切成小块;在这片位于阔野、没有藩篱的橄榄园里,它就像从地下冒出来的一株普罗旺斯的蘑菇。

远远的还看得见一个高个儿女人在那房子的门前走动;她正在布置一张小饭桌,每次走回来,只是慢条斯理、很有章法地摆上一份刀叉、一个盘子、一块餐巾、一块面包、一个酒杯。她戴一顶阿勒①女人特有的小软帽,黑绸或者黑绒面儿的圆锥形帽顶,尖儿上缀着一个白色圆球,像盛开的花朵。

走到声音可以听见的距离时,神父对她高喊:

"喂!玛格丽特!"

她停下脚步打量,认出是她的主人。

"是您吗,神父先生?"

---

① 阿勒:法国南部城市,历史悠久。

"是呀。我给您带来好多鱼,您马上就给我煎一条狼鲈,一条黄油煎狼鲈,什么都不加,只用黄油。听见了吗?"

那女佣走到两个男人身边,用内行的眼光审视着那个水手拎来的鱼。

"可是我们已经做了米烧鸡肉了。"

"管它去!隔日的鱼总没有刚出水的香。我要小小地美餐一顿,这是我难得一回的事;再说,即使是罪过,也不算大。"

那女佣挑选了一条狼鲈,正要走开,又转过身来:

"啊,神父先生,有一个男人来找过您三趟。"

他不甚在意地问:

"一个男人!什么样的人?"

"看样子是个不大靠得住的人。"

"什么!一个乞丐吗?"

"也许是吧,我说不定。我看更像是一个马乌法唐。"

"马乌法唐"这个普罗旺斯土语指的是坏人、流浪汉,维尔布瓦神父听了哈哈大笑,因为他知道玛格丽特胆儿小;她住在这别墅里,每一天,特别是夜晚,都想着会有人来杀他们。

他赏给那水手几个苏,水手走了。他还保留着昔日上流社会注重整洁和卫生的习惯,说了声:"我去洗洗脸,洗洗手。"这时玛格丽特正在厨房里用刀戗着鳞刮狼鲈的脊背,沾着血的鱼鳞像银屑似的纷纷落下。她突然对他大喊:

"瞧呀,他又来啦!"

神父转身向着大路,果然看见一个男子,远远望去衣着很不得体,正迈着小步向这房子走来。神父等着那个人,脸上还带着看到女佣恐慌的模样露出的微笑,不过他心里已经在想:"说实话,我相信她说的有道理,这人确实像个马乌法唐。"

陌生人两手插在裤兜里,眼睛看着神父,不慌不忙地走过来。他年纪还轻,却蓄着一大把蜷曲的金黄色的胡子,软毡帽底下露出的几揪头发打着卷儿;那顶帽子脏兮兮的,已经破了,谁也猜不出它最初是什么颜色、什么形状。他穿一件栗色的长外套、一条裤脚已经磨得像锯齿似的裤子；脚上穿一双绳底帆布鞋，走起路来软软的，悄无声响，令人不安。他走路也是流浪汉那种让人神不知鬼不觉的步法。

走到离神父只有几步远的时候，他摘下那顶遮住脑门的破帽子；他像做戏似地脱帽行礼的时候，露出一个酒色之徒的憔悴但依然好看的脑袋；头心已经光秃，那是过度疲劳或者过早放纵的标志，因为这人肯定不超过二十五岁。

教士也马上脱下帽子；他猜想并且感觉到这不是个寻常的流浪汉、失去工作的工人，也不是那种经常出入监狱、只会用苦役犯的暗语说话的惯犯。

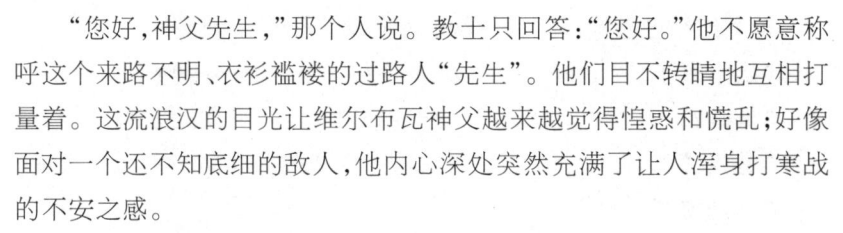

"您好，神父先生，"那个人说。教士只回答："您好。"他不愿意称呼这个来路不明、衣衫褴褛的过路人"先生"。他们目不转睛地互相打量着。这流浪汉的目光让维尔布瓦神父越来越觉得惶惑和慌乱；好像面对一个还不知底细的敌人，他内心深处突然充满了让人浑身打寒战的不安之感。

终于，流浪汉又说话了：

"好呀！您认出我来了？"

教士大吃一惊，回答：

"我？没有，我根本不认识您。"

"哦，您根本不认识我。那么再仔细看看我！"

"再看也没用，我从来就没有见过您。"

"这个嘛，倒是真的，"对方带着嘲讽的语气说，"不过我这就给您看一个您更熟悉的人。"

他重新戴上帽子，解开上衣的纽扣，里面是赤裸的胸膛；一条红色裤腰带束在干瘦的肚子周围，把裤子挽在胯骨以上。

他从衬里的衣袋里掏出一个信封。那信封上，各种各样的污迹应

有尽有,简直不像个信封了;那种信封,是游荡的乞丐们通常装在衣服夹层里,和乱七八糟的纸张,真的假的,偷来的或者合法的,放在一起,遇到宪兵时作为捍卫自身自由的法宝的。他从这信封里抽出一张照片,是从前时兴过的一种信纸大小的贴照片的硬纸板,因为长期揣着东奔西颠,已经又黄又皱;因为紧贴着肉放着,还热乎乎的,不过早已被他的体温焐得失去光泽。

然后,他把这照片举到自己的脸旁,问:

"这个人,您认识吗?"

神父向前凑近两步,仔细一看,顿时脸色煞白,神情慌乱;因为那正是他自己的照片,还是在那遥远的年代,当他还在热恋中时,为"她"而拍的。

他没有回答,因为他不明白究竟是怎么回事。

那流浪汉重复道:

"这个人,您认出来了吗?"

神父结结巴巴地说:

"认出来了。"

"是谁?"

"是我。"

"真是您?"

"当然了。"

"好!现在请看看我们,我们俩,您的照片和我。"

这可怜的人呀,他已经看见了,看见这两个人,照片上的和在旁边笑着的,就像亲兄弟一样酷似,但他还是不明白是怎么回事。于是他结结巴巴地说:

"您到底要干什么?"

这时那个乞丐恶狠狠地说:

"我要干什么?我要您先承认我。"

"您到底是谁呀?"

"我是谁?您到大路上去问问随便哪一个人,问问您的女佣人,如果您愿意的话咱们也可以去问问本地的村长,把这个给他看;他一定会笑出声来的，我敢担保。啊！您不愿意承认我是您的儿子吗，神父爸爸？"

听到这里，老人举起双手，做了个在绝望中乞求天主的手势，呻吟着说：

"这是没有的事。"

年轻人走到他跟前，紧挨着他，脸冲着脸：

"啊！这是没有的事！啊！神父，别再撒谎了，您听见了吗？"

他脸上的表情咄咄逼人，挥舞着紧握的拳头。他讲话时那么信心十足，教士一面不住地往后退，一面思忖：此时此刻，他们俩究竟谁搞错了。

尽管纳闷，他还是再一次肯定地说：

"我从来没有过孩子。"

那个人反讽道：

"也没有过情妇，是吧？"

老人断然地回答，骄傲地承认：

"有过。"

"那么您把这个情妇赶走的时候，她是不是怀着孕？"

二十五年前强压下去的怒火，其实并没有熄灭，而是封闭在这痴情男子的心底，上面加盖了信仰、顺天听命的虔诚和弃绝红尘的拱顶；此刻这昔日的怒火突然爆发，冲破了这个拱顶，他气愤填膺，大喊道：

"我赶走她，因为她欺骗了我，因为她怀上别人的孩子；不然，我早把她杀了，先生，连她带您一起杀了。"

年轻人犹疑了一下，现在轮到他因神父的由衷愤怒而感到惊讶了。接着，他用稍微和缓的声调问：

"谁告诉您那孩子是别人的？"

"是她，她本人，跟我吵架的时候。"

流浪汉对这个说法并不表示异议，而是用泼皮无赖评判一件争议时那种无所谓的语气说：

"好吧！那就是妈妈嘲弄您的时候，她自己也弄错了，如此而已。"

一阵盛怒过去以后，神父比较能够控制住自己了，现在他询问起来：

"那么是谁告诉您，您是我的儿子呢？"

"她，在临死的时候，神父先生……还给了我这个。"说着他把小照片伸到教士的眼前。

老人接过照片，慢慢地、久久地对这陌生的过路人和自己从前的形象做着比较，心潮起伏；他不再怀疑，这人确实是自己的儿子。

他感到一阵撕心裂肺的剧痛，感到一种难以言表、非常痛苦的感情，仿佛在为往昔的一件过错悔恨。他现在明白了一点，剩下的也猜到了。那个暴烈的分手场面又呈现在他眼前。在遭到侮辱的男人的威胁下，那个女人，那个不忠不义的女人，为了救自己的命，向他抛出了这个谎言。谎言成功了，一个他的孩子出生了，长大了，变成这个龌龊的流浪汉，像山羊散发膻味一样散发着堕落的气息。

他低声说：

"您愿意跟我走几步吗？咱们好好谈谈。"

那一个冷笑了一声：

"啊，当然！我来这里就是为了这个。"

他们一起在橄榄园里走起来，肩并着肩。太阳已经落山。南方黄昏的强烈凉气，为田野披上一件看不见的寒冷外衣。神父打着哆嗦；他突然做出一个当主祭习惯了的动作，举目四望，只见到处都有圣树的淡灰色小叶在空中瑟瑟发抖；就是在这圣树的稀疏树阴下，基督经受了他一生中最大的痛苦，也流露了他一生中仅有的一次软弱①。

他发自内心地祷告了一声，那是绝望中发出的一声简短的祷告，完全不出口的心声，信徒们总是用这样的话哀求天主："我的主啊，救救我吧！"

然后他转脸对着儿子：

"这么说，您母亲死了？"

在说"您母亲死了"这句话的时候，旧日的悲伤又苏醒了，他心如

---

① 据《新约全书》记载，耶稣到耶路撒冷以后，白天在神殿传教，晚上回橄榄园，后被捕，钉死在十字架上。被捕前夕，他在园内对门徒表示："我心里甚是忧伤，几乎要死。"

刀绞；那是一个从来没有完全忘记往事的人肉体上不可言状的痛苦，是他经受过的折磨的残酷回响；也许还不止于此，因为她已经死了，那还是青年时代令人发狂的短暂幸福的悸动，只可惜除了回忆的创伤以外，这幸福已经荡然无存了。

年轻人回答：

"是呀，神父先生，我母亲已经死了。"

"很久了吗？"

"是的，已经三年了。"

神父又起了疑心。

"那您为什么没有早来找我呢？"

那个人踌躇了一下。

"我没有办法。我遇到了一些麻烦……不过，这些内情，请原谅我暂时不谈，以后我会讲给您听的，您要多么详细都行。现在我要告诉您的是：从昨天早上到现在，我还什么东西都没吃呢。"

一阵强烈的怜悯之情让老人大为震动，他突然伸出双手。

"啊！我可怜的孩子！"他说。

年轻人接受了那双伸过来的大手；他的比较细长、不冷不热、有些发烫的手指被那双大手紧紧包住。

然后他带着常不离嘴的打哈哈的口气说：

"太棒啦！真的，我开始相信咱们总会谈得拢啦。"

神父迈步走起来。

"咱们去吃饭吧。"

他忽然感到一阵小小的得意，这感觉说不清、有些古怪，但却是出自本能的，因为他想到刚打来的鱼，再加上米烧母鸡，这一天，这可怜的孩子吃得上一顿丰盛的晚餐了。

那个阿勒的女人却很不放心，嘴里发泄着不满，在门口等着。

"玛格丽特，"神父喊道，"把桌子搬进去，放到客厅里，赶快，赶快，摆两份餐具，要赶快。"

女佣想到主人要跟这个坏蛋一起用餐，吓得只顾发呆。

于是，维尔布瓦神父就亲自动起手来，把给他预备的那份餐具撤下来,拿到楼下仅有的那个房间去。

五分钟以后,他已经和那个流浪汉面对面坐下,面前放着满满一盆浓汤,两人之间腾起一片热气。

3

各人的盘子盛满以后,那个流浪汉就饿虎扑食般地一调羹紧接一调羹大口吃起来。神父已经感觉不到饿了,只是慢吞吞地抿着香喷喷的浓汤,面包都留在盘底①。

他忽然问道:

"您叫什么?"

那个人笑了一声;他已经不饿了,感到很满意。

"不知道父亲是谁,"他说,"不能姓别的,只好随母亲的姓,这个姓您大概还没有忘记吧。我有个复名,不过顺便说明一下,这个复名对我很不合适,叫菲利普-奥古斯特。"

神父顿时脸色煞白,喉咙哽咽,问:

"为什么给您起个复名呢?"

那流浪汉耸了耸肩。

"您应该猜得到。妈妈离开您以后,曾经希望让您的情敌相信我是他生的,一直到我十五岁以前,他都几乎信以为真。可是从那以后我的相貌实在太像您,这个混蛋就不再承认我是他的孩子了。但是已经给我起了他的复名菲利普-奥古斯特,如果我走运,谁也不像,或者我是第三个没有露过面的混蛋的种,那么我今天就可以叫菲利普-奥古斯特·德·普拉瓦隆子爵,是那位同名同姓的伯爵和参议员追认的公子了。所以我呢,我给自己起的名叫:'不走运'。"

"这一切,您是怎么知道的?"

"因为他们经常当着我的面争吵,并且吵得很凶,唉!就是这么着,我明白了什么是生活。"

---

① 法国人做浓汤,除了放蔬菜和荤腥,通常还加些切成小块的面包。

神父半个小时以来所感受和经受的一切让他难受,让他痛苦,但是还有某种东西更让他透不过气来。他开始感到憋闷,而且越来越厉害,简直要把他憋死;这倒不是全因为刚才听到的那些事,而主要是因为讲述的方式和那个讲述的无赖的下流嘴脸。在这个人和他之间,在他的儿子和他之间,他开始感觉到有一个充满道德污秽的臭坑,而对于某些人的心灵来说,这些肮脏的东西无异于致命毒药。这家伙真是他的儿子吗?他还不能相信。他需要所有的证据,所有的;他需要知道一切,了解一切,什么都听一听,什么都忍耐一下。他重又想到环绕小别墅的那些油橄榄树,于是再一次喃喃祷告:"啊!我的主呀,救救我吧。"

菲利普-奥古斯特喝完浓汤,又问:

"没有别的吃了,神父?"

厨房在这所房子的外面,一个附属建筑里,玛格丽特听不到神父的叫声。他有什么需要,就在挂在身后墙上的一面中国铜锣上敲几下,通知她。

他于是拿起皮头的锤子在那圆形铜片上轻轻敲了几下。锣声开始很弱,随后大起来,响亮起来,颤巍巍,尖锐,非常尖锐,仿佛挨了打的铜器在发出凄厉的哀诉。

女佣来了。她紧绷着脸,频频怒视着这个"马乌法唐",好像她那忠实的狗一般的本能,已经预感到正降临在主人头上的悲剧。她手里端着的煎狼鲈,发出熟黄油的香味。神父用调羹把鱼从头到尾分成两半,把鱼背那一半让给他青年时代生下的儿子。

"这是我刚打的。"他带着痛苦中残留的一点得意的神情说。

玛格丽特还没有走开。

神父又说:

"拿酒来,要好的,科西嘉角的白葡萄酒。"

她差一点做出反抗的表示。他只好板起面孔再说一遍:"去呀,拿两瓶。"

请人喝酒是他难得的乐趣,因此他总要也请自己喝一瓶。

菲利普-奥古斯特听了顿时容光焕发,喃喃地说:

"妙极了!好主意。我很久没这么吃过了。"

两分钟后女佣回来了。神父却觉得这两分钟像两个无限长,因为他心急火燎地需要了解情况,这种需要就像地狱中的烈火一样煎熬着他。

打开了酒瓶,可是女佣还待着不走,两眼死死盯着那个人。

"您去吧。"神父说。

她假装没听见。

他几乎用斥责的口吻说:

"我已经吩咐您走开。"

她这才走出去。

菲利普-奥古斯特狼吞虎咽地吃着鱼。他父亲看着他。在这张和自己如此酷似的脸上发现的种种卑俗的表情,让他越来越感到惊讶和痛心。维尔布瓦神父送到唇边的小鱼块停留在嘴里,因为嗓子眼发紧难以下咽,他久久地咀嚼着,一边寻思:在涌到脑海的各种各样的问题中,哪一个是他希望最先得到答案的。他终于低声问:

"她是得什么病死的?"

"肺病。"

"病了很久吗?"

"差不多一年半。"

"怎么得的这个病?"

"不知道。"

他们都沉默了。神父在思索。这么多事情压在他心头,他都想知道,因为自从破裂的那天起,自从差点儿把她打死的那天起,他就再也没有听到过她的任何消息。当然他也没有想去知道,因为他早已毅然决然把她以及自己有过的幸福时光都抛进忘却的深沟。可是她现在已经死了,他突然萌生了了解一下的热望,一种含有妒意的热望,几乎可以说是一个情人的热望。

他接着问:

"她不是一个人过,对不对?"

"对,她一直跟他在一起。"

老人打了个哆嗦。

"跟他！跟普拉瓦隆？"

"当然啰。"

这当年遭人背叛的人计算了一下,欺骗了他的那个女人跟他的情敌过了三十多年。

他几乎情不自禁地吞吞吐吐地问：

"他们在一起幸福吗？"

年轻人冷笑了一下,回答：

"当然啰,不过有时好些,有时坏些。如果没有我,也许会更好。都怪我,把一切都弄糟了。"

"怎么会？为什么？"神父说。

"我已经跟您说啦。我十五岁以前,他一直以为我是他的儿子。不过这老头子,他并不傻,他发现我像谁以后,就经常争吵。我呢,在门外偷听。他责怪妈妈让他上了圈套。妈妈就反驳说：'难道怪我吗？你要我的时候,十分清楚我是别人的情妇。'那个别人,就是您。"

"啊！这么说,他们有时也谈起我？"

"是呀,不过他们从没有当着我的面说出您的名字,只是到后来,直到最后,妈妈临死前几天,觉着不行了,才说出来。不管怎么样,他们还是有戒心的。"

"那么您……您很早就知道您母亲的情况是不正常的吗？"

"当然知道！我又不傻,从来也不傻。人开始了解世事以后,这种事不说也马上就猜得出。"

菲利普-奥古斯特一杯接一杯地自斟自饮。他两眼通红；饿得太久,所以醉得也快。

神父看出他醉了；他差一点要劝阻他,后来闪出一个念头：醉酒会让人口无遮拦,喜欢唠叨；于是又给年轻人斟满一杯。

玛格丽特端上米烧母鸡。她把菜搁在桌子上,又瞪了那流浪汉一眼,然后气鼓鼓地对主人说：

"您倒是看看呀,他都烂醉了,神父先生。"

"别管我们,您去吧。"

她使劲把门一甩,走出去。

他问：

"您母亲，她都说我什么来着？"

"还不是一般女人说她丢掉的男人的那套话，什么您不随和啦，让女人讨厌啦，顺了您的意思女人就没法活啦。"

"她经常这么说吗？"

"是呀，只是有时候拐弯抹角，想让我听不懂。不过我全都猜得出。"

"您呢，在这个家里他们待您怎么样？"

"起初待我很好，后来就很坏了。妈妈看出我在坏她的事，就把我扫地出门了。"

"怎么会这样呢？"

"怎么会这样！这很简单，十六岁那年，我干了些荒唐事，这些坏蛋，为了甩掉我，就把我送进教养所。"

他两肘往桌子上一杵，两手托着脸。他完全醉了，神志已经被酒彻底颠覆，却忽地生出一种不可抗拒的自我炫耀的欲望；而正是这种欲望，让醉鬼们都成了口若悬河的富于奇想的牛皮大王。

他温柔地微笑着，嘴唇带几分女性的媚气；那是一种邪恶的媚气，教士一眼就认出来了。他不仅认出了这媚气，而且感觉到了，它是那么可恨而又让人愉悦，因为这媚气曾经征服并葬送过他。这孩子现在更像他的母亲，不仅是长相，而是那迷人的虚伪的眼神，尤其是那骗人的微笑的诱惑力。那微笑仿佛通过嘴为满腹的寡廉鲜耻打开了大门。

菲利普-奥古斯特讲起来：

"哈哈哈！自从我进过教养所，我过的那个生活哟，真是一种奇特的生活，一个伟大的作家肯定会出大价钱买的。大仲马在他的《基督山伯爵》里写的，也没有发生在我身上的那些事好玩儿。"

他说到这里沉默了一会儿，露出醉酒的人思考时那副哲学家般的严肃神态，然后又慢慢说起来。

"要想让一个孩子变好，不管他干了什么事，千万别把他往教养所送，因为那里能学到的东西太多了。我呀，我就学了一个妙招儿，可是结果很糟糕。一天晚上，我跟三个同学在靠近渡口的大路上闲逛，四个人都有点醉了,我忽然看见一辆马车,赶车的人跟坐车的那一家人都睡着了,他们是玛蒂尼翁人,从城里吃了晚饭回家。我抓住马缰绳,把马牵上渡船,把船往河心一推,发出的响声弄醒了赶车的,他什么也没看清,就挥了一鞭;马拔腿就走,连车跌进了旋涡。全部淹死。同学们揭发了我。可他们看见我开玩笑时起初还大笑哩。说真的,我们没想到事情结果会这么糟。我们原来只希望让他们洗个澡,开个玩笑而已。

"那以后,我还干过不少更厉害的事,为第一桩事报仇。凭良心说,就因为那一桩事犯不着送我去教养。不过这些也不必一一跟您讲了。我只把最后一桩给您说一说,因为这一桩您听了一定高兴。我替您报了仇啦,爸爸。"

神父惊恐地看着儿子,他什么也吃不下去了。

菲利普-奥古斯特正准备说下去。

"别,现在先别说,等会儿。"神父说。

他转身敲了一下,那中国铜锣发出刺耳的尖叫声。玛格丽特马上就走进来。

神父吩咐:

"把灯和您准备好的吃的东西都给我们拿来;然后我不打锣,你就不要再进来了。"

主人的声音那么严厉,她吓坏了,低下头,乖乖地服从。

她走出去,然后带回一盏蓝罩的白瓷灯,一大块干酪,还有水果,放在桌子上,又走了。

神父决然地说:

"现在,我听您说下去!"

菲利普-奥古斯特不慌不忙地往自己的盘子里装满水果,又斟满酒杯。第二瓶几乎已经光了,虽然神父一点也没碰。

他口含食物,又喝醉了酒,嘴已经发僵,结结巴巴地接着说:

"最后一桩嘛,是这样的。那可是一桩了不起的事。我回到家里……就赖着不走了;他们也无可奈何,因为他们怕我……怕我。啊!我呀,千万别把我惹恼了,要是惹恼了我,我什么事都干得出来……您知道,他们在一起过,也不在一起过。他有两个住家,一个是参议员的家,一个是情夫的家。不过他在妈妈这儿的日子要比在自己家多,因为他已经离不开她。啊!妈妈……她真是个聪明、能干的女人……她呀,她真善于笼络男人!她把他的身和心全拴住了,一直到死都不放松。男人们,多傻啊!总之,我回到家里,他们怕我,我把他们管得服服帖帖的。我呀,我机灵着呐,必要的时候,使坏,耍心计,还有动拳头,我谁也不怕。后来妈妈病倒了,他把她安置到他在莫朗附近的一处很漂亮的房子里,那房子在一个花园里,花园有森林那么大。她病了将近一年半……我已经跟您说了。后来我们感觉到她不行了。他每天都从巴黎赶来看她,很悲伤,唉,那可是真的。

"一天早晨,他们在一起叽里呱啦地议论了将近一个钟头,我正寻思他们究竟谈什么,谈了这么久,他们把我叫了进去。妈妈对我说:

"'我快死了,有一件事我要告诉你,就是你父亲的名字,虽然伯爵不同意,'她提到他时,总是称呼他'伯爵','就是你父亲的名字,他还活着。'

"我曾问过她不止一百次……不止一百次……我的父亲叫什么名字……不止一百次……她总是不肯说。我好像记得有一天,为了让她开口,我还打了她几个耳光,可是毫无用处。后来为了免得我纠缠,她就对我说您已经死了,一个子儿也没留下,一个窝囊废,她年轻时犯的一个错儿,未经世故的女孩子干的一件蠢事,等等。她说得那么真切,我也就天真地相信了,完全相信您死了。

"总之,她对我说:
"'就是你父亲的名字。'
"那一位坐在一把扶手椅上,一连说了三遍:
"'您不该说,不该说,不该说,萝塞特。'
"妈妈坐在床上,颧骨通红,眼睛发亮;她好像还在我眼前,因为无论怎样,她毕竟是很爱我的。她对他说:
"'您就帮他一点忙吧,菲利普。'
"直接对他说话时,她叫他菲利普,我呢,她叫我奥古斯特。
"他像疯子似的叫嚷:
"'帮这个坏蛋,休想;帮这个无赖,这个惯犯,这个……这个……

这个……'

"他找出一堆名词来称呼我,好像他这一辈子尽在搜集这些名词似的。

"我正要发作,妈妈拦住我,对他说:

"'这么说,您是想叫他饿死;我呢,我是一点钱也没有。'

"他不慌不忙,回答:

"'萝塞特,三十年来,我每年给您三万五千法郎,这就是一百多万了。您靠着我,过的是有钱的女人,被怜爱的女人,我敢说也是幸福的女人的生活。我们最近几年都让这个坏蛋给毁了,我不欠他任何东西,他休想得到我的任何帮助。用不着再争辩了。您愿意把那个人的名字告诉他,随您的便。我表示遗憾,不过我从此洗手不管了。'

"于是妈妈朝我转过脸来。我心想:'好……终于找到我真正的父亲了……如果他是个有钱的,我就得救了……'

"她接着说:

"'你的父亲德·维尔布瓦男爵,现在叫维尔布瓦神父,是土伦附近加朗杜村的本堂神父。在我离开他跟了这个人以前,他是我的情夫。'

"于是她把一切都告诉了我,就是没提她在怀孕的事上欺骗了您。您瞧呀,女人是从来不说实话的。"

他一面讪笑,一面不知不觉地把脏东西一股脑儿抖落了出来。他仍在喝酒,脸上总是笑眯眯的,接着往下说:

"两天……两天以后,妈妈就死了。他和我,我们俩跟在灵柩后面,把她送到墓地……您说说看,这滑稽不滑稽,他和我……还有三个佣人……再没有别人。他号啕大哭……我们并排走着……真像是老子带着他的宝贝儿子。

"完事了,我们回到家。只剩下我们俩。我心想:'非走不可了,可是一个子儿也没有。'我满打满算只有五十法郎。我能想个什么法子报仇呢?

"这时他碰了碰我的胳膊,对我说:

"'我有话要跟您说。'

"我跟他进了他的书房。他在桌前坐下,然后强忍着眼泪对我说,他并不想像他对母亲说的那样狠心对我,他劝我不要来打扰您,'这……这是您跟我,咱们俩之间的事。'……他给了我一张一千法郎的钞票……一千……一千……我……像我这样的人,一千法郎能干什么?我看见抽屉里还有钞票,好大一摞。看见这么多钞票,我顿时起了杀心。我伸手去接他给我的那一张,可是我并没有真去接他的施舍,而是向他一下子扑过去,把他摔倒在地上,然后掐住他的脖子,直到他翻白眼;后来,我看他快死了,才松手,拿东西塞住他的嘴,把他捆上,剥掉他的衣裳,把他翻过身去,然后……哈哈哈!……这个仇我替您报得真痛快……"

菲利普-奥古斯特直咳嗽,他高兴得喘不过气来;在他那带着残忍的得意神情的微微上翘的嘴角上,维尔布瓦神父又看到了曾经令他神魂颠倒的那个女人的微笑。

"后来呢?"他问。

"后来……哈哈哈!……壁炉里火正旺……妈妈死的时候……是十二月……天很冷……生着很旺的炭火……我拿起火钩子……把它烧

得通红……然后在他背上烙了几个十字,八个,还是十个,我记不清了;然后我把他翻过身来,在肚子上也烙了同样多的十字。这好玩不,嗯,爸爸!从前就是这样给苦役犯烙印记的。他的身子像鳗鱼似的扭来扭去……不过我把他的嘴塞得严严实实,他想叫也叫不出声来。然后我拿起那些钞票,——十二张,加上我那一张,一共十三张……这数字没给我带来过好运。临逃走,我还吩咐仆人们,伯爵先生在睡觉,晚饭以前不许打扰他。

"我原以为他是参议员,怕丢脸,不会声张。我错了。四天以后,我在巴黎一家餐馆里被人逮住。我蹲了三年牢。就是这个缘故,我没能早来找您。"

他又喝了几大口,发音已经含含糊糊了,只能嘟嘟哝哝地说下去:

"现在……爸爸……神父爸爸!……有个神父爸爸,这真是滑稽!……哈哈!对小乖乖,一定要好,要很好,因为小乖乖可不是一般人,他已经干过一桩了不起的……不是吗……一桩了不起的事儿……搞那个老头儿……"

面对这个十恶不赦的人,当年在朝三暮四的情妇面前让他勃然变色的怒火,此刻又在维尔布瓦神父的心头燃烧。

对忏悔者神秘地低声供认的罪恶隐情,他曾以天主的名义宽恕过那么多,现在该他以自己的名义给以包容了,他却毫不留情;他不再向慈悲为怀、乐于助人的天主求援,因为他明白,那些在世上遭到如此不幸的人,无论天上还是人间的庇护都没法拯救。

他那热情的心灵和狂暴的血性,原已在神职生涯的磨砺中收敛了,此刻却猛然觉醒,化为一腔无法抑制的愤懑。他痛恨这个偏偏是他儿子的万恶之徒;痛恨他的长相那么像自己,也像那把他孕育得和她自己一样坏的不堪为人母的母亲;痛恨命运又把这恶棍像苦役犯拖着的铁球一样扣在他为父的脚上。

这冲击把他从二十五年虔诚的沉睡和宁静中唤醒,他忽地心明眼亮,洞见发生的一切,并且预见到将要发生的一切。

他突然觉得必须说话强硬才能让这个坏蛋害怕,一开始就要震慑住对方，因此他摆出气得咬牙切齿的样子，也不管他是不是喝醉了，对他说：

"您该对我说的都说了，现在该您听我说了。您明天早上就走。您以后就住在我给您指定的地方，没有我的命令不许离开。我给您一笔费用，够您生活的，不过数目很小，因为我并没有钱。您只要有一次违抗我的命令，那就全完，我要跟您算账的。"

菲利普-奥古斯特虽然被酒弄得昏头昏脑，但这番威胁的话他还听得懂；潜伏在他身上的那个罪犯一下子显露原形。他一边打着酒嗝，一边吐出这样几句话：

"啊！爸爸，别跟我来这一套……您是本堂神父……您捏在我手里……您也会像别人一样，服服帖帖的！"

神父吃了一惊。这年老的大力神的肌肉里顿时感到一种难以克制的需要：抓住这个恶魔，把他像小棍儿一样折断，让他知道必须就范。

他一边晃动着桌子向那人揉过去，一边嚷道：

"啊！您要当心，您要当心……我呀，我什么人也不怕……"

醉鬼失去了平衡，在椅子上晃悠了一下。他感到自己就要跌倒，已经在教士的控制之下，便把手向搁在桌布上的一把刀伸去，眼里露出杀人犯的凶光。维尔布瓦神父看到这个动作，猛地一推桌子，他的儿子便仰天倒在地上。灯也滚下去，熄灭了。

在几秒钟的时间里，先是玻璃杯撞碎的清脆响声在黑暗里回旋；接着是柔软的躯体在石板上爬动的声音；然后就什么声音也没有了。

灯碎以后，突然再现的夜色笼罩了他们，那么迅疾，那么出其不意，那么深沉，他们都愕然了，仿佛发生了什么可怕的事。醉鬼蜷缩在墙根，不再动弹；教士呆坐在椅子上，沉浸在黑暗中，这黑暗也湮灭了他的怒气。落在他身上的这道夜幕打断了他的震怒，也镇定了他心灵的肝火。他生出另外的念头，不过这些念头就像这夜色一样，阴郁而又凄惨。

一片寂静，一片墓穴一样的死寂，好像不再有任何的气息和生机。也没有任何声息从外界传来，无论是远处车辆的滚动，还是一声狗吠，哪怕是掠过枝丫或者墙头的一丝微风。

这种情形延续了很久，很久，也许有一个小时。后来，铜锣突然敲响。只敲了一下，又重，又干脆，又响亮；紧跟着是什么东西摔倒和一把椅子翻倒发出的一阵奇怪的巨响。

一直注意着动静的玛格丽特连忙跑来；可是她一开门，只见漆黑一片，吓得直往后退。然后，她战栗着，心跳得怦怦的，上气不接下气地低声喊道：

"神父先生，神父先生！"

没有人回答，也没有任何动静。

"天啊，天啊，"她心里嘀咕着，"他们干什么来着？出了什么事？"

她不敢再往前走，也不敢回去拿灯；她只想逃跑和嚎叫，虽然她感到两腿发软，几乎要跌倒。她一遍又一遍地喊着：

"神父先生，神父先生，是我，玛格丽特。"

尽管她十分害怕，她那备受惊骇的心里却突然涌出一个本能的救主的愿望，一股有时会激励妇女成为英雄的女性特有的勇气；她跑到厨房，端回一盏油灯。

走到客厅门口，她停下了。她首先看到那个流浪汉，直挺挺挨着墙躺着，睡着了，至少像是睡着了；然后是摔破的灯；然后是桌子下面维尔布瓦神父穿着黑色长袜的脚和腿；想必在向后跌倒的时候，他的头碰到了那面铜锣。

她吓得心怦怦跳，两手直打哆嗦，一遍遍地说：

"天啊，天啊，这是怎么啦？"

她一小步一小步地往前走，不意踩在什么油腻的东西上滑了一下，差点儿摔倒。于是她弯下腰，只见在红石板上，一种也是红色的液体在流动，在她两脚的四周蔓延，并且向门口快速流去。她猜那是血。

她简直吓坏了，转身就逃，把灯也扔掉，什么也不想看了。她穿过田野向村子奔去。她一边往前跑一边大呼小叫，眼睛只顾看远处的灯火，有好几次撞在树上。

她尖锐的嗓音犹如猫头鹰的凄厉的叫声，在黑夜里散开，不停地喊着："马乌法唐……马乌法唐……马乌法唐……"

当她跑到最近的几座房子时，几个惊愕的男子走出来，围着她；可是她一味挣扎,也不回答,因为她已经神昏意乱。人们好不容易才弄明白,原来是本堂神父的乡间别墅里发生了不幸,于是一群人带了武器赶去援助他。

橄榄园中间的那座漆成玫瑰色的小别墅,在深沉而又寂静的黑夜里变成漆黑一团,几乎无法辨认了。自从照亮窗口的唯一一点灯光像闭上眼睛似的熄灭以后,小别墅就淹没在夜色中,消失在黑暗里,若不是本乡人,谁也找不到它。

不多时,几点灯火贴着地面,穿过树丛,向这小别墅走来。灯火在草地上移动着一条条长长的黄色亮光;游移不定的亮光映照之下,油橄榄树弯曲的躯干有时像怪物,有时像纠缠在一起的七弯八绕的地狱之蛇。射得远的灯光突然在黑暗中照见一个隐隐约约的灰白色的东西;随后,在数盏风灯的照耀下,小别墅的四方形矮矮的墙壁又变成玫瑰色。几个农民手提风灯,给两个握着手枪的宪兵、守林人、村长和玛格丽特照着亮;几个男子架着玛格丽特,因为她已经支持不住了。

来到依然开着的令人恐怖的房门口,人们不禁犹豫了一会儿。还是宪兵班长,抓过一盏风灯,率先走进去,其他人才跟随而入。

女佣没有撒谎。血现在已经凝固,像地毯似的覆盖着石板。它刚才一直淌到流浪汉身边,把他的一条腿和一只手都浸在血泊里。

父亲和儿子都睡着了,一个,喉咙割断,长眠不醒;另一个,一场醉鬼的酣睡。两个宪兵向这醉鬼猛扑过去,他酒还没醒,就把镣铐套上他的手腕。他揉了揉眼睛,目瞪口呆,还醉得昏头昏脑;看见教士的尸体,他好像十分惊骇,而且困惑不解。

"他怎么没有逃跑呢?"

"他醉得太厉害了。"班长回答。

大家都同意他的看法,因为谁也不会想到维尔布瓦神父会自杀。

墓园野妓[*]

五个朋友,五个上流社会男子,都是成年人,都很有钱,三个已婚,两个单身,晚餐就要吃完了。他们每个月都要这样聚会一次,重温他们的青年时光;吃了晚饭,一直聊到凌晨两点。他们始终是知心好友,凑到一起很高兴,也许觉得这是他们生活中最美好的夜晚了。他们海阔天空,巴黎人关心、感到有趣的事无所不谈。其实就像在大部分沙龙里一样,他们之间所谈的,无非是把白天在报纸上看到的东西用口头重新议论一遍。

他们中性格最活跃的一个名叫约瑟夫·德·巴尔东,是个单身汉,过着十足的放纵不羁的巴黎式的生活。他绝不是个浪荡子,也绝不是个酒色之徒,而是一个好猎奇的人,一个还算年轻的爱耍贪玩的人,因为他只不过刚刚四十岁。他是从最广义、最善意的意义上理解的那种上流社会人士:没有多大深度,但想法很多;欠缺真才实学,但知识面挺广;不善于认真钻研,但头脑灵活,总能从自己的观察中,从自己的奇特经历中,从自己看到、遇到、发现的事情中,汲取一些诙谐而又富有哲理的小故事或者幽默的见解,从而为他在本城赢得了机智过人的盛誉。

他是晚饭桌上的主讲人。每次聚餐他都要讲一个故事,一个关于他自己的故事,而大家也都习以为常。不用你央求,他自会侃侃而谈。

且说他抽着烟,胳膊肘拄在桌子上,盘子前面放着一杯半满的优质香槟酒,沉浸在饱含热咖啡香味的氛围中,感到仿佛完全是在自己的家里,就好像某些生灵在某些地点、某些时刻,例如一个虔诚的女信徒在小祭坛里,一条金鱼在鱼缸里,会感到绝对地自在一样。

---

[*] 本篇首次发表于一八九一年一月九日的《吉尔·布拉斯报》;同年收入中短篇小说集《泰利埃公馆》。

他在两口烟的间歇,说了一句:

"不久以前我遇到了一件奇事儿。"

大家众口一声地说:

"那就讲吧。"

他于是讲起来:

*　　*　　*

好吧。你们知道我经常在巴黎转悠,就像那些在橱窗里搜寻小摆设的人那样。不过我呢,我窥伺的是场景,人,一切路过的东西,一切正在发生的事。

九月中旬的一个下午,天气很好,我从家里出来,不过还不知道要去哪儿。男人们总有一种隐约的愿望,想去看看某个年轻美貌的女子。他们在熟悉的面孔里挑选,在脑海里对她们进行比较,掂量自己对她们的兴趣和她们对自己的魅力,然后再根据当天吸引力的大小做出定夺。但是晴朗的蓝天和温馨的空气,往往会让您失去你一切走访的意愿。

这一天正是阳光明媚,空气清新;我点着了一支雪茄,沿外环林荫大道傻乎乎地走着。就在我瞎逛的时候,忽然产生了一个念头,想去蒙玛特尔公墓,于是就走了进去。

我这个人呀,我很喜欢逛墓园,那里既可以让我得到休息,还可以让我心情忧郁:我有这个需要。再说,也有一些好朋友,一些再也见不到的人在这里,所以我,一直时不时地来走走。

说来也巧,在这座公墓里,还有我的一段罗曼史呢。那是一个曾经让我非常着迷、十分动情的情妇,一个玲珑可爱的女人;回忆起她来,我总是痛苦得很,同时也深感遗憾……一种五味杂陈的遗憾……我要去她的坟边默祷一下。不过对她来说,一切都结束了。

此外,我很喜欢公墓,还因为它们是人口极其稠密的巨大城市。您想想看呀,在这不大的空间里聚集了那么多的死人,祖宗八辈的巴黎人都永远栖身在这儿,闭居在狭小的墓穴,盖一块石板、带有十字架标志的小洞洞里,成为终身的穴居人;而活人却占据着那么多的地方,制造出那么多的噪音,这些笨蛋!

不仅如此，公墓里还有许多纪念物，精彩纷呈，堪与博物馆媲美。我要承认，卡芬雅克①的墓让我联想到让·古戎②的杰作，那躺在鲁昂大教堂地下祭室里的路易·德·布雷泽③的全身塑像；先生们，一切现代的和现实主义的艺术，都是来源于此啊。我无意拿它来做比较；不过那个死者，我是说路易·德·布雷泽的塑像，和如今立在坟头的那些被横加扭曲、痛苦万状的死者造型相比，实在是更逼真，更了不起，更有血有肉；它的肉体虽然没有生命，却把濒死者的痉挛表现得淋漓尽致。

所幸在蒙玛特尔公墓里还可以欣赏到的波丹④的塑像，那塑像很有气魄；还有戈蒂埃⑤的塑像、缪尔瑞⑥的塑像。有一天，我看见缪尔瑞的坟头孤零零摆着一个可怜兮兮的黄色腊菊花圈。谁送的呢？也许是年事已高、在附近做看门人的在世的最后一个穿灰工装的轻佻女工⑦？坟上那尊米耶⑧创作的漂亮的小雕像，可惜缺乏打理，满是尘垢，已经面目全非。啊，缪尔瑞，为青春歌唱吧！

我一走进蒙玛特尔公墓，立刻浸润在一片忧郁之中。这种忧郁的气氛并不让人如何的痛苦，只是让人触景生情；如果您是个健康的人，还会想："这地方，不赖嘛，不过对我来说还为时尚早……"

秋天的景象，那使得树叶凋萎、阳光绵软无力的温热的潮气，在增添诗意的同时，也加重了弥漫在这里的孤独感和末日感。

我沿着坟墓间的小道慢慢走着；这里的邻居不相往来，夫妻不再同床共枕，也没有人阅读报纸。我呢，我就读起墓志铭来。这，可是世上

---

① 卡芬雅克(1802—1857)：法国政治家、将军，曾任政府首脑。
② 让·古戎(1510—1566)：法国雕塑家、画家和建筑家。
③ 路易·德·布雷泽(？—1531)：十六世纪诺曼底司法大总管。其妻狄亚娜·德·普瓦狄埃后来成了国王亨利第二的情妇。
④ 波丹(1811—1872)：法国医生、政治家。1851年12月3日起义中被杀于街垒。
⑤ 戈蒂埃(1811—1872)：法国诗人、小说家、批评家。著有小说《莫班小姐》、《弗拉卡斯上尉》、诗集《珐琅与雕玉》等。
⑥ 缪尔瑞(1822—1861)：法国作家，主要著作有《放荡艺人的生活场景》。
⑦ 指十九世纪上半叶的打工女，盛行穿灰色工装，其中有些人作风轻佻。缪尔瑞的剧中写过此类人物。
⑧ 米耶(1814—1875)：法国画家和雕刻家。

最有趣的事。拉比什①和梅拉克②的喜剧也没有坟墓上的滑稽散文那么让我忍俊不禁。啊！要说逗乐，那些大理石墓碑和十字架要比保尔·德·科克③的书更胜一筹：死者亲属不但在上面抒发对死者的哀思，还表达对他们在另一个世界的祝福以及要去和他们会合的愿望——真会开玩笑！

不过在这座公墓里，我尤其喜爱的是一个人迹罕至的偏僻角落，那里到处长着高大的紫杉和柏树，是一个埋葬着很久以前的死人的老区，不过即将改变成一个新区，人们就要砍掉那些人的尸骨滋养着的绿树，把新近亡故的人埋到一排排小小的大理石盖板下面。

我在那里徘徊了好一会儿，头脑清醒多了，也觉得快要厌烦了，该去我那小女友最后栖息的地方献上我忠诚的思念了。我来到她的坟边，心头不禁一阵酸楚。可怜的小心肝，她当年是那么可爱，那么多情，那么白皙，那么水灵……可是现在……如果打开这个……

我俯身在铁制的围栏上，对她低声诉说着我的痛苦，尽管她肯定听不到。就在我要离开的时候，看见一个穿黑衣、戴重孝的女子，跪在旁边的一座坟边。她的黑面纱撩了起来，露出金色的头发和漂亮的脸蛋，那一卷卷秀发就像在她衣着的黑夜里闪亮的一片曙光。我停了下来。

毫无疑问，她此刻非常悲伤。她手捂着眼睛，神情呆滞，就像一尊沉思的塑像；她正在追思，在捂住和紧闭的眼睛造成的黑暗中拨动着令她柔肠寸断的记忆的念珠。她本人就像一个死人，却在思念一个死人。突然，我预感到她要哭了，我是看见她的脊背像风儿轻拂杨柳似的微微颤动了一下猜出她要哭的。她先是轻声地哭，后来哭声越来越大，脖子和肩膀也抽搐得更厉害。忽然，她睁开眼睛，那双动人的眼睛泪汪汪的，就像刚从噩梦中醒来，惶恐地四下里张望。她见我在看她，显得有些难为情，又用两手把脸捂起来。她的呜咽变成痉挛似的抽噎，她的头慢慢地垂向大理石墓盖。她把头抵在盖板上，铺散开的黑纱蒙住了心

---

① 拉比什（1815—1888）：法国剧作家。
② 梅拉克（1831—1897）：法国剧作家。
③ 保尔·德·科克（1793—1871）：法国作家，著有戏剧、喜歌剧、歌曲等通俗作品。

上人白色石墓的两角,看来那是一件新的丧服。我听见她在呻吟;接着,她像瘫倒了似的,脸颊贴在墓盖上,一动不动,失去了知觉。我急忙向她跑过去,拍她的手,吹她的眼皮,一面读着那简明扼要的碑文:"这里长眠着路易-泰奥多尔·卡雷尔,海军陆战队上尉,阵亡于东京①。请为他祈祷。"

墓主去世只有几个月。我感动得几乎流出眼泪,照料得也格外起劲,终于成功了。她苏醒过来。我想必显得很激动……我本来就不太差,我还不到四十岁呢。从她看我的第一眼,我就明白她是个很有礼貌而且知恩图报的人。她果然是这样的人,因为她又鼻涕眼泪地哭起来,叙述起她的身世。一段段往事从她激烈起伏的胸膛里吐露出来:那军官如何在东京阵亡;他们结婚才一年;他娶她完全是出于一片痴情;因为她是父母双亡的孤儿,仅有一点起码的嫁妆。

我安慰她,鼓励她,扶她起来。

然后,我对她说:

"别待在这儿了。走吧。"

她嗫嚅着说:

"我走不动。"

"我来搀着您。"

"谢谢,先生,您真好。您也是到这里来哀悼亡人的吧?"

"是的,太太。"

"是个女子吗?"

"是的,太太。"

"是您的妻子吗?"

---

① 东京:印度支那东北部地区,法国占领时称东京。

"一个女朋友。"

"男人完全可以像爱自己的妻子一样爱一个女朋友；感情是法律管制不了的。"

"是的，太太。"

我们一起往外走；在墓园里，她依偎着我，我几乎是抱着她走过一条条小路。走出公墓时，她有气无力地喃喃说：

"我怕要晕过去了。"

"您愿不愿意去哪儿吃点东西？"

"好吧，先生。"

我发现一个餐馆，那是一家常有死者的朋友们来庆祝苦差事完成的餐馆。我们走了进去。我让她喝了一杯很热的茶，她的精神好像恢复了一点，唇边露出一丝隐约的笑容。她对我讲起自己的苦况。她孤零零一个人生活，不论白日黑夜，总是孤零零一个人在家，不再有人给她关爱、给她信心、跟她亲近，这样的生活真是悲惨，太悲惨了。

这些似乎都是肺腑之言。这些话从她嘴里说出来很亲切，我很感动。她非常年轻，也许只有二十岁。我称颂了她几句，她很得体地接受了。后来，待的时间不短了，我提议租一辆车送她回家。她同意了。于是，在出租马车里，我们互相依偎着，肩靠着肩，挨得那么紧，彼此的体温都透过衣服交融在一起。这真是世界上最让人神迷心醉的事了。

马车在她的那座房子前停下。她喃喃地说："我怕是一个人上不了楼了，因为我住在五层楼。您刚才那么好心，您能不能再把我一直扶到我家里？"

我忙不迭地答应了。她慢慢登着楼梯，喘得很厉害。到了她的房门口，她又说：

"那就请进来坐一会儿吧，好让我谢谢您。"

我当然进去了。

她的住处，陈设很简单，甚至有点儿寒酸，但是干净利落，井井有条。

我们紧挨在一张不大的长沙发上坐下，她又对我谈起她的孤独。她拉铃召唤女佣人，让她给我端点喝的来。女佣人没有来。我打心眼儿里高兴,猜想这个女佣人一定只做早半天,就是所谓的家务工。

她已经摘下她的帽子。她真可爱,用她那双晶莹的眼睛盯着我,盯得那么紧,又那么明亮,我感到了一阵强烈的诱惑,我控制不住自己了。我把她搂在怀里,在她突然闭起的眼皮上吻呀……吻呀……吻呀……吻个没完没了。

她一面挣扎着、抗拒着我,一面连声说:"结束吧……结束吧……快结束吧。"

她这话是什么意思? 在这种情况下,"结束"至少可以有两个意思。为了让她住口,我从吻眼皮进而到亲嘴,给"结束"这个词下了我偏爱的那个定义。她也并没有太多抗拒;而且在玷污了对东京阵亡上尉的记忆以后,当我们又相对而视时,她的样子虽然有点儿疲惫,却是温柔而又顺从,把我的不安一扫而空。

于是我又多情、殷勤起来,而且感激不尽。又谈了大约一个小时,我问她:

"您在哪儿吃晚饭?"

"在附近的一个小饭馆。"

"一个人?"

"是呀。"

"您愿不愿意跟我一起去吃晚饭?"

"去哪儿?"

"去林阴大道的一家高级酒楼。"

她稍稍推辞了一下。我坚持,她也就让步了,而且给自己找了这样一个理由:"我实在太……太闷了。"她接着又说:"我得换一件颜色不那么深的连衣裙。"

她走进卧室去。

她从卧室走出来的时候,身穿一袭轻丧服,一件非常朴素的灰色连衣裙,很好看,优雅而又苗条。显然,她有去墓地穿的服装,也有在城里上街穿的服装。

晚饭的气氛很亲切。她喝了一些香槟酒,来了精神,活跃了许多。我和她一起回到她家。

这段在坟墓间结下的情缘持续了大约三个星期。可是任何东西都有让人厌倦的时候，尤其是女人。我借口要去做一次非去不可的旅行，离开了她。分手时我表现得很慷慨，她对我深表感谢。她让我又是许愿，又是发誓，旅行回来后就来找她，因为她似乎真有点和我难分难舍了。

我又去追求其他的温存了。大约一个月过去了，再去见这个墓地小情人的想法仍没有强烈到让我心软。不过，我并没有忘记她……对她的记忆始终萦绕在我的脑海，就像一个谜，一个心理上的疙瘩，一个无法解释的问题，不破解这个问题我就不能安宁。

有一天，也不知是什么缘故，我猜想会在蒙玛特尔公墓再看到她，于是就去了。

我在墓园里溜达了很久，见到的无非是一些这地方的常客，也就是那些还没有和亡人情断义绝的人。东京阵亡的那个军官的大理石墓盖上没有哭泣的女人，没有鲜花，也没有花圈。

可是，就在我转悠到这广阔的死人之城的另一个区时，冷不丁发现，在一条狭窄的林阴道的尽头有一男一女，一对身着重孝的人，正向我这边走来。哎呀，我简直惊呆了！当他们走近时，我认出她来。那正是她！

她看见我，脸刷地红了；我和她擦肩而过时，她向我微微使了一个眼色，对我作了一个小小的暗示，意思是说："别说认识我。"但又像是说："来看我，我亲爱的。"

那个男子颇有风度，高雅，潇洒，佩戴着荣誉勋位团军官的勋章，年纪在五十岁上下。

他搀扶着她，就像我上次搀扶着她离开公墓时一样。

我满脸惊愕地走开了，一边寻思着我刚才看见的这一幕究竟是怎么回事，这个坟地里的女猎手究竟是何许人。难道是一个普通的妓女，一个别出心裁的娼妓，专门到坟头来收拾那些仍眷恋着他的女人——妻子或者情妇——回忆起逝去的缠绵就惋惜不迭的男人？她是仅此一人？还是另有同行？甚至是一个职业？她们在公墓里拉客不就像在人行道上揽客一样吗？那就是墓园里的野妓啦！或许只有她生出了这个绝妙又深具哲学意味的奇想;当人们在这丧葬之地重燃起对爱情的遗憾时乘虚而入?

我倒真想知道,这一天她又是谁的未亡人?

"名著名译丛书"书目

(按著者生年排序)

第 一 辑

书 名	著 者	译 者
荷马史诗·伊利亚特	[古希腊]荷马	罗念生 王焕生
荷马史诗·奥德赛	[古希腊]荷马	王焕生
伊索寓言	[古希腊]伊索	王焕生
一千零一夜		纳训
源氏物语	[日]紫式部	丰子恺
十日谈	[意大利]薄伽丘	王永年
堂吉诃德	[西班牙]塞万提斯	杨绛
培根随笔集	[英]培根	曹明伦
罗密欧与朱丽叶	[英]莎士比亚	朱生豪
鲁滨孙飘流记	[英]笛福	徐霞村
格列佛游记	[英]斯威夫特	张健
浮士德	[德]歌德	绿原
少年维特的烦恼	[德]歌德	杨武能
傲慢与偏见	[英]简·奥斯丁	张玲 张扬
红与黑	[法]司汤达	张冠尧
格林童话全集	[德]格林兄弟	魏以新
希腊神话和传说	[德]施瓦布	楚图南

书名	作者	译者
高老头 欧也妮·葛朗台	[法]巴尔扎克	张冠尧
普希金诗选	[俄]普希金	高莽 等
巴黎圣母院	[法]雨果	陈敬容
悲惨世界	[法]雨果	李丹 方于
基度山伯爵	[法]大仲马	蒋学模
三个火枪手	[法]大仲马	李玉民
安徒生童话故事集	[丹麦]安徒生	叶君健
爱伦·坡短篇小说集	[美]爱伦·坡	陈良廷 等
汤姆叔叔的小屋	[美]斯陀夫人	王家湘
大卫·科波菲尔	[英]查尔斯·狄更斯	庄绎传
双城记	[英]查尔斯·狄更斯	石永礼 赵文娟
雾都孤儿	[英]查尔斯·狄更斯	黄雨石
简·爱	[英]夏洛蒂·勃朗特	吴钧燮
瓦尔登湖	[美]亨利·戴维·梭罗	苏福忠
呼啸山庄	[英]爱米丽·勃朗特	张玲 张扬
猎人笔记	[俄]屠格涅夫	丰子恺
包法利夫人	[法]福楼拜	李健吾
昆虫记	[法]亨利·法布尔	陈筱卿
茶花女	[法]小仲马	王振孙
安娜·卡列宁娜	[俄]列夫·托尔斯泰	周扬 谢素台
复活	[俄]列夫·托尔斯泰	汝龙
战争与和平	[俄]列夫·托尔斯泰	刘辽逸
海底两万里	[法]儒勒·凡尔纳	赵克非
八十天环游地球	[法]儒勒·凡尔纳	赵克非
马克·吐温中短篇小说选	[美]马克·吐温	叶冬心
汤姆·索亚历险记	[美]马克·吐温	张友松
爱的教育	[意大利]埃·德·阿米琪斯	王干卿
莫泊桑短篇小说选	[法]莫泊桑	张英伦
契诃夫短篇小说选	[俄]契诃夫	汝龙
泰戈尔诗选	[印度]泰戈尔	冰心 等
欧·亨利短篇小说选	[美]欧·亨利	王永年

名人传	[法]罗曼·罗兰	张冠尧 艾 珉
童年 在人间 我的大学	[苏联]高尔基	刘辽逸 等
绿山墙的安妮	[加拿大]露西·蒙哥马利	马爱农
杰克·伦敦小说选	[美]杰克·伦敦	万 紫 等
卡夫卡中短篇小说全集	[奥地利]卡夫卡	叶廷芳 等
罗生门	[日]芥川龙之介	文洁若 等
了不起的盖茨比	[美]菲茨杰拉德	姚乃强
老人与海	[美]海明威	陈良廷 等
飘	[美]米切尔	戴 侃 等
小王子	[法]圣埃克苏佩里	马振骋
钢铁是怎样炼成的	[苏联]尼·奥斯特洛夫斯基	梅 益
静静的顿河	[苏联]肖洛霍夫	金 人

第 二 辑

威尼斯商人	[英]莎士比亚	朱生豪
忏悔录	[法]卢梭	范希衡 等
罪与罚	[俄]陀思妥耶夫斯基	朱海观 王 汶
哈克贝利·费恩历险记	[美]马克·吐温	张友松
漂亮朋友	[法]莫泊桑	张冠尧
斯·茨威格中短篇小说选	[奥地利]斯·茨威格	张玉书
海浪 达洛维太太	[英]弗吉尼亚·吴尔夫	吴钧燮 谷启楠
日瓦戈医生	[苏联]帕斯捷尔纳克	张秉衡
大师和玛格丽特	[苏联]布尔加科夫	钱 诚
太阳照常升起	[美]海明威	周 莉

第 三 辑

神曲	[意大利]但丁	田德望
吉尔·布拉斯	[法]勒萨日	杨 绛
都兰趣话	[法]巴尔扎克	施康强

叶甫盖尼·奥涅金	[俄]普希金	智 量
笑面人	[法]雨果	郑永慧
红字 七个尖角顶的宅第	[美]纳撒尼尔·霍桑	胡允桓
死魂灵	[俄]果戈理	满 涛 许庆道
南方与北方	[英]盖斯凯尔夫人	主 万
莱蒙托夫诗选 当代英雄	[俄]莱蒙托夫	余 振 等
前夜 父与子	[俄]屠格涅夫	丽尼 巴金
白鲸	[美]赫尔曼·梅尔维尔	成 时
米德尔马契	[英]乔治·爱略特	项星耀
小妇人	[美]路易莎·梅·奥尔科特	贾辉丰
娜娜	[法]左拉	郑永慧
一位女士的画像	[美]亨利·詹姆斯	项星耀
十字军骑士	[波兰]亨利克·显克维奇	林洪亮
樱桃园	[俄]契诃夫	汝 龙
约翰-克利斯朵夫	[法]罗曼·罗兰	傅 雷
我是猫	[日]夏目漱石	阎小妹
嘉莉妹妹	[美]德莱塞	潘庆舲
月亮与六便士	[英]威廉·萨默塞特·毛姆	谷启楠
人性的枷锁	[英]威廉·萨默塞特·毛姆	叶 尊
人类群星闪耀时	[奥地利]斯·茨威格	张玉书
尤利西斯	[爱尔兰]詹姆斯·乔伊斯	金 隄
好兵帅克历险记	[捷克]雅·哈谢克	星 灿
城堡	[奥地利]卡夫卡	高年生
喧哗与骚动	[美]威廉·福克纳	李文俊
老妇还乡	[瑞士]迪伦马特	叶廷芳 韩瑞祥
金阁寺	[日]三岛由纪夫	陈德文
万延元年的Football	[日]大江健三郎	邱雅芬

扫码免费领取听书券

七十余部外国文学名著经典
0元订阅,无限畅听